KB207500

행복은 참 별것 아니고 멀리 있지 않습니다.
가장 중요한 것은 자신의 마음이 아닐까 싶어요.
저도 이 작품으로 깨달은 것도 많고 참 즐거웠습니다.
여러분들도 많이 행복해 지셨으면 좋겠습니다!!
행복해요 ♡

신혜사선

'나의 해리에게'를 사랑해주셔서
마음 깊이 감사드립니다.
'언젠가 이게 사랑이 되겠지' 생각하면서
여러분들의 사랑도 잘 지켜 나가시길 바랍니다.

나의 해리도 안녕──
여러분들도 안녕하시길.
─진옥─

2024 진옥

나의
해리에게

1

한가람 대본집

나의 해리에게 1

초판 1쇄 인쇄 2024년 11월 19일
초판 1쇄 발행 2024년 12월 9일

지은이 | 한가람
펴낸이 | 金滇珉
펴낸곳 | 북로그컴퍼니
책임편집 | 한홍비
디자인 | 김승은, 김은정
주소 | 서울시 마포구 와우산로 44(상수동), 3층
전화 | 02-738-0214
팩스 | 02-738-1030
등록 | 제2010-000174호

ISBN 979-11-6803-093-0 04810
ISBN 979-11-6803-092-3 04810(세트)

Copyright © 한가람, 2024

· 잘못된 책은 구입하신 곳에서 바꿔드립니다.
· 이 책은 북로그컴퍼니가 저작권자와의 계약에 따라 발행한 책입니다. 저작권법에 의해 보호받는 저작물이므로,
  출판사와 저자의 허락 없이는 어떠한 형태로도 이 책의 내용을 이용할 수 없습니다.

한가람 대본집 _____ 1

나의 해리에게

북로그컴퍼니

지온아. 나는... 현오가. ...싫어.

아직도?

응. 아직도.

왜 싫은데.

가질 수 없으니까. 아무리 애를 써도 아무리 노력해도 아무리 간절해도.
...절대로 가질 수 없으니까. 너무나도 갖고 싶은 걸 포기하려면.
...그걸 얼마나 죽도록 미워해야 되는지. 알아?

1회 Pick

은호가 현오에 대해 가진 현재의 감정을 단적으로 드러내주는 대사입니다. 1회에서 꼭 설명해야 했던 부분
이고 그걸 자신의 감정과 꼭 닮은 지온이를 통해 은호가 뱉는 것으로 표현했습니다.

..잘했어. 선배.

뭐라고?

선배 소원이 지구멸망이잖아. 아니면 뭐랬드라.
종이컵이 천장에 매달려 있는 거랬나. 그런데 그런 건 이렇게
가만히 있는다고 일어나는 게 아니거든?
이렇게 나한테 화라도 내야 선배의 일상에 균열이 생기지.
그러니깐 정말 잘했어. 선배. 난 있지.
선배가 가만히 않아서 무슨 일이 생기길 바라지만은 않았으면 좋겠어.
선배가 직접 문을 열고 나가서 다른 세상을 만들었음 좋겠어.

----- 2회 ⟡ Pick -----

저 역시 인생에 지루해 미칠 것 같은 시간이 있었는데요. 그 때 방구석에 누워 생각했던 겁니다. 내가 지금 이러고 있는 게 무슨 발전인가. 그래. 나가자. 나가서 뭐라도 하자. 그렇게 벌떡 일어나 한밤중에 조깅을 했습니다. 당연히 아무 일도 일어나진 않았죠. 하지만 그 경험으로 인해 저 대사를 쓸 수 있게 되었어요. 그러니까 천장에 종이컵이 매달려 있는 상상을 해본 덕분에. 문만 열면 무슨 일이 저절로 생기길 바라는 안이한 마음 덕분에. 막상 문을 열고 나가도 대단한 일이 일어나지 않았음에도 그 밤의 시원한 공기와 알 수 없는 적막감을 여전히 잊을 수 없기에.

그래서 좋았다는 건가요?

좋다기 보단 그냥 그쪽이랑 내가 한 일이 나한텐 전부 다 처음이라서.
...그래서 자꾸 생각나는 것 같은데.

그게 좋아하는 거 아닌가?

아뇨. 처음이라 자꾸 생각난다고요. 그쪽이.

근데 왜 아까부터 자꾸 저한테 그쪽, 그쪽 그러시는 거예요?

자꾸 주혜리씨가 생각난다고요.

저는 제 이름에 성 붙이면 기분이 상하는 편이거든요?

네가.

3회 Pick

너무 직설적인 표현 앞에서 우린 그게 진실이라 느끼기보단 '뭐지? 왜 이렇게 솔직하지? 다른 속뜻이 있는 걸까?' 생각하기도 하는데요. 사실 그 방법밖에 몰라 그렇게 말하는 것이기도 하죠. '주연'이란 캐릭터가 연애는 처음 해보는 하수인데 그 행동만큼은 고수처럼 느껴졌던 건 바로 이런 부분 때문입니다. 사실 그 방법밖에 몰랐던 것뿐인데... 그게 엄청난 기술이 되어버린 거죠. 주연과 혜리 두 사람이 서로가 서로에게 빠져드는데 오랜 시간이 걸리지 않은 건 서로 이런 매력이 통했던 게 아닐까요?

아뇨. 선생님. 전 혜리에요. 은호가 아닌 혜리라고요.

아무리 생각해도 저는 늘 혜리였어요. 언제나 눈을 뜨면 혜리였고.

은호씨는 눈을 감아야만 보이는 거였죠. 은호씨요.

제 꿈속에서만 존재했었다고요.

그런데 이제 저는 그 꿈조차 꾸지 않아요. 선생님. 저는 이제 저에 대한

꿈을 꿔요. 저는 이제 매일이 지루하지 않아요. 내일을 기대하게 됐죠.

꿈속의 은호가 아닌 현실의 내가. 내일은 무얼 할지 알고 싶어졌어요.

희망이 생겼다고요. 왜냐하면 저는. ...사랑하게 되었으니깐. 선생님.

전 이제 행복해졌어요. 그런데 이제와 이렇게 행복한 저를 없애라고요?

아뇨. 저는 혜리를 버리고 싶지 않아요.

적어도 지금의 저는 꿈속의 은호씨보다 훨씬 행복하니깐요.

4회 ☼ Pick

이 대사엔 혜리가 생각하는 행복의 의미가 나옵니다. 행복은 다양한 종류로 우리에게 다가오는데요. 은호
와 진짜 혜리에게 행복이란, 사랑하는 사람과 함께 있는 것이었습니다. 그래서 은호가 만들어낸 인격인 혜
리 역시 '사랑'이 중요했던 겁니다. 덧붙여 주연에게 행복은 존재의 가치에 대한 인정이었습니다. 그런 주연
이 혜리를 만나 제 엄마와 나아가 스스로에게 그 가치에 대한 인정을 받게 되죠. 주연과 혜리가 언젠가 헤어
질 사람들일지라도 서로가 서로에게 이런 부분에서 아주 중요한 몫을 해줬다 생각해요.

우리 서로를.
책장에 넣어둔 채 다시는 꺼내보지 않기로 해.
마음에 담고 영영 그리워하지 않기로 해.
머나 먼 이야기와 아주 오래된 계절처럼
꿈으로
그저 꿈으로
이루지 못할 꿈으로
남겨두기로 해.
안녕.

5회 Pick

은호와 현오, 두 사람이 다시 한 번 완전한 이별을 하는 씬이 저는 좋습니다. 은호가 이 말을 할 때 그녀가 아픔을 딛고 성장했다 생각했거든요. 언제나 사랑을 의심하고 그래서 늘 확인받고 싶었던, 그리고 그 사랑이 사라져버렸을 때 많이 아팠던 은호가 드디어 처음으로 스스로 혼자 헤쳐나갈 수 있는 손톱만한 용기가 생긴 거니까요.

지온이와 수정이 그리고 현오가 다섯할매들과 완전한 가족이 된 씬입니다. 본편에서 시간상 어쩔 수 없이 편집된 부분이 있는데 술집에서 살인사건이 나는 바람에 할매들이 망하고 그 과정에서 중학생 현오가 할매들을 돕게 되는 부분입니다. 바로 거기서부터 미자할매는 현오를 달리 보게 되는데요. 다 큰 현오가 돈을 갚겠다 했을 때 미자할매는 우리는 이제 그런 사이가 아니라며 화를 내기도 하죠. 이 모든 과정들은 밥을 먹으라는 할매들의 부름과 계단을 내려올 때마다 늘어나는 그들의 추억이 담긴 사진들이 대신 설명해줍니다. 이런 시간들 덕분에 마음이 황량했던 현오가 마침내 따뜻해졌고 방식은 서툴더라고 은호를 사랑할 수 있게 되었거든요. 그래도 현오는 사랑을 모릅니다. 그래서 사랑할 수 있게 된 것만으로도 그에겐 성장인 거죠.

야! 아나운서! 이제 아나운서라 불러야 일나나.

몇 신데?

밥 물 시간이다.

뭐야. 할매 술 마셨어?

아이다. 안 마싰다!

아니야! 마셨어! 완전 마셨어!

아이다!

웃기시네. 아침부터 소주 두 병을.

아이라고!

일러두기

1. 이 책의 편집은 한가람 작가의 집필 방식을 따랐습니다.
2. 드라마 대사는 글말이 아닌 입말임을 감안하여, 한글맞춤법과 다른 부분이라 해도 그 표현을 살렸습니다. 지문의 경우 한글맞춤법을 최대한 따르되, 어감을 살리기 위해 고치지 않고 그대로 둔 경우도 있습니다.
3. 대사와 지문에 등장하는 말줄임표나 쉼표, 느낌표와 마침표 등의 문장부호 역시 작가의 집필 의도를 살리기 위해 고치지 않고 그대로 실었습니다.
4. 이 책은 작가의 최종 대본으로, 방송된 부분과 다를 수 있습니다.

차례

저는 착한 사람이 전혀 아닙니다만 일단 지구의 평화를 꿈꿉니다. 그 평화를 좀 구체적으로 상상하는 편인데 어두운 밤, 이 세상의 모든 사람들이 따뜻한 물로 씻은 뒤 포근한 이불 속으로 들어가 편안하게 잠을 청하는 거죠. 저는 그게 행복이라고 생각하거든요.

은호는 늘 행복이 어려웠고 그래서 그게 뭔지 찾아 헤매였죠. 그런 은호에게 전 늘 말하고 싶었어요. 있잖아. 우리 모두는 이 힘든 하루를 끝내고 집에 들어가 샤워를 하고 침대에 누워 잠을 자. 그게 바로 행복이야. 그게 그렇게 쉬운 거야. 심지어 매일매일 얻어 낼 수 있는 거라고. 그러니 아침에 눈을 뜨면 제발 오늘을 기대해줘. 네가 밖에서 무얼 겪고 돌아오든. 네가 돌아온 너의 집이 아주 좁고 허름할 지라도 네가 누울 곳, 그 곳 하나만 있다면 우린 행복할 수 있는 거니깐. 그게 곧 지구의 평화에 일조하는 거니깐. 스파이더맨이나 아이언맨같은 애들만 지구의 평화에 도움이 되는 게 아니고 내 기준에선 우리가 매일매일하는 그 일이 지구의 평화에 굉장히 협조적인 일이라고. 그렇게.

이 세상엔 은호도 있고 혜리도 있고 현오와 주연이, 혜연이와 지온이. 오재와 수현이. 김팀장과 조부장. 윤국장. 미래선배와 유연이와 수정이 미연. 승화와 찬우. 택민이와 소국장과 진화와 다섯 할매들과 신영언니, 초롱이, 도형이. 주차관리소의 사랑스러운 우리 민영이와 방송국의 미친 남자 재용이. 상담하는 승윤이와 은호와 혜리를 키워준 할머니. 주차관리소의 주임님. 현오아버지와 지온아버지. 그리고 그 어딘가의 현오 엄마. 제가 만든 캐릭터들이 모두 우리들입니다. 그 중 하나는 속하겠죠. 누구든.

저는 모두를 사랑했습니다. 그러니 저는 이 지구의 모든 인류를 사랑하는 거나 마찬가지라고요. 다시 한 번 말씀드리지만 전혀 착한 사람이 아님에도 불구하고.

누군가에게 거대한 위로를 전해줘야지. 아주 따뜻한 작가가 되어버려야지. 생각하면서 글을 쓴 적은 단 한 순간도 없었습니다. 이 지구의 모두를 만들어내고 그들끼리 복작거리게 만들었더니 위로가 되어버린 것 뿐이죠.

제가 저의 모든 작품에서 늘 하는 말이 있어요. 우리가 살아가는 것만으로도 누군가에게 위로가 된다는 말. 그리고 이번 작품을 통해 한 가지 더 깨닫게 된 건 집으로 돌아가 잠드는 것만으로도 난 행복한 거라고. 심지어 지구의 평화까지 지켜주는 거라고. 그러니 당신도 저에겐 아이언맨 못지 않은 사람이라고.

모두들 살아가줘서 정말 감사합니다.

2024년 11월 19일
한가람

사랑 얘기라뇨.

그런 얘기 아닙니다. 그렇게 달콤하고 예쁘고 설레는 이야기가 전혀 아닙니다.

많은 걸 가졌어도 늘 손끝이 차갑고
앞에선 웃지만 언제나 구석에 앉아 울고만 싶었던.
항상 가슴이 텅 빈 듯 시리고
그래서 아침에 일어나 눈을 뜨는 일이 전혀 괜찮지 않았던.

일상이 매일이 아픈 사람들의 이야기.
오늘이 외롭지 않기 위해 싸우는 그런 사람들의 이야기.

오직 따뜻하려고. 단지 괜찮으려고. 조금 행복하려고. 애써 견뎌보려고.
그렇게 평생 내 편인 어떤 사람 그저 곁에 두려고.

그런데 우리는 다 이러고 살지 않나요?
사랑, 그렇게 예쁜 걸 할 시간이 어디 있나요. 그냥 사는 거죠.

그러니까 조금이라도 덜 외로워 보려고.

주은호 (37세 / 여 / PPS 28기 공채 아나운서)

만 10세 때의 일로 기억한다.

그날은 부모님이 돌아가신 날이었고 은호는 겨우 초등학교 4학년이었다.
넉 달 전 생일이 지났고 두 살 터울 동생 혜리는 겨울이라 콧물을 많이 흘렸다.

은호는 상복의 앞섶으로 혜리의 콧물을 닦아주었고
그래서 그 날 처음 본 사촌이모할머니께 혼쭐이 났었다.
"이제 애미애비도 없는데 옷이라도 정갈해야지."

그 날 장례식장 앞에 있던 대형 TV에선 10년 만에 내린 기록적인 폭설로
교통사고가 많이 발생했다는 뉴스가 나오고 있었다.
그 교통사고 중 하나가 은호 부모님의 교통사고였고
그 뉴스를 진행하던 여자가 심은영이었다. 그 여자가 그렇게 멋져보였다. 은호 눈에.

삐삐 머리를 하고 검정 상복을 입은 은호는
줄줄 콧물을 흘리는 혜리의 작은 손을 붙잡고 생각했다. '나도 아나운서가 돼야지.'

그땐 몰랐다. 아나운서만 되면 다 되는 줄 알았다.
아나운서만 되면 다 뉴스하고 다 심은영 아나운서처럼 되는 거라고 생각했다.
아나운서를 준비할 때도 같은 생각이었다.
사람들이 넌 얼굴은 조그마한데 얼굴에 음영이 없어서 화면발이 안 받아, 할 때도.

사람들이 넌 화면발은 그럭저럭 받는데 목소리가 별로라서 안 돼, 할 때도.
야, 이것들아. 두고 봐라. 내가 꼭 심은영처럼 될 거거든?
내가 아나운서가 되기만 해. 내가 아주 천하를 호령할 것이야.

그리고 은호가 아나운서가 된 지 언 14년 째.
가끔 만나는 친척들은 여전히 은호를 붙잡고 묻곤 한다.
"그래서 시방. 니가 뭘 한다고?"

은호도 아나운서가 되기 전까진 몰랐다. 아나운서에도 계급이 존재한다는 걸.
뭘 해도 일이 잘 풀려 단번에 스타가 되는 정현오 같은 놈들이 있는가 하면
뭘 해도 일이 잘 안 풀려 14년을 해도 해도 무명인 은호 같은 사람들도 있다는 걸.
그 운명이 중간에 바뀌는 법이란 없다.
한번 그렇게 정해지면 기적이 일어나지 않는 이상 쭉 그렇게 살아가야 된다는 걸.

그래서 은호가 아나운서가 된 지 언 14년째. 여전히 친척들은 은호를 붙잡고 말한다.
"야. 내가 TV를 죙일 보는데. 니는 못 봤어. 그래서 시방. 니가 뭘 한다고?"

갑작스레 고아가 된 은호와 혜리 자매를 거둬준 건
형제 중에 돈이 가장 많다는 큰아버지도
평소 자식이 없어 은호혜리 자매를 끔찍이 아끼던 고모부부도 아니었다.

"이제 애미애비도 없는데 옷이라도 정갈해야지."
부모님의 장례식장에서 처음 봤던 촌수도 복잡한 사촌이모할머니.

할머니는 부자였고 곁에 누구도 없었다.
친척들은 할머니를 '마녀'라 불렀고 은호 역시 그랬다.
하지만 마녀는 아이를 "강아지"라 부르지 않는다.
할머니는 언제나 은호와 혜리를 강아지라 불렀다.
항상 있는 힘껏 끌어안으면서 "아이구 내 강아지. 아이구 귀여운 내 강아지들."

그래서 은호와 혜리는 할머니의 그 커다란 집에서 제법 행복하게 살았다.
어디 가서 부모 없는 티도 안내고. 할머니의 바람처럼 정갈하고 예의바르게.

그렇게 성인이 된 은호는 그토록 열망하던 아나운서가 되었고
동생 혜리는 대학생이 되었다. 그리고 어느 날. 혜리가 실종되었다.

그건 은호의 나이 스물일곱, 혜리의 나이 스물다섯 살 때의 일이었다.
졸업여행에 간다고 나섰던 혜리는 끝끝내 돌아오지 않았다.

은호는 언제나 혜리에 대해 별 관심이 없었다.
두 살 아래 동생이었지만 한참이나 어린 느낌이었다는 것.
언제나 은호가 나가려고 하면 바지 끝자락을 잡고 졸졸 쫓아왔었다는 것.
하루는 비밀얘기를 한답시고 "난 사실 할머니보다 언니가 더 좋아." 따위였다는 것.
늘 은호보다 한참이나 모자라
은호가 수석으로 대학에 입학했을 때 혜리는 재수를 했었고
꿈이라고 말한 건 "난 방송국 주차장에서 일할 거야." 뿐이었으며
왜 그런 게 꿈이냐는 말엔 대답도 안 했다는 것.

혜리는 실종되었지만 할머니는 혜리의 실종을 받아들이지 않았고
혜리가 사라진 지 5년이 넘은 어느 날. 할머닌 눈도 감지 못하고 돌아가셨다.

그래도 은호는 혜리가 궁금하지 않았다.
언제나 조바심에 쫓겨 살아온 은호에게 혜리가 궁금할 틈은 없었다.
은호는 항상 바빴고 꼭 살아남아야만 했으며 그러므로 혜리가 늘 뒷전이었다.
할머니에게 사랑을 듬뿍 받으며 살아가는 혜리가 부럽기도 했지만
은호는 그런 사랑보다 얼른 돈을 벌어 할머니에게 빚을 갚고 싶었다.

은호가 혜리에 대해 정말 궁금해진 건 은호의 나이, 서른셋.
정현오와 헤어진 바로 그날부터. 현오는 결혼 얘기에 은호에게 헤어짐을 통보했고
은호는 정말 외로워졌다.
은호에게 더 이상 부모도 형제도 남자친구도
그 누구 하나 의지할 곳이 없게 되자 은호는 그제야 혜리 생각이 났다.

늘 혜리가 은호에게 했던 말이 있었다. "언니. 나는 행복해. 너무 행복해."
꿈도 없고 친구도 없고 잘하는 건 더더욱 없던 그 애가 어떻게 행복할 수가 있지?

모든 걸 가진 나조차도 이토록 불행한데
아무것도 가지지 못했던 그 애는 왜 행복했던 거지?
그렇게 행복했으면 사라지지나 말지. 왜 사라져버려 묻지도 못하게 만든 거지?

왜 그 애는 항상 여유롭고 평화로웠을까.

나는 항상 불안하고 초조하고 조금도 쉴 수 없었는데.

그래서 은호는 혜리가 되어보기로 했다.
자신 때문에 사라져버린 혜리가 남겨놓은 삶을 대신 살아주는 동시에
그 애처럼 살면 지금껏 불행한 자신도 어쩌면 행복해질 수 있단 얕은 기대감으로.
그렇게.

정현오 (37세 / 남 / PPS 28기 공채 아나운서 - 차장 대우)

다른 사람들 앞에선 틱틱거리다가도 둘이 있을 땐 해달라는 대로 다 해주는
남들에겐 차가워도 나한테만큼은 따뜻한 남자를 츤데레라 한다지.

앤, 정확히
그 반대다.

여자친구를 제외한 모든 인간들에게 관대하다. 자비롭다. 친절하다.
마치 모든 사람들을 다 품어낼 듯한 기세로
여자친구를 제외한 모든 것에 나이스하고 젠틀하다.
그의 자비는 여자친구만 아니면 모든 사람들에게 주어지는 것.

현오는 윗사람 아랫사람 구분 없이 모두에게 전부 잘해준다.
어찌나 일일이 면면히 이 세상 모든 이에게 잘해주는지.
PPS에 다니는 모든 사람들. 즉 정현오를 볼 일이 1도 없는 거래처 직원들까지도
이런 말을 하고 다닌다고 한다.
"혹시 들으셨어요? 그 정현오 아나운서라는 분이 그렇게 멋지시대요. 오와."

단언컨대 지금껏 조사한 바에 의하면 현오를 싫어하는 사람은 이 세상에 없다.
아. 한 명 있다. 현오의 여자친구였던 주은호.

정현오는 정말이지 놀랍게도 오직 지 여자친구한테만

정말 딱 오직 지 여자친구한테만 아주 불친절하기 이루 말할 수가 없는데.
하루종일 틱틱거려. 허구한날 싫어. 안 해. 니가 해. 저리 좀 가줄래. 비켜줄래?
속은 또 얼마나 좁아터졌는지. 속도 좁은데 욱도 해. 욱도 하는데 뒤끝도 길어.
누구한테만? 오직 지 여자친구한테만.

현오는 소위 아나운서국의 잘 나가는 놈이다. 호감도 1위의 남자 아나운서, 정현오.
그가 이렇게 되기까지 그의 끝없는 노력... 까지는 아니고
일단 시작부터 운이 몹시 좋았었는데. 지금으로부터 언 14년 전.
PPS의 유명 예능 프로그램에서 여자 아나운서들을 다 불러 인기투표를 했더란다.
그 인기투표에서 딱 한 표를 뺀 모든 표를 얻은 놈이 바로 정현오였다.
(현오가 받지 못한 딱 한 표는 모두가 예상하시다시피 주은호의 표였다)

그걸 보던 시청자들은 '아니. 도대체 정현오라는 놈이 누군데 저렇게 괜찮은 아나운서
들이 전부 다 좋다고 난리야?' ...라고 생각했고 너도 나도 그의 이름을 검색창에 입력
했더니 거기서 또 정말 운이 좋게 가장 먼저 뜬 현오의 사진이 하필이면 입사 후 첫 체
육대회 날. 농구경기에서 멋지게 슛을 날리던 모습이었으니...

사람들은 "역시 구관이 명관"이라며 환호했고
그렇게 뭘 해도 되는 놈. 정현오는 입사한지 겨우 석 달 만에
2030이 뽑은 호감도 1위의 남자 아나운서가 된 것이다.

이런 현상에 대해 그의 28기 동기 주은호 아나운서는 이런 평가를 하곤 했다.
"지이랄."

그러거나 말거나 정현오를 찾는 예능 프로그램은 급속도로 많아졌는데
역시 될 놈은 달랐는지 자기는 뉴스를 하고 싶다며 모든 제안을 거절하고
누구도 가기 싫어하는 심야의 생방송 추적 프로그램과
새벽에 시작하는 한 시간짜리 뉴스를 자원해 맡아 구르다가
뉴스의 전문성을 위해 제대로 취재 경험을 쌓아보고 싶다며
보도국으로 파견 근무를 신청해 보도국에서 파견 근무 1년을 있었는데
거기서 10년차 기자도 못 건졌던 특종을
누워서 떡 먹기 식으로 낚아 보도하는 바람에
까탈스럽기로 유명한 당시의 보도국장에게 무한한 신뢰를 얻게 되었다는.

그렇게 아나운서국으로 다시 돌아와선
프라임 시간대의 시청률 높은 시사 프로그램의 메인 MC가 되었다는
(오직 은호에게만 슬픈) 이야기가 아나운서국에 전설처럼 전해 내려오고 있다.

너는 처음부터 끝까지 운이 타고 났다는 은호의 말에 현오는 일갈한다.
나는 처음만 빼고 지금껏 노력하지 않은 적이 없었다고.
사실 현오는 정말 노력하지 않은 적이 없다.
아침부터 신문으로 시작해 인터넷에서 생산되는 모든 뉴스를 전부 검색하고
방송되는 웬만한 뉴스를 전부 찾아보고 딕션을 연습하며
보도국 파견 근무를 다닐 땐 보도국장의 개인적인 용무까지 전부 다 봐주었던
단 한 번도 주말에 늦잠을 자본 적이 없고
항상 아침 7시에 일어나 출근해 밤 11시까지 회사에 있었던 노력을 했다.
그래서 현오에게 9시뉴스 앵커 자리는 당연한 보상인 거다.

그의 이러한 노력의 결실은 10년 넘게 9시뉴스 앵커 자리를 지켰던 오부장이
은퇴를 하면서 이루어질 예정인데.
창사 이래 오직 기자만이 9시뉴스 앵커자리를 맡아왔던 이 방송사에서
최초로 9시뉴스 앵커를 맡게 될 남자 아나운서는 바로바로 정현오가 될 예정인데.

이렇게 겉보기에 그 어떤 문제도 없어 보이는 현오는
뭐랄까. 바이올린을 켜는 어머니와 영문 원서를 읽는 아버지.
그리고 유학길에 올라 미술을 하는 누나를 뒀을 거란 오해를 늘 받아왔었는데.

사실 그의 유년 시절은 생활고에 못 이겨 집을 나가버린 엄마. 도박에 미친 아빠.
그리고 퀴퀴한 지하 방으로 설명할 수 있겠다.

그러나 그가 천성적으로 가진 승부욕과 끈기로
언제나 공부도 운동도 잘해 얼굴에 전혀 어두움이 없었던 것 뿐.

하지만 현오의 나이, 열네 살. 집이 불에 타면서 아버지가 돌아가셨고
이제 보육원으로 가는 일밖에 남지 않았던 현오에게
자신의 아버지가 도박 빚을 졌던, 9천원을 덜 가져왔다고 뺨을 때렸던
미자할매가 자신과 함께 살자는 제안을 한다.

그에겐 나쁘지 않은 제안이었다.
보육원은 4년 뒤 스스로 독립해야만 하고 경기도 외곽 지역에 있는 것에 반해
미자할매의 집은 잘만 버티면 꽤나 오랫동안 있을 수 있었고

서울 한복판에 위치해 자신이 희망하던 고등학교와의 인접성이 뛰어났기 때문이다.

현오는 키워주는 대가로 언젠가 보은을 하라는 미자할매를 따라나섰고
그렇게 이태원의 5층짜리 건물에서
성질 포악한 다섯 할매와 함께 그의 사춘기부터 성년기를 전부 보내게 되는데.

사람이 사람을 거둔다는 건 생각보다 대단한 일이라
현오는 어느덧 할매들을 전부 사랑하게 되어버렸다.
어쩌면 자신을 낳아준 어머니보다. 어쩌면 자신을 키워준 아버지보다 더.

공부를 아무리 잘해도 돈이 없어 갈 수 없던 대학을 가게해 준 것도
제 부탁에 지온남매의 밥을 챙겨주고 그들의 생활을 돌봐준 것도
말은 툭툭거리면서도 식빵이 먹고 싶다하면 몇 키로를 걸어가 사오는 것도
전부 다 너무 고마워서
현오는 남아 있는 모든 인생을 자신을 사랑하는 할매들을 위해서 살기로 했다.

왜냐하면 현오의 꿈은 자신이 행복해지는 것이 아닌
그가 사랑하는 사람이 행복해지는 거니까.

강주연 (35세 / 남 / 미디어N서울 19년입사 공채 아나운서)

멀끔하게 생겼지만 여자에겐 목석같이 차가운 이 남자를 두고
뭇 연애 고수들은 이렇게 말한다.

"첫사랑에 실패한 전력이 있고 그 첫사랑은 이미 세상 사람이 아니게 되어... 가슴에 상처가 아주 깊은 거지. 그래서 그 누구도 사랑하지 않겠다 결심을 한 거고. 봐라. 봐. 저 차갑지만 깊고 깊은 저 눈을. 얼마나 가슴이 미어져 보이니? 저 사람은 분명히 마음 한가운데 구멍이 뻥 뚫린 연인을 잃은 슬픔으로 살아가는..." 은 됐고 얘는 그냥 모태 쏠로다.

남중, 남고, 육사를 나와 여자를 모르고 살았다.
여자랑 이야기를 나눠본 건 만 11세 이전의 일.
붙임성이 좋은 편도 아니라 회사에서도 여자동기들과 말을 잘 섞지 않는 편이다.

주연은 여자들을 좀 불편해하는 편인데 특히 말 많은 여자들을 많이 불편해한다.
여자들이랑 한 두 마디 얘기 나누는 것도 힘들어 죽겠는데
상대방이 말이 많으면 멀미가 나는 것이다.
그래서 주연은 백혜연이 불편하다. 싫은 게 아니고.

육사를 나온 인간이 왜 장교가 아닌 아나운서가 되었을까.
사실 그에겐 아나운서가 되고자 하는 형이 있었다.

예전부터 주연은 드라마를 보면서
형이 죽으면 그 꿈을 대신 이뤄주려는 동생을 보고 생각했다고 한다.
'도대체 죽은 사람의 장래희망 따위를 들어주는 게 무슨 의미가 있지?'
하지만 그의 형이 죽자 제일 먼저 든 생각이 그것이었다.
'형이 원하던 걸 해주고 싶다. 그렇게 하면 형이 좋아할 것 같아.'

그래서 육사 4년에 군대 5년을 장교 제대하고 스물아홉에 아나운서를 준비했다.
정갈한 이미지 덕분에 준비한 지 얼마 안 돼 별 고생 없이 방송사에 붙었고
잘 나가는 정도는 아니지만 그럭저럭 회사에서 인정받으면서 살아가고 있다.

하지만 형도 잃고 자신의 꿈도 잃은 주연은 살아가는 게 지루하기 짝이 없다.
매일이 재미없어 미쳐버릴 것 같다.
심지어 어머니는 형이 죽고 자신이 살아 있음에 오늘도 아프고 나아질 기미는 없다.

저에게는 아빠 같고 어머니에게는 딸 같았던 그 형이
메마른 식물처럼 바짝바짝 말라 죽던 날부터 그랬다.
가끔 자신을 원망이 그득한 채 쳐다보는 어머니와
저도 모르게 눈이 마주치면 주연은 뜬 눈으로 밤을 새우곤 했다.
자신을 주연이 아닌 형의 이름으로 부르는 엄마에 가슴이 덜컥 내려앉는다.

주연은 차가운 만큼 외롭고 외로운 만큼 누군가 간절했지만
언제나 그렇지 않은 척 묵묵히 그 자리를 지켜왔다.
그 지루한 일상을. 그 지겨운 세상을. 지구의 종말을 남몰래 꿈꾸면서.

그런 자신의 꿈을 그 여자가 이루어줄 거라는 생각은 정말 못했다.
그것도 35년 만에 처음 해본 첫 키스로.

동안이다.

문지온 (32세 / 남 / PPS 34기 공채 아나운서)

훤칠한 키와 다부진 체격. 그와는 별개로 왠지 귀염성 있는 얼굴.
마치 체대생인 듯한 느낌의 지온은 언제나 빙글거리는 말투와 피식 웃는 표정.
뺀질거리는 행동과 어깨를 으쓱거리는 장난기.
"글쎄." "싫은데?" "좋아." 가볍게 던지는 모든 말들.
모르는 사람에게 지온은 늘 농담 같은 사람으로 보일지도 모르겠다.

하지만 뭐든 농담처럼 보이는 지온이
진짜로 무슨 생각을 하고 사는지. 그가 뱉는 모든 말의 진심은 무엇인지.
늘 적당히 하자 말하고 괜찮다면서 웃지만
그게 그러니깐 진짜인지 가짜인지 아는 사람은 그 누구도 없다.

왜냐하면 지온은 어느 누구에게도
자신의 진짜 이야기를 털어놓은 적이 없고 단 한 순간도 진지해본 적이 없으니까.

그래서 지온이 왜 주은호를 좋아하는지.
도대체 왜 그보다 다섯 살이나 많은 그녀를 짝사랑하는지.
것도 굳이 친하다는 형의 구여친을 좋아하게 됐는지는 아무도 모르는 거다.

하지만 은호는 "도대체 날 왜 좋아하는 거야." 매번 볼멘소리를 지온에게 하면서도
지온의 눈을 보며 느낀다.

분명히 지온은 자신이 가진 가장 밑바닥에 있는 진심을 보았고
그것 때문에 자신을 좋아하는 거라고.
그러니까 매번 실실 웃는 문지온에겐 그 누구보다 깊은 바다가 있을 거고
그 바다에서 저 애는 늘 외로울 거라고.

그걸 어떻게 알아?
은호는 대답한다. "그 바다를 가진 사람들끼리는 서로 알아보는 법이니깐."

알콜 중독자 아버지 밑에서 자랐다.
아버지는 술을 마시면 항상 지온이부터 찾아 때렸다.
그러다가도 분이 안 풀리면 옆집 현오네 아저씨와 도박을 하러 갔다.
며칠씩 들어오지 않았고 그러다 어느 날은 영원히 들어오지 않게 되었다.
당장 먹고 살 수 있는 게 하나 없었는데 현오가 지온남매를 챙겼다.

지온은 현오처럼 되고 싶었다. 지온에게는 현오가 가장 멋진 사람이었다.
현오처럼 좋은 대학에 가고 싶어 고등학교 때 수영부에 들어갔고
수영으로 좋은 대학에 입학했다. 현오처럼 아나운서가 되고 싶어 시험을 봤고
현오에게 특강을 받아 아나운서에 합격했다.
그리고 첫 회식 때 현오 옆에 앉은 은호를 봤다.
모두가 자신을 가볍게 취급할 때 은호는 지온이 무거운 사람임을 단번에 알아봤다.
지온 안에 있던 깊은 바다를 알아봤다. 저런 여자는 누굴 만날까 했더니 형이었다.
누구에게도 말할 수 없었는데 어느 날 형이 은호와 헤어졌다.
지온에게 기회는 바로 그때부터였다.

백혜연 (28세 / 여 / 미디어N서울 20년입사 공채 아나운서)

예쁘다. 어리다. 착하다. 귀엽다. 이 모든 걸 다 가진 애가 백혜연이다.
그뿐인가. 예쁘고 어리고 착하고 귀여운데 아나운서.
그뿐인가. 예쁘고 어리고 착하고 귀여운데 잘 나가는 아나운서 되시겠다.
우리 백혜연은.

보통의 드라마에선 이런 캐릭터에 아주 큰 단점이 있다.
그것은 가난한 여주인공을 무작정 질투하는 모웃난 마음.
그러나 혜연은 그런 게 없다. 못난 마음만 없을 뿐인가.
질투도 없고 열등감도 없고 시기심도 없고 그냥 나쁜 건 다 없다.
혜연은 그저 맑다. 경쾌하다. 왕따를 당했던 학창시절에도 맑았고
여전히 그런 게 진행 중인 회사에서도 그녀는 경쾌하다.

혜연의 행복을 결정하는 건 보통 식욕인데.
어디 어디에서 뭘 파는데 그게 그렇게 맛있다더라.
어디 어디에서 뭘 파는데 그게 30년 동안 연구한 거라더라.
어디 어디에서 뭘 파는데 그게 식감이 난리가... 난리가...
이런 정보에 불나방처럼 반응해 당장 달려가 스스로 먹어보거나
아니면 좋아하는 사람이 그걸 먹는 걸 보기만 해도 행복해지는 스타일이다.
혜연은 쉽게 행복을 느낀다. 행복의 허들이 너무 낮아서. 그러므로 자존감도 높다.

이토록 완벽한 혜연의 단점을 굳이 찾자면 외로운 걸 못 참는다는 것... 정도?

그래서 짝사랑 중에도 다른 남자와 관계를 가질 수 있다는 것... 정도?

주연을 좋아한다. 하루 종일 앉아서 강주연 생각만 하는 혜연인데.
강주연만 보였다 하면 따라가 묻는 거다.

"선배. 어디가? 선배. 오늘 시간 있어? 선배. 나랑 밥 먹을래?
선배. 우리 집에 와라. 오기 싫지. 그럼 우리 밥 먹을래? 밥 먹자아. 선배!"

혜연에게 강주연이란 절대로 무너지지 않는 옹벽.
그 벽을 발로 차면 언젠가는 그녀에게 넘어와줄 거라 믿었었는데.
벌써 3년째. 주연은 혜연에게 여전히 일절 관심이 없다.
아니 오히려 귀찮아하는 것 같기만 한데.

그래서 혜연도 주연을 포기해볼까, 중간에 몇 번 생각을 해봤는데
그게 잘 안 되는 건 혜연은 원하는 걸 얻지 못한 적이 없다.
그녀의 인생은 늘 순탄했고 가지고 싶은 건 언제든 가질 수 있었다.
오히려 혜연은 뭔가를 좋아하다가도 막상 그게 자신 손안에 들어오면
후루룩 관심이 식는 타입인데.

현재 3년 내내 혜연에게 아무 관심도 없었던 주연 덕분에
혜연은 주연을 이제 그만 포기하고 싶어도 그러지 못한 채
3년 내내 강제로 짝사랑 중인 셈이다.

원하는 걸 다 가져왔던 덕분에 맑고 순수하다.
어거지로 욕심을 내거나 남의 것을 탐하지도 않는다.

하지만 혜연은 근 3년 동안 늘 애가 타 미칠 지경이다.
아무리 노력해도 자기에게 넘어오지 않는 강주연을 바라보면서.

'훔쳐보지 말래서 훔쳐보진 않고 있는데 선배는 지금 뭘 하고 있지?'
'쫓아오지 말래서 쫓아가진 않고 있는데 선배는 지금 어딜 가고 있지?'
'말도 걸지 말래서 말도 못 걸고 있는데 선배는 지금 내가 보이기는 할까?'

아. 궁금하다. 궁금해 미쳐버릴 것만 같다.

김신중 (48세 / 남 / PPS 아나운서국 팀장)

정권 교체 때마다 줄을 잘 선 덕분에 또 윗사람들에게 확실히 잘하고
실력도 좋은 덕분에 제법 이른 나이에 팀장이 되었다.

팀장이 되었으니 이제 좀 나아지겠거니, 한숨 돌리고 있는데
우리 아나운서국의 보물, 정현오와
우리 아나운서국의 폐물, 주은호님께서 아주 김팀장을 들들 볶으신다.

라디오랑 정오뉴스 빼고 딱히 하는 일도 없는 주은호에게

기피 프로그램 좀 하라고 하면 안 하겠다고 생난리난리.

그래서 설득 좀 해보려고 하면 뉴스를 해야 되는 나의 보물 현오가
그럼 제가 하겠습니다. 생난리난리.
그래서 주은호보고 현오를 설득해오라면 싫다고 또 생난리난리.

아주 저것들... 지겨워죽겠다.
아니 사겼으면 들키지나 말든지. 들켰으면 헤어지지나 말든지.
헤어졌으면 싸우지나 말든지. 아니. 나를 좀 잡아먹지나 말든지.

오늘도 김팀장은 그 둘 때문에 몹시도 피로한 삶을 살고 계신다.

깔끔하고 젠틀하다.
휘몰아치는 정권에 흔들리는 듯 보이지만 후배들을 제법 아끼고 챙겨준다.
희대의 황금박쥐 전재용이 가장 좋아할 정도로 마음이 따뜻하다. 아마도.

초등학교 고학년의 쌍둥이 딸들과 기가 쎈 아내가 있다.
집에 가는 것보다 회사에 머무는 걸 더욱 좋아하지만
그래도 주말엔 가족과 함께 꼬박꼬박 나들이를 가는 좋은 아빠이자 남편이다.

노안이다.

전재용 (44세 / 남 / PPS 28기 보도국 기자)

예로부터 보도국과 아나운서국에 내려오는 전설이 하나 있었으니
'똥은 못 피해도 전재용은 피하며 살자.'

별명이 황금박쥐. 그리고 황금박쥐는 그의 발작버튼이다.
본디 보도국 소속 기자이지만 몹시 지나치게 과한 에디튜드로 기자들에게 왕따를 당
했던 전재용은 보도국의 정보를 들고 아나운서국에 가서 일시적으로 예쁨을 받았으
나 박쥐 근성을 버리지 못하고 곧 아나운서국에 있는 정보를 들고 보도국으로 가 보
도국에서 다시 예쁨을 받았지만 지 버릇 개 못준다고 다시 보도국의 정보를 아나운서
국으로...

결국 보도국과 아나운서국에서 동시에 외면을 받게 된 뒤
과하게 취재를 하다 잘못된 보도로 죄 없는 사람 인생 하나 망칠 뻔 하고
지방으로 좌천까지 당했던.
여기까지만 들으면 전재용은 몹시 아주 정말 지나치게 불쌍하기도 한 인물인데...

그렇게 돌아온 본사에서 결국 9시뉴스 앵커 자리를 떡 하니 차지하게 되는
나름 반전의 주인공이기도 하다.

서울대를 나왔고. AB형이다. 늘 과하고 늘 자기애가 넘친다. 인지도가 부족하지만
그 부족한 인지도를 위해서라면 남의 방송에도 출연하는 미친 녀석.
언론고시를 몇 번이나 떨어지고 겨우 붙어 나이어린 후배들과 동기다.

나이가 많다고 꼰대력을 발휘할 만도 한데 전재용은 이상하게 그런 것에 너그럽다.

"형님. 형님" 하며 김팀장을 맹목적으로 쫓아다니는데
도대체 왜 김팀장을 좋아하는지 아무도 모른다. 심지어 본인조차 모르는 것 같다.

여의사 (이승윤) (36세 / 여 / 개인병원 정신건강의학과 전문의)

서른 중반의 예쁘고 능력도 출중한 전문의.

어릴 때부터 정신건강의학과에 대한 특별한 생각이 있어
성형외과나 피부과는 죽어도 안가. 난 정신건강의학과의 마더 테레사가 될 거다.
...생각하며 꿈에 그리던 개원 이후 처음으로 만난 환자가 바로 은호였다.

무슨 일이 있어도 성심성의껏 상담하는 걸 원칙으로 하는데
은호는 쉽지 않다. 쉬운 사람이 아니다.
하나를 해결하면 두 개를 가져오고 두 개를 해결하면 세 개를 가져온다.

환자와의 상담을 리드해야 되는데 늘 듣다보면 돌돌 말리는 스타일.
그러나 끝까지 은호의 마음을 잘 다잡아주는 역할을 한다.

문수정 (30세 / 여 / 프리랜서 교양 방송작가)

아무리 친절하고 다정해도 누가 자신을 "오빠." 라고 부르는 걸 극도로 싫어하는 현오에게 유일하게 사석에서 "오빠." 라고 부르는 작가.
수정은 다름 아닌 지온의 여동생이자 현오의 이웃사촌이다.

현오의 그 거친 할매들과 함께 어릴 때부터 엉겨 붙어 살았던 수정.
현재도 여전히 그 근처에서 엉겨 붙어 살고 있다.

어릴 땐 참 사랑스러웠는데 커가면서 왠지 시니컬하고 무뚝뚝해졌다.
그 이유는 알 수가 없다. 다들 쟤는 참 귀여웠는데 왜 저래. 하는 식.

일을 상당히 잘한다. 그러다가도 할매들 사이에 있으면 아기가 된다.
할매들과 현오에게만 살뜰하다. 모두에게 무심하다. 특히 은호를 좋아하지 않는다.
모르겠다. 오빠는 현오 형이 은호를 좋아해서 자기도 은호가 좋다고 하는데
수정은 그렇지 않다. 수정은 현오가 은호를 좋아해서 은호가 싫다. 괜히 싫다.

김미연 (39세 / 여 / PPS 시사국 PD)

기본적으로 내 몸이 편한 게 제일 좋고. 그런데 내 일이 잘 되면 그것도 좋고.
그러므로 내 몸이 편한 채로 일이 절로 잘 굴러가는 걸 제일 좋아하는
다소 이기적인 생각을 가졌지만 평범한 30대 여성.

그러기 위해선 일 잘하는 작가를 데리고 다니며 명성 있는 사람들과 일을 하는 게
방송을 꾸리는 데 가장 좋은 방법이라는 걸 알고 있다.

그래서 좀 무뚝뚝하더라도 일 잘하는 문수정을 늘 데리고 다니고
가끔씩 무섭긴 해도 명성 있는 정현오가 가는 프로그램마다 쫓아다니며
일도 못하고 명성도 없는 주은호는 싫어하는 편이다.

그래도 방송인으로서 신념을 지키고 싶어 하고 남다른 정의감도 있는 편.
평범한 서른아홉의 직장인. 결혼한 적이 있고, 이혼한 적도 있다. 아이는 없다.

소친국 (56세 / 남 / PPS 보도국장)

서울대에서 가장 낮은 과 출신. 서울대를 갈 수는 있긴 했지만 당시 가장 낮은 과를
가야만 했던 엘리트이긴 한데 열등감 있는 엘리트.
(알다시피 농경제학과를 나왔다고 전부 소친국 같은 건 아니다.
빈농의 아들이라 해서 모두가 소친국 같은 것이 전혀 아니듯이)

빈농의 아들로 태어났다.
서울대 음대에 다니던 아내를 만나 결혼했고
처가 덕분에 현재 PPS 보도국장 자리까지 왔다.
처가에 끔찍하게 잘하지만 늘 처가에 대한 남모를 열등감과 증오가 있다.
자신과 비슷한 느낌의 심진화를 사랑하게 됨.

심진화 (31세 / 여 / PPS 35기 아나운서국 아나운서)

처세에 능하고 원체 하이에나 같아 높은 사람에게 잘 들러붙는 재주가 있다.
외모가 그리 뛰어나지 않고 실력 역시 뛰어나지 않아
높은 사람을 포섭해 높은 자리로 올라가는데 특화돼 있는데
현재 자신이 가진 유일한 것은 젊음이라는 걸 정확히 알고
소친국 국장에게 들러붙은 상황.

스스로가 섹시하다고 생각해 딱 달라붙는 옷만 입고 다닌다.
개천에서 용 난 케이스다.

은초롱 (331세 / 여 / PPS 35기 보도국 사회부 기자)

가녀린 몸에 첫사랑을 연상케 하는 외모. 긴 생머리에 미소가 꽃잎 같은 여자.

고로 거친 생각과 불안한 눈빛이 난무하는 보도국과 전혀 어울리지 않는 여자인데
어찌된 영문인지 초롱은 보도국의 사회부 기자다. 그래서 별명도 보도국의 수선화.

능력이 뛰어난 건 잘 모르겠고 따뜻한 가정에 대한 열망이 있다.
어릴 때부터 생활력 좋은 언니와 단 둘이 살았을 땐 사실 몰랐다.
자신이 따뜻하고 복닥거리는 걸 좋아하는 사람이라는 걸.
그러다 현오네 건물에 들어가게 되면서 그곳에서 할매들과 복닥거리며 알게 됐다.

나는 혼자가 좋은 사람이 아니고. 이곳에 끼고 싶은 사람이구나.
늘 지온과 수정이 부러웠다. 현오가 가장 부러웠다.
그들 사이의 거리낌 없이 가족 같은 느낌이라서.

미자할매가 현오가 결혼하는 게 소원이라고 하자
초롱은 그렇다면 내가 현오와 결혼하겠다고 한다.
현오를 좋아하기도 했지만 누구보다 그 가족의 구성원이 되고 싶어서.
진심으로 할매들의 사랑을 받고 싶어서.

행복이 뭔지 알고 있는 사람.

최수현 (35세 / 남 / 미디어N서울 아나운서국 18년도 입사)

순수한 오재에 비하면 여우과에 속한다.
직언하는 타입. 하지만 귀엽게 생겨 여자들이 좋아한다.
늘 연애가 끊이지 않는다. 원한다면 FWB도 언제든 오케이다.
외로운 걸 참지 못해서 늘 연애를 다발적으로 하는 편.
주연의 선배지만 주연과 나이가 같다.

유오재 (35세 / 남 / 미디어N서울 아나운서국 17년도 입사)

단순하고 약간 무식하고 그래서 가끔은 바보 같아 보이지만
거짓말을 1도 못하고 술수도 능하지 못한 아주 순수한 영혼의 소유자.

고등학교 때까지 야구를 했고 어깨 부상으로 관두게 됐다.
스포츠를 특히 좋아해 스포츠 뉴스에 특화돼있다.

혜연이 입사했을 때 혜연을 보고 바로 반해서 용기 내어 고백했으나 바로 차였다.
자기 스타일은 이 회사에 없다고 하더니 1년 뒤 강주연이 좋다고 한 혜연에게.
그러나 주연과 친하고, 주연을 좋아하는 착한 친구다.

김민영 (29세 / 여 / 미디어N서울 주차관리소 직원)

혜리와 주차관리소에서 같이 일하고 있다.
무뚝뚝하고 거칠지만 마음은 따뜻한 아이.
혜리에게 틱틱 거리지만 혜리를 많이 생각해주는 친구다.

초등 임용고시를 준비하고 있지만 번번이 떨어진다.

조정선 (56세 / 남 / 미디어N서울 아나운서국 부장)

후배 사랑이 지극한 아나운서국의 부장.
정권 때마다 늘 줄을 잘못 서서 좌천의 대상이 되곤 했었는데
언론 탄압이 덜 한 이번 정권이 돼서야 겨우 부장을 달았다.

후배들에게 친구같이 대해주는 상사.
나이가 들면 들수록 어려운 게 어린 사람 대하는 일이야, 라며
난 좋은 후배가 되는 것보다 좋은 선배가 되는 게 더 힘들더라, 말하는
약한 사람에게 약하고 강한 사람에게 강한 사람이다.

백혜연도 강주연도 전부 조정선을 좋아하고 따른다.

강금숙 (살아있다면 86세 / 여)

그러니까 이 할머니로 말할 것 같으면
은호 아빠의 어머니의 자매. 사촌할머니 되시겠다.
사촌이긴 하지만 은호 아빠가 어릴 때 같은 동네에 잠시 살았던 것뿐.
딱히 친근한 교류는 없는 사이지만 어린 은호 아빠를 참 예뻐했었다.

어릴 때부터 빼어난 외모로 뭇 남성들을 홀리다 스무 살이 되자마자
시골마을 옆에 있던 부대의 장교와 결혼을 해 서울로 올라가버린 강금숙씨는

가족 모두와 연락을 끊고 살았었는데.

소문에는 장교가 일찍 죽어 어마어마한 재산을 물려받았다느니...

그런 걸 전부 알고 스무 살에 시집을 간 마녀라느니...

그러다 30년이 훨씬 지나 은호아빠의 장례식에 나타난 것이다.

쉰이 훌쩍 넘었지만 여전히 아름다운 얼굴로.

그리고 은호와 혜리 자매를 데리고 자신의 집으로 가버렸다.

"그래. 니들이 다 싫다면 내가 키울게."

결혼을 하고 2년 뒤에 남편이 죽었다. 그때부터 쭉 혼자였던 이 여자는 외로웠다.

은호와 혜리는 그녀에게 빛. 마음을 다해 사랑했다.

혜리가 그렇게 사라져버리기 전까지는.

주혜리 (25세 / 여 / 대학졸업반)

혜리의 부모님이 돌아가셨을 때가 혜리의 나이 만 8세.

초등학교 2학년이면 뭐라도 기억이 날 법도 한데 혜리는 무엇도 기억하지 못한다.

그저 혜리는 언니가 어딜 갈까봐. 언니가 사라져버릴까봐.

언니가 자길 놓고 가버릴까봐. 언니마저 없어질까봐.

콧물이 줄줄 흘러 콧등이 가려웠지만 닦지도 못한 채 언니의 손만 붙잡고 있었다.

부모님이 돌아가신 슬픔은 느껴보지도 못했다.

그 장례식 이후 혜리는 이모할머니를 따라서 거대한 집으로 갔고
할머니와 언니와 행복하게 살았다.

"부모님이 모두 돌아가셨어?"
부모님이 없다고 하면 다들 미안하다며 어쩔 줄 몰라 했다.
그때마다 혜리는 생각했다. 왜 미안하다는 거지? 나는 행복한데.

혜리에겐 은호만 있으면 됐고, 은호 다음으론 할머니만 있으면 됐다.
그 둘이 혜리의 세상의 전부였고. 평생토록 함께 해야지. 늘 결심했었다.

하지만 은호는 나이가 들수록 바빠졌고 혜리에겐 관심이 더욱 없어졌다.
중학생이 됐을 땐 고등학교에 들어간다고 바빴고
고등학생이 되었을 땐 대학에 들어간다고 바빴다.
대학 땐 아나운서가 되겠다고 바빴고
아나운서가 되자 아나운서가 되었다고 바빴다.

"넌 꿈이 없어? 네가 되고 싶은 걸 한번 찾아봐."
가끔씩 은호만 따라다니는 혜리에게 은호는 꾸짖듯 말을 하곤 했다.

혜리는 꿈이 없었다. 되고 싶은 건 더욱 더 없었다.
모든 사람에게 꿈이 있어야 되는 건가.
모든 사람에게 부모가 있는 건 아닌데. 나처럼.
그럼 꿈이 없는 사람도 있지 않을까. 그러니까 나처럼.

저는 꿈이 없는데요.

말을 하면 다들 부모님이 없다고 했을 때보다 더 놀란 표정으로 쳐다봤다.

그래서 혜리는 억지로 꿈을 만들었다.

"방송국 주차장에서 일하는 게 꿈이에요."

그럼 언니를 맨날 볼 수 있으니깐. …그 말은 속으로만 꿀꺽 삼켰다.

MT도 가본 적 없는 혜리에게 졸업여행은 고민할 거리조차 못됐다.

"안 갈 건데." 혜리가 말하자 은호가 무섭게 대꾸했다.

"그런 거 다니는 게 좋아. 못 보내주는 것도 아닌데 왜 안가?"

그래서 가기로 한 거다.

혜리에겐 친구도 없었다. 수업이 끝나면 곧바로 집으로 달려갔으니까.

집으로 돌아가서 은호만 기다렸으니까.

그런데 언니가 졸업여행을 가랬다. 그럼 가볼까.

근데 가서 뭐하지? 가면 뭐가 좋지? 언니가 좋다니깐 좋은 거겠지?

강원도였다. 숲이 우거졌고 다들 술에 취해 정신이 없었다.

이럴 거면 서울에서 그냥 마시지, 왜 굳이 여기까지 왔나 싶었었다.

그러다 반짝이고 영롱한 것들이 혜리를 숲으로 이끌었다.

실컷 구경하고 돌아오는 길 혜리는 사라졌다.

거기에 그런 낭떠러지가 있을 줄은 꿈에도 몰랐다. 딛자마자 떨어졌다.

누워서 희미해져가는 정신을 붙잡으며 혜리는 생각했다.

'아. 이런 데에 누워있으면 백년이 지나도 날 못 찾겠다.'

그 말이 맞았다.

S   장면(Scene). 같은 장소, 같은 시간 내에서 이루어지는 일련의 행동이나 대사가 한 장면을 구성.

D   낮(Day). 그 장면이 이루어지는 시간대를 표시.

N   밤(Night). 그 장면이 이루어지는 시간대를 표시.

E   효과음(Effect). 등장인물은 보이지 않고 소리만 나는 경우에 사용.

F   필터(Filter). 필터를 거쳐 들려오는 전화기 너머의 목소리 등을 표현.

O.S   오버 숄더 샷(Over the shoulder Shot)의 줄임말. 한 인물의 어깨 너머로 상대방의 모습을 포착한 장면을 가리킴.

플래시 컷   화면과 화면 사이에 삽입한 짧은 컷. 화면의 속도를 증대시키거나 긴박감의 표현, 시각적인 충격 효과들을 배가하기 위해 사용.

결코 사랑 얘기가 아님

사랑 얘기라뇨

S #1   (D − 오후 / 은호의 빌라: 은호의 집 401호)
        ; 과거 * 2015년 봄

벚꽃잎 폴폴 날리는 오후. 은호의 집 거실엔 TV가 왕왕 틀어져 있고.
현오는 설거지를 하고 있는데. + 대체적으로 정리가 안 된 집. 그러나 현오가 있
어서 살짝 정리는 된 느낌. / 액자는 아직 없음.

은호   (바닥에 드러누워 현오의 한쪽 발을 붙잡고 늘어져선) 구해줄 거냐.
현오   그거 알아. 주은호? 넌... (진심) 더러워.
은호   (다리 붙잡고 매달려) 아. 구해줄 거냐고.
현오   (설거지만하며) 야. 너 이거 며칠째 쌓아둔 거냐?
은호   아. 대답을 하라고. 너는 내가 물에 빠지면 나를 구해줄 거냐고.
현오   (설거지하며) 알아서. 알아서 헤엄쳐 나오세요.
은호   이 자식이. (다리를 콱 물어버리면)

"아!!" 소리치는 현오와 좋아서 배를 잡고 깔깔 웃는 은호.
창밖으로 꽃잎이 부스스 떨어지면.

S #2   (N − 9시 넘어 / 은호의 빌라: 은호의 집 401호)

; 과거 * 2016년 여름

벚꽃나무는 어느새 초록을 잔뜩 머금었고. 집 안은 여름의 습기가 담겨
져 있는데.

은호   (소파 옆 쭈그리고 앉아 현오를 보고. 미소) 현오야.
현오   (소파에 앉아 아홉시 뉴스만 보면서) 왜.
은호   (웃으며 리모컨으로 TV를 툭 끄더니. 미소로) 나야. 아홉시 뉴스야?
현오   ('너 지금 TV를 끈 거야?' 믿어지지 않아) ...미친 것 같아. 너.
은호   (리모컨 꼭 쥐고 일어나선) 나냐고. 아홉시 뉴스냐고. 말해.
현오   (꿈쩍도 않은 채 소파에 앉아. 한숨) 저기요. 이보세요. (쳐다보면)
은호   (깡패) 아. 빨리 대답 안 해?
현오   (성큼성큼 뒤따라가며) 너 잘 들어. 나 두 번 말 안 해. 나는 무조건. (TV
         본체에 달린 전원을 켜며) 아홉시 뉴스...

잽싸게 현관으로 달려가 두꺼비집의 전원을 내려버리는 은호.

현오   (사자후) 야!

S #3   (D - 오후 / 은호의 빌라: 은호의 집 401호)
        ; 과거 * 2017년 가을

가로등 불빛 아래 벚꽃나무의 잎사귀는 황량하고. 집에선 청소기 소리
가 끊임없는.

은호   (청소기 돌리는 현오의 등에 찰싹 달라붙어) 현오야.
현오   (그런 은호 뒤에 엎고 묵묵히 청소하며) 왜.
은호   나야. 청소기야?
현오   질문 같은 걸 해.

은호   질문 맞아. 물음표가 있었잖아. 그러니깐 대답하라고. 나야. 청소기야?

        "와. 왜 이러는 거죠?" 현오가 진심으로 감탄하며 청소를 하고.
        은호는 계속 "아. 나냐고. 청소기냐고." 현오의 머리를 치며 질문하고.

S #4   (N - 9시 넘어 / 은호의 빌라: 은호의 집 401호)
        ; 과거 * 2018년 겨울

        흰 눈이 듬성듬성 앉아 있는 벚꽃나무 가지 너머
        TV속 아홉시 뉴스가 고요히 흐르는 겨울의 밤.

은호   (소파 옆에 쭈그리고 앉아 현오를 보고선. 미소로) 현오야. 나야. 아홉시
        뉴스야?
현오   (픽 웃고는. 차분하게) 당연히 너지. 청소기보다도 니가 좋고. 뉴스보다도
        니가 좋아. (은호를 쳐다보고 조금 웃으며) 됐냐.
은호   아니. 더 해줘.
현오   (뉴스 보면서 군말 없이 해주는) 또 뭐가 있냐. 설거지보다도 니가 좋고.
        시사보다도 니가 좋고. 특종보다도 니가 좋고.
은호   (꽃잎처럼 웃더니. TV를 턱으로 가리키며) 그럼 꼭 저 자리에 앉아줄
        래?
현오   (은호를 쳐다보고는) 웬일로 고분고분하지.
은호   왜냐하면 나는 너를. (예쁘게 미소를 지으면)

S #5   (암전)

은호 E/   사랑하니까.
현오 E/   (덤덤) 나도 그래.
은호 E/   내가 널 사랑하고 응원하니깐.

S #6   (D - 11시 53분 정도 / PPS 방송국: 정오뉴스 생방송 스
        튜디오)

깜빡깜빡 지직거리는 카메라의 모니터. 화면 조정이 되어 카메라의 구도
잡히면 고개를 숙이고 뉴스를 준비하는 남녀 아나운서들. + 정오뉴스 (오
전 11시 55분-낮 12시 25분 / 월-일 / 문지온과 주은호는 월-금 진행)

뉴스 스튜디오의 커다란 전자시계가 11:54:45초쯤 되자 장내가 고요
해지고 프롬프터 옆 정오뉴스 FD 승화˚의 인 이어로 "마지막 CM 15초
전." 소리 들리면 곧 스튜디오에 오프닝 음악이 흐르고. + 승화는 프롬프터
자막 넣으려고 그 옆에 서 있는 것.

지온   (음악이 끝나면) 시청자 여러분. 안녕하십니까.
은호   금요일 PPS 정오뉴스입니다.

곧게 편 허리. 말끔한 정장에 단정한 화장을 한 아나운서 은호가
여유로운 미소로 뉴스를 진행하는 화면 위로 폭죽이 팡! 팡! 터진다.

S #7   (D - 12시 25분 / PPS 방송국: 정오뉴스 생방송 스튜디오)

뉴스의 클로징 음악과 함께 부드러운 미소를 띠운 은호의 인 이어로
"수고하셨습니다." 소리가 들리자마자 그대로 데스크에 고개를 쿵! 처박
는 은호.

———
˚ 조승화(30세. 여) PPS 정오뉴스 FD. 여자지만 현장 FD 일 특성상 남자처럼 하고
다닌다. 무뚝뚝하지만 챙겨주는 말을 들으면 얼굴이 빨개지는 귀여움이 있는 여자.

지온	(승화가 마이크 빼주는 사이. 은호를 보고 피식 웃곤) 그게 그렇게 하기 싫어?
은호	(부스스 고개를 들더니) 응. 너무너무 하기 싫어. (승화가 마이크 빼주는)
지온	(가볍게) 그럼 가서 말해. 너무너무 하기 싫다고.
은호	안 그래도 그렇게 말할 거거든? (벌떡 일어나 나가면)
지온	(따라가면서) 근데 왜 하기가 싫은 건데? 그 프로그램 시청률도 잘 나오잖아. 한... 8? 9는 나오지 않아? ...요즘 그 정도면 온 국민이 보는 거 아닌가.
은호	(복도로 나가 엘리베이터 버튼 누르고) 그래도 저는 너무너무 하기가 싫거든요.
지온	야. 거기 MC분량도 상당해. 너 분량에 목숨 거는 편이잖아. (약간 놀리는 투) 심지어 프로그램 질보다 분량을 더 따지지 않아?
은호	(엘리베이터 타서 1층 누르며) 저기요. 제가 분량에 목숨을 거는 건요. 저한텐 그거라도 있어야 되기 때문이거든요? 야. 내가 14년 동안 아나운서를 해왔는데 아직도 사람들이 나한테 물어. 은호야. 니가 TV에 나온다고 내가 들었는데 대체 어디에 나오는 거니? 야. 그런 소리를 듣는데 분량 무시할 수 있겠니?
지온	그러니깐. 그렇게 좋아하시는 그 분량이 아주 많은 프로라고요. 거기가. 그런데 왜 거기에 가기 싫으신 거냐고요. 아. 말이 안 되잖아.
은호	(혼잣말처럼) ...라디오는 죽어도 관두기 싫으니깐. (엘리베이터에서 내리면)
지온	(진심으로 의문) 새벽 여섯 시에 하는 한 시간짜리 라디오보다 오후 네 시에 하는 TV 생방송이 훨씬 낫지 않냐.
은호	(복도 걸으며) 낫지. 무척 낫지. 근데 너 3년 동안 라디오 한번 해봐라? 이상하게 정든다? 그럼 내 인지도보다 애청자를 좀 더 챙기게 되는 더 이상한 마음이 든다? 진짜야. + 약간의 생떼. 억지 느낌 있음.
지온	(여전히 이해 안 되지만) 와. 그래서 회의에 들어가 그렇게 말씀하시겠다?
은호	당연하지. 아니, 무려 28기 전체를 소집하셨더라고. 아주 나 하나 조지

려고.

지온   오오. 28기. 그럼 현오 형도 딱 있겠는 걸? (멈춰 서면)

그들이 걸어온 복도엔 PPS 대표 프로그램들이 판넬 포스터로 제작되어
걸려 있고.
판넬 속 프로그램의 진행자는 두세 개 건너 현오인 꼴인데.
두 사람이 걸어가는 동안 방송국 천장에서 비현실적으로 폭죽이 터지
고.

지온   (그중 맨 마지막 시사텐 프로그램 속 진행자, 현오를 턱으로 가리키며)
        요기. + 시사텐은 현오 단독 진행.
은호   (슬슬 열 받는) 야.
지온   오. 조기! (턱으로 다른 쪽을 가리키면)

사내 커피숍. 젠틀하고 깔끔한 얼굴의 실제 현오가 서 있는.
현오가 커피를 기다리면서 주변 사람들에게 웃으며 인사를 하고.
방송국 견학을 온 중학생들에게 사인을 해주면.

은호   (그런 현오를 못마땅하게 보며) 저 새끼는. ...아주 정치를 했었어야.
지온   (다른 세상) 심지어 회의에 가도 현오 형이 정말 딱 있겠다. 그치.
은호   (무섭게 처다보며) 아. 그게 나랑 무슨 상관... (다시 현오를 보니)

커피를 받은 현오가 서류 더미를 들고 지나는 작가에게 이리 오라 손짓
하더니
자기 커피는 입에 물고서 그 짐을 대신 들어준다.
작가가 웃으며 현오의 커피를 대신 받아주고. 두 사람은 다정하게 걸어
가면.

은호   (꼴값도 가지가지) 저 새끼는 진짜 정치를 했었어야. ...에이. (커피 마시기
        싫어짐. 휙 돌아 엘리베이터 쪽으로 가버리면)

지온   (바로 은호를 따라가며) 뭐야. 커피 안 마셔? (놀리는) 왜에? 현오 형 때 문에?

"아! 꺼져!" 은호가 지온에게 신경질을 내며 다시 엘리베이터 쪽으로 걸 어가고.

S #8   (D - 1시 넘어 / PPS 방송국: 아나운서국 대형 회의실)

은호   (단호) 싫어요.

이미 많이 설득하다 지쳐버린 김팀장이 회의실 한가운데 서 있다.

김팀장   (그라데이션 분노) 아. 왜. 아. 도대체 왜!

은호   (허리 꼿꼿이 펴고 앉아. 따박따박 대드는) 팀장님. 전 새벽에 라디오 하 잖아요. 무려 새벽 다섯 시에 출근해 오후 두 시까지 빡세게 일을 하는 데. 어떻게 오후 네 시 생방송까지 하라는 거예요. 그런 건 오후에 출근 하는 석근팀 시키시라니깐요?

김팀장   아니. 그러니깐. 니가 그 조근팀을 관두고 석근팀으로 오면 되지 않냐 구요.

은호   (김팀장 말투 똑같이) 아니. 그러니깐. 그러려면 제가 새벽 라디오를 관둬 야 되는데. 저는 그게 싫다니깐요?

김팀장   (급속 폭발) 아씨! 도대체! 왜!

은호   팀장님. 지금 제 라디오가 청취율 1등이에요. 2등도 아니고 무려 1등. 이 게 뭐. 저절로 뚝딱 1등 한 게 아니고요. 제가 3년 동안 쎄빠지게 고생해 서 1등 만들어놓은 거거든요? 아니. 도대체 누가 그렇게 고생해서 얻은 걸 쉽게 내려놓겠어요? 라디오는 오래오래 해야 되는 거라고. 한번 하면 10년, 20년씩 해야 되는 거라고. 그것이 바로 청취자와의 의리라고. 그 걸... 제가 말했어요. (아무나 손가락질하며) 쟤가 말했어요. (또 아무나 손가락질 하며) 쟤가 말했나요. (강조) 팀장님이 말씀하셨어요. 그러니깐 팀장님이 생각을 바꿔보시는 건 어떠신가요. 오후 네 시 생방송을 왜 꼭 제가 해야 되나요? 여기 이렇게 아나운서들이 차고 넘치는데. (회의실을 쭈욱 두르면)

그제야 비춰지는 28기 전체 아나운서들. 놀랍게도 모두 남자들뿐인데.
+ 은호 포함 6명.

김팀장	(꾹꾹 참는) 여자가 필요하다고요. 여자가. 은호야. 진행자가 한석진 선배야. 그럼 생각을 좀 해봐라. 그 옆에 여자가 서야 되겠니. 남자가 서야 되겠니.

김팀장　(꾹꾹 참는) 여자가 필요하다고요. 여자가. 은호야. 진행자가 한석진 선배야. 그럼 생각을 좀 해봐라. 그 옆에 여자가 서야 되겠니. 남자가 서야 되겠니.

은호　(뻔뻔) 남자요.

김팀장　(머리끝까지 화가 뻗쳐오른다) 뭐?

은호　왜 남자가 서면 안 돼요? (주욱 두르고) 이렇게 남자들이 많은데?

김팀장　(하... 쟤 미쳤나봐) 아.

은호　(당당하게 주장) 팀장님. 요즘은 보이 러브의 시대예요.

김팀장　뭔 러브?

은호　팀장님. 남자와 남자가 같이 서면요. 틀에 박힌 젠더 의식을 뛰어넘어 세계로 뻗어나가는 선구자가 되는 거랍니다.

김팀장　(진심) 너 많이 돌았나봐.

은호　(개의치 않아) 팀장님. 저한테 이러지 마시고 그냥 이 중에 하나를 골라 쓰세요. 시대의 흐름에 맞게. 아니. 나보고. 너는 정말 별로라고. 입사 14년 차에 사람들이 다 알아봐주는 국민 아나운서도 아니면서 회사에서 아직 차장조차 달지 못했다면 넌 그냥 망한 거라고. 것도 똥망한 거라고. 그래서 주은호. 너는 프리로 나가도 백 원 한 푼 못 벌어 올 거라고. 그걸... 제가 말했어요 (아무나 손가락질하며) 쟤가 말했어요. (또 아무나 손가락질 하며) 쟤가 말했나요? (대흥분) 팀장님이 말씀하셨어요. 아무튼 몇 번이고 말씀드리지만.

현오　제가 하겠습니다. 팀장님.

순간 모두 다 현오를 쳐다보면.

김팀장	(귀 후비적. 내가 잘못 들었나) 응? 뭐라고?
현오	(여유로운 미소로) 네 시 생방송 이슈인. 제가 하겠습니다. 팀장님. (턱으로 은호 가리키며. 은호에게만 사나운) 저거 대신.
은호	(꽂힌 건 이 한마디) 뭐? 저거? (눈 돌아서) 야, 너 지금 뭐라고 했냐. 저거?
김팀장	아니야. (은호는 아랫사람. 현오는 윗사람) 아니야. 현오야. 무슨 소릴 하는 거야. 현오야. 네 시 생방 알잖아. 시청률 좀 나와도 아나운서가 직접 현장에 나가는 프로그램이야. 현장 나가서 생동감 있게 정보를 전하면 그래! 좋지! 인지도 팍팍 올라가고 시청자들과 친근해지고 너무 좋지! 민어도 잡고 쏘가리도 잡고 전어도 잡고 좋다고! 좋아! 근데 현오야. 넌 뉴스 할 놈이잖아. 그래서 넌 거기에 가면 안 돼. 10년 뒤도 아니고 5년 뒤도 아니고 아주 곧. 그러니깐 애즈 쑨 애즈 곧 있다가 할 놈이라 안 된다고. 거기는 지금 니가 갈 데가 아니야? 현오야?
은호	(확 끼어) 아니. 이건 또 무슨 소리야. 그럼 민어랑 전어는 내가 잡고 폼은 쟤가 다 잡냐? 아. 이거 남녀 차별 아니야?
김팀장	어. 이거 남녀 차별 아니야. 사람 차별이야. 정확히 말하면 너랑 쟤의 차별. (현오에게 부드럽게) 현오야. 넌 거기 아니야? 알았지?
현오	(상냥) 설득이 안 돼서 그래요. 팀장님. (사납게) ...저거가.
은호	(아오씨 열 받아) 아이씨. 진짜. 또 저거. 야!!!!
김팀장	(현오에겐 부드럽게) 그래도 아니야. 현오야. (은호 가리키며) 얘는 내가 알아서 할게. 너는 이거 신경 쓰지 마. 너는 이런 데 신경 쓰는 거 아니야. 알았지. 현오야?
현오	(오기) 아니요. 팀장님. 네 시 생방송. 제가 하겠습니다. (벌떡 일어나더니 여전한 미소로) 그럼. (꾸벅 인사하고 나가는데)

지금까지는 친절했지만, 왠지 화난 듯한 걸음걸이로 나가는 현오.

| 김팀장 | (끝까지 잡는) 아니야. 현오야. (거의 애원) 현오야? 정현오! |

쿵! 현오가 문을 닫고 나가자 그게 마치 신호라도 되는 양
28기 남자 아나운서들이 부스럭부스럭 일어나 회의실을 나간다.

'너 때문에 우리 현오가 네 시를 한다잖아. 네가 하면 되는데.'
'너 때문에 우리 현오가 전어를 잡는다잖아. 네가 잡으면 되는데.'
나가면서도 왠지 은호를 째려보는 남자 아나운서들.
남자 아나운서들 위로 작은 폭죽들이 귀엽게 터지고. 그건 또 아무도 모르고.

김팀장	(한숨 크게 쉬며. 목소리 바뀜. 남동생 대하듯) 야. 너 어쩔 거야.
은호	(꽂힌 건 이거) 선배. 쟤 미쳤나봐. 저거? 나보고 저거래.
김팀장	(은호에게 손가락질) 너. 책임져. (현오가 나간 문 쪽 가리키며) 쟨 안 돼. 너도 알지? 쟨 절대로 안 돼. 그러니깐 니가 책임지고 쟤 설득시켜 가지고 와. 니가 쟤 설득 못 시키면 너는 무조건 네 시야. 알았어?
은호	아, 선배. 쟤가 한다는데 그냥 쟬...
김팀장	(폭발) 야! 너! 내가 이거 얼마나 힘들게 잡아 온 건 줄 알아? 거기 제작진은 너 따위가 누군지도 몰라. 걔네들은 무조건 정현오였거든?
은호	그니깐. 제작진도 원하고. 본인도 원한다는데. 굳이 그걸 왜...
김팀장	(안 들려) 내가 우기고 우겨서 널 꽂은 거라고! 꽂았어. 꽃꽂이 하듯 내가 거기에 널 푹 꽂았다고! 왜? 제발 뭐라도 제대로 된 것 좀 해보라고! 그럼! 넙죽 감사합니다! 하고 받아야지. 뭐? 보이 러브으?
은호	(미안하고. 진심) 아니, 선배. 내가... 프로그램 잡아준 건 진짜 고맙게 생각하는데. 어?
김팀장	(끝났어) 나가.
은호	아니, 선...
김팀장	나가.
은호	아니. 스...
김팀장	안 나가? (습)
은호	(본능적으로 알았다. 여기가 끝이다) 예. 알겠습니다. 팀장님. (꾸벅 인사하고 빠르게 뒷걸음질 쳐 회의실 밖으로 나가면서) 수고하십쇼. 팀장님.

+ 은호는 김팀장이 어려워질 때만 팀장님이라고 부른다. 보통은 선배. 대학 선배였으므로.

은호가 나가자 쿵! 문이 닫히고. 김팀장이 피곤하다는 듯 푹 한숨을 쉬면.

S #9   (D − 1시 넘어 / PPS 방송국: 시사국 시사텐 사무실 − 현오의 방 앞)

"자막 좀 봐주세요." "그거 팩트 체크 된 거죠?" 분주하게 방송 준비를 하는 시사텐 팀의 목소리가 너머에서 얼핏얼핏 들리는 현오의 방 앞.
+ 시사텐: 매주 목요일 밤 11:15~12:25 / 시사텐 사무실 내 대형 회의실 있음.

그 옆에서 은호가 벽에 머리를 박고 마구 비비며 괴로워하고 있으면.
은호의 머리 옆으로 작은 새들이 팔락팔락 날아다니는데.

현오	(벌컥 문을 열었다 바로 앞 은호에 당황해) 아씨. 깜짝이야.
은호	(당황하지 않고 그새 자기 팔짱 끼고 현오를 쳐다보면)
현오	(괜히 옷매무새 만지며. 차갑게) 왜. 뭐.
은호	(바로) 난 있지. 네가 날 극혐한다고 생각했거든?
현오	(귀찮은 듯 한숨 쉬곤) 딱히 틀린 말도 아닐 걸. ...근데 그것도 애정이 있어야 생기는 감정이라 말이지.
은호	(침착하게 비아냥) 근데 아니었어. 잘 생각해보니 너는 아직까지 나를 사랑하는 거였어.
현오	(진심으로 빡쳐) 무슨 소릴 하시는 건지. 점심부터 낮술을 드신 건지.
은호	오후 네 시 생방. 너 나를 위해서. 내가 할까 봐 니가 대신하겠다고 한 거잖아.
현오	니가 하도 빡빡하게 굴어서 모두들 곤란해 하니 내가 대신 총대를 맨 거란 생각은 안 하시는 건지.

은호	(뻔뻔) 응. 하지 않아. 그것은 분명히 니가 나를 위해서 나만을 위해서!
현오	야. (약간 복화술) 너 착각 하지 마.
은호	(우기는 것도 탄력 받기 시작) 저기요. 저도 이게 착각이었으면 좋겠는데요. 이걸 어떻게 착각이라 생각해요. 세상 쿨한 인간들이야 공은 공이고 사는 사겠지만. 전요. 아주 피가 펄펄 끓어오르는 37세 노처녀라서요. 그쪽이 저를 위해서 이렇게. 어? 안 그래도 눈엣가시인 제가 다른 사람들한테 미움받을까봐 일부러 총대를 매주면 제가 할 수 있는 생각은 굉장히 한정적이거든요. (손으로 입 막으며. 호들갑 떠는 제스처) 어머! 얘 날 사랑하나 봐! 어머! 얘 나한테 아직 미련 있나봐! 아. 물론 내 대답은 이미 정해져 있어. (반사 제스처) 난 됐어! 반사! 그 따위 애정과 미련은 너나 가지세요. 저는 차라리 극혐이 낫거든요? (비장의 한 스푼) 저거야.
현오	다 했냐.
은호	아니? 알잖아. 니가 주는 그 애정은 말만 애정이지. 실체는 완전 똥이라는 거. 그러니깐 그딴 똥은 너나 가지시고요. 내가 팀장님한테 말해서 다른 사람...
현오	야. 내가 정말 궁금한 게 하나 있는데.
은호	그 무엇도 궁금해하지 않았으면 좋겠지만 어디 한번 말해보시지.
현오	조근팀이 그렇게 좋냐.
은호	어. 좋아. 말했잖아. 나는 나의 애정 어린 새벽 라디오를 지키기 위해 아침을 사수해야만 하고.
현오	그럼 이건 어때. 내가 오후 네 시 생방송 이슈인을 니가 그렇게 좋아하는 아침으로 옮겨줄게.
은호	(뭔 쌉소리야) 뭐어?
현오	아침 프로면 되는 거잖아. 그럼 조근팀 지킬 수 있는 거잖아.
은호	(어이가 없네) 아니. 무슨... 프로그램 옮기는 일이 이 테이블에서 저 테이블로 꽃병 옮기듯 옮겨지는 일도 아니고. 저기요. 아무리 니가 아나운서국에서 애지중지하는 다음 개편 아홉시뉴스 앵커 내정자일지라도 그건 못하세요. 아니. 지가 무슨 전지전능한 만능 사기캔 줄 아나 봐. 너는 진짜 늘 생각하는 거지만 자의식 과잉이세요. 혹시 그건 아세요?
현오	아니. 나는 진심 위대한데? 나 그거 할 수 있을 것 같은데?

은호   웃기시네. 야. 우리 회사가 니 꺼니? 니 꺼야? 그딴 건 PPS 사장도!!

S #10   (D − 9시 5분 넘어 / PPS 방송국: 이슈인 생방송 스튜디오)

"숏 들어갑니다." 인 이어로 들리는 이슈인 PD, 미연의 목소리.
곧 아침에 어울리는 오프닝 곡과 함께 이슈인 프로그램이 시작되고.
+〈생방송 이슈인〉 (주중: 09:10~10:00 / 주말엔 방송 없음 / 스탭 구성: 김미연 연
출 / 메인 작가 문수정 / 서브 작가1 오유연 / 정찬우 FD / 월금 팀)

현오   (큐카드를 들고. 자연스러운 표정) 안녕하세요. 이슈인이 오늘부터 좀 더
        일찍 시청자 여러분을 찾아뵙겠습니다. 새롭게 진행을 맡은 아나운서 정
        현오입니다.
은호   네. 아침 출근길 시청자 여러분의 이슈를 책임지겠습니다. 아나운서 주
        은호입니다. (부드럽게 미소를 지으면)

S #11   (D − 1시 넘어 / PPS 방송국: 아나운서국 팀장실)

은호   (눈에는 은은한 광기. 두 손을 모으고. 꿈꾸듯) 선배.
김팀장   (결재서류에 사인하다가 처다보는데 심상치 않아 무서워) 왜.
은호   (동화책 읽어주듯) 제가 정말 신비한 경험을 했지 뭐예요? 아니. 글쎄. 정
        현오가 니가 그렇게 조근팀을 사수하고 싶으면 내가 그 프로를 아침으
        로 옮겨줄게... 해서 그건 PPS 사장도 못 하는 일이다... 했는데 세상에 정
        신을 차려보니 제가 아침 아홉 시 오 분에 이슈인을 진행하고 있더라고
        요. 선배. 세상에 프로그램 하나가 너무 쉽게... 정현오 한마디에 아침으
        로... 어머나. 선배. 근데 더 신기한 게 뭔 줄 아세요? 제가 듣기론 분명히
        제 옆에 한석진 선배가 선다고 했거든요? 근데 세상에 정신을 차려보니
        한석진이 아니라 정현오가 제 옆에 있는 거예요. 왜죠?
김팀장   그게... 한석진 선배는 아침에 스케줄이 안 돼서... 그럼 현오가 자기가 책

임지고 하겠다... 한 건데.

은호 (여전히 들뜬 톤) 그럼 그 새끼만 하면 되는데. 저까지 굳이?

김팀장 다시 말하지만 남자 옆에는 여자가 서는 게... 미안하다. 내가 아직 구시
대적인 발상에서 벗어나질 못해서...

은호 (조증 연극 톤) 아아. 그렇구나. 근데 선배. 혹시 그건 아세요? 제가 정현
오라는 사람과 만났던 사이라는 걸?

김팀장 알지. 은호야. 8년 만났지. 8년.

은호 (눈이 점차 돌기 시작한다) 근데 이게 무슨 짓이져? 왜 헤어진 애들끼리
코엠씨를 붙여놓는 거져?

김팀장 (같이 돌기 시작하는 눈. 웃으면서 조곤조곤 지랄) 그건 은호야. 시청자
들은 니들이 사겼는지 바람이 났는지 결혼을 했는지 이혼을 했는지 알
바 아니니깐? 은호야? 어떤 회사에서 애정 문제를 봐가면서 팀을 짜주
니? 내가 말이 나왔으니깐 하는 말인데. 사귀었으면 들키지나 말던지. 들
켰으면 헤어지지나 말던지. 헤어졌으면 쌩이나 까지 말던지. 왜 사귀고
헤어지고 쌩까는 것도 모자라 허구한 날 니들 사이에 나를 껴놓고 내 머
리 뚜껑을 열었다 닫았다. 열었다 닫았다. 은호야. 니들이 헤어지고 제일
불쌍한 게 누군 줄 알아? (눈에 흰자가 더 많아졌다) 나야.

은호 (억지로 웃은 채) 아. 그렇구나. 선배. 선배가 제일 불쌍하구나.

김팀장 그래. 그래서 말인데 은호야. 거기에 그렇게 너를 꽂아 넣어준 것에 대해
감사해 줄래? 인지도 빵인 너를 거기에 넣으려고 노력한 나를 좀 알아
줄래? 그리고 이만 이 사무실에서 좀 나가줄래?

이제야 본색을 드러낸 은호가 등 뒤로 불을 뿜으며 김팀장을 쳐다보면.
+ 팀장실에 TV 있음.

S #12   (D - 11시께 / PPS 방송국: 구내식당)

두 주먹으로 쾅! 식당 테이블을 치는 은호. 테이블이 지진 난 듯 쩍쩍 갈
라지고.

지온	(그 앞에 식판 놓고 앉아 밥 먹으며. 피식 웃곤) 저기... 진심으로 하는 충고인데. 뭐라도 들어갔으면 고마워하세요.
은호	(작은 목소리로 짜증) 정현오 옆이잖아! 정현오! 그걸 어떻게 그냥 고마워하지?
지온	왜. 형 잘하잖아. 그러면 너도 옆에서 기 좀 받아.
은호	지온아. 나랑 정현오랑 동갑이다? 그런데 왜 걔는 형이고 나는 너야? 나도 정현오처럼 불러줘. 누우나. 서언배. 그것도 아니면 차라리 정현오처럼 저기요? 이보세요?
지온	나는 여자로 보는 사람을 누나라고 부르지 않거든. (피식)
은호	아아. 그러세요? 모두에게 친절하신 분이 왜 거기서만큼은 하극상일까.
지온	근데 주은호. 형도 모두에게 친절하잖아. 그런데 너랑 만났잖아. 그럼 니가 나랑 못 만날 건 뭐야? 나도 모두에게 친절한데.
은호	그래. 내가 그걸 제일 싫어해요.
지온	아니. 근데 왜 만났냐고.
은호	내가 그걸 알고 만났니? 나도 몰랐어. 난 있잖아. 모두에게 불친절한데 나한테만 친절한 사람이 좋거든?
지온	아아. 그럼 노력해 볼게. 주은호. (씨익)
은호	노력하지 않으셔도 되거든요? 그리고 난... (젓가락으로 음식을 찍으며) 복수할 거야.
지온	(밥 먹으며. 비웃는) 무슨. 복수를 하겠다고.
은호	(비밀 얘기하듯) 내가 있지... 인터넷에서 봤는데... 거기에 그런 말이 있더라?
지온	(같이 속삭) 뭐가 있었는데.
은호	(속삭) ...구남친에 대한 복수는 예뻐지는 것이다. 범접할 수 없을 정도로 어마어마하게. (씨익 웃으면)

S #13 (D – 9시 4분 / PPS 방송국: 이슈인 부조정실)

부조정실 수많은 모니터 속 은호는 범접할 수 없는 지글거리는 머리와 어마어마하게 시커먼 메이크업. 그리고 엄청나게 타이트한 정장을 입은 모습이다.

미연   (자기 팔짱 낀 채. 모니터 속 은호 한참 보더니) 저기. 작가님. 나 너무 궁금한데… 주은호 헤메 무슨 일일까요? 전쟁이라도 난 걸까요?

수정   (미연이 서 있는 곳 옆에 앉아 원고 체크하며. 매사에 무심한 편) 글쎄. 뭐. 대세에 지장이 있을까요? 피디님? + 수정 앞엔 원고. 수정은 볼펜 들고 원고 체크하는 중.

미연   (금세 넘어가는 편) 아. 그치. 대세에 지장은 없지.

S #14   (D - 9시 50분 넘어 / PPS 방송국: 이슈인 생방송 스튜디오)

현오   다음 소식입니다. 겨울에서 봄으로 넘어가는 이 시기. 일교차가 커서 감기에 걸리기 쉬운데요.

은호   (미소를 지으며) 네. 그렇죠. 그래서 감기 예방을 위한 면역력이 중요한데요. (천천히 VCR 모니터 쪽으로 걸어가면 투둑투둑 치마 뒷부분이 터지지만 전혀 눈치채지 못하는) 그래서 오늘 이슈인에서는…

S #15   (D - 9시 50분 넘어 / PPS 방송국: 이슈인 부조정실)

은호 (M) 면역력을 높이는 데 도움이 되는 식재료를 찾아 더덕 직판장에 가보았습니다. (치마는 엉덩이 바로 아랫부분까지 터져 너덜너덜한데)

미연   (PD석에 달려있는 마이크를 통해 카메라 감독에게. 조급) 카메라 원! 주은호 바스트 그대로 갈게요! 좀 더 타이트하게! (옆의 기술 감독에게) VCR3으로 잠깐 덮었다가 클로징 받겠습니다! (혼잣말하듯) 아오씨! 클로징 풀샷은 어떡하냐. (옆의 기술 감독에게) 일단 풀샷 절대 잡지 말아주세요! 절대! + 은호가 오른쪽에 있을 시 / 화면 기준으로 보통 카메라 번호 /

CAM1 - 우 출연자. CAM2 - WS 2샷, CAM3 - 좌 출연자, CAM4 - FS.

S #16   (D - 9시 59분 / PPS 방송국: 이슈인 생방송 스튜디오)

현오   (은호의 터진 치마를 쓱 보곤. 미소) 오늘 준비한 소식은 여기까지입니다.
은호   (활짝 웃으며) 바람이 여전히,
현오   (저에게만 카메라 고정시키려고 바로 말을 채는) 차서 춥습니다. 다들 건
          강에 유의해주시길 바랍니다.
은호   (이거라도 하고 싶어) 좋,
현오   좋은 하루 보내십쇼.

경쾌한 클로징 곡이 흐르고 정면을 쳐다보는 은호와 현오.

S #17   (D - 9시 59분 / PPS 방송국: 이슈인 부조정실)

미연   오. 좋아. 그래. 선배가 다 채가버려. (옆에 앉은 기술 감독에게) 감독님!
          카메라 투! 바스트 고정! 풀샷 안 갑니다! 이대로 클로징 갑니다! 이대로
          그대로 완전 끝내버릴 거예요! (클로징 음악 트는 신호 보내며) 타이틀
          스타트!

          모니터 속 은호와 현오는 점점 멀어져 바스트에서 프로그램이 마무리
          된다.
          그 속으로 쑥 들어가면.

S #18   (D - 10시께 / PPS 방송국: 이슈인 생방송 스튜디오)

          "컷. 고생하셨습니다." 각자의 인 이어로 들리자마자.

현오   (완전 참았다가 소리치는) 아!!! (너무 아파 스스로 입을 막는데)

사이 은호가 하이힐로 현오의 발을 찍어 누르고 있었던.
그런 은호의 뒤로 천둥번개가 치면.

은호   (태연자약) 어머. 죄송해요. 현오씨. 혹시 아프세요?
현오   (입에 주먹을 넣고 싶을 만큼 아프다)
은호   (약 올리는. 또박또박) 저기요. 정현오씨. 아프시냐고요.
현오   (스탭들 있어 화 못 내고) 괜찮... 습니다.
은호   (더 약 올리는) 아닌데? 안 괜찮아 보이는데? 많이 아파 보이는데?
현오   (발 위의 은호 구두 가리키며. 복화술) 치워라.
은호   어머. 이게 아직도 거기에 있었네? (얼른 치우고는) 근데 정현오씨. 방금
        뭐라고 하셨어요? 치워? 치워라? 아닌가? 당장 치우지 못해?
현오   (발 문지르며. 복화술) 가. 이제.
은호   (현오가 화를 내서 신이 난) 가? 가라고? 가버리라고? 꺼져버리라고?
현오   (이 꽉 깨물고) 아니. 그냥 가라고.
은호   (히죽) 저기요. 정현오씨. 아프면 참지 말고 화를 내세요. 지금 저한테 욕
        하고 싶으시잖아요? 그럼 아주 시원하게.
현오   가. (힘겹게 몸을 일으키자)
은호   (작은 목소리로 다가가) 그러니깐 왜 내 멘트를 니가 채가. 마무리 멘트
        몇 줄 된다고 그거마저 니가 채가고 싶었니?
현오   (옷매무새 정리하고. 마이크 빼면서) 야.
은호   (약 올리는 얼굴) 왜에? 왜 부르시죠?
현오   (차가운) 너는 현실 파악이 전혀 안 되나 봐.
은호   야. 나처럼 현실 파악이 잘 되는 사람도 드물거든?
현오   너는 14년 동안 이 일을 해놓고 프로의식 밥 말아 먹었냐? 니가 하는 행
        동이 방송을 망칠 수 있다는 생각은 안 해?
은호   아. 그러니깐 왜 내 멘트를 채갔냐고. 야. 멘트를 채가는 게 방송을 망치
        는 거지. 내가 니 발 밟은 게 방송을 망치는 거야? 그리고. 너 잘하잖아.

그 정도쯤은 가뿐하게 넘길 수 있는 거 아냐?

현오   글쎄. 사고는 니가 예상한 범위 내에서 나는 게 전혀 아니라서.

은호   저기요. 충고세요?

현오   (무서운) 아니. 경고. (먼저 걸어가버리면)

은호   (너무 열 받아) 아니. 진짜 저게.

사이 이슈인 FD 찬우가 담요를 가지고 달려오더니.

찬우   괜찮으세요? (담요 건네며) 이거 두르세요.

은호   이걸 왜 둘러요? 찬우씨?

찬우   아. 치마 터지셨잖아요.

은호   (오랑우탄 목소리) 뭐? (바로 확인하더니) 어머. 이거 왜 이래!

찬우   (마이크 빼주며) 차장님이 멘트 가로채지 않으셨으면 방송사고 날 뻔했
        어요.

담요를 제 허리에 두르고 마이크를 빼는 은호의 표정이 서서히 무너지기
시작한다.

S #19   (D − 10시 30분께 / PPS 방송국: 아나운서국 복도)

지온   (자판기에서 커피 빼며) 고작 형한테 복수하겠다고 니 커리어를 망치지
        는 마.

은호   (꼿꼿하게 허리를 펴고 커피를 마시다가 피식) 뭐지. 정현오랑 똑같은 소
        리를 하네.

지온   (자기가 어떤 마음으로 말했는지 알아서) 형도 그런 소리를 했다고?

은호   (피식. 자조) 응. 프로 의식은 밥 말아 먹었냐던데? 사실 나 너무 찔렸잖
        아. 그러면서 그런 생각이 들더라? 아. 내가 이렇게 등신 같아서 지금껏
        늘 등신처럼 살았었구나. 그래서 정현오가 나를 그렇게 등신 취급했던
        거구나. ...하고. (표정 없이 커피를 마시면)

지온	주은호.
은호	저기. 지온아. 누우나. 서언배.
지온	정현오 싫어하지 않으면 안 돼?
은호	(커피를 마시며. 어이없다는 듯) 그게 뭔 소리지?
지온	(약간 서늘) 너무 싫어하니깐 꼭 좋아하는 것 같아서.
은호	(픽 웃으며) 아. 진짜 뭐래니.
지온	그럼 싫어하지도 마. (혼잣말인데 무섭다) ...거슬리니깐.
은호	(그런 지온을 슬쩍 보곤) 문지온.
지온	(톤이 바뀜. 커피 마시며) 왜.
은호	우리 데이트 할까?
지온	(뿜을 뻔) 뭐어?
은호	나랑 데이트 어때. 할래?
지온	근데 나 이번 주밖에 안 되는데. 다음 주부턴 주말에 녹화가 잡혀서.
은호	그럼 이번 주말에 하면 되지.
지온	취소 없어.
은호	(귀찮아) 아. 그래. 없어.
지온	(다정) 야. 너 뭐하고 싶냐. 뭐 먹고 싶냐. 갖고 싶은 거 있어? 다 말해봐.
은호	무슨. 데이트 한 번에 가지고 싶은 것까지... 아. 그렇다면 나 삼겹살이 갖고 싶어.
지온	(확 식어) 아씨.
은호	아. 삼겹살은 진짜 혼자 못 먹거든. 우리 삼겹살 먹으러 가자.
지온	아니. 그런 거 말고 좀 데이트 같은 거. 파인 다이닝이나 스시나. 또 뭐가 있냐. 데판야끼나.
은호	스시 웩. 파인 다이닝 웩. 또 뭐라고 했지?
지온	(정색) 야. 너 자꾸 그러면 나 너랑 여행 간다?
은호	(오히려 좋아) 오오. 여행 가서 삼겹살? 콜!
지온	아씨. 진짜. 삼겹살 말고. 그럼 차라리 소고기는 어때.
은호	아. 삼겹살이 좋은데. (약간 힘 빠지는 오케이) 오케이. 일단 소고기 오케이.

은호와 지온이 점점 멀어지면 그 위로 하트들이 뿅뿅 돋아나고

자판기 반대편엔 커피를 뽑아 든 표정 없는 현오가 서 있다.
현오가 한 손을 주머니에 넣고 커피를 마시며 차가운 얼굴로 창밖만 보면.

지온   (삐져나오는 미소를 감추지 못하고. 같이 걸어가며) 야. 근데 너 오늘 왜
        이렇게 예쁘냐?
은호   (너무 좋아하는) 아. 그치. 너무너무 예쁘지. 근데 다른 사람들은 다 식
        겁하더라?
지온   그래? 왜 그러지? 이해가 안 되네?
은호   그치. 예쁘다고 몇 번 더 말해주면 안 돼? 자존감이 올라가는 기분이라서.
지온   아. 몇 번이고 해줄 수 있지. 왜냐하면 우린 주말에 데이트를 하니깐?

뚝 서 있는 현오 너머로 방송국 하늘이 멀리 비춰지고.

S #20   (D / PPS 방송국: 이슈인 회의실)

현오   (상석에 앉아) 혹시 이번 주말에 촬영 나가는 거 뭐 없어?

이슈인 전체 회의시간. 모두가 현오를 쳐다보면.

유연°   (새로 와서 어리바리. 스케줄표 뒤적이면서) 아... 있어요. 그...
수정   (똑똑) 양완에서 해양 쓰레기 취재하는 거 주말에 1박 2일로 잡혀 있는
        데요. 왜요.
현오   (1박 2일? 몹시 좋아) 그거 주은호 보내자.
미연   (어이가 없어) 뭐래. 선배. 그거 출장비 쥐꼬리만 해. 다들 특집 잡혀야

●**오유연 (29세. 여)** 이슈인 서브작가. 막내일을 오래하지 않고 바로 서브가 된
케이스. 그래서 약간 어리바리하다. 남자는 전부 오빠고 여자는 전부 언니라고
부르는 편. 맑고 순수하다. 일을 시키면 열심히 한다. 눈치가 없지만 호되게 당
하고 나면 정신을 똑바로 차린다.

나갈까 말까 하는 걸 누가 한다고.

현오 (어깨 으쓱) 주은호 그런 거 좋아해. 주은호 내보내자.

미연 아니. 선배. 무슨 말도 안 되는 소리를 하고 앉아 있어. 그런 건 있지. 아무도 안 좋아해. 알아?

S #21 (D / PPS 방송국: 1층 로비 – 휴게실)

은호 (새침) 네. 좋아요.

로비 휴게실 소파에 꼿꼿하게 앉은 은호가 대답하는.
휴게실 뒤엔 믿어지지 않을 만큼 커다란 나무가 있고.

미연 (딩) 넹? 엥?

은호 해양 쓰레기 촬영 나가겠다고요. 일정이 어떻게 되죠?

미연 (예상치 못한 대답에 당황) 아... (옆의 수정에게 '스케줄표' 하듯 손을 벌리곤) 이게... (받아서 확인하며) 이번 주말인데요.

은호 (탐탁지 않은 것처럼) 아아... 주말. + 지온과의 약속이 걸려서.

미연 그쵸? 안 되시죠? 주말은 좀 그렇잖아요. 게다가 1박 2일 일정인데.

은호 VCR은 몇 분 나가는데요?

미연 아... (옆의 수정에게 '촬영구성안' 하듯 손을 벌리곤) 그게... (받아서 확인하며) 한 13, 14분? 그 정도는 나가는 것 같은데.

은호 (월척이다. 놀라) 14분이요?

미연 (적다는 소린 줄 알고) 그쵸? 별로죠? 1박 2일 일정에 14분은 아니잖아요. 제가 그냥 한번 여쭤본 거예요. 깊게 생각하실 필요 없고.

은호 (절대 놓칠 수 없어) 할게요.

미연 ('엥?' 넋이 나가 쳐다보자)

수정 (미연을 툭 치는. '대답해')

미연 그... 토요일. 새벽 다섯 시 출발인데도?

은호 (미소) 좋네요. 저 아침형 인간이거든요.

미연   (몰랐네) 아아. 아침형 인간이셨구나.

은호   (벌떡 일어나며) 그럼. 그날 뵙기로 하죠. 그럼. (일어나 목례하고 꼿꼿하게 가버리면)

미연이 '뭐야! 진짜야?' 획 수정을 쳐다보니 수정도 '그러게?' 어깨를 으쓱거리고.

S #22   (D / PPS 방송국: 아나운서국 탕비실)

지온   (하. 깊게 한숨을 쉬더니) 뭐라고?

은호   우리 데이트 말야. 다음 주는 안 되겠니? 다음 주에 이 누나가...

지온   안 된다고 했잖아. 다음 주부터는 나 녹화 있다고.

은호   아. 그랬지. 그럼 그냥 우리... 음... 데이트하는 기분으로 전화를 해보는 건 어떠니. 잠시 통화 콜? 아니면 지금이 데이트라고 생각하고 이제부터 구내식당에 가서 밥을 먹으면서...

지온   (귀신) 야. 너 뭐 잡혔지.

은호   (마법인가. 눈알을 굴리며) 그걸 어떻게 알았지?

지온   아주 VCR을 독점하는 거구만?

은호   너 혹시 아까 옆에 있었니? 다 듣고서 말하는 거야?

지온   그래서 내가 아닌 분량을 선택하시겠다?

은호   아니야. 이슈인에서 주말에 촬영을 나간다잖아. 근데 그 꼭지가 몇 분짜린 줄 알아? 무려 14분이야. 14분. 야. 내가 아나운서를 했던 14년의 유구한 역사 동안 단 한 번도! 14분 동안 단독으로 브라운관에 나와본 적이 없는데. 그걸 나한테? 오. 그럼 받아야지. 안 그래?

지온   (의외로 쿨) 알았어. 받아들일게.

은호   오. 뭐지? 니 마음은 무슨 티티카카 호수라도 돼? 해발 사천 미터의 드넓은 고원을 한 방에 품은 티티카카 호수? 활짝 트였어? 몹시 드넓어?

지온   (전혀 다른 대답) 아니. 나도 따라가겠다고.

은호   (이해가 안 된다) 무슨 소릴 하시는 거죠? 그 촬영은 1박 2일인데요?

지온	더 좋네. 뭐. 방도 같이 쓰겠다 해야겠다. (어깨 툭 치고) 그럼 토요일에 보자.
은호	뭐라고? 지온아? (사라지자 바로 쫓아 나가며) 문지온?

탕비실에도 구겨져 있던 커다란 나무가 와르르 무너져버리면.

S #23   (D – 토요일 6시 넘어 / 이태원 현오의 건물: 5층 현오의 방)

새벽빛 삐져 들어오는 아침. 침대 머리맡에선 휴대폰 진동 소리 들리고.
손만 뻗어 전화를 받는 사람은 현오다. + 음성전화: [김미연]

현오	(잠결) 여보세요.
미연 (F)	선배. 나 지금 촬영 나왔는데. 주은호가 누굴 데리고 온 줄 알아? (어이없어) 문지온을 데려왔어. 문지온을! 1박 2일 촬영에 남자를 데려왔다고!

천천히 눈을 뜨는 현오의 방으로 햇살이 비춰 들어온다.

S #24   (D – 토요일 6시 넘어 / 충남 양완시: 해변)

해변가에선 촬영 준비가 한창.
한쪽에서 유연에게 대본을 받아 예독하는 은호, 그 옆엔 피식피식 웃는
지온이 있고.
미연이 그걸 쓱 쳐다보곤 너무 어이없어하면서. + 미연, 유연 외 카메라맨1,
오디오맨1, 조명감독1, 지온, 은호. / 지온은 긴팔 맨투맨에 안에는 반팔 티셔츠 받쳐
입었음.

| 미연 | 둘이 만나는 사이라도 돼? (이해가 안 되네) 아니. 어떻게 1박 2일 촬영에. |

S #25　(D – 토요일 6시 넘어 / 이태원 현오의 건물: 5층 현오의 방)

침대에 걸터앉아 고개를 푹 숙이고 전화를 받는 현오.

현오　　　(한참 생각하다가) 미연아... 내가 부탁이 있는데.
미연 (F)　뭐. 뭔 부탁.
현오　　　(차분) 너네 촬영 오늘 하루 안에 다 끝낼 순 없어?
미연 (F)　아. 선배. 여긴 만조 간조 이런 게 있어 가지고 그게 힘들어.
현오　　　좀 빠듯하게 하면 할 수는 있잖아.

"아. 선배. 그게 그렇게 쉬운 일이면 내가 애초에 스케줄을 그렇게 안 잡
았지. 노력을 해볼 수는 있는데. 그게 그렇게 쉽지 않고."
미연이 하소연하는 걸 듣는 현오는 고개를 숙인 채 멈춰 있고.

S #26　(D – 토요일 오전 / 충남 양완시: 해변)

펄럭펄럭 미친 듯 바닷바람이 불어오는 해변가.

은호　　　(마이크를 들고 천천히 걸어가며) 이곳은 양완의 한 해변입니다. (해안에
　　　　　드문드문 있는 쓰레기 쪽으로) 여기 쓰레기들이 보이십니까? 이 쓰레기
　　　　　들은 대체 어디에서 온 걸까요?

너무 센 바닷바람에 은호의 머리가 산발 되고 머리 위엔 톳과 미역이 둥
둥 떠 있다.
그 모습이 조금 우습기도 하지만 모두 심각한 얼굴로 촬영을 하면.

은호　　　(심각하고 진지하고) 심지어 부탄가스. 은박지. 누군가 이곳에서 고기를
　　　　　구워 먹은 모양인데요. 이런 쓰레기를 치우는 건 사람이 아닙니다. 이곳

에 사는 동물들이죠. (바람이 더 불어와 은호 얼굴에 머리칼이 미역처럼
들러붙으면)

순간 어디선가 "품!" 터지는 소리에 미연이 돌아보니
카메라 옆에 쭈그리고 앉아 소리를 죽이고 끅끅 은호를 비웃는 지온.
눈물이 날 정도로 은호를 비웃고 있는데. + 유연은 미연 옆에 서 있고.

S #27 (D - 토요일 오후 / 충남 양완시: 해변)

오후의 해변가엔 비까지 쏟아진다. 은호는 빗물에 다 젖었는데.

은호   (심지어 바닷물이 한번 입에 들어갔다 나와 입으로 물을 주르르 흘리
         며) ...쓰레기는 비단 이런 해안에만 있는 게 아닙니다. 이렇게. (바다로
         들어가려다 멈칫)

미연   컷! (부드럽게) 왜요! 못 들어가시겠어요? 그럼 안 들어가셔도 돼요!
         + 미연의 입장에선 정말 안 들어가도 됨. 위험한 것보다는 나음.

은호   (머리 위엔 해조류가 여전히 떠다니고) 아뇨! 저 들어... (조금 머뭇) 들어
         갈 수 있는데. (근데 나 괜찮을까)

미연   살짝 발만 담그시면 돼요. 다시 갈게요. 하이. 큐!

은호   (비장하게 바닷속으로 성큼성큼 들어가며) 이렇게 바닷속에도 쓰레기
         는 어렵지 않게 볼 수... (얕은 파도에 휘청거려 넘어질 뻔하지만 곧 중심
         을 잡고) 있는데요.

'됐다.' 싶은 은호가 여유롭게 미소를 띠며 앞을 보는 순간
거친 파도가 밀려들어 은호를 삼켰다 놔주니, 이제 은호는 완벽한 물미
역이 되었다.
스탭들 모두 헉하는 얼굴이 되는데 카메라 옆 우산을 쓰고 쭈그리고 앉
은 지온이.

지온   (혼자 너무 웃겨) _ㅋㅋㅋㅋㅋㅋ_.

미연   (그런 지온을 한심하게 쳐다보더니) 저기. 지온씨.

지온   (손가락으로 은호를 가리키며) 물... 미... 역... (꺽꺽꺽꺽 끄끄끄끄)

미연   (한숨) 내가 오해해서 미안하다.

지온   (넘어갈 듯 웃으며) 뭘. (꺽꺽) 뭘 오해했는데요?

미연   아니. (앞을 보니 일어나면 넘어지고. 또 일어나면 또 넘어지는 은호에)
        근데 가서 좀 잡아주는 건 어때?

지온   (끄끄끄 웃으며) 아니. 그걸 굳이 제가 왜. (새빨개질 정도로 웃으면)

        그 사이 아무렇지도 않은 듯 바다에서 나온 은호는 프로페셔널하게 걸
        어가며. + 걸음걸이는 프로지만 얼굴은 프로가 아니다.

은호   (심리적으론 이미 컷한 상태지만. 이걸 두 번 할 순 없어 억지로 이어가
        는) 보십시오. 해양 쓰레기가 이렇게 심각한 상태입니다. (물미역 혹은
        톳 상태로 부드럽게 미소를 지으면)

S #28   (N – 토요일 저녁 / 충남 양완시: 해변 – 근처 낡은 식당)

        옷째 온몸이 젖어 바들바들 떨며 앉아 있는 은호.
        은호 머리 위 해조류도 같이 바들거리는데. 지온이 의자에 앉아 끌끌 웃
        기만 하자.

유연   (짐 싸면서 계속 여분 옷을 찾으며. 지온에게) 근데 오빠는 그만 좀 웃으
        셔야 될 것 같아요. 진짜. (은호에게) 그죠. 언니.

은호   (그저 떨면서. _으드드드_) 마... 맞... 아.

유연   (짐을 뒤지며) 오빠 지금 소문 다 난 건 아세요?

지온   (끌끌 웃으며) 무슨 소문?

유연   언닐 너무 싫어해서 언니 고생하는 거 직관하러 여기 온 걸로 소문이 다
        났어요. (다 찾았는데도 없자) 언니. 근데 아무리 찾아도 여벌 옷이 없어

요. 언니가 가져온 것도 비 때문에 다 젖었고. 언니 감기 걸리시면 어떡하죠?

은호   (으드드) 나... 나는... 괘... 괜찮아.

지온   (입가에 웃음 띤 채로 은호를 쳐다보고 있으면)

유연   (짐 들고 나가며) 저 그럼 짐 싣고 있을게요. 두 분은 이따가 나오세요.

유연이 짐을 들고 식당을 나가자마자
으드드 떠는 은호의 무릎 위로 약봉지가 툭 던져지고. 은호가 '뭐야?' 쳐다보면.

지온   (벌떡 일어나 물 가지러 가며. 싱긋) 빨리 먹어. (물컵을 들고 와 은호에게 건네며. 다정하게 웃으며) 어서.

은호   (떨면서도 째려보며) 실... 컷... 비웃... 어 놓고... 이제... 와서 이런다고...

지온   (픽 웃더니) 그럼 내가 여기까지 너 따라와서 너 좋아하는 티 팍팍 내면 안 그래도 불안해 보이는 니 커리어에 굉장한 도움이 됐겠다. 그치. (물컵 어서 받으라고 주며) 아. 빨리 먹어. 진짜 감기 걸리기 전에.

은호   (으드드 떨면서 지온이 준 컵을 받아 들면)

지온   (웃으며) 끝나고 내 차 타고 갈 거지?

은호   (덜덜 떨며 약을 삼키고 물을 마시곤) 몰라...

지온   뭘 몰라. (다시 픽 웃으면)

S #29   (N – 토요일 저녁 / 충남 양완시: 해변 – 근처 낡은 식당 앞)

"수고하셨습니다!" 해변 앞에서 인사를 하고 파하는 스탭들.
은호는 지온의 차에 타 여전히 너무 추워 덜덜 떨고 있는데.

바깥에서 스탭들과 웃으며 인사한 지온이 스탭들이 멀어지자마자
차 문을 열고 제가 입고 있던 맨투맨을 벗어 은호에게 던지며.

지온   입고 있어.

은호   (덜덜) 이걸?

지온   어. 춥잖아. 갈아입고 있어. 나 뭐 좀 사올게. (시동을 걸어 히터를 세게
        켜주고 문을 팡! 닫으면)

        반팔만 입고 달려가는 지온을 맨투맨을 꼭 붙든 채 쳐다보다 라디오를
        켜는 은호.
        차 안에선 벚꽃잎들이 춤을 추고.

S #30 (N - 토요일 밤 / 서해안 고속도로: 상행선)

        뉴스가 흐르는 지온의 차가 고속도로를 달리면.

S #31 (N - 토요일 밤 / 은호의 빌라: 근처 골목 - 지온의 차 안)

        핫팩에 지온의 맨투맨에 담요에 어느새 꽁꽁 따뜻하게 싸맨 은호가
        운전하는 지온을 말없이 쳐다보니.

지온   (피식) 왜. 생각해보니깐 내가 너무 멋있었어?

은호   아니. 생각해보니깐 너는 항상 이렇게 무거운 사람인데. ...사람들은 널
        한없이 가볍다 여기는 것 같아서.

지온   내가 무거운 인간이라는 걸 아는 게 너라서.

은호   (쳐다보면)

지온   (피식) 그래서 내가 널 좋아하지.

        은호가 회피하듯 앞을 보면 지온의 차 사이드 미러로 은호의 집 앞 골목
        이 비치고.
        차가 멈추자 함께 내리는 은호와 지온. 두 사람이 걸을 때마다 꽃들이

날리고.

은호   (지친) ...데려다줘서 고마워. 옷은 빨아서 돌려줄게.

지온   (걱정) 안 피곤하냐. 차에서 잠이라도 자라니까.

은호   잠이야. 집에 가서 자면 되지. 나 갈게. (계단을 오르려는데)

지온   근데 무슨 생각으로 나랑 만나자고 했어?

은호   (툭 멈춰 돌아보면)

지온   어차피 나랑 잘해보려고 만나자는 건 아니었잖아. 다른 이유가 있었을 거 아냐. 하고 싶은 말이 있다면서. 그게 뭔데.

은호   (힘없어. 피곤해) 나중에. 나중에 하면 안 될까?

지온   (부드럽게) 나중에 또 데이트를 하자고?

은호   (그럼 말해야 된다. 다시 돌아와 지온을 똑바로 쳐다보곤) 지온아. 나는...

지온   (자상) 응. 말해.

은호   현오가. (꿀꺽 삼키고) ...싫어.

지온   (잠시 보다가) 아직도?

은호   (고개를 숙인 채. *끄덕*) 응. 아직도.

지온   왜 싫은데.

은호가 고개를 들어 지온을 쳐다보면.

S #32   (D − 오후 / 은호의 빌라: 근처 돌계단)
        : 과거 *4년 전 8월

현오   결혼이라니. 은호야.

풀벌레 소리 요란한 돌계단.
현오가 피곤하다는 듯이 손을 올려 이마를 쓸고 은호를 가만히 쳐다보
더니.

현오	안 해. (부드럽게 거절하듯) 나는 그딴 거 안 한다. 은호야.
은호	('뭐?' 삽시간에 휩싸이는 절망인데)

현오가 은호의 감정과는 상관없이 씨익 웃으면.

은호 E/	...가질 수 없으니까.

S #33 (N – 토요일 밤 / 은호의 빌라: 근처 골목)

은호	(덤덤히) 아무리 애를 써도 아무리 노력해도 아무리 간절해도. ...절대로 가질 수 없으니까. (천천히 고개를 숙이고) 너무나도 갖고 싶은 걸 포기하려면. ...그걸 얼마나 죽도록 미워해야 되는지. (쳐다보고) 알아?
지온	(안타깝게 보다가) 너는 그래서 정현오가.
은호	(진심) 응. 싫어. 끔찍하게 싫어. (다시 고개를 숙이며) ...미안.
지온	(단단히 결심) 아니. 미안해할 필요 없어.
은호	(고개 들고) 어?
지온	너는 이제 선택해야 되니깐.
은호	(당황) 뭘?
지온	나는 너한테 갈 거야. 무조건.
은호	(내가 이렇게까지 말했잖아) 지온아. 문지온. 내가.
지온	(잘라) 니가 싫다고 하면 나 다신 너한테 치대지 않을게. 하지만 니가. 아무 말 없이 그 자리에 있으면. ...내가 더 노력하고 애써서. (진심) 현오 형 더 이상 미워하지 않게 해줄 거야.

마침 딸깍 딸깍. 골목 가로등의 퓨즈가 꺼졌다 켜진다.
그 아래 지온이 은호에게 한 걸음 두 걸음 다가가 이윽고 은호의 코앞에 멈춰서.

지온	(나지막이) 어떡해. 결정했어?

은호	아니. 나… 난.
지온	나는 결정했는데.

지온이 은호에게 한 걸음 더 가까이 다가간다.
이젠 정말 닿을 것만 같다.
마침 깜빡. 가로등이 다시 나갔다 곧 깜빡 다시 불이 켜지고.
사이 지온은 은호에게 키스할 듯 은호의 코앞까지 가 있으면.

은호	난. (이러는 지온이 정말 이해가 되지 않아) 난 진짜 모르겠다. 넌 대체 내가 뭐가 좋니? 나 진짜 서른일곱에.
지온	(완전 짜증) 아. 진짜 상관없다는데 왜 자꾸 나이 얘길 하는 거야. (바로 키스해버리면)

얼결에 지온과 키스하는 은호. 그들 위로 깜빡거리던 가로등이 완전히 꺼지고
꽃잎들만 화면에 가득 찬다.

S #34 (D – 5시 넘어 / 미디어N서울 방송국: 주차관리소)

해 지는 오후의 주홍빛이 통유리 창을 통해 잔뜩 들어온 컨테이너의 안쪽. + 주차관리소는 4-5평 정도 되고. 높은 카운터 같은 책상이 일자로 있고. (마치 견인소같은) 그 뒤의 민영과 혜리가 조금 낮은 축에 앉아 있는 식이다. 컨테이너 박스로 되어 있고. / 민영이 자리 앞에는 임용고시 관련 서적들이 많다. / 주차관리소 밖에는 바로 옆엔 음료자판기가 있다. / 책상 뒤쪽엔 상자들이 쌓여 있다.
키 높은 책상 뒤에 앉아 있던 혜리가 팍! 눈을 뜨면.

민영	(임용고시 책 읽으며. 느긋) 왜. 주혜리. 또 꿈이라도 꿨어?

마침 남자1이 들어와 혜리에게 주차권을 건네고 혜리가 주차 정산을 하

고 돌려주는.

민영   (남자1이 나가자) 무슨 꿈을 꿨는데.

앞머리로 얼굴의 반을 가린 혜리가 천천히 민영을 쳐다보면.

S #35 (D − 5시 30분 / 정신건강의학과의원: 상담실)

혜리   (여전히 꿈꾸듯) 제가 아나운서인 꿈이요. 그 꿈을 꿨다고요.
여의사   좀 더... 자세히 얘기해주실 수 있을까요?

따뜻한 공기가 흐르는 작은 상담실엔 앞머리로 얼굴을 가린 혜리가 앉
아 있고.
혜리가 천천히 머리칼을 양쪽으로 넘기면 혜리와 은호는 완전히 똑같은
얼굴이다.
+ 여의사 이름은 [이승윤]. 여의사 옆에는 차트가 놓여져 있고. 차트는 지금은 안 보
이고. / 혜리가 앉은 의자 옆 콘솔엔 패드 있음.

혜리   이렇게 저와 똑같은 얼굴을 가진 아나운서가 방송국에서 요리조리 뛰어
         다니는 꿈을 꿨어요. 이번 꿈에선 해변으로 촬영도 갔다 왔고요. 거기서
         한참이나 어린 남자와 뽀뽀도... 선생님. 제 꿈이 이렇게 현실처럼 생생한
         건 제가 열여섯 시간을 자기 때문일까요?
여의사   그런 것보다는 혹시 피곤한 일이 있으실까요?
혜리   피곤하다뇨. 선생님. 저는 지루해 죽겠는 걸요? 이건 제가 살아온 기억
         의 대부분을 잃어서일까요?
여의사   사실 기억을 잃으면 지루하기보단 불편하고 불안한 감정이 더 큰데요.
         일상이 따분할 땐 재밌는 일을 만들려고 노력하는 것도 방법 중 하나거
         든요?
혜리   재미있는 일이 혹시... 사랑에 빠지는 일인가요?

여의사	그 중에 하나가 될 수도 있죠. 왜요? 혹시 사랑에 빠지셨나요?
혜리	(음흉하게 씨익 웃고는) 좋아하는 사람이 생겼어요.

S #36   (D – 5시 넘어 / 미디어N 서울 방송국: 야외주차장)

앞머리로 얼굴을 가린 혜리가 비춰진다. 곧 혜리가 앞머리를 옆으로 걷
어 넘기면
넓다는 말이 무색할 정도로 차들이 여기저기 빽빽하게 들어차 있는 야
외주차장.
+ 초대형 야외주차장은 복선으로 깔아놓은 차부터 시작해 너무 빽빽하다.
+ 야외주차장 입구 쪽엔 노란 컨테이너 박스가 덩그러니 놓여 있고.

그 야외주차장 한가운데엔 좋은 자리 하나가 딱 비어 있고.
혜리가 그곳에 간이 의자를 놓고 앉아 책을 읽고 있는데. + 다시 앞머리로
얼굴 가리고.

주차남1	(매끈한 외제차. 창문 쓱 열더니. 은은한 조증) 저기요! 여기 자리 있어
	요? + 주차남1 = 전재용 / 벤츠 S클래스급
혜리	(쳐다보지도 않고) 네. 없어요. 공사해요. 그냥 가세요.
주차남1	아닌데? 있는데? 여기 있는데? (뒤에서 다른 차가 빵!) 에이씨. (붕 가버
	리면)

곧 야외주차장 입구 쪽으로 주연의 차가 들어오자
책을 읽던 혜리가 벌떡 일어나 간이 의자를 질질 끌고 주차관리소로 돌
아가면.

S #37   (D – 5시 넘어 / 미디어N 서울 방송국: 야외주차장 – 주연
의 차 안)

룸 미러에 비춰지는 깊고 까만 눈.
운전을 하는 주연은 꾹 다문 입술이 차가워 보이는 남자다.

주연이 핸들을 틀어 혜리가 맡아놓은 자리 쪽으로 가 주차를 하고
차에서 내려 무심히 방송국 쪽으로 걸어가면.

여의사 E/ 그 사람은 어떤 사람인가요?

주차관리소 통유리창 너머의 혜리가 버섯처럼 불쑥 올라와 창밖을 보고.

S #38 (N – 8시 / 미디어N서울 방송국: 생방송 뉴스센터 – 8시
뉴스 스튜디오)

비장한 음악과 함께 뜨는 **[8시 뉴스]** 타이틀. + 미디어N서울 8시 뉴스 (월~
일) 오후 08:00~08:55 / 밤하늘을 가르는 타이틀.

주연 (정면) 시청자 여러분. 안녕하십니까. 3월 18일 월요일 미디어앤서울 8시
뉴스입니다. 살모넬라균에 오염된 양파 파동이 일면서 이른바 '먹거리 안
전주의보'가 내려졌습니다.

모니터 속 주연의 얼굴이 점점 가까워진다.

S #39 (N – 8시 넘어 / 미디어N서울 방송국: 1층 로비)

TV 속 주연의 모습이 점점 멀어지는 방송국 로비. + 로비의 대형 TV엔. 미
디어N서울1, 미디어N서울2, PPS, SBC, ATBC, TVU, 채널C, YTV의 채널 등이 틀
어져있다. / + 로비엔 대형 전신 거울. 공용 컴퓨터도 있다. 대형 전신 거울은 공용 컴

퓨터 바로 옆에 세워져 있다. / 로비엔 아주 크게 쓰인 [미디어N서울] 로고.
로비 한가운데서 커다란 상자를 들던 혜리가 제 다리 사이로 TV를 보
는. + 접히지 않은 주차 안내서가 든 상자.

주연 (M) 대주 지방에서 생산 공급된 일부 양파에서 살모넬라균이 검출된 이후
보건 당국에서는 역학 조사에 나섰는데요. 자세한 소식 유기상 기자가
보도합니다.

혜리가 상자를 바닥에 내려놓고 주연이 나오는 TV를 끔뻑끔뻑 쳐다보면.

혜리 E/ 좋은 사람.

S #40 (N – 9시 넘어 / 미디어N서울 방송국: 주차관리소)

혜리 (주차 안내서 접다 꿈꾸듯 허공을 바라보며. 미소) 그리고 멋진 사람.
민영 (빠르게 주차안내서 접으며) 그래서 좋아하는 거야?
혜리 (허공을 본 채) 아니. 불친절해서.
민영 (어이없게 바라보곤) 좋은 사람이라며.
혜리 좋은데. (괴이한 미소) ...불친절한 사람이야.
민영 (이해가 안 돼) 에에?

S #41 (N – 9시 넘어 / 미디어N서울 방송국: 엘리베이터)

엘리베이터 구석에서 약간 늘어진 넥타이를 좀 더 꽉 조이는 주연. + 혼
자 있음.
"잠깐만요!" 목소리에 바로 **[닫힘]** 버튼을 눌러버리고.

S #42 (N - 9시 넘어 / 미디어N서울 방송국: 주차관리소)

민영   (기계처럼 주차 안내서 빠르게 접으며) 그게 왜 좋지.

혜리   (주차 안내서를 꼼꼼히 열심히 접으며) 내가 웹소설에서 봤는데. 그런 남자가 자기 여자한테만큼은 아주 지극정성이더라.

민영   (스피드가 생명. 빠르게 접으며) 그런 걸 본 적 있어?

혜리   (접다가 생각하더니) 응.

S #43 (D - 5시 30분 즈음 / 미디어N서울 방송국: 야외주차장)

차에서 내린 주연이 걸어가면 옆의 여자1이 이중 주차된 차를 힘겹게 미는.
주연은 안 보이는 듯 스쳐 지나는데.
곧 주연의 아나운서 남자 선배, 수현도 이중 주차된 차를 밀고 있자
가다가 돌아와 수현을 도와주는 주연.

수현   (차 밀면서) 야. 너 이거 해주면 늦어. 그냥 가.

주연   (같이 밀며) 안 늦어요. (저 앞의 차들을 보곤) 저거 다 밀면 돼요? + 수현의 차 본네트에는 수현의 가방이 올려져있다.

S #44 (N - 9시 넘어 / 미디어N서울 방송국: 주차관리소)

민영   (접다가 멈추고. 합리적 의심) 그건. ...남자를 좋아하는 거 아냐?

혜리   아니. 자기 사람에게 친절할 뿐.

민영   그... 렇다 할지... 라도 그 여자가 니가 될 수 있다는 생각은 좀?

혜리   (접다가 쳐다보곤) 민영아. 난 살아온 기억의 대부분을 잃었잖아. 그래서 실패에 대한 빅데이터가 없어. 그러므로 자신감만 차고 넘친달까.

민영   (이해가 되진 않지만) 아. 그래. 근데 주혜리.

| 혜리 | (열심히 접다가 앞머리 가린 채 쳐다보고) 응. |
| 민영 | (주차관리소 창밖을 턱으로 가리키며) ...강주연이다. |

뭔가 우당탕탕 소리에 민영이 옆을 보면 혜리는 벌써 없다.

| 민영 | ...뻥인데. |

말도 안 되는 곳에서 불쑥 튀어나온 혜리가 아무렇지도 않게 자리에 앉아 주차안내서를 꼼꼼히 접으며.

혜리	근데 나 궁금한 게 있어.
민영	(기계처럼 빠르게 접으며) 뭐가.
혜리	(열심히) 그런 남자는 혼자 있을 때 무슨 생각을 할까?

S #45   (N – 12시 넘어 / 주연의 빌라)

새까만 동네의 주연의 빌라. 빌라의 계단을 천천히 오르는 주연.
집 앞에 도착해 도어락을 열고 들어가니 동네보다 더 새까만 제 집.

한참 그렇게 서 있다 불을 탁 켜면 다른 건 깔끔하지만 사진들이 빼곡히 걸려 있고.
사진은 온통 형과 엄마. 또는 형과 엄마와 함께 찍은 사진뿐. 독사진은 없다.
+ 주연의 어릴 때 부모님과 함께 찍은 가족사진. (어린 주연, 어린 세연. 3세, 5세) / 임관사령장과 육사 졸업장이 있고. (액자에 끼워져 있음) / 생도 정복을 입고 찍은 가족사진과 (주연모, 세연, 주연 – 주연 생도 1학년 때 / 샘플 있음) / 예복을 입고 찍은 육사임관식 당일 사진 (세연, 주연 같이 1장 / 주연모까지 1장) / 주연이 아나운서가 되어 주연모와 찍은 사진. (역시 야위었음 – 주연모는 세연이 죽은 뒤 전부 야윈 사진. 웃지 않는 사진) + 꽂힌 책들은 손자병법, 군주론, 전격전, 롬멜 보병전

술, 마샬 보병전술 같은 책. 세계전쟁사, 한국전쟁사, 베트남전쟁사, 고대전쟁사. 서경석의 전투감각, 베트남 전쟁과 나. 아이젠하워의 리더쉽 같은 책. (난중일기 / 육사생도 2기(박경석) / 전술론(마키아벨리) / 전쟁술(조미니) / 펠로폰네소스 전쟁사(투키디데스) / 전문직업군(존 하킷트) /전쟁론(클라우제비츠) / 전쟁이 만든 신세계(맥스 부트) / 한민족전쟁사(온창일) 등) / 그리고 빌라는 침실 하나와 거실. 안쪽엔 부엌과 화장실이 있다.

털썩 소파에 앉아 TV를 켜니 육사생도들이 나오는 국가행사가 방영되고 있다.
음소거인 채 텅 빈 눈으로 TV 화면을 바라보는 주연.
옷도 벗지 않고 그렇게 앉아만 있는데.
드르륵 휴대폰 진동 소리에 주연이 천천히 손을 뻗어 전화를 받으면.

주연모 (F) (아프지만 밝으려고 애쓴 목소리) 세연아. ...엄마는 우리 세연이가 아나운서가 돼서 너무 좋다? 우리 아들 잘생겼잖아. 근데 우리 주연이도 세연이만큼 잘생겨서 아나운서를 했다면 좋았을 텐데. 지 아빠처럼 군인이나 되고 싶어 하고. 그치.

주연이 휴대폰을 든 채 그저 가만히 앉아 TV 화면만 보는데.

주연모 (F) 근데 세연아. 어젯밤에 니 아빠가 꿈에 나왔어. (울기 시작하는) 꿈에서 니 아빠... 가 (울면서) 세연아.
주연 (꽉 막힌 목소리) 엄마. 저 주연이에요.

휴대폰 너머 침묵이 이어지고.

주연 (다정하지만 쌀쌀맞은) 엄마. 제가 다시 전화 드릴게요.

전화를 끊고 그대로 TV를 보는 주연은 왠지 멍한 얼굴이다.
주연의 빌라 창밖으로 밤이 제법 느리게 흘러가면.

S #46 (D – 5시 30분 즈음 / 미디어N서울 방송국: 야외주차장 – 주연의 차 안)

라디오 여성 DJ E/   (상큼) 오늘도 어제와 같은 하루였나요?

룸미러에 비춰지는 깊고 까만 눈. 운전을 하는 주연은 어제와 같은 얼굴이고.

라디오 여성 DJ E/   (활기찬) 걱정하지 마세요. 내일은 분명히 새로운 일이 생길 거예요!

아주 희미하게 어이없는 듯한 표정의 주연.
흘끗 앞을 보니 빽빽한 틈 빈자리 하나가 보이고 주연의 차가 그쪽으로 다가가면
혜리가 의자를 질질 끌고 주차관리소로 돌아가는 게 보인다.
주연이 자연스럽게 그곳에 차를 대고 차에서 내려 걸어가면.

혜연   (저 멀리서부터 달려와) 선배! 선배 지금 출근해?
주연   (무덤덤) 응. 혜연아.
혜연   선배. 오늘 저녁에 혹시 시간 있어?
주연   (무표정) 없는데. 혜연아.
혜연   (개의치 않아) 아니. 요 앞에 새로 생긴 포장마차에서 우동을 파는데. 그 우동 이름이 뭔 줄 알아? 탱탱 구리구리 탱탱우동. 세상에 마상에. 선배. 우동이 얼마나 맛있으면 우동 이름에 탱탱 구리구리를 붙여? 진짜 말도 안 되지 않아? 선배?
주연   (무감) 제법 되는데. 혜연아.

S #47   (D – 5시 30분 넘어 / 미디어N서울 방송국: 주차관리소)

주차관리소 통유리를 통해 야외주차장의 주연과 혜연을 보고 있는 민영과 혜리.

민영   저 봐. 강주연. 백혜연이랑 사귄다니깐?
혜리   (민영을 쳐다보고) 아냐.
민영   강주연이 대화하는 여자는 저 여자밖에 없대매.
혜리   (끄덕끄덕) 맞아.
민영   그럼 쟤네가 무슨 사이겠냐?

S #48   (N – 10시 넘어 / 미디어N서울 방송국: 아나운서국 복도)

나이트세븐 속 혜연과 신부장˚의 모습이 담긴 대문짝만한 광고판을 뒤에 두고
또각또각 걸어가는 도도한 모습의 혜연은 시원하게 큰 키에
단아한 옷차림이 잘 어울리는 예쁜 사람.
혜연이 은은한 미소를 띠며 걸어가다 마침 사무실에서 주연이 나오자.

혜연   (도도한 모습 온데간데없이 주연 뒤에 바싹 붙어 걸으며) 선배. 선배. 어디 가? 집에 가? 지금 퇴근하는 거야?
주연   (혜연의 과한 행동에도 무심. 엘리베이터 버튼 누르는) 응. 혜연아.
혜연   선배. 나 사실 소원이 있거든? 선배 내 소원 들어줄 수 있어?
주연   (쳐다보고. 다정) 아니. 들어줄 수 없지. 소원을 이루는 건 너무 어려운 일이잖아. 혜연아.
혜연   아냐. 소원을 이루는 건 되게 쉬운 일이야. 선배가 그냥 나랑 저녁에 밥

● **신일섭 부장 (58세. 남)** 미디어N서울 보도국 소속 기자. 아주 오랫동안 나이트세븐을 진행해온 베테랑 앵커.

한번 먹어주면 되는 거야. 아! 그럼 선배 소원은 뭔데?! 내가 선배 소원 들어주면 선배도 내 소원 들어줄래? 선배 소원은 뭔데? 뭐야?

주연 (진심) 내 소원은 지구가 멸망해버리는 거.

혜연 (너무 어이가 없어서 평서문) 뭐라고.

주연 (털어놓으니 봇물 터지듯. 줄줄 감정 없이 읊는) 아니면 집 밖에 나왔는데 집 앞에 있는 나무들이 다 뽑혀져 있다거나. 아니면 회사에 왔는데 종이컵이 천장에 전부 매달려 있다거나. 아니면 뉴스를 하러 갔는데 돌풍이 불어서 데스크가 날아간다거나. (엘리베이터가 도착하자 바로 타며) 갈게.

혜연 뭐. 왜 그딴 소원을 비는 거지? 그냥 내가 선배를 좋아해주는 소원은 안 되는 거야? 그럼 이미 이루어진 건데?

주연을 태운 엘리베이터 문이 쿵 닫히면.

혜연 (닫힌 엘리베이터 문에 바싹 붙어서. 문에 혓바닥이 닿을 지경이다) 선배? 갔어? 간 거니? (이렇게 붙어서 말하면 들릴까) 가버린 거야? 선배?

S #49 (N - 10시 넘어 / 미디어N서울 방송국: 아나운서국 복도)

복도의 작은 창문 사이로 냅다 얼굴을 쑤셔 넣고 바깥을 향해 소리치는 혜연.

혜연 (괴성) 아아악! 나는 강주연이 좋따아!! (짧고 굵게) 악!

야외주차장에서 주차안내서가 담긴 상자를 들고 그런 혜연을 보던 혜리가 고개를 절레절레 저으며 주차관리소로 걸어가고.

혜리 E/ (그 여자 혼자 좋아해.)

S #50 (N - 10시 넘어 / 미디어N서울 방송국: 주차관리소)

민영   (주차 안내서 빠르게 접으며) 나 예전부터 생각했었는데.
혜리   (주차 안내서 천천히 접으며) 응.
민영   (빠르게 접으며) 그 여자 약간 미친 것 같아. ...너처럼.
혜리   (꼼꼼히 접다가 민영이 쳐다보고. 진심) 약간 아니야. 꽤 많이 미쳐 있어.
       ...나와는 달리.
민영   (다시 빠르게 주차안내서를 접으며) 그거 도찐개찐 아님?
혜리   (천천히 접으며) 아니. 도긴개긴이 표준어.
민영   (접으며. 지겨워) 아. 또 나왔네. 표준어 지킴이.
혜리   근데 나 이제 용기를 내보려고.
민영   (기계처럼 주차안내서 접다가) 용기? 강주연이 니 얼굴 볼까 봐 앞머리
       로 얼굴에 커튼 치고 다니는 니가? 스스로에 대한 자신감은 충만하지만
       아무튼 앞머리로 얼굴에 커튼을 치고 다니는 그런 니가 용기를 낸다고?
혜리   (꼼꼼히 접으며) ...민영아.
민영   (접으며) 왜.
혜리   (접으며. 조곤조곤 나긋나긋 헛소리) 그건 그 사람이 내 얼굴을 보면 홀
       딱 반할까봐 그랬던 거야. (진심) 나는 너무 예쁘잖아.
민영   (접다가 은은한 광기에 짜증) 야. 너한테 그건 정말 아니라고 하는 사람
       은 어디에도 없었냐?
혜리   (접으며 진지. 어이없는 자존감) 응. 있어도 기억조차 안 나는걸? 나는
       내 인생의 기억을 전부 잃었으므로.
민영   (진심으로 감탄) 와. 너 인생 진짜 편하게 산다. 와. 진심으로 나도 너처럼
       기억을 잃고 싶다.
혜리   (마이웨이) 일단 그동안은 시기가 아니었어. 왜냐하면 나는 짝사랑하는
       나 자신조차 사랑했으니까.
민영   대박이네. 그래서 뭘. 어떻게 할 건데.
혜리   마음의 준비를 하는 거지. 쌍방으로 사랑하는 나 자신을 만날 마음의
       준비.

민영	야. 너 병원 좀 가봐라.
혜리	(기계처럼 읊는) 이미 다녀. 매주 수 금. 반차 내고 5시 30분 예약. 너도 알고 있는 얘기잖아?
민영	그래서 내가 일을 많이 하지.
혜리	그 점에 대해서는 내가 상당히 미안하게.
주연 O.S	정산할게요.

민영이 소리에 고개를 들면 주차권을 내밀고 기다리는 주연이 있다.

민영	(흘끗 혜리가 있는 쪽을 보면 혜리는 이미 없어) 아. 네. 정산해... 드리겠습니다. (정산 기계에 넣었다 뺀 주차권을 돌려주면 주연이 나가고) 야. ...갔어.

역시 말도 안 되는 곳에서 튀어나온 혜리가 자리로 돌아와 주차안내서를 접으면.

민영	(빠르게 주차 안내서 접으며) 마음의 준비가 됐다면서 왜 숨는 거지.
혜리	(꼼꼼히 주차 안내서 접으며) 이제부터 한다는 거였지. 지금은 아냐.
민영	(빠르게 주차 안내서 접으며) 아아. 이제부터.
혜리	(꼼꼼히 주차 안내서 접으며) 그래. 이제부터.

주차관리소 밖으로 까만 밤이 무겁게 내려앉으면.

S #51 (D − 12시 넘어 / 미디어N 서울 방송국: 1층 로비)

사람들 분주한 오후의 방송국 로비.
로비를 가로지르는 주연의 옆 대형 TV 중 하나에서 PPS 정오뉴스가 송출되고 있는.

주연이 대형 TV 옆을 지날 땐 지온의 모습이고
주연이 지나면 은호와 지온의 모습으로 바뀐다.

로비 한쪽에선 "강주연 데려와아!!" 양파 파동 아주머니의 큰소리가 들
리고.
바깥에선 비가 쏟아지기 시작하면. +청경에게 끌려나가는 중.

S #52   (N - 9시 넘어 / 미디어N서울 방송국: 1층 로비)

밤이 찾아온 방송국 1층 로비. 천둥번개가 요란하게 치는데.

양파 파동 아주머니   양파 파동 오보한 강주연은! 지금 당장!! 물러나라! 물러나라!

체격 좋은 50대 양파 파동 아주머니가 **[양파 파동 오보한 강주연은 물
러나라!]**
현수막으로 옷을 해 입고서 소리를 지르고 있다.
+ 빨간색 글씨. 줄줄 흐르는 글씨의 현수막. / 양파 파동 아주머니는 과거 올림픽 스
타 - 역도 선수 출신

청경들이 와 "강주연 데려와아!" 소리치는 양파 파동 아주머니를 끌고
나가는 사이
주연은 엘리베이터 앞에서 버튼을 누르는데. + 마치 아무 상관 없다는 듯.

S #53   (N - 9시 넘어 / 미디어N서울 방송국: 엘리베이터)

엘리베이터에 혼자인 주연은 구석에 멍하니 기대서있고.
"8층입니다." 안내음과 문이 열리지만 내릴 생각은 없다.
곧 엘리베이터 문이 닫히고. 다시 빠르게 1층으로 내려가면.

"1층입니다." 안내음에 그제야 숫자를 본 주연이 다시 8층 버튼을 누르는 순간
문이 열리고 주연의 바로 앞 곡괭이를 든 양파 파동 아주머니가 킬러처럼 서 있는.

양파 파동 아주머니　　(섬뜩) 찾았다. …강주연.

당황해 얼어버린 주연의 앞으로 양파 파동 아주머니가 곡괭이를 크게 휘두르면.

S #54　(N – 9시 넘어 / 미디어N서울 방송국: 주차관리소 행정실)

행정실의 인쇄기에선 굉음과 함께 쉼 없이 주차 안내서가 인쇄되고.

주임°　　(데스크 앞 혜리에게 다가와 주차안내서가 담긴 상자를 주며. 말이 느린 사람) 일단 이건 다 됐는데요. 나머지 하나는 아직 안 됐어요. 덕분에 모두가 야근을 해요. 지하 인쇄소 건 다 됐다고 하니 거기 한번 가보세요.
혜리　　네. (목례를 하고 상자를 들고 나오는)

상자를 들고 지하 인쇄소를 향하던 혜리가 엘리베이터 앞에서 천천히 멈춰 선다.
기이한 광경이다. 주변은 아무 일도 없는 듯 평화로운데
엘리베이터 문을 사이에 두고 주연과 곡괭이를 든 아주머니가 대치하고 있다.

●**주임 (60대. 남)** 심성이 착하다. 느긋한 편. 너그럽고 순해서 손해를 많이 보는 타입. 천성이 온정에 약한 사람.

땀을 뻘뻘 흘려가며 곡괭이를 든 아주머니를 있는 힘껏 막아내고 있는 주연을 + 주연이 소리를 지르거나 도움을 요청하지 않은 건 이 곡괭이 때문에 다른 사람들이 다칠까봐. 자기만 다쳐도 되는데. 혜리가 꼼짝도 못하고 바라보고 있자.

주연	(곡괭이를 막아서며 안간힘) 그... 냥... 지나가... 세요.
혜리	아.
주연	(더 다가오는 양파 파동 아주머니를 간신히 밀어내며) 어... 서.
혜리	싫은데.

'뭐?' 주연의 눈이 커진 순간 "아악!!!" 소리를 지르며
주차 안내서가 담긴 상자를 양파 파동 아주머니를 향해 냅다 던져버리는 혜리.
상자 속 주차 안내서가 비처럼 쏟아지면.

양파 파동 아주머니	(주차 안내서를 헤치며) 뭐야!! 뭐야아!!
혜리	(주연에게 손을 내밀며) 잡아요!

주연이 손을 내밀자마자 잡아채 끌고 달려가는 혜리.
양파 파동 아주머니도 득달같이 쫓아오지만 목적지를 아는 혜리는 거침이 없다.
혜리가 비상구 문을 쾅! 열고 계단을 내려가고.

S #55 (N - 9시 넘어 / 미디어N서울 방송국: 지하 보일러실)

쾅! 보일러실 문이 열리고 달려온 혜리와 주연이 들어오면.
밖에선 "아아아악! 강주연!! 거기 서!!" 괴성이 들리는.

미친 듯 도망쳐 보일러실 구석으로 몸을 잽싸게 숨기는 주연과 혜리.

곧 닿을 듯 가까이서 서로를 쳐다보면. 쾅! 문 열리는 소리가 들리고.

숨이 찬 혜리가 헉헉거리자 혜리의 입을 확 막아버리는 주연.
갑작스런 스킨십에 혜리의 눈이 커지면.

마침 그들 옆으로 양파 파동 아주머니가 "어딨어어어!!" 소리치며 달려
가고.
그 뒤를 청경들이 "멈추세요!" 쫓아가자.

주연   (모두가 지나자 혜리의 입에서 천천히 손을 떼고 뭔가 설명을 해줘야 되
        겠다 싶어) 아... 그... 게.

        순간 "아아아악! 강주연!!" 다시 두 사람 곁을 빠르게 지나는 양파 파동
        아주머니.
        간격이 좁아진 청경들도 바로 지나고.

혜리   (앞의 주연을 멍하니 보다가) ...이제 다 지나갔어요.
주연   그. 어. 그니깐. 저 분이 갑자기 엘리베이터 앞에 나타나서서. 저 곡괭이
        로 저를 위협을 했는데. 제가 어떻게든 할 수 있을 것 같아서 막고 있었
        는데. (생각해보니) 근데 거기서 그렇게 달려들면 다칠 수도 있단 생각은
        안 했습니까?

        눈앞의 주연이 신기한 혜리는 그저 입을 반쯤 벌리고 주연을 바라보기
        만 하는.

주연   아. 다친 덴 없죠? 혹시 다쳤으면...

        사이 주연의 입술만 뚫어져라 보던 혜리가 주연에게 키스해버린다.
        얼어버린 주연이 놀란 눈으로 혜리를 보자 이번엔 두 뺨을 잡고 키스하
        는 혜리.

멀리서 쾅! 보일러실 문 닫히는 소리가 들리고. 사람들의 발소리도 아득
해지면.

S #56 (N – 9시 넘어 / 미디어N 서울 방송국: 1층 로비)

기분이 좋아진 혜리가 팔레팔레 나비처럼 걸으며 1층 로비를 가로지르고.
혜리의 뒤 대형 TV에선 이슈인 재방송이 나오고 현오의 모습이 보이는데.
+ 바깥의 비는 어느새 다 멈췄고.

S #57 (N – 9시 넘어 / 미디어N 서울 방송국: 지하 보일러실)

지하 보일러실에 남겨진 주연은 정신이 쏙 빠져 동공이 열린 채 서 있는.
보일러실 소음만 왕왕 들린다.

S #58 (N – 11시 넘어 / 은호의 빌라 앞)

노란 가로등 아래 씽씽 자전거를 타고 집으로 돌아온 혜리가
자전거 주차장에 자전거를 세운 뒤 기분 좋게 빌라로 들어가는 찰나.
+ 자물쇠로 잠그고.

현오   야! 주은호!

가다가 뚝 멈추는 혜리의 엉덩이. 혜리가 곧 천천히 고개를 돌리면.

S #59 (D – 5시 30분 넘어 / 정신건강의학과의원: 상담실)

여의사	(이해 안 되는) 꿈속에서 만난 사람을... 현실에서 마주했다고요?
혜리	네. 선생님. (옆에 놓인 패드로 정현오를 검색해 보여주며) 바로 이 사람을 만났어요. 이 사람이 실제로 제 앞에 나타났다고요. 어떻게 그럴 수가 있죠? 어떻게 꿈속의 사람들이 실제로 존재하죠? 심지어 그 남자가 저를 뭐라고 불렀는 줄 아세요? 꿈속의 여자 이름으로 불렀다고요. 그게 어떻게 가능하냐고요. 선생님.
여의사	(뭔가 감이 온) 꿈속의 그 여자 이름이 뭐였는데요. 은호씨.
혜리	꿈속의 그 여자 이름이... (너무 놀라) 뭐라고요? 선생님?
여의사	꿈속의 그 여자 이름이.
혜리	아니. 그 뒤에.
여의사	은호씨.
혜리	선생님. 제가. ...은호씨인가요?
여의사	네. 은호씨. (차트를 확인하곤) 두 달 전에 여기 와서 상담을 받기 시작한 은호씨. 왜요. 은호씨?
혜리	선생님. 저는 혜리인데요.
여의사	(패드에서 주은호를 검색해 혜리에게 보여주며) 아니에요. 은호씨는 혜리씨가 아니라 은호씨에요.
혜리	(은호의 얼굴이 담긴 패드를 받아들고) 내... 내가... 이 사람과... (천천히 고개를 들더니) 같은 사람이라고요?

여의사가 뭔가 대답할 것 같은 얼굴로 혜리를 쳐다보면.

S #60 (N − 11시 넘어 / 은호의 빌라 앞)

천천히 고개를 돌려 현오를 마주 보는 혜리.
뚝 서서 혜리를 보던 현오가 픽 웃는다. 밤빛이 묘하다.

- 제1회 끝 -

너와 나의 연결고리

숲과 흉터

S #1   (화이트아웃)

CUT 1 》

하얀 비누 거품이 몽글몽글 피어나는 작은 화장실의 욕조.
다섯 살 은호와 세 살 혜리가 비누 거품을 만들며 목욕을 하고 있다.
비누 거품에 묻혀 보이지 않는 세 살 혜리의 얼굴. + (N / 은호의 어릴 적
집: 욕실)

CUT 2 》

오후의 햇살이 비쳐 들어오는 거실. 일곱 살 은호가 피아노를 치고 있으
면 다섯 살 혜리가 달려와 옆에 앉아 머리칼로 얼굴을 가득 덮은 채 피
아노를 친다. 엉망이다. (D − 오후 / 은호의 어릴 적 집: 거실)

CUT 3 》

나무에서 떨어져 바닥에 머리를 박고 엉엉 우는 일곱 살 혜리.
은호모가 "혜리야!!" 부르며 달려가면. 팔이 크게 찢어져 있고. + 혜리의
팔뚝 흉터는 5cm

한쪽에 선 아홉 살 은호가 '어떡해.' 하듯 쳐다보고 서 있으면. + (D – 오후 / 은호의 어릴 적 집: 마당)

CUT 4 》

"사진 찍자! 혜리야!" 은호부의 목소리에 열 살 은호가 서 있는 자리로 빨간 풍선을 든 여덟 살 혜리가 달려와 선다.
찰칵 소리와 함께 찍힌 사진은 혜리의 얼굴이 반쯤 가려지고. + (D / 은호의 어릴 적 집: 마당)

S #2   (N – 11시 넘어 / 은호의 빌라: 은호의 집 401호)

아무도 없는 어두운 은호의 집.
빨간 풍선을 든 혜리와 은호의 사진이 작은 액자에 담겨있다.
그 모습이 어둠 속 잔잔히 빛이 나면.

액자 속 풍선을 든 혜리의 팔뚝에 선명한 흉터가 보이고.

S #3   (N – 11시 넘어 / 은호의 빌라 앞)
        ; 1회 S #58 이어

자전거 주차장에 자전거를 세우는 혜리의 팔뚝은 흉터 없이 깨끗하고.
혜리가 자물쇠로 자전거를 잠근 뒤 기분 좋게 빌라로 들어가는 찰나.

현오   야! 주은호!

가다가 뚝 멈추는 혜리의 엉덩이. 혜리가 곧 천천히 고개를 돌리면.

현오   (픽) 너 어디 가냐.

꿈속의 남자, 현오가 말을 걸자 당황한 혜리가
어쩔 줄 모른 채 그 모습 그대로 천천히 뒤로 걸어가 보는데.

현오   (사이 덥석덥석 혜리에게 다가가) 왜 그렇게 걸어가는 거야. 웃기려고 노
       력하는 거야?
혜리   (앞머리로 얼굴을 완전히 다 가린 채. 당황) 아니. 어떻게 이런 일이... 어
       떻게 꿈에서 본 사람이... 어떻게 이건 실화인가?
현오   (너 왜 그래?) 뭐라는 거야. 주은호.
혜리   (긴장해서 다리 떨고 손가락 까닥거리며) 뭐지? 지금 나를 주은호로 부
       른 거야? (개어이없어) 우와.
현오   (은호가 자기를 놀린다 생각하고. 억양 없이) 그러니깐 우와. 이건 뭐. 니
       가 새롭게 개발한 날 무시하는 방법이냐?
혜리   (억울할 지경) 아니. 나는 정말 주은호가... (두 손으로 앞머리를 꽉 붙잡
       고 고개를 마구 도리도리) ...아니라서.
현오   (비아냥) 아. 그러세요. 그럼 그쪽은 누구신데요.
혜리   그 전에 그쪽이 누구신지부터...
현오   아. 예. 저는 정현오입니다. (냉정) 됐냐.
혜리   (언빌리버블) 오. 그럴 리가.
현오   너 1박 2일 촬영에 문지온을 데려갔다매. 그게... 아무리 피디가 괜찮다
       고 했어도 아니거든? 야. 거기 스탭들이 몇 명이야. 그 스탭들은 너를 어
       떻게 생각하겠냐고. 니가 그렇게 공적인 일에 사적인 일을 개입시키면.
혜리   (1박 2일 촬영이 진짜로 있었다고?) 아. 말도 안 돼. 아. 그건 진짜 꿈이었
       는데.
현오   뭐라는 거야. 적당히 좀 해. 주은호.
혜리   (혼란) ...아냐. (현오에게 꽥) 난 주은호가 아니라고!

혜리가 머리칼 사이로 현오를 심하게 째려보곤 잽싸게 앞으로 도망쳤다

가 다시 돌아 더 빠르게 빌라 안으로 들어간다. 남겨진 현오는 몹시 어이
가 없는데.

S #4   (D − 5시 30분 넘어 / 정신건강의학과의원: 상담실)
        : 1회 S #59 이어

여의사 (이해 안 되는) 꿈속에서 만난 사람을... 현실에서 마주했다고요?

혜리   네. 선생님. (옆에 놓인 패드로 정현오를 검색해 보여주며) 바로 이 사람
       을 만났어요. 이 사람이 실제로 제 앞에 나타났다고요. 어떻게 그럴 수
       가 있죠? 어떻게 꿈속의 사람들이 실제로 존재하죠? 심지어 그 남자가
       저를 뭐라고 불렀는 줄 아세요? 꿈속의 여자 이름으로 불렀다고요. 그게
       어떻게 가능하냐고요. 선생님.

여의사 (뭔가 감이 온) 꿈속의 그 여자 이름이 뭐였는데요. 은호씨.

혜리   꿈속의 그 여자 이름이... (너무 놀라) 뭐라고요? 선생님?

여의사 꿈속의 그 여자 이름이.

혜리   아니. 그 뒤에.

여의사 은호씨.

혜리   선생님. 제가. ...은호씨인가요?

여의사 네. 은호씨. (차트를 확인하곤) 두 달 전에 여기 와서 상담을 받기 시작
       한 은호씨. 왜요. 은호씨?

혜리   선생님. 저는 혜리인데요.

여의사 (패드에서 주은호를 검색해 혜리에게 보여주며) 아니에요. 은호씨는 혜
       리씨가 아니라 은호씨에요.

혜리   (은호의 얼굴이 담긴 패드를 받아들고) 내... 내가... 이 사람과... (천천히
       고개를 들더니) 같은 사람이라고요?

여의사 많이 혼란스러울 수도... 있는데요. (부드럽게) 은호씨와 혜리씨는 같은
       사람이에요.

혜리   아니. 그럴 리가... 없는데. 왜냐하면... 왜냐하면 저는 (제 팔의 흉터 보여
       주며) 여기 흉터도 있는 걸요? 이 흉터는 혜리에게만 있는 흉터로.

여의사	거기에 흉터가... 보이나요?
혜리	네. 보이죠. 완전... (제 팔을 바라본다. 흉터가 서서히 사라지자 혼란) 뭐야. (눈을 비비고) 안 보이네? (눈을 깜빡거리며) 뭐지? 눈에 먼지가 꼈나?
여의사	(다정) 그럼 우리 혜리씨에겐 신분증이 있을까요?
혜리	(뚝) 없는데.
여의사	그럼 꿈에서라도 은호씨 신분증을 본 적은요?

S #5   (N – 5시 30분께 / PPS 방송국: 1층 로비)

삑 출입구에 찍히는 은호의 사원증. + 주은호 880806 (생년월일) 소속: 아나운서국.
웃는 얼굴과 함께 이름. 생년월일. 소속이 명시돼 있고.
은호가 흐트러진 머리칼을 정리하며 안쪽으로 들어가면. + 이제 막 출근해 자연인의 모습.

S #6   (D – 5시 30분 넘어 / 정신건강의학과의원: 상담실)

혜리	...있어요.
여의사	(자상하게) 해리성 정체성 장애라고 해요.
혜리	뭐요?
여의사	혜리씨가 경험하고 있는 것들을 정신과에선 해리성 정체성 장애라 불러요. 흔히 다중인격이라 하죠. 지금 혜리씨가 겪는 모든 증상이 모두 이에 해당되는데요. 인격이 바뀌는 스위치는 다양해요. 술을 마셨을 때나 극심한 스트레스를 받았을 때나 또는 자고 일어났을 때 바뀔 수도 있죠.

여의사의 이야기가 멀어지면.

S #7   (N – 12시 다 돼 / 은호의 빌라: 혜리의 집 301호)

CUT 1 》

탕! 문이 닫히고 집으로 돌아온 혜리가 넋이 나간 듯 계속 중얼거리는.
+ 혜리의 집은 정말 뭐가 아무것도 없다 싶을 정도로 깨끗하고. 숲 액자가 있다.

혜리   (중얼거리면서도 착착 옷을 벗고 빨간색 잠옷으로 갈아입는) 내가 해리
        성 정체성 장애라니. 내 안에 둘 또는 그 이상의 각기 구별되는 정체감
        이나 인격 상태가 존재한다니.

        곧 옷장 서랍에서 작은 수첩을 꺼내 **[내가 해리성 정체성 장애라니. 오마
        이갓]**
        일기를 쓰고 다시 쑥 넣고 침대에 누워 4시로 맞춰진 자명종의 알람을
        켜는 혜리.

혜리   (이불을 목 끝까지 덮고서도 중얼중얼) 하지만 난 주은호를 모르는 걸?
        난 나만 아는 걸? 난 기억을 잃었을 뿐인 걸? (눈을 감았다가 번쩍 뜨고
        벌떡 일어나 앉아) 그래! 어쩌면 기억상실과 해리성 정체성 장애를 선생
        님이 헷갈리신 건 아닐까? 왜냐하면 선생님도 모든 걸 다 아는 건 아닐
        테니. 그래! 어쩌면... (너무 피곤해 다시 스르르 침대에 누워 눈을 감으
        면)

여의사 E / 맞아요. 그런 건 어쩌면 중요하지 않죠.

CUT 2 》

밤 12시에서 새벽 4시까지 서울 시내 하이퍼랩스 또는 타임랩스. + (N /
서울 시내)

여의사 E / 다만 혜리씨가 은호씨가 되고 은호씨가 혜리씨가 되는 그 인격이 도대체
어디서부터 비롯되었는지.

CUT 3 〉〉

새벽 4시가 되자 자명종이 울리고. 안경을 찾는 손과 함께 자명종을 끄
는 은호.
빨간색 잠옷을 입은 은호가 늘어지게 하품을 하며 집을 나가면.
혜리의 빈 집엔 울창한 숲이 담긴 대형 액자가 어둠 속 보이고. + (N –
4시 정각 / 은호의 빌라: 혜리의 집 301호)

여의사 E / 두 사람은 어떤 관계인지.

CUT 4 〉〉

4층으로 이어지는 계단을 두 개씩 휘적휘적 오르는 은호. + 은호는 언제나
계단을 두 개씩 올라간다. 혜리일 때도 마찬가지. / 하지만 내려갈 땐 하나씩 내려간
다. 위험하니까. / (N – 4시께 / 은호의 빌라: 계단)

여의사 E / 그건 꼭 알아야 해요.

CUT 5 〉〉

탕! 문소리와 함께 집으로 들어온 은호가 풍선을 든 혜리와 은호가 담긴
액자를 손으로 쓸며 화장실로 들어가는. + 은호가 화장실로 갈 때까지 거실
의 불을 켜지 않아요. / (N – 4시께 / 은호의 빌라: 은호의 집 401호)

여의사 E / 지금부터 우리가.

옷을 갈아입은 은호가 빨간색 잠옷을 식탁 의자에 걸어두고 현관으로 나가면
다시 쾅! 문이 닫히고. 식탁 위 은호의 사원증만 어둠 속에 남겨진다.

S #8   (N − 5시 30분께 / PPS 방송국: 1층 로비)

피곤한 얼굴의 은호가 방송국 출입 라인 앞에서 가방을 뒤적여 사원증을 찾는.
당황한 은호가 가방을 뒤집어 탈탈 털다가 다시 출입 라인에 서면.
사원증 또는 지문을 인식하라는 안내에 은호가 제 손가락을 대보지만
[지문이 인식되지 않습니다] 안내만 계속 뜨고.
계속 시도하던 은호가 결국 "씨!!" 신경질을 내며 씩씩거리면.

현오   (지나며) 뭐하냐.
은호   (구세주) 야. 나 좀 데리고 들어가줘라.
현오   (청경에게) 안녕하세요. 정현오입니다. 여긴 동기 아나운서 주은호고요.
       문 좀 열어주시겠어요?

청경이 웃으며 문을 열어주자 현오를 따라 안쪽으로 들어가는 은호.

현오   (걸어가면서) 이제 그 이벤트는 끝났나봐.
은호   (정말 몰라) 뭔 이벤트.
현오   (우습게 따라하는) 저는 주은호가 아닌데요? 하는 그 이벤트. 야. 나 간
       만에 식겁했다. 너한테.
은호   (아침부터 쌉소리하지 마라) 무슨 소릴 하는 거야. 내가 주은호가 아니
       면 누가 주은혼데.
현오   (가다가 멈춰 쳐다보더니) 너... 기억 안나?
은호   아니. 뭔 소리를 하는 거냐고. 설명을 해.
현오   내가 너네 집 앞에 갔었잖아. 가서 우리 만났었고.

은호	니가 왜 기분 나쁘게 우리 집 앞엘 와?
현오	(전혀 기억 못하는 것 같자) 주은호.
은호	왜. 뭐. 나 라디오 가야 돼. 빨리 말해.
현오	너 진짜...
은호	(짜증) 아. 뭐어!
현오	(진짜 모르는 것 같자) 아니다. 가.
은호	안 그래도 갈 거거든? (라디오 스튜디오 쪽으로 쿵쿵 걸어가면)

엘리베이터 앞의 현오가 그런 은호를 '뭐지? 정말 모르는 건가?' 하듯 쳐다보는데.

S #9　　(D - 11시 50분 / PPS 방송국: 정오뉴스 생방송 스튜디오)

은호	(뉴스 원고 보다가 흘끗 지온을 보고) 저기... 문지온.
지온	(옆자리에 앉아 오직 원고만 보는)
은호	혹시 오늘도 나랑 말 안 할 거니?
지온	(씹는데)
은호	지온아?
지온	(다정한 목소리) 승화야. 나 의자 좀 봐줄래? 좀 낮은 것 같은데.
승화	(달려와 의자 높이 조절하려고 쭈그리고 앉아) 아. 저기. 근데 조금만 일어나주시면.
지온	어. 그래그래. (일어나서 다정하게) 근데 승화 너. 밥은 먹었어?
승화	(발그레. 의자 높이 조절해주고) 아. 예. 먹었습니다.
은호	아. 문지온. 너 나랑은 진짜 말 안 할 거냐고.
지온	맛있는 거 먹었어?
승화	(은호도 신경 쓰이고 대답도 해야겠고) 아. 네. 맛있는 거.
은호	(순간 짜증나. 체면이고 뭐고 없어) 아씨! 문지온! 진짜 나랑 말 안 할 거야?

스탭들 모두 은호를 쳐다보는데.

지온은 아무것도 들리지 않는다는 듯 다시 자리에 앉아 원고만 본다.
분에 이기지 못한 은호가 씩씩거리며 지온을 쩨려보면.

S #10   (N – 토요일 밤 / 은호의 빌라: 근처 골목)
        ; 1회 S #33 이어

키스를 하고 서서히 입술을 떼어내는 지온. 은호가 조금 멍하니 서 있자.

지온   (그 모습이 웃겨. 품) 너 뭐하냐?
은호   (확 정신 차리더니) 아... 내가... 아... 큰일 날 뻔했다.
지온   (벌써 알고 굳어져) 뭐가.
은호   너 문지온. 너. 어? 내가 진짜 하마터면 ...넘어갈 뻔 했는데.
지온   (벌써 굳어져) 근데?
은호   (지온 똑바로 보고) 난 이러면 안 돼. 내가 왜 이러면 안 되냐면...
지온   (정답은 이거겠지) 정현오. (짜증) 하. ...그거 진짜 지겹네.
은호   (할 말이 없어 쳐다보면)
지온   (하나도 안 미안한) 아니. 그런 너한테 들이댄 내가 오히려 미안하다. 주
          은호.

은호를 내버려두고 팩 차로 가버리는 지온.
혼자 남겨진 은호 위로 외로운 가로등이 깜빡거리고.

S #11   (D – 11시 55분 / PPS 방송국: 정오뉴스 생방송 스튜디오)

인 이어로 "마지막 CM 3초 전. 3.2.1. 큐." 들리고 정오뉴스 오프닝 곡이
흐르면.

지온   (정면) 시청자 여러분. 안녕하십니까.

은호   목요일 PPS 정오뉴스입니다. (부드럽게 미소를 지으면)

S #12   (D − 12시 넘어 / PPS 방송국: 1층 로비)

은호와 지온이 나오는 정오뉴스가 대형 TV에 나오는 1층 로비.
그곳의 사람들이 못 볼 거라도 본 듯 슬금슬금 갈라지고.
그 중 몇 기자들은 놀란 얼굴로 인사를 하는.
인사를 받는 주인공은 주차남1과 똑같은 얼굴의 재용이다.

재용   (건들건들 걸어가며. 입으로만 인사) 예예. 안녕하세요. 안녕하십니까.
(대충 경례 자세 취하며) 제가 돌아왔습니다. 여러분. (갑자기 과하게 웃
는다) 파하하하하하!! 파하하하하하!!

딱 봐도 너무 이상한 재용의 웃음소리가 방송국 로비에 크게 울려 퍼
지면.

S #13   (D − 12시 넘어 / PPS 방송국: 아나운서국 팀장실)

쨍그랑! 들고 있던 유리컵을 깨뜨리는 김팀장.
'뭐지? 왜지?' 깨진 유리컵을 불길하게 쳐다보는 순간 뺑! 문이 열리곤.

재용   (개선장군) 형님!!
김팀장 (보고도 믿기지 않는다. '쟤가 왜 내 눈 앞에 있을까.')
재용   (두 팔 번쩍 열고) 형님! 제가 돌아왔습니다! 이 전재용이 말입니다! 파
하하하하!!
김팀장 ('아니. 이건 꿈일 거야.' 절레절레)
재용   (저벅저벅 들어오며) 형님. 제가 보도국장한테도 안 가고 형님한테 제일
먼저 찾아왔습니다! (과하게 눈 부라리며) 형님. 나 완전 반갑지. (팔 번

쩍 열고) 나 허그해줘. 빅 허그해줘. (찡긋찡긋 윙크하며 김팀장을 안으려는 순간)

김팀장이 재용의 몸을 돌려세워 문 밖으로 밀어내고 쾅 문을 닫은 뒤 잠가버리는.

김팀장   하. 보약을 먹어야 되나. 자꾸 헛 게 보이네. (긁적긁적)
재용 O.S   (밖에서 쾅쾅쾅쾅!) 형님! 형님! 나야! 나! 문 열어! 형님!
김팀장   뭐지? (귀를 파면서) 자꾸 헛것도 들려. (자리로 돌아가 앉으면)
재용 O.S   (문이 흔들릴 정도로 쾅쾅쾅!) 형님? 아! 형님! 문 좀 열어봐! 형님?

김팀장이 아무것도 들리지 않는 듯 태연하게 컴퓨터를 하면.

S #14   (D - 2시께 / PPS 방송국: 아나운서국 사무실)

코피가 주룩 나는 은호. + 아나운서국 사무실 창가엔 작은 화분들이 있다.
하. 피곤한 듯 한숨을 크게 쉬고 티슈를 뽑아 아무렇게나 찔러 넣고 퇴근한다.
마주 오던 지온이 그런 은호를 흘끗 보긴 하지만 애써 외면하며 지나고.
은호가 "췌." 하듯 얼굴을 구기며 사무실을 나가면.

S #15   (D - 2시 넘어 / 은호의 빌라: 은호의 집 401호)

CUT 1 》

[401] 앞. 비밀번호를 누르고 지친 듯 집으로 들어온 은호가 + 비밀번호 0916
의자에 걸쳐둔 빨간색 잠옷을 들고 액자를 손으로 스윽 쓸며 화장실로

간다.
곧 잠옷으로 갈아입고 현관문을 열고 나가면.

CUT 2 》

빨간색 잠옷을 입은 채 3층으로 이어지는 계단을 흐물흐물 내려가는 은
호. + (D - 2시 넘어 / 은호의 빌라: 계단)

CUT 3 》

[301] 앞. 비밀번호를 누르고 안으로 들어간 은호가 + 비밀번호 0916
바로 침대에 누워 4시에 맞춰진 자명종을 켜고 잠이 들고. + (D - 2시 넘
어 / 은호의 빌라: 혜리의 집 301호)

CUT 4 》

오후 2시에서 오후 4시까지 서울시내 하이퍼랩스 또는 타임랩스.

CUT 5 》

4시가 되자 시끄럽게 울리는 자명종에 스프링처럼 벌떡 일어나는 혜리.
혜리는 은호보다 훨씬 생기 있다.
혜리가 울창한 숲이 담긴 대형 액자를 뒤에 두고 빠르게 화장실로 들어
가면.

혜리의 집 안으로 오후의 햇살이 비져 들어오는데.
+ (D - 4시 정각 / 은호의 빌라: 혜리의 집 301호)

S #16 (D - 5시 즈음 / 미디어N서울 방송국: 주차관리소)

민영	(임용고시 책을 읽다가 쳐다보곤) 뭐? 키스를 했다고?
혜리	(주차관리소에 뚝 선 채로 진지하게 춤을 추며) 응.
민영	그거 너무 급발진 아니니?
혜리	(계속 춘다. 알 수 없는 방식의 댄스다) 내가... 웹 소설을 봤는데. 거기서 몸정이 맘정이 되는 구간이 있거든?
민영	그게 뭐. 그게 왜.
혜리	(계속 추면서) 내가 그걸... 노렸달까.
민영	근데 저기. 주혜리.
혜리	(몹시 흔들며) 왜?
민영	정신 사나워 죽겠는데 이제 춤은 그만 추면 안 되겠니.
혜리	(아쉬워) 아. 더 하고 싶은데.
민영	('제발.' 눈으로 말하면)
혜리	(자리로 돌아와 앉아) 근데 민영아. 너는 혹시 평행세계라고 아니?
민영	평행? 그니깐... 그 너 자신이 또 하나 어딘가에 존재하고 있다는... 그런 거?
혜리	응. 내가 있지. 곰곰이 생각해봤는데. 나는 아무래도 평행세계를 꿈으로 보는 것만 같아.
민영	아니. 앞뒤 맥락 없이 그건 또 무슨 소리죠?
혜리	아니. 나도 선생님 말을 믿고 싶은데 근거가 없어서 그래. 근거가. 그잖아. 나는 그저 잠을 자고 일어났을 뿐인데. 어떻게 갑자기 헐. (내가 아나운서라니) 그러니깐 이건 틀림없이 평행세계야. 근데 내가 어떻게 평행세계를 볼 수 있게 된 거지? 잠을 너무 많이 자면 초능력이 생기는 건가? (진심) 와. 그럼 개꿀인데?
민영	야. 너 꼭 병원에 가봐.
혜리	병원은 이미 다닌다고 했잖아. 그리고 선생님이 (바깥에서 주연이 성큼 성큼 다가오는 걸 보곤) 아씨. 오늘은 왜 저렇게 빨리 왔어. (후다닥 숨어 버리면)
민영	뭔 소리를 하는...
주연	(문 열고 들어와) 저기. (두리번) 여기서 일하시는 여자 분.
민영	(최대한 태연하게) 예. 말씀하세요.

주연	아뇨. 그쪽 말고.
민영	(뒤를 쳐다보고 싶지만 꾹 참으며) 아. 그... 게. 그 분이... 아직.
주연	(급해) 몇 시에 오시죠?
민영	아... (얘 뉴스 하는 시간을 말해본다) 한 여덟... 시?
주연	예. 알겠습니다. (목례하고 나가면)

부스스 예상치도 못한 곳에서 튀어나온 혜리가 자리로 돌아오자.

민영	저기. 나 이것도 이해가 안 돼서 그러는데. 왜 숨는 거야? 키스를 했으면 사이가 진전되는 거 아니야?
혜리	프로는 말이야. 몸정이 생겼잖아? 그 다음은. (진지) ...회피야. (한쪽에 있던 종이별을 접기 시작하면)

민영이 '하. 이 미친년이 저한테 왜 이러는지 아시는 분?' 하듯 혜리를 보면.

S #17   (D – 5시 30분 넘어 / 미디어N서울 방송국: 아나운서국 사무실)

조금 빠른 걸음으로 사무실로 들어온 주연이 자리에 툭 앉으니.

수현	(다가와) 야. 그 양파 아주머니가 곡괭이 들고 찾아왔다면서?
주연	(수현을 보는데 입술만 보인다. 저렇게 얄팍했었나) 아. ...네.
오재	(성큼 달려와선) 주연아. 괜찮아? 다친 덴 없어?
주연	(오재도 입술만 보인다. 저렇게 두꺼웠었나) 네. 없어요. (데스크톱 켜고 심난한 마음으로 계산기 클릭클릭)
오재	(의아) 근데 주연아. 계산기는 왜 클릭하고 있어?
주연	(그제야 깨어나) 예? 네? (오재를 보는데 입술이 아주 크게 보인다)
수현	얘 충격 받았네. 야. 그런 일 종종 있어. 물론 곡괭이는 나도 처음 보긴

했지만. 근데 그거 진짜 무거운데. 그 아주머니는 어떻게 그걸 들고 그렇게 달렸대냐?

오재 왕년에 올림픽 스타였대. 역도 선수. 그래서 신문고 이런 데에 글 올린 게 화제가 돼서 위에서도 주연이 잡아먹은 거고.

수현 (이제야 납득) 아아.

주연 (오재와 수현을 보는데 계속 입술만 보이자) 그런데 선배님들은 첫 키스를 해보셨어요?

수현 첫 키스를 해봤냐니. 주연아. 첫 키스는 언제였냐고 물어야지. 야. 우리가 나이가 서른이 넘었어.

오재 (진심으로 대답) 나는 해봤어. 해본 것만 같아.

수현 저기. 선배님은 또 무슨 소릴 하고 계시는 거예요. 당연히 해봤겠지. 그러니깐 그게 언제인지를 물어야 된다고. 난 중학교 때. 왜에?

모든 사람의 얼굴에서 입술만 보이는 주연은 기분이 이상하고.
그러다 벽시계를 보면 아직 8시는 멀었다. 사무실 창밖으로 어둔 빛이 내려앉는다.

S #18   (N – 9시께 / 미디어N서울 방송국: 야외주차장)

비 오는 저녁의 야외주차장. 주차관리소 컨테이너에선 노란 불빛이 새어 나오고.

S #19   (N – 9시 넘어 / 미디어N서울 방송국: 생방송 뉴스센터 복도)

생방송 뉴스센터의 문이 열리면 8시 뉴스를 마친 주연이
9시가 넘은 손목시계를 확인하고 빠르게 걸어 엘리베이터 앞으로 가는.

마침 문이 열리면 사람 많은 엘리베이터 안.

주연이 타지 않고 바로 돌아 비상구 쪽으로 가 문을 열고 나서면.
+ 이 문엔 [이 문이 열리면 다른 세상이 펼쳐집니다.] 포스터가 붙어 있고.

S #20 (N - 9시 넘어 / 미디어N서울 방송국: 주차관리소)

주연   (비를 맞고 와. 헉헉 달려와 급하게) 이제 그 분... 출근하셨나요?
민영   아. 그... 출근을... 하긴 했는데. 지금 다른 곳으로 뭘 가지러 가서... 뭐. 하
       실 말씀이 있으면 제가 전해드릴까요?
주연   (확 식어) 아뇨. (나가버리고)

민영이 '이거 어딨어. 저렇게 찾는데 어딨어.' 하듯 고개를 쭉 빼고 혜리
를 찾으면.

S #21 (N - 9시 넘어 / 미디어N서울 방송국: 1층 로비 - 입구)

로비 입구. 쏟아지는 비를 바라보던 혜리가 들고 있던 상자의 입구를 잘
접는다.
그리고 그 위에 옷을 벗어 씌우곤 계단을 내려가려는데. + 혜리의 팔뚝엔
흉터가 없다. 혜리 눈에만 보이는 것.

주연   저기. (헉헉거리며 다가가선) 제가... 물어볼 게 있는데.
혜리   (뚝 멈추는. 돌아보지 않는. 그 자세로 꼼짝도 않고 서 있으면)
주연   저한테 왜 키스를 하셨습니까.
혜리   (확 쳐다보곤 빠르게 속삭) 저기. 여기 말고 다른 데서 얘기하면 안 될까
       요?
주연   (상관없어) 왜 키스를 하셨는지만 말씀해주셨으면 좋겠는데.
혜리   (뭐라도 대답해야 한다) 그... 그러니깐.
주연   (빠르게 다다다) 전 그날 엘리베이터에 타고 있었고. 아주머니가 갑자기

나타나 곡괭이로 저를 위협했습니다. 그리고 그쪽이 나타났죠. 그 상황에서 나를 구한 것에 대해서는 정말 감사하게 생각합니다. 그리고 우리가 달렸었잖아요. 거기까진 정말 이해가 돼요. 그런데 그 다음. 왜 그쪽이 저에게 키스를 했는지는 제가 너무 이해가 안 돼서 그러는데.

혜리　네. 그걸 이해 못 하시는 거 충분히 이해해요. 근데 여기보다는... (다른 곳에서)

주연　(맞아요. 저는 대문자 T예요) 그냥 왜 키스를 했는지만 설명해주시면 되는데요. 혹시 그냥 하신 건가요? 그쪽은 혹시 쉬운 사람인가요? 아니면 제가 그쪽에게 쉬워보였었나요? 아무리 생각해도 저는 이해가 안 돼서요. 그러니 설명해주셨으면 좋겠거든요. 왜 저한테 키스를 하셨는지. (아주 차갑게 쳐다보면)

혜리　그... 그니깐. 제가 왜 그쪽한테 그런 일을 했냐면. 그건...

수현　야. 강주연. 뭐하냐.

주연　(수현을 쳐다보더니) 아뇨. 이따 봬요. (부드럽게 미소를 짓자)

수현에게 다정한 주연을 멍하니 보는 혜리. 사이 수현이 "그래. 이따 봐." 가버리자 혜리를 돌아보는 건 어느새 너무나도 차가워진 주연의 얼굴이다.

혜리　(주연이 너무 냉정해 보여 저도 모르게 눈물이 흐르는) 그...

주연　(우는 거 너무 싫어서 더 냉정해지는) 혹시 지금 우는 겁니까.

혜리　(저도 당황한) 아... 그... 이게. (눈물이 줄줄 흐르자) 아... 저도 이게 왜... 이러는... 지 모르는데. (쓱쓱 닦으며) 아. 이게 왜... (나 왜 이러는 거야) 그니깐... 그게.

주연　(우는 모습에 차가워져) 아뇨. 됐습니다. (계단을 올라간다)

혜리　(혼자 남겨져) 그... 그니깐... (정신없이 흐르는 눈물을 닦으면)

S #22　(N - 9시 넘어 / 미디어N 서울 방송국: 주차관리소)

민영   (혜리가 들어오자 벌떡 일어나) 야. 아까 강주...

쫄딱 젖은 채 들어온 혜리의 몰골에 입이 떠억 벌어진 민영.
그보다 더 놀라운 건 혜리의 얼굴에 마구 흐르는 눈물인데. + 상자는 옆
쪽만 살짝 젖음. 그 위에 혜리 옷이 있어서. 상대적으로 덜 젖음.

민영   야... 너...
혜리   그... (코까지 흘리며) 그니깐... 나 이게 왜 흐르는지... (훌쩍훌쩍) 모르겠
       는데. 근데 그 사람이 너무 화가 났고... (엉엉) 아씨. (엉엉) 민영아... 그 사
       람이... (엉엉) 나한테는... 친절할... 줄... 알았는데... 너무... 무섭고 차갑고...
       (엉엉) 민영아... 어떡해. 내가 너무 잘못했나봐... 어떡해... (으어어엉)

상자를 든 채 어깨를 들썩거리며 꺽꺽 우는 혜리. 민영은 어쩔 줄 몰라
하고.

S #23   (N – 12시 다 돼 / 은호의 빌라: 혜리의 집 301호)

CUT 1 》

[301] 앞. 퉁퉁 부은 얼굴의 혜리가 비밀번호를 누르고 훌쩍거리며 들
어오는.

혜리   (울면서도 착착 옷을 벗고 빨간색 잠옷으로 갈아입는) 내가 너무 잘못
       해서... 내가 너무 무례해서... 그래서... (옷장 서랍에서 수첩을 꺼내 한 줄
       일기 쓰는 [강주연이 나한테 화를 냈다. ㅆ...] 곧 옷장 서랍에 쏙 넣고)
       그래서 나한테... (침대에 누워 4시로 맞춰진 자명종을 켜고 이불을 목
       끝까지 덮고 중얼중얼) 나한테... 차갑고... 너무 차갑고... (너무 피곤해 스
       르르 눈을 감으면)

CUT 2 》

밤 12시부터 새벽 4시까지 서울 시내 하이퍼랩스 또는 타임랩스.

CUT 3 》

새벽 4시가 되자 자명종이 울리고. 안경을 찾는 손과 함께 자명종을 끄는 은호.
은호의 눈은 떠지지 않을 정도로 부었고. + (N - 4시 정각 / 은호의 빌라: 헤리의 집 301호)

CUT 4 》

은호가 4층으로 향하는 계단을 두 개씩 흐느끼는 콧물처럼 오르고.
+ (N - 4시 넘어 / 은호의 빌라: 계단)

CUT 5 》

[401] 문을 열고 들어간 은호가 액자를 손으로 쓱 쓸며 화장실로 걸어가면. + 화장실에서 "아씨. 뭐야. 눈이 왜 이렇게 부었어." 같은 혼잣말. / (N - 4시 넘어 / 은호의 빌라: 은호의 집 401호)

CUT 6 》

오징어 눈처럼 눈이 부은 은호가 커다란 커피를 들고 청경에게 "좋은 아침입니다." 인사하며 출입 라인을 지나는. + (N - 5시 30분 넘어 / PPS 방송국: 1층 로비)

CUT 7 》

"내일 봬요." 청경에게 인사하며 출입 라인을 나오는 은호는 눈의 붓기가
좀 줄었고. + (D - 2시 넘어 / PPS 방송국: 1층 로비)

CUT 8 》

[401] 문이 팡! 열리면 빨간 잠옷을 입은 은호가 계단을 내려가다 발목
이 삐끗. + (D - 2시 넘어 / 은호의 빌라: 계단)

CUT 9 》

절뚝거리며 [301] 문을 열고 들어가 4시에 맞춰진 자명종을 켜고 잠드
는 은호. + (D - 2시 넘어 / 은호의 빌라: 혜리의 집 301호)

CUT 10 》

오후 2시부터 오후 4시까지 서울 시내 하이퍼랩스 또는 타임랩스.

CUT 11 》

4시 정각이 되자 울리는 자명종에 용수철처럼 일어난 혜리가 절뚝거리
면서
화장실로 걸어가며 "내 다리 왜 아파. 내 마음도 아파죽겠는데." 중얼거
리고. + (D - 4시 정각 / 은호의 빌라: 혜리의 집 301호)

S #24 (D - 5시 20분께 / 미디어N서울 방송국: 야외주차장)

봄볕 가득한 야외주차장. 차들은 여전히 빽빽 들어차 있고.
그 사이 주차관리소와 방송국 정문에서 가까운 좋은 자리 하나가 비어
그곳에 앉아 책을 읽는 혜리는 이제 없다.

혜리 E / 안녕하세요? 강주연 아나운서님. 저는 주차관리소에서 일하고 있는 주
혜리라고 합니다.

곧 1톤 트럭이 그곳에 주차를 하면 뒤에 온 주연은 차를 대지 못하고 빙
빙 도는.

혜리 E / 댁내 두루 평안하신지요.

S #25 (D – 5시 20분께 / 미디어N서울 방송국: 주차관리소)

창 너머 주연의 차가 주차장을 뱅뱅 도는 걸 보는 민영.

민영 (미어캣처럼 목을 쭉 빼고 보면서) 야. 강주연 왔는데.
혜리 (고개를 푹 숙이고 종이별만 접는)
민영 (스르르 앉아) 그래도 강주연이 너한테 말을 걸고 물어봤으니깐. 다음에
만나면 웹소설에서 보고 그랬다고 솔직히 말하면...

순간 밖에서 "빵!!!!" 클랙슨 소리에 민영이 벌떡 일어나니
주연의 차가 제 앞에서 우물쭈물거리는 차를 향해 미친 듯 클랙슨을 울
리고 있다.

민영 ...저렇게 화를 내려나. (다시 앉으며) 와씨. 너무 무섭네.

혜리는 쳐다보지도 않고 그저 종이별을 접어 유리병에 통통 넣으면. + 거
의 다 찼다.

혜리 E / 당신을. ...당신을 정말 좋아했습니다.

S #26 (N − 6시 넘어 / 미디어N서울 방송국: 아나운서국 사무실)

혜연   (주연이 사무실로 들어오는 걸 보고 다가가선) 선배.
주연   (약간 지친 느낌으로 터벅터벅 자리로 가며) 어. 혜연아.

주연의 자리에 커다란 쇼핑백 하나가 놓여있다. 주연이 '뭐지?' 보면.

혜연   아아. 이거 안내데스크에 선배 이름으로 누가 맡겨 놨길래 내가 가져왔
        어. 잘했지, 풀어봐. 빨리.
주연   (자리에 앉아 귀찮아 옆으로 치우면)
혜연   (다시 쇼핑백 키보드 위에 퍽 놓으며. 눈 무서워진) 아. 풀어보라니깐?

주연이 한숨을 푸욱 쉬며 쇼핑백을 열어보면 종이별 천 개가 담긴 유리
병이다.

혜연   어머! 종이별이네? (유리병 번쩍 들곤) 천 개인가봐! (진심 부러워) 힝.
        선밴 좋겠다. 나도 이런 거 받고 싶었는데. 이런 거 받으면 소원 빌 수 있
        잖아. 아! 선배는 소원도 있지! 뭐였드라. 아. 지구가 망하는 거였다. 선배.
        근데 그건 좀 그래. 그러니깐 좀 더 건설적인 소원을 빌어. 이런 정성스런
        선물을 받았으니깐 소원 같은 건.
주연   그럼 너 가져.

주연이 벌떡 일어나 나가버리고 혜연은 '에엥?' 하는 얼굴로 주연을 쳐다
보는데.

S #27 (N − 6시 넘어 / 미디어N서울 방송국: 아나운서국 복도)

복도를 빠르게 걸어가는 주연. 점점 더 빠르게 걸어가면.

혜연   (마구 쫓아와) 선배! 선배!
주연   (탁 멈춰. 저도 모르게 큰 소리) 아! 왜!

주연의 거의 뒤까지 다가온 혜연이 완전히 얼어 주연을 쳐다본다.
자기가 왜 화를 냈는지도 모르는 주연이 혜연을 완전히 찡그린 채 보면.

혜연   (언 채로 있다가 잠시 뒤. 진심) ...잘했어. 선배.
주연   (아직 짜증나) 뭐라고?
혜연   선배 소원이 지구 멸망이잖아. 아니면 뭐랬드라. 종이컵이 천장에 매달
        려 있는 거랬나. 그런데 그런 건 이렇게 가만히 있다고 일어나는 게 아
        니거든? 이렇게 나한테 화라도 내야 선배의 일상에 균열이 생기지. 그러
        니깐 정말 잘했어. 선배. (예쁘게 미소 지으면)

S #28 (N – 8시 다 돼 / 미디어N서울 방송국: 생방송 뉴스센터
        복도)

CUT 1 》

원고를 손에 쥐고 생방송 뉴스센터로 빠르게 걸어가는 주연.

혜연 E / 난 있지. 선배가 가만히 앉아서 무슨 일이 생기길 바라지만은 않았으면
          좋겠어.

CUT 2 》

주연   (정면) 뉴스 마치겠습니다. 시청해주신 여러분. 고맙습니다.

뉴스의 클로징 음악이 흐르면.

CUT 3 》

생방송 뉴스센터의 문이 열리면 뉴스를 마친 주연이 나오고. + (N - 9시 넘어 / 미디어N서울 방송국: 생방송 뉴스센터 복도)

혜연 E /   선배가 직접 문을 열고 나가서 다른 세상을 만들었음 좋겠어.

엘리베이터 쪽으로 가던 주연이 그제야 비상구 문에 붙은
[이 문이 열리면 다른 세상이 펼쳐집니다.] 포스터를 뚝 보게 되면.

S #29   (N - 11시 넘어 / 미디어N서울 방송국: 아나운서국 사무실)

모두 퇴근해 새까맣고 텅 빈 사무실로 들어온 주연이
탈칵 불을 켜고 자리로 가 앉으면 책상 위엔 쇼핑백이 그대로 놓여있다.
쇼핑백엔 혜연이 써둔 메모가 붙어있는데.

[그리고 선배. 선물은 함부로 남에게 주는 게 아니야.]

잠시 보다가 부스럭 쇼핑백을 열어보면 종이별이 담긴 유리병이 있는.
꺼내어보면 쇼핑백 바닥에 편지가 놓여있는데. 편지를 천천히 펼쳐보면.

**[안녕하세요? 강주연 아나운서님.
저는 주차관리소에서 일 하고 있는 주혜리라고 합니다.
댁내 두루 평안하신지요.]**

무표정하게 쭈욱 읽어 가다가.

[당신을.

당신을 정말 좋아했습니다.]

텅 빈 사무실.
편지를 든 채 정지 화면처럼 그렇게 앉아 있는 주연의 뒤 창밖으로 밤이
흐른다.

S #30   (N - 11시 30분께 / 미디어N 서울 방송국: 주차관리소)

주차 안내서를 접던 혜리가 부스스 일어나 자리를 정리하고
불을 끈 뒤 나와 문을 잠그고 돌아서면.

혜리   (떡 하니 서있는 주연에. 기겁) 아씨! (발)
주연   (덤덤) 죄송합니다. 놀라게 할 생각은 없었는데.
혜리   아뇨. 그. 정산...을 하실 거면. (주섬주섬 열쇠 다시 꺼내면)
주연   울릴 생각도 없었습니다.
혜리   (천천히 돌아보니)
주연   그저 그게 너무 궁금했어요. 왜 그 상황에서 나한테 키스를 했는지.
혜리   아. 그...건 편지에도 썼는데. (긁적) 제가 그쪽을 좋아했거든요. 절대로
        이루어질 수 없다고 생각했었는데. 정신을 차려보니 눈앞에 그쪽이 있
        길래.
주연   그래서 키스를.
혜리   네. 그래서 키스를.
주연   (진심) 그건 너무 이상한데요.
혜리   죄송합니다. 고소를 하셔도 할 말이 없어요. 근데 고소를 하시기 전에 저
        한테 먼저 말씀해주실 수는 있을까요? (가슴에 손을 얹으며) 저도 마음
        의 준비를 해야 해서. 그... 변호사도 알아봐야 하고?
주연   고소를 할 생각은 없습니다.
혜리   (안도해 웃으며) 아. 다행이네요.
주연   (조심스럽게) 근데 저도 죄송합니다. 그날 제가 그쪽을 너무 몰아붙였다

는 생각이... 들었... 는데.

혜리   아. 뭐. 그건 화가 날 수 있는 일이라.

주연   근데 저는 이유를 모르겠더라고요. 왜 내가 화가 났는지.

혜리   아. 제가 너무 무례해서 화가 난 건 아닐까요?

주연   아뇨. 정확히 말하면 키스를 하고 나서는 기분이 이상했고. 그쪽이 울고
          나서부터 화가 난 건데. + 사실 주연모가 맨날 울어서. 주연이는 사람이 울면 자
          신이 잘못해다는 생각이 드는데. 그 키스는 지가 잘못한 게 아니니깐 억울해서 화가
          난 것.

혜리   그럼 지금은요? 지금은 화가 안나요?

주연   네. 안 나요.

혜리   왜죠?

주연   글쎄. ...키스한 이유를 들어서?

혜리   꽤 단순하시네요.

주연   복잡한 적은 없었죠.

혜리   그럼 또 말해드릴게요. 저는 강주연씨를 참 좋아했습니다. 좋아하는 동
          안 많이 행복했습니다. (꾸벅 인사를 하곤) 그럼. (돌아서 가는데)

그런 혜리를 보던 주연도 제 차 쪽으로 뚜벅뚜벅 걸어가는.
곧 차에 타 씩씩하게 멀어지는 혜리를 바라보면.

S #31   (N - 11시 넘어 / 미디어N서울 방송국: 주차관리소)

CUT 1 》

노랗게 불이 켜진 주차관리소 문을 열고 들어간 주연.
주차권을 내미는데 앞머리로 얼굴을 가린 혜리에 '뭐지?' 싶은 얼굴로 쳐
다보고. +6개월 전

CUT 2 》

주차장 입구를 통과한 주연의 차. 차창 너머 빈자리에서 책을 읽는 혜리가 보인다.

희한한 듯 쳐다보는데 주연의 차를 확인한 혜리가 주차관리소로 빠르게

곧 주연이 혜리가 맡아둔 자리에 차를 세우면. + (D - 5시 20분 즈음 / 미디어N서울 방송국: 야외주차장 - 주연의 차 안)

CUT 3 ≫

덩치가 우락부락한 남자2가 야외주차장을 지나며 쓰레기를 바닥에 버리는.

지나던 혜리가 "이봐요! 쓰레길 함부로 버리면 안되죠! 당장 주위!" 소리를 지르자

남자2가 쭈뼛거리며 쓰레기를 줍는데. 출근하던 주연이 그 모습을 뚝 쳐다보고. + (D - 5시 50분 즈음 / 미디어N서울 방송국: 야외주차장)

CUT 4 ≫

로비의 구석에 박힌 쓰레기를 치우려는데 팔이 닿지 않는 청소 아주머니.

지나던 혜리가 들고 있던 상자를 내려놓곤 거의 몸을 눕힌 채 팔을 뻗어 쓰레기를 집어 쓰레기통에 툭 넣고 간다. 퇴근하던 주연이 그 모습을 또 보게 되면. + (N / 미디어N서울 방송국: 1층 로비)

CUT 5 ≫

멀리 보이는 통유리창 안의 혜리. 주연이 조금 빠르게 걸어가 문을 탁 여니

어느새 혜리는 사라지고 민영만 있는.

흘끗 보니 상자 뒤에 어설프게 숨은 혜리에 저도 모르게 픽 웃는 주연

인데. + (N / 미디어N서울 방송국: 야외주차장)

S #32   (N – 11시 30분 넘어 / 미디어N서울 방송국: 야외주차장)

팡! 주연이 차에서 내려 혜리에게 조금 빠르게 다가가선.

주연	저기요.
혜리	(곧 다시 돌아와 민망해하지도 않고 종알종알) 맞아요. 밀당은 참 어려운 거예요.
주연	(뭔 소리야) 예?
혜리	대지의 고수가 꼼짝없이 당하는 자가 있었으니... 그것은 완전 하수 중의 하수.
주연	(전혀 못 알아듣고) 그... 하수라는 게. (나야?)
혜리	혹시 첫 키스셨나요?
주연	네. 그런데요.
혜리	오. 저도.
주연	(진심) 아니. 그건 아닌 것 같던데.
혜리	저는 강주연씨를 좋아해요. 그래서 조금 더 알고 싶어졌죠. 사실 많이 많이 알고 싶어졌어요. 키스를 하고 나서는 더더욱 그랬는데요.
주연	저는... 하루 종일 입술이... 생각났어요.
혜리	(고수) 아아. 원래 첫 키스를 하면 모든 사람들 얼굴이 입술로 보여요.
주연	그쪽도 그랬나요?
혜리	아뇨?
주연	역시. (첫 키스가 아니었군)
혜리	혹시 제 말을 들었나요? 저는 강주연씨가 궁금하다고 했거든요?
주연	나도 그쪽이 어떤 사람인지 궁금해요.
혜리	(주연의 차로 성큼성큼 가며) 그럼 우리 어디 가서 얘기 좀 할까요?
주연	어디요?
혜리	글쎄? 그건 그쪽이 생각해보는 건 어때요? (차 문을 잡고 '얼른 열어.' 하

듯 주연을 쳐다보면)

주연이 리모컨으로 차 문을 열어준다. 바로 주연의 차에 타는 혜리.
주연이 '뭐지?' 하듯 혜리를 보다 천천히 차 쪽으로 걸어가면.

S #33 (N – 12시 넘어 / 주연의 빌라)

새까만 동네의 주연의 빌라엔 노란불이 한 층 한 층 켜지고.

혜리   (계단을 두 개씩 오르며) 집으로 데려올 줄은 몰랐는데.
주연   (문을 열고 들어가며) 아. 지금은 문 연 데가 없어서.
혜리   (졸졸 따라 들어가선) 근데 3층에 사시네요? 나도 3층에 사는데. 세정
       동 삼곡빌라 301호.

단정하고 깨끗한 주연의 집. 벽에는 수많은 사진들이 걸려있다.

혜리   (두르며) 와. 집이 참 깨끗하네요.
주연   (시계를 풀어 책상에 올려두고. 주머니의 사원증도 책상에 올려두고)
       아. 그런가요.
혜리   (그 중 가장 많은 비중을 차지하는 세연을 가리키곤) 누구예요?
주연   (혜리 쪽으로 다가와선) 형.
혜리   (진심) ...잘생겼다.
주연   (같이 사진 보면서. 덤덤) 죽었어요. 저 사진을 찍고. 5년 뒤에.
혜리   (다시 세연의 사진 보는데 웃는 게 참 예쁜 사람) 예쁜데.
주연   그래서 어머니가 자주 아프세요. 형이 죽어서. 형이 없어서. 그런데 나는
       살아 있어서.
혜리   (진심) 하지만 살아 있다는 건 좋은 거예요.
주연   (혜리를 뚝 보면)
혜리   (그새 다른 사진 두르며) 그런데 제가 궁금하다 하셨잖아요. 뭐가 궁금

한가요? 일단 저는 주혜리. 나이는 스물여덟.

주연 (쳐다본다. '거짓말.')

혜리 (깊은 착각) 왜요? 더 어려 보이나요?

주연 아뇨. 저랑 비슷하거나 좀 더 많을 거라고.

혜리 몇 살이신데요?

주연 서른다섯.

혜리 (정색) 실례에요.

주연 그럼 가족이랑 같이 사나요?

혜리 아뇨. 혼자 살아요. 부모님은 돌아가신 것 같고. 형제자매는 없죠. 뭐. 외동딸이랄까?

주연 아아. (약간 미안해하면)

혜리 그치만 저에겐 그쪽이 생겼죠.

주연 아. 그런가요. (조금 웃으며 냉장고쪽으로 가자)

혜리 방금 그렇게 웃는 건 상상해본 적 없어 좀 신기했어요.

주연 (냉장고에서 물을 꺼내 따르며) 그래요?

혜리 네. (웃으며) 살아 있다는 건 그렇게 좋은 거예요. 어머니가 바보 같은 거예요. 제가 언제 한번 가서 말씀드릴게요. 어머니. 살아 있다는 건 좋은 거예요. 그러니 강주연씨가 살아 있음에 감사해주세요. ...하고.

주연 혜리씨.

혜리 네. 주연씨.

주연 오늘 좀 더 같이 있어줄 수 있나요?

혜리 오. 물론.

곧 혜리가 웃으며 다가와 주연에게서 물을 뺏어 마시고.
그런 혜리를 신기한 듯 보는 주연에게 혜리가 "왜요?" 말하며 웃고.
주연의 빌라 창밖으로 까만 밤이 지나면.

S #34 (N – 5시 넘어 / 주연의 빌라: 침실)

새벽 새 지저귀는 소리에 천천히 눈을 뜨는 사람은 혜리에서 인격이 바뀐 은호다.
은호가 안경을 찾으면서 고개를 돌리자 모르는 남자의 등판이 떡하니 있는.
은호가 놀라 멈추는데 남자가 천천히 몸을 돌린다. 정말 모르는 사람이다.

있는 대로 눈이 커진 은호가 최대한 숨을 죽이고 침대에서 일어나
외투를 챙겨 살금살금 나가다 책상 위 올려져 있는 사원증에 뚝 멈추는.

[강주연 | 미디어N서울 | 소속 | 아나운서국]

'아나운서라고?' 놀라 손으로 입을 틀어막은 은호가 빠르게 도망치고.
살그머니 현관문이 닫히면 아무것도 모르는 주연이 한 번 더 뒤척거리는데.

S #35   (D − 7시 30분께 / PPS 방송국 전경)

아침이 찾아온 PPS 건물 전경.
여유롭게 출근하는 사람들 사이 미친 듯 뛰어가는 은호가 보이고. + 자연인의 모습. 옷은 S #34 혜리의 차림 그대로.

S #36   (D − 8시 넘어 / PPS 방송국: 아나운서국 사무실)

자리에 앉은 은호가 노트북으로 빠르게 검색해보는 건 [강주연]
뜨는 건 미디어N서울 소속 아나운서라는 정보뿐이다. + 은호의 옆자리는
잡동사니들이 올려져 있는 빈 책상. / + 은호의 자리는 화장실 근처임. (가장 안 좋은 자리)

'아씨. 왜 이 사람이. 왜 나랑 같이. 아니. 그 전에 내가 왜 그 집에서.'
기억하려 애쓰지만 조금도 기억나지 않는 은호가 머리칼을 붙잡고 있
는데.
마침 은호의 동기, 택민°이 "야. 니네 오늘 축구 봤냐." 말하며 뒤쪽을 지
나자.

은호	(번뜩. 돌아보더니) 야. 김택민.
택민	(멈칫. 쳐다보더니) 뭐. 너도 축구 봤어?
은호	안 봤고. 너.
택민	(아래위로 훑더니) 야. 근데 너는 옷이 왜 그러냐. 뭔가 되게 어려 보이려 고 노력한 느낌이 낭낭한... 평소와는 다르게 몹시 젊은이처럼.
은호	저기. 그 따위 걸 니가 평가할 건 아니고.
택민	(투머치 토커라고 한다) 아니. 내가 오늘 기사를 하나 봤는데. 글쎄. 37세 여성이 어려 보이게 옷을 입고 클럽에 가서 스무 살짜리 남자랑 원 나잇을 한 다음에.
은호	(일단 부정) 아냐. 난 아냐.
택민	아니. 니 얘기가 아니고. 내가 기사에서 본 건데.
은호	(졸라 부정. 버럭) 아니라고웃!
택민	왜 소리를 질러. 너 어디 아프냐?
은호	아파. 지금 아픈 것 같고. 야. 너 미디어앤서울에 동기 많지.
택민	어. 왜. 누구 소개 시켜줘?
은호	아니. 그건 됐고. 사람 하나만 알아봐줘.
택민	누구.
은호	내가 톡으로 보낼...
김팀장	(많이 열 받은 상태로 은호에게 성큼성큼 걸어오며) 야. 주은호!

● **김택민 (37세. 남)** PPS 28기 남자 아나운서. 분위기에 잘 휩쓸리고 동조를 잘 하
는 타입. 예능 MC에 최적화된 케이스. 한없이 가벼워 보이지만 교양 프로그램 MC
가 되고 싶은 남모르는 열망이 있다.

은호	(김팀장의 모습에 머리를 더 쥐어뜯으며) 아... 쒸.
김팀장	야. 너 라디오 펑크 냈냐.
은호	(의기소침해져서) 아. 그... 펑... 크는 아니고.
김팀장	너 몇 시에 들어왔는데.
은호	(기어들어가) 일곱시... 바... 안?
김팀장	(짜증나) 일곱시에 끝나는 라디오를 일곱시 반에 왔는데. 그게 펑크가 아니면 뭐야. 어?!
은호	(쥐구멍 어딨니) 그... 그니깐... 내가 원래 여섯시 전에 도착을 했는데. 그... 출입증을 놓고 오는 바람에...
김팀장	출입증이 없으면! 지문으로 찍고 들어오면 되는 걸!
은호	아니. 내가 그... 지문이 닳아서. 그니깐... 어릴 때 하도 고생을 많이 해... 서. (기어들어간다) 그 와중에 내 얼굴을 아는 청경도 없고. 정현오 비슷한 것도 안 지나가고.
김팀장	야씨! 너는 니 라디오 청취율이 고작 0.3인 걸 감사히 여겨!
은호	(청취율에 민감. 돌변) 팀장님! 제가 0.3 무시하지 말랬죠! 0.3 그거 아무것도 아닌 것 같아 보여도 제가 거기 처음 갔을 땐 그것조차 잡히지 않았다니깐요? 아주 청취율 자체가 아예 안 잡히는 데였다고요! 근데 내가! 어? 3년 내내! 생방을 해서!
김팀장	그래. 그 고생을 해서 잡아놓은 청취자들을 오늘 니가 한방에 다 날렸지. 감히 펑크를 내? 당장 경위서 써와! ('에이씨!' 사무실로 가버리자)
은호	(다시 머리를 붙잡고 괴로워하며) 아... 경위... 서. (괴로워하는 동시에 노트북으로 경위서 파일을 찾으면)

S #37 (D / PPS 방송국: 이슈인 회의실)

노트북으로 이슈인 시청자 게시판을 글을 확인하는 수정. + 이슈인 회의 시간. / 미연, 현오, 수정, 유연, 찬우 참여.

[처음 보는 아나운서인데 열심히 하는 모습이 보기 좋았어요] + 아이디:

tyuiq89

[이번 방송 보고 주은호씨 팬 됐습니다!!] + 아이디: 아는 형님

[이번에 들어온 신입인가요? 그런 것치곤 노안이지만 열심히 하는 게 멋짐!] + 아이디: air7910

[아침부터 보고 터져서 하루종일 배아픔. 주은호 아나운서 파이팅!] + 아이디: 용서가된다

수정	(쭉 스크롤해 보더니) 뭐. 이 정도면 반응이 나쁘진 않은데요?
미연	(자기 팔짱 끼고. 단호) 아니. 그래도 생선 아이템은 안 돼. 그건 선배가 해야 돼.
현오	(상석에 앉아) 아니. 그거 주은호 줘.
미연	뭔 소리야. 선배. 생선 아이템은 사회고발이야. 사회고발은 선배 전문이잖아. 선배가 해야 아이템이 묵직해져 사람들이 관심도 가지는데. 주은호가 하면 파급력이 없잖아. 안 돼.
현오	미연아. 내가 시사텐을 하다가 여기 왔어. 근데 내가 여기서 그런 걸 해버리면 시청자들은 이게 시사텐인지. 이슈인인지 헷갈린다? 나는 좀 가벼운 것만 하는 게 맞아.
미연	아니. 그딴 게 무슨 상관이야. 시청률만 잘 나오면 되지. 선배가 아침에 무거운 걸 해서 사람들이 시사텐인지 이슈인인지 헷갈리든 말든! 우리가 가진 아이템을 최대한 무겁게 만들어 빵! 터트리는 게 내 목적인데 아니. 진짜 무슨 소릴 하는 거냐고요.
수정	(한숨 푹. 이 논쟁이 너무 귀찮다) 저 죄송한데. 그냥 차장님이 해주시면 안 될까요?
현오	네. 안 되고요. 이 아이템 주은호 줘. 회의 끝.
미연	아. 진짜 정말 미쳤나봐. 저기요. 저한테 왜 그러세요? 선배는 제 업무 실적이 상관없으신 가요?
현오	우리 프로에서 하는 건데. 내가 안 한다고 니 업무 실적이 깎일 건 또 뭐야.
유연	(사이 수정에게 작은 목소리로. 자료 뭉치 보여주며) 언니. 이거 오빠 드리면 돼요?

현오	(듣고서 표정 싹 변해. 웃는데 무섭다) 오빠? 그거 나 말하는 건가? ...누가 니 오빤데?
미연	(아무렇지도 않게 수습) 아이고. 우리 오신 지 얼마 안 된 서브 작가님. 저 분한테 오빠라고 하면 큰일 납니다. 저랑 같이 대학 다닐 때도 오빠라고 하는 애들한테 일일이 찾아다니며 정색하셨던 분이거든요? 있잖아. 오빠라는 건 피 비슷한 빨간 물감 정도는 섞여야 부를 수 있는 거라고 나는 생각하는데. 너랑 내가 그렇게 끈끈한 사이인 거야? 라면서 아주 정색정색을 하셨던 분이라고요. 저도 꼬박꼬박 선배라고 부르는 거 못 들으셨나요? 그니깐 선배. 생선 아이템만큼은.
현오	주은호 줘. (미연의 어깨 치고 나가며) 간다. (쾅! 문이 닫히자마자)
미연	아씨! 저 선배 왜 저런 대니? 아직도 주은호 사랑한대니?

유연의 얼굴이 여전히 새빨개져 있는 사이
뭔가 눈치챈 듯한 수정이 현오가 간 자리를 쳐다보면.

S #38 (D / PPS 방송국: 시사국 시사텐 사무실 - 현오의 방)

수정	오빠.

자리에서 이슈인 자료조사용 원고를 넘기던 현오가 '뭐?' 하듯 앞을 보니. + 유연이 아까 주려던 자료조사용 원고. / 현오의 방엔 TV 있다.

수정	(그 앞에 서서) 오빠 아직도 걔 사랑해?
현오	(부드러운. 웃으며) 뭐래.
수정	근데 왜 자꾸 아이템마다 다 걔 주라고 하는 거야? 지난번 해양 쓰레기 취재도 주라고 하고. 이번 생선 아이템도 주라고 하고.
현오	수정아. 그거 냉동차 들어가는 거라며. 냉동차는 너무 춥잖아. 나 추운 거 진짜 싫어해서 그래.
수정	뭐래. 오빠 추운 거 좋아하잖아. 오빠가 진짜 싫어하는 건 쩌죽는 거지.

현오	(웃으며) 늙으면 취향도 바뀐다?
수정	(단호) 오빠.
현오	(부드럽게 보고) 응. 말해.
수정	주은호는 안 돼.
현오	(미소로) 응. 알지.
수정	(확신) 걔는 진짜 누구보다 빨리 도망칠 걸?
현오	그럼. 것도 물론 알지.
수정	그래도 주은호한테 이렇게 계속 아이템 퍼다 나를 거야?
현오	(웃으며) 수정아. 이건 정말 내가 무거운 아이템을 하면 안 돼서...
수정	(꽉 짜증) 아씨! 나 진짜 걔 너무 싫어!

수정이 팩 돌아 아이처럼 쿵쿵 대며 현오의 방을 나가면.
픽 웃으며 수정이 나간 자리를 보던 현오가 곧 무표정해져 원고를 보고.

S #39 (D - 1시 넘어 / PPS 방송국: 1층 로비 - 휴게실)

소파에 앉아 머리가 아픈 듯 머리칼을 감싸 쥐고 괴로워하는 은호.
'내가 진짜 뭘 한 거지?' '나는 왜 그랬지?' '왜 거기서 눈을 떴지?'
'진심으로 아무 일도 없었던 거겠지?' 아주 돌아버릴 것 같은데.

수정	(짜증) 차장님은 끝까지 자긴 안 하겠대요.
미연	(더 짜증) 아오씨. 미쳐 버리겠네. 아니. 왜 그 대박 아이템을... (앞의 은호를 흘끗 쳐다보고 눈빛으로 수정에게 말한다. '저런 이상한 애한테 주라는 거야.')
수정	(귀찮) 아. 모르죠. 일단 물어나 보세요. 안 한다고 할 수도 있잖아요.
미연	저기. 주은호 아나운서.
은호	(머리칼을 쥐어잡고 괴로워하면서) 왜요. 뭐요.
미연	주말에 촬영이 있는데요.
은호	(너무너무 머리가 아프다) 주말? 아. 주말은 이제 너무 피곤한데? 나 지

금 생각할 것도 너무 많고. 머리도 너무 아프고.

수정 그쵸. 주말에 촬영을 계속 나가는 건 좀 무리죠.

미연 그래요. 출장비도 언제나 그렇듯 쥐꼬리만 하고.

은호 (괴로워하며) 아. 저는 돈에 연연해하진 않지만... 뭐. 몇 분짜린데요.

미연 10분밖에 안 돼요. 그니깐 제가 그냥 현오 선배 설득시켜서.

은호 (어느새 반짝거리는 눈망울로 손을 번쩍 들고선) 제가 한번 해보겠습니다!

미연 저기. 뭔지는 알고 말씀하시는 거예요?

은호 (손 든 채) 10분짜리 VCR. 뭔지 모르고 받을 수 있습니다! 뭐든 시켜만
주십쇼! 전하!

미연과 수정이 '헐.' 하는 얼굴로 은호를 쳐다보면.

S #40 (N – 주말 3시께 / 인천: 서해안 선착장 근처 포장마차 앞)

새벽의 옅은 회색빛이 드리운 포장마차 앞.

은호 (옷매무새 정리하며. 꼿꼿하게 허리를 편 채. 도도) 냉동차 안에 들어가
서 뭘 찍어오면 되는 거예요? + 영상엔 안나오지만 그래도 은호는 혹시나 해서
어느정도 옷을 갖춰 입고 오고 메이크업도 스스로 해서 왔다.

미연 개들이 고등어를 국산 상자에 옮기고 버린 흔적을 찍어 오시면 돼요.

은호 (자기 팔짱 끼고선) 열쇠는.

찬우 (냉동차 열쇠 건네며) 차 번호판은 톡으로 보내났습니다. 확인하시고 그
걸로 여시면 돼요.

은호 (열쇠 받아서) 근데 VJ가 안 찍고 내가 찍어도 되는 거예요? 내가 찍으면
내 얼굴이 안 나오잖아. 아니. 10분 내내 내 얼굴이 나오는 줄 알고 내가
이걸 한다고 한 건데.

미연 (애써 웃으며) 목소리 하나만으로도 현장감은 충분해서요.

은호 (내 얼굴 분량 사수해) 그럼 그 영상 나가는 동안 제 이름이랑 얼굴. 계
속 밑에 박아주시는 거죠?

미연	(억지로 웃으며) 예. 그럼요. 그렇게 하겠습니다.
은호	멘트는요?
수정	(손에 망원경 걸고. 무심) 톡으로 보내놨어요. 짧아서 외우실 수 있을 거예요.
은호	(자신만만) 어머. 길어도 외우실 수 있답니다.
미연	그럼 저랑 스탭들은 여기 포차에서 기다릴 테니 무슨 일 생기면 연락주시고요.
은호	아. 뭐. 별일이야 있겠어요?

S #41 (N – 주말 3시 넘어 / 인천: 서해안 선착장 근처 주차장 – 냉동차 안)

냉동차 안. 아무렇게나 구겨져 있는 남자 시체에 두 손으로 입을 틀어막는 은호.
[원산지: 노르웨이] 스탬프 찍힌 스티로폼 상자들 너부러진 냉동차 안을 겁먹은 은호가 뒷걸음 쳐 나가려는데.

일꾼대장 O.S	정확히 어디에 났는데. 몰라? 모르면 어쩌라고. 다 뒤져?

낯선 이의 목소리에 은호가 스티로폼 상자 뒤로 빠르게 숨으면.

일꾼대장	(전화 중. 냉동차 안 쓱 훑고) 아. 어디에 있다는... (없어서 문 닫으려다가) 근데 왜 여기 문이 열려있어? 여기 문 누가 잠근 거야? 어?

곧 누군가 달려오는 소리 들리더니 철컹! 문이 닫히고 자물쇠가 걸린다.

일꾼대장 O.S	야! 너 일 제대로 못 해? 큰일 한번 당해봐야 정신을 차릴래? 한번 죽어봐?

발걸음이 멀어지자마자 은호가 식겁한 얼굴로 시체에서 최대한 떨어진 채 "제발 받아라." 작게 중얼거리며 [김미연 PD]에게 전화를 거는데.

S #42 (N - 주말 3시 넘어 / 인천: 서해안 선착장 근처 포장마차)

수정   (포차에 앉아 망원경으로 주차장을 보는) 별일이... 없는 건가. (망원경을 내려놓고 미연을 보면)

미연에게는 별일이 있다. 미연이 완전히 취한 얼굴로.

미연   내 생선. 나의 소듕한 생선. 이렇게 새벽에 나와서 취재를 했는데. 그 어디서도 화제가 안 되면 어쩌지? 어쩌긴. 정현오를 죽여버려... (푹 엎어지는데)

수정   (다시 망원경으로 주차장 보면서) 피디님. 일어나세요. 피디님은 지금.

미연   (벌떡 일어나. 너무 멀쩡한 말투) 그래. 맞아. 나는 실시간으로 긴밀하게 상황을 체크해야 되는... (혀가 이상하게 꼬이는) 나는 PD라고오요워우 워우워우워어. (푹 엎어져버리면)

수정이 오징어를 집어 들고 뜯기 시작하면.

S #43 (N - 주말 3시 넘어 / 인천: 서해안 선착장 근처 주차장 - 냉동차 안)

다리를 몹시 빠르게 떨며 시체와 가장 멀리 떨어진 구석에 박혀 톡을 보내는 은호. + 은호의 휴대폰 바탕화면은 PPS 현판 앞 웃으며 서 있는 은호.

[미연씨. 전화를 안 받네? 일단 내가 지금 애석하게도 냉동차 안에 갇혔고. 그래서 누군가 지금 당장 저 문을 열어줘야 할 것 같은데. 그 전에 말

이야. 미연씨.]

[시체 사진 첨부]

[이게 뭐냐고 묻는다면 그래. 맞아. 돌아가신 분이야. 그래도 혹시 몰라 살아계신지 확인은 해봤는데. 이미 돌아가셨다고... 당장 경찰에 신고하고 싶은데. 아니. 그 전에 내가 냉동차 안에 갇혔다고. 그러니 미연씨. 여기서 나 좀 꺼내줄래? 여기가 점점 더 추워지고 있거든?]

은호가 다리를 떨고 손가락을 까닥거리며 답을 기다리는데. 답은 오지 않는다.

은호   (손에 휴대폰 꼭 쥐고 불안해서 말 엄청 빨리하는) 우와. 내가 진짜 화면에 10분 나오려고. 것도 사진으로 작게 나오려고. 냉동차에 갇히는 일이 발생하다니. 심지어 이씨. 이런 식으로 나올 줄 알았다면 안 나왔죠. 왜? 저는 생각할 게 너무너무 많았거든요. 근데 이건 뭐죠? 내 생각을 멈춰. 와. 시체 무슨 일이야. 잡생각이 아예 안 나네. 와. 내가 드라마 보면서 이런 상황에서 혼잣말하는 주인공들 리얼리티 떨어진다고 엄청 욕했었는데. 아니? 그렇지 않아. 나 지금 내가 내뱉는 혼잣말로 샤워도 할 수 있다고. 우와. 어쩌죠? 신고? 신고해야 되는 거겠지?

S #44   (N – 주말 3시께 / 인천: 서해안 선착장 근처 포장마차 앞)

미연   근데 아시죠? 외부에 알려지면 우린... (끽. 죽는다는 제스처) 끝이에요.

S #45   (N – 주말 3시 넘어 / 인천: 서해안 선착장 근처 주차장 – 냉동차 안)

은호   (뒤늦게 드는 궁금증. 눈 돌았음) 왜에? 왜 끝인데에? 왜 외부에 알려지면 안 된다고 한건데에? 뭔데에? 아니. 지금 내가 끝이 나게 생겼다고. 내

가. 내가 지금 죽게 생겼다고. 내가. 근데 왜! 대체 왜! (휴대폰 흘끔 보더니) 아씨! 이 여자는 왜 답이 없는 거야. 지금 뭘 하고 있는 거야. 도움이 완전히 하나도 조금도 안 되는 걸? 와씨. 나 다른 스탭들 번호도 모르는데. 아쒸. 나 진짜 어쩌지? (달달달 다리를 심하게 떨다가 [김미연 PD]에게 다시 전화를 걸면)

S#46   (N - 주말 3시 넘어 / 인천: 서해안 선착장 근처 포장마차)

음성전화: [주은호 아나운서]

취해서 포장마차 간이테이블에 엎드려 있는 미연.
휴대폰 진동소리는 계속 들리고. 건너편의 수정은 어느새 없는데. + 미연의 톡을 보고. 휴대폰을 들고 나가 현오에게 전화하는 수정.

미연   (혀 꼬임) 정현오. 너 이 좌시익. 내가 가만두지 않겠어우어우어. 내가 진심으로 너를 벌할 거야이야이야이호. 어떻게? (대단한 결심하셨다) 꿀밤백 대를. (때리는 손짓. 입으로 소리) 꽐꽐꽐꽐꽐. (다시 푹 엎드리고)

S #47   (N - 주말 4시 넘어 / 인천: 서해안 선착장 근처 주차장 - 냉동차 안)

은호   (전화 끊고) 아. 예예. 이제 전화를 안 받으시겠다? 그럼 신고를 하면 되지. 왜? 여기엔 시체가 있으니깐요. 심지어 저는 여기 갇혔으니깐요. 신고만 하면 아주 일사천리. 여기서 나도 벗어나고. 저 분도 벗어나고. 우리 프로는 나락가고. 아이씨.

은호가 흘끔 시체를 보는데 성큼 삐져나온 발 하나에 흠칫 놀라 뒤로 무르면.

은호 E /   ...구해줄 거냐.

S #48   (D - 오후 / 은호의 빌라: 은호의 집 401호)
          : 과거 * 2015년 봄
          : 1회 S #1

은호   (현오의 등에 찰싹 달라붙은 채) 아. 구해줄 거냐고.

현오   (화분에 물을 주면서) 있잖아. 주은호.

은호   뭐어. 왜에.

현오   (분무기로 칙칙. 진심) 너 작년에 수영 배웠었잖아.

은호   (빼꼼 현오의 어깨 위로 얼굴 내밀곤) 아. 미쳤나봐.

현오   접영까지 배웠었잖아. 그럼 스스로 헤엄쳐 나올 수 있거든요? (칙칙)

은호   그냥 말만이라도 해주면 안 되는 거야? 그냥 구해주겠다. 말만이라도.

현오   (뒤돌아보곤) 자립심을 길러. 은호야. 물에 빠진 주제에 뭘 누가 구해줄
          때까지 기다리겠다는 거야. 은호야. 제발 스스로 헤엄쳐서 나오세요. 아
          시겠어요? (이제 빨래를 널려고 가면)

은호   (쪼르르 달려가 다시 현오의 등에 달라붙어) 저기. 넌 나를 사랑하지 않
          는 거뉘?

현오   (은호가 달라붙어 움직이기 무거운. 세탁기 앞에 못 앉는) 아. 좀 놔라.
          무겁다. 진짜. 너.

은호   (더 찰싹 달라붙어) 아뉘아뉘아뉘? 나는 이걸 놓지 않을 건데? 아. 말
          해! 구해줄 거냐고오.

S #49   (N - 주말 4시 넘어 / 인천: 서해안 선착장 근처 주차장 -
          냉동차 안)

          휴대폰에 저장된 현오의 이름을 한참 보는 은호. 그러다 결국 통화버튼

을 누르면. + 불안해서 다리를 떨고 손가락을 까딱인다. + 사실은 지온의 번호 누른 것. / [정현오] 로 저장

S #50 (N – 주말 4시 넘어 / 지온의 원룸)

진동소리에 이불 속에서 손만 꺼내 휴대폰을 보는 사람은 지온이다.
[은호]라는 이름에 지온이 바로 휴대폰을 던져버리고 다시 이불 속으로 파고들면.

S #51 (N – 주말 4시 넘어 / 인천: 서해안 선착장 근처 주차장 – 냉동차 안)

은호   (안 받아서 끊긴 전화 보고 더 불안해져 달달 다리 떨고 손가락 까딱까딱 거리며) 아. 예예. 이렇게 나오시겠다? 하이고. 저는 그래요. 괜- 찮습니다. 왜냐하면 저는 혼자서 스스로 살아남으면 되거든요. 저는 뭐. 이 시대가 낳은 엄청나게 진취적인. 지 밥그릇 지가 챙겨 먹는 골드미스 되시겠다. 이거에요. (휴대폰 보면 4시 20분 넘어가자) 내가 진짜 딱 10분 기다린다. 그리고 경찰에 신고한다. 왜에? 난 죽었다 깨어나도 살아서 이곳을 나갈 거니깐! 난 절대! (시체 흘끔) 죽지 않아. (희망이자 다짐) 죽지 않는다고! (달달달 다리를 떨다가 더는 못 참고 112 통화버튼을 누르려는 순간)

덜컥덜컥 자물쇠 여는 소리와 함께 익숙한 목소리.

찬우 O.S   이 차 맞아요! 번호 확인했어요!

'어라?' 은호가 슬슬 허리를 펴는데. 곧 문이 열리고 이슈인 FD, 찬우가 보이자.

은호	(반가워 후다닥 달려가선) 하! 찬우씨구나! 미연씨가 연락했어?
찬우	아. 예. 피디님께서 가보라고.
은호	그래. 미연씨는 날 버리지 않았어. (징징) 나 여기 진짜 무서웠잖아.
찬우	괜찮으세요? 춥진 않으셨고요?
은호	어. 그러엄. 나야 괜찮지. 나는 지방이 많은 편이거든. 사실 춥긴 추웠지만 그것보다 더 무서운 게 있었잖아? 저기... 얘긴 들었지? (시체가 있는 쪽 가리키려는데)

사이 나머지 한쪽 문이 서서히 열리면 순간적으로 멍해지는 은호.
그 틈으로 이쪽을 바라본 채 서 있는 현오가 보여서다.

은호 E /	야. 넌 진짜 영광인 줄 알아.

S#52 (D / PPS 방송국: 아나운서국 복도)
; 과거 * 2015년 여름

큐카드를 슬쩍슬쩍 보며 복도를 걷던 현오가 '뭐?' 하듯 은호를
쳐다보면.

은호	나는 너를 구할 거거든.
현오	('난 또 뭐라고.' 다시 큐카드 읽으며) ...아직도 그 소리냐.
은호	(흥분) 넌!! 물에 빠진 나보고!! 알아서 기어 나오라고 했지만!! (더 흥분) 난!! 니가 물에 빠지면!! 내가 아무리 수영을 못해도!! 너를 구해줄 거란 말이지!!
현오	(픽) 뭣 하러 저를 구하세요. 그냥 너 살길이나 찾으세요.
은호	(진심) 사랑하니까.
현오	(큐카드 체크하다가. '뭐?')
은호	(진심) 내가 너를. (웃으며) 사랑하니까.

현오를 향해 미소를 짓고 걸어가는 은호. 현오가 서서히 멈춰 그런 은호를 보면.

S #53 (N – 주말 4시 30분 넘어 / 인천: 서해안 선착장 근처 주차장)

열린 문틈 사이로 은호를 보는 무표정한 얼굴의 현오.
냉동차에서 내리려던 은호가 그런 현오를 뚝 바라보고만 있자.

찬우   안 내리세요?

은호   (현오가 살짝 고개를 숙인 사이. 정신 차리고) 아. 내리... 내려야지. (주섬주섬 내리면)

찬우   시체까지 있다고 해서 경찰 불렀어요. 생각보다 일이 커질 것 같아서. 일단 차장님 차로 먼저 가시면 되거든요? 여긴 제가 정리할게요.

은호   아. 어. 고마워. 찬우씨. (어색한 듯 앞을 보면)

여전히 그곳에 서 있던 현오가 곧 뒤돌아 자신의 차 쪽으로 간다.

현오   (가다가 돌아보곤. 어쩐지 다정하게) 뭐해.

선뜻 움직이지 못하던 은호가 그제야 터벅터벅 걸음을 옮기기 시작하는.
주차장은 경찰차에 구급차에 아주 어수선해지고.

현오   (차에 먼저 타 운전석에 앉아 안전벨트 하며) ...벨트 해.

은호도 벨트를 하려는데. 손이 꽝꽝 얼어붙어 벨트를 잘 못하겠다.
현오가 안전벨트를 해주면 쌕쌕 숨을 참으며 현오의 정수리를 처다보는 은호.

곧 현오가 차를 출발시키고.

은호가 저도 모르게 고개를 돌려 현오의 옆모습을 쳐다보면.

차 안. 룸미러에 걸린 실금 목걸이가 딸깍딸깍 깜빡이 소리에 맞춰 흔들린다.

은호가 천천히 고개를 돌려 실금 목걸이를 바라보는 사이

어수선한 주차장을 현오의 차가 천천히 빠져나가고. 그렇게 새벽이 저문다.

- 제2회 끝 -

바람

나는 네가 나 없이도

S #1　　(N – 5시 넘어 / 주연의 빌라: 침실)
　　　　: 2회 S #34 이어

새벽 새 지저귀는 소리에 천천히 눈을 뜨는 사람은 혜리에서 인격이 바뀐 은호다.
은호가 안경을 찾으며 고개를 돌리자 모르는 남자의 등판이 떡하니 있는.
은호가 놀라 멈추는데 남자가 천천히 몸을 돌린다. 정말 모르는 사람이다.

있는 대로 눈이 커진 은호가 최대한 숨을 죽이고 침대에서 일어나
외투를 챙겨 살금살금 나가다가 책상 위 올려져 있는 사원증에 뚝 멈추는.

[강주연 | 미디어N서울 | 소속 | 아나운서국]

'아나운서라고?' 놀라 손으로 입을 틀어막은 은호가 빠르게 도망치고.
살그머니 현관문이 닫히면 아무것도 모르는 주연이 뒤척거리다가 눈을 뜬다.
"혜리씨." 부르며 몸을 일으켜 혜리가 있던 자리를 보는데 어느새 혜리는 없고.

침대 옆 콘솔 위 헤리가 사용했던 물컵만 놓여 있는데.

헤리 E /   강주연씨. 저 이 물도 마셔도 돼요?

S#2   (N – 12시 넘어 / 주연의 빌라: 침실)
         ; 2회 S #33 지나

헤리   (물을 마시고 침대에 등을 기대고 앉아 이불냄새 맡더니) 좋은 냄새가
         나요.
주연   (덤덤) 그런가요.
헤리   (잠옷 쿵) 이거랑. (이불 쿵) 이거에서.
주연   (가만히 바라보며) 그렇군요.
헤리   섬유 유연제는 뭘 쓰나요?
주연   섬유 유연제?
헤리   이불은 어디에서 샀나요?
주연   (생각하는) 아. 이불은.
헤리   궁금한 게 많은데 계속 물어봐도 되나요?
주연   (조금 미소) 뭐가 더 궁금한데요?
헤리   눈. (주연의 눈을 잠시 보다) 그 눈은 어떻게 만들어졌나요?

         주연이 묵직하게 헤리를 바라보고.

S #3   (D – 아침 / 주연의 육군사관학교: 대운동장)
         ; 과거 * 주연 24세, 세연 26세 – 2월

세연   (삼각대 위 카메라 타이머 맞추며) 강주연. 뭐해. 여길 봐야지.

주연 E /   형이 있었어요.

육군사관학교의 임관식. 한껏 각을 잡고 서 있던 주연이 정면을 응시하자 주연에게 달려간 세연이 어깨동무를 하고 사진을 찍는. + 1회 S #45의 사진들

주연 E / 형은. ...아버지가 없는 우리 집에서 내겐 아버지 같고.

세연 (주연모에게 손짓) 엄마! 엄마 빨리!!!

꽃다발을 들고 서 있던 주연모가 두 아들에게 다가가면 사진이 또 찍히고.

주연 E / 어머니에겐 딸 같던 사람.

세연 (시계 보더니 급하게 삼각대 챙기며) 아. 나 가야 된다.
주연모 (뭔가 불안한 듯) 세연아. 차 조심하구.
세연 (장난스럽게 경례) 오! 옛썰! (활짝 웃으면)

쾅! 교통사고 나는 소리 E /

S #4   (D – 오후 / 주연의 육군사관학교: 정문 가는 길)
: 과거 * 주연 24세, 세연 26세 – 2월

추적추적 겨울비 내리는 임관식 오후.

주연 E / 그게 마지막이었습니다.

대열에 맞춰 안쪽으로 행진하는 육사 생도들 사이를 주연이 비집고 달려 나오는데.

주연 E / 무리해서 내 임관식에 왔던 형은 돌아가는 길 사고를 당했고.

S #5 (N / 지방: 대형병원 – 수술실 앞)
: 과거 * 주연 24세 – 2월

비를 쫄딱 맞고 온 주연이 수술실 앞에 멈춰 서면.

주연모 (울면서 앉아 있다가 벌떡 일어나 주연에게 다가가) 너 때문이야.
주연 (멍하니 쳐다보면)
주연모 세연이가 너한테만 가지 않았어도! 니 형은 이렇게 되진 않았어! (흥분해 막말) 니가 임관식에 오라고만 하지 않았어도! 세연인!! (오열)

뚝 서 있는 주연의 제복 끄트머리에서 뚝 뚝 빗물이 떨어진다.

주연 E / 식물인간이 되었어요.

S #6 (D / 지방: 요양병원 – 다인 입원실)
: 과거 * 주연 24세, 세연 26세 – 4월

창밖엔 싱그러운 봄이 찾아왔지만 시든 식물처럼 침상에 누워 있는 세연.
곁에는 세연의 손을 꼭 잡고 잠든 주연모가 있는데.

군복을 입은 주연이 병실 입구에서 그런 두 사람을 바라보다 뒤돌아서는.
힘없이 모자를 벗으며 요양 병원 복도를 걸어가는 주연의 뒷모습이 점점 멀어지고. + 군복 계급 : 육군 소위 – 3월 1일부로 / 전방사단 소대장.

S #7   (N – 12시 넘어 / 주연의 빌라: 침실)

주연   영화 같은 걸 보면 그런 게 나오잖아요. 형이 죽으면 그 꿈을 대신 이뤄
       주려는 동생의 이야기.
혜리   네.
주연   그걸 보면서 생각했었죠.
혜리   어떤 생각?
주연   죽은 사람의 장래 희망 따위를 들어주는 게 대체 무슨 의미가 있다는
       거지?

S #8   (N / 주연의 본가: 세연의 방)
       ; 과거 * 주연 24세 – 4월

       끼이익 세연의 방문을 열고 들어간 주연. 방은 깔끔하지만 먼지가 털털
       앉아 있고.
       책상 위 세연 앞으로 온 우편물 중 [미디어N서울]에서 온 걸 뜯어보면
       세연이 아나운서 시험에 합격했단 내용이 적혀 있다.

       주연이 허탈한 듯 우편물을 쥐고 고개를 숙이면.

주연 E / 하지만 형이 죽고 제일 먼저 들었던 생각이 그거였어요.

       사이 세연의 방이 천천히 비춰지면 환하게 웃는 세연의 사진이 보이는데.

S #9   (N / 지방: 대형병원 – 장례식장)
       ; 과거 * 주연 29세 – 2월

환하게 웃는 세연의 모습이 담긴 영정사진. + 그 옆엔 상주인 주연이 서 있고. 마침 세연의 동갑내기 친구들이 조문을 하자. + 세연의 동갑내기 친구들은 방송국 아카데미 동기들.

주연모   (울다 지쳐 앉아 있다가. 아나운서 합격 통보 우편물을 든 채. 친구들 보며 애틋하게) ...예쁘구나. 정말... 예쁘구나. (눈가가 빨개지고) + 아나운서 합격 통보 우편물은 그 뒤로 5년이 지난 것.

곁에 서 있던 주연이 그런 주연모를 가만히 바라보면.

주연 E /   아나운서가 되자.

S #10   (D / 주연의 소속 제대: 인사과)
; 과거 * 주연 29세 – 2월

군 인사과 문을 열고 들어오는 군복을 입은 주연. + 주연의 계급: 대위

주연   충! 성! (서류 내밀면서) 전역 지원 신청서 제출하겠습니다.
부대 지휘관 뭐? (받아들며) ...전역? + 계급: 중령 / 대대장님

주연이 부대 지휘관을 꼿꼿하게 쳐다보고.

주연 E /   ...형이 좋아할 거야.

S #11   (D / 주연의 아나운서 아카데미: 스튜디오)
; 과거 * 주연 29세 – 8월

아나운서 아카데미 강사   (출석부 보고) 다음. 뉴스 원고 읽으세요.

아나운서 지망생들 사이에서 나와 카메라 앞에서 뉴스 원고를 읽는 주연. + 아나운서 지망생들과 주연 모두 정장 차림. 카메라 테스트.

주연   검찰이 수억 원의 공천 헌금을 받은 혐의로 기소된 조한종 의원의 항소심에서 원심보다 더 높은 징역 7년을 구형했습니다. (깊은 눈으로 카메라를 응시하면)

주연 E /   형이 행복해질 거야.

S #12   (N – 1시 넘어 / 주연의 빌라: 침실)

혜리   그래서. (옆으로 몸을 돌려 주연을 바라보곤) 형은 행복해졌나요?
주연   그건 (잠시 생각하다) ...모르겠어요.
혜리   (졸려) ...형은요.
주연   졸려요?
혜리   (잠결인지 꿈결인지) 네. ...행복해졌대요.
주연   (서서히 표정이 바뀌면)
혜리   (꿈결처럼) 그런데 그쪽은. (잠시 눈을 뜨고 약간 또렷하게) ...행복하냐고.
주연   ('뭐라고?' 뚫어져라 처다보면)
혜리   (다시 졸려서 흐리멍덩히) 이렇게 살아서 그쪽은. ...행복해진 거냐고. (스르르 눈이 감기는데)

잠든 혜리를 보는 주연의 뒤로 창밖으로 밤이 지난다.

S #13   (D – 5시 30분 넘어 / 미디어N서울 방송국: 야외주차장)

빽빽한 주차장으로 진입하는 주연의 차.

곧 주연이 차에서 내려 주차관리소 쪽을 쓱 쳐다보면 헤리는 없다.

잠시 보던 주연이 방송국 입구 쪽으로 걸어가면.

S #14   (D - 5시 40분께 / 미디어N서울 방송국: 아나운서국 사무실)

혜연   (사무실로 들어온 주연에게 쓱 다가가) 선배.

주연   (자리로 걸어가 앉으며) 어. 혜연아.

혜연   선배. 여덟시 뉴스 주말에 같이 진행하는 사람 있지.

주연   (데스크톱 켜고 뉴스 기사 검색하면서) 응. 있지. 윤지윤 기자.

혜연   그 선배 어때? (조급) 예뻐? 예쁘냐? 예뻐?

주연   (정치 기사 보며) 글쎄. 예쁜가. (진심) 난 모르겠는데.

혜연   (조급) 그럼 난? 난 어때? 예뻐? 예쁘냐? 예뻐?

주연   (기사 다 읽어서 창 닫고는 혜연의 얼굴 한 번 보더니 객관적) 어. 너는 예쁘지. (휙 일어나 탕비실 쪽으로 가버리면)

'뭐어?!' 주연의 대답에 혜연의 입이 하마만 해지고.

S #15   (D - 5시 40분 넘어 / 미디어N서울 방송국: 아나운서국 사무실 - 조부장 자리)

조부장   (읽던 신문을 내려놓곤 한숨 푹 쉬며) 뭐라고? 혜연아?

혜연   (조부장 입에 무례하게 손 가져다대고) 쉿! 부장님! (빠르게 속닥) 강주연 여자 생긴 것 같다고요.

조부장   (그니깐 난 그게 이해가 안 돼서 그래) 그게. ...그러니깐 왜에? 그게 뭐가 잘못됐다는...

혜연	(눈 뒤집한다) 그게 왜라뇨. 부장님. 그게 뭐가 잘못됐다뇨. 부장님. 그 여자가 제가 아닌데. 당연히 잘못됐죠! 뭐야. 혹시 부장님은 저를 응원하지 않는 건가요? 부장님. 우린 같은 편이잖아. 부장님 닭띠 아니세요?
조부장	왜. 너도 닭띠냐.
혜연	아뇨. 전 소띠요. (소 울음소리) 음머어.
조부장	('얠 진짜 어떡해야 되지?' 깊은 한숨 쉬는데)
혜연	(아랑곳) 그럼 부장님. 혹시 짐작 가는 사람은 없으세요? 제가 지금 다 뒤지고 있는데. 저는 없거든요? 부장님은요?
조부장	(아. 피곤하다. 아. 신문 읽고 싶다) 없다. 없어.
혜연	아쒸. 그럼 도대체 누구라는 거야. 아쒸. 나보다 예쁘면 안 되는데? (갑자기) 아쒸. 진짜 윤지윤 아냐?
조부장	(신문을 다시 펼치며) 윤지윤 기자는 진즉 결혼했지.
혜연	(안심) 아. 고뤠?
조부장	근데 왜 그런 생각을 하는 건데.
혜연	아. 강주연이 저보고 예쁘댔거든요.
조부장	(이거 참 이해가 안 되네) 아니. 그건 칭찬이잖아.
혜연	(줄줄줄) 그러니깐 문제죠. 부장님. 강주연은 화도 안 내지만 칭찬도 안 한다고요. 왜? 남한테 관심이 없거든. 아. 물론 얼마 전에 나한테 화는 내더라. 반가웠어. 그런데 나한테 지금 칭찬까지 한다고? 아니. 이제 나는 반갑지 않아. 왜냐하면 이건 너무 이상한 거거든. (조부장이 한눈 팔자 어깨 톡톡 치며) 부장님. 제 말 듣고 계시는 건가요? 부장님. 제 촉으론 말이죠. 이건 여자가 생긴 게 틀림없어요. 아. 그러니깐 칭찬을 하죠! 여자 친구한테 하는 걸 나한테도 아주 자연스럽게?
조부장	(참다 참다) 저기. 근데 혜연아. 너는... 일은 안하니?
혜연	(반쯤 수그린 채 계속 사무실을 두르다가 벌떡 일어나선) 아쒸. 지금 할 거거든요?
조부장	(오늘 들은 소식 중 가장 반가워) 아아. 그래?
혜연	근데 사실대로 말하면 뉴스 준비 말곤 할 일이 1도 없어.
조부장	(아이고) 혜연아.
혜연	(어깨 으쓱) 아. 아무리 찾아도 없는 걸 어떡하라고. (뻔뻔하게 걸어가면)

조부장이 절레절레 고개를 저으며 신문을 쫙 펼치면.

S #16 (N – 6시께 / 미디어N서울 방송국: 아나운서국 탕비실)

탕비실 문에 붙어 뭔가를 훔쳐보는 혜연.
혜연의 시선 끝엔 수현과 이야기하며 미소 짓고 있는 주연이 있는데.

혜연	(비 맞은 중. 중얼) ...틀림없어. 정말 틀림없다구.
오재	(탕비실에서 차 마시다가 혜연의 뒤에서 순수하게) 뭐가아?
혜연	(확신) 오빠. 강주연 여자 생겼어.
오재	(혜연과 같이 주연을 훔쳐보며) 아. 쟤가? (대단한 거 생각남) 아! 맞다! 저번에 첫 키스를 해봤냐고도 물어봤었어!
혜연	(식겁) 뭐? 키이스?
오재	(진심) 난 해봤어.
혜연	오케이. 그렇다면 서둘러 확인해봐야 해. (대단한 음모) ...더 진행되기 전에 멈춰야 되니깐? 근데 그걸 어떻게 확인하지?
오재	(오지라퍼) 내가 물어봐줄까?
혜연	(고마워) 오. 그럼 오빠가 눈치껏 물어봐줄래?
오재	(호방) 그래! 내가 눈치껏 물어봐줄게!
혜연	오빠. 잘할 수 있지? 구렁이 담 넘어가듯 자연스럽게. 눈치껏.
오재	아. 물론이지! 하하하하하하!

S #17 (N – 6시 넘어 / 미디어N서울 방송국: 구내식당)

오재	(밥 먹다 눈치 없이 큰소리) 야! 강주연! 너 뭐! 여친 생겼냐?
주연	(평화롭게 밥을 먹다 어이없어) 예?
혜연	(주연의 옆에 앉아 있다가 '에헤이. 조졌다.') 하...

오재	(화들짝 놀라 혜연의 눈치 보며) 아니. 누가 궁금해. 아. 그건 아니고. 아무튼 너 여친 생겼냐? 어? 여친?
수현	(밥 먹으며. 아무렇지도 않게) 선배님. 너는 술이라도 마셨나요?
혜연	(오재를 향해 억지로 웃으며) 오빠. 오빠 셔츠 샀어?
오재	(순수) 아니? 이건 원래 있던 건데?
혜연	(천연덕) 어머. 그럼 지난번에 여친이 사준 건 어쩌고?
오재	(바로 헤벌쭉) 아. 그거야 어제 입었지. (하다가 깨달음) 아아!
혜연	(눈으로 말하는. '당장 이렇게 물어봐. 뒤지기 싫으면.')
오재	(큰소리) 아! 강주연! 너 셔츠 샀구나! 맞지!
주연	(밥 먹으며. 평온) 아. 예. 어떻게 아셨어요?
오재	('뭐?' 이런 대답은 예상 밖) 뭐? 진짜 샀어? 진짜? (꼬인다) 그... 럼. 여. 여친이 사준 건. 어쩌... 고.
주연	에? 여친이 뭘 사주는데요?
오재	(완전 꼬임) 뭐? 그러니깐 뭘 사췄을까... 나?
수현	아씨. 선배님. 너 술 마시면 안 된다고. 그러다 방송사고 낸다요?
오재	(수습하고 싶어) 그... 그니깐. 여... 여친이.
주연	(다 먹었다) 저 먼저 일어나 볼게요.
혜연	(풀죽어) 응... 선배... 잘 가...
주연	(미소) 그래. (빠르게 걸어가면)
혜연	(웃다가 표정 싹 바꿔 오재를 보곤 무섭게) 아씨. 오빠는!
수현	다시 술 마시지 마세요. 선배님. 알았어요?
오재	(그래. 그냥 마신 걸로 하자. 풀죽어) 그래. 알았어.

그들이 앉은 구내식당 뒤쪽 대형 TV가 보이고.

S #18 (N − 10시 59분 / 미디어N서울 방송국: 라디오국 − 생방송 뉴스센터)

주연   (라디오 뉴스) 인천 서해안 해상 어선에서 실종된 중국 국적 조선족 A
씨의 행방이 여전히 오리무중입니다. A씨는 아무런 흔적을 남기지 않고
사라져 경찰도 경위를 파악하는 데 난항을 겪고 있습니다. (뒷장으로 넘
기면)

S #19   (N - 11시 넘어 / 미디어N서울 방송국: 1층 현관 - 계단)

빠르게 계단을 내려가는 주연. 흘끗 주차관리소를 보면 여전히 불이 켜
져 있다.
급한 듯 문을 열고 들어가 혜리를 찾는데 혜리는 없고.

민영에게 주차권을 주고 정산을 하는 주연. 혹시 숨었나 보지만 혜리는
정말 없다.
곧 민영에게 주차권을 받아들고 주차관리소를 나서면.

S #20   (N - 11시 30분 넘어 / 주연의 빌라: 현관)

쾅! 문이 닫히고 집으로 돌아온 주연이 툭툭 걸어
책상 위에 사원증을 놓고 시계도 푸르고 침대에 풀썩 앉는.
콘솔 위엔 여전히 혜리가 마시고 남겨둔 물컵이 놓여 있는데.

주연이 그 물컵을 가만히 보다 고개를 돌려 창밖을 쳐다보면.

S #21   (N - 주말 저녁 / 이태원 현오의 건물: 5층 현오의 방)

베란다 밖 밤 풍경을 무심히 보는 현오.

신영이모[*]	(노크 없이 바로 문 열고선. 고혹적인 느낌) 우리 현오. 안 나오고 뭐해?
현오	(헛기침하고 돌아보더니) 아. 나 조금 있다가… 가려고 했는데.
신영이모	(미소) 안 돼. 제기 다 꺼내야 돼. 그거 들 수 있는 사람은 너밖에 없는걸? 어서 나와줄래?
현오	(나가면서) 초롱인 뭐하는데.
신영이모	(따라 나가며) 애. 그 조그만 게 그걸 어떻게 드니? 니가 들어야지.
현오	근데 누나. 영자할매 데리고 병원 갔다 왔어?
신영이모	갔다 왔지. 왜.
현오	신자할매 약은.
신영이모	먹였어. 먹였다.
현오	춘자할매 폐CT 예약은?
신영이모	어우. 할게. 잔소리. (등짝 퍽퍽 치며) 얼른 제기나 찾아.

현오가 구석에 있는 제기 바구니를 들고 계단을 내려가면.

S #22 (N – 주말 밤 / 이태원 현오의 건물: 4층 중식당)

폐점한 고급 중국집의 홀. 넓게 트인 공간엔 원형 테이블이 한쪽으로 밀어져 있고.
가운데선 제사 준비가 한창이다. 세 할매들이 앉아 전을 부치고 상을 차리는데. + 미자할매는 관리감독.

춘자할매[*]	(전 부치다 상 차리는 신영이모에게. 옆에 종이컵에 카아악 퉤!) 야아! 어

● **은신영** (40대 중후반 즈음으로 추정. 여) 이태원 술집에서 밑바닥에서부터 마담까지 올라갔던 여자. 특유의 색기가 있고 화통하다. 미자할매네 건물 지하에서 〈마담프레야〉를 운영하다가 살인사건이 일어나면서 사랑했던 남자, 도형을 도망가게 만들고 일종의 마음의 빚을 진 채 혜자할매를 돌보는 명분으로 미자할매네에 동생 초롱과 들어와 살았다. 도형을 여전히 그리워한다. 도형이 돌아오면 언제나 떠날 준비가 돼 있다. 빨간 립스틱에 딱 붙는 원피스를 고수한다.

동육서다! 어동육서! (카아악 퉤!)

신자할매 (담배를 입에 물었다가 후 뱉고. 영자할매에게 큰소리) 아! 내 제사 때
쓸라고 산 술을 니가 다 먹으면 우짜노!

영자할매 (아랑곳 않고. 정종을 콸콸콸 맥주잔에 따르며) 캬. 조쿠로.

춘자할매 아. 내가 70 넘도록 앉아서 고마 죽어라 전 부치는 게 맞나? 그 초롱이
는 어디 갔노. 지온이는! 수정이는! (카아악 퉤!)

미자할매 (뒷짐 지고 서서) 다 일하느라 안 바쁘겠나? 할 일 없는 우리가 하는 게
맞다. 고마 이런 소리 집어 치우고 빠릿빠릿 준비하자. 현오 피곤하다.

현오 (제기 바구니 들고 옆에다 놓으며) 할매. 여기 놓으면 돼?

미자할매 그래. 거따 둬.

신영이모 (바쁘게 오가다) 현오야. 병풍도 가져다놔. 2번 방에 있어.

현오 예예. 알겠습니다. (2번방으로 가면)

영자할매 그래도 혜자은니 덕분에 잔치하는 것 같고 좋제? (술을 마시면)

문득 제사상 한가운데에는 환하게 웃고 있는 혜자할매의 사진이 보이는.

미자할매 (괜히 헛기침) 좋기는. (신영이모에게) 초롱이는 진짜 못 오나.

신영이모 (바쁘게 다니며) 응. 오늘 밤새야 된대.

춘자할매 문지온이랑 문수정도 밤을 새나.

신영이모 지온이는 방송 있고. 수정이는 촬영 있고.

춘자할매 밥 맥여봤자 아무 소용 없는기라. 일은 내가 싹 다 해뿌고. (카아악 퉤!)

신자할매 아 드르버라. 언니야. 니 가래로 죽도 쑤겠네.

- **양춘자 (72세. 여)** 셋째. 가래를 달고 산다. 도박을 좋아한다.
- **양신자 (71세. 여)** 넷째. 하루에 한 갑씩 담배를 피는 흡연정신.
- **양영자 (69세. 여)** 다섯째. 알콜 중독 직전
- **양미자 (75세. 여)** 이태원에서 일수로 건물 두 채를 일군 이태원의 전설 같은 존
재. 미자를 중심으로 춘자, 혜자, 신자, 영자 오자매가 이태원 일대를 일수와 도박으
로 지배했었다. 거칠고 무뚝뚝하지만 사실 따뜻한 가정에 대한 열망이 있는 사람. 사
실은 아이를 좋아하는 사람. 사실은 외로웠던 사람. 할매 5자매 중 첫째. 리더쉽과
카리스마 있음. 가족과 함께 있을 때만 부산 사투리를 쓴다.

영자할매   그래. 좀 추잡다. 좀 치아라. (술을 마시면)

제사상을 차리는 풍경이 멀어지면.

S #23   (N – 주말 3시 넘어 / 이태원 현오의 건물: 5층 현오의 방)

시꺼먼 밤의 현오의 방. 침대 위에선 요란한 휴대폰 진동 소리 들리고.
곧 탈칵 문이 열리고 들어온 현오가 수건으로 젖은 머리를 털며 전화를
받는. + 음성 전화: [문수정]

현오   (침대에 풀썩 앉아) 야. 제사 다 끝났어. 집으로 가. 지금 와봤자.
수정 (F)   오빠. 나 지금 김미연이랑 주은호 백업 나왔거든?

'주은호'라는 말에 툭 멈추는 현오.

S #24   (N – 주말 3시 넘어 / 인천: 서해안 선착장 근처 포장마차)
       : 2회 S #46 이어

포장마차 뒤. 초조한 얼굴로 전화를 하는 수정.

수정   (꿀꺽) 근데 일이 좀 생긴 것 같아.
현오 (F)   (자못 냉정) 그건 책임자인 김미연한테 말해야지.
수정   주은호가 냉동차 안에 갇힌 것 같아. 오빠.

S #25   (N – 주말 3시 넘어 / 이태원 현오의 건물: 5층 현오의 방)

'뭐라고?' 저도 모르게 현오가 몸을 일으키는데.

S #26 (N – 주말 3시 넘어 / 인천: 서해안 선착장 근처 포장마차 뒤)

수정   (상황이 급해 빨리 말하는) 주은호가 김미연한테 연락한 걸 내가 슬쩍
        봤는데. 주은호 지금 냉동차 안에 갇혔고. 그 안에 시체가 하나 있는 것
        같아. 근데 지금 김미연 취해서 뻗었거든? 그래서. (아무 말도 안하자)
        여보세요? (전화가 끊겼나 보는데 안 끊김) 여보세요? 오빠 내 말 듣고
        있어?
현오 (F) (무서운) 주소 불러.

        현오가 이럴 줄은 알았지만 막상 이러니까 기분이 너무 이상해지는
        수정.

수정   (애써 침착하게. 입술을 깨물며) 여기 주소... 가.

S #27 (N – 주말 3시 넘어 / 이태원 현오의 건물: 5층 현오의 방)

        휴대폰을 던지고 일어나 아무거나 주워 입고 차 키와 휴대폰 챙겨 나가
        는 현오.
        신발을 신는데 짝짝이로 신는다. 현오는 은호가 어떻게 됐을까 너무 무
        섭고.

S #28 (N – 주말 5시 넘어 / 은호의 빌라 가는 길 – 현오의 차 안)

        딸깍딸깍 깜빡이 소리에 맞춰 흔들리는 룸 미러에 걸린 실금 목걸이.
        새벽 시간. 한적한 사거리의 현오의 차가 멈춰 섰다가 출발하면.

현오	(운전하면서. 앞만 본 채) 주은호.
은호	(피곤한 듯 대답이 없고)
현오	...안 춥냐.

은호는 여전히 대답을 하지 않고 실금 목걸이만 바라보고 있다.
다시 사거리의 빨간불에 현오의 차가 멈춰서고.

S #29 (N – 주말 5시 넘어 / 은호의 빌라: 근처 골목)

은호의 빌라 근처 골목으로 천천히 들어오는 현오의 차.
차가 멈추자마자 은호가 내려 바로 걸어가는데.
사이 현오도 내려 은호가 가는 모습을 바라보고 있자.

은호	(팩 뒤 돌더니. 곧 현오에게 다가와서는) 저기. 내가 궁금한 건 못 참아서 그러는데. 딱 하나만 물어보자.
현오	(픽) 말해.
은호	난 김미연한테 연락했어.
현오	알아.
은호	근데 왜 네가 왔지?
현오	미연이 술 취해서 뻗었어. 찬우한테 겨우 연락하고.
은호	아아. 그럼 찬우씨만 혼자 보내면 되지. 왜 네가 왔지?
현오	찬우 혼자 보낼 순 없잖아. 시체까지 있다는데.
은호	(할 말이 없다) 아아. (다시 가려다가) 근데 정현오.
현오	왜.
은호	(부드럽게) 다음부턴 오지 마.
현오	(뚝 처다보면)
은호	(애써 부드럽게) 나한테 무슨 일이 있어도 내가 곧 죽는 일이 있어도 정현오. (현오의 짝짝이 신발을 뚝 보다가 현오를 똑바로 처다보곤) 너는

오지 마. 알았지. 간다. (빠르게 가버리면)
현오   야. 주은호.

뚝 멈춘 은호가 잠시 망설이다 천천히 돌아서면.

현오   (부드럽게 미소 지으며) 나는 니가...

S #30   (D – 5시 30분께 / 미디어N서울 방송국: 야외주차장)

차문을 팡! 닫고 내리자마자 주차관리소로 빠르게 가려던 주연에게.
+ 뒤로 재용의 고급 차도 따라 들어온다.

혜리   (상자를 들고 지나다가 주연을 발견하곤) 안녕하세요? 주연씨?

주연을 향해 활짝 웃는 혜리에 주연이 안도한 듯 미소를 짓고.

S #31   (N – 11시 넘어 / 미디어N서울 방송국: 야외주차장 자판
        기 앞)

별빛이 가득한 하늘 아래. 주연과 혜리가 서 있으면.

주연   (자판기에서 음료를 뽑아 따서 혜리에게 주며) 우리 집에서 잔 날... 말이
        에요.
혜리   (웃으며) 네. 주연씨.
주연   (제 음료도 뽑으며) 아침이 되어보니 없어졌길래.
혜리   (음료를 꿀꺽꿀꺽 마시곤) 아. 그건 기억이 나지 않아요.
주연   (처음 들어보는 변명. 당황) 예?
혜리   (진심) 정신을 차려보니 집에 가 있었어요.

주연	축지법을 쓰시나요?
혜리	농담을 하신 건가요?
주연	다음엔 같이 일어났으면 좋겠어요.
혜리	어머. 너무 로맨틱한 걸?
주연	혹시 핸드폰은 없나요?
혜리	아쉽게도. 저는 문명의 이기를 즐기는 사람이 아니므로.
주연	아아. (무슨 소리지)
혜리	근데요. 강주연씨. 제가 여기서 일하는 건 어떻게 아셨나요?
주연	그쪽이 편지에 썼었잖아요.
혜리	아뇨. 그 전에 찾아왔었잖아요.
주연	(들켰다) 아. 그. 얼굴을... 알고 있었어요.
혜리	오. 언제부터?
주연	제가 그쪽을 주차관리소에서 처음 봤을 때부터.
혜리	(진심) 역시 내가 너무 예뻤었구나.
주연	아뇨. 앞머리로 얼굴을 가리고 일을 하고 있길래. ...너무 특이해서.
혜리	아아. (씨발)
주연	그리고 내가 갈 때마다 잽싸게 숨길래. ...것도 너무 특이해서.
혜리	(반전) 내가 숨는 걸 다 알았다고요?
주연	네. 숨는 것부터가 보이는데 그걸 어떻게 모르죠?
혜리	그럼 내가 주차장에 주연씨 자리 맡아둔 건요?
주연	것도 알았어요.
혜리	(그걸 다 알았는데도 나한테 아무것도 안 했다고?) ...잔인한 사람.
주연	(쿡) 귀여운 사람이라고 생각했어요.
혜리	(푸식) 그래서 좋았다는 건가요?
주연	좋다기보단 그냥 그쪽이랑 내가 한 일이 나한텐 전부 다 처음이라서. ...그래서 자꾸 생각나는 것 같은데.
혜리	(골똘) 그게 좋아하는 거 아닌가?
주연	아뇨. 처음이라 자꾸 생각난다고요. 그쪽이.
혜리	근데 왜 아까부터 자꾸 저한테 그쪽, 그쪽 그러시는 거예요?
주연	(피식) 자꾸 주혜리씨가 생각난다고요.

혜리	저는 제 이름에 성 붙이면 기분이 상하는 편이거든요?
주연	(묵직) 네가.

혜리가 그제야 활짝 웃으며 주연을 쳐다보는데.
저 멀리 제 차를 향해 걸어가던 재용이 혜리와 주연을 발견하는.
'저거 주은호 아냐?' 재용이 갸우뚱하는 사이.

주연	(방송국 쪽으로 가면서) 저 가방 가지고 올게요. 기다려요.
혜리	네. 안녕! (주차관리소로 들어가면)
주연	안녕. (수줍게 웃으며 가는데)

S #32 (N - 11시 30분 넘어 / 미디어N서울 방송국: 정문)

혜연	뭐? 웃었다고?
오재	(순수하게 고개 끄덕끄덕) 응. 웃었어.
혜연	(자기 팔짱 끼고 걸어가며) 누굴 보고.
오재	(옆에서 같이 걸어가면서) 식당에서 어떤 여잘 보고. (갸우뚱) 그게 좀 신기했어. 주연인 원체 웃는 놈이 아니잖아?
혜연	그러니깐 그 여자는 누구였는데.
오재	그게... 잘 모르는 사람이라서.
혜연	그럼 오빠가 모르는 사람이라는 거야?
오재	(생각해내려 노력) 아니. 그. 처음 본 건 아니고. 아냐. 근데 분명 모르는 사람이거든? 아. 근데 분명히 본 적 있는 사람인 것 같았고.
혜연	(주차관리소 들어가 주차권 건네곤) 오빠가 모르는 사람인데 본 적이 있는 사람이라는 거야? + 혜리에게 주차권 건넨 것.
오재	(혜연만 보며) 어. 그니깐. 뭐랄까. 알 듯... 모를 듯? 그런 사람?
혜연	(주차권 받아들곤 목례하고 나가며) 그래서 그게 아는 사람이라는 거야. 모르는 사람이라는 거야.
오재	모르는 사람이라는 거지. 근데 분명히 아는 얼굴이라는 거지. 그러니깐

내가 어디서 보긴 봤는데. 그게 또 완전히 모르는 사람은 아니... (뚝 걸음을 멈추면)

혜연   왜.

오재   (휙 주차관리소 쪽을 돌아보더니) ...저 여자다.

'뭐?' 혜연이 오재를 따라 돌아보면 주차관리소 안엔 혜리가 있다. + 다른 손님 정산을 해주고 있음 / 민영은 없음.

오재   (손가락으로 혜리를 가리키며. 약간 흥분) 그래! 저 여자였어! 강주연이! 저 여자를 보고 웃었어. (이제야 이해) 아아. 저기서 일을 하고 있었구나. 그래서 내가 모르는 사람인데도 어디서 본 것 같았구나!

혜연이 차가운 얼굴로 혜리를 쳐다보는데
마침 주차관리소로 가방을 들고 들어가는 주연이 보이고.

오재   와아. 나 진짜 소오름. (자기 팔뚝 보면서) 야. 나 지금 진짜 닭살 돋았잖아? (팔뚝 보여주며) 봐봐.

혜연   (주차관리소 안의 주연만 쳐다보는. '선배. 빨리 나와.' 그런 눈인데)

오재   (눈치 없을 무) 와. 근데 강주연은 저 여자랑 어떻게 친해진 거지? 저 여자가 저기서 일할 줄이야. 야. 난 상상도 못했다. 진짜.

마침 퇴근 준비를 마친 혜리가 수줍은 듯 웃자 옆으로 돌아선 주연의 얼굴에 믿을 수 없을 만큼 환한 미소가 떠오르고.

오재   (손가락질하며. 흥분) 저 봐! 저것 봐! 쟤 저렇게 웃잖아! 맞지! 내 말이 맞지! 그치!

두 사람을 아프게 쳐다보는 혜연을 두고 다른 세상에 있는 듯
주연과 혜리는 서로를 향해 웃으며 다정하기만 하다.

S #33 (D − 11시께 / PPS 방송국: 이슈인 회의실)

수정   (무표정하게 턱 괴고선) ...그건 사랑이죠.
미연   (자료 조사 원고 보며. 이해 못 해) 이게에?
수정   네. 잘 생각해보면 이 남자가. (자료조사 원고 가리키며) 헤어지고 이 여
      자의 키다리 아저씨 역할을 자청한 거잖아요? 그게 사랑이 아니면 뭐겠
      어요?
미연   아니? 난 집착 같은데? 여자가 원치 않았잖아. 여자가. 그럼 집착이지.
      (현오에게) 선배. 선배는 어떻게 생각해? 이게 사랑인 것 같아? 이거 제
      대로 결정하고 방송 내야 할 것 같아. 논란 생기기 딱 좋아서.
현오   (상석에 앉아. 대답하려고) 나는.
수정   (말 가로채선) 당연히 사랑이겠죠.
현오   (냉정) 뭐?
수정   (눈 살짝 피하면서도 할 말 다 하는) 차장님도 알고 보면 이런 스타일이
      시잖아요. ...키다리 아저씨 스타일.
현오   (몰랐던 사실이네) 아아. 내가?
수정   (호기롭게 시작하지만 무서워서 끝은 미약해지는) 네. 왜 구여친 뒤치다
      꺼리 해주면서 은근 챙기는.
현오   (무서운) 아아. 내가.
수정   (아무렇게나 수습) 뭐. 차장님 마음은 워낙 바다처럼 넓으시니까.
미연   (마이웨이) 아. 바다처럼 넓든 말든 난 이거 집착 같아. 선배. 이거 어떻게
      해? 어떻게 할까?

      현오가 아주 예민한 얼굴로 수정을 쳐다보고.

S #34 (D − 11시 넘어 / PPS 방송국: 이슈인 회의실 복도)

현오	(자판기에서 커피 뽑아 수정에게 주며. 약간 냉랭) 저기. 밖에서는 괜찮은데 여기선 좀 덜 기어올라주면 안 될까?
수정	(커피 받아들면서) 아니. 뭐. 내 말이 아주 틀린 건 아니니깐.
현오	니 말이 뭐가 맞는데.
수정	오빠가 주은호의 키다리 아저씨라는 거. 맞잖아.
현오	4년 전에 이미 헤어졌어. 그게 팩트고.
수정	근데 오빤 여전히 그 여자 뒤치다꺼리를 하고 다니잖아. 안 그래?
현오	(자기 커피 뽑으며. 차갑게) 니가 급하다고 전화해서 나간 게 주은호 뒤치다꺼리야?
수정	(순간 할 말이 없어져 기어 들어가는) 그건. 그... 김미연이. 아. 그니깐 PD가 왜 술은 마셔가지고.
현오	(피식) 그 덕에 위에 불려가서 신나게 깨지고 있던데?
수정	(그래도 우긴다) 아. 몰라. 그래도 내가 보기엔 오빠. 그 여자한테 아직 사랑이야.
현오	(커피 마시며. 다시 부드러워져. 픽픽 놀리는) 아닌데? 우리 수정이는 아직 애기라서 사랑 같은 거 모르는데? 우리 모태 솔로가 그걸 어떻게 알죠?
수정	(제일 흥분) 책으로 배웠어! 책! 그래서 오빠가 주은호한테 하는 건 사랑이야! 헤어져도 너무너무 신경 쓰이는 거잖아! 오빠. 내가 진짜 분명히 말하는데. 그 여자는 진짜 도망친다. 어? 오빠. 이번에도 할매 무릎 다친 건 알지?
현오	(확 변한다) 뭐? 다쳐? 누가.
수정	아.
지온	(쑥 끼어들어) 춘자할매! 딩동댕! 맞지?
수정	(친오빠 너무 싫어) 아씨! 짜증나! 넌 여기 왜 있어!
지온	(수정의 이마를 손가락으로 꾹꾹 누르며) 오빠한테 니라니. 어디 오빠한테 니라고.
현오	(오로지 춘자할매의 무릎 생각) 얼마나 다친 건데. 어제까진 멀쩡했었는데 언제 다친 건데.
수정	아. 그것까진 나도 모르고. 저번에 병원에서 마주쳤었는데.

현오	(바로 휴대폰 꺼내 전화 걸면) + [춘자할매]
수정	(말리는) 아. 안 돼! 오빠! 할매가 오빠한테 말하지 말라고 신신당부했단 말야! 안 돼! 하지 마!
지온	(이럴 땐 동생 편) 아. 그래. 형아. 지금 이렇게 바로 전화하면 문수정이 나불거린 거 바로 걸리지. 하지 말아라. 좀.
현오	(지온에게) 너는 그냥 가던 길 가시고요. (계속 전화) 아. 이 할매는 왜 전화를 안 받아.
수정	(애원) 아. 오빠아. 제바알.
지온	야. 너는 니 친오빠한테나 오빠라고 불러.
수정	아. 너는 꺼지라고!
지온	예예. 저는 그럼 이만 꺼지겠습니다. (가볍게 걸어가면)
수정	오빠. 그럼 내가 말했다고는 말하지 마. 어?
현오	(전화 계속하며) 아. 왜 전화 안 받지. 너는 병원에 왜 갔는데.
수정	(대수롭지 않게) 아. 나아. 뭐. 손목 때문에 갔지. 키보드 너무 치면 가끔 손목이 나가니깐. 오빠. 내 말 듣고 있어? 할매한텐 절대...
현오	(전화 계속 하며. 수정의 손목 잡고 이리저리 돌려보며) 봐봐. 어디가 아 픈 건데.
수정	아. 됐어. (현오가 엉뚱한 데 만지자 쿡 웃으며) 아. 거기 아니거든요? 아 씨. 간지러. 하지 마... (히죽 웃다가 시선에 쓰윽 쳐다보니)

저 멀리서 두 사람을 물끄러미 쳐다보고 있는 은호가 있는.

수정	(당황해 현오의 손을 팡! 내팽개치곤) 아. 저는 그럼 이만. (아무 회의실 로 들어가 버리면)
현오	(아무것도 모르고) 왜. (전화가 연결되면) 어. 할매. 난데. 왜 전화를 안 받아? (전화를 하며 다른 쪽으로 걸어가자)

자리에 서 있던 은호가 아무것도 보지 못한 듯 오던 길 쪽으로 돌아가려 는 찰나.

재용	(쓱 나타나. 옆에서) 주은호. 나 너한테 물어볼 게 있는데.
은호	(열 받는데 이건 또 뭐야) 있어도 묻지 마라. 잽싸게 저리가라. 이 황금박 쥐야.
재용	(황금박쥐는 내 발작버튼) 뭐? 악!

어느새 은호는 저만치 멀어지고.

S #35 (D − 11시 45분께 / PPS 방송국: 정오뉴스 생방송 스튜디오)

데스크에 앉아 멍하니 앞을 보던 은호가 고개를 숙이고 원고를 읽는.

은호	(발음이 꼬인다) 결례. (큼) 외교적 결례 아. 나 이 발음이 왜 이렇게 어렵지?
재용	(은호의 옆에 쓱 다가와) 나도 그 발음이 그렇게 어렵더라?
은호	(졸라 너무 놀라) 아씨. 너 진짜. 아까부터 진짜.
지온	(원고만 보며) 선배님아. 제발 꺼져주세요. 저희 방송해야 되거든요.
재용	(뻔뻔) 아니이. 내가 주은호한테 물어볼 게 있어서 그래. 야. 있잖아.
소국장	(들으라고 헛기침) 크흠! 다들 일찍 와서 준비를 하네?
재용	(자연스럽게 사라지겠어) 오! 국장님! 여기서 다 뵙네요! 정말 반갑습니 다! (문 쪽으로 후다닥 걸어가며) 아. 저는 그럼 이만 꺼지겠습니다! 파하 하하하하!! 파하하하하하!

소친국 보도국장이 그런 재용을 한심하게 보다 은호와 지온을 쳐다보면. 지온이 반사적으로 몸을 일으켜 인사를 하려는데.

소국장	(과하게 손사래 치며) 아냐아냐. (큼) 뭐. 일어날 필요 없고.
은호	(저도 일어나려다 눈치를 보며 쓱 앉으면)
지온	(소국장 뒤 허리를 꼿꼿하게 세운 후배 아나운서 심진화를 보고 입 모양 으로만) 왜 왔어.
소국장	(귀신같이 보고) 아이. 그냥 왔어. 노인네 뒷방에 앉아 있기 심심해서.

지온	(멋쩍어 괜히 헛기침) 아. 네. 그러셨구나.
소국장	(이게 본론. 진화와 지온 가리키며) 근데 거. 뭐 둘이 주말에 뭐 하지 않아? 그...
진화	(소국장 뒤에 바싹 붙어 귓가에 대고) 주말엔 씨네 톡톡.
소국장	아. 그래. 그거 재밌던데? 나 그거 은근 챙겨봐. 어?
지온	(살짝 목례) 아. 감사합니다.
소국장	(은호에게 슬그머니 시선 옮기고는) 근데 자네는...
은호	(반쯤 일어나 인사) 아. 저 주은호입니다.
소국장	(냉정) 몇 기?
은호	28기입니다.
소국장	아아. 그 여자 한 명 뽑았던 기수?
은호	네. 국장님.
소국장	그 기수면. 지금쯤 뭐냐... 차장 대우? (번뜩) 아. 그럼 자네도 꽤 늙었겠네?
은호	(내가 잘못 들었겠지) 네?
소국장	(언뜻 악의가 없어 보인다) 뭐야. 그럼 마흔도 넘었겠는데?

은호가 너무 어이없는 얼굴로 소국장을 쳐다보는데.
그 뒤에서 빙긋 웃는 진화는 마치 '넌 늙었고 난 꽃처럼 젊단다.' 말하는 것만 같다.

S #36 (D - 12시 넘어 / PPS 방송국: 시사국 시사텐 사무실 - 현오의 방)

김팀장	(현오 옆에 서서) 너 35기 심진화 알지.
현오	(자리에 앉아 보도자료 원고 보다가 흘끔 벽에 붙은 심진화와 자신이 광고하는 아나운서 채용공고 포스터를 쓱 보고) 예. 알죠.
김팀장	소국장이 요즘 걔한테 꽂혔나봐. 아주 뒤에 주렁주렁 달고 다니면서 여기저기 인사를 시키는데. 아씨. 자꾸 정오뉴스 얘길 하면서 은호를 빼고 거기에 심진화를 넣겠다고.

김팀장이 한숨을 푹 쉬며 TV를 보면 정오뉴스를 진행 중인 은호가 보이고.

은호 (M)   (결례 발음 정확함) 정덕화 의원은 공식 논평을 통해 "이번 프랑스 국무장관의 만찬 초청 해프닝은 외교적 결례이자 무능의 극치를 보여주는 장면"이라며 비판했습니다.

김팀장   심지어 심진화 걔가 지온이랑 주말에 뭘 같이 하는데. 둘이 그렇게 잘 어울린다면서. 어? 그림이 아주 좋다고. 자꾸 교체하고 싶다면서.

현오   (묵묵히 책상 위 보도자료 원고를 보면)

김팀장   (하소연) 내가 꼭 그럴 필요가 있을까요. 했더니만. 아. 안 바꿔주면 자기네 기자로 바꿔버린다잖아. 야. 사실 나야, 진화든 은호든 우리 애들이 하기만 하면 상관없긴 한데. 아니... 은호가 불쌍해서. (정오뉴스 속 은호를 턱으로 가리키며) 쟤 저거까지 빠지면 어떡하냐? 어디 불러주는 데도 없어서 내가 맨날 억지로 꽂다가 까이는 판국에.

현오   (고개를 들어 김팀장을 쳐다보면)

김팀장   아주 보도국에서 뭐 하나 꼬투리 잡아 족치려고 벼르고 있을 거다. (짜증나) 에이. 나 간다. (옆구리에 신문을 끼고 나가자)

재용   (바로 벌컥 문을 열고) 야. 정현오. 너 혹시 주은호랑 아직 사귀냐? 그럼 내가 주은호에 대해 물어볼 게 있는데.

현오   4년 전에 헤어졌으니깐 제발 나가주시겠어요?

재용   오케이! (쾅. 문이 닫히고 들리는 목소리) 형님! 형니임! 내가 못 본 줄 알았지? 아니거등? 형니임!

멀어지는 재용의 목소리를 두고 현오가 뉴스를 진행하는 은호를 가만히 쳐다보면.

S #37   (D − 1시께 / PPS 방송국: 보도국 보도국장실)

소국장	(탕! 책상을 치며) 아! 걸레라고 했잖아! 걸레!
은호	(황당) 예에?
소국장	니가 분명히 뉴스에서 그랬잖아! 외교적 걸레. 결례를 걸레!!
은호	아뇨. 국장님. 저는 진짜로 그런 적이 없는... 데.
소국장	(순도 100%의 꼰대) 뭐야. 지금 내가 틀렸다는 거야?
은호	아뇨. 제가 정말로 그런 적이 없어서 그래요. 국장님.
소국장	너 시청자 게시판 못 봤어? 거기 아주 뒤집어졌어!
은호	(이제 할 말이 생김) 예. 안 그래도 국장님이 그렇게 얘기하셨다길래 제가 게시판에 들어가서 확인해봤거든요? 그런데 그런 얘기는 하나도.
소국장	(우긴다) 있었어! 하나 있었다고! 지금 그걸 못 봤다는 거야!
은호	그... (너무 빡빡 우겨서 할 말이 없다)
소국장	(들으라고 하는 혼잣말) 에이씨. 기수에 딱 하나 들어왔으면 어리든지 예쁘든지 특출나든지. 이건 뭐. 근본도 실력도 없는 게 들어와 가지고 아나운서국 망신만 주면 되지. 왜 우리 보도국까지. 어?
은호	(못 참아) 저기요. 국장님. 지금 말씀이 좀.
소국장	(되레) 뭐! (귀찮아) 아. 나가. 아. 짜증나. (노크 소리 들리자 목소리 바꿔선) 예. 들어오세요. (은호에게 완전 짜증) 아! 뭐해! 안 나가고!

너무 열이 받지만 할 수 있는 게 없는 은호.
질끈 입술을 깨물고 돌아서면 마침 들어오던 현오와 눈이 마주치는데.

소국장	(벌떡 일어나. 호방) 아! 정현오! 들어와. 들어와. (소파 자리 가리키며) 거기 앉고. 오늘은. 뭐 없지?
현오	(싸늘하게 은호를 지나쳐 소파에 앉으며) 예. 없습니다. (미소)

쿵! 문을 닫고 나온 은호는 왠지 문 앞에서 쉽게 떠나지 못하고.
안쪽에서 간간히 들리는 웃음소리에 은호가 서글픈 듯 고개를 푹 떨어뜨리면.

　(D − 1시 넘어 / PPS 방송국: 아나운서국 복도)

빠르게 이동되는 바닥. 재용의 발이 식당으로 가는 김팀장을 종종 쫓아 가고.

재용　　아! 형님! 형님! 같이 가자아!

김팀장　(최대한 빠르게 걸어가며) 야. 너는 좀 보도국으로 좀 가라. 아까부터 너 왜 계속 아나운서국에 있는 기분이 들지?

재용　　아. 형님. 내가 궁금한 게 있어서 그러는데. 근데 그게 너무 밤이라서 맞는지 틀린지 모르겠고. 좀 헷갈리고? 그래서 말인데 형님. 형님은 주은호에 대해서 좀 알지. 형님 걔랑 같은 대학 다녔다면서.

김팀장　(귀찮지만 대답해줘야 얘가 보도국으로 갈 것 같아) 주은호가 뭐. 왜.

재용　　형님. 내가 있지. 미디어앤서울에 차를 대고 다니는데. 거기서 글쎄... 주은호랑 똑같은 얼굴을 가진 여자를 봤다? 형님. 주은호 혹시 쌍둥이야?

김팀장　(너무너무 귀찮아) 아. 쌍둥이는 아니고. 뭐. 자매니깐 닮았겠지.

재용　　(빠르게 식는 궁금증) 아. 그래? 그래서 말인데. 형님. 나 술 좀 사주면 안 돼? 나 금의환향 했으니깐?

김팀장　야. 좌천됐다가 겨우 서울로 올라온 놈이 무슨 금의환향이라고. 됐고. (멈추더니) 재용아.

재용　　(감격) 형님. 지금 내 이름 불러준 거야? 오마이갓! 처음 있는 일이야!

김팀장　우리 회사 주차장도 개마고원 못지않게 넓은데 너는 왜 미디어앤서울까지 가서 차를 대고 오는지 물어봐도 될까?

재용　　(버벅. 거짓말할 때 눈 못 쳐다본다) 아... 그... 그게... 거기가 이상하리마치 땅이 평평해. 정말 이상하리마치... 땅이 평평한데.

김팀장　(바로 받아) 우리 회사 주차장에 차를 세우기엔 네 차가 너무 좋아서가 아니고?

재용　　형님. 나 술은 됐고. 주차장도 됐고. (다시 탐정 모드) 형님. 내가 또 들은 게 있는데. 다음 개편 아홉시 뉴스 앵커가 이미 내정돼 있다면서? (속삭) ...28기 정현오로.

김팀장	아. 몰라. 나는 정말 몰라. (다시 빠르게 걸어가면)
재용	(따라가며) 아! 왜에! 지금 오부장이 은퇴하면 정현오가 바로 받을 거라던데. 이미 다 결정된 거라던데. 어쩐지. 정현오 그놈. 잘난 척을 너무 하고 다닌다 했어. 내가.
김팀장	(이 앙 물고) 너... 내가 모른다고 했다. 그러니깐 얼른 니네 보도국으로 돌아가라고 했다.
재용	형님. 내가 지금껏 아나운서국에 물어다 준 보도국 정보가 얼마나 많은데 형님이 나한테 이렇게 매정하게 굴면 안 되지.
김팀장	그래. 많았지. 니가 보도국으로 빼간 우리 아나운서국 정보만큼.
재용	형님. 그건 기브앤테이크라서 그래. (지 하고 싶은 말만 한다) 그래서 말인데 형님. 아나운서국 애들 아직도 그거 해? 그 왜. 누구 하나 잘못하면 데리고 와서 아주 조져놓는 거.
김팀장	합평회 말하는 거냐? 야. 서로가 더 나아지기 위해 하는 모임 같은 걸 무슨 조져놓는다고.
재용	형님. 나 그거 한 번만 들어가보면 안 될까? 나 그거 너무너무 궁금했거든.
김팀장	(깊게 한숨) 니가 거길 왜 들어가니. 너는 보도국 소속 기자인데. 너는 보도국 합평회나 들어가세요.
재용	(너무나도 시무룩) 못 들어가... 우린 없거든...
김팀장	(다시 걸어가며) 아. 그래서 거기가 그 모양 그 꼴인 거구만.
재용	(쫓아가며) 뭐? 형님! 지금 우리 보도국 욕했어? 나 그건 형님이라도 안 참아!
김팀장	(개의치 않아) 그래! 욕한 거 맞고! 지금 니가 니 입으로 그랬지. "우리" 보도국이라고. 맞아. 너! 보도국 소속 기자야! 그러니깐 제발 니네 보도국으로 가버려! (다다다 달려 가버리면)
재용	(미친 듯 쫓아가며) 아!! 형님!! 그럼 오늘 합평회 주인공은 누군데!! 그것만이라도 알려줘!!!! 형니임!! 오늘 합평회의 주인공이 누군데에!!!

S #39 (D - 1시 넘어 / PPS 방송국: 아나운서국 대형 회의실)

빛나°   주은호 아나운서.

오늘 합평회의 주인공 은호가 빛나의 부름에 한숨을 푸욱 쉰다.

연정°   (빈정) 대답 좀 해보시죠? 주은호 아나운서?

은호   (대답 없이 다시 '하.' 한숨을 쉬며 천장을 올려다보자)

빛나   지난 번 합평회 때 우리 전부 다 합의했잖아요. 아나운서가 현장 나가는
           건 웬만하면 자제하기로 말이죠. 그런데 우리 주은호 아나운서가 무려
           두 번이나 보란 듯이 현장엘 나갔어요.

연정   아. 진짜. 28기는 현장을 왜 그렇게 좋아하니? 아. 진짜 니들만 좋아하는
           것 같아.

택민   아. 선배. 우리가 현장을 좋아한다고 누가 그래. 그렇게 보이는 것 뿐이야.
           이번 건 그냥 쟤가 하고 싶어서 한 거라니깐? (얄밉게) 그치. 주은호.

민우°   (피식) 하지만 목소리만 나갔다고 한다.

경진°   (피식) 그러니깐. 우리 은호가 스티로폼 상자보다 덜 나오더라고. 아. 그
           래도 나 진짜 바닷가는 진짜 너무 웃었다? 너 진짜 대박이었어. 주은호.
           근데 그 머리에 그건 미역이었냐. 톳이었냐?

은호   파래였다. 됐냐? (택민, 민우, 경진을 째려보는 순간)

●**송빛나 (41세. 여)** PPS 25기 여자 아나운서. VJ특공대와 아침뉴스를 했다. 일을
똑 부러지게 한다. 아주 유명하진 않아도 인지도는 있다. 일을 잘하기 때문에 일 못
하는 사람들에게 냉정하지만 의외로 온정에 약하다.
●**최연정 (36세. 여)** PPS 27기 여자 아나운서. 매번 분위기에 휩쓸리는 스타일. 먼
저 나서지는 못하지만 누가 나서면 얄밉게 옆에서 거드는 편. 소문을 좋아한다. 주로
예능 프로그램을 진행.
●**김민우 (37세. 남)** PPS 28기 남자 아나운서. 해병대를 나왔다. 남자친구들이 더
많은 사람. 분위기에 휩쓸려 주은호를 구박하지만, 사실 은호를 미워하지 않는다. 오
히려 큰일이 있을 땐 주은호 편을 들어주는 사람. 옳은 말을 많이 한다.
●**권경진 (36세. 남)** PPS 28기 남자 아나운서. 시니컬한 편. 회사 내 소식 전달이
빠르다. 적당히 정치도 할 줄 아는 타입. 배우가 되고 싶었지만 연기를 못할 것 같아
일찌감치 접었다. 자존감이 높아 포기가 빠르다.

마침 문이 열리고 현오가 들어오는. 모두가 쳐다보는 와중.

빛나   혹시 제작진의 압박이 있었나요?

은호   아뇨. 전혀 없었습니다.

빛나   (은호에게 좀 애정이 있는) 아. 은호야. 제작진의 압박도 없었는데. 대체 그걸 왜 한 거야. 니가 그걸 해버리면 자중하자고 우리끼리 약속한 건 뭐가 되니?

은호   (뭐라도 말하려고) 아. 그게 선배님. 제가,

진화   (맹랑) 당장 사과해주세요. 선배님.

은호를 포함한 모두의 시선이 진화에게 쏠린다.

은호   ('저거 뭐지?' 약간 무서워져) 사과?

진화   (주눅 들지 않고. 당돌) 네. 주은호 선배님께서 우리 모두에게 끼친 피해에 대한 (또박또박) 사과.

은호   (어이없어서) 제가... 모두에게 끼친 피해가... 있었나요?

진화   (은호를 똑바로 본 채) 네. 그럼요. 선배님은 저희에게 막대한 피해를 끼쳤어요. 정말 모르시는 거예요?

은호   (짜증나) 아. 내가 대체 무슨 피해를 끼쳤다고.

진화   선배님. 전요. 무려 열한 살 때부터 아나운서를 꿈꿨어요.

S #40 (N / 서울: 대형병원 - 장례식장 복도)
; 과거 * 은호 11세 - 12월 27일

"아이고오!" 곡소리 들리는 대형병원 장례식장. 복도 대형 TV에선 뉴스가 나오고.

심은영* (M) 어제부터 10년 만의 폭설이 이어지고 있는 가운데 오늘 새벽 호남고속도로 상행선 내정산 IC 부근에서 55중 추돌사고가 발생했습니다. 이 사

고로 스물일곱 명의 사상자가 발생한 것으로 파악됩니다. 이준철 기자의 보도입니다.

상복을 입고 삐삐머리를 한 열한 살 은호가 입을 벌린 채 TV를 보고 있는데.

은호고모   (은호를 찾아 달려와서) 은호야.
은호   (불러도 대답 없이 TV만 보면)
은호고모   (그런 은호가 안쓰러운) 들어가자. (은호의 손을 붙들고 장례식장 안쪽으로 걸어가면)

대형 TV에선 사고 보도 소식이 이어진다.

이준철 기자 (M)   (사고 현장에서 리포트) 이곳은 호남고속도로 상행선 내정산 IC와 태지인 IC 사이, 오늘 새벽 55중 연쇄 추돌 사고가 발생한 현장입니다. 소방 당국에 따르면 사고 직후 일곱 명이 숨졌고, 스무 명이 중경상을 입어 병원으로 옮겨졌습니다.
심은영 (M)   이번 추돌 사고의 원인은 어떻게 파악되고 있나요?

대형 TV 속 심은영 아나운서의 모습이 점점 더 가까워지고.
자막엔 **[심은영 아나운서]** 라고 적혀 있으면.

S #41   (N / 은호할머니 저택: 2층 은호 방)
         : 과거 * 은호 19세 - 4월

● **심은영 (98년 당시 27세, 현재 53세, 여)** 딱 부러지고 단호한 인상의 아나운서. 아주 어릴 때부터 성공가도를 달려 입사 2년 만에 바로 아홉시 뉴스 앵커에 발탁. 중간에 결혼과 이혼으로 잠시 쉬기도 했으나, 53세까지도 지상파는 아니어도 뉴스 메인 앵커를 하는 사람. 차갑고 도회적이나 지적인 인상을 가진 여성.

스탠드 켜진 책상에 앉아 진로희망조사서에 **[아나운서]**라 적는 고등학생 은호.

[심은영 아나운서처럼 되고 싶습니다. 제 꿈입니다.] 이유도 또박또박 쓰고.

S #42　(D − 6시 / 은호의 아나운서 아카데미: 대형 강의실)
　　　: 과거 * 은호 24세 − 1월

이른 아침. 텅 빈 아나운서 아카데미 강의실에 혼자 앉은 은호가 사설을 읽고 있다.

은호　　(소리 내 발음 연습) 일자리 만들기가 올해의 제일 과제로 제시되었다. 하지만 대통령으로부터 기업인. 대학생에 이르기까지 이에 대한 방법론은 없어 보인다. 확실한 목표는 시작에 불과하다. 이제는 국력을 모아 전력투구해야 할 때다. 말로만 일자리와...

　　　　창 너머로 천천히 떠오르는 해. 홀로 앉은 은호의 옆얼굴이 눈부시게 빛나면.

S# 43　(D / 은호할머니 저택: 2층 은호 방)
　　　: 과거 * 은호 24세 − 2월

방안에서 노트북으로 PPS 아나운서 합격명단을 검색해보는 은호. + PPS 채용 홈페이지

은호　　(옆에 수험표 펼쳐놓고 수험번호 처보는) ...6976...

[976771 / 주은호 − 합격]

은호가 너무 좋아 입을 틀어막고 웃는데.

진화 E / 　아나운서가 얼마나 되고 싶었는지 몰라요.

S #44 　(D − 1시 넘어 / PPS 방송국: 아나운서국 대형 회의실)

진화 　(표독) 아나운서가 되기 위해 정말 피나는 노력을 했죠. 아나운서만이
　　　　 가진 그 품위를 얻기 위해서 말이에요. 그런데 이게 뭐죠? 선배님의 방
　　　　 정맞은 행위 때문에 저는 하루아침에 그 품위를 잃었어요. 제가 했던 그
　　　　 모든 노력이 우스워졌고요. 비단 저 뿐인가요? 여기 계신 다른 선배님들
　　　　 의 노력까지 주은호 선배님이 다 짓밟은 셈이거든요?

은호 　(그저 표정 없이 진화를 바라보면)

진화 　그러니 사과해주세요. 선배님이 짓밟은 제 꿈에게. 그리고 여기 계신 모
　　　　 두의 꿈에게. 전부.

　　　　 회의실엔 아주 무거운 침묵이 감돌고. 모두가 은호를 바라보기만 하면.
　　　　 + 진화가 심하다고는 생각하지만 진화의 말에 어느 정도 동의를 하기에.
　　　　 잠시 생각하던 은호가 부욱 일어나더니 너무 무겁지도 가볍지도 않은
　　　　 말투로.

은호 　...미안합니다. (진화 똑바로 쳐다보곤) 제가 저의 방정맞은 행동으로 거기
　　　　 심진화 아나운서의 꿈과 (다른 사람들 쳐다보며) 여러분들의 명예를 실
　　　　 추시켰습니다. 정말 죄송합니다. 저는 그저 열심히 하고 싶었을 뿐인데.
　　　　 아니. 좀 더 솔직히 말하자면 지금보다 좀 더 잘 나가고 싶었을 뿐인데.
　　　　 VCR을 독점해 인지도를 좀 높이고 싶었을 뿐인데. 그래서 현장에 나간
　　　　 것뿐인데. 그게... (현오 똑바로 보고) 누군가를 창피하게 만드는 일이 되
　　　　 었다면 제가 정말로 죄송합니다. (90도로 고개를 꺾어 인사를 하고) 그
　　　　 럼 저는. (고개를 드는데 벌써 다른 표정) 이제 퇴근을 해도 될까요? (활

짝 웃으면)

모두가 침묵을 지키는 와중 현오만 은호를 뚝 쳐다보고.
은호도 그런 현오를 웃으며 쳐다보면.

S #45   (N – 주말 5시 넘어 / 은호의 빌라: 근처 골목)
        : 2회 S #29

현오   야. 주은호.

         뚝 멈춘 은호가 잠시 망설이다 천천히 돌아서니.

현오   (부드럽게 미소 지으며) 나는 니가... 창피하다?
은호   (듣고도 믿기지 않아) 뭐?
현오   너 내가 어디 가서 가장 많이 듣는 소리가 뭔 줄 아냐? (따뜻한 말투) 너
         같은 애랑 도대체 왜 사귀었냐고. 왜 만났었냐고. 도대체 왜 너를 좋아했
         었냐고.
은호   (꾹 참으며 보고 있으면)
현오   난 그 얘기가 진짜 듣기 싫어. ...창피하거든.
은호   (꾹 누르며) 뭐가 창피한데?
현오   (나긋나긋) 모든 게. 그래서 나는 니가 나 없이도 알아서 좋은 프로그램
         에 들어갔으면 좋겠고. 니가 나 없이도 알아서 좋은 취재 따갔으면 좋겠
         고. 니가 나 없이도 알아서 냉동차에서 잘 기어 나왔으면 좋겠고. 니가
         나 없이도 알아서 이 바닥에서 잘 살아남았으면 좋겠어. 나는 니가 그렇
         게 좀 괜찮은 사람이면 정말 좋겠거든?
은호   (별 감흥 없이) 아아.
현오   나는 니가 제발.
은호   내가 괜찮은 사람이 아니라서 정말 미안하다. 정현오.
현오   (보면)

은호	내가 엔간히도 별로란 것도 미안하고. 근데. (한숨 고르고 돌변. 그러나 부드럽게) ...내가 좀 별로면 안 되나?
현오	뭐?
은호	아니. 그렇잖아. (진심으로 궁금) 내가 좀 별로고 괜찮지 않은 게 뭐. 그게 뭐 어떻다는 거야?
현오	(짜증난다는 듯) 내가. ...신경이 쓰여서.
은호	(부드러운) 아니. 신경을 쓰지 마. 왜냐하면 너랑 나는 이미 헤어졌으니깐. 그리고 잘 생각해봐. 내가 너랑 만날 때는 뭐. 그땐 뭐 괜찮았었니? 난 그때도 한참 별로였어. 그때는 사실 그게 좀 미안했거든? 나는 너무 별론데 너는 너무 잘났으니깐. 근데 지금은 하나도 안 미안해. 왜냐하면 이미 말했다시피 너랑 나는 헤어졌으니깐. 그래서 너랑 나는 아무 상관 없으니깐. 그래서 니가 지금 내게 하는, 그 제발 좀 덜 창피해달라는 부탁은. 미안. 못 들어줄 것 같아. 아시다시피 내가 몹시 별로인 건. 내 의지가 전혀 아니라서. 알아듣겠니?
현오	주은...
은호	(미소) 갈게. 이번엔 부르지 마.

계단을 두 개씩 세 개씩도 올라가는 은호.
가다가 넘어지기도 하지만 아무렇지도 않게 다시 일어나 오르면.

S #46 (D − 1시 넘어 / PPS 방송국: 아나운서국 대형 회의실 앞)

회의실 문을 닫고 나온 은호가 툭툭 걸어간다. 가다가 뭔가를 보고 뚝 멈추는데.

[당신의 꿈이 여기에! 2024년 PPS 아나운서 신입사원 공개채용]

벽에 심진화와 현오의 웃는 모습이 담긴 아나운서 채용공고 포스터가 붙어 있다.

포스터를 바라보는 은호의 마음은 심난하고. 옅게 한숨을 쉬려는 찰나.

재용	(어느새 옆에 딱 달라붙어. 속삭이는) 야. 주은호.
은호	(식겁) 아씨. 깜짝이야. (나 한 판 떠?) 너는 진짜. 왜. 왜!
재용	나한테 왜 아직도 아나운서국에 있냐고 묻지 마. 오늘 하루 종일 들었던 질문이니깐.
은호	그런 질문을 들어야 될 일을 왜 하고 있냐고 묻고 싶은데. 나는.
재용	황금박쥐라고도 하지 마. 그것은 내 발작버튼이니깐.
은호	보도국과 아나운서국을 오가며 정보를 빼돌린 네가 황금박쥐란 별명을 가지게 된 건 당연하다고 생각하는데. 나는.
재용	됐고. 내가 있잖아. 너랑 똑같은 얼굴을 가진 여자를 봤거든? ...미디어앤 서울 주차장에서 말이지.
은호	(멈칫하지만 애써 덤덤) 근데.
재용	근데 그 여자가 니 동생이라더라?
은호	근데.
재용	근데라니. 주은호. 니 동생은. ...죽었잖아.
은호	(쿵 쳐다보면)
재용	(그라데이션 확신) 내가 기억하기로 분명히! 니가 예전에! 회식할 때! 말 했거든? 물론 나한테 직접 말한 건 아니었지만!
은호	(무서워진. 꾹 누르며) 야. 전재용.
재용	왜. 뭐. 야. 내가 귀신을 본 건가 싶어서. 너무 무섭더라고. (자기 팔 가리 키며) 내가 여기 닭살이.
은호	(모든 게 궁서체) 내 동생 안 죽었거든?
재용	(눈치 없어) 아냐! 내가 우리 회식할 때 니가 얘기하는 걸 분명히 들었 어! 물론 다시 한 번 말하자면 네가 나한테 직접 한 말은 아니었지만!
은호	(정색) 전재용. 니가 뭔데 말로 사람을 죽이지? 너 선 넘지 마. 내가 봐주 는 건 여기까지야.
재용	(은호가 너무 무서워짐. 눈도 못 마주치고 중얼중얼) 아아. 나 혹시 선 넘 었어? 아아. 그렇다면 정말 미안해. 내가 그걸 잘 구분 못해서. (무서워 도망칠 궁리) 아아. 그럼 이쯤에서... 꺼져줄게. 나 오늘 상당히 많은 곳에

서 종종 꺼졌었는데. 이번에도 꺼져줄게. 오케이. (뒤돌아 씩씩하게 가지만 그래도 약간 의문이 든다는 듯 고개를 갸웃거리면)

남겨진 은호가 그런 재용의 뒷모습을 무겁게 보다가 뒤돌아 뚜벅뚜벅 걸어간다.

S #47   (D – 2시 즈음 / 은호의 빌라: 은호의 집 401호)

쿵 화장실 문이 닫히고 씻고 나온 은호가 피곤한 듯 식탁 의자에 앉으면. 마침 휴대폰으로 택민에게 톡이 오는. + 빨간 잠옷을 입은 채

김택민   [강주연 010-0172-5541]

잠시 보다 빠르게 답장을 하는.

[너 이 사람 알아?]

김택민   [난 모르고. 육사 나와서 아나운서 된 애로 유명하던데.]
           [왜 관심 있냐? ㅋㅋㅋㅋ]
           [소개팅 해줘? 진짜로?]

[아니. 고맙다.]

은호가 테이블에 확 얼굴을 묻어버리고.

S #48   (D – 4시 정각 / 은호의 빌라: 은호의 집 401호)

따르르릉! 자명종 소리 드리자 침대에 앉아 있던 은호가

알람을 끄고 바로 일어나 빨간 잠옷을 입은 채 현관문을 열고 나가고.

+ 잠 자지 않고 은호로 유지

S #49 (D - 4시 30분 넘어 / 미디어N서울 방송국: 정문)

은호가 주차관리소가 아닌 미디어N서울 방송국 건물 쪽으로 성큼성큼
걸어가면.

S #50 (D - 4시 30분 넘어 / 미디어N서울)

로비에 들어선 은호가 왠지 낯선 듯 그곳을 두르는데.
한쪽의 대형 거울을 멈칫 쳐다보다 곧 안내 데스크로 걸어가선.

은호   안녕하세요. 저 강주연 아나운서를 찾아왔는데요.
미디어N서울 안내 데스크 직원   예. 미리 약속은 하셨나요?
은호   아니요.
미디어N서울 안내 데스크 직원   그럼 제가 한번 여쭤볼게요. 신분증 좀 주시겠어요?
은호   (신분증을 꺼내 주면)
미디어N서울 안내데스크 직원   (은호의 신분증 확인하고 다시 돌려주며. 수화기 들고
            아나운서국 내선 번호를 누르곤. 은호에게 재확인) 강주연 아나운서를
            만나신다는 거죠?
은호   (신분증 받아 넣으며) 아. 네.
주연 O.S   누구시죠?

목소리에 저도 모르게 뒤돌아보는 은호.

주연   (바로 냉정함 풀고. 다정한) 아. 혜리씨구나.
은호   (너무 빨리 나타나 당황했지만 뭔가 말해야 돼) 아. (순간)

현오   (은호의 옆쪽에서 출입증 건네받다가) 야. 주은호.

옆쪽에서 들리는 현오의 목소리에 그대로 멈춰버리는 은호.
그리고 그런 은호를 보는 현오와 주연. 그렇게 세 사람이 뚝 서 있으면.

- 제3회 끝 -

.

사랑은 별

행복을 눈으로 본 적은 없지만 아마도

S #1   (N / 서울 종로구: 대포집)
        ; 과거 * 6년 전 – 2018년 12월

사람들 분주한 대포집. 그 사이 몇몇 아나운서들이 회식을 하고 있다.
취한 은호가 테이블에 턱을 괴고 있다가 입구의 30대 초반 회사원들을
보더니
이미 취해 엎드려 자는 현오에게 넋두리를 하는.

은호   ...걔도 살아 있으면 저렇게 컸을라나.

현오   (엎드려 자고만 있으면)

은호   (무거운 마음으로) ...혜리 말이야. 내 동생 혜리.

현오   (계속 자고)

은호   (안 듣는다 생각하고 주저리주저리) 있잖아... 성인 실종자 가족들은 신
        고를 해도 무시를 당하는 경우가 허다하다? 왜냐하면 성인이라서... 그게
        가출로 신고가 될 때가 있거든... 근데 있지. 가출이 아닐 수도 있잖아. 성
        인이어도 납치를 당했거나 사고를 당했을 수도 있잖아. 근데 뚜렷한 범
        죄 연관성이 없으면 일단 가출로 본대. 그럼 남아 있는 사람들 마음이
        어떻게 되는 줄 알아? (울 것처럼) ...타들어가. 조금씩. 매일. 아주 새까맣
        게 타들어가. (잠들어있는 현오에게) 그러니깐 내 마음이... 아주 새까맣
        게 타들어간다고. 걔가... (들릴 듯 말 듯) 죽었을 것 같아서.

재용	(건너편에서 다 듣고 있다가. 큰소리로) 뭐? 죽었다고?
은호	(재용에게 안 들키려) ...뭐래는 거야. (술을 마시면)

현오는 그저 잠만 자고 재용이 "뭐? 뭐가?!" 혼란스러워하는 사이
따르르릉! 전화 벨소리가 선행되면.

S #2　(D - 6시께 / 은호할머니 저택: 1층 거실)
　　　 ; 과거 * 10년 전 - 2014년 2월

은호 할머니 저택 거실에서 전화를 받는 은호. + 집전화.

은호	(뭔가 한참 듣더니) 저... 죄송한데 다시 한 번만 말씀해주시겠어요?
헤리네 과대 (F)	(다급) 주혜리가 없어졌다고요!

S #3　(D / 강원 동해시: 기이동 숲 - 초입)
　　　 ; 과거 * 10년 전 - 2014년 2월

[기이동 숲] 표지판 옆을 지나는 은호와 은호할머니.
은호가 비틀거리는 은호할머니를 부축해 걸어가고.
곧 초입에 다다라 빼곡한 숲을 바라보는 두 사람. 숲은 희망이 없어 보인다.

"혜리야아!" 부르며 털썩 주저앉은 은호할머니가 통곡을 하기 시작하고.
은호의 눈동자는 사정없이 흔들리는데.

기자1 E	졸업 여행을 떠났던 대학생 A씨가 어제 저녁 실종됐습니다. A씨가 마지막으로 목격된 곳은 어젯밤 10시 50분 경 바로 이곳. 등산로 초입인데요. A씨는 실종 당시 휴대전화를 소지하지 않았고 이곳은 CCTV가 적은 곳으로 알려져 경찰이 수색에 어려움을 겪고 있습니다.

S #4   (D - 오후 / 은호의 빌라: 은호의 집 401호)
             ; 과거 * 4년 전 - 2020년 8월
             ; 1회 S #32 이후

콰! 문이 닫히고. 화난 듯 들어온 은호가 식탁에 얼굴을 묻고 엉엉 운다.
그러다 부스스 일어나 지갑에 넣어둔 현오와 함께 찍은 사진을 꺼내 구
겨버리는데.
그 안쪽. 혜리의 실종선고 심판청구 서류가 눈에 띄는. 은호가 천천히 펼
쳐보면. + 1년 동안 늘 보관하고 있었던 것.

S #5   (N / 은호의 빌라: 혜리의 집 301호)
             ; 과거 * 3년 전 - 2021년 3월

탈칵 텅 빈 혜리의 집의 문을 여는 은호. 집은 새까맣다.
불을 켜고 툭툭 들어가니 아무도 살지 않는 듯 먼지만 쌓인 혜리의 집.

옷장 앞으로 간 은호가 문을 열고 주욱 두르면.
가지런히 걸린 혜리의 옷 아래 가방이 하나 있는. + 이 옷들은 지금껏 은호
가 혜리로서 입은 옷들.
주저앉아 열어보니 혜리의 자잘한 소지품이 가득. 그 중 일기장을 꺼내
읽어보면.

'난 친구가 없어도 언니가 있어 행복해.' '할머니가 있어 너무 행복해.' 같
은 글 사이
'난 나중에 꼭 방송국 주차장에서 일해야지.' '주차장은 나의 꿈.' '주차장
에서 일하면 난 진짜 행복해질 거야.' 문장들에 뚝 멈추는 은호.
지갑 속 실종선고 심판청구 서류를 꺼내 박박 찢어 가방에 넣은 뒤 벌

떡 일어서면. + 5개 중 1번부터 ① 1999년 9월 19일 ② 2000년 12월 2일 ③ 2006년 4월 19일 ④ 2007년 1월 26일 ⑤ 2012년 3월 4일

S #6   (D / 미디어N서울 방송국: 주차관리소 행정실 앞)
         ; 과거 * 3년 전 - 2021년 4월

문에 붙은 **[주차관리소 행정실]** 글씨를 보던 은호가 곧 노크를 하고 들어가선.

은호   저... (머뭇) 저기.
주임   (부스스 일어나 다가가선) 예. 말씀하세요.
은호   제가 조금. (망설이다) 이상한 부탁을 해도 될까요?

주임이 은호를 뚝 쳐다보고.

S #7   (D - 5시 30분께 / 미디어N서울 방송국: 주차관리소)
         ; 과거 * 3년 전 - 2021년 4월

처음 만난 듯 어색하게 나란히 앉아 있는 민영과 은호.

민영   (어색해 옆을 보지도 못하고) 저... 이름이... 어떻게 되세요?
은호   (앞머리로 얼굴을 가린 채) 전 주으... 주혜리요. 그쪽은요?
민영   전 김민영. 나이는요?
은호   아. 저는 서... 아니 스물다섯.
민영   (많은 줄 알았는데) 아. 나보다 적어?
은호   응. 어쩌면?
민영   그럼 반말해도 돼?
은호   나도 반말해도 돼?

민영	근데 너 앞머리는 뭐야? 그게 요즘 트렌드야?

은호가 '이거?' 하듯 앞머리 사이로 끔뻑끔뻑 민영을 쳐다보면.

S #8   (N – 4시 정각 / 은호의 빌라: 은호의 집 401호)
: 과거 * 6개월 전 - 2023년 10월

따르르릉! 새벽 4시를 알리는 자명종 소리에
안경을 찾으며 일어난 은호가 한걸음 내딛으려는데 다리가 너무 아프다.
'뭐지?' 인상을 쓰며 제 다리를 보니 넘어져 까진 상처들이 숱하다.
이런 게 왜 있지 싶어 뚝 멈추는 은호인데.

S #9   (D – 5시 넘어 / 정신건강의학과의원: 로비)
: 과거 * 2개월 전 - 2024년 1월

은호	(접수처 앞에 서서) 저... 상담을 받고 싶어 찾아왔는데요.
간호사	예. 처음이신가요?
은호	아. 네.
간호사	(처음 오면 주는 신규환자접수 동의서와 종합심리검사 테스트가 담긴 패드를 건네며) 그럼 이것부터 작성해주시면 돼요.

서류를 받아 든 은호가 맨 위 칸에 이름을 적는다. 주은호. 또렷한 제 이름을.

S #10   (D – 5시 30분 / 정신건강의학과의원: 상담실)
: 과거 * 2개월 전 - 2024년 1월

여의사   (주은호라 적힌 차트를 들고 보며. 다정하고 섬세한) 어떤 일로 찾아오셨
          나요?

은호   (머뭇) 제가... 얼마 전부터... 기억이 나질 않는데요.

여의사   (따뜻하게) 어떤 기억이 나지 않는데요?

          은호가 여의사를 가만히 쳐다본다. 그러다 옆으로 고개를 돌리면.

S #11   (D - 4시 30분 넘어 / 미디어N서울 방송국: 1층 로비) : 3회 S #50 이어

          사람 많은 1층 로비로 뚜벅뚜벅 들어선 주연이 출입 라인 쪽으로 가려
          는 찰나.

미디어N서울 안내데스크 직원   (은호의 신분증 확인하고 다시 돌려주며. 수화기 들고
          아나운서국 내선 번호를 누르곤. 은호에게 재확인) 강주연 아나운서를
          만나신다는 거죠?

          제 이름에 뚜벅뚜벅 그쪽으로 걸어가는 주연. "아. 네." 대답하는 여자의
          뒷모습에.

주연   누구시죠?

은호   (누구냐는 목소리에 저도 모르게 뒤돌아보면)

주연   (바로 냉정함 풀고. 다정한) 아. 혜리씨구나.

은호   (너무 빨리 나타나 당황했지만 뭔가 말해야 돼) 아. (순간)

현오   (은호의 옆쪽에서 출입증 건네받다가) 야. 주은호.

은호   (옆쪽에서 들리는 현오의 목소리에 그대로 멈춰버리면)

미디어N서울 교양국 남자 PD1   (안쪽에서 나오다가) 어이! 정현오!

          바로 지금이다. 은호가 주연을 치고 미친 듯 달려가버리는데.

주연	(너무 당황스러워) 헤...
미디어N서울 교양국 남자 PD1	(현오에게 다가와선) 뭐야. 너 여기 웬일이야.
현오	아. 저 3사 통합 캠페인 회의 때문에 잠깐 왔는데. (주연을 쳐다보면)

주연이 현오를 '뭐지?' 하듯 쳐다보고 있다. 현오가 그 시선에 툭 멈추면.

미디어N서울 교양국 남자 PD1	아. 그 캠페인? 그거 우리 팀에서 기획한 건데?
현오	(돌아보고) 아. 그럼 선배. 거기에 주은호도 나와요? 우리 회사 28기 아 나운선데.
미디어N서울 교양국 남자 PD1	아니? 아직은 너밖에 없는데? 야. 너 교양국 가는 거 지. 이쪽으로 와. (안쪽으로 안내하듯 먼저 걸어가면)

미디어N서울 교양국 남자 PD1을 따라가던 현오가 다시 주연이 있던 쪽을 보면.
주연은 어느새 사라졌고. 은호 역시 찾을 수 없다.

S #12 (D − 5시께 / 미디어N서울 방송국: 1층 여자 화장실)

여자화장실로 뛰어 들어온 은호가 헉헉거리며 거울을 보는.
'정현오가 여기 왜.' 생각하며 거울 속 제 얼굴을 보는 순간.

빠르게 스치는 은호의 일상. 혜리의 일상. 그리고 주연과 함께 했던 일상.
또 현오와 함께 했던 시간들이 난잡하게 뒤섞여 마구잡이로 쏟아지는.
머리가 아프자 이마를 잡고 얼굴을 찡그리며 신음 소리를 내는 은호.

은호가 스스로를 애써 진정시키며 거울을 다시 보면.
제 모습이 일그러져 보이기도 하고 웃는 것 같아 보이기도 하고.
그러다 여의사의 말들조차 범벅이 되어 귓가에 웅웅거리자 손에 쥐고 있던 휴대폰을 거울을 향해 냅다 던져버리는 은호.

쨍! 화장실 거울이 산산조각이 나고.
이명과 환영이 뒤섞여 머리가 쪼개질 듯 아픈 은호가 결국 쿵 쓰러져버
리면.

화장실 바닥에 머리를 찧은 은호에겐 더 이상 소리가 들리지 않고.
은호의 시야도 점점 점멸되어 가는데.

혜리 E /　선생님. 참 이상하죠.

S #13　(N – 9시 넘어 / 미디어N서울 방송국: 야외주차장)

새까만 저녁이 내려앉은 야외주차장. 차들이 조금씩 사라지고 가로등은
켜져 있고.

혜리 E /　사랑을 하니 모든 게 다 반짝반짝 빛나 보여요.

야외주차장 위 밤하늘엔 별들은 반짝반짝 빛이 나고.

S #14　(N – 9시 넘어 / 미디어N서울 방송국: 의무실)

암전 속 천천히 눈을 뜬 혜리가 부스스 일어나 주변을 두르면
곁에서 책을 읽는 주연이 있는.

주연　(고개를 들어 보곤) 일어났어요?
혜리　(정신을 차리려고 애쓰는) 아... 여기... 가.
주연　의무실.

혜리	(완전히 기억 잃음. 이해 안 돼) 제가 왜 여기에 있는데요?
주연	그걸 지금 모르는 거예요?
혜리	네. 저는 어젯밤에 분명히 집에 들어갔었고. 그 다음이 지금 여기인 건데.
주연	아아. (거기서부터) 일단 아까 나를 만났었어요.
혜리	에이. 나는 출근한 기억도 나질 않는 걸?
주연	그리고 도망치더라고요?
혜리	에이. 주연씨를 보고 제가 왜 도망치죠?
주연	그리고 나선 화장실로 가 거울을 깼대요.
혜리	(몹시 어이없어) 누가. 내가?
주연	그리고 쓰러졌대요.
혜리	누가. 내가? 대체 왜죠?
주연	그건 모르죠. 기억이 안 나요?
혜리	네. 안 나요.
주연	기억을 잃는다는 건 상당히 편리한 거군요.
혜리	저 그럼 이제 잡혀가나요?
주연	거울 값이 30만 2천 원인데.
혜리	화장실 거울이 그렇게 비싼가요?
주연	저도 똑같이 물어봤는데. 세면대 한 개 당 거울 값이 5만원에 설치까지 하면 10만원인데. 세면대가 두 개라서 거울을 따로 제작해야 돼 시공, 인건비까지 다 합치면 30만 2천 원이라는데요?
혜리	아니. 그럼 저는 왜 대체 거울을 깬 거래요?
주연	글쎄. 그건 깨진 거울 속 자신에게 묻지 그랬어요.
혜리	(헉. 놀라 쳐다보면) 헐.
주연	일단 돈은 제가 냈어요.
혜리	갚을게요. (아마도) 내일?
주연	그런데 왜 그런 거예요? 왜 나를 보고 도망치고.
혜리	그건 나도 궁금하다고 하지 않았나요?
주연	다친 덴 없나요?
혜리	되게 빨리 물어보네요. 혹시 T세요?

주연	T가 뭔데.
혜리	MBTI의 T!!

주연이 피식 웃으면. 혜리는 계속 "T냐고. T였어? 왜 공감을 못하지?"
주연은 "별다른 이유도 없이 화장실에 가 거울을 깬 사람한테 어떻게 공
감을 해요." 말하고.

혜리 E /	행복을 눈으로 본 적은 없지만.

"그런데 다친 데가 있긴 있어요?" 물으면 혜리가 이마라고 제 이마를 치고.
그제야 주연이 혜리의 이마를 살살 만져주면. 혜리가 기분이 좋아 배시
시 웃고.

혜리 E /	볼 수만 있다면. 만질 수만 있다면.

"저기 근데 혹시…" "왜요?" "아뇨." "아. 저 근데 무릎도 깨진 것 같아요."
"아니. 깨진 건 화장실 거울." 대답하면서도 주연이 혜리의 무릎을 들여
다봐주고. + 주연이 주은호라는 사람을 아냐. 정현오라는 사람을 아냐. 물으려다
만 것. 설마 해서 안 물은 것.

혜리 E /	이런 게 아닐까요?

그런 두 사람의 모습이 점점 멀어진다.

S #15 (D − 5시 30분 넘어 / 정신건강의학과의원: 상담실)

여의사	(잠시 생각하다가) 예?
혜리	(혼자만의 세상) 선생님. 사랑을 하니 모든 게 반짝반짝거린다고요. 행 복을 눈으로 본 적은 없지만. 볼 수만 있다면. 만질 수만 있다면.

여의사	(차분) 아뇨. 그 전에 거울을 깼다고.
혜리	네. 선생님. 저는 왜 그랬던 걸까요. 이해가 안 가요.
여의사	거울을 깼을 때 기억은 나세요? 예를 들면 그때 어떤 마음이었고...
혜리	아뇨. 그런 건 하나도 기억이 안나요.
여의사	그럼 혜리씨.
혜리	(부드러운 미소) 맞아요. 선생님. 저는 혜리에요.
여의사	그래요. 혜리씨. 말씀 드렸다시피 우리가 일단 알아내야 될 건 혜리씨와 은호씨의 연결 고리인데요.
혜리	선생님. 근데요.
여의사	(다정하게) 네. 말씀하세요.
혜리	그걸 다 알아내면 그 다음은 어떻게 되는데요?
여의사	이 증상이 나아질 수 있게 되죠.
혜리	증상이 나아진다고요? 그럼 그때 저 주혜리는 어떻게 되는 건데요?
여의사	그거야... (사라지게 되는 거지만 말하지 못하고 보고 있으면)
혜리	사라지나요? 없어지나요?
여의사	(너무나도 다정하게) 지금의 혜리씨에겐 와닿지 않을 수도 있겠지만 혜리씨도 은호씨도 모두 한 사람이에요. 그래서 증상이 나아지면 다시 한 사람으로 혜리씨이자 은호씨가 될 건데요.
혜리	(이제 단단해졌다) 아뇨. 선생님. 전 혜리에요. 은호가 아닌 혜리라고요. 아무리 생각해도 저는 늘 혜리였어요. 언제나 눈을 뜨면 혜리였고. 은호씨는 눈을 감아야만 보이는 거였죠. 은호씬요. 제 꿈속에서만 존재했었다고요. 그런데 이제 저는 그 꿈조차 꾸지 않아요. 선생님. 저는 이제 저에 대한 꿈을 꿔요. 저는 이제 매일이 지루하지 않아요. 내일을 기대하게 됐죠. 꿈속의 은호가 아닌 현실의 내가. 내일은 무얼 할지 알고 싶어졌어요. 희망이 생겼다고요. 왜냐하면 저는. ...사랑하게 되었으니깐.
여의사	(안타까운 듯 처다보면)
혜리	선생님. 전 이제 행복해졌어요. 그런데 이제와 이렇게 행복한 저를 없애라고요? 아뇨. 저는 혜리를 버리고 싶지 않아요. 적어도 지금의 저는 꿈속의 은호씨보다 훨씬 행복하니깐요.

여의사가 몹시 단호해진 혜리를 가만히 바라보면.

S #16   (N - 11시 넘어 / 은호의 빌라 가는 길)

자전거를 타고 집으로 돌아가는 혜리.
"나는 행복해. 엄청 행복해." 제 멋대로 노래를 지어 부르며 가고.

S #17   (N - 11시 넘어 / 은호의 빌라: 혜리의 집 301호)

쾅! 문이 닫히면 집으로 들어온 혜리가 "나는 너무 행복하거든? 이 몸을 주은호에게 뺏길 순 없지!" 중얼거리며 착착 옷을 벗고 빨간색 잠옷으로 갈아입는다.

곧 옷장 서랍에서 작은 수첩을 꺼내 열심히 뭔가 적기 시작하는 혜리.
수첩의 첫머리는 **[은호씨에게]** 라고 시작되는 편지인데.

다 쓴 뒤 옷장 서랍에 쑥 넣었다가 다시 꺼내 식탁 위에 보란 듯 올려놓는 혜리.
바로 침대에 누워 4시로 맞춰진 자명종의 알람을 켜고 이불을 목 끝까지 덮고선
"나는 행복해. 정말 행복해." 중얼거리다 스르르 잠이 들면.

S #18   (N - 4시 정각 / 은호의 빌라: 혜리의 집 301호)

따르르릉! 새벽 4시 정각을 알리는 자명종에 안경을 찾으며 힘겹게 일어나는 은호.
지구를 얹은 듯 타박타박 현관문 쪽으로 가다가 식탁 위 작은 수첩을

발견하는데.

은호가 천천히 수첩을 들어 후루룩 넘겨보다 어떤 페이지에서
뚝 멈추는.
글을 읽은 은호의 얼굴이 아주 혼란스러운 듯 뭔가 묘해지면.

S #19   (N – 4시 넘어 / 은호의 빌라: 계단)

"말도 안 돼... 뭐래..." 중얼거리며 터벅터벅 계단을 두 개씩 오르는 은호.
문 앞에 다다라 비밀번호를 누르고 들어가면.

S #20   (N – 4시 넘어 / 은호의 빌라: 은호의 집 401호)

쾅! 닫히는 문을 두고 들어온 은호가 혜리와 제가 담긴 액자를 손으로
쓸려다
멈추고 뚝 바라본다. 어둠 속 액자의 어린 은호와 혜리는 밝게 웃고만
있다.

S #21   (D – 8시 넘어 / PPS 방송국: 아나운서국 사무실)

책상에 모로 누워 멍하니 앞을 보는 은호. 넋이 나간 것 같은데.

현오   (정말 닿기 싫은 듯 툭 치며) 야.
은호   (부스스 일어나 현오를 쳐다보더니. 힘없이) 뭐.
현오   너 전화는 왜 안 받아. 김미연이 몇 번이나 전화를 했다는데.
은호   (힘없어) ...폰 잃어버렸어.
현오   폰을 잃어버렸으면... (빨리 사야지)

은호	(벌써 알고. 선짜증) 아. 사러 갈 거야. 오늘.
현오	너 워크샵 갈 거야. 말거야.
은호	워크샵? 나 그런 얘기 못 들었는데.
현오	지금 하고 있잖아. 토요일이야. 갈 거냐고. 말 거냐고.
은호	(워크샵 같은 소리하고 앉아있네) 뭐래. 안가. 토요일.
현오	그리고 너. (은호를 왠지 아래위로 훑는)
은호	(그 눈빛에) 저기. 아침부터 기분 잡치게 날 왜 그렇게 봐?
현오	너 어제 미디어앤서울에 있었지. 내가 너 본 것 같거든?
은호	(뜨끔. 그러나 최대한 태연) 아. 뭔 소리야. 나 PPS 아나운서야.
현오	아니. 무조건 아니라고 하지 말고. 너 예전에도 나 만났었는데 모른다고 했었잖아. 너 어제 분명히.
은호	(몹시 짜증) 아! 진짜 모르니깐 모른다고 하지! 알면 모른다고 하냐?
현오	(애 진짜 이상하네) 야. 너 어디 아프냐?
은호	(바로) 어! 아파! 언제나 노력하는 나 같은 인재를 알아봐주지 않는 이 회사와 이 세상과 이 불공평한 사회제도에 내가 아주 많이 아프다!
현오	(더 듣고 싶지 않다) 워크샵 안 간다는 거지. 간다. (뒤돌아 가면)

은호가 '겨우 넘겼다.' 하듯 한숨을 쓸고 다시 힘없이 책상에 누우면.

S #22 (D - 10시 5분 / PPS 방송국: 이슈인 생방송 스튜디오)

방송이 끝나 분주한 스튜디오. 마이크를 빼며 다들 정리하는 와중.

미연	(부조에서 내려와) 주은호 아나운서는 워크샵 안 가시는 거 맞죠?
은호	예. 안 가요.
미연	(현오에게) 그럼 선배. 선배가 오늘 멘트 나눠주고 가.
현오	(마이크 빼는 거 기다리며) 가서 하자.
미연	아. 싫어. 난 가서 일 안 할 거야. 술 마실 거야.
현오	너는 술 마시고 경위서까지 쓴 주제에 거기 가서 또 술을 마시고 싶냐?

미연	아. 워크샵이잖아! 워크샵! 워크샵이 뭐야. 친목 도모잖아! 아씨. 거기 가서 진짜 일만 하는 사람이 어딨어! 진짜 선배밖에 없거든? 그니깐 그냥 빨리 멘트 나눠주고 가. (부조에 대고) 작가님! 여기 원고 좀 가져다주세요!
현오	아니요. 원고 됐습니다. (미연에게) 미연아. 나는 가서 나눌 거야. 내일 보자. (획 가버리면)
미연	(가는 현오 뒷모습에 대고) 아씨! (다급해) 선배에!
은호	(새로운 정보가 입력되었습니다) 저기... 우리 방송 멘트를... 정현오가 나누나요?
미연	아. 그쵸. 항상 그랬습니다. (만나봤으니까) 아시죠? 저 인간 엄청 까탈스러운 거. 멘트가 많으면 많다고 지랄. 적으면 적다고 지랄. 그래서 저희팀은 일일이 촘촘히 알알이 저 인간한테 원고 허락 다 받고 방송 내요. 그러니깐 혹시라도 멘트가 적어 불만일 때는 저를 찾지 마시고. 저 인간을 찾으시면 됩니다. 아셨죠? 제가요. 자존심이 너어무 상하는데. 저 인간이 너무너무 잘해서 참는 거랍니다. 허!

멘트를 현오가 나눈다는 말에 은호가 '뭐지? 나도 가야 하나?' 하는 얼굴이 되면.

S #23 (D − 2시 넘어 / 서울 마포구: 휴대폰 판매점 앞)

휴대폰샵 직원 E / 데이터 다 옮겨드렸습니다. 이제 바로 사용하시면 돼요.

새 휴대폰을 사서 나온 은호가 카카오톡을 열고 로그인을 하면
지난 대화가 모두 일어나고 그 중 택민에게 온 카톡 창을 열어보니.

김택민   **[강주연 010-0172-5541]**

은호가 생각할 것도 없다는 듯 바로 주연에게 전화를 걸어보는.

"고객이 전화를 받지 않아..." 음성사서함으로 넘어간다.

은호가 '하.' 한숨을 쉬며 휴대폰을 가방에 넣고 걸어가면.

S #24   (N - 8시 55분 / 미디어N서울 방송국: 생방송 뉴스센터
        - 8시 뉴스 스튜디오)

부재중 전화: [010-0648-7730]

뉴스가 끝나 자리에서 일어난 주연이 제 휴대폰을 본다.

모르는 번호에 통화 버튼을 누르면 신호가 가는데.

곧 "고객이 전화를 받지 않아 음성사서함으로 연결됩니다." 안내음이 들리는.

주연이 한 번 더 통화 버튼을 누르려는 찰나.

혜연   (미소로. 경쾌) 선배.

앞을 보면 스튜디오에 놀러와 활짝 웃는 혜연이 있다.

S #25   (N - 9시 넘어 / 미디어N서울 방송국: 생방송 뉴스센터 복도)

주연   (뉴스센터에서 나오며) 네가 스튜디오까지 웬일이야?
혜연   (같이 걸으며. 왠지 차분) 내가... 선배랑 밥 한번 먹는 게 소원이었잖아.
         가만히 있으면 죽어도 못 먹을 것 같아서. 선배 8시 뉴스 대타가 이번 주
         까지 아냐? 그래서 마지막으로.
주연   아니. 나 다음 주까진데?
혜연   아아. (씨발)
주연   그리고 나 오늘 약속 있어.
혜연   뭐어? 이 시간에?

주연	응. 보도국장님이랑. (잠시 생각하더니) 아. 근데 너도 같이 먹기로 하지 않았나?
혜연	아. 나는 그냥. 뭐. (약간 곤란하지만) 그럼 뭐. 같이... 갈까?

S #26 (N – 9시 넘어 / 미디어N서울 방송국: 근처 복집 – 룸)

"하하하하하!!" 호방한 웃음소리와 함께
미디어N서울 보도국장 윤종현*이 옆자리의 혜연에게 술을 따라주곤.

윤국장	거. 백혜연이. 내가 밥 한 번 먹자고 한 게 몇 번째야. 이제야 나와 주는 거야?
혜연	(대충 대답) 아. 뭐. 나와 주는 것까진 아니고. (술을 마실까말까)
윤국장	(혜연이 술 마시는 걸 집요하게 쳐다보며) 백혜연이. 너도 이제 메인 가야지. 안 그래?
혜연	('에이. 마시자.' 홀짝 마시곤) 뭐. 그럼 저야 좋지만.
윤국장	(조부장에게) 잘 사는 집 딸래미라 그런가. 성격이 참 시원시원해. (자연스럽게 혜연의 어깨를 툭툭 치면)
조부장	(복 튀김 집어먹으며) 뭐. 형편과는 상관없이 원래 성격이 시원시원한 것 같더라고요.
윤국장	(주연에게 술 따라주며) 강주연이는 어때. 뉴스는 할 만한가?
주연	(술 받으며) 예. 할 만합니다.
윤국장	대탄데도 너무 잘해. 그래서 내가 밥 한 번 사주고 싶었어.

●**윤종현 (54세. 남)** 미디어N서울 보도국장. 가끔은 넘어지기도 하며 여기까지 온 인물. 법대 출신. 아내도 있고, 영국에서 유학 중인 딸도 있다. 둘 다 모두 기가 쎄서 그런 여자를 싫어한다. 어리고 고분고분한 여자들을 좋아하는데 가끔 성추행과 성희롱을 하지만 정도는 가벼운 편. 전부 잃을 게 있는 애들만 건드린다. 어디 가서 아무 말 못하도록. 보는 눈이 있어서 좋은 건 또 잘 알아본다. 잘 살고 권력 있는 사람들을 좋아하고 또 우대한다. 집착과 끈기가 있는 인물. 생김새가 별로인데 그래서 잘생기고 젊은 남자들에 대한 열등감이 존재한다.

조부장	잘하죠. 우리 주연이. (주연을 흐뭇하게 보곤 술 마시면)
윤국장	그러니깐 그냥 여덟시 뉴스 앵커 자리 앉혀준다니까 그걸 왜 싫다고 해?
주연	제가 하기엔 아직 능력도 경력도 부족한 것 같아서.
윤국장	뭐. 그건 차차 생각해볼 일이고. (흘낏 혜연을 보곤) 근데 백혜연이는. …애인이 있나? (픽 웃으며 아무도 모르게 혜연의 허벅지 터치)
혜연	(불편한 듯 앞으로 몸을 빼며) 아뇨. 아직 없어요.
윤국장	(언제나 그래서 이질감 하나 없이) 왜. (누구도 모르게 혜연의 허벅지 툭툭 두드리며) 여기저기서 한 번만 달라고 난리일 텐데. …여태 안 주고 뭐 했어?

술을 마시려다 뚝 멈추는 혜연. 주연과 조부장도 윤국장을 뚝 쳐다보는데.

윤국장	(내가 뭘 잘못했는지 몰라) 죽으면 다 썩는다? 젊을 때 즐겨야,
주연	(술잔을 툭 놓더니. 정색) 적당히 하시죠. 국장님.
윤국장	(바로 일그러져) 뭐. 이 새끼야? (확 주연에게 물을 뿌리면)

S #27 (N – 10시 넘어 / 미디어N서울 방송국: 근처 복집 앞)

조부장	(길길이 흥분) 저거 아주 미친 거 아니야?

복집 앞. 셔츠 깃이 다 젖은 주연은 묵묵히 서 있고, 조부장이 몹시 흥분해 있다.

조부장	아니. 왜 애들을 불러놓고. 지가 욕을 해. 욕을 하긴. 물은 또 왜 뿌려? 뿌리긴?
혜연	(그저 이 상황을 무마시키고 싶음) 아. 그니깐. 나는 진짜 괜찮은데.
조부장	(목쪽 잔뜩 젖은 주연을 보고) 주연아. 괜찮냐?
주연	(다 젖었지만) 예. 괜찮아요.

혜연	선배. 내가 진짜 미안해. 나 때문에.
조부장	혜연아. 니가 뭐가 미안해. 저 미친 게 너한테 뭐? 뭐라고 했지? 아씨. 너무 열받아서 생각이 안 나네.
혜연	전 진짜 괜찮아요. 부장님. 저 사람 원래 저래. 엄청 유명하다니깐? 근데 하나하나 시비 걸면 말만 많아지고. (주연에게 미안) 아. 근데 나 때문에 선배가.
주연	(덤덤) 괜찮아.
조부장	(너무 짜증나) 와씨! 내가 다 창피하다. 내가 다. 어? 아. 이거 어떡하지. 이거 신고해야 되나? 어디에 하지? 무슨 번호가 있었는데.
혜연	에이. 됐어. 아냐아냐. 아. 진짜 이래서 내가 안 오려고 했는데. 아니. 저 사람은 원래 저런다고. 근데 있지. 사실 저 인간 눈엔 내가 예쁘겠지. 궁금하겠지. 그렇다고 만지는 건 너무너무 쓰레긴데. 어머. 똥이 무서워서 피하나요? 전 더러워서 피하는 걸요? 그러니깐 여러분도 그냥 넘어가주세요. 아. 난 진짜 상관없어. 어떡해. 제가 맛있는 커피라도 사드릴까요? 한참 밤이지만 카페인은 사람을 기분 좋게 하니깐? 저기 모퉁이에 무슨 바리스타 대회에서 1등한 사람이 커피 집을 냈는데. 오우씨. 글쎄. 커피에서 오만가지 맛이 난대. 단맛. 쓴맛. 신맛. 짠맛. 고소한 맛.
조부장	혜연아. 너 이런 일을 몇 번이나 당한 거냐?
혜연	아뇨. 은은한 맛. 귀여운 맛. 웃긴 맛. 재밌는 맛. (조부장 밀면서) 아이. 부장님. 기분 풀고. 선배도 내가 미안해. 우리 커피 마시러 가자. (활짝 웃으며 조부장과 주연을 밀면서) 아. 얼른!

헤헤 웃으며 두 사람을 억지로 끌고 가는 혜연.
혜연에게 끌려가면서도 '애는 기분이 안 나쁘나?' 주연이 혜연을 계속 쳐다보고.
조부장도 계속 "혜연아." 부르는데.

S #28 (N – 11시께 / 미디어N서울 방송국: 정문)

"모두 잘 가요! 내 생각하지 말고!"

혜연이 쾌활하게 커피를 들고 웃으며 주연과 조부장에게 인사를 한다. 조부장은 "에씨." 자괴감에 빠져 회사로 들어가고.

주연도 커피를 들고 주차관리소로 들어가 그 안의 혜리와 이야기를 나누는데.

제 차로 가던 혜연이 그런 주연을 쓸쓸한 듯 쓱 쳐다보면.

S #29   (N - 11시 넘어 / 미디어N서울 방송국: 근처 포장마차)

분주한 사람들 속 심야 포장마차. 그 안에서 우동을 먹는 혜리.

주연　(커피 놓고 앉아. 맛있게 먹는 혜리를 쳐다보고) 맛있어요?

혜리　(후루룩) 네. 맛있어요. 근데 우동 이름이 너무 재밌네요. 탱탱 구리구리 탱탱우동이라니. (메뉴를 보더니) 우와. 쫘안득쫘안득 소라도 있네?

주연　(웃으며) 나중엔 저것도 먹어봐요.

혜리　근데 주연씨는 뭐 먹고 온 거 아니에요? (미안하지만 미안해하지 않아) 괜히 나 때문에 여기 앉아 있는 거 아닌가. (후루룩)

주연　저는 혜리씨 먹는 것만 봐도 기분이 좋아지거든요.

혜리　오. 그건 아닌데. 주연씨 기분 몹시 나빠 보이는데?

주연　제가요? 아뇨. 저 화 안 났어요.

혜리　아닌데? 눈이 화가 났는데? 엄청 부글부글한데?

주연　제가 화가 났을 때 눈이 다르나요?

혜리　네. 다르죠. 주연씨 화가 나면 눈이 아주 잔잔하고 은은하게. (진심) ...돌아 있거든요?

주연　(발끈) 뭐라고?

혜리　그래서 우리 주연씨는 왜 화가 났나요? 무슨 일이 있었나요? 어머니가 아프신가요? 누가 또 주연씨 앞에서 울었나요?

주연　아뇨. 그게...

주연이 본격적으로 윤국장의 추행과 물을 뿌린 행동을 두 손을 이용해 표현한다.

혜리는 '오오. 그렇구나.' 하듯 듣고.

열심히 온몸으로 그 상황을 표현하는 주연. 그런 밤이 지나고.

S #30 (D − 5시 30분 넘어 / 미디어N서울 방송국: 주차관리소)

늦은 오후의 주차관리소는 고요하고.

윤국장   (전화하며 문 열고 들어와. 짜증) 어. 나 윤종현이야. 아니이. 아침에 갑자기 연락이 왔어. 아프대. 아. 갑자기 아픈 게 말이 돼? 그 운전하는 거 말고는 할 일도 없는 게. 아. 그거 때문에 내가 운전을 다 했잖아. 내가 여기 보도국장이나 돼서 운전을 직접 하는 게 말이 되냐고. (주차권을 책상에 놓는. '가져가.')

주차안내서를 접던 혜리가 윤국장을 뚫어져라 보는.
'아아. 이 새끼가 그 새끼구나.' 하는 눈빛인데. + 민영은 그저 빠르게 주차안내서 접고만 있고.

윤국장   (전화하느라 그런 거 모름) 근데 청경들이 나보고 주차를 직접 하라는 거야. 어? 어디서 감히. 내가 어? 이번에 시설관리과에 말해서 싹 다 짤라 버리던가 해야지. 원. 에이씨. 요즘 기어오르는 것들이 너무 많아가지고. ('근데 왜 정산을 안 해?' 혜리를 보면)

혜리   ('나쁜놈.' 하듯 윤국장을 보고 있기만 하면)

윤국장   (전화로 뭔가 듣고선) 아. 우리 회사는 주차장이 없잖아. 어. 맞아. 그래서. 아. 그래? 알았어. 이따 보자고. (전화 끊고 혜리에게) 뭐야? 정산 안 해?

혜리   (미친 듯 쩨려보다가 저도 모르게) 씨...

윤국장   (안 그래도 열 받는데 더 열 받네?) 뭐야. 이건? 왜 눈을 그따위로 뜨고.

(주차권으로 혜리의 가슴을 푹푹 찌르며) 아! 이거나 당장 정산 하라
고오!

혜리　　(가슴을 찔러?) 꺄아아아아아아악!!!!
민영　　(모든 사태를 지켜보고 손으로 입을 가리고 놀라는) 헐!
윤국장　(자기가 한 잘못 모름) 아니. 왜 소리는...
혜리　　(윤국장이 찌른 제 가슴을 팡팡 치며. 더 크게) 꺄아아아아아아악!!!!

제가 뭘 잘못했는지 모르는 윤국장이 "아니. 왜 소리를 질러?!" 화를 내면.

S #31　(D - 5시 30분 넘어 / 미디어N서울 방송국: 주차관리소
　　　　행정실)

행정실 내부 사람들의 흘끔거리는 눈.

윤국장　(테이블 탕! 치며) 아! 뭘 찔러! 안 찔렀어! 주차권을 그냥 준 거라니깐!
주임　　(난감) 아... 그런가요? (민영을 쳐다보면)
민영　　아뇨. 분명히 주차권으로 가슴을 푹푹 찔렀어요. 푹푹.
혜리　　(뒤에 앉아 훌쩍) 그러니깐. 힝. 주머니도 없는데 말이지.
윤국장　(흥분. 손가락질 하며) 아니이! 줬는데도 안 받으니까아! 얼른 가져가라
고 준 거지이!
혜리　　그냥 주면 되지. (훌쩍) 왜 가슴을 찔러? 기분이 몹시 나빠.
주임　　저... 가슴을 찌른 건 명백히 성추행에 해당됩니다.
윤국장　(혜리에게 손가락질 하며) 아니이! 저게 내 주차권을 받질 않는데! 그럼 내
가 주차권을 어떻게 주냐고! 실에 매달아서 줘? 비둘기 입에 물려서 줘?
주임　　그저 손으로 건네면 되는데요. 그냥. (서류를 들어 건네며) ...이렇게.
윤국장　아니이! 난 기억이 안 난다고오!! 난 찌른 적이 없다고오!
혜리　　(훌쩍) 원래 범죄자들은... (힝) 기억이 안 난다고 하지.
윤국장　뭐어? 범죄자? 야! 니가 뭔데 나를 범죄자로 만들어?
주임　　그렇게 될 수도 있다는 겁니다. (말은 느리지만 할 말 다 하는) 상대방이

원치 않는데 불쾌감 또는 성적 수치심을 느끼게 했다면 그게 성추행이
되는 거라서요.

윤국장   (대흥분) 아니이! 나는 진짜아!

주임   (느리게 팩폭) 그리고 죄송하지만 저희랑 미디어앤서울은 다른 회사니
...거기서는 보도국장일지 몰라도... 여기서는 그냥 지나가는 아저씨니
까... 존댓말을 좀 써주시면...

윤국장   (완전 열 받아) 아씨. 뭐라고. 이 새끼야?

주임   (흔들리지 않아) 그... 새끼라는 단어 역시... 짐승의 자식을 말하는 단어
로... 그건 그쪽의 자식에게나...

윤국장   (너무 짜증나. 소리 꽥) 야아!!!

혜리   (홀쩍 쿵 절레절레) 매우 더럽고... 시끄러.

윤국장이 더욱 더 크게 "나 아니라고오!!!" 소리를 지르면.

S #32   (N – 9시 넘어 / 미디어N서울 방송국: 주차관리소 앞)

'엥?' 하는 얼굴로 주차관리소 통유리 안을 쳐다보는 혜연.
안쪽엔 부루퉁한 얼굴의 혜리가 앉아 있고 그 앞엔 거의 무릎을 꿇다시
피 앉아
"미안해. 내가 잘못했어. 미안하다고오."
호소하는 윤국장이 있는데.

혜연   (보면 볼수록 어이없는 광경. 한참을 보다가) 오씨. 말도 안 돼.

주연   (그 옆에서 태연하게 커피 마시고 있으면)

혜연   (휙 일어나 주연을 보더니) 선배. 내가 들었는데... 진짜로 저 사람이 윤국
장한테 추행을 당한 거 맞아?

주연   응. 맞는데. 혜연아.

혜연   와. 저 놈 미쳤네? 간이 배 밖으로 나왔네?

주연   응. 나왔어. 혜연아.

혜연이 '헐.' 입을 벌리고 주차관리소 안을 계속 바라보면.

S #33 (N – 10시 넘어 / 미디어N서울 방송국: 주차관리소에서
행정실 가는 길)

혼자 상자를 들고 걸어가는 혜리를 혜연이 도도도 따라잡아 옆에 딱 붙
어 서선.

혜연   (흡사 스파이) 저기요.

혜리   (조금도 당황하지 않고. 상자를 들고 씩씩하게 걸으면서) 네.

혜연   제가 궁금한 게 있어서 그러는데요. 정말 윤종현 국장이 그쪽에게 성추
행을 한 게 맞나요?

혜리   주차권으로 가슴을 찔렀죠. 두 번이나 푹푹. 얼마나 모욕적이었는지 몰
라요.

혜연   와. 왜 그랬지?

혜리   으응? 원래 그런 사람이 아니에요?

혜연   아니. 그 인간은 절대 뒷소리 나올 사람들은 건들이지 않거든요.

혜리   아아. 추행을 해도 조개처럼 입을 꾹 다물 사람들만 건드린다?

혜연   네. 왜냐하면 이 바닥은...

혜리   (바로 받아) 성추행보다 내부고발이 더 큰 죄니깐?

혜연   뭐지? 뭔가 아는 사람인 걸? 뭐지? 너무 똑똑한 걸?

혜리   (으쓱) 그 정도는 기본이죠. 근데요. 그런 사람은 아무리 조심해도 언젠
간 자기 본성이 나오기 마련이랍니다.

혜연   (은밀) 근데요. 제가 하나 더 묻고 싶은 게 있는데요.

혜리   (으쓱) 뭐든.

혜연   (비밀 얘기하듯) 혹시 강주연이랑 사귀나요?

혜리   (이게 더 놀라워) 오. 어떻게 알았나요?

혜연   흥! (삐죽) 좋겠다.

혜리	(바보처럼 웃으며) 맞아요. 좋아요. 너어무 좋아요.
혜연	그럼 마지막으로 질문 하나만 더 하고 가도 될까요?
혜리	(어깨 으쓱) 뭐. 그러시죠.
혜연	그쪽은 퇴근을 언제 하시나요? (반짝반짝) 제가 아는 포장마차가 있는데 거기 소라가 아주 쫘안득쫘안득. 이게 껌인지 소라인지 구분이 안 돼.

볼썽사납게 쫘안득쫘안득거리는 혜연을 혜리가 약간 한심하게 쳐다보면.

S #34 (N – 11시 넘어 / 미디어N서울 방송국: 근처 포장마차)

와글와글 거리는 사람들이 쫘안득쫘안득 소라를 먹고 있고.
그 붐비는 포장마차로 주연이 들어오면.

혜연	(혜리와 마주 앉아 손을 번쩍 들고) 선배! 여기!
혜리	(소라를 먹더니) 와. 이 소라 미쳤네. 완전 쫘안득쫘안득. 우와. 내가 저번부터 몹시 먹고 싶었는데. 와. 완벽한 맛이야.
주연	(의아한 표정. 그들 사이에 앉으며) 어떻게 둘이 같이 있지.
혜연	내가 혜리씨한테 데이트 신청했어. 왠지 흥미로운 인간 같았거든. 선배. 선배도 뭐 먹을래?
주연	아니. 난 괜찮아.
혜연	근데 선배 들었어? 윤종현이 혜리씨한테 미안하다면서 뭐든지 다 해주겠다고 말만 하라고 했대. 그래서 혜리씨가. ...자기 좀 어려 보이게 해달라고 했대.
주연	(물 마시려다 뿜을 뻔) 네?
혜리	경찰에 신고하지만 않으면 뭐든지 다 해준대서 주연씨가 나보고 자꾸 나이가 들어 보인다 했던 게 생각나 어려 보이게 해달라 했더니 그 사람이 깊은 한숨을 쉬었어요. (진심) 그게 더 기분이 나빴지.
주연	그래서 어떻게. (전화가 오자 바로 받더니) 예. 안녕하세요. 네. (뭔가 듣더니) 아. 네. 지금 바로 가겠습니다. (일어나며 혜연에게) 미안. 나 먼저

갈게. (혜리에게) 저 먼저 갈게요. 미안해요. + [요양보호사] 전화

혜연과 혜리가 "뭐?" 주연을 쳐다보는데. 빠르게 몇 걸음 걷던 주연이 다시 돌아와.

주연   저... 저기. 혜리씨.
혜리   (소라 먹다가) 예?
주연   (어렵게 꺼내는) 저랑... 어. 저랑 어디 좀 같이 가주시면 안 될까요?
혜리   오. 어딜요?

혜리가 궁금한 듯 주연을 쳐다보고. 혜연은 그런 혜리를 부럽다는 듯 쳐다보고.
주연의 눈은 간절하고.

S #35   (N – 주말 1시께 / 지방: 대형병원 – 1인실 복도)

고요한 병원의 복도엔 주연과 혜리의 발걸음 소리만 들린다.
주연이 흘끗 옆을 보면 혜리가 괜찮다는 듯 미소를 짓는.

곧 주연모의 병실 앞에 선 주연이 안쪽에서 악다구니 쓰는 소리에 확 문을 열면.
침까지 흘리며 발작하는 주연모를 요양보호사가 붙들고 있다. + 한쪽엔 실꾸러미. 뜨개질 거리. 스웨터도 만들고. 반지도 만들고. 핸드백도 만드는.

요양보호사 (헉헉) 아. 오셨어요?
주연모   (발작하다 주연의 모습에 뚝 멈추더니. 배시시 웃으며) 우리 세연이. ...왔어?
주연   (다가가려다 세연의 이름에 뚝 멈추면)
주연모   (참혹할 정도로 앙상한 얼굴로) 아아. 주연이구나. 주연이었어.
주연   (요양보호사에게) 가보세요. 제가 있을게요. 감사합니다.

요양보호사가 주연을 향해 가볍게 목례하고 나서면.
사이 천천히 자리에 누운 주연모에 곧 병실 안은 무거운 적막이 감돌고.

주연모   (등 돌린 채. 다정) 주연아. (부스스 뒤돌아보고 손 하나 힘없이 뻗더니)
이리와볼래?

주연   (어느새 늙은 엄마의 모습에 묵직해져. 천천히 다가가니)

주연모   어서 와봐. 우리 세연이.

다시 멈추는 주연.
절망감에 천천히 고개를 숙이는 순간 똑똑 노크 소리가 들리고.

혜리   (웃으며) 저 들어가도 돼요?

주연   아. 혜리씨.

주연모   (미소로 보고) 누굴까.

혜리   (팔래팔래 들어와선) 안녕하세요? 저는 주연씨의 여자친구입니다.

주연모   (미소) 아이. 귀여운 토끼처럼 생겼네?

혜리   오오. 처음 듣는 얘기인 걸?

주연모   (흐뭇하게 웃으며 주연을 보더니) 언제 여자친구를 만들었을까. 우리 세
연이는?

주연   (다시 쿵 떨어지는 마음으로) 엄마. 저는.

혜리   (주연모의 손을 덥석 잡더니) 아줌마. 저 이 손 잡아도 돼요?

주연모   이미 잡았는걸?

혜리   (주연모의 손을 조물딱거리며) 아줌마 손 엄청 말랐네? 아줌마. 밥은 드
세요? 너무 말랐어요.

주연모   내가... 밥이 잘 안 넘어가서.

혜리   하지만 한국인은 밥심인 걸? 아줌마. 밥을 잘 드셔야 해요.

주연모   그럼 아가씨처럼 예뻐지나요?

혜리   (웃으며) 아뇨? 살아 있을 수 있죠.

주연모   (뚝 쳐다보자)

혜리	살아 있다는 건 좋은 거거든요. 아줌마.
주연모	그게 좋은 건가요?
혜리	그럼요. 너무너무 좋은 거예요. 그러니 감사해주세요. 아줌마가 살아 있다는 것과 주연씨가 살아 있다는 것에.
주연모	(혜리의 손을 꼭 붙잡더니) 우리 주연이가... 잘해주나요?
혜리	네. 주연씨는 참 따뜻해요. 아줌마의 손처럼.
주연모	아아. 그렇구나.
혜리	따뜻하다는 건 좋은 거예요. 왜냐하면 그건.
주연모	살아있는 거니깐?
혜리	(웃으며) 맞아요! 똑똑하군.

오랜만에 미소를 짓는 주연모에 주연이 울컥한 듯 조금 웃으면.
병실에 따뜻한 공기가 잔뜩 흐른다.

S #36 (N – 주말 2시 넘어 / 서울 시내)

서울의 한산한 새벽 풍경이 천천히 비춰지고. 그 아래 주연의 차가 지나고.

주연 E	난요. 사는 게 정말 지루했어요. 그런 내 지겨운 일상에 혜리씨가 들어왔죠.

S #37 (N – 주말 2시 넘어 / 은호의 빌라 앞)

은호의 빌라 앞. 주연의 차가 세워지고. 주연과 혜리가 차에서 내리면.

혜리	(주연을 처다보곤. 또랑또랑) 그래서 나를 좋아하게 되었나요?
주연	(대답하지 않고 픽 웃으면)
혜리	(손을 뻗어 손에 끼워진 뜨개질로 엮은 실반지를 보며) 반지 너무 고마

	워요. 정말정말 예쁜 것 같아요.
주연	내가 준 것도 아닌데. 뭐.
혜리	주연씨 엄마가 줬잖아요. 그러니깐 더 고마운 거죠.

마침 불어오는 얕은 바람에 혜리의 머리가 엉클어지자 주연이 머리칼을 넘겨주고.

혜리	(배시시 웃으며) 지금 내가 너무 예뻐 보여 머리칼을 넘겨준 건가요?
주연	(정색) 아뇨. 앞이 안보일 것 같길래 넘겨줬습니다.
혜리	(딴소리. 하늘 바라보며) 오늘은 하늘이 맑네요.
주연	(같이 하늘을 보며) 네. 그러네요.

두 사람 머리 위 맑고 맑은 밤하늘이 비춰지면.

S #38   (N – 주말 4시 / 은호의 빌라: 혜리의 집 301호)

따르르릉! 시끄러운 자명종 소리에 일어난 혜리는 이제 은호가 되었고. 은호가 무거운 몸을 일으켜 나가려는데 손가락에 끼워진 실반지가 눈에 띄는.

'이건 또 뭐야.' 싫은 얼굴로 실반지를 보다 테이블 위 놓인 작은 수첩을 펼치니
[주연씨 어머니를 만났다. 내게 실반지를 주었다. 오예] 한 줄 일기가 적혀 있다.
은호가 짜증난다는 듯 푹 한숨을 쉬고 혜리의 집에서 나가면.

S #39   (N – 주말 4시 넘어 / 은호의 빌라: 은호의 집 401호)

쿵. 현관문이 닫히고 들어온 은호가 액자를 손으로 쓱 쓸고 화장실로 가다 뚝 멈춰 제 휴대폰을 본다. + 식탁 위 올려진 휴대폰.

부재중 전화: [010-0172-5541]

주연의 번호로 전화가 온 걸 확인한 은호가 콜백을 하려다 새벽 4시임에 멈추는.
곧 [강주연]으로 번호를 저장하고 손가락의 실반지를 빼버린 뒤 화장실로 들어가면. + 실반지는 식탁에 툭

S #40   (D – 주말 아침 / PPS 방송국: 야외주차장)

방송국 주차장 입구 쪽 쫙 주차된 스타렉스 앞에서 소리치는 미연.

미연   (싸악 두르곤) 이제 다 오셨죠? 그럼 이제 출발하겠습니다!

미연이 바로 스타렉스의 문을 열자
유연 옆에 앉아 새빨간 눈으로 커다란 사이즈의 커피를 마시는 은호가 있다.

미연   저 분 안 오신다고 하지 않았니?
유연   (아무 상관없음. 맑게) 그런데 오셨어요.
은호   (정신이 반쯤 나간 듯한 얼굴로 커피를 탕약처럼 마시며. 앞만 보면서) 그니깐 제가 오셔버렸네요. 참 죄송... 하네요.
미연   아아. 죄송할 것까진 없고.
은호   (난 오직 이것만 할 거다) 근데 미연씨. 우리 멘트는 언제 나누나요?
미연   아아. 멘트...

S #41　(D - 주말 아침 / 영동 고속도로: 하행선 - 휴게소 식당)

휴게소에서 밥을 먹던 수정이 현오의 옆에 딱 붙어 가져온 원고를 내
민다.

수정　(원고 손으로 짚어주며) 이 꼭지 뒤는 멘트가 많아요. + 이 원고는 연휴 끝
　　　나고 나서의 원고.
현오　(커피 마시면서 원고 체크)
수정　이 날은 이 꼭지가 메인이거든요. 근데 이걸 차장님이 또 받으시면 앞에
　　　서도 먼저 멘트를 하셨기 때문에.
은호　(힘없이 두 사람 뒤에 늘어져) ...제가 해야 된다고 생각합니다. 저는.

수정과 현오가 돌아보면 두 사람 뒤 의자에 거의 누워 커피를 마시며 말
하는 은호.

은호　(힘없이 느물느물 말하는) 왜냐하면 멘트가 길댔잖아... 그럼 암기력이
　　　좋은 내가 해야지... 안 그렇습니까.
수정　아. ('뭐야.' 하듯 현오를 쳐다보면)
현오　(창피하다. 한숨 쉬며) 그냥 계속해.
수정　그럼 이건 주은호 아나운서가 하고. 이 뒤엔.
은호　...그것도 제가 하면 안 될까요? 저는 암기력이 좋아서 말이죠... (커피를
　　　힘없이 마시면)

현오가 티 나게 한숨을 팍 쉬고.

S #42　(D - 주말 아침 / 영동 고속도로: 하행선 - 현오가 탄 스
　　　타렉스 안)

현오가 탄 스타렉스 안엔 수정과 유연이 함께 타 있고. + 조수석엔 미연.

수정	(현오의 옆에 앉아) 이 대본에서... 여길 보시면요.
현오	(휙 훑더니 조수석의 미연에게) 김미연. 너 이거 다 찾아본 거야? 확인 다 해본 거야?
미연	(돌아보고) 아. 다 한 거야. 선배.
유연	(이제 나는 똑바로 부르지) 전부 찾아보고 확인했어요. 차장님.
현오	(불신의 늪) 아. 인터넷으로.
수정	(똑 부러지게) 아뇨. 일단 유선 상으로 먼저 다 확인했고요. (대본에 있는 병원1과 병원2를 짚으며) 여기랑. 여기는 유연이가 직접 가서 확인했어요. (유연에게) 너 사진도 찍어왔지.
유연	네. 다 찍어왔어요. 전부.
현오	(만족. 미소 짓더니 유연의 어깨 툭툭) 잘했네.
미연	아. 선배. 그런 건 우리가 어련히 알아서 잘 해. 그런 건 걱정하지 말고 그냥 멘트나 빨랑 나눠줄래?
현오	(대본의 두 세줄 짚으며) 그럼 내가 여기서부터 여기까지 받고. (그 다음 줄을 짚으며) 여기서부턴.
은호	(뒷좌석에서 서서히 얼굴이 올라오더니. 힘없는) 저어어어어기 밑에까지는 제가 하면 되지 않을까요?
수정	(너무 놀라서) 아. 씨발!
유연	(너무 놀라서) 아. 언니!
현오	(전혀 당황하지 않고) 왜 여기 타셨습니까. 그쪽 차는 다른 차 아닙니까.
은호	(힘없이 흐물흐물 말하는) 좀 누워있으려고 탔는데 이 차였네? 저기. 근데 지금 우리 어디로 가요? (하품을 쩌억 하곤) 내가 그것도 모르고 무조건 따라와버려서 말이지... 내가 진짜 바쁘고 생각할 것도 많은데 말이지... 여기가...

은호가 입이 찢어져라 하품을 하며 창밖을 보면 **[기이동 숲]** 표지판이 휙 지나가는.
은호가 하품을 하다 말고 '뭐?' 고개를 휙 돌려 쳐다보면.

S #43　(D - 주말 오후 / 강원 동해시: 기이동 숲 - 초입)

무성한 나무들 빼곡한 숲. 무거운 바람이 출렁거리고.
어디선가 까악까악 까마귀가 울고. 작은 새들이 후두둑 달음질치며 도
망치는데.

깊은 산 속의 울창한 숲이 은호의 눈앞에 장대하게 펼쳐져 있다.
마치 혜리의 집에 있는 대형액자 속 숲과 같은 모습이다.
은호가 아주 차분하게 숲을 훑으면.

S #44　(D - 주말 오후 / 강원 동해시: 기이동 숲 - 근처 펜션)

숲 바깥쪽에 딱 붙은 펜션. 입구에 선 미연이 주변을 두르면서.

미연　　아. 여기 너무 예쁘네. 이따 밤에 산책가야겠다. 영상 딸 거 있으면 따도
　　　　　좋고.
펜션 주인 아주머니　　(열쇠로 펜션 문 열어주며. 시큰둥. 강원도 사투리) 잘밤에 산
　　　　　책은 무신. 안 돼.
미연　　아. 왜요?
펜션 주인 아주머니　　오밤중에 숲에 드갔다가 죽은 사램이 맷인데. 안 돼.
수정　　산책을 갔다가 왜 죽지? 짐승이 있어요?
펜션 주인 아주머니　　아이지. 숲이 하두 빽빽하이 질을 잃어가 죽지.
미연　　에이. 무슨 길을 잃어. 요즘 지도 앱이 얼마나 잘 돼 있는데. 말도 안 돼.
　　　　　괜히 저희 겁주려고 그러는 거죠?
펜션 주인 아주머니　　저 안에선 폰도 안 타개져. 그러니깐 질 잃으면 마카 너구는 기
　　　　　야. 밤새 거서 헤매다 얼어 죽는 기라고.
수정　　이 날씨에요? 요즘은 따뜻한데 무슨.
펜션 주인 아주머니　　숲은 여름에도 울매나 친데. 그 친 밤을 뭔 수로 뻐델라고.

미연　　　아. 그래도 들어가는 사람이 있을 것 같은데.

펜션 주인 아주머니　　　개락이지. 내 맬 무시하고 드가는 사램 쌔고 쌨어. 고롬 못 돌아오는 기지. 저짝 숲에서.

은호　　　(어느새 뒤에서. 착 가라 앉아) 그런 사람들이 ...많았었나요?

펜션 주인 아주머니　　　뭐. 한두 명이야 있었제. 특히 대학상들. 술 마시고 저짝에 드가면 나오질 몬해. 숲은 바다랑 똑같어. 오밤중에 드가면 절대루 몬 나온다. 갈 끼면 아싸리 지끔 가래이.

미연　　　(겁먹음) 아씨. 그런 말 들으니깐 낮에도 못 가겠는데?

은호의 낯빛이 확 어두워지고.

S #45　　(N – 주말 9시께 / 강원 동해시: 기이동 숲 – 근처 펜션 마당)

펜션 마당 노상의 나무 테이블에 쭈르르 앉아 신이 난 스탭들.

스탭들　　　(테이블 치며 노래) ♬ 마셔라마셔라! 마셔라마셔라! ♬ 술이 들어간다! 쭉쭉쭉쭉! 쭉쭉쭉쭉!

떠들썩한 술자리. 누군가 성화에 못 이겨 술을 마시면 사람들이 좋아한다. 사이 은호가 펜션에서 자기 가방을 챙겨 나오자.

유연　　　(앞을 지나다 은호를 보고) 어? 언니! 가시게요?

은호　　　(차분) 웅. 일 얘긴 다 끝난 것 같아서. 뭐 더 없지?

유연　　　아. 그... 한 꼭지 남은 게 있긴 한데. 그건 수정 언니가 아직 마무리를 못 해서.

은호　　　뭐. 그 정도야. 그럼 난 가볼게.

"♬ 동구밖 과수원샷! 아카시아 꽃이 활짝 투샷!" 노래 소리를 뒤에 두고 은호가 가방을 매고 펜션을 떠나면.

S #46   (N – 주말 9시 넘어 / 강원 동해시: 기이동 숲 – 초입)

[기이동 숲] 표지판을 지나 숲 초입에 뚝 서는 은호.

은호 E /   졸업여행?

빼곡한 숲의 찬바람이 은호의 머리칼을 흐트러뜨리고.

은호 E /   가야지. 그런 건 가야 되는 거 아냐?

S #47   (N / 은호할머니 저택: 1층 혜리 방)
          ; 과거 * 10년 전 – 2014년 1월

부스스 엉클어진 머리인 채 돌아보는 얼굴 하나.

은호   (문가에 서서 팔짱 끼고 꾸짖는) 졸업여행 같은 건 좀 가.

은호의 대답에 실망한 듯 다시 고개를 돌리는 누군가.

S #48   (N – 주말 9시 넘어 / 강원 동해시: 기이동 숲 – 초입)

머리칼을 넘겨 앞을 보는 은호. 숲이 너무 빼곡해 좀 겁이 난다.
잠시 보다가 포기하고 돌아가려는데.

은호 E /   그런 데도 안 가니깐 친구가 없지.

다시 팩 돌아 성큼성큼 숲으로 들어가는 은호.
그런 은호의 뒤로 **[기이동 숲]** 표지판이 남겨지고.

S #49 (N – 주말 9시 넘어 / 강원 동해시: 기이동 숲)

고요한 밤바람이 저무는 숲 속엔 사박사박 은호의 발걸음 소리만 들리고.
가끔 알 수 없는 짐승의 울음소리가 멀리서 들려오기도 한다.

숲 가운데 즈음에 다다른 은호가 뚝 서서 숲을 두르다가 하늘을 올려다보면.
빼곡한 나무에 가려 하늘은 보이지도 않고.

S #50 (N / 은호할머니 저택: 1층 혜리 방)
; 과거 * 10년 전 – 2014년 1월

어린 혜리 (책상 앞에 앉아 고개 숙인 채 말하는. 벌써 등이 시무룩) 난 정말 가기 싫어. 싫단 말야.

은호 (좀 무서운) 왜. 왜 가기 싫은 건데.

어린 혜리 (단호하게 짜증) 난 집이 더 좋아. 거긴 친구도 없고.

은호 (설득하려고 좀 부드러워지는) 가서 사귀면 되잖아. 대학 졸업할 때까지 친구가 한 명도 없다는 게 말이 돼? 가서 좀 사겨. 그래야 니가 사회에 나가서도 도움이 되고 그러지. 이제 진짜 독립해야 한다고 말했잖아. 내가 네가 살 집도 구해놨고. 주혜리.

어린 혜리 (좀 더 주장) 아. 근데 나는 진짜.

은호 (조금 단호) 가. 가는 걸로 안다. (어린 혜리 앞에 놓인 졸업여행 안내문 채가면서) 여기 계좌로 돈 붙이면 되지?

S #51   (N - 주말 9시 넘어 / 강원 동해시: 기이동 숲)

파다다닥 짐승이 밤하늘을 가르는 그림자에 흠칫하는 은호.
어디선가 바람이 크게 불어오는데 낮에 불었던 바람과는 완전히 다른
바람이다. 매섭고 차갑다.

은호가 추운 듯 몸을 웅크렸다가 용기를 내어 숲 안쪽으로 더 들어가면.
"어흐흐흥." 모르는 짐승소리에 움찔. '더는 가지 말까.' 망설이는 순간
다다다다 뭔가 아주 빠르게 은호에게 달려오는 소리가 들린다.

어린 혜리 E /   근데 나는 정말 가기 싫어. 언니.

너무 무서워진 은호가 오히려 꼼짝도 못하고 서 있으면.
툭 멈추는 소리에 "휴." 은호가 안심하는 찰나 다시 더 빠르게 다다다다
다다!!
순간 겁에 질린 은호가 뒤돌아 마구 뛰어가기 시작하는데.

어린 혜리 E /   거기 가서 뭐해. 싫단 말야.

무서워서 미친 듯 달리는 은호. '이대로 길을 잃는 건 아닐까.' 두려움이
차오른다.

어린 혜리 E /   나 그냥 집에 있으면 안 돼?

가다가 쾅! 넘어진 은호가 바글바글 굴러 나무에 쿵 박고 멈추면.

어린 혜리 E /   친구 같은 건 필요 없어.

"아…" 아파하면서 일어나는 은호. 얼굴은 아주 흙 범벅이 되었고.

어린 혜리 E /   언니. 나 안 갈래. 난 진짜 언니만 있으면 된단 말야.

저도 모르게 울 것 같은 얼굴의 은호가 주저앉은 채 뒤를 돌아보면.
다시 "우오." 하는 짐승의 소리가 가까워지고.

S #52   (N – 주말 10시 넘어 / 강원 동해시: 기이동 숲 – 근처 펜션 앞)

현오   (순간적으로 열이 받았지만 확 감추며) 뭐?

유연   주은호 아나운서 집에 가셨다고요. 차장님. + 은호를 언니라고 부르지 않고
주은호 아나운서라고 하는 건 현오 앞이라서. 무서워서.

현오   언제.

유연   어... 그... 한... 두 시간 전쯤?

현오   뭐 타고.

유연   어... 그... 글쎄. 그건 잘 모르는데?

수정   (펜션 안으로 들어가려다가) 왜요? (분위기 쓱 보고) 무슨 일 있어요?

유연   아. 언니. 주은호 아나운서 집에 갔거든요. 그래서.

수정   (걱정) 뭐 타고?

유연   일단은... 걸어서 가셨는데.

현오   (약간 굳는데 역시 감춘다)

수정   (현오의 표정 읽고) 그럼 유연아. 니가 전화 좀 해봐. 뭐 타고 갔는지. 지금 어디쯤인지.

유연   언니. 저는 주은호 아나운서 전번 모르는데요?

이제 더는 궁금하지 않다는 듯 술자리 쪽으로 가버리는 현오.
하지만 남겨진 수정은 입술을 질끈 깨물고.

유연   (순수하게 정말 몰라) 근데 언니. 주은호 아나운서가 가버린 게 그렇게

큰일인가요?

S #53 (N - 주말 10시 넘어 / 강원 국도: 상행선 - 서울로 가는
심야버스 안)

지이이이잉. 휴대폰 진동소리가 들리면 전화를 받는 건 상처투성이의
손. + [김미연 PD]

은호   여보세요.

덜컹거리는 심야버스에 타 있는 은호다.

은호   (뭔가 듣더니 무심히) 버스요. 왜요?

S #54 (N - 주말 10시 넘어 / 강원 동해시: 기이동 숲 - 근처 펜
션 앞)

미연   (술 좀 마셨고. 펜션 앞에서 전화하는) 아아. (앞의 사람 들으라는 듯. 왠
지 비아냥) 버스를 타셨어요? 예. 예예. 그럼 월요일에 뵙겠습니다. 예예.
(전화를 끊더니 앞의 수정에게) 됐어요?
수정   (별 영혼 없이) 고맙습니다. 피디님. (펜션 안으로 들어가 버리면)
미연   허참. 나원참. 이 세상 모든 일에 시큰둥한 우리 작가님께서 언제부터 우
리 주은호 아나운서를 살뜰히 챙기셨다고. 아이고. 별일이다. 별일. (술자
리로 가버리면)

펜션 안 수정이 펜션 뒤쪽이 보이는 창문을 쳐다보면 그곳에 현오가 서
있고.
현오가 안심한 듯 한숨 쉬고 사람들이 있는 쪽으로 터벅터벅 걸어간다.

S #55 (N − 주말 10시 넘어 / 강원 국도: 상행선 − 서울로 가는
       심야버스 안)

쿵. 버스가 덜컹거리며 은호의 무릎이 비춰지면 피가 많이 흐를 만큼 다
친 은호.
밤풍경이 지나는 버스 창을 바라보니 바깥이 시꺼메져 되레 비치는 자
신의 얼굴.

그 차 창에 비친 은호의 얼굴은 너무나도 외롭고 아프다.

S #56 (D − 9시 10분 / PPS 방송국: 이슈인 생방송 스튜디오)

[이슈인] 타이틀이 뜨고 아침에 어울리는 음악과 함께 프로그램이 시작
되고.

현오   (큐카드 들고. 미소로) 일교차가 크고 건조한 봄철. 면역력이 낮아질 수
       있는데요.
은호   그래서 독감으로 병원을 찾는 환자들도 많아졌습니다. 그런데 일부 병원
       의 위생관리 문제가 불거졌는데요.
현오   반복되는 병원 위생문제. 이슈인에서 긴급 취재했습니다.

S #57 (D − 9시 10분 넘어 / PPS 방송국: 이슈인 부조정실)

스튜디오 화면이 무수히 나오는 이슈인 부조정실.

미연   (현오의 멘트가 끝나기 직전. 옆의 엔지니어에게) VCR 스타트.

[이슈인 집중취재 - 병원의 위생상태는 몇 점?]자막과 함께 긴박한 BGM.

곧 병원 내 위생상태 점검에 관한 VCR이 나가고.

S #58   (D - 9시 30분께 / PPS 방송국: 이슈인 생방송 스튜디오)

진행자 뒤 스크린이 점점 멀어짐과 동시에 진행자의 모습이 점점 더 가까워지면.

현오   (큐카드 살짝 체크하곤) 한 발자국도 나가지 않는 아이가 있습니다.

은호   (정면 보고 있는) + 은호가 이 날 입은 치마는 무릎 정도까지 와서 무릎의 상처가 잘 보이지 않는다.

현오   (덤덤하게) 한 숟가락의 밥도 먹지 않는 아이가 있습니다. 외출을 하자는 언니의 말이 없으면. 밥을 먹자는 언니의 말이 없으면 하루종일 집안에만 틀어박혀 무엇도 먹지 않는 열네 살 소녀 채현이. 채현이는 언니가 집에 나간 뒤 지금까지 무엇도 먹지 않았습니다. 현재 극심한 영양실조로 병원에서 투병 중이라고 합니다.

현오의 옆에 서 있던 은호의 얼굴이 점점 잿빛이 되어간다. VCR로 들어가면.

S #59   (D / 경남 김해시: 동네병원 - 다인 입원실)

해골처럼 야윈 얼굴의 채현이 병상에 누워 있다.

여자성우 E / 부모님을 일찍 여읜 채현이는 하나뿐인 언니를 엄마처럼 따랐습니다.

S #60　(D / 경남 김해시: 시골마을 – 채현이의 집)

김해의 한 시골마을. 채현이의 초라한 집. 거실엔 채현이네 가족사진이 보인다.

여자성우 E / 여섯 살 터울 언니가 학교에 가면. 채현이는 강아지처럼 하염없이 언니를 기다리며 시간을 보냈다고 하는데요. 그러다 언니가 돌아오면 그제야 밥을 먹곤 했던 채현이의 하루.

이제 더 이상 사람의 손길이 닿지 않는 낡고 지저분한 채현이네 집.

여자성우 E / 지적장애를 앓고 있는 채현이에겐 언니는 전부였습니다.

S #61　(D – 9시 30분 넘어 / PPS 방송국: 이슈인 생방송 스튜디오)

VCR이 나가는 동안 스튜디오에선 차가운 얼굴의 현오가 큐카드를 체크하고.

현오　(큐카드 보면서 사무적) VCR 끝나면 주은호씨가 멘트 받는 거 맞죠.

S #62　(D – 9시 30분 넘어 / PPS 방송국: 이슈인 부조정실)

미연　(원고 체크하며) 네. 주은호 아나운서가 받아주시면 됩니다.
수정　(옆에 앉아 있다가 미연을 쿡 찌르며) 피디님.
미연　네?

모니터를 보라고 턱짓하는 수정.
미연이 모니터를 보면.

S #63 (D – 9시 30분 넘어 / PPS 방송국: 이슈인 생방송 스튜디오)

현오 (큐카드만 보며. 은호에게) 들었죠. VCR 끝나고. (은호를 보니)

공황장애가 온 은호가 하얗게 질린 얼굴로 숨을 쉬지 못하고 있다.
현오의 얼굴이 싹 바뀌는데.

S #64 (D – 9시 30분 넘어 / PPS 방송국: 이슈인 부조정실)

미연 (몹시 당황) 뭐야. 주은호 왜 저래. (현오와 은호에게 마이크 켜고) 주은 호 아나운서. 왜 그래요? 뭐예요? 네?

순간적으로 웅성이는 부조정실. 수정도 다른 스탭들도 모두 놀라 쳐다보 는데.
다시 VCR 화면으로 들어가면.

S #65 (D / 경남 김해시: 시골마을)

VCR 속 동네 할머니들의 인터뷰 영상.

동네 할머니1 (김해 사투리) 가한테 누가 있겠노. 즈그 언니밖에 없지, 뭐. 노상 쫄 래쫄래 따라다니고 그랬는데. 뭐.
동네 할머니2 근데 즈그 언니는 귀찮다고 해쌌코.
동네 할머니1 남자랑 오밤중에 도망갔지. 뭐. 그니깐 가가 밥도 안 묵고 해싸트만.
동네 할머니2 가는 가 언니가 있어야 밥을 묵는다.
동네 할머니3 우짜노.

여자성우 E / 야속하게도 언니는 채현이를 항상 귀찮아했다고 합니다.

S #66 (D - 9시 30분 넘어 / PPS 방송국: 이슈인 생방송 스튜디오)

현오　(은호의 앞으로 다가가선. 정신 차려) 야.

고개 숙인 은호가 힉힉 숨을 몰아쉬어 보지만 진정이 잘 안 된다.
하얗게 질려 꼴깍꼴깍 넘어가는데.

VCR 속 재연배우의 "아. 언니 바빠. 저리가. 이따 얘기해." 소리가 들리고.
은호는 그 소리에 더 꼴깍꼴깍 넘어가고.

현오　(안되겠다 판단. 은호의 앞으로 가 자기 몸으로 은호를 가리며) 미연아.
　　　VCR 몇 분 남았어.

S #67 (D - 9시 30분 넘어 / PPS 방송국: 이슈인 부조정실)

미연　(몹시 당황) VCR? VCR? 그거 몇 분 남았지? 몇 분 남았어요?
수정　(침착) 8분이요.
미연　아. 어떡해. 아, 빨랑 구급차 불러요!

S #68 (D - 9시 30분 넘어 / PPS 방송국: 이슈인 생방송 스튜디오)

현오　(무서울 정도로 침착한) 일단 VCR 끝나면 나한테 멘트 넘겨. 내가 어떻
　　　게든 해볼게. (은호에게 다가가) 야. 주은호.

S #69 (D - 9시 30분 넘어 / PPS 방송국: 이슈인 부조정실)

미연 (흥분) 안 돼. 선배! 이번 VCR 끝나고 멘트 많단 말야. 선배 혼자 다 하면 이상하다고! 그리고 끝인사는 어떡할 건데. 멘트야 선배 혼자 어떻게 지지고 볶더라도 끝인사는 무조건 같이 해야 된단 말야!! (수정에게 콱!) 아. 구급차 불러요! 빨리!

수정이 구급차 부르려고 벌떡 일어나 휴대폰 들고 나가면 모니터가 비춰지고.

S #70 (D - 9시 30분 넘어 / PPS 방송국: 이슈인 생방송 스튜디오)

물에 잠긴 것처럼 더 크게 씩씩거리는 은호. 숨이 막혀 이대로 죽을 것 같다.
다리가 후들거리고 식은땀이 마구 흐르고 눈물이 그렁그렁 차오르는데.

현오 (그런 은호의 팔 양쪽 부축하듯 잡고. 미연에게) 일단 내가 먼저 멘트하고. 얘 상태 보고나서. 그 다음에 넘길게. 찬우야! 와서 마이크 꺼. 둘 다. (찬우가 달려와 현오와 은호의 마이크를 꺼주자. 은호의 앞으로 다가가 닿을 듯한 거리에서 속삭이듯) 야.
은호 (식은땀이 흐르고 숨이 막힌다)
현오 (오직 은호에게만 들릴 것 같은 목소리로) 주은호.
은호 (가슴을 붙잡고 헉헉)
현오 (헤어지고 나서 처음으로 부르는 은호의 이름. 다정하다) ...은호야.
은호 (헉헉거리기만 하는데)
현오 (부드럽고 따뜻한 목소리) 나 좀 봐봐. 응?
여자성우 E / 누가 채현이를 이렇게 만든 걸까요? 언니일까요?
은호 (도리도리) 아냐. 나는 아니야. (툭툭 우는데)

현오   (따뜻) 그래. 아니야. 너 아니야. 은호야.

          그제야 고개를 들어 현오를 보는 은호.
          너무나도 하얗게 질린 얼굴인데.

여자성우 E / 채현이는 오늘도 꿈속에서 언니를 기다립니다.

          은호는 더 답답해지는.
          더 씩씩거리면.

여자성우 E / 언니가 채현이를 구해주러 오는 꿈을 꾸면서.

은호   (무섭고 두렵다) 아니야. (그렁그렁 눈물 가득 차 현오를 바라보니)
현오   (닿을 듯 다가가 은호에게만 들리도록) 괜찮아. ...내가 있잖아.

          그 소리에 은호가 확 고개를 들어 현오를 쳐다보면.

S #71   (D - 9시 30분 넘어 / PPS 방송국: 이슈인 부조정실)

미연   (여전히 당황 중) 몇 분 남았어요? 괜찮은 거야? 아씨. 뭐야. 뭐가 어떻게
          되는 거야.
수정   (구급차 부르고 돌아와 빠르게 상황을 보는데)
현오 (M)   VCR 끝나고 제가 멘트 바로 받겠습니다. 주은호 아나운서는 단락 바뀌
          는 "저희 이슈인에서는"부터 하고요.
미연   진짜로? 진짜로 괜찮대? (은호에게) 은호씨. 진짜 괜찮아요?

          모니터 속의 은호가 힘겹게 고개를 끄덕이자.

S #72　(D − 9시 30분 넘어 / PPS 방송국: 이슈인 생방송 스튜디오)

은호에게 달려가는 메이크업 팀. 옆의 현오는 무슨 일이 있었냐는 듯 큐카드와 VCR을 보며 빠르게 멘트를 숙지하고.

그들을 찍고 있는 스튜디오 앞 카메라 속 모니터가 보이면.

S #73　(D − 9시 49분 / PPS 방송국: 이슈인 생방송 스튜디오)

은호　(나쁘지 않다. 정면 본 채) 저희 이슈인에서는 채현이의 언니를 찾고 있습니다. 이름 김소현. 현재 스무 살. 동글동글한 코와 눈매가 참 예쁜 친구입니다.

VCR 속 채현이네 가족사진 속 소현이의 모습이 점점 크게 비춰지고.

현오　(미소로) 오늘 준비한 소식은 여기까지입니다.
은호　(미소 지으며) 좋은 하루 보내십쇼.

클로징 곡과 함께 현오와 은호가 정면을 향해 90도로 인사를 하면.

S #74　(D − 9시 49분 넘어 / PPS 방송국: 이슈인 부조정실)

미연이 풀샷 잡으려 점점 멀어지는 모니터를 보며.

미연　제발. 제발. 제발제발. (무사히 광고로 넘어가자 안도의 한숨) 하. (스르르 주저앉으며) 살았다.
수정　(119에 다시 전화해 통화하는) 예. 예. 다행히 괜찮아져서요. 예. 죄송합니다. (전화를 끊는데 같이 긴장했던. 한숨을 쉬며 모니터를 보면)

S #75 (D − 9시 49분 넘어 / PPS 방송국: 이슈인 생방송 스튜디오)

인사를 하려고 고개를 숙인 은호는 방송이 끝났는데도 고개를 들 수 없다.
여전히 숨이 쉭쉭쉭 차오르는.
그 상태에서 '나는 괜찮아. 아무렇지도 않아.' 생각하며 조심스레 고개를
드는 순간.
떨어뜨린 자신의 손을 확 잡는 다른 손. '뭐지?' 천천히 옆을 보면.

현오   (아무렇지도 않게 은호의 손을 잡고선. 마이크 빼는 찬우에게 피식피식
         웃으며) 찬우야. 빨리 빼자. 빨리빨리.
찬우   (같이 웃으며) 예. 빨리 빼드릴게요. 차장님.
현오   (턱으로 은호 가리키며) 애도 다 뺐지?
찬우   예. 차장님. 다 뺐습니다.
현오   고맙다. (은호 손잡은 채 스탭들에게 웃으며 인사하는) 수고하셨습니다.
         수고했어요. (무대에서 내려가는데)

정신이 이만저만 아닌 은호가 얼결에 현오를 쫓아가고.

미연   (스튜디오로 잽싸게 내려와) 뭐야. (은호에게) 괜찮아요? 왜 그랬어요?
         아파? 병원가야 되는 거 아냐? 구급차 다시 부를까요? 진짜 괜찮아요?
은호   (질문 폭격에 어쩔 줄 몰라하자)
현오   야. 그렇게 한꺼번에 물어보면 어떻게 대답을 하냐? 일단 갈게. 연휴 끝
         나고 봐.
미연   아. 뭐야. 대답을 해주고 가.
현오   전화해. (픽 가버리면)

미연을 뒤따라온 수정이 은호의 손을 움켜잡고 나서는 현오를 쳐다본다.
'지금 저거 뭐지?' 하듯 수정이 눈을 떼지 못하면.

S #76 (D – 10시 다 돼 / PPS 방송국: 이슈인 생방송 스튜디오
복도)

여자 아나운서들   (현오를 보고) 선배님! 안녕하... ('뭐야?' 멈추는데)
현오   (아무렇지도 않게 은호 손잡은 채 웃으며) 어. 안녕. 안녕.

손을 잡고 가는 현오와 은호를 보고 힐끔대는 사람들.
그 시선에 은호가 손을 빼보려 힘을 주는데. 도무지 현오가 놓아주질
않는.
곧 엘리베이터가 멈추고 열리면 두 사람이 타고 쾅 문이 닫히는데.

S #77 (D – 10시 넘어 / PPS 방송국: 엘리베이터)

오직 둘 뿐인 엘리베이터 안. 표정은 없어졌지만 여전히 은호의 손을 잡
은 현오.

은호   (손을 빼려고 하면서) 놔.
현오   (가만히 놓아주는)
은호   (마음과는 다른 말. 고개 숙인 채) 이제 가.

어린 혜리 E /   (S #51) 근데 나는 정말 가기 싫어. 언니.

은호에게 공황장애가 한 번 더 온다. 점점 숨이 차오르는 은호.

어린 혜리 E /   (S #51) 거기 가서 뭐해. 싫단 말야.

현오   (무심하게) ...나 갈까.

은호   (허억 숨이 마구 넘어가기 시작하는데)

어린 혜리 E /   (S #51) 언니. 나 안 갈래. 난 진짜 언니만 있으면 된단 말야.

현오   (그런 게 아무렇지도 않은 얼굴로) 어떡해. 나 내려, 주은호?
은호   (툭툭 눈물 가득 차 울면서 도리도리. 가지마. 가지마. 제발)

마침 엘리베이터가 멈추고 열리면 꽉 찰 정도로 사람들이 많이 타고.
사람들을 향해 아무렇지도 않게 미소 짓는 현오.
고개를 숙인 은호가 이상해보이긴 해도 사람들은 별 관심이 없다.

혜리 E /   선생님. 행복을 눈으로 본 적은 없지만.

그리고 은호는 숨을 죽인 채 뚝뚝 우는데. 그런 은호를 현오가 한쪽 팔
로 감싸고.

혜리 E /   볼 수만 있다면. 만질 수만 있다면.

은호가 현오의 품으로 들어가니 현오의 옆 어깨는 따뜻하다.
현오가 은호를 달래려는 듯 살금살금 머리카락을 쓰다듬으면.

혜리 E /   이런 게 아닐까요?

밖에서도 보이는 엘리베이터가 확확 아래로 내려간다.
곧 엘리베이터가 1층에 멈추자 문이 열리고 사람들이 우르르 내리는데.
현오도 같이 내리려 하자 은호가 뚝 멈춰서버리는.

현오   (돌아보곤) 왜.

은호가 잔뜩 운 얼굴로 가기 싫다고 고개를 젓는다.

마침 엘리베이터 문이 닫히려 하니 어디선가 "잠시만요!" 뛰어오는 소리에

현오가 빠르게 **[닫힘]** 버튼을 누르고 바로 맨 꼭대기 층을 누르는.

엘리베이터가 빠르게 올라가기 시작하면.

현오   (고개 숙인 은호를 보고 따뜻하게) 은호야. ...고개 좀 들어봐.

눈물이 가득 담긴 눈으로 은호가 고개를 들자 기다렸다는 듯 키스하는
현오.

두 사람은 키스를 하고 엘리베이터는 빠르게 올라간다.

- 제4회 끝 -

안녕

책장에 넣어둔 채 다시는 꺼내보지 않기로 해

S #1   (D / 은호의 어릴 적 집: 마당)
: 과거 * 은호 10세, 어린 혜리 8세
: 2회 S #1 CUT 4 》

"꺄!" 소리를 지르며 빨간 풍선을 들고 마당에서 신나게 뛰어다니는 여덟 살 혜리.
열 살 은호는 깔린 돗자리 위에 앉아 풀을 뜯으며 놀고 있는데.

한쪽의 은호부가 카메라를 세팅하고 "얘들아! 사진 찍자!" 말하면
은호가 벌떡 일어나 카메라 앞에 가서 얌전히 선다. 하지만 혜리는 아랑곳 않고.
"사진 찍자! 혜리야!" 은호부가 한 번 더 부르자 풍선을 든 혜리가 달려와 서면.
찰칵 소리와 함께 찍힌 사진은 혜리의 얼굴이 반쯤 가려지는.

은호부가 "혜리야. 다시 찍자." 하지만 혜리는 "꺄!" 소리를 지르며 다시 뛰어가고.
결국 풍선이 날아가자 "언니! 내 풍선 구해줘! 언니! 구해달라고!" 은호를 부르는.

서 있던 은호가 "에휴." 소리를 내며 풍선을 잡으러 같이 뛰어가면.

함께 뛰어다니는 헤리의 맑은 얼굴이 은호를 향해 활짝 웃는다. 마치 꿈 같다.

S #2   (N - 1시께 / 은호의 빌라: 은호의 집 401호)

팍 눈을 뜨는 은호. 현실은 헤리와 은호가 담긴 액자가 있는 새까만 자신의 집이고.

'역시 꿈이었구나.' 생각하며 손을 위로 짚어 안경을 찾아 쓰고 시계를 보면.

어느새 새벽 1시가 넘어가는. 은호가 찡그리며 몸을 일으키니.

현오   (소파에 앉아 있다가 벌떡 일어나선) 일어났냐? (그제야 거실 스탠드 불을 켜고 다시 앉아 테이블 위 신문을 들추며. 혼잣말처럼) ...어떻게 하면 인간이 열두 시간 이상 잠을 잘 수 있지.

은호   ('니가 왜 여기 아직도 있어?' 눈이 동그래져 쳐다본다. 잠긴 목소리로) ...니가.

현오   (신문을 보다 은호를 흘끔 쳐다보곤) 준비해. 나갈 거니까.

은호   (여전히 잠긴) 어딜?

현오   (소파에서 일어나면서. 짜증) 아. 나 배고파. (지갑과 차키를 챙기자)

은호가 꿈쩍도 않고 현오를 어이없게 바라보면.

S #3   (N - 1시 넘어 / 서울 강남구: 24시간 국밥집)

신문을 보며 국밥을 먹는 현오를 여전히 어이없게 보는 은호.

현오   (신문 보며 순가락으로 뚝배기 툭 치더니) 왜. 뭐.

은호	아니. 이게... 잠을 너무 잤더니... 꿈인지.
현오	왜. 현실인지 분간이 안 돼?
은호	(약간 바보같이) 어.
현오	그럼 하나씩 물어봐. (피식 웃고는) 대답해줄게.
은호	(살짝 눈치 보다가) 아...
현오	(금세 짜증) 아. 빨리. (숟가락 탁)
은호	공황...
현오	그래. 공황장애. 현실이지. 다음.
은호	내가 방송 마지막에...
현오	오. 클로징 멘트? 것도 현실. 야. 너 잘했어. 내 덕분에. 야. 너 어디서부터 블랙아웃된 거야?
은호	(진짜 궁금한 건 이거) 그럼. 엘리... 베이터에서... 우리...
현오	아. 키스? (픽 웃더니) 했지. 밥이나 먹어라.

'뭐? 그게 꿈이 아니었다고?' 은호가 도무지 믿어지지 않는 얼굴로
숟가락을 입 옆 아무 데나 들이밀면.

S #4   (N - 3시 넘어 / 은호의 빌라: 은호의 집 401호)

아무도 없는 껌껌한 은호의 집.
곧 비밀번호 누르는 소리와 함께 문이 열리면 현오가 들어오고. + 현오는
비밀번호 안 보고.
뒤따라 들어온 은호는 '너는 여길 왜 또 와?' 하는 얼굴인데.

익숙한 듯 소파에 풀썩 앉아 태연하게 신문을 넘기는 현오.
은호가 그런 현오를 '왜 안 가고 여기에...' 하는 얼굴로 뚫어져라 보고
있자.

현오	(쓱 은호를 돌아보곤 바로 신문을 다시 읽으며. 혼잣말처럼) ...그러다 내

얼굴에 빵구 나지.

은호   (그래도 멍하니 보고 있자)

현오   (신문만 보며) 또 뭐가 궁금한데.

은호   너. (꿀꺽) ...안 가?

현오   (신문 읽으며) 갈 거야. ...너 자고 나면.

현오를 더 쳐다보고 싶지만 마음을 들킬까 그저 침대에 눕는 은호.
잠은 오지 않는다. 현오가 신문 넘기는 소리만 들리고.
현오가 신경 쓰이는 걸 꾹 참고서 은호가 몸을 뒤척거리면.

S #5   (D – 오후 / 은호의 빌라: 근처 돌계단)
        ; 과거 * 4년 전 8월
        ; 1회 S #32 와 4회 S #4 사이

풀벌레 소리 요란한 돌계단.
현오가 피곤하다는 듯 손을 올려 이마를 쓸고 은호를 가만히 쳐다보
더니.

현오   (눈이 벌써 차갑다) ...결혼이라니. 은호야.

은호   (뭐라고?)

현오   안 해. (부드럽게 거절하듯) 나는 그딴 거 안 한다. 은호야.

은호   ('뭐?' 삽시간에 휩싸이는 절망인데)

현오   (은호의 감정과는 상관없이 씨익 웃으면)

은호   (화가 난다) 아아. 그러세요?

현오   (웃으며) 응. 안 한다고 했잖아.

은호   맞아. 안 한다고 했지. 그랬지. 맞아. 몇 번이고.

현오   처음부터 말했었잖아. 그런 건 하지 않을 거라고. 그러니깐.

은호   알아. 그게 있지. 처음 몇 년은 이해가 됐어. 근데 있잖아. 정현오. 이제
        8년이 지났잖아. 니가 정말 나랑 결혼을 할 생각이 없었다면 나랑 8년씩

이나 사귈 필요가 없었지. 그냥 적당한 때에 적당한 곳에서 적당한 말로 진즉 헤어졌었어야지. 안 그래?

현오　(쳐다보면)

은호　제가요. 지금부터 다른 사람 만나 연애를 해도 사십이 넘어 결혼할 예정 이거든요?

현오　(결심) 아니. 그렇게 오래 걸리진 않을 것 같은데?

은호　뭐?

현오　당장 만나려면 당장 헤어져야겠네.

은호　야. 정현오.

현오　잘 가라. 주은호. (미소 짓고 가버리는데)

어이없는 얼굴로 서 있던 은호가 달려가 현오를 확 잡더니.

은호　진짜로? 진짜로 이렇게 헤어지겠다고?

현오　(차가워진) 그럼 어떻게 헤어지는데.

은호　이건 아니지. 현오야. 우리 8년 만났어.

현오　그니깐. 그러면 어떻게 헤어져야 되는 거냐고.

은호　야. 너 8년이 뭔지 몰라? 한 아이가 태어나서 초등학교에 입학하는 시간 이야. 그런 시간을 만나놓고 이렇게 그냥 헤어져버린다고? 이렇게 단숨 에? 우리가 무슨 장난한 것도 아니고.

현오　(부드럽게 은호의 손 떼어내며. 차가운데 다정하다) 8년을 만났든. 8주 를 만났든. 헤어지는 건 다 똑같지. 안녕. 잘 가. 하면 그만이지. 은호야.

'어떻게 이래?' 믿을 수 없다는 듯 은호가 현오를 바라보면.
성큼 서늘해진 현오는 어느새 휙 돌아 가버리고.

S #6　(N - 4시 넘어 / 은호의 빌라: 은호의 집 401호)

신문의 마지막 장을 넘긴 현오가 일어나 차키를 챙겨 가다 잠든 은호를

바라보면

자면서도 뭐가 서러운지 엉엉 우는 은호. 그 모습에 현오의 표정이 조금씩 변하고.

곧 한숨을 쉬며 차키를 소파 앞 테이블에 툭 던져놓은 뒤
리모컨으로 TV를 켜고 음소거를 해놓은 채 TV를 보는 현오. + 뉴스 채널
그런 현오의 너머로 새벽이 저물고.

S #7   (D – 아침 / 미디어N서울 방송국: 야외주차장)

새벽이 지나 아침이 찾아온 야외주차장으로 주연의 차가 들어온다.

곧 탕! 차 문을 닫고 내린 주연이 정문 쪽으로 가다 문득 주차관리소를 쳐다보면.
주차관리소엔 혜리는 없고 민영이만 보이는데.

잠시 서 있던 주연이 다시 정문 쪽으로 성큼성큼 걸어가고.

S #8   (D – 2시 넘어 / 은호의 빌라: 은호의 집 401호)

오후의 햇살이 잔잔히 번져든 은호의 집.
인상을 한껏 쓰며 눈을 뜬 은호가 손을 뻗어 안경을 찾아 쓰고 일어나자.

현오	(소파에 누워 아무 책이나 보다가 탁 덮곤) 야. 너 그렇게 자다가 욕창 생겨.
은호	(어안이 벙벙) 너... 왜 아직...
현오	아. 빨리 준비해. 병원 네시에 문 닫더라. 연휴에도 하는 거 찾느라 죽는

	줄 알았네. (벌떡 일어나면)
은호	병원? 우리 병원에 가?
현오	어. 가야지. (차키 챙기고) 너 공황장애 평생 달고 살 거야?
은호	아아... 그... 건.
현오	30분 내로 나가야 돼. (차키는 있는데 지갑이 안 보임) 아. 근데 너 내 지갑 못 봤냐? 아씨. 어디 갔지? 차에 있나? 야. 나 차에 가서 기다릴 테니까 얼른 준비하고 나와. (나가면서) 세수만 하고 나와. (바로 문을 열고 나가면)

은호가 그런 현오를 '근데 너는 언제까지 우리 집에...' 하듯 팩 돌아보면.

S #9   (D - 2시 넘어 / 정신건강의학과의원 가는 길 - 현오의 차 안)

은호가 달랑거리는 실금 목걸이를 뒤로 하고 현오의 옆얼굴을 뚫어져라 보니.

현오	(운전하며) 너는 언제부터 궁금한 게 있으면 묻질 않고. (은호 살짝 쳐다보더니) 사람을 뚫어져라 보게 됐냐.
은호	(마음을 들킨 듯 어색하게) 아니... 그게.
현오	뭐. 말해.
은호	그... 게 니가 계속... 우리 집에 있으니깐.
현오	그건 내 맘이고 또 뭐. (은호 쳐다보고) 뭐 또 궁금한 거 없어?
은호	근데 현오야.
현오	어. 말해.
은호	나... 사실 갔던 병원이 있는데.
현오	아씨. 진즉 말하지. 괜히 병원 찾느라 고생만 했네. 주소 불러.
은호	아. 그... 마포구.
현오	(마침 사거리의 신호에 멈추자 내비게이션에 주소를 찍으며) 또.

S #10 (D - 2시 넘어 / 정신건강의학과의원: 주차장)

현오   (건물 앞 주차장에 차를 세우곤) 내려.

현오가 먼저 내리고 은호 역시 내리려는데.
어느새 은호 쪽으로 다가온 현오가 자연스럽게 은호의 팔을 잡아준다.
은호가 현오가 잡은 제 팔을 조금 낯설게 바라보는 찰나.

현오   (전화 와서 받는) 어. 선배. (뭔가 듣더니 좀 진지해져) 아. 그래요?
(은호에게 먼저 올라가라는 눈빛) 아. 뭐. 그때 소국장 만나서 얘기는
했었는데.

은호가 통화를 하는 현오를 슬쩍 보다 병원 건물로 들어가면.

S #11 (D - 2시 넘어 / 정신건강의학과의원: 계단)

툭툭 계단을 두 개씩 오른 은호가 병원 문을 열고 안내데스크 쪽으로
다가가자.

정신건강의학과 간호사   (친근) 어? 오늘 예약 안하셨는데?
은호   아. 그런데 오늘 상담을 하고 싶어서요.
정신건강의학과 간호사   아. 예. 잠시만요. (컴퓨터로 주은호 차트 찾고) 들어오세요.
혜리씨. (웃으면)

은호가 정신건강의학과 간호사를 쿵 떨어지는 얼굴로 쳐다보고.

S #12 (D - 2시 넘어 / 정신건강의학과의원: 상담실)

[주은호] 이름이 써진 차트를 내려놓는 여의사.

여의사 (부드럽고 다정하게) 무슨 일이 있나요. 혜리씨?

은호 (뚝 쳐다보곤) 선생님. 전 은호인데요. 주은호.

여의사 아아. (은호구나. 오늘은 은호로 왔구나)

은호 (뭔가 이상해) 선생님. 혹시 제가 여기 와서 혜리라고 하던가요?

여의사 (좀 더 설명하려는) 아. 네... 그게요.

은호 (그러면 안 되니 마음 급해져) 언제부터요. 제가 언제부터 그랬는데요.
그때 저는 어떤 상태였나요? 지금의 제 모습이 아니었나요? 제가 기억이
안 나서 그래요. 선생님. 안 그래도 요즘 자꾸 이상한 곳에 가서 자고. 또
모르는 사람과 만나고. 휴대폰이 갑자기 사라지고. 그리고 가끔씩. 정말
가끔씩... 전혀 모르는 기억이 떠오를 때가 있는데. ...그게 뭔질 모르겠고.
또 그 기억 속의 나는 도무지 내 모습 같지가 않고. 그리고 또 제가 혜리
로 생활할 때 저에게 쓴 편지를 봤는데. 그건 도무지 내가 쓴 편지 같지
않고. 너무 믿어지지 않고. 그런 편지를 쓴 기억조차 없고. 진짜 생각하
기가 너무 싫어서 생각할 수가 없고.

여의사 (부드럽게 미소 지으며) 우리 은호씨. 그동안 많이 혼란스러웠죠. 그럴 수
있어요. 그럼 그 얘길 해줄 수 있을까요? 은호씨에게 편지를 쓴 혜리씨가
어떤 사람인지. 어떤 사람이었는지 제가 말해준다면.

은호 (마음이 무겁지만 천천히 입을 떼는) 혜리는. (꿀꺽 삼키고) 그러니깐 혜
리는...

여의사 (참을성 있게 바라보며) 네.

은호 ...사라져버린 제 동생이에요.

은호가 천천히 여의사를 바라보면.

S #13 (N / 서울: 대형 병원 - 장례식장)

; 과거 * 은호 11세, 어린 혜리 9세 - 12월 27일
; 3회 S #40 이후

콧물을 주르르 흘리는 어린 혜리가 비춰진다.
어린 혜리가 있는 곳은 은호의 부모님 영정 사진이 나란히 놓인 장례식장.
어린 혜리의 옆 상복을 입은 열한 살 은호가 어린 혜리의 두 손을 꼭 붙
잡더니.

은호   혜리야. 잘 들어. 이제 엄마랑 아빠는 더 이상 못 봐.
어린 혜리   (이해가 안 돼) 왜에? 사고 나서?
은호   응. 사고가 크게 났어. 그래서...
은호고모 O.S   아! 오빠가 돈이 제일 많잖아! 오빠가 데려가야지!

안쪽 방에서 들려오는 큰소리에 은호와 어린 혜리가 휙 쳐다보면.

S #14   (N / 서울: 대형 병원 - 장례식장 안쪽 방)
       ; 과거 * 1998년 12월 27일

방 안에선 서로 소리치며 싸우는 친척들. + 상주는 은호큰아빠.

은호고모   (먹고 살 문제에 독기 가득) 아! 우린 집도 없다고! 담보 걸려서 잡혀 있
         는 마당에! 당장 내가 길바닥에 나앉게 생겼는데! 우리가 쟤들까지 어떻
         게 챙겨?
은호큰아빠   야. 그렇게 물고 빨 때는 언제고. 맡으라니깐 겁나냐?
은호고모   (독기 그득) 나 먹기 살기도 바빠 죽겠는데! 우리가 어떻게 챙기냔 말이
         야! 오빠가 챙겨! 오빠가 돈 제일 많잖아! 막말로 아빠 재산 오빠가 다
         가져가서 우린 이렇게 거지처럼 살고. 오빤 그렇게 떵떵거리며 사는 거
         아니었어?
은호큰아빠   (폭발) 야! 너 말 다했어?

은호고모   오빠가 아빠한테 해준 게 뭐 있어! 아빠 말년에 오빠는 모른 척했잖아!
            그래놓고 그 재산을 다 가져가?
은호큰아빠 아. 그냥 고아원에 보내버리면 되지! 쟤들이 뭐라고 니가 나한테 이런 막
            말을 해? 아! 그냥 둘 다 고아원에 보내버리라고! 그럼 되잖아!

S #15   (N / 서울: 대형병원 - 장례식장)
        ; 과거 * 은호 11세, 어린 혜리 9세, 은호할머니 60세 - 12월 27일

        안쪽에서 들리는 소리에 살짝 겁먹은 은호가 어린 혜리를 돌아보자
        어린 혜리 역시 잔뜩 겁에 질려 은호를 보고 있는데.

은호   (어린 혜리의 손을 꼭 잡아주며) 괜찮아. 혜리야. 혜리한텐 언니가 있고.
            (콧물이 계속 흐르자 한복 고름으로 닦아주니)
은호할머니 더럽게...
은호, 어린 혜리   (획 쳐다보면)
은호할머니 (꼿꼿하게 서서) 더럽게 그게 뭐니? 이제 애미애비도 없는 것들이 몸이
            라도 정갈해야지. (어린 혜리 앞에 풀썩 쭈그리고 앉아 핸드백에서 손수
            건 꺼내 어린 혜리 코에 대주곤) 애. 여기 흥 해봐. 흥.
어린 혜리   (흥!) 근데 누구세요?
은호   (아주 어렸을 때 한두 번 봐서 아는 얼굴) ...할머니.
은호할머니 옳치. 너는 어릴 때부터 똑소리가 나더니 날 기억하는구나? 너 은호지.
            (은호가 고개를 끄덕이자 어린 혜리를 보곤) 그럼 너는 혜리야?
혜리   (태어났을 때부터 하극상) 응. 난 혜리야.
은호할머니 혜리야. 이 할머니랑 같이 갈까? 할머니랑 같이 가서 살까?
어린 혜리   (은호할머니를 동그랗게 보다가) 언니도?
은호할머니 그러엄. 당연하지. (활짝 웃는데)

        어린 혜리의 손을 부서질 듯 꼭 잡은 은호는 여전히 겁먹은 얼굴이다.

심은영 E / *(3회 S #40) 이번 추돌사고의 원인은 어떻게 파악되고 있나요?*

S #16   (N / 서울: 대형병원 – 장례식장 복도)
; 과거 * 은호 11세, 어린 혜리 9세, 은호할머니 60세 – 12월 27일

은호와 어린 혜리의 손을 잡은 은호할머니가 빠르게 복도를 스쳐지나고.

이준철 기자 (M)   (사고 현장에서 리포트) 눈길에 미끄러진 차량이 7중 추돌을 일
으킨 뒤 연쇄 추돌한 것으로 알려졌는데요. 이에 경찰과 소방 당국은 현
장에 긴급 출동해 정확한 사고 경위를 조사 중입니다.

심은영 (M) 사망자 중에는 아이 둘만 남겨놓고 세상을 떠난 젊은 부부도 있었다고
하는데요. 예기치 못한 사고로 안타까운 소식이 들려오는데 빙판길 교
통사고에 대한 예방대책이 필요하겠습니다.

할머니 손에 이끌려가면서도 자꾸만 대형 TV 속 심은영 아나운서를 보
는 은호.

S #17   (D / 은호할머니 저택 앞)
; 과거 * 은호 11세, 어린 혜리 9세, 은호할머니 60세 – 12월 29일

웅장한 저택 앞으로 은호할머니의 고급 차가 멈춰서고.
은호할머니를 따라 차에서 내리는 은호와 어린 혜리.
어린 혜리는 신이 나 두리번거리지만 은호는 왠지 저택을 살피는 눈빛인데.

S #18   (D / 은호할머니 저택: 계단)
; 과거 * 은호 16세, 어린 혜리 14세

다다다다 계단을 뛰어내려오는 해맑은 어린 혜리.
기분 좋게 부엌으로 들어가면 설거지를 하는 은호가 있고.

어린 혜리 언니!! 언니! 뭐해? (식탁 위 바구니에 잘 담겨있는 사과 중 하나를 들어
와삭 깨물어 먹으면)

은호 (뒤돌아보곤) 야아. 할머니한테 물어보고 먹어야지.

어린 혜리 (아삭아삭) 뭐 어때. 우리 먹으라고 사놓은 거 아냐?

은호 아니. 그래도 할머니한테... (물어봐야지)

어린 혜리 (냉장고 팡 열며) 아. 오렌지 주스 다 먹었네? 할머니한테 사달라고 해야
겠다. (사과를 먹으며 부엌을 나가면)

은호가 슬쩍 눈치를 보더니 옅게 한숨을 쉬며 고무장갑을 벗고
바구니 사과의 빈자리가 보이지 않도록 다시 배치하는데.

S #19 (N / 은호할머니 저택: 2층 은호 방)
; 과거 * 은호 18세, 어린 혜리 16세, 은호할머니 67세

[모의고사 학교석차 (2/324)]

책상 앞에 앉아 성적표를 본 은호가 속상하다는 듯 책상에 얼굴을 박는.

어린 혜리 (문 발칵 열고) 언니!! 그거 알아? 나 이번에 꼴찌 했다! 전교 꼴찌!

은호 (난 이제 쫓겨날 거야) 미안한데 좀 나가줄래?

어린 혜리 왜에? 언니도 시험 망쳤어?

은호할머니 (어느새 와서는) 왜. 은호야. 시험 많이 망쳤어?

은호 아뇨. 전교 2등을 했어요. ...1등을 해야 하는데. (기어 들어가는) 죄송해
요. 할머니.

어린 혜리 언니! 무슨 소리야! 난 꼴찌를 했는데! (눈알 이상하게 굴리며) 근데 진
짜 무서운 건 말야... 지난 시험도 꼴찌를 했다는 거야...

은호할머니	은호야. 2등이 어디야. 너무너무 잘했는데 왜 속상해 해.
어린 혜리	(애교) 할머니. 언니는 아나운서 될 거라서 1등만 하고 싶대요.
은호할머니	그래? 그럼 우리 혜리는 뭐가 되고 싶은데?
어린 혜리	(애교) 저는 방송국 주차장에서 일하고 싶어요. 할머니.
은호할머니	우와. 멋진 꿈을 가졌네. 우리 혜리.
어린 혜리	그쵸. 언니! 언니도 괜찮아! 언니도 아나운서 될 거야! 걱정 마!
은호	(애먼 혜리에게 화풀이) 아! 못 되면 어쩔 건데!
은호할머니	은호야. 할머니는 니가 뭐가 됐든 상관없어. 너는 너면 돼. 그걸로 충분해. 은호야.

씩씩거리던 은호가 은호할머니를 뚝 바라보면. + 정말 나는 나면 되는 걸까.
그땐 우릴 버리지 않을까.

S #20 (D / 은호할머니 저택: 2층 은호 방)
: 과거 * 은호 24세, 은호할머니 73세 - 2월
: 3회 S #43

은호	(옆에 수험표 펼쳐놓고 수험번호 쳐보는) ...6976...

[6976771 / 주은호 - 합격]
은호가 너무 좋아 입을 틀어막고 웃다가 문을 열고 나가 계단을 다다다
내려가선.

은호	할머니!! 할머니!!
은호할머니	(계단 밑에서 물마시다가) 왜? 우리 은호.
은호	(흥분) 할머니! 저 합격했어요! 저 아나운서 됐어요!
은호할머니	그래. 우리 은호가 이제 아나운서가 되었구나.
은호	네! 할머니! 저 잘했죠! 그쵸! 잘했죠!
은호할머니	그러엄. 잘했지. 근데 못했어도 할머니는 기뻤을걸?

기뻐하던 은호가 은호할머니를 멈춰 보고. + 할머니가 정말 그래도 기뻤을까. 싶은 마음.

S #21 (N / 은호할머니 저택: 계단)
; 과거 * 은호 24세, 어린 혜리 22세 - 2월

계단을 다다라 빠르게 내려오는 기분 좋은 어린 혜리.
부엌으로 들어가면 여전히 설거지를 하는 은호에.

어린 혜리 (신나는 소식처럼 알려준다) 언니!! 그거 알아? 나 학교 맞았다?

은호 (설거지하다가 열 받아) 야. 너 공부 좀 해. 남의 돈으로 공부하면서 그러는 거 아니라고 했잖아!

어린 혜리 아. 미안해. 근데 언니. 할머니가 왜 남이야?

은호 그럼 남이지. 촌수도 얼마나 복잡한 줄 알아? 그런 할머니가 우리를 키워줬으니 우린 할머니한테 빚을 진 거나 마찬가지라고. 아. 그리고 우리 곧 독립할 거야. 집 계약했어. 니가 아래층에 살고. 내가 위층에 살고.

어린 혜리 (식탁 위 바구니에 담겨 있는 사과를 들어 와삭 깨물어 먹으며) 뭔 소리야. 이 집을 왜 나가.

은호 혜리야. 안 나가면... 평생 여기서 살 거야?

어린 혜리 당연하지. 할머니 우리 없으면 심심해.

은호 아니? 홀가분해하실 걸? 주혜리. 잘 들어. 세상엔 대가 없이 베푸는 사람들은 없어.

어린 혜리 (사과를 먹으며) 아냐. 할머니는 대가 없이 베풀어. 그리고 베푸는 것도 아냐! 그냥 우릴 사랑해서.

은호 야. 무슨 사랑이야. 다 빚이지.

어린 혜리 (상상만으로도 시무룩해지는) 아. 언니. 좀 이상한 것 같아. 뭐래는지 하나도 모르겠어. 진짜. (사과를 먹으며 부엌을 나가자)

은호가 한숨을 푸욱 쉬며 고무장갑을 벗고 바구니의 사과를 다시 배치하고.

은호E / *(4회 S #46) 졸업여행?*

S #22 (N / 은호할머니 저택: 1층 혜리 방)
; 과거 * 은호 27세, 어린 혜리 25세 - 1월
; 4회 S #47, 4회 S #50

부스스 엉클어진 머리인 채 돌아보는 어린 혜리.

은호 (문가에 서서 팔짱 끼고 꾸짖는) 졸업여행 같은 건 좀 가.
어린 혜리 (좀 더 주장) 아. 근데 나는 진짜.
은호 (조금 단호) 가. 가는 걸로 안다. (어린 혜리 앞에 놓인 졸업여행 안내문 채가면서) 여기 계좌로 돈 붙이면 되지?
어린 혜리 근데 나는 정말 가기 싫어. 언니. 친구 같은 건 필요 없어.
은호 그게 무슨.
어린 혜리 언니. 나 안 갈래.
은호 (화가 난다. 단단히 혼내는) 주혜리! 너 언제까지 그러고 살 거야! 너도 독립을 해야지! 독립을! 그러려면 뭐든 열심히 좀 하고! 인맥도 넓히고! 그렇게 사회에 나갈 준비를 해야지! 잔말 말고 가! 가서 친구 사귀고 와!

어린 혜리가 '나는 진짜 가기 싫은데.' 하듯 은호를 씩씩거리며 쳐다보면.

S #23 (D - 6시께 / 은호할머니 저택: 1층 거실)
; 과거 * 은호 27세, 은호할머니 76세 - 2월
; 4회 S #2

은호　　　(뭔가 한참 듣더니) 저... 죄송한데 다시 한 번만 말씀해주시겠어요?

헤리네 과대 (F)　　　(다급) 주헤리가 없어졌다고요!

은호가 어안이 벙벙한 듯 그대로 멈춰있는데. 은호할머니가 방에서 나오며.

은호할머니　　　근데 은호야. 헤리가 어제부터 계속 전화를 해도 받지를 않는다? 무슨 일이 있나?

은호가 은호할머니를 뚝 바라보면.

S #24　　(D / 강원 동해시: 기이동 숲 – 초입)
　　　　　; 과거 * 은호 27세, 은호할머니 76세 – 2월
　　　　　; 4회 S #3

숲 초입에서 "헤리야아!" 부르며 털썩 주저앉아 통곡을 하는 은호할머니. 은호는 사정없이 흔들리는 눈동자로 그 옆에 물끄러미 서 있고.

기자1 E /　　　졸업여행을 떠났던 대학생 A씨가 어제 저녁 실종됐습니다.

〈플래시 컷〉 – S #5

　　현오　　　(눈이 벌써 차갑다) ...결혼이라니. 은호야.
　　은호　　　(뭐라고?)
　　현오　　　안 해. (부드럽게 거절하듯) 나는 그딴 거 안 한다. 은호야.

S #25　　(D – 오후 / 은호의 빌라: 은호의 집 401호)
　　　　　; 과거 * 은호 33세 – 8월

; 4회 S #4

쾅! 문이 닫히고. 화난 듯 들어온 은호가 식탁에 얼굴을 묻고 엉엉 운다.
그러다 부스스 일어나 지갑에 넣어둔 현오와 함께 찍은 사진을 꺼내 구
겨버리는데.
그 안쪽. 혜리의 실종선고 심판청구 서류가 눈에 띄는.
천천히 서류를 펼쳐본 은호가 서류를 읽다가 벌떡 일어나면.

S #26   (D - 오후 / 은호할머니 저택: 1층 거실)
       ; 과거 * 은호 33세, 은호할머니 82세 - 9월

아무도 없는 저택의 휑한 거실. 은호가 달칵 문을 열고 들어와선.

은호   ...할머니. (두르는데)

집이 절간처럼 고요하다.

은호   (할머니 방 쪽으로 가며) 할머니. 집에 계세요?

풀썩 할머니 방문을 열자 희뿌연 먼지가 햇볕에 가득 차고.
창 쪽을 보고 흔들의자에 앉은 할머니의 뒷모습에 은호가 천천히 다가
가선.

은호   할머니. 있잖아요. 할머니 말씀대로 혜리는 우리가 좀 더 기다려... (은호
        할머니를 보면)

흔들의자에 앉아 눈도 감지 못하고 돌아가신 은호할머니.

은호   (믿을 수 없는) ...할머니?

순간적으로 눈물이 확 차오른 은호.
말도 안 된다는 듯 더듬더듬 은호할머니의 쭈글쭈글한 굽은 손을 만지
더니.

은호   할머니. (할머니의 굽은 손을 펴려고 애쓰며) 할머니이. 할머니. 내가...
        (엉엉) 내가 미안해. (주저앉아 할머니 다리를 붙잡고선) 그니깐 죽지 마.
        할머니. 제발 내가... 내가 너무 잘못했으니깐. ...죽지 마. 할머니이. 제발.
        제발. 할머니.

        눈도 못 감고 돌아가신 은호할머니와 그런 은호할머니를 붙잡고 엉엉 우
        는 은호.
        오후의 햇살은 그런 두 사람을 따스하게 비추는데.

S #27   (N / 은호의 빌라: 혜리의 집 301호)
        ; 과거 * 은호 34세 - 3월
        ; 4회 S #5

        탈칵 텅 빈 혜리의 집의 문을 여는 은호. 집은 새까맣다.
        불을 켜고 툭툭 들어가니 아무도 살지 않는 듯 먼지만 쌓인 혜리의 집.

        옷장 앞에 주저앉은 은호가 일기장을 꺼내 후루룩 넘겨보는.
        넘겨지는 혜리의 일기장엔 날짜와 상관없이 "행복하다."는 말이 쏟아지
        고.

        그러다 '난 나중에 꼭 방송국 주차장에서 일해야지.' '주차장은 나의 꿈.'
        '주차장에서 일하면 난 진짜 행복해질 거야.' 문장들에 뚝 멈추는 은호
        가 지갑 속 실종선고 심판청구 서류를 꺼내 박박 찢어 가방에 넣은 뒤
        벌떡 일어서면.

S #28   (D / 미디어N서울 방송국: 주차관리소 행정실)
        ; 과거 * 은호 34세 - 4월
        ; 4회 S #6

        행정실 한쪽. 테이블에 마주 앉아 있는 주임과 은호.

주임   (부드럽지만 단호) 여기서 일하시는 건 불가능합니다. 저희는 사람이 더
        이상 필요치 않거든요. 한 명이면 충분해요.
은호   저도... 어디서 돈 받고 일하면 안 돼요. 이미 속한 회사가 있어서.
주임   그런데 왜... 이걸 하시려는지.
은호   그냥 앉아 있게만 해주실 순 없나요?
주임   그건... 곤란한데.
은호   동생이 이걸 정말 하고 싶어 했어요. 왜인지는 모르겠지만.
주임   (잠시 생각하면)
은호   어차피 절 알아보는 사람도 없을 것 같고. 저는 그냥 거기 앉아 있기만
        하면 되는데. 한번만 부탁드릴게요.

        주임이 조금 흔들리는 얼굴로 은호를 쳐다보면.

S #29   (D - 5시 넘어 / 미디어N서울 방송국: 야외주차장)
        ; 과거 * 은호 34세 - 4월

        드넓은 주차장. 그 곳의 작은 컨테이너. 그곳에 앉아 무표정하게 정산을
        하는 은호.
        사람이 나가자 이번엔 주차안내서를 꼼꼼히 접기 시작하는. 마침 전화
        가 오자. + [김신중 선배]

은호   (쓱 눈치 보고 받아선) 어. 선배. 왜. (뭔가 듣더니. 더 작아지는 목소리)
        아니. 난 새벽 라디오를 하고 싶다고. 어. 거기 티오 났잖아. 나를 거기에
        꽂아! 꽂꽂이 꽂듯이 푹! 아. 난 석근 못해. (저쪽에서 민영이 걸어오는
        걸 보고. 빠르게) 나 바빠. 이제 나한테 이 시간엔 전화하지 마. 왜냐고도
        묻지 마. 영원히. (휴대폰을 끄고 주머니에 쑤셔 넣은 뒤 민영을 향해 맑
        게 웃으면)

은호 E /   한 번 살아보고 싶었죠.

        민영이 밖에서 수신호로 '행정실!' 하는 듯하자 일어나 상자를 들고
        머리카락으로 얼굴을 가린 채 뒤뚱거리며 나가는 은호. + 접은 주차안내서
        가 든 상자.

은호 E /   어쩌면 그 애가 이곳에서 했을지도 모를 그런 일을 하면서.

        상자를 든 은호가 민영과 인사를 하고 북적이는 사람들 사이로 섞이면.

은호 E /   마냥 행복했던 그 애처럼 살아본다면 나 역시 그럴 수도 있지 않을까 싶
        은 마음에.

S #30   (D - 2시 넘어 / 정신건강의학과의원: 상담실)

여의사   (자상하게) 그래서 은호씨는 혜리씨처럼 행복해졌나요?
은호   아뇨. 3년이 지나도록 그 아이인 채 살아봤지만. (고개를 저으며) ...전혀.
여의사   은호씨는 사실 혜리씨라고 하면서 제게 여러 차례 진료를 받았어요. 그
        런데 그 기억이 없다는 건 은호씨가... 해리성 정체성 장애일 수 있단 애
        긴데요.
은호   (예상했던 대답이다. 침착) 선생님. 그 말은 곧 제가 이제 혜리인 척 하는
        게 아니라 진짜 혜리가 되었다는 이야긴가요? 그래서 혜리일 때 제가 저

에게 그런 편지를 쓴 걸까요?

여의사   그 편지를 제가 볼 수 있을까요?

S #31   (N - 4시 정각 / 은호의 빌라: 혜리의 집 301호)
         ; 4회 S #18

은호가 천천히 수첩을 들어 후루룩 넘겨보다 어떤 페이지에서 뚝 멈추는.

[안녕하세요. 은호씨. 저는 주혜리라고 해요. 당신의 다른 인격이죠. 당신에게 꼭 말해주고 싶은 게 있어 글을 썼어요. 전 있죠. 행복을 찾았어요. 이 행복을 놓치고 싶지 않죠. 왜냐하면 저에겐 사랑하는 사람이 생겼거든요. 하지만 나의 꿈에서 보는 당신은 참 불행해보였어요. 그래서 부탁하고 싶은 건... 설령 이 몸의 주인이 당신이라 할지라도 행복한 내게 그 몸을 조금 양보해주기를. 내게서 나를 빼앗지 말아주기를. 왜냐하면 내가 당신보다 훨씬 더 행복하니까 말이죠.]

글을 읽은 은호의 얼굴이 아주 혼란스러운 듯 뭔가 묘해지면.

S #32   (D - 2시 넘어 / 정신건강의학과의원: 상담실)

여의사   (패드를 꺼내 보여주며) 여기... 우리 은호씨가 혜리씨일 때 모습이 있어요. 물론 은호씨가 처음 왔을 때 녹화 허락받고 찍은 건데.
은호   네. ...볼래요.
여의사   정말 괜찮으시겠어요?
은호   (단호) 네. 보여주세요.

여의사가 패드 속 영상을 보여준다. "사라지나요? 없어지나요?" "은호씨요. 제 꿈속에서만 존재했었다고요." "선생님. 전 이제 행복해졌어요." "저는 혜리를 버리고 싶지 않아요." 따위의 말을 하는 혜리에 은호가 벌어진 입을 다물지 못하고 보다가.

은호   ...선생님.
여의사   (부드럽게) 네. 은호씨. 말씀하세요.
은호   선생님도 주혜리가. (진심으로 궁금해) ...행복해보였나요?

여의사가 대답하지 못하고 은호를 뚝 쳐다본다.

S #33   (D - 3시 넘어 / 정신건강의학과의원: 건물 앞)

건물 입구. 저 마치에서 우산을 들고 오는 현오를 뚝 쳐다보는 은호.
현오가 쏟아지는 비 사이 우산을 들고 와선.

현오   (픽 웃으며) 의사가 뭐래냐.
은호   (그저 말없이 보면)
현오   뭐야. 심각해?
은호   (힘없이) ...아니. (잽싸게 화제전환) 아까 신중 선배 전화 아니었어?
현오   (그렇다는 듯 쓱 보면)
은호   뭐래?
현오   (아무것도 아니라는 듯) 오부장 오늘까지라고.
은호   (반색) 진짜? 그 사람 올해 말에 퇴직 아니었어?
현오   어. 근데 뭐. 한 달 전에 얘기가 다 돼 있었나 봐.
은호   (마음은 심란하지만 현오의 소식은 기뻐) 그럼 너 연휴 끝나면 바로 아홉시 뉴스 들어가겠다.
현오   (아리송) 글쎄.
은호   뭐가 글쎄야. (우산을 쳐다보더니) 근데 왜 물이 새는 것 같지?
현오   (씩 웃으며) 아아. 주웠거든.
은호   뭐? (자세히 보니 구멍이 듬성듬성) 뭐야. 진짜 주웠어?

현오   아. 그럼 가짜로 주웠겠냐.

"어떻게 찢어진 걸 주웠어?" "찢어져 있으니까 버려졌겠지. 그걸 내가 주
운 거고."
우산 속 두 사람이 걸어가면. 현오가 비져나온 은호의 어깨를 자기 쪽으
로 당기는.
그런 두 사람 뒤로 비 내리는 풍경이 남겨지고. + 주차장으로 향하는 길.

S #34   (N – 6시 넘어 / 미디어N서울 방송국: 야외주차장)

오후가 짙게 깔린 야외주차장. 곧 주연의 차가 미끄러지듯 들어오고.
차에서 내린 주연이 바로 주차관리소로 걸어가면.

S #35   (N – 6시 넘어 / 미디어N서울 방송국: 주차관리소)

주연   (문 열고 들어오자마자) 저... 주혜리씨 오늘도 출근 안하셨습니까.
민영   아. 예. 그러네요. 원래는... 나오는 건데.
주연   혹시 어제도 안 왔나요?
민영   아. 예. (약간 한숨) 그쪽도 연락이 안 되나요?
주연   네. 뭐. 근데 주혜리씨는 폰이 없어서.
민영   아. 그... 저도 없다고 알고 있는데. 저번에 화장실에서 쓰러졌을 때 있잖
         아요. 그때... 잠시만요. (부스럭 지퍼백을 꺼내 주연에게 보여주며) 이게
         같이 떨어져 있었다는데.
주연   (지퍼백 안에는 깨진 휴대폰) 휴대... 폰이네요.
민영   네. 충전해서 켜 봐도 안 켜져서. 이게 누구 건지 모르겠는데. 얘가 와야
         뭘 물어보던가 말든가 해서. 혜리는 전화도 없고 주소도 모르고.
주연   그거... 제가 전해줘도 될까요? 저는 주소를 알아서.
민영   (건네며) 아. 네. 그럼요.

주연	감사합니다. (지퍼백을 챙겨 인사하고 가려는데)
민영	저기!
주연	(돌아보면)
민영	혜리 만나게 되면 제 얘기 좀 전해주실 수 있을까요?
주연	어떤...
민영	(진심) 죽여버린다.
주연	(무감) 아. 예. 감사합니다.

주연이 주차관리소를 나가면 야외주차장으로 천천히 저녁이 찾아오고.

S #36 (N / 은호의 빌라: 은호의 집 401호 앞)

[401] 은호의 집 앞. [0916*] 비밀번호를 누르는 은호.
문이 열리면 뒤에 있던 현오가 안으로 툭툭 들어가는.
은호도 힘없이 들어와 식탁에 툭 앉으면.

현오	(너무 자연스럽게 부엌으로 가며) 배고프면 뭐 해줄까?
은호	(생각에 잠겨 아무 말이 없으면)
현오	(다가가) 야. 주은호.
은호	(현오의 얼굴에 마음이 풀리는) 어?
현오	(다정해) 뭐 해줘? 뭐 해줄까.
은호	(다소 힘없지만) 나 맛있는 거 먹고 싶어.
현오	그래. 그럼 맛있는 거 해줄게. (냉장고를 열면)
은호	칼로리 높은 걸로 해줘.
현오	(냉장고에서 토마토 꺼내 식탁 위에 놓으며) 안 돼. 너 요즘 얼굴이 얼마나 퉁퉁 부어서 나오는지 알아? 무슨 밤마다 뭘 먹고 자는 사람처럼... (실반지를 집어 들고) 야. 이건 뭐냐.
은호	(현오가 집어든 실반지를 보더니. 휙 뺏으며) 아. 별 거 아냐.
현오	요즘 뜨개질 하냐? 시간 많다?

은호	무슨. (구석으로 확 밀어 안 보이게 해놓고) 뭐 해줄 거야?
현오	(식탁 위 토마토를 보더니) ...토마토를 튀길까 해.
은호	(진심) 와씨. 맛있겠다. (가만히 웃으면)

현오가 토마토를 들고 싱크대로 가고.
은호는 치워둔 실반지에 자꾸 눈이 가는 사이 창밖으로 따스한 저녁이
지나면.

S #37 (D / 경부 고속도로: 하행선 – 스퀘어 만남 휴게소)

헤드라이트 켠 차가 부웅 떠나는 장면과 함께 연휴특집에 어울리는
BGM이 흐르며.
[황금연휴 특집 생방송 –전국은 지금 그리고 우린] 자막이 크게 뜨는.
그러나 곧 화면은 주룩주룩 쏟아지는 빗속인데.

주연	〈황금연휴 특집 생방송 전국은 지금 그리고 우린〉 안녕하십니까. 저희는 '스퀘어 만남' 휴게소를 찾았습니다. 이곳은 황금연휴를 맞아 여행을 떠나는 나들이객들이 잠시 머물다 가는 곳인데요.
혜연	네. 연휴가 시작되고 며칠째 많은 비가 쏟아지고 있지만 이곳은 연휴를 즐기는 사람들로 붐비고 있습니다.
미래	(경쾌) 시민 한 분과 이야기 나눠볼까요? (활짝 미소 지으면)

● **서미래 (44세. 여)** 뉴스에 특화된 아나운서지만 교양 프로그램 진행도 잘한다.
인지도도 꽤 높고. 나이트세븐, 아홉시 뉴스도 모두 진행했었다. 젊었을 때는 지금보
다 더 예쁘고, 인기도 많았었다. 교양 있고 지적인 이미지. 하지만 나이가 들면서 퇴
물 취급을 받게 되었고 그것에 대한 열등감도 생긴 상태. 일에 대해 프로패셔널하고
똑 부러진다. 호불호가 강하다. 싫은 사람에겐 지옥처럼 대한다. 남편이 증권사 CEO.
생활고로 일하는 게 아니라 상사에게도 할 말은 다 하는 스타일.

S #38   (D / 경부 고속도로: 하행선 – 스퀘어 만남 휴게소 식당)

미래   (아주 낮고 무섭다) 유라 불러주세요.

         식당 한 쪽에서 메이크업을 수정하던 미래가 특집 서브작가에게 말하는.

미래   (눈은 매서운데 말투는 그보다 부드러운) 여기 메인작가 유라. 걔 불러
         달라고요. (미소로 휴대폰 흔들며) 걔가 내 전화를 안 받네?
특집 서브작가   (몹시 당황) 아. 저. 그게... 언니가 지금... 어. 아직 여기 도착을 했는
         데. 아니. 안 했는데. 아니. 못했는데...
미래   (낮고 부드럽게 미소 지으며) 그럼 자기가 가서 전해줄래요? 지금부터
         내가 하는 이야기를 유라한테?
특집 서브작가   아. 그... 말씀... 말씀을 하시면.
미래   내가... 메인MC라고 했잖아. 근데 나한테 첫인사도 안 시키고. 자꾸 시민
         인터뷰 같은 것만 시키고. 실없는 농담 따먹기나 하라 그러고. (미소) 이
         러면 안 되는 거라고요. 그리고 쟤. (혜연을 턱으로 가리키고) 쟤 백혜연
         이 나보다 15년 후배예요. 15년. 근데 내가 지금 쟤보다 롤이 없는 상태
         라고. 대체 무슨 꼴을 보고 싶어서 다들 이러시는 거냐고.
특집 서브작가   (몹시 무섭다) 아아.
미래   (미소 잃지 않고) 그러니깐 이 이야기를 아직도 도착을 했는지. 안 했는
         지. 못 했는지 모를 메인 작가인 유라. 혹은 내가 잠깐 이야기 좀 하자니
         깐 화장실에 가서 30분째 나오지 않고 있는 여기 PD한테 지금 토씨 하
         나 빼먹지 않고 전해줄 수 있는 거냐고요.

         미래의 바로 건너편에서 메이크업 수정을 받던 혜연의 얼굴이 하얗게 질
         린다.

S #39   (D / 경부 고속도로: 하행선 – 스퀘어 만남 휴게소)

뚝 선 채로 은호의 깨진 휴대폰만 심난하게 보는 주연의 뒤에 혜연이 바싹 붙어.

혜연 (중얼중얼) 선배. 나 좀 무서운데. 뭐랄까. 저 선배가 날 죽일 것만 같아. 설마 죽이진 않겠지?

주연 (대답 않고 은호의 깨진 휴대폰만 보면)

혜연 (주연의 등 뒤에 붙어 손톱을 씹으며) 아니면 선배. 왠지 저 선배가... (쓰윽 미래를 보면)

자기 팔짱을 낀 채 스타렉스 쪽으로 걸어가는 미래와
고개를 숙인 채 그 뒤를 따라가는 특집 메인작가 유라가 있다.

혜연 (덜덜) ...나를 한 대 칠 것만 같은데. 아. 선배. 내가 왕따는 그렇게 당해봤어도 아직 맞지는 못했거든? 아씨. 나 오늘 맞는 건가? 나 맞는 거 초면이라 너무 무서운데? 근데 선배. 저 선배는 원래 저렇게 무서워? 나 있지. 가슴이 너무 뛰어.

주연 (은호의 휴대폰을 보다가 켜보는. 당연히 안 켜진다)

혜연 근데 선밴 지금 내 얘기 듣고 있어?

주연 (침착) 아니. 안 듣고 있는데. 혜연아.

혜연 (씨발) 뭐?

주연 근데 휴대폰이 망가졌거나 또는 없는 사람한테는 어떻게 연락해야 되는지 알아? 혜연아.

혜연 (무슨 소릴 하는 거야) 내가 그걸 어떻게 알아.

주연 맞아. 그리고 괜찮아. 혜연아.

혜연 뭐가 괜찮은데. 뭐가.

주연 그러니깐. (어디 다른 데 전화 걸 데가 없나 제 휴대폰을 꺼내 들고 걸어가 버리면)

혜연 선배? ('지금 가버린 거니?' 허. 어이가 없는데)

S #40 (D / 경부 고속도로: 하행선 – 스퀘어 만남 휴게소 – 스타
렉스 안)

미래   (낮고 묵직) 너 돌았니.

스타렉스 안에 앉은 메인작가 유라가 대답을 못하고 쭈뼛거리자.

미래   묻잖아. 너 돌았냐고.
유라   (우물쭈물) 그게.
미래   (조곤조곤 몰아치는) 네가 한 달 전에 나한테 전화해서 뭐랬니. 언니. 우
리 연휴특집 생방송 하는데요. 그게 전국 휴게소를 돌다가 부산에 가서
마지막으로 모금까지 하는 취지가 아주 괜찮은 프로예요. 그 프로에 언
니를 메인MC로 섭외하려고요. 언니 생각은 어떠세요? 유라야. 그냥 같
이 쪼르르 서 있으면 그게 메인MC니?
유라   (우물쭈물) 그... 게.
미래   (나긋하게 재촉) 대답해봐. 유라야. 넌 그런 걸 메인MC라고 부르냐고.
난 어째 아닌 것만 같거든? 뭐랄까? 같은 메인MC여도 백혜연은 진행이
라는 걸 하고 있는데. 뭐랄까? 난 있지. 그 옆에서 굉장히 깝죽거리고 있
는 기분이 들어. ...왜 대답을 못하니. 유라야.
유라   (간신히 말한다) ...나도 싫었어.
미래   뭐?
유라   (이제 용기가 생겼다) 아. 나도 싫었다고. (점점 폭발) 근데 아나운서 국
장이 나한테 직접 전화해서 이번 특집 구성 하나하나 다 정해줬단 말이
야! 심지어 내 원고까지 가져가서! 빨간 줄 박박 긋고! 나라고 기분이 좋
았는 줄 알아? 아나운서 국장이 저 년을!

S #41 (D / 경부 고속도로: 하행선 – 스퀘어 만남 휴게소)

CUT 1 》

"직접 꽂은 거라고!"

유라의 목소리가 새어나오는 스타렉스 밖엔 새빨개진 얼굴의 혜연이 서 있고.

그 뒤 열 명 남짓한 스탭들이 "큼!" 헛기침하는 소리에 우수수 흩어지면.

이런 사태와 전혀 상관없이 한쪽에서 전화를 하는 주연.

주연　예. 안녕하세요. 거기 주차관리소에서 일하는 직원분의 연락처를 알고 싶어 전화 드렸는데요. (뭔가 듣더니) 예. (뭔가 듣고) 아. 예. 그렇죠. 저도 잘 알고 있습니다.

CUT 2 》

탕! 스타렉스의 문이 닫히고 씩씩거리며 나온 유라가 한쪽의 혜연을 보더니.

유라　저기요.

혜연　(쭈뼛거리며 유라에게 가선) 저요?

유라　(너무 짜증나지만 꾹꾹 누르곤) 언니가 못 하겠대요.

혜연　뭘요?

유라　언니가. 진행을 못 하겠대요. (한숨 푹 쉬더니) 그쪽 때문에 언니가 짜쳐서 진행을 못 하겠대요.

혜연　(가만히 바라보면)

유라　근데 아시겠지만 언니가 안 하면 저흰 망하거든요? 근데도 언니는 이제부터 휴게소 꼭지는 다 빠지겠다 하거든요? 그래. 거기까진 좋아. 어떻게든 해결할 수 있어. 근데 내일 녹화도 다 빠져버리면 저흰 진짜 망하거든요? 그러니깐 부탁드리는데. 미래 언니 설득 좀 시켜주세요. 제가 아무리 빌어도 안돼서. (한숨 푹 쉬더니. 고자세의 도움 요청) 좀 도와주세요. 저 진짜 미쳐버릴 것 같거든요.

혜연이 유라를 외롭게 쳐다본다. 마치 혼자 있는 기분이다.

S #42　(D / 경부 고속도로: 하행선 – 망중 휴게소)

주연　〈황금연휴 특집 생방송 전국은 지금 그리고 우린〉 이곳은 망중 휴게소입니다.

혜연　(어색하지만 최대한 활짝 웃으며) 어느새 부산 바다에 성큼 가까워졌는데요. 지금 이곳은 비가 그쳤는데 부산은 어떨까요?

재용　(쑥 튀어나와. 돈 느낌 낭낭) 부산도 비가 그쳤습니다. (씨익 웃으면)

주연　자기소개 먼저 해주실 수 있을까요?

재용　아. 저요? 저는... (그러다 주연을 보더니) 어? 우리 봤었는데? 내가 봤어! 진짜로!

S #43　(D / PPS 방송국: 아나운서국 사무실)

아나운서국 한가운데 틀어놓은 대형 TV에선 재용의 모습이 나온다.
TV 앞에 서있던 김팀장이 마시던 물을 주르르 뱉으면.

재용 (M)　근데 여러분. 그거 아세요? 부산 날씨는 꼭 거길 가봐야 알 수 있는 게 아니거든요.

김팀장　(보고도 믿기지 않는) 와. 쟤 지금 미디어앤서울에 나온 거야? 허락은 받은 거고? 와씨. 저...

곧 사무실로 시끄럽게 전화가 울려대기 시작하고.

S #44　(D / 경부 고속도로: 하행선 – 망중 휴게소 – 스타렉스 안)

스타렉스 안에서 휴대폰으로 방송을 보다 어이없게 웃는 미래에게도 전화가 오는. + [장동민 국장]

미래   (바로 받아 비아냥) 제가 전화할 땐 받지도 않으시더니 방송사고 나니깐 왜. 이제 좀 쫄리세요? (커지는 목소리) 아! 그걸 내가 어떻게 컨트롤 해! 그리고 그걸 왜 나한테 따져? (뭔가 듣더니. 너무 어이없어서) 뭐? 뭐라고? (몸을 번쩍 일으키면)

S #45   (D / 경부 고속도로: 하행선 – 망중 휴게소)

주연 O.S   저기요!

기분좋게 둥실거리며 걸어가는 재용을 붙잡는 주연에 재용이 '엉?' 돌아보자.

주연   (헉헉 뛰어와) 저기. 아까 저를 아신다고.
재용   아. 알지알지. 내가 그쪽이 주은호 동생이랑 얘기하는 걸 본 적이 있거든.
주연   저기 주은호가 누군데요?
재용   아. 정말. 같은 아나운서여도 이렇게 우리 은호는 인지도가 없어요. 어휴. 그러니깐 나처럼 남의 방송에라도 나오는 열정이 있어야지 말이지? ('너 지금 무슨 소리하는 거야.' 하듯 재용을 보는 주연을 발견하곤) 아아. 주은호는 우리 PPS의 아나운서예요. PPS의.
주연   그... 그러니깐 그 분이 혜리씨 언니. 그니깐 친... 언니라는 건가요?
재용   아. 친언니지. 왜냐하면 얼굴을 한번 봐봐! 완전 너무 심하게 닮았거든. 마치 같은 사람처럼 말이야. 하지만 내 인맥을 통해 확인한 결과 친언니가 맞긴 맞는데.

주연 E /   (2회 S #33) 그럼 가족이랑 같이 사나요?
혜리 E /   (2회 S #33) 아뇨. 혼자 살아요. 뭐. 외동딸이랄까?

주연이 꼼짝도 못한 채 뚝 재용을 쳐다보면. + 사이 재용은 "너무 닮았어. 도플갱어도 그보다는 덜 닮았을 걸? 나는 진짜 너무 똑같아서!!" 계속 흥분상태고.

S #46   (N / 부산 해운대구: 5성급 호텔 입구)

호텔 입구 앞으로 차들이 멈춰서면 특집 서브작가가 내려서 소리치는.

특집 서브작가   내일 아침 10시! 로비에서 만나 같이 스튜디오로 이동하겠습니다!

차에서 내리는 스탭들. 모두 뿔뿔이 흩어져 들어가는데.
주연은 차에서 내리지도 못하고 홀린 듯 휴대폰으로 검색한 은호의 얼굴만 본다.
인터넷에 뜬 은호의 얼굴은 놀라울 정도로 혜리와 똑같이 생겼는데.

S #47   (N / 부산 해운대구: 5성급 호텔 – 일반객실 층)

엘리베이터 문이 열리면 짐을 끌고 먼저 내리는 미래. 그 뒤로 혜연이 따라가고.

미래   (걷다가 툭 멈추더니. 너무 울어 퉁퉁 부은 얼굴로) 야. 내가... 일곱시부터 아홉시 뉴스까지 했던 여자야. 즉. 너만큼 혹은 너보다 더 인지도가 있었다는 얘기지. 근데 아나운서 국장이라는 새끼가 나한테 전화를 해서 뭐라는 줄 아니? (되새기는데도 어이가 없다) 나보고 TV에 나오는 걸 감사한 줄 알고 살래. 왜냐하면 늙었으니깐.
혜연   (할 말이 없어서 고개를 살짝 숙이면)
미래   근데 인간은 다 늙어. 너도! 몇 년 뒤엔 딱 너 같은 후배 만나서 나처럼 이렇게 씩씩거리고 있을 수 있단 얘기라고. (다시 돌아 객실 앞 키로 문 열고 들어가며) 미안한데 나는 너랑 같은 방 쓸 생각 전혀 없다.

혜연 (이 말은 꼭 해야 한다) 저기. 선배님.

미래 (핵 돌아보고) 왜. 뭐.

혜연 저 선배님이랑 같이 방도 안 쓰고. 불만도 안 가질 테니까. (꿀꺽) 내일 방송만 나와 주시면 안 될까요? 멘트는... 제가 아나운서 국장님한테 직접 잘 나눠달라 말할게요. (고개 살짝 숙이며) 부탁드리겠습니다. 선배님.

미래가 혜연을 잠시 보다 대답 대신 바로 쾅! 객실 문을 닫고 들어가 버리고.
곧 혜연도 허탈한 듯 한숨을 쉬며 엘리베이터 쪽으로 걸어가는데.

혜연 (누군가에게 전화를 걸어) 어. 나야. (살짝 고개를 숙이곤) 어디야? 그럼 혹시 지금. ...여기로 와 줄 순 있어? + [수현선배] 에게 전화.

곧 엘리베이터 문이 열리면.

S #48 (N / 은호의 빌라: 은호의 집 401호)

위잉 청소기 소리 요란한 사이 눈을 뜬 은호가 안경을 찾아 쓰고 일어나는. 은호가 청소기를 돌리고 있는 현오를 멍하니 쳐다보자.

현오 (청소기 끄곤) 야. 너 혹시 잠 못 자고 사냐? 뭔 잠만 잤다하면 열두 시간씩이야. 야. 너 공황장애 아니고 그냥 잠병 난 거 아냐?

은호 (부스스 두르며) 지금... 아침이 아냐?

현오 아침 좋아하시네. 저녁이다.

은호 (뚝 쳐다보다가) 아. 그.

현오 (다시 청소기 켜며) 뭐. 그. 뭐.

은호 그럼 혹시 내가 중간에 깨어났다거나. 그래서 혹시 내가.

현오	뭔 소리를 하는 거야. 나 너 죽은 줄 알았잖아. 숨 쉬나 계속 확인했잖아.
은호	아아. (문득 현오가 입은 옷을 보더니) 근데 그 옷은 어디서 찾았어?
현오	아. 몰라. 꿉꿉해서 옷장 열어보니깐 있던데.
은호	아. 그게... (니 옷 정리하고 싶었는데 못했어. 내가 바빠서)
현오	됐고. 나가. (청소기로 은호를 밀며) 더러우니까 나가.
은호	(시... 싫어) 아니... 나... 방금 일어났는데.
현오	(청소기로 은호를 치우면서) 아. 그러니깐 나가라고.

S #49 (N / 은호의 빌라: 계단)

탕! 문이 닫히고 쫓겨난 은호가 계단에 아무렇게나 앉아 늘어지게 하품
을 하자.

현오	(곧 벌컥 문을 열곤) 야. 수세미 없어?
은호	주방에 없어?
현오	어. 없는데.
은호	그럼 없는데.
현오	(뭐?) 아이씨. (쾅! 문을 닫고 들어가면)

저도 모르게 픕 웃는 은호. 웃으며 다시 복도 창을 바라보는데 웃음이
금세 걷힌다.
'이제 나는 어쩌지.' 하는 생각에 은호의 얼굴이 점점 어두워지는 찰나.

현오	(바로 열고 나오더니) 가자.
은호	(부스스 일어나) 어딜?
현오	수세미 사러. (계단을 툭툭 내려가자)
은호	(졸졸졸 같이 따라가며) 집은? 다 치웠어?
현오	아. 니네 집. 진짜... 너무 더러워. (생각하기도 싫어) 너무너무 더러워. 너 는 대체 왜 그러는 거야? 넌 저 집에서 니 얼굴만 닦냐?

은호	(저도 모르게 픽 웃자)
현오	수세미는 왜 없지? 이해가 안 되네. 어떻게.
은호	현오야. 나 배고프다.
현오	배가 고프겠지. 근데 난 안 고파. 먼지를 하도 많이 먹어서.
은호	나 맛있는 거 해주면 안 돼?
현오	어. 안 돼. 너 이 시간에 뭐 먹으면 절대 안 돼.
은호	아니. 나 지금 일어났잖아. 너무 배고프잖아.
현오	그래. 그럼 비타민 먹어. 비타민 잎사귀 사줄게. 싱싱하고 풍성한 걸로.
은호	아씨. 미쳤나봐.

두 사람이 투닥이며 빌라 밖으로 나서고.

S #50   (N / 은호의 빌라: 근처 대형마트)

"고등어! 마리당 오천 원! 오천 원!" "자! 계란 지금부터 세일입니다. 세
일!"
저녁의 마트는 사람들로 북적이고.
그중 시식 아주머니가 시식용 돈가스를 집어 현오에게 쭉 건네며.

시식 아주머니	총각. 이거. 이거 한번 먹어봐.
은호	(자기가 입을 크게 벌리고는 다가가선) 아아.
시식 아주머니	아니. 아가씨 말고. (슬쩍 피해 옆에 있는 현오에게 건네며) 총각. 총각이 먹어봐. 아이. 아가씨는 아까 두 개나 집어먹었잖아.
현오	(피식 웃으며 손으로 돈가스를 받아 들고 먹자)
시식 아주머니	어때? 맛있지? 하나 줄까?
현오	(우물거리며) 예. 하나 주세요.
시식 아주머니	(봉지 건네며) 예. 고맙습니다. 근데 총각 참 잘 생겼다. 내가 어디서 본 적이 있는데 말야. 그 뭐지. 그 생생이슈인가. 뭔가. (말하며 돈가스 집어 은호를 피해 현오에게 주면)

은호	(자기가 또 끼어 들어) 거기엔 저도 나오거든요? 그리고 그건 저 좀 주시면 안 될까요?
현오	(시식 아주머니가 건네는 거 확 채선) 감사합니다. 잘 먹겠습니다. (쏙 먹으면)
은호	아이씨. 나도 줘라. 나도 먹고 싶은데.
현오	(우물거리며 은호 어깨에 팔 두르고) 우리 저기 가보자. 너 아이스크림 좋아하잖아. 가자가자. (빠르게 카트와 은호를 끌고 가자)
은호	(자꾸 뒤 돌아보며) 아니. 나는 지금 돈가스가 더 먹고 싶은데에!

현오가 은호를 데리고 마트 안쪽으로 더 들어가면.

S #51 (N / 은호의 빌라: 근처 골목 – 부산 택시 안)

딸깍딸깍 비상등 소리와 함께 세워진 택시의 미터기엔 [453,000]이 입력돼 있고.
뒷좌석에 앉은 주연이 카드를 건네면.

택시기사	(카드를 받아 긁고 돌려주며) 감사합니다.
주연	(받고) 네. 수고하셨습니다. (내리니)

서울은 어느새 비가 그쳤다. 주연이 혜리의 빌라 쪽으로 빠르게 걸어가는데.
301호는 불이 꺼져있다. '잠들었나.' 싶어 잠시 망설이는 찰나.

은호 O.S	와. 우리 부자 같아. 엄청 많네.

목소리에 휙 쳐다보니 낯익은 남자와 빌라 입구 쪽으로 걸어가는 혜리가 보이는.

현오   너 산 거 다 먹어라.

은호   언젠 먹지 말라며. 싱싱하고 풍성한 비타민만 먹으라며.

현오   아까우니까 다 먹어라.

은호   (허리 펴고 걸어가면서 손가락으로 현오의 팔뚝 툭툭 치는) 그래?

현오   야. 그것 좀 하지 마.

은호   (현오의 귀에 대고) 싫어.

현오   (확 피하며) 아씨. 야. 간지럽다고.

주연이 넋이 빠져 그들을 보다 믿기지 않는 듯 한걸음 뒤로 물러나면.

S #52   (N / 은호의 빌라: 은호의 집 401호)

현오   (기름에 튀겨지는 돈가스를 뒤에 두고. 은호를 보며) 맛있냐.

은호   (먹으며) 응. 맛있어.

현오   (피식) 잘 먹네. 주은호.

은호   근데 나 이제 너랑 다신 마트 안 가. 아주 차별대우가 몇 년이 지나도 식 질 않았어. 아. 이건 몇 번을 당해도 짜증나는 거였어.

현오   (계속 튀기다가 불을 끄고 돌아서선) 야.

은호   (입가에 튀김가루 잔뜩 묻히고선) 왜.

현오   (먹으라고 튀겼지만 막상 먹으니 한숨이 난다) 너 관리는 언제 할래. 죽 을 때 할래?

은호   (먹다가 째려보면)

현오   너 딱 그거까지만 먹고 내일부턴 다이어트 해라. (소파 쪽으로 가 리모 컨으로 TV를 틀면)

은호   나는 있지. 엉덩이 살만 빼면 되거든?

현오   (픽 웃으며 채널을 돌리는) 아니. 살 같은 건 괜찮고. 부어 보여서 그런 건데.

심은영 (M) 황금연휴로 불리는 5월 첫 주, 징검다리 연휴 둘째 날을 앞두고 열차와 비행기 표 예매율이 크게 늘었습니다. 전국 곳곳에 귀성객과 나들이객

이 붐빌 것으로 예상되는데요.

은호   (먹다가 목소리만 듣고도 아는) 어? 심은영이다. (돈가스 들고 TV 앞으로 달려와) 심은영 맞아?

현오   (TV 보며) 맞네.

심은영 (M)   일찌감치 귀성길에 나선 차량이 늘면서 고속도로도 정체가 빚어지고 있습니다. 지금 수준의 정체는 자정을 넘겨 내일 새벽까지 이어지겠는데요. 한국도로공사는 내일 새벽 1시쯤 교통량이 잠시 줄었다가 이른 새벽, 출발 차량이 몰리며 교통량이 늘 것으로 내다봤습니다. 서울에서 출발하는 하행 방향 도로는 내일인 4일 오전, 그리고 상행 방향은 연휴 마지막 날인 6일 오후 교통이 가장 혼잡할 전망인데요. 경찰은 대형 교통사고 예방을 위해 교통법규 위반 차량을 집중단속하고 있습니다. 장거리 운전이 많은 만큼 교통안전에 유의하셔야겠습니다.

현오   ...복귀했네. 심은영이 몇 살이지?

은호   (바로) 53. ...진짜 부럽다. 저 나이에 메인뉴스 앵커라니.

현오   (픽 웃으며) 너도 언젠간 꼭 그렇게 해.

은호   (TV 멍하니 보다가) 너도.

현오   어?

은호   너도 이제 아홉시 들어가면. ...저렇게 천년만년 해먹으라고.

현오   (대답 없이 은호를 가만히 쳐다보면)

은호   그리고 기다려. 내가 네 ...옆자리에 앉을 때까지. (돈가스를 먹으면)

현오   (그런 은호를 쳐다보다) 글쎄. 그렇게 먹어서 퉁퉁 부으면. ...그 어디에도 앉을 수 없을 텐데.

은호   이게 진짜. 씨. (발을 현오에게 휘두르면)

피하고 휘두르고 웃는 두 사람 너머 TV속 심은영은 여전히 아름답고 당당하다.

S #53   (N / 부산 해운대구: 5성급 호텔 – 스위트룸 층 복도)

엘리베이터 문이 열리자 호기롭게 복도를 걸어가는 남자의 뒷모습.
맨 끝 스위트 코너 룸 앞에 멈춘 남자가 노크를 하면.

혜연 (문을 열고. 남자를 쳐다보더니) 뭐야. 생각보다 빨리 왔네.

혜연의 앞에 서있는 남자는 수현이고.

수현 (씨익 웃으며) 아아. 나도 방송 때문에 대구에 있었거든.
혜연 (먼저 들어가면서) 들어와.
수현 (따라 들어가면서) 야. 방 좋다. 니네 특집은 돈이 많나봐?
혜연 (창가 쪽으로 걸어가며. 조금 차가운 말투) 내 돈으로 잡은 거야. 나 쫓겨 났거든.
수현 (따라가 창가에 툭 앉으며) 누구한테. 왜.
혜연 그냥. 어쩌다가.
수현 (그제야 표정 읽고) 왜. 무슨 일 있었어?
혜연 아니. 없는데.
수현 근데 왜 나를 찾았을까? (혜연의 머리칼 살짝 넘겨주자)
혜연 (싫다는 듯 슬쩍 피하며) 그냥. (쓸쓸하고 고요한) ...만져달라고.
수현 그거야. 뭐.

수현이 어깨를 으쓱거리며 제 셔츠 단추를 푸르며 샤워를 하러 욕실로 가면.
남겨진 혜연이 털썩 침대에 대자로 누워 수현을 기다리는데.
창밖으로 쓸쓸한 밤풍경이 지난다.

S #54 (D − 10시 20분 / 부산 해운대구: 5성급 호텔 입구)

특집 PD (짜증) 아! 그럼 강주연은 대체 어딜 간 건데!

아침 햇살 반짝이는 호텔 입구.

준비를 마친 스탭들이 바글바글 모여 있고. 모두 주연을 기다리는 모양 새인데.

특집 PD   (드릉드릉) 시간은 잘 말해준 게 맞아?

특집 서브작가   네. 어제 밤에도 톡으로 한 번 더 말씀 드렸고. 방에도 가봤는데 안 계시고. 전화도 안 받으시고.

특집 PD   (위기의 상황에서 인성이 나온다) 아씨! 서미래 겨우 해결되니깐. 강주연 이 왜. 아씨!! 아악!

특집 서브작가   (혜연에게) 혹시 강주연 아나운서랑 연락한 거 있으세요?

혜연   아... 저야. (모르죠)

마침 주연의 차가 호텔 앞에 멈추고 주연이 바로 내려선.

주연   (꾸벅 꾸벅 인사하며) 죄송합니다. 죄송합니다.

특집 PD   (오니깐 되레 반가워) 아. 주연씨! 아. 어디 갔었어! 한참 찾았잖아.

주연   (발렛 맡기곤. 다른 스탭들에게도) 정말 죄송하게 됐습니다.

특집 PD   (어느새 말투 바뀜) 아. 걱정했잖아. 타. 일단 타. 가자. 빨리. (같이 차에 타면서) 도대체 어딜 갔다 온 거야?

주연   (차에 타면서) 아. 잠깐 서울이요.

특집 PD   뭐? 서울?

다른 차에 타던 혜연도 역시 '뭐? 서울?' 하는 얼굴이 되는데.

S #55   (D – 12시 / 부산 해운대구: 야외 특설무대)

철썩철썩 파도치는 해운대를 배경으로 차분한 오프닝과 함께 **〈황금연휴 특집 생방송 –전국은 지금 그리고 우린〉** 자막이 화면에 뜨는.

주연	〈황금연휴 특집 생방송 전국은 지금 그리고 우린〉 안녕하십니까. 아나운서 강주연입니다.
혜연	오늘은 해변가 야외특설무대에서 진행하게 되었습니다.
미래	여기 해변가엔 휴가를 즐기려는 많은 분들이 모이셨는데요. 연달은 휴일에 설렘과 기대감이 가득하지만, 이 연휴를 홀로 보내고 계시는 어려운 이웃들도 있습니다.
주연	우리 이웃들을 위해 작은 정성들을 모아보면 어떨까요?
미래	(차분) 0566-0568. 지금 여러분의 전화 한 통이 우리의 어려운 이웃들에게 큰 위로와 희망이 될 수 있습니다. (부드럽게 미소 지으면)

S #56 (N / 부산 해운대구: 다찌집)

미래	(이미 많이 취한) 조오따 커다란 위로와 희망이 되었지요.

부산의 한 다찌집. 특집 스탭들과 출연자들이 뒤풀이를 하는.
주연도 함께 있지만 왠지 멍한 느낌이고.

미래	(기막혀) 아. 나보고 뭐랬지? 네까짓 게. 그 나이에. 그 자리인 건 아주 다행인 거래. 진즉에 쫓겨났었어야 됐는데 내가 아등바등 버텨서 거기 있는 거래. 걔는 아나운서 국장이라는 게 대체 시대의 흐름을 알고서 입을 놀리는 거니? 요즘 그딴 소리하면 바로 (수갑 찬 흉내 내며) 철컹철컹이야!
특집 PD	(위로라고 한다) 선배님. 그냥 잊어버리세요. 그 국장님이 말씀을 좀 함부로 하시잖아요. 워낙 다혈질이라.
미래	다혈질이면 그렇게 말해도 돼? 나도 다혈질이야! 나도!
혜연	(그저 말없이 소주를 마시고 있으면)
미래	야. 내가. (혜연을 턱으로 가리키며) 쟤 때문에 나이트세븐에서도 쫓겨났어. 뉴스의 신선한 바람 어쩌고저쩌고 하면서. (기막혀) 하! 신선한 바람 좋아하시네. 저기요. 나이트세븐하는 신부장이 지금 몇 살인 줄은 다들 알고 계세요? 너무나도 신선하게 쉰여덟이세요. 쉰여덟. 막말로 신

선한 바람이 그렇게 넣고 싶었으면 나를 빼면 안 되지. 쉰여덟을 뺐어야지. 안 그래?

혜연 (그저 말없이 소주를 마시다가 미래와 눈이 마주치니)

미래 (순식간에 무서워져) 왜. 뭐. 할 말 있니? 할 말 있으면 시원하게 한번 해봐.

혜연 (가만히 처다보기만 하면)

미래 (취했다) 난 너한테 할 말 많거든? 일단 난 너의 출신 성분이 궁금해. 아니. 난 너의 프로그램을 꿰차는 비결이 너무 궁금해. 넌 도대체 무슨 수로 그 나이에 거기까지 올라간 거니?

유라 (뒷말이 보여서. 말리는) ...언니. 취했다. 그만 마셔라.

미래 (무소의 뿔처럼 혼자서 간다) 말해봐. 너. 그거 정말 실력이야? 아니면 그 소문이 정말 맞는 거야? 너 그 소문은 알지? (피식 웃곤) 너에 대해 떠도는 그 소문.

유라 (안 되겠다) 아. 언니. 그만. 그만 마시고 가자. (팔 잡으며) 이제...

혜연 (쭉 마시고 탁 내려놓곤 똑바로 미래를 처다보며) 네. 선배님. 맞아요? 왜요? 그게 부러우세요?

순식간에 싸해지는 분위기. 미래가 '뭐?' 혜연을 처다보는데.
주연은 아무것도 들리지 않는 듯 혼자 술을 마신다.

미래 (개어이없어하며) 뭐?

혜연 그런 소문이라도 있는 제가 부러우시냐고 물었어요.

미래 (눈빛 변해서) ...이게 돌았나.

혜연 (맑게 웃으며) 근데 선배님. 설사 그 소문이 사실일지라도 전 양심에 찔릴 일은 한 적이 없어요. 결코.

미래 야. 그건 누가 안다고.

혜연 (씨익 미소를 지으며) 내가 알지. 내 몸인데.

'허.' 미래가 몹시도 어이없어하면.

S #57   (N / 부산 해운대구: 5성급 호텔 - 엘리베이터)

엘리베이터 안. 사람들 사이 무표정한 혜연은 건들면 왕 울어버릴 것만 같은.
엘리베이터의 문이 열리자 사람들이 내리고. 이제 주연과 혜연만 남겨졌는데.

혜연   (차가운) 선배는 안내려?
주연   (대답 없이 그저 서있으면)
혜연   (덤덤하게 짜증) 참. 그리고 선배. 난 이번 방송 내내 전혀 괜찮지 않았어. 선배는 아무것도 몰랐겠지만. 그래서 정말 대충 괜찮다고 위로해줬지만. 나는 있지.
주연   (묵직) 혜연아. (울 것처럼 가득 차오른 얼굴로) 나.
혜연   (주연의 표정에 놀라. 화났던 것도 잊고) 뭐야. 선배. 왜 그래?
주연   그니깐. 내가 정말 몰라서 그러는데. 혜연아. (툭툭 눈물이 흐르는)
혜연   (놀라서) 뭐야. 선배가 왜 울어? 울고 싶은 건 나라니깐?
주연   (울컥) 나는. ...내 전부를 보여줬었는데. 정말 전부를 다 보여줬었는데. (뚝뚝)
혜연   선배. (가까이 다가가선. 달래는) 울지 마. 선배. 왜 그러는 거야. 무슨 일 있었어? 응?
주연   사람이... (이해 좀 시켜줘) 사람이 어떻게 그래? (혼란) 정말 뭐가 뭔지 모르겠어. 전부 다 거짓말 같고. 그런데 분명히... (울면서) 다 진짜였고. 사람이 어떻게... 어떻게 그럴 수가.
혜연   (가만히 보다가 주연을 꽉 끌어안으며) 울지 마. 선배. 응?

혜연의 품 안에서 엉엉 우는 주연.
엘리베이터는 멈추고 문이 열리지만 혜연과 주연은 끌어안은 채 그대로 서 있고.

혜연   (잠시 생각하다 안은 걸 풀고 주연 보더니) 선배. 우리 술 마실래?

주연   (울면서. 훌쩍) 술?

혜연   (주연의 기분을 풀어주고 싶어) 응. 나 아까 술 제대로 못 마셨거든. 우리 둘이 마시자. 내가 선배 위로해줄게. (미소) 선배. 위로가 얼마나 대단한 건 줄 알아? 그건... 서로 따뜻해지는 엄청난 일이야. (예쁘게 웃으면)

혜연을 바라보는 주연의 얼굴이 한없이 흔들리고.

S #58   (N / 부산 해운대구: 5성급 호텔 - 스위트룸 층 복도)

룸을 향해 먼저 걸어가는 혜연의 뒷모습. 가다가 주연을 돌아보고 싱그럽게 웃는.
그런 혜연을 바라보며 주연이 쫓아가고.

S #59   (D - 늦은 오후 / 은호의 빌라: 은호의 집 401호)

늦은 오후의 햇살이 비춰 들어오는 은호의 집. 은호가 안경을 찾으며 일어나선.

은호   (이제 너무 자연스럽게) 현오야. 우리 아침... (몸을 일으키면)

썰렁한 집. 현오가 없다. '뭐지?' 하는 기분에 벌떡 일어난 은호가 현오를 찾는.
마음이 급해져 화장실 문을 열고 "현오야." 화장실에도 없자 '어딨지?'
현관 쪽으로 달려가 현오의 신발을 확인하는데.
신발도 없자 패닉이 오는 와중 딩동 소리에 팍 문을 열자.

현오   (아무렇지도 않게 장 봐온 봉지 들고 들어와) 뭐야. 일어났어?

은호   (순간적으로 안도가 되지만 감추며) 어디 갔다... 왔는... 데.

현오	아. 장 봐왔어. 야. 니네 집은 왜 사도사도 뭐가 필요하지? 도대체 집이 이
	렇게 드러운데 살림살이가 왜 하나도 없는 거지?
은호	(안심이 되자 미소가 흐르는) 뭐 사왔는데?
현오	(봉지 식탁 위에 올려두며) 뭐. 이것저것.
은호	그것도 사오지. 그 있잖아. 표고버섯 안에 새우살이 들어간 거. 그게 튀
	김인데. 그거 진짜 맛있어.
현오	(픽 웃으면)
은호	내가 그걸 먹을라고 진짜 온 동네 마트를 다 다녔거든? 근데 안 판다? 그
	런 건 어디서 파는 거야? 그게 삼겹살이랑 진짜 잘 어울리는데,
현오	(봉지 안에 있는 것들 정리하며) 그치. 넌 뭐든지 삼겹살이랑 먹고 싶어
	하지. 삼겹살을 너무 좋아하지. (쳐다보더니) 뭐. 그럼 삼겹살 먹으러 나
	갈까?
은호	(반색) 뭐?
현오	그래. 나가자. 지금.
은호	(너무 신나) 와. 진짜지. 너. 나 그럼 지금 옷 갈아입는다? 어?

새 고무장갑을 뜯으며 옷장에 처박힌 은호를 보고 귀엽다는 듯 픽 웃는
현오.
마침 식탁 위 현오의 휴대폰 진동이 울리면.

현오	(웃음기 있는 채로 전화 받는) 예. 여보세요.

S #60　(D – 늦은 오후 / 서울: 순천향대학병원 앞 – 공중전화 부스)

앰뷸런스 소리 요란한 병원 앞 낡은 공중전화 부스.
그 안에서 수화기를 든 채 엉엉 울며 전화를 하는 수정.

수정	(엉엉) 오… 빠.

S #61   (D - 늦은 오후 / 은호의 빌라: 은호의 집 401호)

현오   (불길) ...무슨 일이야. 문수정.

          은호는 신나서 옷들을 입어보고.

S #62   (D - 늦은 오후 / 서울: 순천향대학병원 앞 - 공중전화 부스)

수정   (엉엉) 오빠. (울면서) 오빠 어떡해?
현오 (F)   문수정. 좀 침착하게.
수정   (엉엉) 그니깐. 그니...
신영이모   (뒤에서 수화기 홱 뺏더니) 현오야. 여기 병원이고. 미자언니가 좀 다쳤
          어. 뭐 대단한 건 아니니깐. (전화가 끊긴다) 여보세요? 여보세요?

S #63   (D - 늦은 오후 / 은호의 빌라: 은호의 집 401호)
         ; 6회 S #2

은호   (아무것도 모르고. 벌써 원피스 입고선) 근데 우리 어디 가지? 예전에 갔
          던 그 돌판 삼겹살집 갈까? 그거 아직도 있을라나. 4년이나 지났으니까
          없어졌을 수도 있잖아. 그치. 현오... (현오를 보면)

          전화를 하는 현오의 표정이 심상치 않다. 은호의 표정도 천천히 무너져
          가는데.

현오   (전화를 끊더니 너무나도 차가워져) 나 갈게.

          서둘러 소지품을 챙긴 현오가 돌아보지도 않고 확 나가버리는.

순식간에 쾅! 문이 닫히고.
외투에 팔 한쪽도 마저 끼우지 못한 은호가 그저 그렇게 앞만 쳐다보고
있으면.

은호 E /   가지마.

S #64   (D – 오후 / 은호의 빌라: 근처 돌계단)
; 과거 * 4년 전 8월
; S #5

은호   (쫓아가 현오를 붙잡고) 가지마. 응?
현오   (냉정하게 돌아보곤) 나는 결혼 못해. 주은호. 근데 너는 하고 싶은 거잖
아.
은호   (고개 세차게 저으며) 아니. 안 해. 내가 다시는 결혼하잔 말 안할게. 미
안해. 미안해. 현오야.
현오   아니. 너는 또 다시 그런 말을 할 거야. 그 때는 시간이 더 지나 있을 거
고. 그러니깐. (차가운) 이거 놔. 주은호. (은호가 잡은 팔을 뿌리치면)

S #65   (D – 늦은 오후 / 은호의 빌라: 은호의 집 401호)

식탁 위엔 뜨다 만 고무장갑과 현오가 읽다 만 신문.
개수대엔 현오가 마셨던 커피 잔. 새로 산 수세미와 세제.
그리고 뚝 뚝 수도꼭지에서 떨어지는 물. 현관에는 함께 썼던 젖은 찢어
진 우산.

외투에 팔 한쪽을 끼운 채 멍하니 서 있던 은호가 문득 제 외투 끝 팔을
쳐다보다
포기한 듯 천천히 외투를 벗기 시작하면.

쾅쾅쾅쾅! 현관문 두드리는 소리에 '뭐지?' 쳐다보는 은호.
가만히 있자 벨소리와 함께 다시 쾅쾅쾅쾅! 소리에 걸어가 문을 열어
보니
어느새 비에 쫄딱 젖은 현오가 문 앞에 서있다.

현오   은호야.
은호   (뚝 바라보면)

[알아.]

현오   (은호를 한참 보다가) 아파라.
은호   (뭐?)
현오   이렇게 가끔씩. (많은 걸 꿀꺽 삼키고) ...아파줘라. 주은호.

[네가 다시 돌아오면]

현오   (진심. 간절히 은호를 보며) 그래주라. 은호야.

[나는 많이 아플 거야.]

현오   그래줄래. 은호야?
은호   (바라보면)
현오   응?

은호가 한참이나 현오를 바라보다 이내 대답한다.

은호   아니.

[아니.]

현오가 절망처럼 은호를 쳐다보면.

은호	나 절대로 (꿀꺽 삼키고) 아프지 않을 거야.
현오	(고개를 천천히 숙이면)
은호	무슨 일이 있어도 건강할거야.
현오	(고개를 들지 못하면)
은호	그렇게 보란 듯이. ...잘 살아볼 거야.
현오	(아무것도 못하고 울 것처럼 고개를 숙이고 있으니)
은호	잘 가. 인사는 이렇게 하는 거랬지?

[우리 서로를]

현오를 향해 제법 예쁘게 미소를 짓는 은호.

[책장에 넣어둔 채 다시는 꺼내보지 않기로 해.]

S #66 (D - 오후 / 은호의 빌라: 근처 돌계단)
        : 과거 * 4년 전 8월

왈칵 눈물이 차올라 뚝뚝 우는 은호에게 현오가 말한다.

현오	왜 우냐.
은호	(점점 더 소리 내 울기 시작하면)
현오	(특유의 빈정) 웃으면서 하는 거야. 인사 같은 건. (씨익 웃으면)

[마음에 담고 영영 그리워하지 않기로 해.]

S #67　(D - 늦은 오후 / 은호의 빌라: 은호의 집 401호)

이제 현오처럼 미소를 짓는 은호.

[머나 먼 이야기와]

은호　잘 가. 정현오. (좀 더 활짝 웃으니)

[아주 오래된 계절처럼]

비에 젖은 현오가 고개를 들어 그런 은호를 쳐다보면.

[꿈으로]

한걸음 물러난 은호가 쾅! 현관문을 닫아버리자.

[그저 꿈으로]

닫힌 문 앞에서 멀거니 앞만 쳐다보고 서 있는 현오.

[이루지 못할 꿈으로]

현관문 안쪽의 은호는 제법 아무렇지도 않다는 듯 툭툭 안으로 들어가고.

'　[남겨두기로 해.]

바깥엔 여전히 쉼 없이 비가 쏟아지고 있다.

[안녕]

뚝 꺼지는 모든 것.

- 제5회 끝 -

이별의 역사

사랑하니까

S #1   (D – 오후 / 은호의 빌라: 근처 돌계단)
         ; 과거 * 2012년 6월

햇빛이 눈부신 오후의 돌계단. 은호가 성큼성큼 돌계단을 두 개씩 올라
가며.

은호   (삐죽삐죽 새어나오는 웃음 참으며) 나... 집에 남자 데려오는 거 니가 처
         음이다?

현오   (뒤에서 따라가면서 픽) 어. 그럴 것 같았는데.

은호   (급발진) 아냐! 나 인기 많았어! 나 나쁘지 않았어!

현오   ...안 많았을 것 같은데. ...나빴을 것 같은데.

은호   너는 많았니? 너는 상황이 아주 좋았니?

현오   많았지. 이 얼굴로 인기가 없으면 그게 더 이상하지 않아?

은호   (점점 짜증) 그래서 여자를 많이 만났니? 아주 많이 만났니?

현오   (으쓱) 에이. 그렇게까지 많은 건 또 아니고.

은호   나는 남자 많이 만났거든? 물론 세 달 이상 만난 건 너가 처음이지만?

현오   (전혀 감탄하지 않으며) 와. 고마워해야 하는 거냐?

은호   물론 고마워해야지! 난 있지. 나를 세 달 이상 견디는 남자랑은 내가 결
         혼이란 걸 해야겠다. 결심을 했었어. 왜냐하면 그런 남잔 흔치 않으니깐.
         아무튼 그런 남자랑 결혼을 해서... 아이는 하나? 아니 둘이 나으려나?

아들 하나 딸 하나. 오. 그게 좋겠다. 근데 솔직히 딸은 내 얼굴을 닮는
게 더 나을 것 같아. 왜냐하면 니 얼굴은 솔직히 여자보다 남자한테 더
잘 어울리니깐? (돌아보곤) 그치!

현오 (뚝 멈춰서) 나는 결혼 같은 거 안 할 건데. 주은호.

은호 (확 식어) 아. 그치. (떨떠름) ...그랬었지. (다시 씩씩하게 걸어가면)

현오 (그런 은호의 뒷모습을 잠시 쳐다보자)

은호 (가다가 따라오지 않으니 돌아보고 활짝 웃으면서 아무렇지도 않게) 왜
안 와?

현오 가.

현오가 다시 은호를 따라가면 햇빛이 언제나처럼 그 자리를 비춘다.

S #2 (D - 늦은 오후 / 은호의 빌라: 은호의 집 401호)
: 5회 S #63

창밖엔 햇살이 쏟아지고.

현오 (전화를 끊더니 너무나도 차가워져) 나 갈게.

서둘러 소지품을 챙긴 현오가 돌아보지도 않고 확 나가버리는.
순식간에 쾅! 문이 닫히고.

빠르게 계단을 내려간 현오가 빌라 앞에 주차된 제 차에 타면.
차 안의 룸미러에 걸린 실금 목걸이가 느리게 달랑거리는데.

S #3 (D / 현오의 어릴 적 집: 지하방)
: 과거 * 현오 11세 - 1998년

실금 목걸이 달랑거리는 목. 몸을 구부리고 짐을 챙기는 현오모.
열한 살 현오가 앉은뱅이책상 앞에 앉아 숙제를 하다 그런 엄마를 보곤.

현오   엄마. 어디 가?
현오모   (자기 옷 가방에 넣으며. 정신없는) 응. 엄마 어디... 가는데.
현오   응. 어디?
현오모   (지퍼를 쭈욱 닫고 현오에게 가선) 현오야. 엄마 금방 올게.
현오   (왠지 아닐 것 같아 뚝 쳐다보면)
현오모   우리 현오는 씩씩하니깐. (웃으며) 반장이니깐. 잘 지내고 있을 수 있지?
현오   (불안해지는) 엄마. 어디 멀리 가?
현오모   (실금 목걸이를 빼서 현오에게 주며) 혹시 엄마가 보고 싶을 땐 이거 보면서 기다려.
현오   (실금 목걸이 꼭 쥐고선) 근데 엄마는 이거 없잖아. 엄마는 뭐 보면서 나보고 싶은 거 참을 건데?
현오모   엄마도. (꿀꺽) 엄마도 같은 거 사서 현오 생각할게.
현오   (불안하고 무서워져) 그럼 엄마 언제 와? 알려주면 안 돼?
현오모   엄마가... 올 건데... 올 거야. 그런데 현오야. 혹시라도 엄마가 안 오면.
현오   (빨리 말해줘) 응.
현오모   우리 현오가 어디서든 볼 수 있는 사람이 되어줄래? 누구든지 알 수 있는 사람이 되어줄래? (현오의 뺨을 어루만지며) 우리 현오가 그래줄 수 있어?

부드럽게 미소 짓는 현오모를 바라보는 현오.
엄마는 영원히 오지 않을 것 같고 그래서 그 약속을 지켜야만 할 것 같다.

S #4   (D / 현오의 어릴 적 집: 지하방)
       : 과거 * 현오 14세 - 2001년

현오부   (성난) 아! 주면 되잖아! 주면!

숙제를 하던 중학생 현오의 눈에 비친 현오부는 화가 많이 나 있고.

현오부   (전화로 뭔가 듣더니) 아! 지금 갖다 준다고! 그래! 옆집 문씨 것도! (전화를 확 끊고 현오에게) 야. 너 이리와 봐.

현오가 부스스 일어나 현오부에게 가면.

현오부   (안주머니에서 만 원짜리 열장을 꺼내 툴툴 세다 흘끗 현오를 보곤 두 장은 다시 집어넣고 팔만 원만 건네며) 이거 일수 여편네 갖다 주고 와.
           + 돈은 다 만 원짜리 아니고 천 원짜리 오천 원짜리 다 섞여 있다.
현오   (목 끝까지 '왜 2만 원은 안줘?' 넘어오지만. 받으면서) 예. 아버지.
현오부   옆집 문씨네 것도 니가 받아서 가져다주고. 알았어?

"네. 아버지." 현오가 대답하고 주섬주섬 집을 나서면.

S #5   (D / 현오의 어릴 적 집: 대문 앞)
          ; 과거 * 현오 14세, 지온 9세, 수정 7세 - 2001년

집 앞에 선 현오가 제 낡은 지갑을 꺼낸다. 지갑 안엔 오천 원이 있고.
그 돈과 지갑 안쪽 잘 접어 넣어둔 만 원짜리 한 장과 오천 원 짜리 한 장을 꺼내
현오부가 준 돈과 합치는 현오. 이제 십만 원이 되었다.

현오가 옅게 한숨을 쉬고 한걸음 나서니 옆집 문이 열리며.

지온   (뛰어 나와) 형아! 아빠가 형아랑 같이 갔다 오래!
수정   (볼이 새빨간. 너무 귀여운) 돈도 줬어!
현오   (다정하게 손을 내밀며) 그래. 그럼 같이 가자.

수정   (해맑아) 오빠아! 근데 우리 엄마아 집에 안 들어온다?

지온   (주눅) 야. 말하지 마.

현오   (따뜻하게) 왜 안 들어오시는데?

수정   (순수) 몰라! 할머네 간다고 하고 안와!

현오   (진심) 엄마는 오실 거야.

수정   (맑아) 근데 오빠네에 엄마아도 안 오잖아.

지온   야. 말하지 마.

현오   지온아. 수정아. 오늘 저녁에 우리 집에서 밥 먹을래?

수정   이야! 신난다! 나 소세지! 소세지!

현오   그래. 오빠가 그거 해줄게.

지온   (기분이 조금 나아진) 아. 소세지 맛있는데.

세 사람이 손을 잡고 신이 난 듯 골목을 걸어가면.

S #6   (D / 이태원 현오의 건물 앞: 버스 정류장)
       ; 과거 * 현오 14세, 지온 9세, 수정 7세 - 2001년

현오   (어두워진) 근데 지온아... 이거 만 원이 모자란데?

버스 정류장 앞. 현오가 꼬깃꼬깃한 지폐를 세다가 지온에게 물으니.

수정   오빠아! 그거어! 아빠가 소주 산다고 뺏어갔어! 내일 갚는댔어!

지온   (풀 죽어) ...미안. 형아.

현오   아... (어쩌지)

현오가 제 지갑 안쪽을 보면 잘 접어둔 천 원짜리 한 장 밖에 없다.
현오가 한숨을 푹 쉬며 돌아보면 지금 현오가 사는 이태원의 5층 건물
이 보이고.

S #7   (D / 이태원 현오의 건물: 4층 중식당 – 룸)

; 과거 * 미자할매 52세, 현오 14세, 지온 9세, 수정 7세 – 2001년

햇빛 속 먼지들이 뽀얗게 흩어지면 낡았지만 고급스런 중국집의 룸이
비춰지면.

그 안쪽. 화려한 익룡 자수가 새겨진 잠바를 입은 사람의 뒷모습.

그 사람이 담배를 재떨이에 비벼 끄고 돌아보면 젊은 시절의 미자할매다.

미자할매   (한쪽의 현오와 지온, 수정을 쭉 훑고는. 무서운) 돈을 잊어 먹었다고?
현오   (그렇다는 듯 꼿꼿하게 바라보자)
미자할매   뻥치네. 야. 너거들. 오다가 그 돈으로 뭐 사먹었제.
현오   (침착하게 거짓말) 아뇨. 정말 있는 그대로 가져왔는데. 오다가 제 실수
          로 그만 잃어버렸습니다. (고개 숙이며) 정말 죄송합니다.
미자할매   (안 믿고 수정 앞에 쪼그려 앉아서) 야. 꼬마야. 니가 함 말해볼래? 니 오
          다가 뭐 처묵제?
수정   (해맑게) 아니? 나 아무것도 안 처먹었는데?
지온   (저도 모르게 쿡 웃음이 나오자)
미자할매   (지온 보더니. 무섭게) 웃어?
지온   (뚝 웃음을 거두면)
미자할매   (주머니에서 아까 받은 돈을 꺼내 그걸로 현오의 얼굴 툭툭 치면서) 야.
          (툭) 이 아줌마가. 니한테. (툭) 뻥 뜯는 게 아이잖아. (툭툭) 느그 애비들
          이 빌려간 돈. (툭) 그 치들이 뒤지면 니들이 갚아야 하는데. (툭) 벌써부
          터 뻥땅을 치나. (툭툭) 이 싹수가 노랜 새끼들아. (툭) 그냥 지금부터 앵
          벌이 뛰어갖고 함 갚아볼래? 으서서 뻥땅을 치고 앉았노!
현오   (하나도 쫄지 않고) 아뇨. 저희는 진짜 뻥땅친 게 아니라.
미자할매   내가 이 동네 바닥에 이거까지 건물이 두 개다. 그다가 각각 하나씩 도
          박장이 있는데 그서 빚을 진 놈들이 수두룩 빽빽이거든? 근데 한 놈 빠
          짐없이 제 날짜에 꼬박꼬박 따박따박 갚는다 말이야?
현오   (어쩌라고) 네.
미자할매   근데 니들만 맨날 늦어. 니들만. 늦는 건 둘째 치고. 뻥땅? (현오의 뺨을

세게 찰싹!) 찾아와.

현오 (미동도 안하는데)

미자할매 (한 번 더 뺨을 아주 세게 치고. 고함) 당장!!

"우아아아앙!" 울음을 터트리는 수정. 지온은 미안함에 고개를 푹 떨구고.

현오 (맞고도 침착) 그런데요. 아줌마.

미자할매 (무서워) 뭐!

현오 제가 이렇게 맞았으니 된 거 아닌가요? 그래도 구천 원을 더 받으셔야 되는 건가요?

한쪽 뺨이 벌겋게 부어오른 채 당당한 현오를 미자할매가 어이없게 보면.

S #8   (N / 현오의 어릴 적 집: 지하방)
      ; 과거 * 현오 14세 - 2001년

"야! 쌌네! 쌌어!" "문씨 니는 피박이고. 너는 광박이고." "아. 이건 씨. 나가리야."
담배연기 뿌연 현오의 지하방 안. 남자 너댓이 모여앉아 고스톱 판을 벌이고.
현오는 한쪽에 앉아 공부를 하는데.

현오부 (전화가 오자 받고) 에. (뭔가 듣더니) 아씨! 지난 달꺼 줬잖아! 이번 달은 없어! 아. 줄게. 다음 달에 다 준다고! 에이! (확 끊고 고스톱을 마저 치는) 뭐야! 흔들었어? + 미자할매 전화.

"하. 근데 정씨. 니 아들은 이 하수구 똥바닥 같은 곳에서도 공부를 하네. 나중에 애 덕 좀 보겠어." 남자 중 하나가 말하자 현오부가 "염병." 대답하고.

현오는 들릴 듯 말 듯 작게 한숨을 쉬며 공부를 하면.

S #9   (D / 서울 중구: 맥도날드)
        ; 과거 * 미자할매 52세, 현오 14세 - 2001년

한낮의 패스트푸드점. 중학생 현오가 계산대 앞에 서 있다.

현오   어서 오세요. 주문하시겠어요? (웃으며 앞을 쳐다보자)
미자할매 내 10만 원 주문할 건데. 이번 달에 못 받은 10만 원. (씨익 웃는데)

S #10   (N / 서울 중구: 맥도날드)
        ; 과거 * 미자할매 52세, 현오 14세 - 2001년

어느새 밤이 되어 사람 없는 패스트푸드점.
마대로 바닥을 닦던 현오가 툭 걸리는 발에 고개를 들면 미자할매가 앉
아 있다.

현오   영업 끝났는데요.
미자할매 (콜라 쭉 빨아먹으며) 안다.
현오   (한숨 폭. 다시 걸레질 하는데)
미자할매 (그곳만 발을 들어주며) 니 오늘 알바비 받지.
현오   (묵묵히 걸레질하며) 네.
미자할매 니 그거 싸그리 나한테 가져온나.
현오   22만원 받아서 12만원은 안 드릴 건데요.
미자할매 야. 니 애비가 돈을 나흘이나 밀렸는데 내도 이자는 받아야지.
현오   (걸레질 하다 쳐다보곤) 그럼 이자가 하루에 30%인 셈인데. 그건 과하
            다 생각하지 않으세요?
미자할매 (어쭈? 그걸 바로 계산해?) 니 몇 등 하노.

현오	(다시 걸레질) 1등이요.
미자할매	그런 애비 밑에서 너 같은 놈이 나오기도 해?
현오	(걸레질하며) 저희 엄마가 똑똑하시거든요.
미자할매	(어쭈? 한마디도 안 져?) 야. 니 이름이 뭐지?
현오	(걸레질 멈추고. 미자할매 보곤) 안 알려드릴 건데요. 제 이름 아시면 제가 있는 학교까지 따라와 돈 달라 할 게 뻔하니깐. (다시 걸레질)

'아. 저거 진짜 똑똑하네?' 하듯 미자할매가 현오를 보고 픽 웃고.

1층 주인댁 E /   현오야아!!!!!

S #11 (D / 현오의 어릴 적 집 앞)
; 과거 * 현오 15세 - 2002년

불길에 휩싸인 현오의 지하방. 1층 주인댁이 맨발로 나와 다 뿌린 소화기를 들고 전전긍긍하며 목이 터져라 현오를 부른다. + 2층 주택 중 반지하 집이 현오의 집.

1층 주인댁	(지하방 입구에서) 현오야아!! 현오야아!!
현오	(달려와) 아저씨!
1층 주인댁	(소화기 던지곤 현오 끌어안으며) 아이고! 현오야! 난 니가 저 안에 있는 줄 알고!! 괜찮아? 괜찮은 거야?
현오	(순간) 저희 아버진요? 저희 아버지 저 안엔 없겠죠? (그러다 있을 것 같아서 뛰어 들어가려고 하면)
1층 주인댁	안 돼!! 현오야!! 아직 연기가!! 안 돼!!

현오가 지하방으로 들어가려는 걸 1층 주인댁이 말리는 사이
그 뒤로 소방차의 요란한 사이렌 소리가 들리면.

S #12　(D / 현오의 남녀공학중학교: 교무실)
; 과거 * 현오 15세 - 2002년

현오담임　(보육원 자료 건네며) 여기가... 열여덟 살까지 널 보호해줄 보육원이야.
현오　(어두운 얼굴로 가만히 서있으면)
현오담임　현오야. 괜찮니.
현오　(한참을 가만히 있다가) 아니... 요.
현오담임　(진심) 내가 아무 도움이 되지 못해서 너무 미안해.
현오　(무겁게) 아니... 요.
현오담임　그리고 여기가 좀 멀어서 네가 전학을 가야 할 것 같은데.

현오의 눈동자는 텅 비었고.

S #13　(D / 현오의 어릴 적 집: 대문 앞)
; 과거 * 미자할매 53세, 현오 15세 - 2002년

짐 가방 단출하니 든 현오가 대문을 열고 나오면 사회복지사가 앞에 서 있는.
현오가 간단하게 목례하고 사회복지사와 함께 골목을 타박타박 걸어가는데.
고급승용차가 길을 가로막더니 뒷좌석 창문이 주르르 열리면서.

미자할매　니... 내 돈 떼먹고 어디 가노. (씨익 웃으면)

S #14　(D / 현오의 어릴 적 집: 근처 슈퍼 앞)
; 과거 * 미자할매 53세, 현오 15세 - 2002년

동네의 작은 슈퍼 앞. 낡은 파라솔 테이블 아래에 앉은 미자할매와 현오.

미자할매 (콘 아이스크림에 소주를 따라 마시며) 그래. 불에 싹 다 타가지고.

현오 네. 한 푼도 없습니다. ...그리고 제가 알기론 채무자 본인이 사망할 경우 상속 포기를 하면 그 채무에 관한 의무는 사라진다고 알고 있는데요.

미자할매 맞다. 그게 법이다.

현오 그렇다면 이제 저를 찾아오실 일은 없다고.

미자할매 맞다. 근데 우린 법대로 안 산다. 느그 아빠가 우리한테 진 빚이 자그마치 1억이야. 1억이면... 저 변두리에 있는 아파트 하나는 살 수 있거든? 그걸 우리가 우째 포기하겠노. 어떻게든 끝까지 받아내야지.

현오 현재 제가 해드릴 수 있는 건 없는데요. 저도 제대로 돈을 벌려면 18세가 되어야 하고. 지금 하는 알바는 제 용돈벌이 정도라.

미자할매 니 보육원에 간다고 들었는데 거기는 18세 되면 쫓겨나지 않나?

현오 쫓겨나더라도 지금 당장은 저를 보호해줄 수 있는 곳이라서요.

미자할매 니 꿈이 뭐. 텔레비에 나오는 사람이라고? 니 아빠가 그러던데.

현오 네. 맞습니다.

미자할매 그럼 니 대학도 가야긋네. 뭐. 서울대 갈 건가?

현오 서울대는 못 가지만 최대한 노력하는 중입니다. 그렇게 제가 성인이 되어 직장에 들어가게 되면 아주 조금씩이라도 그 돈은 갚을 테니까.

미자할매 내 빚은 없던 걸로 해줄게.

현오 (뚝 쳐다보면)

미자할매 대신 조건이 있다.

현오 어떤 조건인데요.

미자할매 니 우리 집에 들어와 살아라.

현오 (너무 놀람) 예?

미자할매 보육원보다 훨씬 나을 거다. 내가 니 들어와 산다하면은 대학 등록금도 내주고. 뭐 학원 같은 것도 다니고 싶다카면 보내주고. 다른 집 부모가 하는 거 만큼 해줄게.

현오 (차가워) 왜요? 대가 없는 친절은 없잖아요.

미자할매 그래. 대가없는 친절은 없지. 그래서 내가 니를 그리 키아주면 니가 꼭 해줘야 할 게 있다.

현오   그게 뭔데요.

미자할매   나까지 다섯 아지매가 널 키울 낀데 나중에 니가 받은 만큼 보은을 해라.

현오   (무슨) ...보은이요?

미자할매   그래. 은혜를 갚으란 말이다. 니 박씨 물고 온 카치 알지? 그 카치처럼 우리가 늙고 힘이 없어지면 니가 보은을 하라고. 알았나.

현오가 '그래서 그 보은이 뭔데.' 하듯 미자할매를 쳐다보면.

S #15   (D / 이태원 현오의 건물 앞)

; **과거** * 미자할매 53세, 혜자할매 52세, 춘자할매 50세, 신자할매 49세, 영자할매 47세, 신영이모 나이 미상, 현오 15세 - 2002년

탕! 차에서 내린 현오가 짐 가방을 들고 미자할매를 따라 건물로 들어가는.

4층에 다다라 끼익 문을 열면 사람들 빼곡한 도박 하우스. + 폐점한 고급 중국집 같다. / 현오는 책가방에 짐가방에 교복을 입었다.

넓게 트인 공간에 원형 테이블마다 각각 다른 도박판이 벌어지고 있는데. 포커를 치고 화투를 치는 사람들이 내뿜는 담배 연기와 욕설로 가득한 곳이다.

미자할매가 현오를 데리고 나타나자 사람들이 모두 멈춰 쳐다보고. 사이 고혹적인 모습의 신영이모가 또각또각 걸어와서는.

신영이모   뭐야? 얘가 언니들 노후에 수발 들 볼모야? (현오의 볼을 꼬집더니) 어머, 귀엽게 생겼네?

춘자할매   (카아악 퉤!) 야! 니는 머스마한테 귀여운 게 뭐꼬. 뭐 다른 말 없나. 이쁘장하다. 곱상하게 생깄다. 뭐 그런 거 있다이가.

신자할매   (담배를 입에 물고) 아는 또 와그리 삐쩍 꼴아 있노. 저거 고마. 가다 쓰

러지는 거 아이가? 그럼 안 되는데. 내 자로 뽕 뽑아야 되는데.

영자할매 어야. 신영아. 술 어딨노. 내 술 좀 더 주라. (현오에게) 야. 니 우리 말 잘 들어야 된다. 안 그러면 고마 확 쫓아내버릴 끼다.

혜자할매* (유일하게 친절한 사람. 현오에게 다가가 반갑게 인사하며) 안녕? 니 밥은 뭇나? 아이고야. 니 억수로 말랐네. 니 목욕탕 함 안 갔다 올래? 아줌마가 돈 좀 주까? 맞다 참. 니 이름이 뭐라했노?

현오 저는... 정... 현오고.

혜자할매 우리가 니 방도 만들어 놨는데 니 같이 함 안 가볼래?

미자할매 내가 데리고 가께. (현오에게 무뚝뚝) 따라온나.

현오가 쭈뼛쭈뼛 미자할매를 따라가자 다시 도박 하우스가 시끄러워지고.

S #16   (D / 이태원 현오의 건물: 계단)
; 과거 * 미자할매 53세, 현오 15세 - 2002년

액자들 켜켜이 쌓인 가파른 계단을 짐 가방을 들고 오르는 현오.
현오가 버거워 보이지만 미자할매는 뒤도 안 돌아보고 앞서 가고.
5층 문을 열면 입구부터 짐들이 꽉꽉 차 있는 창고 느낌이 나는 공간이다.

현오가 주변을 두르며 따라가면 가장 안쪽의 쪽방으로 안내하는 미자할매.
먼지가 그득하고 딱 한 사람이 누울 정도의 공간만 치워져 있는데.

현오 (우리 집이 더 낫겠다 싶어) 여기서. ...지내는 건가요?

미자할매 (제 발 앞 바구니에 담긴 제기 더미를 발로 부욱 밀며) 왜. 공짜로 먹여주고 재워주는데 궁궐일 줄 알았나.

현오 아뇨. 감사합니다. (한쪽에 짐을 놓고 풀면)

미자할매 (그런 현오 내려다보며) 근데... 문씨네는 아직 안 죽었지? 그것들 내 돈

갚을 수 있겠제?

S #17　(D / 현오의 어릴 적 집: 대문 앞)
　　　; 과거 * 현오 15세, 수정 8세 - 2002년

수정　(제 집에서 달려 나오며. 여전히 귀여워) 오빠아!
현오　(수정을 풀썩 안고) 수정아! 지온이는?
수정　(콧물 주욱 흘리며) 오빠는 아빠 찾으러 갔어! 아빠가 자꾸 집에 안 들
　　　어와서어!
현오　(문득 걱정) 너는. 밥은 먹었어?
수정　(해맑게) 아니이! 배고파아!
현오　(손 잡고선) 그럼 들어가자. 오빠가 밥 해줄게.
수정　(순수) 오빠아! 근데 우리 집에 아무것도 없어! 어제도 굶었는걸?

현오가 수정을 뚝 쳐다보면.

S #18　(N / 이태원 현오의 건물: 4층 중식당)
　　　; 과거 * 미자할매 53세, 혜자할매 52세, 현오 15세, 수정 8세 - 2002년

혜자할매가 주는 밥을 열심히 먹는 수정.

현오　(팔짱끼고 무섭게 현오를 쳐다보는 미자할매에게. 조금도 쫄지 않고) 문
　　　씨 아저씨가 집에 들어오질 않는대요.
미자할매　(자기 팔짱긴 채) 그래... 그 새끼 연락이 안 됐다. 애들이라도 잡아와야
　　　하나... 했는데. (쓱 수정을 쳐다보곤. 서늘) 지발로 왔네?

　　　───────
　　　● 양혜자 (74세, 여) 둘째. 이태원 할매 5자매 중 가장 친절하고 가장 많이 웃고 가
　　　장 사려 깊은 사람.

현오	문씨 아저씨네가 갚을 돈은 얼마에요?
미자할매	걔네는 그래도 거의 다 갚았지. (현오를 보곤) 니랑은 다르게.
현오	지온이랑 수정이는 아직 너무 어려요. 쟤들이 스스로 아르바이트할 수 있을 때까지만이라도.
미자할매	뭐. 니처럼 키워주라고? 안 돼. 우린 한 놈이면 충분하다.
현오	아뇨. 삼시세끼만 챙겨주세요. 그러면 제가 나중에... 지온이랑 그 돈 다 갚도록 할게요. 약속할 수 있어요.
미자할매	니는 우리가 무슨 자선 사업하는 줄 아나배.
현오	뭐. 저 거두시는 거 하나로 자선사업인 건 맞죠. 근데 저희는 꼭 갚을 거예요. 그래서 이건 대부사업에 가까워요. 어려울 것도 없는 게 그쪽은 원래 하시던 일 하는 거라서요. 거기에 문씨 아저씨네 남은 돈을 받아낼 수 있는 볼모까지 생겼으니 뭐. 더 좋은 거래 아닌가요?

미자할매가 현오를 '뭐이?' 하듯 쳐다보면.

S #19   (D / 이태원 현오의 건물: 4층 중식당)
; 과거 * 혜자할매 52세, 춘자할매 50세, 신자할매 49세, 영자할매 47, 신영이모 나이 미상, 지온 10세, 수정 8세 - 2002년

CUT 1 》

학교를 마친 지온이가 수정의 손을 잡고 쭈뼛쭈뼛 들어온다.
담배를 문 신자할매가 개밥처럼 툭 밥을 놓아주고. 반찬은 어제 남은 술 안주인데.

CUT 2 》

계란후라이 반찬을 먹는 지온과 수정. 그 옆엔 영자할매가 반주를 하고 있고.

다 먹은 지온과 수정이 책가방을 메고 "다녀오겠습니다." 나가면
"다녀오기는 뭘 다녀와. 고마 오지마라." 말하는 영자할매.

CUT 3 ≫

소세지 반찬을 먹는 지온과 수정. 춘자할매가 카아악 퉤! 싱크대에 침을 뱉자
지온이 "할매. 더러워." 말하면 춘자할매가 "미안타." 대답하고.

CUT 4 ≫

불고기를 얹어 수정에게 밥을 먹여주는 혜자할매. 지온도 열심히 먹는데.
마침 신영이모가 들어와 냉장고 문을 열자.

지온	(밥 먹으면서) 근데 할매. 저 누나는 누구예요?
신영이모	(냉장고에서 물을 꺼내 마시다가) 나? 나는... (웃으며) 술 파는 누나지?

신영이모가 지온을 향해 씨익 웃으면.

S #20 (N / 마담프레야: 룸)
; 과거 * 신영이모 나이미상 - 2003년

술판이 벌어진 룸살롱.
취객1이 삿대질을 하며 "너 이 새끼. 내가 죽여 버린다." 소리를 지르는 사이
취객2가 신영이모 엉덩이를 만지려 하자 노래를 부르던 도형이 마이크를 던져놓곤.

도형	(신영이모의 손을 잡아끌고) 나와.

신영이모	(술 따라주다가) 아니. 왜.
취객2	(열 받아) 야씨! 너 뭐야! 넌 노래나 불러어!!
도형	(굽신굽신) 죄송합니다. 손님. 잠시만요.

도형이 신영이모의 손을 붙들고 룸의 문을 쾅! 닫고 나오면.

신영이모	(도형이 잡은 손목 날리며) 아. 왜 이러는데!
도형	너 룸에 좀 안 들어오면 안 되냐? 나 미쳐버릴 것 같아.
신영이모	(아이 어르듯) 자기야. 이거 다 일이야. 이런 건 참아야지.
도형	아니이... 그냥 술만 주고 가. 손님한테는 내 엉덩이 만지라고 할게.
신영이모	(어이없어서 웃는) 아. 진짜 무슨.
도형	아무튼 절대 들어오지 마. 알았어?
신영이모	아! 자기...

대답 대신 쾅! 닫히는 문. 신영이모가 허. 어이없어하다 카운터로 걸어가는 사이
순간 안쪽에서 와당탕탕 소리와 함께 비명소리 뒤섞여 들려온다.
신영이모가 돌아보는 순간 벌컥 문이 열리며 피투성이가 된 도형이 나와선.

도형	신영아! 구급차 빨리!
신영이모	왜! (달려가 보면)

피로 낭자한 룸 안. 취객1,2,가 서로 칼부림을 해 각각 쓰러져있다.
도형이 피 흐르는 상처를 막아주며 신영에게 "빨리! 구급차!" 소리치고.

신영이모	(카운터로 달려가 전화기 들고. 손이 덜덜 떨린다) 여기. 빨리 와주세요. 여기 사람이... 사람이 죽은 것 같은데... 여기 주소가...
도형 O.S	(포효) 신영아!!

S #21   (N / 마담프레야: 안쪽 방)
; 과거 * 신영이모 나이미상 - 2003년

술집 안쪽 방으로 급하게 들어온 신영이 도형의 짐을 가방에 쑤셔 넣는다.

도형   (취객들 피 막느라 이미 피투성이. 손에도 상처) 뭐하는 거야?

신영이모 너 도망가.

도형   내가 왜 도망가. 난 아무것도 안 했어. 난 진짜 말리기만 했어.

신영이모 (서랍 열고 모아놓은 현금뭉치 가방에 마구 넣으며. 침착) 저 사람들 다
             죽으면 니가 범인으로 몰릴 수도 있어. 안에서 무슨 일이 있었는지 아무
             도 모르니깐.

도형   (손부터 옷 전부 피투성이) 아냐! 난 진짜! 진짜 아무것도!

신영이모 (버럭) 그걸 누가 증명하는데! 경찰이 네 말을 믿어줄 것 같아! 이도형!
             너 전과 4범이야! 니가 무슨 말을 해도 이런 상황에선 그 누구도! 니 말
             안 믿어. (가방을 주곤) 빨리. 빨리 떠나. 그리고 연락하지 마. 알았니?

도형이 얼떨떨한 얼굴로 신영이모가 건네는 짐 가방을 받아들면
바깥에선 경찰차 사이렌 소리가 들려오고.

S #22   (N / 이태원 현오의 건물: 계단)
; 과거 * 미자할매 54세, 현오 16세 - 2003년

중학생 현오가 터벅터벅 계단을 걸어 올라가는데. 4층이 시끌벅적하다.
열린 문 사이로 보면 마담프레야 건물 임차인들이 드글드글한데.

임차인1   (아저씨) 아니!! 아무도 안 오잖아!! 사람이!!

임차인2   (아주머니) 당장 우리 월세 뱉어내! 건물주가 뱉어내야지! 누가 뱉어내!

임차인3   아. 살인사건이 난 곳에서 장사를 어떻게 해요? 말이 돼요?

임차인4　월세는 그렇다 치고 보증금이라도 반환해달라고요!

　　　　　임차인들 사이에서 폭격을 맞고 있는 미자할매. 아무 말도 못하고 서 있
　　　　　기만 한데.
　　　　　잠시 보던 현오가 무감한 표정으로 5층으로 이어지는 계단을 오르면.
　　　　　+ 계단 사이드에 쌓여있는 액자엔 지온과 수정. 현오와 혜자할매가 함께 찍은 사진
　　　　　이 담긴 액자 하나 정도 있다.

S #23　(D / 마담프레야: 건물 앞)
　　　　; 과거 * 현오 16세 - 2003년

　　　　　폴리스 라인이 헐겁게 둘러진 마담프레야 건물. 건물 주변엔
　　　　　[건물주는 고액 보증금을 당장 반환해라!] [멀쩡한 건물에서 살인사건 웬
　　　　　말이냐!]
　　　　　현수막이 걸려있고. 건물은 임차인들이 모두 나가 폐허가 됐다. + 그 외
　　　　　[천벌받을 건물주는 각성하라!] [권리위에 잠자는 건물주! 대책마련촉구!] [보증금
　　　　　반환지연에 세입자 죽어난다!] [살인난 곳에서 못산다. 내돈내놔!]

이태원주민1　저 건물은 어떻게 되는 거야?
이태원주민2　모르지. 경찰들 한참 드나들더니 2층 도박장까지 걸리는 바람에 저기에
　　　　　　　아무도 안 들어온대.
이태원주민3　근데 미자네... 저 건물만 있는 거 아니잖아.
이태원주민2　거기 도박장도 다 걸려버렸다던데?
이태원주민1　아이고. 그러니깐 도박장을 하긴 왜 해가지고.
이태원주민2　세입자들이 보증금 돌려달라고 소송도 준비한다던데?
이태원주민3　일수로 건물 두 채를 사더니 말아먹는 건 한순간이네.

　　　　　학교에서 돌아오던 현오가 책가방을 맨 채 물끄러미 그들을 쳐다보면.

S #24 (D / 이태원 현오의 건물: 4층 중식당 – 룸)
; 과거 * 미자할매 54세, 신영이모 나이미상 – 2003년

신영이모   (울 듯) 언니. 미안해.
미자할매   (말없이 저 멀리를 보다가) 니가 뭐가 미안하노. 됐다.
신영이모   우리 술집 때문에... 언니 소송까지 걸리고.
미자할매   그게 뭐 니네 술집 때문이가. 도박장까지 걸려 그렇지.
신영이모   미안해. 정말.
미자할매   니. 도형이랑은 연락 되나.
신영이모   아니. 연락하지 말랬어.
미자할매   잘했다. 안 그래도 경찰이 거서 도형이 지문까지 찾았다카대. 고마 범인
           으로 모는 것 같은데. 괜히 엮있다가는 못 빠져나온다. 평생 빵에서 사
           는 기지.
신영이모   (진심) 언니. 내가 할 수 있는 게 아무것도 없어?
미자할매   니가 우리를 안 떠나고 옆에 있음 됐다. (괜히 웃으며) 야. 돈 있을 땐 다
           들 한 번만 만나달라고 애원해쌓더니 고마 망해뿌니까 뒤도 안 돌아보
           고 도망친다.
신영이모   (너무 미안해) 언니.
미자할매   어차피 건물 정리하려고 했었다. 이 김에 팔아서 보증금도 돌려주고.
신영이모   근데 소송이 걸린 건물을 누가 사. 언니.
미자할매   (포기와 해탈 사이) 뭐. 어떻게든 되겠지.

S #25 (D – 늦은 오후 / 이태원 현오의 건물: 4층 중식당)
; 과거 * 혜자할매 53세, 현오 16세, 지온 11세, 수정 9세 – 2003년

두 사람이 이야기하는 소리가 비져 나오는 중식당 룸 앞에 서 있던 현오
가 바닥에 아무렇게나 떨어져 있는 고소장을 주워들고 보는데.

혜자할매	(다정) 니 왔나.
현오	(고소장을 든 채 혜자할매를 보고) 네.
혜자할매	(쓱 보곤) 걱정마라. 우리가 아무리 어려워져도 니는 안 버린다. (웃고 가려면)
지온	(학교 끝나고 달려와) 할매에!
수정	(같이 달려오며) 음매에!!
혜자할매	왔나. 강아지들. 밥 묵자. 할매가 제육볶음 해 놨다.
수정	진짜아?
지온	오와.

현오가 혜자할매와 손을 잡고 밥을 먹으러 가는 지온과 수정을 쳐다보면.

S #26 (D / 이태원 골목)
: 과거 * 현오 16세 - 2003년

CUT 1 》

낯선 대문 앞에 서 있는 현오가 잠시 고민하다 벨을 누르는.
곧 문이 열리고 화가 많이 난 듯한 아저씨, 임차인1이 나오면.

현오	(덤덤) 안녕하세요. 저는 미자네 건물에 얹혀 사는 학생인데요.
임차인1	(짜증) 뭐. 너도 소송 같이 하고 싶어?
현오	아뇨. 부탁드리고 싶은 게 있어서요.

CUT 2 》

탕! 대문이 닫히면 현오는 물벼락을 맞았다. 그래도 손에 꼭 쥔 각서가 있는데.
무덤덤한 얼굴로 현오가 다음 주소를 보고 툭툭 걸어가고.

CUT 3 》

딩동. 벨을 누르면 임차인2, 아주머니가 나온다.

현오   안녕하세요? 저는 미자네 건물에 얹혀 사는 학생인데요.

CUT 4》

탕! 문이 닫히면 머리카락이 쥐 뜯긴 현오.
그래도 손에 꼭 쥔 두 번째 각서를 들고 다음 집을 향하면.

S #27   (N / 이태원 현오의 건물: 4층 중식당 – 룸)
        ; 과거 * 미자할매 54세, 현오 16세 - 2003년

미자할매   (자리에 앉아) 니는 그게 무슨 꼴이야.

물에 젖은 머리는 산발에 얼굴엔 긁힌 자국이 생긴 현오가 대답 없이
덤덤한 얼굴로 미자할매에게 종이 뭉치를 건네더니.

미자할매   (종이를 쓱 보곤) 이게 뭔데.
현오   임차인 열한 명 중 일곱 명은 소송을 취하하겠다는 각서에요. 나머지 네 명은 설득시키지 못했어요. 죄송합니다. 그런데 아마 소송비가 터무니없이 많아져서 나머지 분들도 취하하실 것 같아요.
미자할매   (뚝 쳐다보면) 니 뭔데.
현오   (진심) 그쪽 때문에 한 건 아니고. 정말 이 일이 불합리하다고 느껴져서 한 일이에요. 살인사건이 난 게 할매 잘못은 아니잖아요. 근데 사람들은 할매한테 화를 내니깐. 그건 정말 이상한 일이니깐.
미자할매   도박장 운영을 한 게 내 잘못이다. 보증금 못 돌려준 것도 내 잘못이고.

현오　　도박장 건은 제가 가서 대신 사과했어요. 그러니깐 다시는 도박 같은 거 하지 마세요. 그리고 보증금은 그 건물 팔아서 갚으시고요. 이제 됐죠.

미자할매　(허. 하듯 현오를 보더니 혼잣말처럼) 내가... 운은 없어도 보는 눈이 있지. (부스스 일어서면)

S #28　(N / 이태원 현오의 건물: 5층 현오의 방)
　　　　　: 과거

CUT 1 》

현오의 쪽방은 이제 책꽂이도 책상도 있고 제법 사람 사는 것처럼 꾸며져 있다.
바닥에 이불을 깔고 누운 현오에게 귀 뒤에 담배를 꽂은 신자할매가 걸어오더니.

신자할매　야. 밥 무라. + 신자할매 51세 / 현오 17세 / 2004년

고등학생이 된 현오가 부스스 일어나 신자할매를 따라 나서면. + 쪽방 외엔 여전히 창고같다.
신자할매와 내려가는 계단엔 현오의 중학교 졸업식 사진과 졸업장. 학력우수상.
개근상 등이 액자에 넣어져 있고.

CUT 2 》

춘자할매　(캬아악 퉤!) 정현오! 일나서 밥 무라! + 춘자할매 55세 / 현오 20세 / 2007년

쪽방 침대에서 일어나는 대학생 현오. 이제 쪽방엔 스탠드와 침대가 버

젓이 있고

밖으로 나가면 소파와 테이블. 카펫까지 깔린 공간이 나온다. + 하지만 나
머지는 여전히 짐들이.

4층으로 이어지는 계단을 빠르게 내려가는 현오 뒤 액자 속엔
현오의 고등학교 졸업식 사진, 현오의 대학 입학식 사진, 수정의 초등학
교 졸업식 사진과 현오의 대학 입학 증서 등 할매들과 함께 찍은 사진이
더 늘어나 있는데.

CUT 3 》

| 영자할매 | (술 마셔서 발음 살짝 뭉개지는) 현오야! 정현오!! +영자할매 56세 / 현오 24세 / 수정 17세 / 지온 19세 / 2011년 |

벌써 술에 좀 취한 영자할매가 쪽방으로 가면 스탠드와 안락의자만 있는.
영자할매가 뒤를 돌자 작은 거실이 된 공간과 그 옆을 걸어가면 대형 책
꽂이.
책꽂이엔 아나운서 관련 책자와 대학 전공 서적. 수많은 시사 상식에 관
한 책들.
그 사이사이엔 국적조차 알 수 없는 오브제들이 놓여있고. + 할매들이 주
변 상점 망해서 물건 정리할 때 가서 사온 것들. 어디 놀러가서 예쁘면 사온 것들. 소
중하다고 여겨 현오의 책꽂이에 놓아준 것들. 기괴한 것들이 많다. / 방송 관련 서적,
잡지, 언론고시 참고서들, 1-2주치의 신문 누더기.

책꽂이 너머 가장 짐이 많았던 공간을 가면 커다란 침대에 누워 잠들어
있는 현오.

영자할매	야! 아나운서! 이제 아나운서라 불러야 일나나.
현오	(찡그리며 일어나며) 몇 신데?
영자할매	밥 물 시간이다.

현오	뭐야. 할매 술 마셨어?
영자할매	(마셔서 기겁) 아이다. 안 마셨다!
수정	(교복. 어느새 뛰어 들어와) 아니야! 마셨어! 완전 마셨어!
영자할매	(수정의 등짝 치며) 아이다!
지온	(운동복. 뒤에서 따라와선) 웃기시네. 아침부터 소주 두 병을.
영자할매	(지온의 등짝은 아주 심하게 치며) 아이라고!

현오가 픽 웃으며 같이 나가면.

CUT 4 》

미자할매 O.S   현오야! 밥 무라!

탕! 5층 문이 닫히고 빠르게 계단을 내려가는 서른 살 현오. + 미자할매
68세 / 현오 30세 / 2017년

계단에는 이제 지온의 고등학교 졸업식. 수정의 고등학교 졸업식.
지온이 군대에 갔을 때 면회 가서 찍은 사진. 지온, 수정의 대학 입학식.
지온이 수영대회에서 입상한 사진. 현오와 방송국 앞에서 찍은 사진.
할매들과 생일 파티한 사진. 현오, 지온, 수정이 방송국 앞에서 찍은 사진.
할매들과 놀러가서 찍은 사진 등. 수많은 추억들이 액자 안에 담겨 있다.

S #29   (D – 아침 / 이태원 현오의 건물: 4층 중식당 – 룸)
; 과거 * 미자할매 68세, 혜자할매 67세, 춘자할매 65세, 신자할매 64세,
영자할매 62세, 현오 30세 – 2017년

중식당 룸에서 아침 식사를 하는 다섯 할매들과 현오. + 식사는 빵부터 한
식. 제 멋대로다.
상석에 앉은 현오가 신문을 읽으며 식빵을 뜯고 있으면.

춘자할매	(카아악 퉤!) 어야. 니 식빵이 좀 맛이 있나. 내가 니 줄라고 저 사거리까지 가가 사온기다.
현오	(신문만 읽으며. 무뚝뚝) 웅. 맛있어.
영자할매	(아침부터 물 잔에 소주를 콸콸 따라 마시며) 야. 쯧. 늙은이가 저까지 가서 식빵 사왔다카면 어? 일나가 큰절이라도 하면서 맛 좋다 그리 말하는 기다.
현오	(잔소리) 근데 할매는 병원 갔다 왔어? 거기서 술은 이제 그만 마시라고 하지 않았어?
영자할매	(빠른 태세전환) 식빵 사주는 게 뭔 대수라고. 그냥 처무면 되는 걸 갖다가. (얼른 소주를 마시면)
신자할매	현오야. 니 오늘 집에 올 때 담배 하나 좀 사가온나.
현오	일주일에 한 갑만 피우기로 했잖아. 아직 일주일 안됐는데.
신자할매	치사한 새끼. 내가 사면 된다.
미자할매	(쓱 문가를 보더니) 근데 혜자 야는 와 안 오노.
혜자할매	(마침 들어오며) 언니야. 내 배고픈데. (현오를 쓱 보더니) 옴마야. 니는 뭐꼬? 누구야!

혜자할매의 말에 모두가 뚝 멈춰 보면.

S #30 (D / PPS 방송국: 아나운서국 복도)
; 과거 * 현오 30세 – 2017년

현오가 아나운서국 복도를 전화를 받으며 걷는데 점점 빨라진다.

지구대 순경 (F)	안녕하세요? 서울 용산 경찰서 우방지구대입니다. 양혜자 할머니 보호자 되시나요? 할머님께서 길을 잃으셨는데 저희가 순찰 중에 발견하고 모시고 와서요. 보호자 인적사항 확인해서 연락드렸습니다.

마침내 마구 달려가 버리면.

S #31   (D / 이태원 큰길)
; 과거 * 혜자할매 67세, 신영이모 나이미상, 현오 30세 - 2017년

막대사탕을 먹으며 아이처럼 걸어가는 혜자할매.
현오가 그런 혜자할매를 걱정스럽게 바라보며 뒤따라 걷는데.
저 멀리 팔짱을 끼고 두 사람을 기다리던 신영이모가 반갑게 손을 흔들고.

신영이모 E / ...치매래.

S #32   (D / 이태원 현오의 건물: 4층 중식당 - 룸)
; 과거 * 미자할매 68세, 현오 30세 : 2017년

신영이모   초기라곤 하는데. (미자할매 눈치를 쓱 보면)

미자할매   (한숨) 낫지는 않는다카네. 늦추는 방법 삐 없다카는데. 저거 옆에 달라붙어서 봐줄 사람을 구해야 하는데. 그런 건 얼마나 하겠노.

현오   얼마가 되든 그냥 구해. 내가 돈 줄게.

미자할매   됐다. 나도 돈 있다.

현오   없으면서 있는 척 하지 마. (신영이모에게) 누나가 좀 알아봐줄래?

미자할매   아, 됐다! 고마해라. 그 돈은 딱 니 장가갈 때 써라!

현오   아, 고집 좀 그만 부려. 돈이 없으면 그냥 내가 내면 되지. 우리 아버지 빚도 아직 다 못 갚았으니깐. 그냥 그 돈이라 생각하고.

미자할매   (진짜 열 받아서) 치아라!

현오   (뚝 쳐다보면)

미자할매   어데서 그딴 소리를 하노! 이제는 내가 니랑 그런 사이가 아이다! 내 그 돈은 죽어도 못 받는다!

현오	할매. 지금 그런 걸 따질 때가...
미자할매	(버럭) 그니깐 누가 그리 우리한테 살갑게 굴라 하드노! 누가 그리 말 잘 듣고. 진짜 우리 자식처럼 부대끼라 했노! 니 혼자 그리 해놓고! 이제와 갖꼬 니 돈 받아가라 하면 내가 우째 받나! 내는 못한다! 그건 이제 고마 끝났다! 내 늙고 힘없어지면 보은을 하라 했지! 누가 돈을 달랬어! 내는!
신영이모	그럼 내가 모실게.
현오	뭐?
신영이모	내가 언니들한테 빚진 것도 있고. 어차피 가게도 정리했고. 여기 지하방도 이번에 나갔다면서. 그럼 내가 거기에 우리 초롱이랑 들어가 살면서 혜자씨 모실게.
미자할매	니도 나한테 빚진 건 없다.
신영이모	아니? 있어. 정 미안하면 현오가 나 용돈이나 조금 줘. 됐지. 끝.
미자할매	신영아. 니가... (진짜 할 수 있겠나)
혜자할매	(벌컥 문을 열고) 언니야!! 내 배고푸다! (선영이모한테) 엄마! 나 밥 좀 줘!
신영이모	아. 그럴까요? (혜자할매 데리고 나가며) 근데 혜자씨. 나한테 엄마는 너무하다. 나도 은니해줘라. 응? 나 좀 동안이잖아.

S #33   (N / 서울: 순천향대학병원 – 장례식장)
; 과거 * 미자할매 70세, 춘자할매 67세, 신자할매 66세, 영자할매 64세, 현오 32세, 초롱 26세 – 2019년

활짝 웃는 혜자할매의 모습은 영정사진이 되었고.
장례식장엔 조문객들이 바글거리는데. + 현오 회사 식구들 아무도 안 옴. 현오가 아무에게도 안 알림.

신영이모	(주방 안쪽에 서서. 노인들 쭉 훑으며) 왜. 걱정되니?
현오	(이렇게 한명씩 아프고 죽는다는 게) 어. 조금.
신영이모	(픽 웃더니) 그렇게 걱정 되면 할매들 다 돌아가시기 전에 장가나 가. 그게 할매들 소원이잖아.

현오	누나는 이제 어쩔 거야.
신영이모	글쎄. 할 일도 없는데 그냥 붙어 살까나. (픽)
현오	(피식) 그러다 그 형이 오면?
신영이모	(단호) 떠나야지.
현오	(쳐다보면)
신영이모	나도 할 일을 다 했으니 떠나야지. 그리고 나머지는 네 몫이지.
초롱	(손님상 봐온 거 주방 테이블에 놓으며) 언니. 이거 어디에 갔다 놔?
신영이모	(턱으로 멀리 손님상 가리키며) 저기. (현오에게 웃으며) 그니깐 어서 너도 니 가정을 이뤄. 그게 저 할매들 소원이니깐.
현오	근데 누나.
신영이모	(쟁반에 상 차리며) 응.
현오	(바글바글 모여 있는 할매들 보곤) ...어떤 여자가 나한테 시집을 와.
신영이모	(쭈욱 보며) 그런가.
현오	할매들 수발은 나 혼자 들면 되지. 여긴 나한테나 살 만하지. 다른 사람들한텐 지옥이야. 거기에 누굴 끌어들이겠다고.
신영이모	너... 결혼을 하고 싶은 생각이 있긴 해? + 사이 초롱이 쟁반 가져와 다시 반찬을 올리고.
현오	(아무 말 없이 쳐다보면)
신영이모	(쟁반에 상 차리고) 하고는 싶구나. 근데 그 여자가 여기에 어울리지 않는 여자구나.
현오	(신영이모가 차린 상에 일어서며) 줘. 그건 내가 가져다줄게.
신영이모	(웃으며) 그래서. 니가 만나는 여자는 누군데?

S #34   (N / 서울 강남구: 이자까야)
; 과거 * 은호, 현오 32세 – 2019년 12월

밤의 이자까야. 바 테이블에 나란히 앉아 있는 은호와 현오.

은호	(신나서) 아침, 정오, 일곱시, 아홉시 뉴스까지. 어? 그렇게 하나씩 하나

씩 조져놓는 게 내 목표라고.

현오　대단하네. 꼭 그렇게 해. 주은호.

은호　멋지지.

현오　(이런 꿈이 있는 네가 정말) 응. 멋지지.

은호　그리고 정현오. 이것 봐라? (상자를 현오에게 건네면)

현오　이게. (상자를 열면 실금 목걸이가 담겨있다. 은호를 뚝 쳐다보자)

은호　니가 잃어버린 거랑 완전 똑같은 거지.

현오　(진짜 똑같아서) 응. 똑같아.

은호　아니. 그게 일본에 있더라니깐? 야. 너네 엄마 일본에서 산 거 아냐?

현오　(피식) 무슨. 남대문에서 샀을 걸?

은호　(제 지갑에 있는 현오가 그려준 실금 목걸이 그림을 보여주며) 이것 봐. 한 치의 오차가 없다고. (생색) 야씨. 너 나 같은 여친 없다? 잃어버렸다면서 똑같은 거 사오라는 놈한테 진짜로 사다주는 여친은요. 세상 어디에도 없다고요. 고맙지? 완전 고맙지?

현오　(피식) 어. 완전 고마워.

은호　그럼 정현오. 나도 나중에 그런 거 사주라. 나한테도 사줄 거지?

현오　(단호) 안 돼. 금이 얼마나 비싼데.

은호　아니. 씨. 그럼 난 싸서 샀니? 금이 싸서 샀어?

사람 많은 이자까야. 오직 둘만 있는 듯 행복한 현오와 은호의 풍경이 멀어지고.
"근데 이거 목에 걸고 다닐 거야?" "아니." "그럼 어디에 놓을 건데?" 은호가 묻고.

S #35　(N / 서울 강남구: 공영 주차장 - 현오의 차 안)
; 과거 * 은호, 현오 32세 - 2019년 12월

현오　야. 그걸 거기 걸면 어떡해.

은호가 현오의 차 룸미러에 실금 목걸이를 걸고 있으면.

현오   운전할 때 얼마나 거슬리는데. 빼.

은호   싫어. 애써서 사왔는데 맨날 봤으면 좋겠거든?

현오   아. 빼세요.

현오가 실금 목걸이를 빼 주머니에 넣고 차를 출발시킨다.
"아쒸! 너는 날 사랑하지 않는 거뉘?" 은호가 성을 내고.
"와. 또 그 소리." 현오는 지겨워하고. 티격거리는 두 사람의 곁으로 밤이
지나가고.

S #36   (D – 늦은 오후 / 은호의 빌라: 근처 골목 – 현오의 차 안)
        : S #2, 5회 S #65, 5회 S #67

갑자기 쏟아지는 비. 천둥번개까지 요란한데.
유리창을 집어 삼킬 듯 퍼붓는 비를 보던 현오가 차에서 내려 빌라로 뛰
어간다.

쫄딱 젖은 채 계단을 마구 올라가 쾅쾅쾅쾅! 현관문 두드리고.
벨을 누르고 다시 쾅쾅쾅쾅! 두드리면. 곧 문이 열리고 은호가 나오자.

현오   은호야.

은호   (뚝 바라보면)

현오   (은호를 한참 보다가) 아파라.

은호   (뭐?)

현오   이렇게 가끔씩. (많은 걸 꿀꺽 삼키고) ...아파줘라. 주은호.

은호   (한참이나 현오를 바라보다) 아니.

현오   (절망처럼 은호를 쳐다보면)

은호   잘 가. 인사는 이렇게 하는 거랬지? (제법 예쁘게 미소를 지으면)

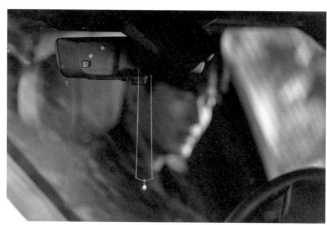

한걸음 물러난 은호가 쾅! 현관문을 닫아버리자
닫힌 문 앞에서 멀거니 앞만 쳐다보고 서 있는 현오.

S #37 (D - 늦은 오후 / 은호의 빌라 앞)

터덜터덜 빌라에서 나온 현오가 비를 맞으며 차로 돌아가고.
차에 타자마자 룸미러에 달린 실금 목걸이를 끊어 글로브박스에 넣어버
린다.

차 앞 유리로 빗물이 가득해지는데. 와이퍼가 한번 다녀가자
현오의 어깨가 마치 우는 듯 들썩이는 것만 같고.

S #38 (N / 서울: 순천향대학병원 앞)

응급차 분주히 들어오는 병원 앞.
이제 차갑게 식은 현오가 응급센터 안으로 들어가 한 베드의 커튼을 확
걷으면.

수정	(눈물바람으로 현오를 보곤) 오빠아.
미자할매	(다리 반깁스하고) 쟈 바쁜데 와 불렀노. 누가 불렀노?
수정	(울면서) 내가! 할매가 죽는 줄 알았단 말야!
신영이모	(쌉T) ...안 죽었잖아. 수정아.
수정	계단에서 굴렀잖아! 데굴데굴!! 내가 얼마나 무서웠는 줄 알아?
미자할매	(다정하게) 내 안 죽고 살아 있음 됐지. 안 그렇나?
수정	(안 끝났어. 엉엉) 그럼 그렇게 구르지 말던가!!
미자할매	(금새 안 다정) 가시내가. 지가 다친 것도 아니면서 아주 지랄이네.

현오가 말없이 그 풍경을 바라보고 있으면.

지온   (음료수 마시며 들어와. 수정 옆에 앉더니) 아. 형. 왔어?

수정   (지온에게 짜증) 아! 너는 안 꺼져?

신영이모 어머. 오빠한테 하는 꼬라지.

지온   그니깐. 누나. 나 너무 슬프잖아. 문수정 어릴 땐 진짜 귀여웠거든? 근데
          언제부터 날 극혐하게 된 걸까? 왜 나를 싫어하게 된 거지?

수정   (엉엉 울면서. 진심) 못생겨서.

지온   아니. 나 잘생긴 편 아님?

신영이모 잘생겼지. 우리 지온이.

수정   (엉엉) 할매. 죽으면 어떡해? 못 걸으면 어떡해?

신영이모 (쌈T) 저 정도면 저주 아니니?

미자할매 (부드럽게) 뼈는 시간 지나면 알아서 다 붙는다.

지온   (뺀질) 할매. 내가 운동할 때 뼈에 금 가본 적 몇 번 있었는데. 두 달이면
          다 붙어. 근데 할매는. 할매니깐 세 달!

수정   (지온에게 빽빽) 아씨! 너는 좀 꺼지라고!

미자할매 (현오에게. 웃으며 옆자리 툭툭 치며) 다리 아프다. 요 앉아라.

현오가 그런 미자할매를 툭 쳐다보면.

S #39   (N / 이태원 현오의 건물 앞)

밤이 된 이태원 도로 주차장에 차를 세운 현오가 조수석으로 빠르게
달려가
문을 열고 내리는 미자할매를 부축해주려 하자.

미자할매 (팔 치우며) 됐다. 이제 퍼뜩 회사나 가라.

현오   나 오늘 회사 쉬는 날이야.

미자할매 그럼 고마 방에 가서 쉬라. 일 마이 해뿌면 병난다.

현오	병은 할매가 났지.
미자할매	(넋두리처럼) 내 병이... 났어도 진즉 났으면 니가 편했을 낀데.
현오	됐어. 그런 말 하지 마. 짜증나.
미자할매	(히죽 웃으며) 뭐. 사람이 갈 때가 되면은 가는 게 안 낫긋나.
현오	(진심 짜증나) 그걸 지금 농담이라고 하는 거야?
미자할매	농도 좋고. 아니어도 좋고. (현오가 자꾸 잡으니) 야. 고마 놔라. 딱. (경사진 계단을 기어코 혼자 오르면)

현오가 그 뒤를 천천히 따라가고. 두 사람이 오르는 계단 뒤로 밤이 저문다.

S #40 (D - 아침 / 서울 시내)

아침이 찾아온 서울 시내. 빌딩숲 옥외전광판에 PPS의 뉴스광고가 나오는데.

[9시 뉴스가 달라집니다!
5월 13일 월요일, 새로운 얼굴이 PPS 9시 뉴스를 책임집니다.]

S #41 (D - 아침 / PPS 방송국: 보도국 복도)

김팀장이 심난한 얼굴로 보도국 복도를 빠르게 걷고 있다.
곧바로 보도국장실 문 앞에서 노크를 한 뒤 팍! 문을 열면.
소파에 앉아 차를 마시던 소국장이 김팀장을 향해 얄궂게 웃고는.

소국장	아. 왔어요? 김팀장?
김팀장	(폭발 직전) 이건 뭡니까. 국장님.
소국장	(차 마시며. 능구렁이) 뭐가. ...뭐라뇨?

김팀장	아홉시 뉴스 앵커 말입니다. 그게 지금...
소국장	아아. 그거야 뭐. (천천히 앞을 보면)

괴상하리마치 씨익 웃으며 앉아있는 재용이 있다. 그 뒤로 천둥번개가 치는데.

S #42 (D - 아침 / PPS 방송국 앞)

쏟아지는 빗속. 우산을 쓰고서 9시 뉴스 예고 영상을 올려다보는 현오.

소국장 E /	다음 주부터 우리 아홉시 뉴스를 책임질 새로운 얼굴은 바로... (픽) 전 재용 기자 아니겠습니까.

PPS 전광판엔 9시 뉴스의 새로운 앵커가 전재용이라는 예고가 요란하게 흐르고.
그 영상을 보는 현오의 등 뒤로 비가 멈추지 않고 쏟아지면.

S #43 (D / PPS 방송국: 아나운서국 복도 - 휴게실)

민우	(자판기에서 음료를 뽑으며) 아씨. 보도국 놈들... 내가 이럴 줄 알았다.
경진	(음료수 마시며) 그니깐. 팔은 무조건 안으로 굽는 건데.
택민	아홉시 뉴스 앵커가 아나운서국에서 나올 리가 없지. 아홉시 뉴스 앵커 인사를 보도국장이 하는데. 뭐 하러 아나운서한테 뉴스를 주겠냐? 서로 하겠다고 줄 서 있는 걸.
민우	뭐. 현오만 바보 됐지.
경진	근데 그렇다고 전재용은 진짜 아니지 않아?
택민	아니지. 완전 아닌데. 근데 어쩌냐. 이미 결정된 거. 에이씨.

한쪽에 뚝 서서 그 모든 걸 다 듣고 있던 은호가 꼼짝도 않은 채 뚝 서 있으면.

S #44 (D / PPS 방송국: 보도국 보도국장실)

김팀장 (90도로 인사. 읍소) 부탁드리겠습니다. 국장님.

소국장 (얄궂은 얼굴로 차만 마시는)

김팀장 (90도로 고개 숙인 채) 재고해주시면 정말 감사드리겠습니다. 국장님.

소국장 (능글) 저도 말이에요. 김팀장. 그래주고 싶은데요. 김팀장.

김팀장 (몸을 숙인 상태에서 고개만 들어 소국장을 쳐다보면)

소국장 (느글) 아. 현오가 싫다잖아.

김팀장 예? (천천히 몸을 일으키면)

소국장 (느글과 능글) 정현오가... 싫대요. 뉴스가 너무너무 하기 싫대요.

김팀장 (안 믿어) 그럴... 리가 있겠습니까. 국장님.

소국장 (비웃으며) 아닌데? 진짠데?

김팀장 국장님.

소국장 김팀장. 그거 알아요? 정현오가 말이죠. 주은호 정오뉴스 계속 하게 해 달라고 나를 따로 찾아왔었어.

김팀장 (처음 듣는 얘기다) 예?

S #45 (N / 서울 강남구: 청담동 고급 일식집 - 룸)

소국장 (열 받아) 뭐라고?

회를 먹다가 탁. 젓가락을 놓는 소국장.

현오 주은호. ...그냥 내버려두시라고요. 국장님.

소국장 (어이가 없는) 하. 이거. 잘한다잘한다 해줬더니 어디까지 기어오를 셈이지?

현오　　(꼿꼿) 그깟 정오뉴스. 거기에 국장님이 아끼시는 심진화 꽂아서 뭐합니까. ...아홉시 뉴스가 낫지.

소국장　(구렁이처럼 웃으며) 아아. 그치. 아홉시가 있지.

현오　　예. 국장님. 심진화 아홉시에 넣으세요. 제가 잘 커버해보겠습니다.

소국장　(회 집어 먹으면서) 그건 안 돼.

현오　　(예상답변 아님. '뭐?' 쳐다보면)

소국장　생각해봐. 나 보도국 국장이야. 기자들도 가고 싶어 줄을 선 아홉시 뉴스에 여자도 남자도 다 아나운서로 꽂아? 안 돼. 우리 애들은 어떡하라고.

현오　　(쳐다보는데. 어떤 예감이 든다)

소국장　왜. (히죽 웃더니) 니가 빠질래?

현오　　(예감이 맞았다. 뚝 쳐다보면)

소국장　니가 아홉시에서 빠진다고 하면 내가 주은호 자리 보장해주지. (픽픽 웃으며 술을 따르며) 근데 아무리 생각해도 그건 안 되겠지? 그러니까 그냥 정오에서 주은호 날리고.

현오　　그럼 제가 빠지겠습니다. 국장님.

소국장　(예상답변 아님) 뭐... 라고?

현오　　제가 빠질게요. 그러니까 은호. 정오뉴스 계속 하게 해주십쇼. 국장님.

　　소국장을 묵직하게 쳐다보는 현오. 소국장이 '이건 뭐야?' 현오를 쳐다보는데.

S #46　(D / PPS 방송국: 보도국 복도)

　　보도국장실에서 나와 복도를 마구 걷는 김팀장은 너무 어이가 없다. 속이 아주 새까매지는 기분인데.

S #47　(D / PPS 방송국: 아나운서국 팀장실)

김팀장	(책상에 결재서류를 팍 집어 던지면서) 아씨! 진짜 이제 어떡할 거야. 진짜! + 은호에게 화를 내다기 보단 스스로의 무능력에 더 열받은 상태. 은호가 후배니깐 마음껏 내비치는 것.
은호	(화내는 이유를 알 것 같지만 뭘 어떡해야 되는진 몰라서) 저기... 선배. 혹시 내가 모르는 일이 또 생긴 거야?
김팀장	(씩씩거리며) 너 현오가 아홉시 뉴스에서 떨어진 건 알지.
은호	(차분해지는) ...알아.
김팀장	현오가 떨어진 게 아니고. 너 때문에 아홉시를 포기한 거래.
은호	(전광석화) 뭐라고?
김팀장	아! 현오가 소국장을 따로 만나서! 니 정오뉴스 자리랑! 지 아홉시 뉴스 자리랑 맞바꿨대! 어? 야! 그 새끼가... (생각하면 할수록 짜증나) 아니. 아홉시가 어떤 덴데. 그걸 포기하고. 야. (앞을 보면)

은호는 어느새 가버렸다. 김팀장이 '뭐야. 이거 어디 갔어?' 주변을 두르면.

S #48   (D / PPS 방송국: 시사국 시사텐 사무실 – 현오의 방)

자리에서 조용히 원고를 읽는 현오. 곧 노크도 없이 쾅! 문이 열리자.

현오	(안 본 채) 저기. 미연아. 노크 좀 하고... (앞을 보면)
은호	(씩씩거리며 선 채로) 너 아홉시 뉴스 포기했다며.
현오	(부러 태연한 척) 아아. 포기한 게 아니고. 밀린 건데.
은호	아니? 나 정오뉴스 계속 하라고 니가 아홉시를 포기했다던데?
현오	(뚝 멈추면)
은호	너 혹시 나한테 뭐 빚졌니?
현오	아니. 그게 아니고.
은호	나 몰래 내 이름으로 무슨 사채라도 끌어다 썼어? 그래서 내가 갚아야 돼? 그러므로 나한테 너무 미안해서 이러는 거야?

현오	그게 아니라. 주은호.
은호	얼만데. 내가 갚아줄게. 그러니깐 이따위 개수작 집어치우고 니가 아홉시 뉴스 하세요. 제발.
현오	말했잖아. 그런 게 아니라고.
은호	그게 아니면 너! (이건 아니었으면 한다) 아직도 내가 불쌍하니?
현오	(뚝 처다보자)
은호	내가 여전히 아직도 너무너무 불쌍해? 정말 너무너무 불쌍해서 나한테 옜다. 이거라도 먹어라. 이 불쌍한 놈아. 그런 마음으로 양보해준 거야? 무려 아홉시 뉴스랑 정오뉴스를 바꿔가면서? 야. 너는 참 아량도 넓다. 아무리 전여친이 불쌍해도 그렇지. 어떻게 지가 그렇게 하고 싶었던 걸. 평생 그렇게 하고 싶어 했던 걸 단번에 포기해? (표정 차가워져) 근데 정현오. 나한테 그딴 거 안 해도 돼. 그냥 네 욕심대로 사세요.
현오	은호야.
은호	(목소리 커지는) 내가! 너한테 쪽팔린 여자친구였다는 건 나도 알아! 그래도 나! 너 만나면서 죽어라 노력했던 게 하나는 있었거든? 별 건 아니고. 그냥 네 창창한 앞날에 내가 그 어떤 도움이 되진 못할지언정. (한숨 죽이고) ...걸림돌은 되지 말아야지.
현오	내 말 좀 들어봐.
은호	(안 들어) 나 있지. 겨우 그거 하나. 그거 하나 노력하며 살았는데. 그게 정말 힘들었다? 너도 알다시피 나는 아무리 노력해도 평균보다 한참이나 못 미치는 애라서. 나라는 사람이 뭘 해도 자꾸 너한테 걸림돌이 됐거든. 그래도. 그래도 난 정말 노력했거든? 그런 나한테. ...네가 이러면 안 되지. 그러니깐 나한테 양보 같은 거 하지 말고 니꺼 챙겨가. 알았니?
현오	(일어서는) 주은호.
은호	있잖아. 구여친한텐 양보를 하는 게 아냐. 복수를 해야지. 니가 더 잘 사는 복수.

현오가 뭐라 말하기도 전에 팍 나가버리는 은호.
남겨진 현오는 은호가 간 자리를 먹먹히 바라보는데.

S #49　(D / PPS 방송국: 아나운서국 사무실)

사무실로 들어온 은호가 심난한 얼굴로 핸드백을 챙겨 나간다.
저도 모르게 눈물이 흐르는데 아무렇지도 않게 쓱 닦으며 걸어 나가는데.

은호 E /　...말해줘. 정현오.

S #50　(N / 서울 마포구: 상암동 큰길 대로변)
　　　　; 과거 *9년 전 가을

회식에서 빠져나와 밤길을 걷는 은호와 현오.

은호　너는 나 왜 만나?
현오　(피식) 아. 또 나왔네. 그 질문.
은호　(흥분) 야. 솔직히 말하면 나는 안 궁금해. 근데 자꾸만 사람들이 물어보
　　　　잖아. (얄미운 목소리 따라하는) 야. 정현오는 도대체 너랑 왜 만난대냐?
　　　　야. 정현오는 도대체 왜 하필 너랑 사귄대냐? 너 같은 모지리랑... (몹시
　　　　어이없어) 와씨. 왜? 하필? 모지리이?
현오　택시 잡아줄까. (도로변에 서서 택시를 잡으려면)
은호　아. 근데 자꾸 그러니깐 나도 궁금한 거 있지. 아니. 그러게? 쟤는 나랑
　　　　왜 만나는 거지? (짜증나) 나 같은 모지리랑.
현오　(택시가 오자 손 흔들어 잡으며) 가라. 이제.
은호　(조르는) 아. 대답 해주라고오. 정현오.
현오　(은호를 억지로 택시에 태우며. 기사님께) 기사님. 세정동이요. (은호에
　　　　게) 잘 가라.
은호　(창문 내리곤) 아니. 너는 날 왜 만나냐니깐?

사이 택시는 출발하고. 현오는 미소까지 지으며 "잘 가!!" 손을 흔드는데.

은호   (창문 쓱 닫고. 입 댓발 나와) 에이씨. (삐진 듯 앉아 있자)

톡이 도착해 바로 확인을 하면.

현오   [사랑하니까]

톡 내용에 환해지는 은호의 얼굴. 곧바로 한 번 더 톡이 온다.

현오   [내가 너를 사랑하니까]

이제 은호의 얼굴에 미소가 잔뜩 피어난다.
그런 은호의 얼굴 위로 밤풍경이 경쾌하게 지나고.

S #51   (D / PPS 방송국: 시사국 엘리베이터 앞)

엘리베이터 앞까지 달려온 현오는 차마 버튼을 누르지도 못하고.

S #52   (D / PPS 방송국: 엘리베이터)

흐르는 눈물을 마구 닦아내는 은호를 태운 엘리베이터는 빠르게 내려
간다.

S #53   (D − 5시 30분 넘어 / 미디어N서울 방송국: 아나운서국
         사무실)

오후의 미디어N서울 아나운서국 사무실 전화통엔 불이 났는데.

조부장	(적당히. 유도리 있게) 아. 예예. 기자님. 아. 예. 그렇죠. 근데 저희도 지금 잘 모르거든요. 주연이고. 혜연이고. 아직 출근을 안 해서. (뭔가 듣더니) 예. 그쵸. 근데 뭐. 회사가 연애하러오는 곳도 아니고. 뭐. 그런 걸 제가 일일이 주시하고 있진 않습... (마침 혜연이 출근하자 눈으로 말한다. '당장 이리와.') 예예. 알겠습니다. 아무튼 오면 물어보겠습니다. 예. (전화 끊고. 약간 무서운) 야. 백혜연.
혜연	(아무것도 모르고 조르르 와서) 왜요? 부장님? (사무실에 마구 울려 퍼지는 전화 벨소리가 그저 궁금한 1인) 뭐. 무슨 일 났어요?

사무실 사람들 전부 '쟤 지금 뭐래니?' 하는 얼굴로 혜연을 쳐다보면.

S #54 (D - 5시 30분 넘어 / 미디어N서울 방송국: 아나운서국 중형 회의실)

혜연	(신문 펼쳐들더니. 입이 아주 떡 벌어져서) 우와.
조부장	너 이걸 이제 봤니.
혜연	(전혀 다른 포인트) 와. 부장님. 아직도 이런 신문이 나와요?
조부장	나온다. 혜연아. 근데 그게 문제가 아니잖니. 혜연아?

신문엔 **[백혜연 아나운서, 미디어N서울의 강주연 앵커와 간밤 호텔에서의 밀회]**
헤드라인에 혜연과 주연이 호텔 복도를 걷는 모습이 대문짝만하게 찍혀 있다.

혜연	근데 부장님. 얘들 사생활 침해로 신고해야 되는 거 아니에요?
조부장	뭘 신고해. 빨리 말해. 혜연아. 너 주연이랑 사귀냐. 안 사귀냐.
혜연	(상관없이) 아니, 어떻게 호텔 복도까지 기어 들어와서 이런 사진을 찍는데요? (흥분) 부장님! 나 호텔에 전화할래요! 아니, 무슨 보안을 어떻게

했길래. 이건 엄연한 사생활 침해잖아요!

조부장   야. 마침 그 기자가 거기에 묵고 있었대잖아. 거기에. 걔가 운이 좋은 거지. 휴가 가서 특종을 잡은 거니까.

혜연   아, 내가 무슨 슈퍼스타라고 휴가까지 와서 열일을 하죠?

조부장   아. 그래서 혜연아. 너 강주연이랑 사귀냐고. 안 사귀냐고.

혜연   안 사귀죠. 당연히.

조부장   그럼 이건 뭔데. 왜 너랑 강주연이 스위트룸으로 가는 복도에서 사진이 찍힌 건데. 혜연아. 내가 그때 그거 황금연휴 특집 때문에 다 같이 호텔에서 잔겁니다. 했더니 기자가 뭐래는 줄 아냐? 하이고. 방송국 참 돈이 많네요. 촬영할 때 스위트 잡다다 쓰시고? 아니. 그래서 내가 특집 팀한테 직접 물어봤지. 근데 아니라네? 스탭이고 출연자고 전부 다 일반객실에서 묵었다네?

혜연   아. 그 날 제가 방을 좀 따로 잡았어요.

조부장   (바로) 왜!

혜연   부장님! 그게 중요해요? 일단 저는 선배랑 술밖에 안마셨고, 솔직히 뭔 일이 있었던 건 최수현인데? 왜 걔는 안 찍혔대요?

조부장   (식겁. 너무 큰소리) 뭐라고? 혜연아?!

S #55   (D - 5시 30분 넘어 / 미디어N서울 방송국: 아나운서국 사무실)

조부장의 큰 목소리에 다들 회의실 쪽을 쳐다보는 사람들.
마침 주연이 출근하자 오재가 오다다다 달려와선.

오재   야. 주연아. 너 봤어? 지금 인터넷 난리 났어. 사무실도 난리 났고.

주연   (덤덤히 자리로 가면서) 예. 봤어요.

오재   (몹시 궁금) 뭐야? 어떻게 된 거야?

주연   (아무렇지도 않게 자리로 가) 그냥 뭐. 술 한잔 하려고 혜연이 방에 놀러 갔는데. 그게 찍혔더라고요.

오재	아. 그렇지? 그래서 기자들한테도 그렇게 말했어?
주연	에. 말은 했는데. 후속기사는 안 써주시네요. (자리에 툭 앉으면)
수현	(쓱 뒤를 지나가며) 아, 당연히 안 써주겠지. 지들이 재밌는 건 그게 아닌데.
오재	아침부터 계속 전화가 왔대. 계속 따르르릉. 따르르릉. 나 출근하고서도 계속 전화가 와. 따르르릉. 따르르릉. 나 이제 환청이 들릴 것만 같아.

주연이 데스크톱을 켜며 픽 웃으면.

S #56 (N - 6시 즈음 / 미디어N 서울 방송국: 아나운서국 중형 회의실)

조부장	(크게 한숨 쉬고) 일단 사과부터 하자. 혜연아. 지금 여론이 좋지 않으니깐.
혜연	부장님. 제가 선배랑 술 마신 게 뭐라고. 사과는 왜 하고. 여론은 왜 좋지 않고. 어머. 나 너무 이해가 안 되는데.
조부장	너 다른 데도 아니고 호텔방 앞에서 사진이 찍혔잖아. 다른 데서 사진이 찍혔으면 아이고. 얘들이 연애를 하네? 예쁘네? 하는데. 하필이면 호텔방 앞. 그게 문젠 거야. 혜연아. 너 나이트세븐에선 연락 온 거 없어? 아나운서 국장은 암 말도 안 해?
혜연	아뇨. 아무도 연락 안 왔는데? (어이없다는 듯) 아니. 뉴스랑 이게 무슨 상관이라고. (마침 전화가 와서 쳐다보니)

음성전화 [장동민 아나운서국장]

혜연, '왜 이 사람이 나에게...' 하듯 휴대폰을 쳐다보면.

S #57 (N - 6시 넘어 / 미디어N 서울 방송국: 아나운서국 아나운

서국장실)

아나운서 국장　(냉정하게 결재서류에 싸인하며) 너. 보도국이랑은 얘기 다 끝났으
　　　　　　　　니깐 당장 뉴스에서 하차해. 사과문도 쓰고.

혜연　　　　(이해가 안 돼서 '헐' 하듯 아나운서 국장을 쳐다보고 있으면)

아나운서 국장　(힐난하듯 쳐다보며) 너 대체 뭐야? 호텔에서 뭐하는 짓이야?

혜연　　　　(너무 이해 안 가) 국장님. 저 그냥 술 마셨어요. 일 끝나고 술 마시는 게
　　　　　　　　불법인가요?

아나운서 국장　넌 니가 어떤 이미지인지 몰라? 단정하고. 깨끗하고. 청순하고. 참하
　　　　　　　　고. 뭐 그딴 거잖아. 근데 남자랑 호텔 방 앞에서 사진이 찍혀?

혜연　　　　아니. 국장님. 제가 그 이미지를 사람들한테 강요한 것도 아니고. 자기네
　　　　　　　　들끼리 알아서 지레짐작한 것을...

아나운서 국장　(무섭게) 백혜연. 니가 지금 얼마나 문란해 보이는 줄은 알아?

혜연　　　　(내 귀를 의심) 무... 문란이요?

아나운서 국장　(드디어 짜증) 야. 지금 난리 났어! 넌 인터넷도 안 봐?

S #58　(N – 6시 넘어 / 미디어N서울 방송국: 아나운서국 탕비
　　　　실)

탕비실 한쪽에 서서 휴대폰으로 인터넷 기사와 댓글을 빠르게 읽는 혜연.

**미디어N서울 간판 아나운서 백혜연, 남자와 호텔 하룻밤 포착 '충격']
[청순하고 순수한 이미지의 백혜연 아나운서, 휴가 땐 남성과 호텔]
[백혜연 앵커와 호텔 스위트룸에 함께 있던 남성은?]
[백혜연♥강주연 아나운서 사내커플? 강주연 "술 한잔만 하러 갔다"]**

온갖 자극적인 기사제목에 댓글은 더 가관이다.

[백혜연 얘 역시 이럴 줄 알았다] [일은 안하고 연애질이라니. 우웩]

[더러워서 뉴스 못 보겠음] [원래 저렇게 생긴 애들이 얼굴값 요상하게 함]

무표정한 얼굴로 댓글까지 다 확인하는 혜연인데.

주연	(탕비실 입구에 서서) ...혜연아.

혜연이 어이없는 얼굴로 주연을 돌아보면.

S #59   (N – 6시 넘어 / 미디어N 서울 방송국: 야외 일각)

벤치에 앉아 주르르 눈물을 흘리는 혜연.

주연	(진심) 미안해. 혜연아. 내가 더 조심했어야 했는데.
혜연	(울면서) 아니. 선배. ('손수건 좀 줘봐.' 하듯 손을 내밀자)
주연	(주머니에서 손수건을 꺼내주면)
혜연	내가 선배... 이런 거 (울며) 가지고 다닐 줄 알았어. (주연의 손수건 쫙 펴 킁! 코를 크게 풀자)
주연	('그걸로 왜 니 코를 풀어.' 쳐다보면)
혜연	(짜증) 아, 사줄게! 휴지로 코 풀면 화장이 뭉쳐서 그렇단 말이야!
주연	('이미 울어서 다 뭉쳤잖아.' 쳐다보면)
혜연	(상관없이 울면서) 선배. 있잖아. 내가 진짜 열 받는 게 뭔 줄 알아? (엉덩이 밑에 깔고 앉았던 신문을 주섬주섬 꺼내 보여주면서) 이거.
주연	('그걸 왜 엉덩이 밑에 깔고 앉아 있어.' 쳐다보면)
혜연	여기 내 얼굴. (너무 슬퍼) ...너무 그지 같이 나왔지. 그치.
주연	지금 너... 그것 때문에 우는 거야?
혜연	아니. 이게 너무 못나왔잖아. (세상 끝난 줄) 선배. 나 어떡해?
주연	너 뉴스 하차한 건 괜찮아?
혜연	아. 그거야 당연히 안 괜찮지. 근데 뭐 어떡해. 빠지라는데. 근데. 선배. 나

진짜 이해가 안가는 게. 왜 다들 자꾸 나보고 사과하라는 거야? 내가 남자랑 호텔 복도를 걷는 게 누구한테 사과해야 될 일이야? 오히려 내 개인적인 일정을 허락도 받지 않고 파파라치처럼 사진을 찍은 그 기자가 나한테 사과해야 되는 거 아니야? 아니. 언제부터 내 사생활이 국민의 알권리가 됐다고. 어? 그래. 알권리가 됐다 처. 그럼 대체 내가 뭘 잘못한 건데. 아니. 내가 선배한테 한 스킨십이라곤 껴안은 것뿐인데. 어? 심지어 위로해주려고 껴안은 거잖아! 아니. 그리고 허그는 말이야. 진심 섹슈얼한 스킨십에 끼우면 안 되지! 프리허그도 있잖아! 아. 허그는 세계가 인정한 평화적인 제스처 아님?!

주연	(이상한 논리에 할 말이 없어) 아아.
혜연	그리고 진짜 이상한 게 뭔 줄 알아?
주연	뭔데? 혜연아?
혜연	(눈이 완전히 돌아) 왜 선배한테는 아무도 뭐라고 안 해?
주연	아... (진짜 그렇긴 하네) 그... 나한테도... 전화가 오긴... 왔는데.
혜연	아니? 들들 볶고 하차하라고 난리치고 문란한다는 소리 듣는 건 결국 나잖아! 아무도 선배한텐 뭐라고 안 하잖아! 그래서 내가 진짜 사과문을 올리기 싫었거든? 근데 올렸잖아!!

S #60 (N - 6시 넘어 / 미디어N 서울 방송국: 아나운서국 중형 회의실)

조부장이 회의실에 홀로 서서 혜연의 사과문을 읽고 있다. + 혜연의 인스타에 올라온

[안녕하세요? 백혜연입니다. 일단 그날의 경위를 말씀드리겠습니다. 제가 술 한잔 하려고 강주연 선배님과 제 호텔방으로 들어갔습니다. 제 방이 스위트룸이라 더 넓었기 때문에. (제가 넓은 방을 쓰고 싶어서 제 룸은 제 돈 주고 따로 잡았답니다. 내돈내산!) 그렇게 강주연 선배님과 제 방에서 술을 마셨는데요. 제가 단정하고 깨끗하며 청순하고 참한 이미지와는 달

리 호텔방에 남자나 불러 시시덕거리는 실체로 여러분께 다소 실망을 드린 점, 참 죄송하게 생각합니다. 다시는! 복도에 취재를 하려고 상주하는 기자가 있는 호텔에 가서 제 방으로 사람들을 끌어들여 술자리를 하지 않겠습니다. 사과문 끝]

조부장   (탄식이 절로 나온다) 아이고... 혜연아...

S #61   (N - 7시 넘어 / 미디어N서울 방송국: 아나운서국 사무실)

사무실 중앙의 대형 TV 앞.
이제 다소 침착해진 얼굴로 신부장 혼자 진행하는 뉴스를 보는 혜연.

미래   (옆에 와 서더니) 뭐야. 너 짤렸니?

혜연   (무성의) 아예. 그렇습니다만.

미래   (딱히 힐난하는 투는 아님) 그러니깐 적당히 하지 그랬어.

혜연   술 마시고 싶어서 남자 선배랑 호텔 복도를 걸은 게 뭐가 그렇게 과한 일인가요.

미래   (어깨 으쓱) 맞아. 과한 일은 아니지. 근데 너 내가 너 쫓아내서 스위트 잡았단 얘기는 안하더라? (픽. 혼잣말처럼) ...할 만도 한데.

혜연   아. 그딴 얘길 왜 해요. 안 그래도 별로인 선배 이미지 더 별로가 될 텐데.

미래   (피식) 나는 니가 너무 싫어. 백혜연.

혜연   아. 그건 말씀하지 않으셔도 지난 특집 때 온몸으로 보여주셨거든요?

미래   그러면서도 불쌍해. (혼잣말처럼) ...나처럼 될까봐.

혜연   제가 언젠간 선배처럼 나이트세븐에서도 짤리고. 나이 들어서 버림받고. 젊은 애들한테 밀릴 거라는 저주인가요? 아. 나이트세븐은 이미 짤렸지.

미래   저주가 아니라. 자주 일어나는 일이란 거지. (악수 하자고 손을 내밀며) 근데 미안하다. 내가 그땐 많이 무례했어. 나 너무 다혈질인 것 같아.

혜연   (손 탁 치며) 됐어요. 그건 이미 잊었어요.

미래   오. 쿨하네?

혜연	안 쿨해요. 이제부터 선배만 보면 계속 그 얘길 할 거니깐. 그리고 선배. 전 있죠. 심지어 도무지 되지 않는 사과문까지 작성해서 지금 몹시 들끓고 있는 상태인데요.
미래	내가 아홉시 뉴스 할 때 선거철 즈음 내 SNS에 동요 올렸다가 사과한 적이 있거든?
혜연	(너무 이해가 안 돼) 아이들의 꿈과 희망의 멜로디. 동요가 뭘 잘못했다고 사과를 하는데요.
미래	(픽 웃으며) 그걸 가지고 무슨 당이 선거송 개사를 했더라고.
혜연	(깊은 깨달음) 아아.
미래	뉴스 하는 사람들은 정치적 중립을 지켜야 되니깐. 근데 호텔? 야밤에? 남자랑? 야. 니 사생활 거슬려서 사람들이 어디 뉴스에 집중할 수 있겠니?
혜연	(2차 깊은 깨달음) 아아.
미래	사과는. 나이트세븐을 보는 사람들한테 하는 거야.
혜연	에이씨.
미래	뭐가 에이씨지?
혜연	사과문 다시 올려야 되겠네의 에이씨요.
미래	아. 그래. 니 사과문 진짜 역대급 미친년이 쓴 줄. (걸어가면)
혜연	(따라가며) 아. 그게 그 정도에요?

"너는 자기 객관화가 안 되는 편이니?" "너무 잘 되니깐 스스로 헤프다 인정한 거 아닐까요?" 티격거리는 미래와 혜연 뒤로 나이트세븐은 쉬지 않고 흐른다.

S #62 (N - 10시 넘어 / 미디어N서울 방송국: 1층 현관 - 계단)

툭툭 계단을 내려간 주연이 주차관리소 문을 열면 혜리는 없고 민영만 있다.

주연	혜리씨... 는.
민영	아. 아직 못 만나셨어요? 오늘도... 안 나왔는데.
주연	아. 예. 알겠습니다.

터벅터벅 제 차로 걸어가는 주연. 탕! 차문을 닫고 시동을 걸려다가
차창 너머 노란 불빛이 새어나오는 컨테이너 박스를 잠시 바라본다.
밤은 깊어가고 주연의 차는 그 자리에 그렇게 서 있으면.

S #63 (N - 1시 넘어 / 지방: 대형병원 - 1인실)

새벽의 병실. 주연모는 창가 쪽을 향해 등을 지고 잠들어있고.
주연이 앉아 주연모의 야윈 등만 뚝 바라보고 있으면.

주연모	(깨어나선 주연 쪽으로 돌아 눕고는 희미하게 웃더니) 우리 세연이... 왔어?
주연	(용기를 내어보는) 엄마. 저 ...주연이에요.
주연모	(그대로 미소) 응. 우리 주연이 왔어?
주연	(걸어가 주연모의 앞에 앉아서는) 오늘도 힘들었어요?
주연모	토끼처럼 생긴 여자친구는?
주연	토끼보다 더 귀엽지 않나요?
주연모	(진심) ...많이 예뻤어.
주연	(그런 주연모를 한참 보더니) 엄마. (천천히 손을 잡고선) 살아있다는 건. ...좋은 일이에요.
주연모	(가만히 바라보자)
주연	(덤덤히) 그러니깐 아프지 마요. 내가... 형을 임관식에 부른 거 잘못했으니깐... 내가 다시 태어나면 절대로 안 그럴 테니깐... 엄마는 아프지 말아줄래요.

주연을 가만히 바라보는 주연모의 입가엔 알 수 없는 미소가 담기고.

S #64 (D − 4시께 / 은호의 빌라: 은호의 집 401호)

혜리와 은호가 담긴 액자가 있는 은호의 집.
빨간 잠옷을 입은 은호가 작은 수첩에 글을 쓴다.
수첩에 쓴 마지막 일기 한 줄은
[다시 한 번 주혜리로 살아보기로. 혜리가 어떻게 행복해졌는지 알아내기
위하여.]

그리곤 벌떡 일어나 냉장고로 걸어가 물을 꺼내 식탁 위 약봉지를 꺼내
약을 먹는.
곧 구석의 실반지를 찾아 낀 뒤 나서면. + 이제 혜리의 집으로 가서 혜리의 옷
을 입어야 해서 빨간 잠옷.

S #65 (D − 4시 넘어 / 미디어N서울 방송국 가는 길)

자전거를 타고 신나게 달리는 은호. 불어오는 바람이 아주 시원하고.
+ 혜리 차림을 하고.

S #66 (D − 5시 넘어 / 미디어N서울 방송국: 야외주차장 − 주연
의 차 안)

언제나처럼 차갑지만 조금은 피곤한 주연의 얼굴이 룸미러에 비치고.
차창 너머엔 차들이 빽빽한 야외주차장이 보인다.

주연이 슬쩍 혜리가 있나 야외주차장을 훑으면 어디에도 없는 혜리.
'오늘도 오지 않았구나.' 싶어 옅게 한숨을 쉬며 고개를 돌리니
상자를 들고 주연의 차 옆을 지나는 은호가 보이는.

주연   (끼이익 차를 멈추고. 창문을 내리며) 혜리씨!

지나던 은호가 돌아보고 아주 밝은 얼굴로 인사한다.

은호   안녕하세요? 강주연씨?

오후의 야외주차장엔 햇살이 눈부시다.

- 제6회 끝 -

좋아 하는동안 정말 행복했습니다.

헤리씨 정말 고마워요.

(서명)

나의 헤리에게를
사랑해주셔서
감사드립니다.
주연이를 아껴주셔서
너무 감사해요!

(서명)

2024.11.07

-조혜주-

나의 헤리에게를 시청해주셔서 감사합니다 ♡
여러분이 걸어가는 길 위에 따뜻한 햇살이
어울고 작은 걸음 하나하나에 평안과 희망이
함께 하시를 진심으로 기원합니다.
여러분의 오는 순간을 마음 깊이 응원해요.
또 만나요 우리 ! ♡

나의
해리에게

2

한가람 대본집

나의 해리에게 2

초판 1쇄 인쇄 2024년 11월 19일
초판 1쇄 발행 2024년 12월 9일

지은이 | 한가람
펴낸이 | 金禎珉
펴낸곳 | 북로그컴퍼니
책임편집 | 한홍비
디자인 | 김승은, 김은정
주소 | 서울시 마포구 와우산로 44(상수동), 3층
전화 | 02-738-0214
팩스 | 02-738-1030
등록 | 제2010-000174호

ISBN 979-11-6803-094-7 04810
ISBN 979-11-6803-092-3 04810(세트)

Copyright ⓒ 한가람, 2024

· 잘못된 책은 구입하신 곳에서 바꿔드립니다.
· 이 책은 북로그컴퍼니가 저작권자와의 계약에 따라 발행한 책입니다. 저작권법에 의해 보호받는 저작물이므로,
  출판사와 저자의 허락 없이는 어떠한 형태로도 이 책의 내용을 이용할 수 없습니다.

한가람 대본집 _____ 2

나의 해리에게

북로그컴퍼니

혜리는. ...실제하지 않고.

아니? 실제해요. 정말로 존재한다고요. 내가 봤어요. 나랑 손을 잡고.
얘기를 하고. 아니. 진짜 엊그제까지만 해도.
그러니깐 내가 이렇게 찾아오지 않았다면... 이건 없어질 일인가요.
그럼 저랑 안 만났다 치고. 제가 계속 모른 척 할까요?
그럼 저 혜리씨 다시 만날 수 있나요? 제가... 제가 진짜 모른 척 할게요.
저는 양다리 줄 알고 이런 거니깐. 나는 진짜 그런 줄 알았으니깐.
근데 아니라매. 혜리씨는 나를 좋아했다는 거잖아요.
그럼 내가 모른 척 하고. 여기 안 온 척 하고. 그냥 넘길게요.
그러니깐. 내일은 저. 혜리씨 만날 수 있는 건가요? 대답해주세요.
만날 수 있어요? 같은 사람이잖아요.
그럼 대답해줄 수 있잖아요. 네?

------ 7회 \\\|/// Pick ------
        ◇

주연이 혜리를 만나기 위해 아픈 사람에게 더 아프라고 하는 씬입니다. 하지만 이건 주연이 혜리에 대한 마음이 너무 간절했기에 할 수 있던 말이었죠. 강훈씨와 신혜선씨의 연기가 빛났던 씬이라 생각합니다. 조금이라도 더하거나 덜하면 감정이 오롯이 전달되지 않았을 텐데 모두가 공감할 수 있을 정도. 딱 그만큼. 실제 주연이와 은호처럼 연기해주신 두 분 덕분에 더욱 안타깝게 느껴졌거든요.

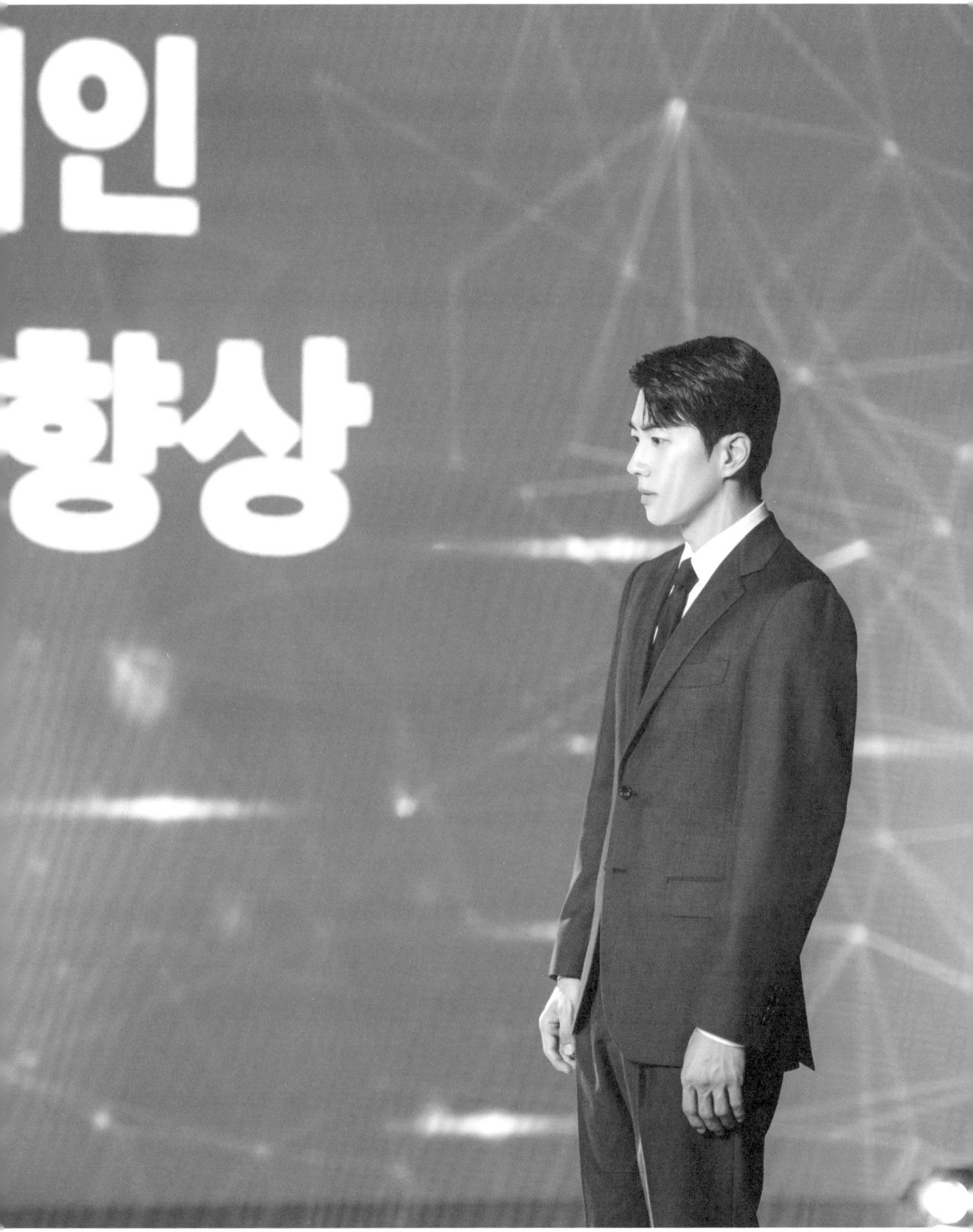
인
향상

다른 건 다 괜찮은데 정오뉴스 짤린 게 정말 너무 속상해.

속상할 수 있지. 그건 니가 진짜 좋아했었고.

아니. 그건 현오가 아홉시를 포기하고 나한테 양보한 거였잖아.
걔 꿈을 걷어차고 나한테 준 건데. 그걸 내가. 제대로 지키지도 못했어.

다시 말하지만 그건 네 잘못이 아니라.

내 잘못이야. 지온아. 현오가 나랑 헤어졌던 것도.
사람들이 수군거리는 것도. 모든 프로그램에서 하차하는 것도.
또 다른 사람들이 나 때문에 괴로워하는 것도 전부 다 내 잘못이야.
생각해보니깐 그래.

8회 Pick

은호는 자존감이 상당히 낮은 사람입니다. 그래서 작은 자극에도 쉽게 무너지죠. 또한 생각보다 더 깊이 자
책합니다. 저는 그럴 수도 있다고 생각해요. 슬픔을 이겨내는 방법은 바닥 끝까지 내려가 그곳을 치고 딛고
올라오는 법이니 바닥 끝까지 내려간 은호가 이제 올라올 차례입니다.

행복해보였나요?

예?

강주연 아나운서랑 있을 때 주혜리가 행복해보였냐고요.

혜리는. ...언제나 행복해보였어요. 특별히 강주연 아나운서를 만났다고
행복한 게 아니라 그냥 여기선 늘 행복해보였었는데.

·· ─── 9회 ＼＼|／／ Pick ─── ··
◇

자신의 처지가 늘 버거웠던 현오는 누군가의 행복을 생각해본 적이 거의 없었을 겁니다. 그런데 은호가 갑자
기 사라지면서 그녀에게 병이 있다는 걸 깨닫고 그제야 은호를 찾아다니기 시작하는데요. 그렇게 알아낸 건
은호는 제 자신이 아닌 척 일했던 곳에서 행복했었고 온전히 은호 자신일 땐 오히려 불행했었다는 겁니다.
심지어 그게 현오, 제 탓일 수도 있다는 생각까지 하죠. 현오에게 불행이란 스스로 만든 게 아니었습니다. 어
린 시절부터 누군가 건네는 악담같은 거였죠. 우리는 우리에게 주어진 불행 앞에서 '나만 힘든 게 아냐. 모두
가 힘들어.' 이런 생각을 하기 보단 그저 자기 연민에 빠지게 됩니다. 현오 역시 그랬습니다. 그런 현오가 처음
으로 그 연민에서 빠져나와 누군가의 불행에 관심을 가지는 장면입니다. 누군가의 행복을 궁금해하는 장면입
니다. 그러니까 자신이 가장 사랑했던 은호의 마음을요.

저는요. 아무래도 혜리가. ...될 수 없을 것 같아요. 강주연씨.

나는 진짜 상관없는데. 나는 진짜 혜리씨가 그 누구든.

어쩌면 우리는 오늘이 끝이겠죠.

아니. 그건. 아니.

인사하고 싶었죠. 누구보다 사랑이 필요했던 나를. ...좋아해줘서.
아껴줘서 고맙다고. 아까 강주연씨가 내게 했던 말은
오히려 내가 주연씨에게 하고 싶었던 말이에요. 맞아요.
나도 처음부터 그 누구라서 당신을 좋아했던 게 아니고.
그저 내게 와줘서. 이런 내게 와줘서 감사했어요. 주연씨.

--------- 10회 ☆ **Pick** ---------

좋은 이별이라는 게 있다는 것에 대해 정신건강의학 자료조사를 하며 알게 되었습니다. 선생님들께서 실제
로 권유하는 거더군요. 특히 이렇게 큰 트라우마를 겪은 사람들에게는 꼭. 서로의 아픔이 닮은 주연이와 은
호가 좋은 이별을 하길 바랐습니다. 물론 두 사람이 함께하길 바라는 분들도 있었어요. 그럴 수 있죠. 너무
닮은 사람들은 서로에게 어마어마한 위로가 되기도 하니깐요. 하지만 때론 너무 거울같아 힘들 때 서로를
쳐다보지조차 못할 수도 있다 생각했습니다. 그래서 주연과 혜리는 딱 좋을 때까지만 만나고. 서로에게 커
다란 위로를 준 뒤 그 점에 대해 고맙다고 말하기까지. 그렇게 좋은 이별을 하는 것까지. 저는 주연이가 혜연
이 아니더라도 누군가를 다시 좋아할 수 있는 마음이 생길 거라 믿어요. 이렇게 끝을 맺었으니깐요.

사실 전부 다 그리웠어.

네 얼굴과 네 목소리

네 손가락과 머리카락

네 손톱이랑 발톱이랑

그러니깐 너의 전부가

지금껏 어떻게 참고 살았는지 모를 정도로

그리웠어. 현오야.

11회 Pick

은호에게 꼭 현오여야 했던 까닭은 그가 8년동안 그녀의 곁에서 그녀가 잃은 가족의 역할을 했기 때문입니다. 하지만 두 사람은 서로에게 각각 가장 아픈 걸 말하지 못했어요. 은호는 저 때문에 동생이 사라져버린 걸 알면 현오가 제게 실망하고 떠나버릴까봐. 현오는 제 상황을 말하면 은호가 제 꿈을 포기하고 그 곳에 뛰어들어버릴까봐. 서로 얘기하지 못했죠. 두 사람은 결혼이 아닌 그걸 털어놓지 못해 헤어진 겁니다. 하지만 가족같던 그 따스함을 잊지 못해 다시 만났고 이제 서로에게 아픈 걸 고백하기로 하죠. 이 대화는 그 고백의 시작을 의미합니다. 그 고백의 처음은 그리웠다. 보고 싶었다부터. 그러니 이제 내 이야기를 들어줄 수 있어? 그렇게.

나도 네가. 그리고 내가 가장 ...좋아.

12회 Pick

어릴 적 너무 좋은 드라마를 보고 나면 심장이 너무 뛰어 한동안 그 자리에서 일어나지 못했습니다. 그 때 생각했던 건 '나도 언젠간 저런 드라마를 만들고 싶어.' 그리고 이 드라마의 마지막 장면. 저 대사가 나왔을 때 그런 생각이 들었어요. 내가 꿈꿔왔던 드라마를 지금 본 것 같다고. 심장이 뛰었고 벌떡 일어나 뭔가를 하고 싶어졌습니다. 적어도 저에게 '나의 해리에게'는 그런 작품이었습니다. 다 같이 만드는 힘이 무엇인지 제게 알려주었죠. 또 혜리의 말처럼 사랑하는 사람들과 함께 있는 것이 얼마나 행복한 건지도요. 왜냐하면 저는 이 작품을 함께 만든 모든 사람들을 사랑하게 되었거든요. 그들과 보낸 시간들이 제겐 전부 행복이었습니다. 저도 네가, 그리고 제가 가장 좋습니다. 모두가 그런 마음이길 바랍니다.

일러두기

1. 이 책의 편집은 한가람 작가의 집필 방식을 따랐습니다.
2. 드라마 대사는 글말이 아닌 입말임을 감안하여, 한글맞춤법과 다른 부분이라 해도 그 표현을 살렸습니다. 지문의 경우 한글맞춤법을 최대한 따르되, 어감을 살리기 위해 고치지 않고 그대로 둔 경우도 있습니다.
3. 대사와 지문에 등장하는 말줄임표나 쉼표, 느낌표와 마침표 등의 문장부호 역시 작가의 집필 의도를 살리기 위해 고치지 않고 그대로 실었습니다.
4. 이 책은 작가의 최종 대본으로, 방송된 부분과 다를 수 있습니다.

차례

용어정리

S   장면(Scene). 같은 장소, 같은 시간 내에서 이루어지는 일련의 행동이나 대사가 한 장면을 구성.

D   낮(Day). 그 장면이 이루어지는 시간대를 표시.

N   밤(Night). 그 장면이 이루어지는 시간대를 표시.

E   효과음(Effect). 등장인물은 보이지 않고 소리만 나는 경우에 사용.

F   필터(Filter). 필터를 거쳐 들려오는 전화기 너머의 목소리 등을 표현.

O.S   오버 숄더 샷(Over the shoulder Shot)의 줄임말. 한 인물의 어깨 너머로 상대방의 모습을 포착한 장면을 가리킴.

플래시 컷   화면과 화면 사이에 삽입한 짧은 컷. 화면의 속도를 증대시키거나 긴박감의 표현, 시각적인 충격 효과들을 배가하기 위해 사용.

꿈

나는 너를, 너와 함께했던 모든 시간들을,
그렇게 부르기로 했어

S #1   (D – 5시 넘어 / 미디어N서울 방송국: 야외 주차장)

쨍쨍한 하늘 아래. 차들이 꽉꽉 들어찬 야외주차장. 그곳의 작은 컨테이너 박스.

S #2   (D – 5시 넘어 / 미디어N서울 방송국: 주차관리소)

그곳엔 방긋방긋 웃는 헤리인 척하는 은호가 서 있고.

민영   (따발따발 짜증내는) 뭐어? 무단결근을 해? 야! 이건 말도 안 되는 일이야! 너 혹시 엠지니? 엠지야? 야. 나도 엠지야. 바로 너의 이런 행동들이 우리 엠지를 모욕하는 거라고! 너 이씨! 주임님이 진짜 좋은 사람이라서 그냥 넘어가는 거지! 너 내가 주임이었잖아? 너 아주 혼쭐이 났다고! 야. 나 때는 말이야? 무단결근? 꿈도 못 꿨어! 어? 이게 아주 연락도 없이.
은호   (진심) 미안해. 정말이야.
민영   (푹 죽어서) 오케이. 평소와는 다르게 순순하군. 그럼 이제 행정실에 가서 쫙 펴진 주차안내서를 받아와볼까?
은호   오케이. 아주 순순히 다녀오겠어. (주차안내서 다 접힌 상자를 번쩍 들고 나가면)

S #3   (D − 5시 넘어 / 미디어N서울 방송국: 야외주차장)
        ; 6회 S #66

        상자를 들고 햇살이 눈부신 야외주차장을 걷는 은호.
        곁으로 차 한 대가 끼이익 멈추며 "헤리씨!" 소리가 들리자.

은호   (지나다 돌아보고 아주 밝은 얼굴로) 안녕하세요? 강수연씨?
주연   (저도 모르게 안도) 아. 오늘 나오셨네요.
은호   (웃으며) 네. 그럼요!
주연   제가. 물어볼 게 있는데. (뒤차가 빵!)
은호   (웃은 채) 네. 물어보세요!
주연   그게... (뒤차가 빵!)
은호   (웃으며) 그럼 일단 주차부터 하시고 물어봐주실까요?

        주연이 주차 자리를 찾으며 상자를 들고 멀어지는 은호를 룸미러로 슬
        쩍 쳐다보면.

S #4   (D − 5시 넘어 / 미디어N서울 방송국: 야외주차장 자판기
        앞)

은호   (눈 동글) 오. 그건 우리 언니였는데요? + 상자는 바닥에 내려놓고.
주연   (자판기에서 음료수 뽑아 은호에게 건네다 당황) 근데... 외동딸이라고 했
        잖아요. 헤리씨는... 그니깐.
은호   (뻔뻔) 아아. 근데 알고 보니 언니가 있더라고요.
주연   (정보입력에 실패하였습니다) 네?
은호   아. 말하자면 복잡하지만 아무튼 그래요. 그런 거나 마찬가지죠.
주연   (자세히 설명해줘) 그런 거는 뭐고. 그런 거나 마찬가지인 건 뭐고.

은호	그건 정말 설명하기가 어려운데요.
주연	아. 또. (네가 주차관리소에 등록이 되어 있지 않던데)
은호	아. 저부터! 저도 물어볼 게 있어요. 우리 집 앞엔 왜 왔었나요?
주연	아. 그건 그냥. (잠시 포즈 뒤. 진심) ...너무 보고 싶어서.
은호	(음료를 마시다가 주연을 뚝 쳐다보면)
주연	왜요?
은호	아뇨. (웃으며) 너무 좋아서.
주연	(혜리의 손에 끼워진 실반지 보고) 반지... 끼고 나왔네요?
은호	아아. 예쁘죠.
주연	(조금 웃으며) 네. 너무.
은호	근데 강주연씨는 오늘 뭘 하시나요?
주연	아. 저는... 오늘.

S #5   (D / 미디어N서울 방송국: 대형 운동장 - 천막)

빵! 총소리 들리면 방송국 운동장 한쪽에서 펼쳐지는 사내 체육대회.
그곳의 천막 아래 앉아 휴대폰으로 **[주은호 아나운서 가족관계]**를 검색
하는 주연.
나오는 건 하나 없다. 주연이 조금 한숨을 쉬면.

운동장 가운데선 이제 막 계주가 끝나 허들이 설치되고.
족구 경기가 끝나 땀 흘린 채 인사하는 사람들 옆으로 피구 경기가 시
작되려는 와중. + 여자피구경기

혜연	(피구 경기장 한가운데서 주연을 향해 번쩍 손을 들고) 선배!

천막 아래 앉아있던 주연이 고개를 팍 들어 쳐다보고.

S #6　　(D / 미디어N 서울 방송국: 대형 운동장 - 피구 경기장)

왠지 살벌한 피구 경기장. + 아나운서국과 라디오국 합동팀 / 섞어서 A와 B팀으로 나눔.
풀 메이크업을 한 채 바지만 체육복으로 갈아입은 여성 아나운서들이 팔을 걷어붙인 채 고개를 좌우로 꺾고 있다.
그중 하나가 안쪽의 혜연을 매섭게 노려보며 팡. 팡 공을 튀기는데.

피구심판　(확성기로. 느긋) 자. 여러분. 나를 아시죠. 우리 경기의 목적은 친목도모입니다. 프로 피구경기가 아니란 말입니다. 죽자고 싸우자는 게 절대 아닙니다. 내일도 출근하시는 분들이 아주 많습니다. 이게 무슨 소리냐. (강조) 절대로! 얼굴은 맞히면 안 된다는 뜻이죠. 목 위로는 절대로! 공을 던지시면 안 된다는 뜻입니다. 다들 아셨죠. 자. 그럼 이제 시작하겠습니다. (삑! 휘슬을 불자마자)

정확히 혜연의 얼굴을 향해 무섭게 공이 날아온다.

S #7　　(N / 부산 해운대구: 5성급 호텔 - 스위트룸 침실)
　　　　: 5회 S #58 이어

넓은 침대 한가운데에 아빠 다리를 하고 앉아 휙! 공을 피하는 시늉을 하는 혜연.

혜연　　(주연이 건네주는 맥주를 받으며) 선배. 나 어렸을 때 말야. 피구 같은 걸 하면 애들이 그렇게 나한테 공을 던졌었다?
주연　　(근처 의자에 앉아 맥주를 마시면서) 왜?
혜연　　내가 예쁘니깐.
주연　　예쁜데 왜 너한테 공을 던져?
혜연　　예쁜데 재수까지 없으니깐 나한테 공을 던지지. 어떻게? 이렇게. (휙. 소

리를 내며 몸을 낮춰 피하는 시늉을 하고)

S #8   (D / 미디어N서울 방송국: 대형 운동장 – 피구경기장)

무섭게 날아드는 공을 휙! 몸을 낮춰 피하는 혜연.
피하고서 빙긋 웃으면 다시 매섭게 날아오는 공. 혜연이 날렵하게 공을
피하고.

혜연 E /   바로 그때부터야.

바로 공이 날아온다. 이번엔 공을 잡아 상대편에 던져 아웃시키는 혜연.

혜연 E /   내가 피구를 잘하게 된 게.

혜연의 멋진 플레이에 묵직하게 터지는 남자들의 환호성.
거의 피구선수처럼 움직이는 혜연은 공을 족족 피하고 받아 상대를 아
웃시킨다.

이제 혜연이 조금 여유로워진 순간 빛처럼 빠르게 날아든 공이 팡!
혜연의 얼굴에 명중하고 쿵! 혜연이 뒤로 넘어가면.

피구 심판   (삑! 휘슬 불며) 아! 진짜! 얼굴에 맞추지 말라고 했잖아요! 좀!

맞춰놓고서 '아. 몰라.' 하듯 딴청을 피우는 상대편 PD와 아나운서들.
앉아 있던 주연도 저도 모르게 벌떡 일어나고.

S #9   (N – 6시께 / 미디어N서울 방송국: 대형 운동장 – 천막)

혜연	양 콧구멍에 티슈를 아무렇게나 꽂아 넣은 채. 코 맹맹) 선배. 나 진짜 불쌍하지 않아?
주연	괜찮아?
혜연	너무 아파. 근데 더 아픈 게 뭔 줄 알아?
주연	뭔데.
혜연	선배와 짝피구에 못 나간다는 거야. 나 진심 선배랑 짝피구 짝 먹으려고 피구팀 짜는 선배한테 한 달 전부터 뇌물을 바쳤거든? 근데 이 모양 이 꼴이 되어서! 짝피구도 못 나가고!
지원°	(짝피구 배정표 들고 다니며 지나다) 야! 백혜연! 너 짝피구 못 나가지!
혜연	(돼지 목소리로 짜증) 그래! 못 나간다!
지원	(개의치 않는) 아씨. 그럼 사람 하나가 모자란데. 백혜연. 그럼 니가 하나 구해와라.
혜연	뭐어? 안 그래도 억울한데 사람까지 구해오라고오?
은호	(간식 박스 가져다주러 왔다가 주연을 보고선) 강주연씨!
주연	(벌떡 일어나 성큼 다가가) 아. 혜리씨. 여긴 어쩐 일인데요?
은호	간식 드시라고요. 주차장에서 지원하는 간식이에요. (박스를 헤치며 가장 좋은 거 건네면서) 강주연씨. 이거 드세요. 이게 가장 비싸 보여요.
주연	(웃으며) 아. 고맙습니다.
혜연	(다다다 달려오더니) 그래. 혜리! 혜리씨가 나가주면 되겠어.
은호	(1차 당황) 에? 어딜...
혜연	짝피구요. (혜리의 두 손을 꼭 잡더니) 그래. 사실 선배의 짝은 혜리씨니깐. 난 이해할 수 있어. 이대로 편하게 쌍코피를 흘릴 수가 있다고.
은호	(2차 당황) 에? 그게 무슨... (소리야. 이것아)

●**이지원 (33세. 여)** 미디어N서울 20년 입사. 오빠만 셋인 집에서 남자처럼 자란 여성. 시니컬하고, 무뚝뚝하지만 속은 깊다. 모두에게 공평하게 쌀쌀맞다. 누군가의 위기의 순간에서는 약간 따뜻해지는 면이 있다.

S #10   (N – 6시께 / 미디어N서울 방송국: 대형 운동장 – 피구
경기장)

여전히 살벌한 피구 경기장. 은호가 앞머리로 얼굴을 가린 채 쭈뼛쭈뼛
서 있으면.

주연   혜리씨. 짝피구를 할 줄은 아세요?

은호   (주연의 뒤에 서서) 아. 알긴 아는데. + 다 아나운서들이라 약간 걱정돼서. 물
론 몰라보겠지만 하면서도 걱정됨.

주연   걱정 마요. 제가 최대한 빨리 아웃 당해버릴게요.

은호   오. 좋은 생각이네요. 그럼 우리 빨리 죽어버려요. 그럴 수 있나요?

주연   아. 죽는 건... (쓱 두르더니) 아마 생각보다 쉬울 거예요.

매서운 포스로 피구 경기장을 메운 아나운서들이 팔을 걷어붙이고
팡 팡 공을 튀기고 있다. 삑! 피구 심판이 휘슬을 불면 바로 슝! 공이 날
아온다.

S #11   (N – 6시 넘어 / 미디어N서울 방송국: 대형 운동장 – 천막)

다짐과는 다르게 날아오는 공을 주연을 방패로 써 요리조리 잘도 피하
는 은호.
그 모습을 오재와 혜연, 수현이 천막 아래 서서 입을 벌리고 바라보고
있으면.

혜연   오우. 못 하겠다고 뺀 것 치곤 너무 열심히 하는 느낌이 드는걸?

수현   와우. 너무 열심히 하는 건 둘째 치고 강주연이 곧 공에 맞아 죽을 것 같
은 느낌이 드는걸?

오재   호우. 공에 맞아 죽는 건 둘째 치고 저러다 병원에 실려 가지 않으면 다
행이란 생각이 드는걸?

팡! 주연이 한 번 더 공에 맞고.

S #12 (N – 6시 넘어 / 미디어N서울 방송국: 대형 운동장 – 피구 경기장)

은호 (주연의 등덜미 꼭 붙잡고선. 잘하니깐 신나서) 뭐지? 나 왜 잘하는 것 같지? 뭐지? 나 아지 안 죽었나?

주연 아. 혜리씨. (맞고) 아깐 분명히 빨리 (맞고) 죽고 싶다고. (맞고)

은호 아. 저도 그러고. (피하고) 싶었는데. (피하고) 잘하니깐 (피하고) 욕심이 나네요?

주연 아. 그런 욕심은 (맞고) 내지 않는 게 (맞고) 아주 좋을 것 같다는 (맞고) 생각이 (맞고) 드는데.

주연의 가슴께로 공이 팡! 팡! 터지면.

S #13 (N – 6시 넘어 / 미디어N서울 방송국: 대형 운동장 – 천막)

가슴께를 아픈 듯 살살 문지르는 주연을 향해 혜연이 쫙쫙쫙 박수를 치더니.

혜연 우와. 잘하네. 너무너무 잘하네.

주연 (칭찬을 받으니 이거 참 쑥스럽구먼) 아. 최대한 노력을 하긴 했는데.

혜연 (냉정) 아니. 선배 말고. (은호에게) 혜리씨. 혜리씨는 왜 그렇게 피구를 잘하죠? 혹시 어렸을 때 왕따였나요?

은호 글쎄요. 현재는 모르지만 아니. 그랬을 수도 있고. 아닐 수도 있고.

혜연 너무 잘해. 너무너무 잘한다고. 나는 이 경기가 혜리씨의 경기였다고 생각해.

수현	(진심으로 걱정) 야. 강주연. 너 괜찮냐? 병원 가봐야 되는 거 아냐?
오재	뼈에 금 갔을 수도 있어. 나는 진짜로 그렇게 생각해.
혜연	아. 무슨 소리야. 뼈에 금이 가면 이렇게 서 있지도 못해. 그리고 선배는 진짜 피구를 왜 그렇게 못해?
수현	(진심으로 어이가 없네) 백혜연. 재 잘했어. 정말이야.
오재	맞아. 완전 잘했지. 그 정도면 통키였다고.
혜연	아니? 피구란 자고로!! 공을 맞기만 해선 안 되는 거 거든?
은호	(절로 수긍) 맞아. 공을 받아서 던져서 날려서 맞춰서...
혜연	(눈 이상하게 뜨며) 아웃시켜야지.

수현과 오재, 주연이 두 여자를 질린다는 듯 쳐다보는 사이.

지원	(남자 피구 명단 들고 다니다가) 강주연 선배님!
주연	(휙 두려운 듯 쳐다보곤) 왜. 뭐.
지원	남자 피구하러 지금 나오시라는데요?

'하씨. 또 피구를 해야 된다니.' 주연이 깊게 한숨을 쉬며 걸어가면.
곧 남자들 바글거리는 피구경기장에서 경기 시작을 알리는 휘슬 소리가
들린다.

S #14 (N - 7시 다 돼 / 미디어N서울 방송국: 대형 운동장 - 피
구 경기장)

주연이 서 있는 곳으로 무섭게 공이 날아오고.
더 이상 맞고 싶지 않은 주연은 빠르게 피하고 받아 바로 던지는. 아웃.
좀 전의 무기력한 모습은 없다.
남자 피구는 아주 빠르게 피하고 받아 무섭게 던져대는 주연인데.

혜연	(테이블에 엉덩이 걸치고 서서) ...저렇게 잘 할 수 있었으면서.

은호	(진심으로 동의) 그러니깐.
혜연	어머어머. 너무 잘한다.
은호	(그런 혜연을 처다보더니) 근데 백혜연씨라고 했죠. 백혜연씨는 강주연씨보다 몇 기...

픽! 누군가 은호를 치고 가 옆으로 콰당! 넘어져버리는 은호.

여성 엔지니어	아. 죄송합니다! 죄송합니다!
은호	아뇨. 괜찮습니다. (탈탈 털고 일어나려 하자)
혜연	(웃으며 손 내미는) 제 손 잡아요. 혜리씨.

은호가 혜연을 향해 손을 뻗는 순간 툭. 툭. 은호의 손등에서 피가 떨어지는.

혜연	(너무 놀라) 뭐야. 피 나잖아!
은호	(몰랐어) 아. 피요? (느리게 제 손을 보려는 찰나)

성큼 다가온 주연이 테이블 옆 아무 천을 북 찢어 은호의 손등을 감싸곤.

주연	(침착하게) 일어나요. 병원 가야 돼요.

S #15   (N / 서울 영등포구: 여의도동 내과의원 앞 – 주연의 차 안)

병원에서 치료를 마치고 약을 타온 은호가 붕대를 칭칭 감은 손을 쭉 뻗더니.

은호	오. 꿰매다니.
주연	(운전석에 탄 채. 돌아보고) 안 아팠어요? 못에 긁혔다던데.
은호	네. 저는 찢어진 줄도 몰랐어요.

주연	큰일 날 뻔한 거예요. (시동을 걸고 가려는데)
은호	(주연의 차 컵홀더에 놓인 지퍼백에 담긴 휴대폰 쓱 보곤) 근데 이건 뭐예요? 강주연씨? + 이때만 해도 자기 건인지 아닌지 긴가민가.
주연	아. 그거. 지난번에 혜리씨 쓰러졌을 때 옆에 있던 소지품이었대요. 제가 받아놨어요. 가져가세요.
은호	(지퍼백을 집어 들고. 묘한 얼굴로) 이게. ...켜졌었나요? + 쓰러진 것도 기억이 안 나는데. 거기서 휴대폰을 잃어버렸구나. 생각이 드는 동시에 이걸 켜봤으면 어쩌지.
주연	아뇨. 충전을 해봐도 안 켜져서. 근데 혜리씨는 폰이 없다고 했었으니깐. 그게 누구 건지 모르겠는데. (확인하듯 은호를 보고) 혜리씨 거가 맞는 거죠?
은호	(아무렇지도 않게 웃으며) 아뇨. 언니 거예요. 그날 저한테 있었나봐요. 왜인진 기억은 안 나지만.
주연	(의심을 거두지 못하고) 아. 언니... 거를 들고 왔는데... 왜 기억이.
은호	(해맑게) 그니깐. 그것도 저것도 모르겠고 말이죠?
주연	(궁금증 폭발) 그럼 혜리씨. 제가 혜리씨한테 연락하고 싶어서 행정실에 연락을 했었는데요. 거기서 혜리씨 직원기록이.
은호	(먼저 채는) 아. 저 그거 없잖아요.
주연	(노 이해) 그게 어떻게.
은호	(진심처럼) 몰라요? 아직도 등록을 안 했나 봐요. 누락된 것 같아요.
주연	(나 이제 이해가 돼) 아. 그랬군요. ...누락이 되었구나.
은호	강주연씬 참 수용이 빠른 사람이군요?
주연	그거야 혜리씨가 말하는 거니깐.
은호	그리고 궁금한 게 참 많은 사람 같아요.
주연	그거야 혜리씨가 궁금하게 만드니깐. (의심이 풀리자 마음이 편해져서) 근데 배고프진 않아요? 뭐 먹으러 갈래요? 맛있는 거 사줄까요?
은호	아뇨. 이 시간에 뭘 먹으면 얼굴이 탱탱 붓는데?
주연	붓는 거 생각 안 하고 늘 너무 잘 먹던데?

"혹시 지금 비아냥거리신 건가요?" "아뇨. 사실을 말한 것 뿐."

두 사람이 얘기하는 사이 차가 출발하고 그 뒤로 네온사인이 출렁인다.

S #16   (N - 4시 정각 / 은호의 빌라: 은호의 집 401호)

따르르릉! 새벽 4시 정각을 알리는 자명종이 울리면
알람 소리에 눈을 뜬 은호가 안경을 찾아 쓰고 일어나 식탁 위 놓인 약을 먹는.

물 컵을 놓다가 제 손등을 쓱 보는 은호. 옅게 한숨을 쉬더니 화장실로 걸어간다.
어둠 속 어린 헤리와 은호가 담긴 액자는 빛이 나고.

S #17   (D - 8시께 / PPS 방송국: 아나운서국 사무실)

"좋은 아침입니다." "팀장님 오셨어요?" "아. 멘트 또 바뀌었어."
분주한 아침의 아나운서국 사무실. 은호는 왠지 멍하니 자리에 앉아 있는데.

〈플래시 컷〉 - 6회 S #47

김팀장   *현오가 떨어진 게 아니고. 너 때문에 아홉시를 포기한 거래.*
은호   *(전광석) 뭐라고?*
김팀장   *아! 현오가 소국장을 따로 만나서! 니 정오뉴스 자리랑! 지 아홉시 뉴스 자리랑 맞바꿨대!*

그러다 뭔가 결심한 듯 벌떡 자리에서 일어나면.

S #18   (D - 8시 넘어 / PPS 방송국: 아나운서국 팀장실)

김팀장　(뭔가 초연한 얼굴로 노트북 보면서) ...그래서?

은호　(단단한) 내가 정오뉴스 빠지겠다고. 오늘부터라도.

김팀장　(노트북만 보며) ...그런데?

은호　그러니깐 정현오 아홉시 뉴스에 다시 박으라고.

김팀장　아홉시 뉴스 앵커 자리를 그렇게 내 마음대로 꽂았다 뺏다 다시 꽂았다 뺏다할 수 있었으면 애초에 이런 일이 일어나지도 않았을 거야. 은호야.

은호　아니. 선배가 보도국장한테 가서 읍소라도 힐 수 있잖아. 내가 관둔다는데.

김팀장　(피에로 웃음) 이미 결정된 인사를 네 마음 하나 바뀌었다고 보도국장이 얼씨구나 인사를 뒤집을 수 있었다면 애초에 내가 그거한테 고개를 숙이는 일도 없었을 거고. 은호야.

은호　아. 이미 했어?

김팀장　(사탄의 인형 웃음) 했지. 다 해봤지. 근데 다 망했지. 그래서 지금 내가 바라는 게 뭔 줄 아니?

은호　뭔데.

김팀장　전재용이 뉴스를 죽 쑤는 거야. 은호야.

은호　그건 뭐. 당연한 거 아냐? 걔 못하잖아. 걘 기자도 못해서 좌천됐던 앤데.

김팀장　(목각인형 웃음) 아니? 생각한 것보다 더욱 더. 아주 몹시. 대차게 죽을 쏼쏼 쑤어서. 소친국 그게 내 다리를 붙들고 미안하다. 김팀장아! 현오 한 번만 줘라!! 제발 줘라. 애원하게 만들 거라고. 은호야.

은호　그래. 그 꿈 꼭 이뤄. 거기에 내가 필요하면 나도 얼마든지...

김팀장　(허수아비 웃음) 너는 정말 필요 없어. 은호야.

은호　그래. 그래도 혹시 내가 필요하게 되면.

김팀장　(빨간 마스크 웃음) 이제 그만 나가줄래? 은호야?

김팀장이 심상치 않게 미쳤음을 깨달은 은호가 스륵 몸을 굽히고 팀장실을 나가면.

로비커피숍직원　　(친절) 어서 오세요!

슬금슬금 다가오는 건 입가에 미소가 만연한 재용이다.

재용　　(카운터로 가) 아이고. 안녕하십니까. 저로 말할 것 같으면 이제 곧 PPS 아홉시 뉴스의 간판 앵커가 될 전. 재. 용.

로비커피숍직원　　(웃음으로) 아. 손님. 주문... 부터 해주시면.

재용　　아. 그렇죠. 주문... 주문을 해야죠. 저는 그럼 (성격이 급해 빨리 말하느라 발음이 꼬임) 쇼콜라드 자바칩 치즈케이크 프라푸치노 라지 사이즈 한 잔.

로비커피숍직원　　(못 알아듣겠다. 친절) 손님. 정말 죄송한데요. 다시 한 번만 말씀해주실 수 있을까요?

재용　　아. 저는 쇼콜라드 자바칩 치즈케이크 프라푸치노 라지 사이즈 한잔.

로비커피숍직원　　아. 그러니깐. 쇼콜라드.. 그걸로 시작하는 메뉴가... 뭐가 있지.

재용　　아. 다시 말씀드릴까요? 저는 쇼콜라드 자바칩 치즈케이크 프라푸치노 라지 사이즈... 원. 저스트 원. 컵 오브 커피.

한쪽에서 커피를 마시던 민우와 경진, 택민이 재용의 발음에 입이 떡 벌어지는데.

택민　　야. 쟤... 저 발음으로 아홉시 뉴스를 진행하겠다는 거 맞아?

민우　　와. 도대체 소친국은 전재용의 어떤 면을 보고서.

경진　　하. 기자라서 그래. 야. 내가 말했잖아. 팔은 무조건 안으로 굽는 거라고.

택민　　아주 우리 현오만 똥멍청이가 됐어. 똥멍청이가 됐다고.

경진　　(짜증나) 근데 정현오는 지금 뭐하고 있냐?

사무실로 툭툭 걸어오는 누군가. 아나운서국 사람들이 왠지 힐끔거리면 커다란 상자를 들고 오는 덤덤한 얼굴의 현오다.

현오가 은호의 옆 자리. 빈 책상 위에 상자를 툭 내려놓자. + 은호는 정오뉴스 하러 갔다.

김팀장   (억지로 웃으며 다가와) 우리 현오. 왔네?

현오   ('너는 왜 그렇게 웃고 있어.' 하듯 돌아보면)

김팀장   현오야. 웃어. 웃는 게 좋은 기다?

현오   팀장님. 지금 이 상황에서 제가 웃음이 나올까요?

김팀장   아니. 위에서 갑자기 정현오 그건 아홉시 뉴스 할 놈도 아닌데 왜 그 큰
          방을 혼자 다 차지하고 있냐면서. 당장 방을 빼라면서. 그깟 차장대우
          따위가 그렇게 큰 방을 혼자 쓰는 건 말도 안 된다면서. 그것이 바로 시
          공간적 낭비라면서. 나라가 어려우면 그런 공간이라도 아끼는 게 범국
          가적 애국이라면서. 그런 거라도 아껴야 우리 회사가 잘 먹고 잘 사는
          거라면서.

현오   (포기했다. 짐 풀면서) 예예. (한숨 푹 쉬면)

김팀장   한숨 쉬지 마. 현오야. 어차피 다 망했는데 뭐하러 한숨을 쉬어. 나처럼
          웃어. 난 있지. 웃으니깐 다 괜찮은 기분이 든다? 뭔가 안쪽은 썩어가고
          있지만 바깥쪽은 생생한 기분이 든다구. 야. 너도 얼마나 좋니. 오랜만에
          이렇게 사무실에서 바글대는 사람들 사이에서 일도 하고. 어? 그리고 니
          자리가 정말 좋은 자리야. 너무 좋은 자리라서 지금껏 비워놨던 거다?

현오   (뭐라는 거지. 이 새끼?) 아아. 너무 좋아서 이렇게 비워놨던 거다.

김팀장   저기 봐봐. 화장실도 되게 가깝고. 니 구여친 자리도 몹시 가깝고.

현오   팀장님. 죄송한데 그만하시고 이제 좀 사라져주시겠어요?

김팀장   응. 그럴게. 샤라라 뿅. (억지로 웃은 채 제 방으로 돌아가면)

현오가 한숨을 쉬며 소지품을 정리하면.

S #21 (D - 11시 30분 넘어 / PPS 방송국: 정오뉴스 생방송 스튜디오)

지온   야. 주은호.

자리에 앉아 정오뉴스 준비를 하고 있는 지온과 은호.

은호   (원고 예독하며) 왜. 뭐.

지온   너 저번에 사무실에선 왜 울었냐. 현오 형 뉴스 떨어져서 울었냐.

은호   아. 그걸 언제 봤지?

지온   나야 늘 어디서든 널 주시하고 있으니깐?

은호   (몸을 돌려 지온을 쳐다보더니) 지온아. 근데 혹시 따라해 볼 수 있을까?

지온   뭘.

은호   누우나. 서언배. 그 두 개가 싫으면 차라리 저기요? 이보세요?

지온   (피식 웃더니) 지금은 괜찮아?

은호   (다시 원고 보며) 근데 너 나랑 말 안 하기로 하지 않았냐. 왜 다시 하는 거야. 내가 이젠 너 없는 외로움에 상당히 익숙해졌는데 말이지?

지온   (약간은 쓸쓸) 내가 이제는 완전히 널 버렸거든. 넌 있지. 나한테 이제 완전 휴먼이야. 즉 인류란 뜻이지. 그래서 난 너한테 말을 걸 수 있게 되었는데.

은호   (간만에 진심) 야씨. 간만에 좋은 소식이다.

지온   그런데 내가 생각해보니깐. 데이트 정도는 한 번 해줄 수 있지 않나.

은호   아씨. 야. 버렸대매. 근데 무슨 데이트를.

지온   아. 그냥 인간 대 인간으로. 휴먼 대 휴먼으로. 어?

은호   (작은 목소리로 지온에게) 아. 됐어. 키스했으니깐 퉁 쳐.

지온   (어이가 없네) 아. 뭘 그런 걸로 퉁을 친다고.

마침 인이어로 정오뉴스 PD의 "은호선배. 오디오 체크할게요. 앵커 멘트 부탁드려요." 목소리가 들리면 은호가 입을 쩍쩍 크게 벌리며 앵커 멘트를 읽는.

은호   시청자 여러분. 안녕하십니까. 금요일 PPS 정오뉴스입니다. 오늘은,

지온이 그런 은호를 픽 웃으며 쳐다보면.

S #22   (D - 12시 다 돼 / PPS 방송국: 아나운서국 팀장실)

꺼질 듯 한숨을 푸욱 쉰 현오기 고개를 들이 김팀징을 쳐다보곤.

현오   ...팀장님. 그건 제가 미디어앤서울까지 가서 안한다고 말하고 온 건데.
김팀장   그래. 알아. 그땐 아주 충분한 사유가 있었지. 그때의 너는 아홉시 뉴스 앵커 내정자였기에 그래서 우리도 그들에게 뭐랄까. 자연스럽고 불쾌하지 않게 거절할 수 있었거든? 그런데 지금 너는 그냥 아침 데일리 프로 하나 하는 애가 되었잖아? 그치?
현오   (많은 걸 참는 얼굴로) 그렇... 죠?
김팀장   현재로썬 니가 지금 우리 방에서 제일 한가해.
현오   아니? 주은호가 더 한가할 텐데?
김팀장   아니야. 현오야. 지금은 니가 더 한가해.
현오   (언빌리버블) ...그럴 리가.
김팀장   뭐. 근데 걱정은 하지 마. 어차피 도토리 키 재기라 내가 둘 다 추천했거든. 그니깐 내일 오후 한시까지 미디어앤서울로 가서.
현오   팀장님. 내일은 토요일이잖아요. 주말이에요.
김팀장   응. 그것도 아는데. 니가 언제부터 토요일이라고 쉬었어. 그러니까 내일 오후 한시까지 은호랑 미디어앤서울로 가서 3사 통합 캠페인을 하고 오면 되거든? 오케이?
현오   (입술 꽉 깨물고) ...오케이. (돌아서 나가려는데)
김팀장   참. 그리고 현오야. 너 혹시 낚시... 좋아하니?
현오   (처음 듣는 얘기다) 제가요? 제가 낚시를 좋아한다고 누가 그래요?
김팀장   아. 낚시 안 좋아해?

현오	네. 안 좋아하는데요.
김팀장	그럼 더 잘 됐다. 이번에 새로 런칭하는 〈내가 낚는 건 너인가. 물고기인가〉 라는 낚시 프로가 있는데 말이야?
현오	(입술 꽉 깨물고) 안 좋아한다는데. 대체 무슨 소릴 하는 거야.
김팀장	아니. 니가 언제부터 취향 따져가면서 방송을 했다고. 현오야. 거기에 가면 말이지.
현오	안 합니다. 안 한다고요. (열 받은 걸 참으며 팀장실을 나서면)
김팀장	(프로그램 기획서 들고 보며) 아. 그럼 내가 할까. 난 너무 하고 싶은데. 아니. 촬영이 1박 2일이잖아. 난 3박 4일도 있을 수 있어...

S #23   (D – 2시 넘어 / 수도권 지하철 6호선: 지하철 내)

우둘우둘 지나는 지하철 안. 사람들 사이 멍하니 앉아 있는 은호.
휴대폰으로 아홉시 뉴스에 대한 기사를 검색해 보는.

[PPS '9시 뉴스'의 새 얼굴 전재용 앵커, 우려 속 첫 진행]
[PPS 전재용 기자, 5년 전 오보로 좌천 후 극적으로 뉴스 앵커 발탁]
[PPS '9시 뉴스' 전재용 앵커 발탁, 유력 내정자 정현오 아나운서 고배]

기사를 보는 은호의 얼굴이 쓸쓸해지고.
"이번 역은 버티산. 버티산역입니다." 안내음에 천천히 일어나고.

S #24   (D – 5시께 / 미디어N 서울 방송국: 야외 주차장)

오후의 빽빽한 야외 주차장. 주연의 차가 들어온다.
더 이상 제 자리를 맡아주는 혜리가 없어 주연이 주차를 못 하고 빙빙 돌고.

오후가 밤으로 내려앉으면 야외 주차장 한쪽의 노란 컨테이너의 툭 꺼지고.

S #25   (D - 토요일 1시께 / 미디어N서울 방송국: 3사 통합 캠페인 녹화 스튜디오 복도)

햇빛 부서지게 들어오는 복도를 무감한 얼굴로 걸어가는 주연.
곧 **[3사 통합 캠페인 녹화 스튜디오]** 종이가 붙은 육중한 문을 열고 들어가면.

방송 준비를 하는 분주한 스튜디오 내.
주연은 먼저 와 기다리는 다른 아나운서들에게 "안녕하세요." 인사를 하고. 바글거리는 스탭들 사이에서 캠페인 작가에게 촬영 구성안을 받아 보는데.

[PPS 주은호 아나운서] 이름이 있다. 그 밑엔 **[PPS 정현오 아나운서]**까지.
주연이 천천히 고개를 들어보면 마침 들어오는 현오.

현오   (스탭들 눈 다 맞추고 친절하게 한 명 한 명 인사하면서) 안녕하세요. 네. 반갑습니다. 안녕하세요. (주연 쪽으로 가선) 안녕하세요. (웃다가 아는 얼굴이라 표정이 조금 바뀌어) 아. 우리. ...만난 적이 있지 않나요?

주연   (현오를 똑바로 쳐다보고) 그거야 선배님께서 워낙 유명하시니.

현오   아뇨. 성함이.

주연   저는 미디어앤서울의 강주연입니다.

현오   아. 그렇군요. (웃으며) 잘 부탁드립니다. (악수를 하자고 손을 내미는데)

주연도 악수를 하려고 손을 내미는 찰나.

캠페인 PD   자자! 다들 서로 인사하셨으면 간단하게 촬영구성안부터 알려드리겠습

니다. (사이 캠페인 작가가 아나운서들에게 촬영구성안을 나눠주고) 일
단 정현오 아나운서가 여기 중간에 서시면 되고요. 또 (촬영구성안 보
고) 김하연 아나운서는 그 옆에 서시고.

은호   (사이 스튜디오로 들어와 스탭들에게 꾸벅꾸벅 인사하며) 안녕하세요?
주은호입니다. 늦어서 죄송합니다.

주연이 은호를 쓱 본다. '아. 정말 혜리씨와 똑같이 생겼구나.' 싶은 얼굴
인데.

캠페인 PD   주은호 아나운서! 여기 끝 쪽에 서주세요.

은호가 캠페인 작가에게 촬영구성안을 받아 맨 끝 쪽으로 가서 서면.
사이 현오가 캠페인 PD에게 뭔가 말하니.

캠페인 PD   (현오와 주연의 사이를 비워둔 채) 주은호 아나운서! 여기요. 여기로 와
주세요!

약간은 떨떠름한 얼굴로 그 자리로 걸어간 은호가 어색하게 그 사이에
서는데.
현오와 주연 사이에 선 은호. 주연이 은호를 쓱 처다보는 사이 조명이 번
쩍 켜지고.

S #26   (D − 토요일 4시 넘어 / 미디어N서울 방송국: 3사 통합 캠
페인 녹화 스튜디오)

탕! 조명이 꺼지면 "모두 수고하셨습니다." 소리에 서로 수고했다 인사를
하는.
"선배님. 이번 아홉시 뉴스 당연히 선배님이 하실 줄 알았는데." "아쉽디
라고요."

현오에게 말을 거는 아나운서들을 뒤로 하고 은호가 나가려고 몸을 돌리는 순간.

주연   (혜리의 언니에게 인사하고 싶은 마음에) 저. 안녕하세요. 저는 미디어앤 서울의 아나운서 강주연이라고 합니다. 아까는 인사도 못 드렸네요.

은호   (잠시 당황하지만 곧 여유롭게 미소를 지으며) 네. 안녕하세요. 저는 PPS 주은호입니다.

주연   네. 반갑습니다. (악수를 하자 손을 내밀면)

은호   (살짝 망설이지만) 아. 네. 반갑습니다. (악수를 하자)

순간 주연의 눈이 뚝 멈추는. 주연의 시선이 멈춘 곳은 은호의 손등 위 상처다.

〈플래시 컷〉 - S #15

은호   *(붕대를 칭칭 감은 손을 쭉 뻗더니) 오. 꿰매다니.*

주연의 얼굴이 푹 무너져 버리는데.

은호   (주연이 힘을 줘 잡힌 제 손을 빼내려고 하며) 저... 저기.

현오   (약간 화난 느낌) 야. 너 안 가?

은호   (손을 싹 빼고는) 아. 그럼. 전.

당황한 은호가 아주 빠르게 스튜디오를 나가버린다.
쿵! 문이 닫히는데 주연은 꼼짝도 못하고 그저 서 있는.

〈플래시 컷〉 - S #15

주연   *(궁금증 폭발) 그럼 혜리씨. 제가 혜리씨한테 연락하고 싶어서 행정실에 연락을 했었는데요. 거기서 혜리씨 직원기록이.*

S #27 (D / 경부 고속도로: 하행선 - 스퀘어 만남 휴게소)
: 5회 S #41 **CUT 1** 》

주연   예. 안녕하세요. 거기 주차관리소에서 일하는 직원분의 연락처를 알고
        싶어 전화 드렸는데요. (뭔가 듣더니) 예. (뭔가 듣고) 아. 예. 그렇죠. 저
        도 잘 알고 있습니다. 그럼 혹시 제 연락처를 그 분께 전해주실 순 있을
        까요?

행정실직원1 (F)   저 그런데 저희가 알아보니까... 저희 주차관리소에는 김민영씨 한
        분만 일하신다고.

주연   (어이없어) 예?

행정실직원1 (F)   주혜리라는 분의 기록은 전혀 없거든요?

        한 대 얻어맞은 듯 뚝 멈춘 주연은 '뭐지?' 싶은데.

        〈플래시 컷〉 - S #15

        주연   (노 이해) 그게 어떻게.

        은호   (진심처럼) 몰라요? 아직도 등록을 안 했나 봐요. 누락된 것 같
                아요.

        〈플래시 컷〉 - 3회 S #31

        주연   혹시 핸드폰은 없나요?

        혜리   아쉽게도. 저는 문명의 이기를 즐기는 사람이 아니므로.

        〈플래시 컷〉 - 5회 S #35

        민영   저번에 화장실에서 쓰러졌을 때 있잖아요. 그때... 잠시만요. (부

스럭 지퍼백을 꺼내 주연에게 보여주며) 이게 같이 떨어져 있었
다는데.

주연   (지퍼백 안에는 깨진 휴대폰) 휴대... 폰이네요.

S #28   (N / 부산 해운대구: 5성급 호텔 – 일반 객실)
: 5회 S #46

호텔 방. 은호의 휴대폰을 충전기에 꽂아둔 채
심난한 얼굴로 제 휴대폰 속 **[주은호]**의 검색결과만 보는 주연.
숨 막힐 듯한 침묵 속 "띠롱." 소리에 휙 고개를 들려보면 휴대폰이 잠시
켜졌다.
달려가 집어들면 잠시 뜨는 바탕화면엔 PPS 현판 앞 웃으며 서 있는 은
호가 있고.

주연이 번호를 확인하려 빠르게 제 번호를 찍어보니 **[강주연]**으로 이미
저장돼 있는.
뚝 멈췄다가 뭔가 더 만지려 들자 바로 꺼져버리는 은호의 휴대폰.
주연이 곧 벌떡 일어나 호텔 방을 나가면.

S #29   (N / 부산 해운대구: 5성급 호텔 입구)

주연 E /   서울. 세정동으로 가주세요. 기사님.

세차게 비 쏟아지는 호텔 앞. 부산택시가 빗물을 튀기며 출발하고.

〈플래시 컷〉 – 5회 S #51

현오   아. 그것 좀 하지 마.

은호   *(현오의 귀에 대고) 싫어.*

현오   *(확 피하며) 아씨. 야. 간지럽다고.*

주연이 넋이 빠져 그들을 보다 믿기지 않는 듯 한걸음 뒤로 물러나면.

〈플래시 컷〉 - 2회 S #33

주연   *그럼 가족이랑 같이 사나요?*

헤리   *아뇨. 혼자 살아요. 뭐. 외동딸이랄까?*

〈플래시 컷〉 - S #4

은호   *(눈 동글) 오. 그건 우리 언니였는데요?*

S #30   (N - 토요일 5시 넘어 /미디어N 서울 방송국: 3사 통합 캠페인 녹화 스튜디오)

이제는 모두가 돌아가 아무도 없는 녹화 스튜디오.
그곳에 우뚝 서 있는 주연의 얼굴은 텅 비었다.
곧 조명마저 꺼지면 주연이 어둠 속에 완전히 묻혀버리고.

S #31   (D - 아침 / PPS 방송국 앞)

[달라지는 PPS 9시 뉴스. 전재용 앵커가 함께합니다!]

아침이 찾아온 PPS 건물 앞. 건물 대형광고판엔 PPS의 뉴스광고가 나오는데.

S #32 (D - 8시 넘어 / PPS 방송국: 보도국 보도국장실)

소파에 거의 눕듯 앉아 TV 속 PPS의 뉴스광고를 보는 소국장.
스스로 봐도 대견한 듯 혼자 픽 웃고 있으면.
똑똑 노크 소리에 "들어와요." 말하자 문이 열리고 들어오는 건 은호다.

소국장   (몸을 일으키지도 않고. 쳐다보지도 않고) 왜. 뭐.

은호기 두 손을 모은 채 서서 소국장을 쳐다보면.

S #33 (D - 2시께 / PPS 방송국: 아나운서국 사무실)

오후의 분주한 아나운서국 사무실.
그사이 동공이 약간 열린 현오가 창가의 화분에 분무기로 물을 뿌리고
있는데.

김팀장   (쓱 다가와선) 현오야. 그거 다하면 정수기 물통도 갈아줘야 한다?
현오   (깊은 한숨) 하.
김팀장   그리고 현오야. 물통 갈고 나서는 복사도 해놔야 된다?
현오   (더 깊은 한숨) 하아.
김팀장   (가다가 돌아보고) 20부씩 모아 찍기 이면지에. 아껴 써야 된다?
현오   (이마에 빠직 빗금이 쳐져선) 아니. 그걸 내가 왜.
김팀장   전부 은호가 하던 거다? (돌아서 가면)
재용   (작은별 노래 이상하게 부르며 걸어오는) ♬ 나는 나는 아홉시 뉴스 앵
           커. 후! 모두 나를 섹시하게 생각해. 후! ♬
김팀장   (전재용 짜증나) 야씨! 너는 당장 보도국으로 가!
재용   (바로 돌아서 가며. 작은별 킵고잉) ♬ 동편 현관에서도. 서편 현관에서
           도. ♬ 나는 나는 아홉시 뉴스 앵커. 후! ♬
현오   ('내가 저딴 거한테 밀리다니.' 고개를 절레절레 저으며 물을 주면)

지온	(빼질거리며 다가와) 우와. 나 형아가 살아 있는 것에 물주는 거 처음 봐. 우와.
현오	(정성스럽게 칙칙 뿌려주며) 생각보다 자주 하거든? 다 봤으면 가라.
지온	근데 원래 이거 은호가 하던 건데. (픽)
현오	알고 있으니깐 가라. (그러다 쳐다보곤) 야.
지온	(히죽) 왜에?
현오	근데 넌 왜 주은호를 좋아하냐? (이제와 드는 억울함) 내가 널 어떻게 키웠는데.
지온	(농담처럼 가볍게) 아아. 내가 형아를 너무 좋아하잖아. 그래서 주은호도 좋아하게 돼버렸지?
현오	(그런 이유일 줄은 정말 몰랐던 걸) 아아. 그런 이유였다.
지온	근데 일단 물러나기로 했어.
현오	그래. 상관없고. (분무기를 놓고 돌아나가며) 갈게.
지온	(졸졸 쫓아가며) 어디 가는데?
현오	정수기 물통 갈고 복사하러 간다. 왜.

사이 사무실로 들어오는 은호를 지온이 쓱 쳐다보면.
현오가 보이지 않는 듯 스쳐 제 자리에서 가방을 챙겨 사무실을 나가는 은호.

S #34 (D - 8시 넘어 / PPS 방송국: 보도국 보도국장실)

소국장	너는 니가 뭐... 대단한 줄 아나봐.
은호	(뚝 쳐다보면)
소국장	니가... 정오뉴스에서 빠지겠습니다. 하면. 내가... 오케이. 그럼 정현오를 아홉시에 넣을게. 하는 게. 말이 된다고 생각해? 니가 뭔데. 니가 뭐라고. 어?
은호	(최대한 정중하게) 예. 그래서 이렇게 부탁드리는 겁니다. 정현오 아나운서 오디션 한번만 보게 해주십쇼. 국장님. 아시잖아요. 잘하는 사람입니다.

소국장	야.
은호	예. 국장님.
소국장	니네 둘은 참... 절절해. 근데 니들끼리만 절절해. 거기에 나를 끼우지 마. 내가 있잖아? 정현오가 나한테 와서 부탁하는 건. 그래. 들어줄 수는 있었거든? 걘 스타잖아. 근데.
은호	(무슨 말할지 안다. 쳐다보면)
소국장	(표정 싹 바뀌어) 어디서 너 따위가. 나가!

S #35 (D – 2시 넘어 / 은호의 빌라 앞)

멍하고 힘없는 어깨로 툭툭 걸어가는 은호. 고개를 푹 숙인 채 걷기만 하는데.

주연	...혜리씨.

저도 모르게 멈춘 은호가 고개를 팍 돌리면 심난한 얼굴의 주연이 서 있다.

은호	(언젠간 닥칠 거라 생각했는데 지금일 줄은 몰라서 너무 당황) 아. 그.
주연	(억양 없음) 안녕하세요. 주은호씨.
은호	(뚝 쳐다보자)
주연	(덤덤) 보통 동생 이름을 부르면 언니가 돌아보는 게 일반적인가요?

'올 게 왔구나.' 싶은 은호가 속으로 한숨을 쉬며 주연을 바라본다.

S #36 (D – 2시 넘어 / 은호의 빌라: 1층 커피숍)

은호	(진심) ...죄송합니다.

커피숍. 마주 앉은 두 사람. 주연은 초연하고 은호는 담담한.

주연   뭐가... 죄송한지 물어도 될까요.

은호   (대답을 못하고 살짝 고개를 숙이면)

주연   (덤덤하게) ...PPS 아나운서인 채 주차장 아르바이트를 한 게 죄송한 건지. 주혜리라는 사람을 연기하면서 나에게 다가온 게 죄송한 건지. 그러면서 정현오 아나운서와도 만난 게 죄송한 건지. 그렇게 양다리를 걸친 게 죄송한 건지. 동시에 아무것도 모르는 얼굴로 나에게 스물여덟이다. 외동딸이다. 기억이 안 난다. 그랬던 그 모든 것들이 죄송한 건지. 어떻게 그렇게 사람이 뻔뻔하고 거짓말을 할 수 있는지. 거짓말이라곤 전혀 할 수 없는 얼굴로 어떻게 그게 가능했던 건지. 제게 대답해줄 수 있습니까.

은호   그건 아마도. 전부 다. ...진심이었을 거예요. ...기억은 안 나지만.

주연   (기가 차) 기억이 또 안 난다.

은호   저는. 저는 그니깐. (꿀꺽 삼키고 천천히 털어놓는) ...해리성 정체성 장애를 앓고 있어요.

주연   네?

은호   다중인격이라고도 하죠.

주연   (이젠 믿을 수가 없다) 그건. 또 무슨 거짓말이죠.

은호   정말이에요. 그러지 않고서 제가 어떻게 그렇게 연기를 할 수 있겠어요. 저도 이 사실을 알게 된 지는 얼마 되지 않고. 정확히 저는 기억을 좀 잃었다고만 생각했어요. 그래서 병원에 갔더니 해리성 정체성 장애였는데.

주연   그럼 저를... 만났던 걸 기억 못하신다는 거예요?

은호   (면목 없어) 네.

주연   그럼 저는 누굴 만났던 건데요?

은호   (쳐다보면)

주연   (혼란) 저는... 저는 그러니깐... 엊그제까지만 해도 주혜리를 만났거든요. 그 사람과 그러니깐 뭘 했지. 그냥 얘기하고 웃고 밥 먹고. 그랬다고요. 그 전엔 뭘 했는지 아세요? 같이 우리 집엘 가고. 우리 엄마... 한테도 가

	고. 아니. 그 전엔 혜리씨가 그니깐 가만히 있는 저에게 다가와서.
은호	강주연씨를 좋아했었을 거예요.
주연	누가요. 그쪽이요. 혜리씨가요.
은호	혜리가.
주연	그건 누군데요. 그쪽인가요.
은호	...아니요. 저는... 아니고.
주연	이보세요. (이해가 너무 안 가서 웃기기까지 하다) 그게 지금... 무슨.
은호	(너무 미안한) 저도... 이런 저를 받아들이기가 너무 어려웠는데. 이런 저보다 강주연씨가 더 힘들 거라는 생각을 해요.
주연	그럼 혜리씨는 이제 없나요? 내일은 제가 볼 수 있나요? 다중인격이면 언제든 그 인격이 나타날 수 있는 거잖아요.
은호	(너무 미안한데) 그건 저도 잘 모르겠어요. 죄송해요.
주연	아니. 미안해 하지마. 혜리씨가 나타나면 괜찮은 거니깐.
은호	혜리는. (삼키고) ...실제하지 않고.
주연	(간절해진) 아니? 실제해요. 정말로 존재한다고요. 내가 봤어요. 나랑 손을 잡고. 얘기를 하고. 아니. 진짜 엊그제까지만 해도. 그러니깐 내가 이렇게 찾아오지 않았다면... 이건 없어질 일인가요. 그럼 저랑 안 만났다 치고. 제가 계속 모른 척 할까요? 그럼 저 혜리씨 다시 만날 수 있나요?
은호	(쳐다본다. 이 사람이 진심이다)
주연	제가... 제가 진짜 모른 척 할게요. 저는 양다린 줄 알고 이런 거니깐. 나는 진짜 그건 줄 알았으니깐. 근데 아니라매. 혜리씨는 나를 좋아했다는 거잖아요. 그럼 내가 모른 척 하고. 여기 안 온 척 하고. 그냥 넘길게요. 그러니깐. 내일은 저. 혜리씨 만날 수 있는 건가요? 대답해주세요. 만날 수 있어요? 같은 사람이잖아요. 그럼 대답해줄 수 있잖아요. 네?
은호	(너무 미안한데 이 사람 마음이 진짜라 울컥) 제가 정말 죄송해요. 제가 그쪽에게...
주연	아니. 미안해 하지 말라니깐? 난 그냥 주혜리가 돌아오면 되거든요? 그니깐.
은호	(눈물이 나올 것 같아 빠르게) ...상처를 줘서 정말 죄송합니다.
주연	(눈가가 시뻘개진) 난 진짜 그냥... 혜리씨가 오면 되는데. 왜냐하면 나는

아무것도 못 들었으니깐.

은호   정말 죄송합니다. 강주연씨.

주연   혜리씨는 성을 붙여서 이름을 부르는 걸 진짜 싫어했는데.

은호   (뚝 떨어지는 눈물) 정말 죄송해요. 주연씨.

주연이 고개를 숙이고 한참을 들지 못한다. 은호는 그저 죄송하다는 말
뿐이고.
주연은 이곳에 찾아와 진실을 들은 자신이 원망스럽기만 하다.
해는 뉘엇뉘엇 저물고 두 사람은 한참이나 일어서지 못한다.

S #37   (N - 6시 넘어 / PPS 방송국: 아나운서국 탕비실)

눈에 이상한 독기가 담긴 현오가 회오리를 만들어가며 커피를 타고 있
는 탕비실.
현오는 커피를 타도 타도 너무 잘 타는데.

김팀장   저기. 현오야.

현오   (미친놈처럼 커피를 타며) 아. 왜요. 누가 프림은 빼 달래요? 안 돼. 다 탔
어. 설탕도 못 빼. 안 돼. 다 끝났거든.

김팀장   아니. (씨익) 좋은 소식이 하나 있는데. 내가 지금 팀장 회의에 다녀왔거
든? (큼. 주변 눈치 보고. 작은 목소리로 빠르게) 근데 지금... 회사 여론
이 좋질 않아.

현오   (획 쳐다보면)

김팀장   전재용 말이야. 소국장이 도대체 뭘 믿고 걜 뽑은 거냐고. 오디션은 제대
로 진행된 거냐고. 지금 소국장이 혼자서 전재용 딱 한 명 오디션 보고
바로 기용한 건데. 아. 그게 좀 이상하잖아. 검증된 게 아무것도 없는 놈
을 말야?

현오   (이제 관심이 생겼다. 김팀장 쪽으로 몸을 돌리고선) 그래서?

김팀장   뭐가 그래서야. 지금 다들 오늘만 벼르고 있어. 오늘 한번 보고 못하면

바로 끌어 내리겠다면서. 노조에서도. (씨익) 제법 움직임이 있고? 응?

현오   (미친 사람처럼 타던 커피를 뚝 멈춘다)

김팀장 (멈추자) 왜에. 왜 멈춰. 계속 타.

현오   그럼 이건 은호 시키세요. 팀장님. (나가버리면)

김팀장 야. 무슨 소리야. 야! 은호는 퇴근 했잖아. 현오야. (현오가 저 멀리 가버리자) 현오야?

S #38   (N - 9시 / PPS 방송국: 9시뉴스 생방송 스튜디오)

장대한 오프닝 음악이 흐르며 **[PPS 9시 뉴스]** 타이틀이 뜨는.

S #39   (N - 9시 / PPS 방송국: 아나운서국 팀장실 앞)

택민   (급하게 팀장실 문 열고선) 팀장님! 지금 시작해요!

사무실은 저녁이 되었는데도 퇴근하지 않은 아나운서들이 꽤 남아 있는. 뉴스 타이틀이 뜨자 중앙의 대형TV 앞으로 하나 둘씩 모여 드는데.

김팀장 (후다닥 나오며) 어디보자. 얼마나 못하는지.

타이틀이 끝나고 뉴스의 헤드라인이 나오기 시작하면.

S #40   (N - 9시 / PPS 방송국: 1층 로비)

퇴근을 하려고 로비를 지나던 현오가 아홉시 뉴스가 시작되자 서서히 멈춰 서는.
그리고 로비에 있는 대형TV를 가만히 바라보면.

S #41   (N – 9시 5분 / PPS 방송국: 아나운서국 사무실)

광고 중인데도 꼼짝 않고 모여 서있는 아나운서들. TV에서 눈을 떼지
않는다.
긴장감조차 감도는데.

택민   (TV 상단 타이틀 없어지자) 이제 한다.

김팀장이 꿀꺽 침을 삼키면.

S #42   (N – 9시 5분 / PPS 방송국: 9시뉴스 생방송 스튜디오)

재용   (프로페셔널) 시청자 여러분 안녕하십니까.
PPS 여자기자1   5월 13일 월요일 PPS 아홉시 뉴스입니다.
재용   최민호 전 금융감흥원장의 사퇴를 촉발시킨 이른바 국회의원 공짜 해외
            출장 관행에 대해 제도 개선의 목소리가 높아지고 있습니다. PPS 탐사
            보도팀이 피감기관 지원을 받은 국회의원 외유성 출장 실태를 취재했습
            니다.

S #43   (N – 9시 5분 / PPS 방송국: 아나운서국 사무실)

전재용이 의외로 잘해 수군거리는 아나운서들. 택민도 놀라 보는 와중
김팀장이 "에이씨." 한숨을 푹 쉬고 가버리고.

S #44   (N – 9시 10분 넘어 / PPS 방송국: 1층 로비)

회사 로비엔 현오는 어느새 가버렸고 재용이 나오는 TV만 왱왱 놓여있으면.

S #45   (D − 6시 55분 / PPS 방송국: 라디오국 생방송 스튜디오)

상쾌한 아침이 찾아온 라디오국 생방송 스튜디오.

은호   (너무 우울한데 아무렇지도 않은 척 라디오 멘트 중) 뭐든 꼭 노력하는 대로 되는 건 아니에요. 가끔은 운도 필요하죠. 오늘도 여러분에게 행운이 깃들길 바라면서 내일 우리 다시 만날게요. 매일 아침 주은호입니다. 저는 지금까지 아나운서 주은호였습니다. (음악이 나가자 피곤한 듯 한숨을 쉬며 헤드폰을 빼면)

스튜디오 안으로 라디오 작가가 "수고하셨습니다." 말하며 들어와 원고를 정리하고.
"고생하셨어요." 은호가 인사하며 스튜디오를 나서면
뒤에서 라디오 PD와 엔지니어가 "아. 근데 전재용 대박이더라." "아. 그니깐."
대화하는 소리가 들린다. 은호가 걸어가면서 휴대폰으로 기사를 검색해 보는.
검색하자마자 주르르 뜨는 건. + [9시뉴스 전재용]

[PPS의 새로운 바람! 전재용 앵커가 끌어올린 시청률!]
[뉴페이스 전재용 앵커, PPS '9시 뉴스'의 구원투수가 되다]
[PPS의 숨은 보석, 전재용 기자의 완벽한 앵커 데뷔]

전부 칭찬 일색인 기사들. 은호가 기사에서 눈을 떼지 못하면.

S #46 (D / PPS 방송국: 아나운서국 사무실)
; 과거 * 은호, 현오 24세 - 2011년 6월

여름의 아나운서국 사무실. 김팀장이 호들갑을 떨며 현오에게 달려와
선. + 현오, 은호 사귀기 전.

김팀장   야. 정현오. 너 봤냐. 너 완전 스타 됐어.
현오   (별 관심 없이 자기 일하면서) 제가요?
김팀장   야. 우리 애들 단체로 나간 그 예능에서 인기투표를 했는데. 거기서 니가
         1등을 한 거지?
현오   (스스로에게 수긍) 1등은 당연하지.
김팀장   그러면 사람들이 뭘 했겠냐. 너를 검색을 해봤을 거 아냐? 그랬더니 뜨
         는 사진이. (현오의 컴퓨터로 [정현오] 검색해 엔터키를 탁! 눌러주면)

체육대회 때 현오가 농구를 하는 사진이 뜬다. 제법 멋져 보인다.

김팀장   (호들갑) 이게 떴다고요. 이게. 야. 너는 운도 좋지. 어떻게 떠도 이런 사
         진이. 어? 야.
은호   (건너편에서 니뿡) 췌! 농구 그거. 공원마다 하고 있는 사람들이 얼마나
         많은데.
김팀장   (노상관) 야. 너 어떡할래. 지금 예능 쪽에서 연락 오고 난리 났는데. 너
         어디어디 나갈래. 뭐. 아무래도.
현오   (시큰둥하게 포털 사이트 닫으며) 에이. 전 아무 데도 안 나가죠.
김팀장   (이해 안 돼) 왜에?
현오   저 뉴스 해야 되잖아요. 선배님.
김팀장   (너무 이해 안 돼) 뭐어?

은호도 '헐.' 하듯 현오를 쳐다보면.

S #47　(N / PPS 방송국: 아나운서국 사무실)
; 과거 * 은호, 현오 27세 - 2014년 9월

김팀장　저기 혹시. (쭈뼛) 이거 할 사람 있니?

몹시도 고요한 아나운서국 사무실. 누구도 대답하지 않는다.

김팀장　뉴슨데.

갑자기 "저요!" "제가 할게요!" "저요!!" 꽤 많은 사람들이 번쩍번쩍 손을
들고.

김팀장　근데 이게... 새벽 네 시...

싹 다 내리고 자신의 업무에만 집중하는 아나운서들.

김팀장　새끼들. 그래. 신입 시킨다. 신입. 언제나 그랬듯이 말이야. (뒤돌아 가려
　　　　는데)
현오　　(바로 그 앞에 웃으며 손을 들고선) 저요. 선배님. 제가 하겠습니다.
김팀장　아. 안 돼. 넌 지금 심야의 추적하잖아. 그거 끝나고 이거 하면 한숨도 못
　　　　자고 하는 거야. 심지어 심야의 추적조차 아무도 하지 않으려는 걸 니가
　　　　한 건데.
현오　　(쿨) 괜찮아요. 선배님. 그거 뉴스잖아요. 제가 한번 잘 해보겠습니다.

씨익 웃는 현오를 자리에 앉아있던 은호가 흘끗 쳐다보면.

S #48　(N / 은호의 빌라: 은호의 집 401호)
; 과거 * 은호, 현오 32세 - 2019년 9월

은호	(누워있다가 벌떡 일어나) 뭐? 보도국 파견?
현오	(소파에 앉아 신문 읽으며) 응.
은호	야. 그걸 니가 왜 해. 야. 너 지금처럼만 해도 아홉시 뉴스 할 수 있어. 근데 거길 굳이. 왜. 야. 거기 진짜 힘들어. 텃세도 심하고.
현오	거길 가면 배울 수 있잖아. 취재하는 거.
은호	(이해 안 됨) 아. 그니깐. 니가 취재를 왜 하냐고. 스튜디오에서 기자가 주는 원고 받기만 하면 되는데.
현오	(쓱 고개 들고) 언제까지?
은호	평생! 야. 그리고 그거 하면 막 경찰서 같은 데 가서 뻗치기도 해야 되고. 어? 잠도 못 자고. 야. 그리고 소친국이 이번에 국장 됐다는데. 걔 진짜.
현오	(흥분하는 은호를 차분히 보고) 은호야.
은호	아! 왜!
현오	네 말대로 언젠가 내가 데스크에 앉아서 기자가 경찰서에 가서 밤을 새워 얻어온 그 기사를 읽을 날이 올 거잖아?
은호	그래! 그냥 그러라고! 평생!
현오	난 그게 나한테 어떻게 왔는지 알고서. 보도하고 싶어.
은호	(한풀 꺾여) 뭐.
현오	그게 얼마나 무겁고 힘들게 나한테 온 건지 알고서. 난 읽고 싶어. 나는 그게 진짜 앵커 같거든? (웃으면)

은호가 뚝 현오를 쳐다보는데.

S #49   (N - 4시께 / 은호의 빌라: 은호의 집 401호)
; 과거 * 은호, 현오 33세 - 2020년 3월

새벽녘. 잠든 은호를 두고 현오가 홀로 일어나 외투를 입고 있으면.

은호	(잠들어 있다가 부스스 일어나) 또 나가?

현오	어. 소국장이 잠깐 나오라고 해서.
은호	(화내기도 지쳐) 주말이야. 지금 주말 새벽 네시라고.
현오	(신발 신으며) 어. 알아. 금방 다녀올게.
은호	야. 너 캐디 하러 가지.
현오	(맞다. 뚝 처다보다가) 아니야.
은호	뭐가 아니야. 딱 각이 나오는데. 야. 너 내가 말했지? 소국장이 보도국에서 제일 못됐다고. 어? 너를 아홉시로 밀어준다는 개수작을 부리면서 진짜 마구.
현오	(보다가) 은호야.
은호	뭐!
현오	(웃으면서) 이리와 봐.
은호	(부루퉁한 얼굴로 벌떡 일어나 툴툴 가며) 아! 왜!
현오	(입술에 뽀뽀해주고) 갔다 올게.

바로 쾅! 닫히는 문. 은호가 얼떨떨한 얼굴로 현관 앞에 서있으면.

S #50   (N / 은호의 빌라: 은호의 집 401호)
         : 과거 * 은호. 현오 33세 - 2020년 3월

새카만 밤. 현관문이 열리고 피곤에 지친 현오가 들어온다.

은호	(누워 있다가 눈을 비비고 일어나) 왔어?
현오	(신발 벗으며) 응. 왔어.
은호	(풀썩풀썩 현오에게 다가가) 피곤하지.
현오	(웃으며) 아니. 하나도 안 피곤해.

현오가 외투도 벗지 못하고 소파로 가 풀썩 앉아 피곤한 듯 눈을 감는다.
은호가 그 앞으로 가 고양이처럼 쭈그리고 앉아 현오를 올려다보더니.

은호	(안쓰럽게 보다가) 현오야.
현오	(피곤해서 눈 감은 채) 어.
은호	(진심) 나는 네가 피곤하지 않았으면 좋겠어.
현오	(눈 감은 채 픽 웃으면)
은호	나는 네가 잠을 잘 잤으면 좋겠어.
현오	(눈 뜨더니) 그래. 그렇게. (옅게 웃는데 전화가 온다) 아. 예. 국장님. (바로 몸을 일으켜 다른 쪽으로 걸어가며) 아. 지금이요? (쓱 은호의 눈치를 보곤) 아뇨. 괜찮습니다. 나갈게요.

은호가 한숨을 푹 쉬며 현오를 쳐다보고.

S #51　(N - 9시 넘어 / PPS 방송국: 아나운서국 사무실)
; 과거 * 은호, 현오 29세 - 2016년

사람들 거의 없는 저녁의 사무실. 대형TV 앞.
현오가 뚝 서서 아홉시 뉴스를 보고 있자 은호가 다가와선.

은호	정현오. 너는 대체 저걸 왜 하고 싶은 거야?
현오	(뉴스만 보면서) 그건 그냥 꿈.
은호	꿈?
현오	응. 그냥 단 하나뿐인 그런 소망 같은 거.
은호	그니깐 그게 왜 소망이 됐냐고. 말해줘.
현오	(뉴스를 보면서) 뉴스는 모두가 보는 거잖아. 그럼 우리 엄마도 어디선가 볼 수 있을 것 같아서. 우리 장혜정 여사가 어디선가 내가 뉴스를 하는 걸 보고서 생각해줬음 좋겠거든. …아. 자랑스럽다. 내 아들. 정말 어디든 볼 수 있는 놈이 되었네? (피식 웃으며 은호를 쳐다보면)

S #52　(D - 7시 조금 넘어 / PPS 방송국: 라디오국 복도)

손에 휴대폰을 쥔 채 힘없이 걷던 은호가 갑자기 뒤돌아선다.
빠르게 현관 쪽으로 가는 은호. 가면서 **[정현오]**에게 전화를 걸면.

S #53 (D − 7시 넘어 / PPS 방송국: 1층 로비)

1층 로비를 가로지르며 전화를 받는 현오.

현오   (선배 기자와 통화) 아. 뭐. 잘하더라고요. 아뇨. 저는 괜찮죠. 네. 나중에
           한번 같이 식사해요. 네. 선배.

전화를 끊은 현오가 로비에서 마주치는 사람들에게 웃으며 인사를 하고.

S #54 (D − 7시 넘어 / PPS 방송국: 1층 로비)

"고객이 통화 중이어서…" 안내음에 전화를 끊은 무작정 달려가는 은호.
방송국 로비 쪽으로 가 엘리베이터의 올라가는 버튼을 급하게 누르는데.
마침 저쪽에서 걸어오는 현오가 보인다.
은호가 반가운 얼굴로 현오에게 한 걸음 다가가려는 순간.

PPS 남자기자1   (뒤에서 현오를 보고 반갑게 다가가선) 어이! 정현오! 야. 너 결혼
               한대매?

뚝 멈추는 은호. '이게 무슨 소린가.' 싶은데.

PPS 남자기자1   야. 드디어 하네. 어떻게 된 거야. 말 좀 해봐.
현오   아. 그게. 선배.
PPS 남자기자1   언제 하는데. 어? 올해 하나?

현오가 뭔가 대답하려는 찰나 사람들 사이 저를 보고 서 있는 은호를
발견한다.

현오 E /   *(5회 S #5) ...결혼이라니. 은호야.*

현오가 은호를 뚝 쳐다보는데.

현오 E /   *(5회 S #5) 안 해. 나는 그딴 거 안 한다. 은호야.*

넋이 빠진 채 현오를 쳐다보는 은호와 그런 은호를 바라보는 현오.
로비의 수많은 사람들 속 그렇게 두 사람의 시선이 마주친다.

- 제7회 끝 -

존경하는 시청자 여러분

나는 내가 싫어요

S #1   (D - 오후 / 은호의 빌라: 은호의 집 401호)
         : 과거 * 은호, 현오 28세 - 여름

현오E /   은호야.

          햇빛 비추는 은호의 빌라 거실. 전신거울 앞에서 셔츠를 입는 현오.

현오   (단추를 잠그며) ...이거 다린 거 맞아?

은호   (쓱 오더니 딱 붙어서) 응. 맞아.
현오   근데 뭔가 쭈글거리는 느낌인데.
은호   느낌일 뿐이야.
현오   (획 보고) 야씨. 너 안 다렸지.
은호   (낭랑한 눈으로 거짓말) 아니. 다렸어.
현오   뭘로.
은호   (행위예술 모션) 따스한 햇볕과 청아한 바람과 신선한 공기 그리고...
현오   ('아오. 짜증나.' 다시 단추를 푸르며) 아. 그건 그냥 빨아서 옷걸이에 걸
          어둔 거잖아.
은호   (뻔뻔) 그게 다린 거야. 현오야.
현오   너는 진짜. (벗다 말고 다리미 찾는) 다리미 어딨어.

은호	너 햇빛 무시하니? 바람 멸시하니? 신선한 공기 괄시하니? (옷장으로 콩콩 걸어가면)
현오	(빠르게 두르며) 아씨. 다리미 어딨냐고.
은호	(옷장에서 빳빳한 셔츠 꺼내 현오에게 주더니) 췌. 내가 그럴 줄 알고 다리미로 빡빡 다려놓은 게 있지.
현오	(받으며. 열 받는데 참는) 아. 있었구나. 다려놓은 게 있었구나. 우리 은호가 그런 게 있었는데 나를 시험했었구나.

은호가 "완전 사랑스럽지." 물으면 "어." 현오가 대답하고.
"얼마큼?" 물으면 (무뚝뚝) 몹시." 대답하는 빛 좋은 오후가 지나면.

PPS 남자기자1 E /   (7회 S #54) 어이! 정현오! 야. 너 결혼한대매?

S #2   7회 S #54 (D - 7시 넘어 / PPS 방송국: 1층 로비)

뚝 멈추는 은호. '이게 무슨 소린가.' 싶은데.

PPS 남자기자1	야. 드디어 하네. 어떻게 된 거야. 말 좀 해봐.
현오	아. 그게. 선배.
PPS 남자기자1	언제 하는데. 어? 올해 하냐?

현오가 뭔가 대답하려는 찰나 사람들 사이 저를 보고 서 있는 은호를 발견한다.
현오가 은호를 뚝 쳐다보는데.

넋이 빠진 채 현오를 쳐다보는 은호와 그런 은호를 바라보는 현오.
로비의 수많은 사람들 속 그렇게 두 사람의 시선이 마주치면.

PPS 남자기자1	야씨. 어떻게 된 거야. 썰 좀 풀어보라니깐?

현오   아. 그러니깐. 선배. (은호가 있던 쪽을 휙 다시 보면)

어느새 은호는 사라졌고 무수한 사람들만 남았다. 현오가 그렇게 멈춰 있으면.

S #3   (D − 11시 40분께 / PPS 방송국: 아나운서국 복도)

은호   ...아니야.

텅 빈 아나운서국 복도를 하염없이 걷는 은호.

은호   (손톱 잘근잘근 씹으며 중얼중얼) ...그럴 리가 없어. (걷다가 휙 돌아서 다시 사무실 쪽으로 가고)

김팀장 (사무실에서 나오다가 은호를 보더니) 야. 은호야. 너 있잖아.

은호   아니. (들리지 않는. 고개를 무작정 저으며 김팀장 지나쳐 걷는) 말도 안 돼. 아니라고.

김팀장 ('얘 왜 이래?') 야. 너 어디 가.

은호   (들리지 않는. 계속 걸으며 중얼중얼) 그럴 수가 없어. 내가 잘못 들은 걸 거야.

김팀장 (크게) 야! 주은호!!

은호   (그제야 깜짝 놀라) 아씨! 깜짝이야!

김팀장 야. 너 뭘 그렇게 중얼거려. 어?

은호   (왠지 김팀장을 멍하니 쳐다보면)

김팀장 야. 암튼 너 있잖아. (말하다보니 시간이 11시 40분 가까이 된 것 같아 손목시계를 보더니) 아. 근데 너 뉴스 안 가냐.

S #4   (D − 11시 55분 / PPS 방송국: 정오뉴스 생방송 스튜디오)

지온	시청자 여러분. 안녕하십니까.
은호	(애써 정신을 부여잡고) 화요일 PPS 정오뉴스입니다.
지온	오늘은 브라질의 철강수입 규제 관련 소식부터 전해드립니다. 최근 브라질 정부가 자국 산업 보호를 위해 수입 철강에 추가관세를 부과하겠다고 발표했습니다. 이번 발표가 국내 철강업계에 어떤 영향을 미칠지 자세한 내용 살펴보겠습니다. 경제부 장희연 기자 나와 있습니다. 어서오십쇼.
지온, 은호, 장희연 기자	(동시에 고개를 끄덕이며) 안녕하세요.
지온	최근 해외 각국의 보호무역 기조가 확산되고 있는 것 같습니다.
장희연 기자	네. 특히 브라질 정부는 수입 철강 관세 25%를 추가로 부과하기로 했는데요. 내수 위축으로 재고가 누적되면서 자국 철강업체를 보호하기 위한 조치로 보입니다.
은호	(딴 생각에 빠져. 중얼중얼) ...아니야. 그럴 리가 없어.
장희연 기자	(슬쩍 당황하지만 이어가는) 이번 조치로 국내 철강 업계 또한 타격이 불가피한데요. 철강산업단지는 수출 전략을 재조정하기 위해 생산 라인 일부를 일시적으로 중단했습니다. 대신 기술 혁신을 통한 제품의 가치 향상에 집중하겠다고 밝혔습니다.
은호	(중얼중얼) 다 뻥이라고.

S #5   (D - 12시 넘어 / PPS 방송국: 정오뉴스 부조정실)

뉴스 부조정실이 난리가 났다.

정오뉴스 PD (모니터 보다가 소리에. 어이없는 표정) 뭐야. 왜 저래. (오디오 감독에게) 오디오 감독님! 주은호 볼륨 완전히 내려주세요. (기술 감독에게) 주은호 카메라 절대 잡지 말고. (인이어로 통하는 마이크에 대고) 은호선배! 은호선배!

(D - 12시 넘어 / PPS 방송국: 정오뉴스 생방송 스튜디오)

승화가 데스크로 빠르게 달려가 은호에게 귓속말을 한다.

승화   (마이크 꺼졌다고 생각하고 속닥) 선배님! 지금 사운드 다 들어가요.
은호   (깜짝 놀라 승화를 확 돌아보며. 너무 크게) 뭐라고오?

S #7   (D - 12시 넘어 / PPS 방송국: 아나운서국 팀장실)

팀장실 TV에서도 정오뉴스가 나오고 있는데.

장희연 기자 (M)   정부와 산업계는 유럽연합, 동남아시아 등 수출 지역을 다각화해 해법을 모색할 예정입니다.
은호 (E)   뭐라고오?! + 카메라가 장희연을 잡고 있어서 은호는 목소리만 나옴.

뉴스를 보던 김팀장이 마시던 물을 주르르 뱉으면 따르르릉! 전화가 온다.

S #8   (D - 12시 30분 넘어 / PPS 방송국: 보도국 보도국장실)

소국장   (탕! 책상을 치며) 니들 미쳤어? 아! 미쳤냐고!

보도국장실 안엔 죄인처럼 고개를 푹 숙인 정오뉴스 PD와 멍한 눈의 은호가 있고.
소국장은 완전히 화가 나 소리를 지르는데.

소국장   (마구 손가락질 해대며) 거기서 마이크가 왜 켜져 있어! 마이크가 왜! 그리고! 마이크가 켜져 있으면 숨도 쉬면 안 되는 거 몰라? (은호에게 손가락질) 너는 방송 일을 14년이나 했다면서! 생방송 중에 혼잣말을 해? 아주 정신이 나갔어? 스튜디오에 기자 앉혀두고 집중도 못하는 게 무슨 앵커야!

은호는 혼이 나는데도 그저 멍하기만 하고.

소국장   (너무 열 받아) 뉴스는 신뢰야! 신뢰! 니들이 지금 망친 그 뉴스가 시청자들한테 얼마나 우스워졌는 줄은 알아? 어? 아냐고!

소리치는 소국장과 상관없이 은호는 완전히 넋이 나가있다.

S #9   (D / PPS 방송국: 아나운서국 사무실)

노트북으로 경위서 양식을 열어놓은 채 멍하니 자리에 앉아 있는 은호.

김팀장   (쓱 와선) 야. 경위서 써오래? ...인마. 어쩌자고 그런 실수를 했어.
은호   (멍하니 노트북만 쳐다보면)
김팀장   (약간 작게) 소친국 그 새끼가 지금 너 꼬투리 하나라도 잡으려고 안달인데. 경위서만 써오라는 건 맞아?
은호   (맥없이 고개만 끄덕)
김팀장   (한숨 푹) 아이고. 그래도 안 자르고 그냥 넘어가긴 하나보네. 일단 얼른 써. 최대한 정중하게. 알았지? (작게) ...소친국이 널 벼르고 있으니깐. 응? 최대한 납작 엎드려서.

은호가 천천히 타자를 친다. **[존경하는 시청자 여러분]**으로 시작되는 경위서다.

은호 E /   존경하는 시청자 여러분. 안녕하십니까. 저는 PPS 28기 아나운서 주은호라고 합니다.

S #10   (D / PPS 방송국: 아나운서국 복도 – 휴게실)

옹기종기 모여 앉아 휴대폰 화면으로 정오뉴스 편집본을 보는 남자 아나운서들.

장희연 기자 (M)   내수 위축으로 재고가 누적되면서 자국 철강업체를 보호하기 위한 조치로 보입니다.
은호 (M)   (딴 생각에 빠져. 중얼중얼) ...아니야. 그럴 리가 없어.
장희연 기자 (M)   (슬쩍 당황하지만 이어가는) 이번 조치로 국내 철강 업계 또한 타격이 불가피한데요. 철강산업단지는 수출 전략을 재조정하기 위해 생산 라인 일부를 일시적으로 중단했습니다. 대신 기술 혁신을 통한 제품의 가치 향상에 집중하겠다고 밝혔습니다.
은호 (M)   (중얼중얼) 다 뻥이라고.

민우가 의자에 몸을 기대며. 진심으로 감탄하는.

민우   와. 조회수가 벌써 5만이 넘었어.
경진   아씨. 이게 무슨 개망신이냐.
택민   (편집본 계속 돌려보며) 근데 주은호는 이 김에 스타된 것 같은데? 그럼 좋은 거 아냐? 그게 걔 소원이었잖아.

그 곁으로 은호가 "아냐. 그럴 리 없어. 그럴 리가 없다고." 중얼거리며 지나가면.
민우, 경진, 택민이 흠칫 놀라고.

은호 E /   알아요. 저 따위는 아무도 모르시겠죠.

S #11   (D / PPS 방송국: 1층 로비)

엘리베이터 문이 열리면 사람들 사이 현오가 내린다.

은호 E /　　하지만 제가 여러분이 시청하는 그 TV에 나온 지 언 14년이 되었거든요. 그만큼 저 정말 열심히 살았습니다. 여러분 중 그 누구도 저를 모르시겠지만 저는 정말 열심히 살았다고요.

로비의 대형TV를 뒤에 두고 툭툭 걸어가는 현오.

은호 E /　　그런 제가 이번 사태에 대해 변명을 하자면 제가 좀 정신이 없었습니다. 왜냐하면 저에겐 남자친구가 있었는데요.

지나는 사람들과 친근하게 "안녕하세요." 인사하며 걷는 현오. 전화가 오면 은호다.
현오가 휴대폰을 보고 뚝 멈춰서면.

은호 E /　　그 친구가 늘 제게 말하길. "결혼이라니. 은호야."

S #12　　(D / PPS 방송국 뒤편: 벤치)

5월인데도 찬바람 불어오는 방송국 뒤편 벤치.

은호　　(자기 팔짱 낀 채) 난 그딴 거 안 한다. 은호야.
현오　　(가만히 쳐다보면)
은호　　(꾹꾹 누르는. 그래도 냉정) 네가 늘 그렇게 말했었잖아. 아니야? (터진다) ...그런데 결혼이라니. 이 씨발아.
현오　　그거 아니야. 주은호.
은호　　(수그러들지 않고 더 흥분) 아닌데 왜 그런 얘기가 나오는 건데? 왜 그런 얘기가 나오는 건지도 그럼 설명해.

현오	알았어. 내가 천천히 설명할게. 그 얘기가 나왔던 건 맞는데.
은호	그 얘기가 나왔던 게 맞다고? 야. 그럼 너한테 딴 여자라도 있었던 거야? 내가 그걸 몰랐던 거고?
현오	딴 여자 같은 건 전혀 없었어. 그런데 그 얘기가 나올 수밖에 없었던 건.
은호	아니. 너한테 딴 여자가 있던 없던 사실 내가 상관할 문제는 아니지. 왜냐하면 우린 헤어졌으니깐. 왜 헤어졌냐고? 니가 더 잘 알지. 사귀자마자 니가 나한테 했던 소리가 난 절대로 결혼은 안 한다. 그런 얘기하면 우린 끝이다. 그래서! 그딴 얘기 죽어도 안하고 우리가 8년 동안 만났는데. 내가 그 얘길 꺼내자마자 마치 기다렸다는 듯이 헤어져버렸잖아. 그런 니가 어디서 뭘 만났는진 모르지만 결혼 이야기가 나왔고. 그 얘기가 삽시간에 퍼져버렸는데. 아니야? 아무것도 아니야? 그런데 그런 얘기는 나올 수밖에 없었던 이유가 있어. (말하다보니 개 열받네?) 야! 그게 무슨 개소리야?
현오	그걸 설명한다고 하잖아. 일단 결혼은 아니야.
은호	니가 결혼을 하건 말건 난 그딴 건 상관없어. 이미 소문은 다 퍼졌고! 중요한 건 그런 얘기가 나왔다는 것. 그냥 그 자체만으로도... 나는 안 되고. 너랑 그런 얘기가 나오는 여자는 된다는 거잖아. 있잖아. 정현오. 난 도대체 너한테 뭐였니? (폭발) 아! 뭐였냐고!

얼굴이 완전히 새빨개진 은호가 씩씩거리며 가버리고.
현오가 옅게 한숨을 쉬며 자리에 서 있으면.

| 은호 E / | 존경하는 시청자 여러분. 이렇게 된 이상 전 그렇게 생각합니다. 그 친구가 비혼주의자라서 저랑 결혼을 하지 않은 게 아니라 그냥 저라서 안 했던 거라고. 왜냐하면 제가 그 친구와 헤어졌을 때 모두들 제게 말했거든요? |

S #13 (D / PPS 방송국: 1층 로비 – 휴게실)
; 과거 * 4년 전 - 10월

민우   (소파에 앉으며) 야. 정현오. 딴 여자 생겼지.

은호   (소파에 앉아. 도끼눈) 아니거든요?

민우   에이. 그럴 리가 없는데? 이렇게 갑자기 헤어지는 건 완전 딴 여자 각인데?

은호   (도끼눈) 아니라니깐?

빛나   (옆에서 나른하게) 그럼 왜 헤어졌니. 은호야. 현오 참 괜찮은 아인데. 은호야. 너한테 살짝 버거울 정도로 말이지? 은호야?

민우   그니깐.

은호   (도도) 정현오. 비혼주의자거든.

빛나   (흥미로운 사실에 몸을 일으키는) 뭐? 비혼주의자?

은호   네. 절대로 죽어도 무슨 일이 있어도 그러니깐 목에 칼이 들어와도 결혼은 안 하겠다는 비혼주의자요.

민우   (생각해보니) 아아. 나도 그런 얘길... 들었던 것 같기도 하고?

은호   하지만 난 결혼을 하고 싶고. 그럼 어떡해? 헤어져야지. 안 그래?

빛나   (다시 누우며) 아. 맞네. 그건 헤어질 수밖에 없겠다.

"당연하죠." 은호가 아무렇지도 않은 듯 어깨를 한 번 더 으쓱거리면.

S #14   (D / PPS 방송국: 아나운서국 복도)

"빌어먹을... 비혼주의자... 드립..." 중얼거리며 복도를 걷던 은호가 뚝 멈춰서는.
그러다 뒤돌아 다시 앞으로 가는데 휘청거리는 은호.

은호 E /   존경하는 시청자 여러분. ...저는 그렇게 바보가 되어버렸습니다.

그런 은호의 뒷모습이 너무나도 쓸쓸해 보이면.

S #15   (D - 5시 30분 / 미디어N서울 방송국: 야외 주차장)

오후의 빽빽한 야외주차장. 룸미러에 비치는 건 어딘가 멍한 얼굴의 주연.
주연이 야외주차장에 차를 주차시키고 반사작용처럼 주차관리소를 쳐
다본다.
주차관리소엔 헤리는 없다. 민영뿐. 주연이 그 앞에 서서 안쪽을 한참 들
여다보고.

S #16   (D - 5시 30분 넘어 / 미디어N서울 방송국: 아나운서국
         사무실)

자리에 앉아 멍하니 데스크톱 바탕화면만 보는 주연.
그런 주연의 곁으로 혜연이 쓱 오더니.

혜연   선배.
주연   (영혼 없음) 응. 혜연아.
혜연   (다정하게) 선배. 3사 통합 캠페인 촬영은 잘 하고 왔어? 거긴 어땠어?
       재밌었어? 예쁜 사람들도 많이 왔어?
주연   응. 혜연아.
혜연   (친절하게) 많이 왔다는 거야? 많이 안 왔다는 거야?
주연   (멍) 잘 기억이 안 난다는 거야. 잘 모르겠어.
혜연   아씨. 하고 왔는데 어떻게 모른다는 거지? (다시 웃으며) 그럼 재미는?
       재미는 있었어?
주연   있잖아. 혜연아.
혜연   응. 선배.
주연   니가 말했던. ...그 우동.
혜연   뭐. 탱탱 구리구리 탱탱우동? 아. 선배. 그거 너무 맛있잖아. 선배도 헤리
       씨랑 먹었었지. 그거 장난 아니지 않아? 선배. 나 그거 이름 바꿔야 된다
       고 생각해. 탱탱 또르르르 엉엉 우동으로. 왜냐하면 먹다가 엉엉 울 수

있는 맛이니깐?

주연 난 그때 그거 안 먹어서 잘 모르겠는데. ...그거 먹고 싶어. (혜연을 처다
보고) 그거 먹으러 갈래?

혜연 (띠용) 뭐?

주연 (적극적) 언제 먹을까? 오늘 먹을래?

혜연 (띠요용) 뭐? (애 갑자기 왜 이러는지 아는 사람)

S #17 (N / 미디어N서울 방송국: 아나운서국 사무실 – 조부장
자리)

조부장 (신문을 읽다가) 뭐라고. 혜연아?

혜연 (몸 반쯤 수그리고 조부장 귀 가까이에서) 부장님. 강주연이요. 진짜로
미친 것...

조부장 (잘라버려) 아니. 주연인 미치지 않았어. 미친 건... (혜연을 물끄러미 처
다보면)

혜연 (개의치 않아) 아니요. 부장님. 근데 생각 좀 해보세요. 강주연 지금껏
무슨 일이 있어도 절대로 먹지 않던 탱탱 구리구리 탱탱우동을 갑자기
먹자고 하는 게... 아. 물론 그는 그의 여자친구와 거길 가긴 했었지만. 아.
저는 지금 그의 여자친구가 아니잖아요? 근데 굳이 나랑 같이 먹자고 하
는 게. (눈이 서커스처럼 빙빙 도는) ...너무너무 이상하잖아요.

조부장 (신문 덮고) 근데 내가 보기엔 주연이는 참... 멀쩡해 보이거든? 진짜로 이
상한 건... (혜연을 물끄러미 처다보는데)

혜연 (이미 딴 세상의 눈) 뭐요. 왜요.

조부장 (신문 다시 펼치며. 대충 대답) 아니. 뭐. 걔가 너한테 뭐. 할 말이 있나
보지.

혜연 저한테요? 나한테 뭘? 부장님. 우린 다 끝났어요. 제가 말했었잖아요. 강
주연은 여친도 있다고. 여치 아니고 여친이 있다고요.

조부장 (정말 대충 대답) 아니. 뭐. 그럼 주연이가 말 못할 고민이 있어서 너한테
상담이라도 받고 싶은가봉가. 그런가봉가. 모른가봉가.

혜연   (깊은 깨달음을 얻고 몸을 번쩍 일으키며) 아아!

S #18   (N – 11시 넘어 / 미디어N서울 방송국: 근처 포장마차)

새벽의 사람 많은 포장마차. 고개를 박고 우동을 후루룩 먹는 주연.

혜연   (앞에서 주연을 쳐다보다가. 차분하게) 선배. 선배 지금 고민 있지.
주연   (너무나도 열심히 먹으며) 응?
혜연   (미소로) 말 못할 고민이 있지? 그치?
주연   (먹다가 고개 들어 혜연을 쳐다보면)
혜연   (테이블 젓가락으로 툭 치더니) 아. 그러지 않고서야 나랑 이걸 먹으러 오겠다 할 리가 없잖아. 심지어 이건 내 소원이었는데 말야?
주연   (다시 고개를 박고 국물까지 다 마신 뒤 혜연을 쳐다보더니. 혼잣말처럼) ...난 괜찮을 것 같아.
혜연   뭐가 괜찮은데?
주연   안 괜찮을 거라고 생각했는데. 자꾸 생각해보니깐 괜찮을 것 같아. 기다리고 또 기다리면 언젠간 나타날 테니깐?
혜연   선배? 이거 무슨 말을 하는 거지? 그게 지금 고민이라고 말하는 거야?
주연   나타나면 그때 내가 정말 잘하면 돼. 그렇게 그 사람의 마음을 얻을 수 있다고 생각해. 난. 왜냐하면. ...내 마음은 하나니깐. (혜연을 쳐다보고) 내 마음엔 한 사람만 담을 수 있는 거니깐.
혜연   (나 너무 이해가 안 돼) 와. 나 왜 하나도 이해가 안 되지?
주연   아무리 병이 깊어도 그건 달라지지 않을 것 같아. 혜연아.
혜연   선배. 이러다 내가 병이 들겠어. 좀 알아듣게 설명해줄 수 있을까?
주연   그 마음속에 내가 들어가면 된다고 생각해. 그럼 난 기다릴 수 있어.
혜연   그니깐 선배. 문장에 목적어나. 어? 주어를 넣어서? 어?
주연   근데 혜연아. 이 우동 정말 맛있다. (웃으며) 이거 알려줘서 정말 고마워. 혜연아. 정말 맛있어. 진짜 이거 먹다가 울 수도 있을 것 같아. 진짜야.

혜연이 주연을 정말 이상하게 바라본다. 이 사람은 오늘 정말 이상하다.
포장마차 속 마주 앉은 두 사람이 멀어지고.

S #19   (N - 4시 정각 / 은호의 빌라: 은호의 집 401호)

따르르릉! 자명종의 알람소리가 울리지만 집 안은 고요하고.
곧 구석에 있던 은호가 부스스 일어나 텅 빈 눈으로 화장실로 가면.

S #20   (N - 4시 30분께 / 수도권 지하철 6호선: 지하철 내)

영혼이 다 빠진 얼굴로 지하철에 앉아 있는 은호.
"이번 역은 디지털시티. 디지털시티 역입니다." 안내방송에도 일어나지
않는데.

S #21   (N / 서울 마포구: 초등학교 운동장)
         ; 과거 * 은호, 현오 24세 - 5월

다 떨어진 현수막 너머 체육대회가 끝나 뭔가 어수선한 밤의 운동장.
조회대 한쪽 기둥에 이마를 박은 채 뭔가를 쳐다보는 은호.
은호의 시선 끝엔 텅 빈 운동장을 휴대폰 플래시로 비춰 뭔가를 찾는
현오가 있고.

은호   야. 너 안 가?
현오   (계속 땅만 보며 뭘갈 찾으며 걸어가는)
은호   야. 너 안 가냐고. 지금이 몇 신 줄은 알아? 나 배고파.
현오   (대답 없이 플래시 비춰 목걸이만 찾는)
은호   저기 혹시 너 그건 알고 있니? 우리가 오늘 처음 말했던 사이라는 거?

오늘 말이야. 입사 두 달 만에 네가 처음으로 나한테 말을 걸었었는데. 뜬금없이 집에 같이 가자고. 아니. 근데 왜 집엘 안 가고 너는 이 운동장만 뒤지고 있는 건지. 내가 혹시 물어봐도 되겠니?

현오는 은호의 말을 듣지 않고 운동장만 가른다.

S #22   (N – 4시 30분 넘어 / 수도권 지하철 6호선: 지하철 내)

"이번 역은 중산. 명희대앞 역입니다. 내리실 문은 오른쪽입니다."
여전히 멍한 얼굴의 은호는 지하철역을 또 지나쳐 간다.

S #23   (N / 서울 마포구: 초등학교 운동장)
         ; 과거 * 은호, 현오 24세 – 5월

은호   (현오의 뒤를 졸졸 쫓아다니며) 아니. 그것만 얘기해주면 될 것 같아. 너는 대체 왜 이 운동장 훑고 있니? 뭘 잃어버리기라도 한 거니?
현오   (묵묵히 열심히 찾으며) 목걸이. 목걸이 잃어버렸어.
은호   목걸이? 뭐. 여자친구가 사준 거야?
현오   (짜증) 아씨. 나 여자친구 없거든?
은호   없으면 없는 거지. 왜 짜증을 내지?
현오   (가만히 다시 찾으면)
은호   근데. 난 이제 집에 가려고. 왜냐하면 체육대회가 끝나고 벌써 네 시간이 지났는데 말야. 그건 심지어 체육대회를 한 시간보다 더 많은 시간이 지난 거거든. 그러므로 나는 갈 거야. 그리고 내가 마지막으로 충고하는데. 너... 지금까지 못 찾았으면 영원히 못 찾는 거다? 안녕.

기세 좋게 돌아 성큼성큼 가던 은호가 뭔가 쎄한 기분에 천천히 돌아보면 다 큰 남자 현오가 아이처럼 뚝 뚝 눈물을 흘리고 있다.

S #24 (N - 4시 45분 넘어 / 수도권 지하철 6호선: 지하철 내)

"이번 역은 은광. 은광 역입니다. 내리실 문은..." 안내음이 이어지고.
지하철 안 은호의 눈은 울 것처럼 새빨개지면.

S #25 (N / 서울 마포구: 초등학교 운동장)
       ; 과거 * 은호, 현오 24세 - 5월

은호   (식겁) 아니. 왜 울어? 어디서 어떻게 무엇이 눈물버튼이었는데?

현오   (그저 뚝뚝 울기만 하면)

은호   아... 목걸이가 순금이었니? 24케이 그런 거였어?

현오   (아니라고 고개를 마구 젓는) 그 목걸이가... 엄마랑... 똑같은 거였는데.

은호   (조심스럽게) 혹시... 엄마가 돌아가셨니?

현오   (울면서 도리도리)

은호   아씨. 그럼 집에 가서 엄마한테 말해! 엄마! 제가 체육대회를 하다가 엄
        마와 같은 운명의 목걸이를 잃어버렸어요! 하나 더 사주세요! 하고.

현오   (뚝뚝 눈물을 흘리며) ...집을 나갔어.

은호   (바로 수그러 들어) 아. 집을 나가셨구나. 집을 나가서 돌아오질 않으셨구
        나. (뭐라고 해야 되는 거야. 진짜) 아. 그럼 뭐 어떡할까. 내가 사줄까?

현오   (마치 기다렸다는 말인 듯 확 고개를 들어 쳐다보는)

은호   뭐 찾아보면 비슷한 게 있을 거 아냐. 내가 사주면 되는 거니? 나 사실
        소원이 하나 있는데. 이 운동장을 벗어나는 거야. 그냥 여길 좀 떠나는
        거야. 장소를 옮기는 거야. 그러니깐 사준다고. 사주면 나 여기서 나갈
        수 있는 거니?

현오   (코 훌쩍거리며 은호를 쳐다보는)

은호   야. 그리고. 울어? ...우리 안 친하잖아. 근데 내 앞에서 울어? 그니깐 그냥
        내가 사줄게. 나 첫 월급 받은 거 아직 남아 있어서.

현오	(그런 위로가 진심인 은호가 웃기다. 코 들이키고) 우리 고기 먹으러 갈까?
은호	(뭔 개소리야) 뭐라고?
현오	(아무렇지도 않게 눈물 닦는) 우리 고기 먹으러 가자. 나 울었더니 힘이 빠져서.
은호	('씨발. 이 미친놈은 무엇이지?' 어이없게 쳐다보면)
현오	싫어?
은호	아니. 이렇게 울다가... 갑자기 고기를 먹는다는 게 좀.
현오	사줄게.
은호	(바로) 나 등심 좋아해. 살치살이랑 치맛살도 좋아하고. 특수부위에 진심이야.

현오가 걸어가면서 쓰윽 눈가를 닦자 "근데 너는 원래 그렇게 잘 우니?" 은호가 묻고, 현오는 "아니. 근데 너 종이는 있어? 내가 그림 그려줄 테니까 어디서 보면 똑같은 거 꼭 사올 수 있어?" 말하고, "아! 진짜 사달라고?!" 은호가 짜증내고.

S #26   (N - 4시 55분 넘어 / 수도권 지하철 6호선: 지하철 내)

새빨간 눈의 은호는 정신이 나간 듯하고. 휴대폰 진동이 쉬지 않고 울리는 와중
"이번 역은 구삼. 구삼 역입니다." 안내방송이 들리면.

S #27   (D - 8시께 / PPS 방송국: 아나운서국 사무실)

노트북에 경위서 양식을 열어놓은 은호.

| 김팀장 | (곁으로 와 한숨 푹 쉬더니) 뭐야. 이번에는 라디오국 경위서냐? |

은호	(그저 멍하니 앉아만 있는데)
김팀장	지각이라도 했어?
은호	(말없이 고개를 끄덕이면)
김팀장	아니. 그러니깐 왜 자꾸 실수를 하는 거야. 은호야. 너 혹시 무슨 일 있니? 아니. 왜 정신이 쏙 빠져가지고. (전화가 오자 받는. 딱딱) 예. 김신중입니다. (뭔가 듣고) 은호요? 은호는 왜... 요. + [소친국 보도국장 시끼로 저장된 전화.

사이 은호가 말없이 경위서를 작성하기 시작한다.
[친애하는 청취자 여러분]으로 시작하는 경위서다.

은호 E /	친애하는 청취자 여러분. 안녕하십니까. 저는 4년 동안 여러분의 아침을 지켜온 매일 아침 주은호입니다의 주은호 아나운서입니다. 일단 오늘 아침 지각을 하게 되어 정말 죄송하게 생각합니다. 제가 딴 생각을 하느라 지하철역을 몇 개나 지나치고 말았습니다. 그런데 청취자 여러분은 혹시 알고 계시나요? 저는 정말 열심히 살았는데. 노력해왔는데. 왜 저한테 자꾸 이런 일이 생기는지. 지각 얘기를 하는 게 아닙니다. 그냥 제 인생이 너무... 그러네요. 너무너무 별로네요. 여러분.

S #28 (D / PPS 방송국: 보도국 보도국장실)

은호가 작성해 제출한 경위서가 은호의 얼굴로 날아온다.

소국장	방송도 장난이고! (버럭) 경위서도 장난이야?
은호	(말없이 그저 앞만 보고 있으면)
소국장	심지어 오늘 라디오도 지각을 해?
은호	(긍정의 의미로 고개를 푹 숙이면)
소국장	너... 내가 봐줄 만큼 봐줬어. 너 당장 정오뉴스에서 하차해. 라디오도 당장 관둬!

은호	(천천히 고개를 들어 소국장을 쳐다보면) + 버튼 눌림.
소국장	너 내가 이럴 줄 알았다고. 이런 모지리 중에 모지릴 줄 알았다고. 어? 이딴 모지리가 뭐가 좋다고 정현오는 널 감싸고 돌아서 아홉시에서 미끄러지고. 어? 너 같은 게 뭐가 좋다고...
은호	(지옥에서 온 악다구니) 악!!!!
소국장	('씨발. 이건 뭐야.' 의자 째 벌컥 뒤로 무르면)
은호	(괴성. 완전히 미쳤다) 으아아아아아아악!!

겁에 질린 얼굴의 소국장이 악을 써대는 은호를 쳐다보면.

S #29   (D / PPS 방송국: 아나운서국 탕비실)

연정	(선반에 기대 커피를 마시며) 들었어요? 주은호가 소친국을 들이박았대. 대박.
빛나	(옆에 선 채. 심각) 아니. 그거 말고 더한 대박이 있던데?
연정	뭔데. 대체 이보다 더 한 게 뭔데.
빛나	너 정현오가 비혼주의자인 건 알지.
연정	(그런 건 전혀 몰랐어) 아. 그랬어요?
빛나	(비밀 얘기하듯) 내가 있지. 보도국 기자한테 들은 건데. ...정현오 그 자식이 글쎄.

마침 현오가 탕비실 앞을 지나쳐 아나운서국 사무실을 나가는데.

S #30   (D / PPS 방송국: 아나운서국 복도 – 휴게실)

민우	결혼을 한대. 주은호가 아닌 다른 여자랑.
택민	에씨. 야. 말도 안 된다.
경진	근데 정현오가 주은호가 아닌 다른 여자랑 결혼을 한다는 게 왜 말이

안 되기까지 해? 걔들 헤어졌잖아. 몹시 오래 전에.

민우   아. 정현오가 비혼주의자잖아. 그래서 주은호랑 헤어진 거였고. 근데 다른 여자랑은 결혼을 한다?

경진   뭐야. 그럼 비혼주의자 핑계 삼아 주은호랑 헤어졌던 거야?

택민   뭐. 그럴 가능성이 높지 않을까?

민우   하. 우리 은호... 쪽팔려서 회사는 어떻게 다니냐.

근처 엘리베이터 앞에 서 있던 현오가 엘리베이터에 타고.

S #31   (D / PPS 방송국: 지하주차장 엘리베이터 앞)

엘리베이터에서 내려 주차장으로 간 현오가 차문을 열려는 순간.

은호   (쓱 나타나) 정현오.

놀라서 획 돌아보면 현오의 차 옆엔 눈이 벌건 은호가 서있다.

은호   (차분하게) 대답해 줄 수 있어? 내가 너한테 뭘 잘못했는지?

현오   내가 결혼하지 않는다고 했잖아.

은호   그거랑 다른 얘기야. 내가 뭘 잘못했어? 우리가 결혼 때문에 헤어진 게 아닐 수도 있는 거잖아. 그럼 내가 그때 뭘 잘못했던 거야?

현오   그때 헤어진 건... 네 잘못이라기보다는 나 때문에 헤어진 거였어. 내가 가진 문제 때문에.

은호   그러니깐 그게 대체 뭔데. 정현오. 그걸 말해.

현오   그건... (내가 지금 말할 수 있는 문제가 아닌데)

은호   (진심으로 애원) 말해줘. 현오야. 나 뭘 잘못했었어?

현오   니 잘못이 아니라고. 내 잘못이라고.

은호   알았어. 그러니깐 니 잘못이 뭔데? 나 만난 거? 하필이면 나였던 거?

현오   아니라고. 그냥 내가 너한테 전혀 어울리는 사람이 아니어서 그래.

은호	(확 열 받는) 원래부터 안 어울렸잖아! 원래부터! 내가 너랑 만날 때 사람들이 너보고 뭐랬어? 다들 나랑 왜 사귀는 거냐고! 왜 그딴 여잘 너는 만나는 거냐고! 너 지금 내가 부족하다는 얘길 돌려서 하고 있는 거야?
현오	(많은 감정들이 오가지만 참으며) 아니야.
은호	(이제 애원) 그럼 왜 그랬던 건데. 나 있잖아. 그게 너무 궁금해. 너도 알잖아. 난 있지. 결혼이 너무 하고 싶어. 근데 너랑은 못하잖아. 그럼 다른 남자랑 해야 하잖아? 내 문제가 뭔지 알고 그 사람과 만나면 내가 더 행복할 것 같아서 그래. 현오야. 내 문제가 뭐야?
현오	(진심) 너는 아무 문제가 없어. 문제는 다 나한테 있어.
은호	(다시 버럭) 그럼 너한테 있는 그 문제가 뭔지 말해!
현오	은호야. 미안해. 그냥 다. 내가 다. ...미안해.

눈가가 벌게진 은호를 남겨두고 차에 타버리는 현오.
천천히 주차장을 빠져나가는데 사이드미러로 보이는 은호의 모습이 안
타깝다.
현오가 애써 외면하고 앞을 보면.

S #32 (D – 아침 / 이태원 현오의 건물: 4층 중식당)
: 과거 * 2주 전

CUT 1 》

신자할매	(아침식사 다 하고. 담배 꺼내다 멈추더니) 뭐? 유방암?
춘자할매	(카아악 퉤!) 은니가 유방암? 암이라고?
영자할매	(술 따르려는데 손이 덜덜 떨린다) 은니. 니는 다리 뿔라진 거 아니었나.
미자할매	(아무렇지도 않게 밥 먹으며) 다리도 뿔라지고. 암도 걸렸다카든데.
춘자할매	(카아악 퉤!) 그럼 은니 언제까지 사는데.
미자할매	(덤덤) 약물이랑 방사선 치료 안 한다카며 뭐 1년 좀 못 버틴다카대.
신자할매	그래서 은니. 니는 우째 하고 싶은데.

미자할매	내야... 뭐 지금처럼 사람 맹키로 안 살고 싶겠나.
영자할매	(소리죽여 꺼이꺼이 울기 시작하며) ...안 된다.
미자할매	내가 사람처럼 사는 게 안 된다는 기가. 이 미친 가스나야.
영자할매	(술병 붙잡고 흐느끼며) 아니. 은니가 죽으면 안 된다고.
미자할매	아니. 내 아직 안 죽었다. (밥 먹으면)
영자할매	은니가 죽으면 내는 몬산다. 내는 몬산다고. 은니가 가뿌면.
현오	(식사하러 내려왔다가) ...무슨 소리야? 누가 뭘 죽어?

할매들 모두가 현오를 뚝 쳐다보고.

CUT 2 》

네 할매들에 신영이모와 지온, 수정까지 와있는 아침식사 자리.
초롱은 한쪽에서 말없이 식기를 정리하고 있고.
할매들은 각각 술 마시고 담배 물고 넋이 나가 있는데.

현오	(한숨 푹 쉬며) ...당장 입원해.
미자할매	(단호) 싫다.
신영이모	언니. 암이라며. 그럼 당연히 입원을 해서 치료를 받아야지.
미자할매	싫다.
신영이모	아니. 무슨 똥고집이야. 언니?
지온	(밥 먹으면서 옆에 앉아 휴대폰으로 인터넷 검색하곤) 할매. 내가 지금 찾아봤는데. 식이요법 잘하고. 운동도 좀 하고. 그럼 호전이 될 수도 있대.
수정	(주르르 울며) 근데... 할매는 밥도 아무거나 먹고... 운동도 전혀 안 하는데... 호전이 어떻게 돼...
현오	그냥 입원해. 나 이따 퇴근하고 와서 같이 병원 가.
미자할매	현오야. 내는 요가 좋다. 내는 죽는다캐도 요서 죽고 싶다.
현오	할매. 우긴다고 될 일이 아냐. 아프잖아.
영자할매	(완전 취해선) 내! 언니야가 죽으면! 내가 고마 따라 죽을끼다. 알았나!
춘자할매	내도! 그건 내도 그럴 끼다! (카아악 퉤!)

신자할매	고마 그라자! 우리 싹 다 뒤져뿌자. (담배갑 보더니) 이거 다 피면 죽을 수 있었다.
신영이모	(한심하게 보고. 진심) ...왜 저래.
수정	(울며) 아니? 나도 죽을 거야! 할매가 죽으면 나도!!
지온	(진심) 야씨. 니가 죽으면 나는 어떡하라고.
수정	(엉엉. 진심) 넌 못생겼으니깐 알아서 살아.
지온	야. 나 진짜 그렇게까지 못생긴 건 아니거든?
신자할매	잘생겼지. 내 예전에 잠깐 만났던 놈이 지온이랑 억수로 닮았는데.
춘자할매	주책이다. 니는. (카아악 퉤!)
현오	할매. 고집 부리지 말고 입원해. 치료는 받아야지.
미자할매	싫다 안 하나.
현오	할매. 내가 어떻게 될 것 같아서 그래. 지금.
미자할매	(현오 잠시 보더니) 입원은 몬하고. 치료는 어찌 함 받아볼게.
현오	그럼 이따가 나랑 같이 병원 가. 가서 내가 가서 얘길 좀 들어봐야할 것 같아.
미자할매	대신 내 소원이 있다.
현오	뭐. 말해. 뭐든지 들어줄게. 뭔데.
미자할매	장가 좀 가라. 현오야.
현오	뭐?
미자할매	(웃으며) 결혼 좀 해주라고. 그게 내 소원이라고. 현오야.
현오	아. 무슨 소원이 그딴 거야. 그런 거 말고.
미자할매	나는 니가 결혼을 해서 행복한 가정을 이뤘으면 좋겠는데.
신자할매	은니야. 현오는 지가 알아서 행복한 가정을 이룰꺼다. 그게 꼭 은니 소원 아니어도.
현오	저기 할매. 내가 결혼을 하고 싶어도 나랑 결혼할 사람이 없어.
신자할매	오 맞나. 와?
현오	그니깐 결혼 말고.
초롱	(쟁반 들고 지나다가 쟁반을 내려놓고 손을 번쩍 들더니) 저요!
현오	('뭐?' 획 돌아보면)
초롱	(맑게) 제가 선배랑 결혼할래요! 제가 하면 안 될까요?

다들 '뭐라고?' 초롱을 쳐다보는데.

신영이모가 '허.' 어이없게 웃는 사이 현오가 초롱에게서 눈을 떼지 못하면.

S #33 (D - 오후 / 이태원 현오의 건물: 5층 현오의 거실)
: 과거 * 2주 전

현오의 거실에 앉아 있던 현오가 맞은편의 초롱을 쳐다보더니.

현오	(진지) ...설명을 좀 해줄래. 은초롱? 장난이 좀 심한 것 같아서 말야.
초롱	(맑게) 선배. 저 장난 아닌데요. 전 정말 선배랑 결혼이 하고 싶어서 그렇게 말한 건데요?
현오	결혼이 그렇게 쉬운 게 아니야. 은초롱.
초롱	쉬운 거 아니죠. 알아요. 혼례는 인륜지대사.
현오	그걸 아는 애가 결혼을 하겠다고 덥석 손을 들어? ...이게 무슨 반장선거도 아니고.
초롱	저한테... 절호의 기회여서 손을 든 거예요.
현오	(무슨 말도 안 되는 소리를 하고 있어) 이게 왜 절호의 기횐데?
초롱	저 선배랑 결혼이 너무너무 하고 싶었거든요.
현오	(이해가 안 돼) 아니. 왜 나랑 결혼을... 날 좋아하기라도 해?
초롱	(뜨끔해져서 바로) 아뇨?
현오	은초롱. 그럼 장난하지 말고. 가서 일 봐라. (일어나면)
초롱	저는... 선배의 가족을 너무 좋아해요.
현오	(멈춰서 돌아보고) 뭐?
초롱	제가 언니랑 둘이서만 살았었잖아요. 그러다 혜자할매 아프시면서. 아. 그때가...
현오	(다시 앉으며) 7년 전.
초롱	(자기도 모르게) 그걸 기억하시네요? 감동이다.

현오	그게 왜 감동이지?
초롱	아무튼 7년 전에 제가 여기 들어와 살게 된 거잖아요. 그때 저 알았거든요. 선배.
현오	뭘 알았는데.
초롱	이렇게 바글대면서 살아가는 게 너무 행복하다는 거. 그래서 이 집의 진짜 식구가 되고 싶다는 거. 저도. 선배한테 오빠라고 부르고 싶고요. 또 할매들이 저한테 더 편하게 대해줬으면 좋겠고요.
현오	은초롱. 그게 다 결혼을 쉽게 생각하는 거거든? 너 지금까진 니 언니가 할매들 뒷바라지 다 해줘서 이게 진짜 쉬운 일인 줄 아는데. 아니야. 결혼을 해서 진짜 식구가 되면 상황이 달라져. 네가 말한 것들이 장점이 될 수는 있어도 그만큼 너도 베풀어야 돼. 할매들은 점점 더 나이가 들 거고 그만큼 손도 많이 갈 거고. 나는 할매들이 나를 키워서 그게 괜찮다고 생각해. 당연히 내가 할 일이라고 생각해. 근데 난 있지. 내 배우자가 그 일을 하는 건 말도 안 된다고 생각하거든? 단지 바글거리는 게 좋아서. 그 이유만으로 그 고생길을 선택한다는 건.
초롱	선배. 저는요. 어렸을 때 할머니가 계셨어요. 한 10년? 같이 살았었는데. 치매에 걸렸던 할머니셨거든요? 언니가 일 나가면 아홉 살인 제가 할머니를 돌봐야했어요. 제가 할머니 기저귀도 갈아주고 그랬다고요. 그게 싫었을까요. 좋았을까요. 선배. 저는 좋았어요. 왜냐하면 그래도 할머니가 내 옆에 있잖아. 살아 있잖아. 그것만으로도 난 충분해.
현오	그건 네 친할머니 얘기고.
초롱	선배는 할매들이 친할머니라서 지금 옆에 있어주는 건가요?
현오	(아니다. 뚝 쳐다보면)
초롱	이건 제 꿈이에요. 저는 선배랑 결혼하고 싶고. 선배의 배우자가 되고 싶어요. 이 집의 진짜 식구이길 바래요. 저... (머뭇) 선배에게 절 좋아해달라고 부탁하지도 않을 거예요. 저 잘 지낼 수 있어요. 그냥 여기서 선배랑 결혼해 이 집의 진짜 식구만 될 수 있다면.
현오	은초롱.
초롱	왜요?
현오	나는 그래도 아닌 것 같은데.

초롱	선배. 미자할매한테 뭐든 해주고 싶은 거 아니에요? 그리고 선배가 지금 할 수 있는 건 결혼뿐이잖아요. 그걸 내가 해줄 수 있다는데. 나도 흔쾌히 원한다는데. 선배. 선배는 지금 선택할 수 없다고 전 생각해요. 우리 이거 꼭 해내야 되는 거예요. 선배. (미소를 지으면)

현오가 그런 초롱을 뚝 쳐다본다.

S #34 (N / 이태원 공영주차장 - 현오의 차 안)

저녁이 된 이태원 공영주차장. 차들 사이 툭 놓인 현오의 자동차.
그 안엔 현오가 시동을 끈 채 그저 앉아 있는.
그러다 천천히 글로브박스 열어보면 실금 목걸이가 아무렇게나 놓여 있고.

실금 목걸이를 한참 보던 현오가 곧 글로브박스를 닫고 차에서 통 내리면.

S #35 (N / 이태원 현오의 건물: 계단)

낡은 건물의 계단을 천천히 오르는 현오.
제 어린 시절의 모든 것들이 담긴 계단을 지나 5층 문을 열면
따뜻한 미소로 현오를 돌아보는 미자할매가 있다.

S #36 (N / 이태원 현오의 건물: 5층 현오의 거실)

현오	(한숨) 나는 그래도 결혼은 못 하겠어. 할매. 일단 치료부터 받자. 그리고 나서.
미자할매	치료를 받건 안 받건 내 살날은 딱 정해져 있다. 그리고 그건 내 언젠간

말하려고 했던 소원이었고.

현오　　할매 소원이 겨우 내 결혼 같은 거야? 그런 거 아니어도 난 할매 곁에 늘 있어.

미자할매　니를 옆에 붙잡아둘라꼬 그런 소원을 말한 게 아이다.

현오　　그럼 뭔데.

미자할매　내가 니를 여기에 왜 데려왔는 줄 아나. 내는 내 마지막에 나를 지켜줄 사람이 필요했다. 왜냐하면 좀 외로웠거든. 니 하나 데려오고 나면 나는 다 될 줄 알았다. 근데 니랑 이래 살다보이 내 욕심이 또 생기대. 내가 가고... 다른 것들도 다 가버리면 혼자 남겨질 니가 너무 걱정이 된다. 그래서 내가 니 장가 가라는기다. 그래야 내 갈 길이 편할 것 같아서. 적어도 니는 외롭지 않을테니까.

현오　　(그런 이유인 줄은 몰라서 뚝 쳐다보면)

미자할매　초롱이 그거 참 귀엽지 않나.

현오　　귀엽다고 결혼을 할 수 있는 건 아니야. 할매.

미자할매　내도 니가 처음엔 귀여웠다.

현오　　귀엽긴.

미자할매　지금은 아니어도 살다보면은 사랑할 수 있을지도 모른다. 니랑 나처럼. (인자하게 미소 지으며) 와. 힘드나.

S #37　(D – 2시 넘어 / 은호의 빌라: 은호의 집 401호)

탕! 문이 닫히면 멍하고 힘없는 은호가 들어오는.
터덜터덜 액자 쪽으로 가 손으로 쓸고 툭 식탁 의자에 앉는 은호.
방 안의 공기는 무겁고 은호의 마음은 더 무겁기만 한데.

아이들이 뛰노는 목소리가 간간히 들리는 바깥의 오후는 풍요롭지만
은호의 집 안 오후는 우웅거리는 냉장고 소리뿐.
주방 여기저기엔 현오가 사다놓은 물건들과 한쪽에 쓰러져있는 청소기.
현오가 보던 신문들과 TV. 또 한쪽에 놓인 실반지까지.

그러다 은호가 식탁 위 작은 수첩을 천천히 펼쳐보면. 혜리일 때 쓴 일기들이 있고.

[4/2 | 자전거를 타고 가는데 봄이 느껴졌다. 대박]
[4/5 | 차갑다. 차가운 건 강주연. 왜 차갑지? 그래도 좋아!]
[4/12 | 신난다! 강주연네 집은 향기가득이다!]
[4/16 | 오늘 주차안내서가 칼각으로 잘 접혔다.
　　　주연씨에게 자랑해야지!]
[4/18 | 오예! 오늘 주연씨와 함께 퇴근!]
[4/29 | 주차관리소 천장을 두들기는 빗소리가 좋다. 행복하다.]

그리고 그 옆 장엔 은호일 때 쓴 일기가 있다.

[5/7 | 신중선배가 말하길 현오가 나 때문에 뉴스를 포기했다고.
　　　나 같은 것 때문에 걔가 그걸 포기하는 게 맞을까.]
[5/10 | 내가 정현오의 발목을 잡는다. 매번.]
[5/11 | 강주연을 만났다. 그 사람에게 나는 죄인이다.]
[5/13 | 전재용에 대한 기사는 호의적이다. 짜증난다.]
[5/14 | 정현오가 결혼을 한다고. 결혼... 결혼... 그걸 누구랑?]
[5/15 | 어쩌면 모든 곳에서 하차해야 할 수도. 난 실패했다.]
[5/16 | 나는 내가 싫다.]
+ 마지막은 [다시 한 번 주혜리로 살아보기로. 혜리가 어떻게 행복해졌는지 알아내기 위하여.]

행복한 혜리의 일기와는 달리 은호가 쓴 일기는 불행하기만 하고.
은호가 그 일기들을 눈을 떼지 못하고 보다가 [나의 혜리에게] 또박또박 적어본다.

은호가 천천히 글을 쓰는 적막한 오후가 지나고.

S #38　(D – 5시 30분 / 미디어N 서울 방송국: 야외 주차장)

빽빽한 야외 주차장. 뚝 선 채로 주차관리소를 바라보는 주연.
역시 민영뿐인데. 그래도 괜찮다는 듯 주연이 건물 입구 쪽으로 걸어가면.

S #39　(N – 7시 넘어 / 미디어N 서울 방송국: 아나운서국 사무실)

번잡한 사무실. 주연이 인터넷 뉴스 기사를 검색하고 있는데.

수현　(지나다가) 야. 뭐하냐.

주연　(평범한) 아. 저 일해요. 선배.

혜연　(어느새 다가와 옆에 딱 붙어) 선배. 내가 곰곰이 생각해봤거든?

주연　(뉴스 보면서) 뭘 생각해봤는데. 혜연아?

혜연　왜 우리 탱탱 구리구리 탱탱우동 먹었을 때 말야. 그때 선배가 했던 말에 대해서. 선배가 선배의 마음엔 한 사람만 담을 수 있다고 했잖아?

주연　응. 그랬어.

혜연　근데 선배. 그거 알아? 사실 마음은... 두 개일 수도 있다?

수현　(물 마시면서 지나다가) 뭐가 두 갠데?

혜연　(다정하게 수현을 가리키며) 선배. 난 쟤랑 잠만 자는 사이거든? FWB. 알아? 프렌즈 위드...

수현　(뒤에서 품! 물을 뿜고) 야!

혜연　(상냥) 근데 선배. 쟤 요즘 보도국 김연지 기자랑 만나잖아.

수현　(다시 품) 아씨. 그걸 지금 여기서 말하면.

혜연　(아랑곳않고. 흡사 친절한 미친년. 미소로) 선배. 그래서 내 얘기는. 나도 그렇고 쟤도 그렇고 마음은 있지. 두 개가 될 수도 있다는 뜻이야.

주연　하지만 마음엔 한 사람만...

혜연　(괴변의 시작) 그래. 선배 마음엔 한 사람만 담아. 근데 선배 마음이 두 개가 되면 두 사람을 담을 수도 있다는 거지. 선배. 마음은 사실 두 개도 세 개도 네 개도 쌉가능이야. 그러니깐 너무 걱정하지 말아줄래?

주연이 혜연을 '정말 그래?' 하는 얼굴로 쳐다보면.

S #40 (D − 9시 10분 / PPS 방송국: 이슈인 생방송 스튜디오)

아침에 어울리는 오프닝 곡과 함께 이슈인 프로그램이 시작되고.

현오 5월을 맞이해 전국 대학가에서는 축제 준비가 한창입니다.
은호 많은 사람들이 한 장소에 몰리는 만큼 안전도 중요한데요. (부드럽게 미
　　　소를 지으면)

S #41 (D − 10시 5분 넘어 / PPS 방송국: 이슈인 생방송 스튜디오)

"수고하셨습니다!" 방송이 끝나고 이슈인 FD, 찬우가 마이크를 빼주는데.
은호는 꼼짝도 않고 그 자리에 그대로 서 있기만 하는.

미연 (그 앞으로 다가와 좀 찜찜한 얼굴로) 저기. 주은호 아나운서.
은호 (억지로 괜찮은 듯) 예. 말씀하세요.
미연 우리 잠깐 얘기 좀 할 수 있을까요?

은호가 '무슨 얘기?' 하듯 미연을 바라보는데. 현오도 '뭔데?' 하듯 쳐다
보면.

S #42 (D − 11시 넘어 / PPS 방송국: 아나운서국 사무실)

책상 앞 은호가 노트북을 열고 경위서 양식을 클릭해 펼쳐놓자.

김팀장　(지나다가 보고) 뭐야. 너 또 경위서를 써?

은호　(가라앉은 채. 주절주절) 아. 네. 아니. 잘 모르겠어요. 아. …이걸 쓰는 게 아닌가.

김팀장　무슨 소리야. 은호야.

은호　(덤덤하게) 아. 팀장님. 저 이슈인에서도 짤렸어요.

김팀장　뭐? (열 받아) 아씨. 왜 나한테 말도 없이. 누가. 누가 짤랐어.

은호　(평온) 뭐. 소친국이 그러라고 했대요. 저 미친 것 같다고 모든 프로에서 다 빼라고. 사실 예상은 했던 일이고.

김팀장　하… 그 새끼는… 지가 무슨 사장인 줄 아나. 야. 나 소친국이랑 얘기 좀 하고 올게. 내가 너 정오뉴스에서 빼버린 것도 언제 말해야 되나. 벼르고 있었는데. 아주 잘 됐어.

은호　(부드럽게 돌아보곤) 아뇨. 팀장님. 그러지 마세요.

김팀장　(너의 반응이 더 무서워) 뭐?

은호　어차피. (진심) …다 끝났어요. 팀장님.

김팀장　(은호가 심상치 않아) …은호야. 너 진짜 무슨 일이냐. 어? 너 왜 그러냐. 너 어디 아프냐? 어?

은호가 무덤덤한 얼굴로 경위서에 글을 쓴다.

S #43　(D / PPS 방송국: 이슈인 회의실)

미연　(기함) 뭐라고?

유연　(맑은) 차장님 결혼하신다고요. 피디님. 벌써 보도국 쪽엔 소문이 쫙 났던데?

미연　아니. 왜 그 인간은 갑자기 결혼을 한대? 아아. 그래서 주은호를 우리 프로에서 빼라는 거였나.

유연　그거랑 그거랑 무슨 상관인데요? 피디님?

미연	아니. 주은호랑 결혼을 하면 둘이 부부니깐. 같이 프로를 하는 게 쫌 그렇잖아? 아니. 그럼 지들끼리 알아서 해결을 하면 되지. 중간에 있는 나를 왜 나쁜 년을 만들어? 아쒸. 진짜 짜증나네?
유연	피디님. 차장님 주은호 아나운서랑 결혼하는 거 아니던데요?
미연	(그게 더 놀라워) 뭐? 그럼 누구랑.

마침 수정이 달칵 문을 열고 들어오자.

미연	아아. 선배랑 결혼하는 사람이 문작가님이셨어요? 나 사실... 봤거든... 작가님이랑 선배랑 얘기하는데 작가님이 선배한테 오빠오빠 그러는 거. 근데 선배가 너무 가만히 있는 거. 오빠라는 말을 그렇게 극혐하는 인간이.
수정	저흰 가족 같은 사이고. 가족끼린 결혼하지 않습니다.
미연	뭐야. 그럼 그 선배는 누구랑 결혼을 한다는 건데?

S #44 (D / PPS 방송국 뒤편: 벤치)

은호	(차분하게 묻는) 말해줄 수 있어? 문지온? 너는 알지. 현오랑 결혼 얘기 오갔던 여자.

완전히 넋이 나간 얼굴로 벤치에 뚝 앉아있는 은호의 눈동자엔 무엇도 없고.

지온	...그냥 그 건물에 사는 애야. 형은 뭐. 관심도 없고.
은호	(넋이라도 있고 없고) 아아. 그 여자랑 나는 뭐가 달라? 나한테 없는 게 있을 거잖아. 그것 좀 알려줄래?
지온	주은호. 형 결혼 안 할 걸?
은호	(차분하게) 알아. 나도 다른 사람이랑 결혼하고 싶어서 그래. 그러려면 내 단점을 보완하고 싶거든.

지온	내 눈엔 니가 천배백배 낫지.
은호	너한테만 나은 것 같아. 나라는 사람은.
지온	(뚝 처다보면)
은호	난 있잖아. 사실 나조차도 내가 낫지 않다고 생각하거든.
지온	은호야.
은호	나 이제 이슈인에서도 잘리고. 라디오도 정오뉴스도 다 관두게 됐거든.
지온	그건 네 잘못이 아니라 상황이.
은호	다른 건 다 괜찮은데 정오뉴스 짤린 게 정말 너무 속상해.
지온	속상할 수 있지. 그건 니가 진짜 좋아했었고.
은호	아니. 그건 현오가 아홉시를 포기하고 나한테 양보한 거였잖아. 걔 꿈을 걷어차고 나한테 준 건데. 그걸 내가. 제대로 지키지도 못했어.
지온	다시 말하지만 그건 네 잘못이 아니라.
은호	내 잘못이야. 지온아.
지온	아니야. 상황이 정말.
은호	현오가 나랑 헤어졌던 것도. 사람들이 수군거리는 것도. 모든 프로그램에서 하차하는 것도. 또 다른 사람들이 나 때문에 괴로워하는 것도 전부 다 내 잘못이야. 생각해보니깐 그래.
지온	자책하지 마.
은호	(덤덤하게 미소 지으며) 자책이 아니야. 그저 사실을 나열한 것뿐이야. 진짜로 그래. 지온아.

지온이 은호를 안타깝게 바라본다. 해줄 수 있는 일이 아무것도 없다.

S #45   (D / PPS 방송국: 아나운서국 팀장실)

김팀장	(한숨을 푹 쉬더니) ...내가 소국장을 만났거든? 정오뉴스에서 은호 잘라버린 거 따지려고? 것도 모자라서 라디오랑 이슈인에서까지 밀어낸 거 지랄 좀 하려고?
현오	(김팀장 앞에 서서 처다보면)

김팀장	근데 그 여우가 뭐라는 줄 알아? 자기도 봐주고 싶었대. 그러면서 은호
	가 써 온 경위서를 보여줬는데. (은호의 경위서를 현오에게 건네는)
현오	(받아들고 읽는데. 읽을수록 한숨이 난다)
김팀장	야. 너 결혼 하냐?
현오	아뇨.
김팀장	근데 왜 그런 소문이 돌고. 어? 은호는 왜 미쳐가고. 어? 야. 아니면 아니
	라고 확실히 말을 하던가.
현오	말했는데 안 들어. 그게 문제가 아닌 것 같아.
김팀장	그럼 뭐가 문젠데. 걔 어떡하냐고. 애가 사람 같지가 않아.
현오	내가 문제인 것 같아요. 선배.
김팀장	뭐?
현오	(혼란스러운) 그냥 내가. 다 내 문제인 것 같아요. 잘 모르겠어요. 내가
	지금 어떻게 해야. (곧 냉정해져서) 정말 모르겠다고요. 선배.

김팀장이 현오를 뚝 쳐다본다. 현오의 이런 모습은 처음이다.

S #46 (D - 3시 30분 넘어 / 은호의 빌라: 혜리의 집 301호)

천천히 계단을 두 개씩 오르는 은호. 멍한 얼굴이지만 약간은 힘이 있고.
3층을 지나 4층으로 가려다가 돌아서 3층의 현관문을 열고 들어가는
은호.
팡! 문을 여니 혜리의 집은 고요한데.

툭툭 걸어 들어가 숲의 액자 앞에서 뚝 멈춰서는 은호.
저기 어딘가에 혜리가 있을까. 하는 얼굴로 한참을 보다
손을 뻗어 숲 사이사이를 손가락으로 짚으면.

어린 혜리 E / 언니. 난 행복해.

은호 (덤덤) 정말?

어린 혜리 E / 응. 너무 행복해.

은호　　 (덤덤) 진짜?

어린 혜리 E / 언니는 안 행복해?

은호　　 나는. 그러니깐 나는.

은호가 더 이상 말을 잇지 못하고 고개를 숙이면.

S #47　　(D / 은호할머니 저택: 외부 계단)
　　　　　; 과거 * 은호할머니 65세, 은호 16세, 어린 혜리 14세

어린 혜리　 (먼저 가는 은호할머니에게 손 뻗으며) 할머니! 같이 가!

은호할머니가 어린 혜리와 손을 잡고 가다가
뒤를 돌더니 한걸음 뒤에 있던 은호에게도 손을 내민다.
은호가 은호할머니를 툭 바라보면.

S #48　　(D / 은호의 빌라: 근처 돌계단)
　　　　　; 과거 * 9년 전 여름

"정현오! 같이 가!" 현오에게 손을 뻗은 은호가 현오의 손을 잡고 계단
을 오르면.

S #49　　(D – 4시께 / 은호의 빌라: 혜리의 집 301호)

은호　　 (고개를 숙이고) 나는...

곧 어깨를 들썩거리며 울기 시작하는 은호.

은호의 우는 소리가 방안 가득 메워지는데.

모든 건 제자리고. 오후의 햇살은 창틈으로 비춰 들어오고.
사이 네 시 정각을 알리는 자명종 소리가 들린다.

은호   (소리죽여 울면서) 나는.
어린 혜리 E / 행복해? 언니? 말해줘. 궁금해.
은호   (울며) 그러니깐 나는...

은호는 그저 울고. 자명종 소리는 멈추지 않고. 오후는 따뜻하기만 하다.

S #50   (D − 아침 / 은호의 빌라 앞)

아침이 찾아온 은호의 빌라 앞.
바람이 크게 불어 나무의 잎사귀들이 무너졌다 일어서고.

S #51   (D − 한낮 / 수도권 지하철 경의중앙선: 서빙고 역)

달칵달칵 느리게 선로를 지나는 국철. 맞은편에서 기차가 달려오면.

S #52   (D − 오후 / 미디어N 서울 방송국: 정문 앞)

방송국 정문 앞. 유치원 아이들이 꺄륵꺄륵 웃으며 노란 버스에서 내리고.

S #53   (D − 5시 30분 / 미디어N 서울 방송국: 야외주차장)

빽빽한 야외주차장. 차들이 번잡한 사이로 주연의 차가 들어와 주차되는.
주연이 내려 주차관리소를 바라보다 제법 씩씩하게 걸어가면.

S #54 (N - 11시 넘어 / 이태원 현오의 건물: 4층 중식당)

할매들 다 함께하는 저녁 식사 자리. 할매들이 미자할매에게 앞다투어
"은니! 마늘 먹어라! 미역도 먹어라! 마늘이랑 미역이 유방암에 좋단다!"
"은니! 운동하면서 먹어라. 내가 찾아보니깐 그... 누워서 양손을 쭉 뻗고
하는 그 운동이 유방암에 좋단다!" "은니! 그럼 마늘이랑 미역을 먹으면
서 운동을 해라." 하고. 결국 미자할매가 "미친 것들아! 그만 해라!" 폭발
하고.

현오는 저 멀리에 앉아 가만히 그들을 보는데.
고개를 돌린 미자할매가 현오를 향해 웃고.

S #55 (N - 11시 넘어 / 이태원 현오의 건물: 5층 현오의 방)

방으로 돌아와 침대에 풀썩 앉은 현오가
마른 세수를 하며 머리칼을 쓸다가 천천히 일어나는.

신영이모   (발칵 문 열고) 현오야. 아래층에 있는 책들 옮겨야 되는데.
현오   (겉옷을 챙겨 나가는) 내일 해줄게. 나 잠깐 어디 좀.
신영이모   어디? 어디 가는데?

현오가 대답하지 않고 빠르게 방을 나서면.

S #56 (N - 11시 넘어 / 은호의 빌라: 근처 돌계단)

은호와 헤어졌던 돌계단 중간에 뚝 서 있는 현오. 은호의 빌라는 새까맣게 꺼져 있다.
현오가 은호의 빌라를 한참이나 바라보고.

S #57   (D – 오후 / PPS 방송국: 아나운서국 복도)

부산스러운 아나운서국 복도. 띵 엘리베이터 문이 열린다.
상자를 든 퀵서비스 직원이 사람들을 헤치며 사무실로 들어서면.

[나의 혜리에게]

사무실엔 방송준비를 하거나 원고를 읽거나 옆 사람과 이야기를 나누거나
다들 쉼 없이 움직이는데.

퀵서비스 직원   (상자에 찍힌 이름 확인하곤) 주은호씨!!

분주하던 사람들이 순간적으로 '주은호'라는 이름에 멈칫.

[혜리야. 난 행복하고 싶었어.]

퀵서비스 직원   (다시 한 번 확인) 주은호씨!! 안계십니까?

곧 다시 일상적으로 움직이는 사람들. 그들 사이 흘끗 은호의 자리가 보이고.

[나 하나로 충분히 내 안이 가득 채워지길 바랐어.]

띠링띠링. 울리는 알람을 끄며 사무실에서 나가는 퀵서비스 직원.
곧 다른 아나운서가 사무실로 들어가면.

[난 내가 행복했음 정말 좋겠어.]

사람들 사이. 보이지 않았던 은호의 자리가 서서히 드러난다.
은호의 자리는 아주 깨끗하고 완전히 비워져 있다.

은호가 앉았던 의자만 그저 덜렁덜렁거리고. 그 곁을 사람들이 무심히
지나는 한낮.

S #58 (D - 오후 / 은호의 빌라: 은호의 집 401호)

은호의 집 안엔 아무도 없고. 식탁 위 펼쳐진 작은 수첩은 바람에 파르
르 넘어가면 그곳에 또박또박 쓰여 있는 글.

[은호씨. 하지만 당신은 행복한 것조차 실패했어요
이제 내가 나설 거에요 나 주혜리가.]

- 제8회 끝 -

너의 이름

주은호리혜주

S #1   (D – 아침 / 영동 고속도로: 하행선 – 고속버스 안)
         ; 과거 * 어린 혜리 25세 - 2월

은호 E /   (4회 S #46) 졸업여행?

〈플래시 컷〉 - 5회 S #22

부스스 엉클어진 머리인 채 돌아보는 어린 혜리.

은호   (문가에 서서 팔짱 끼고 꾸짖는) 졸업여행 같은 건 좀 가.
어린 혜리   (좀 더 주장) 아. 근데 나는 진짜.
은호   (조금 단호) 가. 가는 걸로 안다. (어린 혜리 앞에 놓인 졸업여
            행 안내문 채가면서) 여기 계좌로 돈 붙이면 되지?
어린 혜리   근데 나는 정말 가기 싫어. 언니. 친구 같은 건 필요 없어.
은호   그게 무슨.
어린 혜리   언니. 나 안 갈래.
은호   (화가 난다. 단단히 혼내는) 주혜리! 너 언제까지 그러고 살 거
            야! 너도 독립을 해야지! 독립을! 그러려면 뭐든 열심히 좀 하
            고! 인맥도 넓히고! 그렇게 사회에 나갈 준비를 해야지! 잔말
            말고 가! 가서 친구 사귀고 와!

어린 혜리가 '나는 진짜 가기 싫은데.' 하듯 은호를 씩씩거리며 쳐다보면.

여대생1 E / 뭐야? 쟤 왔네?

덜컹거리는 버스 안. 뒤쪽에 앉은 여대생 둘이 앞쪽의 어린 혜리를 흘끔거리면서.

여대생2   (호기심) 누구누구?
여대생1   쟤... 주혜리... 쟤 얼굴 보기 힘든 애잖아.
여대생2   아. 진짜? 맞다. 나 쟤랑 4년 동안 말 한 번도 안 해봤다.
여대생1   (작아지는 목소리) ...근데 있잖아. 쟤 고아래.
여대생2   (눈 동글) 고아가 뭐.
여대생1   아. 그게 아니고. ...고안데. (귓속말로 조잘조잘)

혼자 앉은 어린 혜리는 무엇도 들리지 않는 듯 창문에 입김을 불어 "지루해에." "집에 가고 싶따아." 등의 낙서만 하고.

S #2   (N / 강원 동해시: 기이동 숲 – 근처 펜션)
          ; 과거 * 어린 혜리 25세 – 2월

"혼자 왔어요! 둘이 왔어요! 셋이 왔어요! 넷이 왔어요!!"
"바니바니바니바니 당근당근!" 술을 마시며 게임하는 학생들.
그 사이 어린 혜리도 게임을 하고 있는데.

"야! 너 걸렸어!" 다들 누군갈 때리겠다 달려드는 순간
자리에 앉아 입이 찢어져라 하품만 하던 어린 혜리가
창밖. 요정처럼 반짝이는 것들에 하품을 뚝 멈추는.

'방금 뭐였지?' 고개를 빠르게 돌리다 홀린 듯 일어나 문을 열고 나가는 어린 혜리.
문 앞에서 빛나는 것들이 와글와글하더니 숲으로 빠르게 빨려 들어가자.

어린 혜리   (졸졸 쫓아가며) 어? 같이 가아!

S #3   (N / 강원 동해시: 기이동 숲)
; 과거 * 어린 혜리 25세 - 2월

흩어지기도 했다가 다시 모이기도 하며 앞으로 가는 빛나는 것들.
그 뒤를 신나게 따라가는 어린 혜리는 무서운 기색조차 없고. 신기하기만 한데.

순간 빛들이 사라져버리는. 단숨에 새까매진 숲에 어린 혜리가 '뭐야!'
당황한 사이
갑자기 수만 개의 빛들이 온 사방에서 어린 혜리를 향해 비춘다.

어린 혜리   (저도 모르게) ...우와.

제 주변의 빛들을 천천히 살피던 어린 혜리가 사진을 찍으려고 주머니를 뒤지는.

어린 혜리   어? ...폰이.

S #4   (N / 강원 동해시: 기이동 숲 - 근처 펜션)
; 과거 * 2014년 2월

음성전화: [내사랑 할머니]

소란스런 방안 구석. 지이이잉 어린 혜리의 휴대폰이 울리고.
방안의 누구도 전화가 온 줄 모르면.

S #5   (N / 강원 동해시: 기이동 숲)
; 과거 * 어린 혜리 25세 - 2월

휴대폰을 찾던 어린 혜리가 돌아가려고 뒤를 도는.

어린 혜리   (방향 감각을 잃고) 아. 이쪽이 아니었나... (다른 쪽으로 몸을 돌려 한걸음 내딛자마자)

털썩! 사라져버리는 어린 혜리. 어린 혜리가 사라져도 빛들은 여전히 반짝거리고.
살랑살랑 숲속의 나무만 바람에 흔들린다.

S #6   (N / 은호의 빌라: 혜리의 집 301호)

바깥에서 비추는 조명에 덜컹이는 숲이 담긴 액자.
곧 밤이 지나 푸르스름한 새벽이 다가오고.

[한 달 후]

S #7   (D - 아침 / 은호의 빌라: 은호의 집 401호)

해가 비치는 은호의 집 창가. 여름 공기가 제법 감돈다.
지이잉 지이잉. 무선충전기에 꽂아둔 은호의 휴대폰이 울리면.

음성전화: [정현오]

아무도 받지 않아 끊기는 전화.
[부재중 전화 (58)] 글씨만 남겨지며 휴대폰 빛이 꺼진다.

S #8   (D – 6시 / 은호의 빌라 앞)

후덥지근한 아침의 빌라 앞은 한가롭고.
빌라의 **[401호]** 편지함. 아무렇게나 꽂혀 있는 우편물들이 비춰지면.

연정 E /   (밝고 상쾌한 목소리) 이제 완연한 여름이에요.

S #9   (D – 6시 넘어 / PPS 방송국: 아나운서국 사무실)

창가의 선인장도 메말라가는 뜨거운 햇빛 너머.
아나운서국 사무실은 가벼운 옷차림을 한 사람들이 일상을 보내고 있다.

연정 E /   우리가 다른 계절에 있었을 땐 이 여름의 공기를 몰랐죠. 겨우내 이 공
기를 얼마나 그리워했나요?

그 중 택민이 "아. 덥다." 말하며 원고를 들고 사무실을 나가면.

연정 E /   오늘은 그리웠던 이 공기를 마셔보는 건 어떠세요?

S #10   (D – 6시 넘어 / PPS 방송국: 엘리베이터)

엘리베이터 문이 열리자 내려서 라디오국 쪽으로 걸어가는 택민.
라디오국 앞쪽엔 [ON AIR] 불빛과 함께 연정의 목소리가 나오고.

연정 E /　오늘도 좋은 날이에요. 안녕하세요? 6월 17일 월요일 PPS 매일 아침. 최연정입니다. 저는 아나운서 최연정입니다. (아주 상쾌한 첫 곡이 나가면)

라디오국을 지나 로비 쪽으로 걷는 사람들.
그 사이 대형 TV에선 현오가 단독 진행하는 이슈인의 재방송이 나오고.
그 앞으로 지온이 기지개를 켜며 지나가면.

S #11　(D − 11시 55분 / PPS 방송국: 정오뉴스 생방송 스튜디오)

지온　시청자 여러분, 안녕하십니까.
진화　월요일 PPS 정오뉴스입니다.
지온　오늘은 헌법개정안 국회 본회의 표결 소식부터 시작합니다.

S #12　(D − 12시 25분 넘어 / PPS 방송국: 정오뉴스 생방송 스튜디오)

지온　승화야. 나 마이크 좀 빼줘.
진화　(살갑게) 저기. 오빠. 소국장이 같이 밥 한번 먹자는데.
지온　(비꼬려는 의도보다 진실을 말함) 에이. 소국장이랑 밥 먹는 건 니 전용인데. 무슨. (승화가 마이크를 빼주자. 친절) 고마워. 승화야.
진화　(찔려서 앙칼) 오빠. 무슨 말을 그렇게 해? 내가 소국장한테 오빠 칭찬 얼마나 많이 하는 줄은 알아?
지온　(웃으며) 아아. 고맙네. 근데 너 나한텐 오빠라고 안 부르면 안 되냐?
진화　왜에? 오빠잖아. 나보다 나이 많잖아.
지온　(피식피식) 아니. 그렇긴 한데... 넌 소국장한테도 오빠라고 부르잖아. 난 글쎄. 애인이랑 동료의 호칭은 구분을 해야 된다... 생각하는 편이라서?
(픽 웃곤 나가면서) 갈게.

진화가 '허!' 어이없어하며 지온을 째려보면.

S #13   (D - 12시 30분 넘어 / PPS 방송국: 아나운서국 사무실)

지온이 설렁설렁 웃으며 아나운서국 사무실로 들어가자.

지온   (마침 지나는 현오에. 반색) 오! 형아!
현오   (건성) 어. 왜.
지온   형아는 형아한테 오빠라고 부르는 애들한테 뭐라고 해?
현오   부르지 말라고 해.
지온   아아. 나도 부르지 말라 했는데 자꾸 불러서.
현오   그럼 정색을 해.
지온   오! 정색! 완전 신박한 방법이다!
현오   (흘끗 보고) 용건 끝났냐.
지온   아니? (웃으며) 주은호한테 연락 온 건 없어?
현오   어. 없어. (팀장실로 가버리자)

지온이 어깨를 으쓱하며 제 자리로 간다. 곧 은호의 빈자리로 전화가 오는데.

S #14   (D / PPS 방송국: 아나운서국 팀장실)

김팀장의 책상 위 전화벨이 울리면.

김팀장   (받고) 아. 예. 지금 말하려고 했습니다. (끊고 앞의 현오에게) 야. 너 시사텐 다시 하래.

현오 (어이가 없네) 아니. 무슨 프로그램이 장난도 아니고. 이미 관둔 걸.

김팀장 그니깐. 나도 그렇게 생각해서 몇 번이고 되물었다? 정말요? 진짜요? 지금 우리 정현오 아나운서 말씀하시는 게 맞아요? 혹시 동명이인 아니고요? 아니. 왜 굳이 아홉시 뉴스 앵커에서 똑 떨어진 정현오같은 애를 다시 달라는 거죠?

현오 저기요?

김팀장 (개의치 않고) 아니. 그렇잖아요? 걔가 지금 전재용한테 자리 뺏기고 현재 이도 저도 아닌 낙동강 오리알 신세가 되어 두 달에 한 번씩 우리 사무실 창가에 있는 선인장에 물을 주고 계시는데. 아. 그래서 요즘 걔 별명이 아나운서계의 분무기거든요. 칙칙 분무기 아시죠? 근데 지금 그 정현오 아나운서를 달라는 건가요? 정말 그 정현오가 맞나요? 너 맞대.

현오 (아이) 씨.

김팀장 그러니깐 아이고. 감사합니다. 하고 그냥 들어가면 돼. 다음 달부터.

현오 (마지막 반항) 좀... 웃기지 않을까요.

김팀장 아. 다시 말해야 돼? 이게 전혀 웃기지 않은 이유에 대해서? 어디서부터 다시 말해줄까. ...낙동강 오리알부터 말하면.

현오 네. 알겠습니다. 아이고. 감사합니다. 그냥 들어가겠습니다. 됐죠. (돌아나가려는데)

김팀장 (괜히 결재서류 만지며) 그. 은호한테 연락 온 건 없나?

현오 없는데요.

김팀장 그래. 뭐. 휴직계 내고 튄 애가, 뭐. 너한테 연락을 하겠냐.

현오 예. 안 하겠죠.

김팀장 심지어 마지막은 네가 결혼한다는 소식을 듣고 튄 건데. 그치.

현오 저기요? 팀장님?

김팀장 (손사래) 아니. 뭐. 시기가 그렇다는 거지. 시기가. 그래서 너는 결혼을 정말.

현오 안 해요. 죽어도.

김팀장 그래. 잘 생각했다. 근데 은호도 그 소식을 알면 참 좋을 텐데 말야? 우리 은호는 대체 어디서 뭘 하고...

현오	아. 지금까지 한 번도 안 쉰 거 다 끌어다 쓰고 나갔다면서요. 어디 여행이라도 갔겠죠.
김팀장	그니깐. 근데 어디로 여행을 갔는지 연락 한 번을 안 하고. 벌써 한 달이나 지났는데 말야. 야. 내가 사실 개가 있을 땐 너무너무 시끄러웠거든? 근데 막상 없으니깐 너무 허전해. 내가 그래서 현오야. (앞을 보면 어느새 현오는 사라진) 이것들은... 꼭 내가 말하고 있을 때 나가더라? 상당히 예의가 없어.

S #15 (D / PPS 방송국: 아나운서국 팀장실 앞)

팀장실 문을 닫고 나온 현오가 그 자리에 뚝 서 있다. 마치 멈춘 로봇처럼.
사무실 어디선가 전화벨이 계속 울리고.

S #16 (D − 5시 30분 / 미디어N서울 방송국: 주차관리소)

고요히 앉아 임용고시 책을 읽는 민영. "따랑." 소리와 함께 문이 열리면.

민영	(쳐다보지도 않고) 강주연씨. 오늘도 주혜리는 안 나왔어요.

곧 문 닫히는 소리가 들리고.
그제야 민영이 고개를 들어보면 건물 입구로 걸어가는 주연의 뒷모습이 보인다.

S #17 (D − 5시 30분 넘어 / 미디어N서울 방송국: 1층 로비)

엘리베이터 앞엔 표정 없는 주연이 서 있고. 곧 엘리베이터 문이 열린다.

S #18 (N - 11시께 / 미디어N서울 방송국: 아나운서국 사무실)

자리에 앉아 아무렇지도 않은 듯 일상을 보내는 주연.
그러다 시계를 보면 밤 11시가 다 되어가고. 주연이 부스스 일어나면.

S #19 (N - 11시 넘어 / 미디어N서울 방송국: 근처 포장마차)

사람 많은 포장마차 안. 혼자 앉아 후루룩 후루룩 우동을 먹는 주연.
먹다가 고개를 들고 잠시 앞을 보다 다시 우동을 먹고.
다시 고개를 들고 휴대폰으로 찾아둔 [주은호 아나운서] 검색결과를
보는.

은호의 웃는 사진 밑 [프로필]엔
[PPS 정오뉴스] [매일 아침, 주은호입니다] [이슈인] 등 프로그램 제목
이 있고
모두 [2024.05.15.] [2024.05.15.] [2024.05.16.] 끝났다고 표기돼있다.

한참 보던 주연이 그 아래 [최근 영상] 중 양완 해변가를 클릭.
방송 하는 은호의 모습에 저도 모르게 미소 짓고 다시 우동을 먹는.
국물까지 다 마신 뒤 [혜리]라고 저장된 은호에게 전화를 걸어보는데.

S #20 (N / 은호의 빌라: 은호의 집 401호)

새까만 집. 무선 충전기에 꽂아둔 은호의 휴대폰이 울리고.

음성전화: [강주연]

누구도 받지 않은 채 전화는 끊긴다. + 부재중 전화는 (60)

S #21   (N / 미디어N서울 방송국: 근처 포장마차)

포장마차에서 일어난 주연이 계산을 하고 나서면.
새벽 골목을 걷는 주연의 어깨가 무척 고요해 보인다.

S #22   (D – 아침 / PPS 방송국: 1층 로비)

방송국 1층 로비엔 사람들이 북적이고. 그 사이 초롱이 커피를 들고 걸
어가는데.

지온   어이! 은초롱!
초롱   (돌아보곤) 오! 오빠.
지온   야. 너 기분 좋아 보인다?
초롱   아. 기분은 썩 좋지 않거든요?
지온   왜 안 좋은데. (커피숍 쪽으로 가자)
초롱   (따라가며) 그냥... 뭐. 현오선배가 죽어도 결혼은 못하겠다 하니깐.
지온   (새로운 정보가 입력되었습니다) 오오.
초롱   뭐지? 몰랐던 것처럼?
지온   아. 형아는 나한테 그런 얘길 해주질 않으니깐. 너도 커피 마실래?
초롱   (손에 든 커피 보여주며) 아뇨. 저 커피 있습니다.
지온   아이스 아메리카노 하나요. (카드를 건네고) 근데 할매들은 널 밀어주는
       분위기잖아.
초롱   아. 거야 당연하죠. 나 같은 며느리 감은 어디에도 없으니깐?
지온   (픽 웃으며 픽업대로 걸어가) 근데 신영누나는 반대하는 편 아님?
초롱   맞아요. 언니는 결혼은 좋아하는 사람이랑 해야 된다는 주의라서.

지온	아아. 그건 나도 뭐. 동의가 되는 부분인데. (커피를 받아 걸어가면)
초롱	근데 오빠. 사실 전. (속닥) ...현오선배 좋아해요.
지온	뭐? 안 좋아한다며. 가족을 좋아하는 거라며. 형 따위한텐 관심도 없다며.
초롱	아. 당연히 가족을 좋아하죠. 하지만 현오선배도 좋다고요. 근데 내가 그렇게 말하면 선배가 더 싫다고 할 것만 같아서.
지온	야. 너 그거 형이 알면... (앞을 보면)

두 사람 앞. 뚝 현오가 서 있다. 초롱이 저도 모르게 "헐." 소리를 내고.

S #23   (D / PPS 방송국 뒤편: 벤치)

바람이 불어오는 방송국 뒤편. 현오와 초롱이 마주 서있는데.

현오	은초롱. 이번에도 차근차근 설명해볼까.
초롱	(긁적) 아... 그... 게.
현오	나를 좋아하진 않지만 내 가족을 좋아해서. 선배와 결혼을 하고 싶어요. 이게 네 주장이었잖아. 사실 내가 그 말에 흔들리지 않았던 건 아니거든?
초롱	(반색) 아. 진짜요?
현오	아니. 그렇게 좋아할 건 아냐. 왜냐하면 네가 날 좋아한다는 이 상황이 나는 몹시 부담스러워졌거든.
초롱	(시무룩) 아. 그죠. 아무래도 그렇겠죠.
현오	어. 알다시피 내가 널 조금도 좋아하지 않는 상황이라서.
초롱	저기. 근데 선배. 제가 선배를 좋아하긴 하지만 저... 선배에게 절 좋아해 달라 강요할 생각은 전혀 없어요. 저는 진짜 선배의 가족이 너무 좋아서.
현오	혼자 누굴 좋아하는 건 마음이 많이 다칠 수도 있는 일이야.
초롱	아뇨? 선배? 저 이런 거에 은근히 강한데요?
현오	아. 그럼 내가 더 정확히 말할게. 내가 누군가에게 상처를 주는 나쁜 놈

	이 되고 싶지 않아. 전혀.
초롱	하지만 선배. 저는 아직 포기할 수가.
현오	다른 사람 마음도 존중해줬으면 좋겠는데. 은초롱.
초롱	(정곡이 찔려 뚝 쳐다보면)
현오	지금까진 내가 조금이라도 흔들린 적이 있어 괜찮았는데. 이젠 정말 아니야. 은초롱. 우린 절대로 결혼하는 일은 없어. 그러니깐 이제 더 이상 결혼 얘긴 어디 가서도 하지 않았으면 좋겠어.
초롱	(힘없이 고개를 끄덕거리며) 네... 선배... 그렇게 할게요.
현오	(씩 웃으며) 그럼 이제 일이나 하러 갈까. (돌아서 가면)
초롱	(힘없이 따라가며) 근데 선배는 참. 그렇게 모진 말을 해놓고 여전히 다정하시네요. 참.
현오	너한테 냉정할 이유가 없잖아. 너 어디로 가. 사무실?
초롱	네. 사무실 갑니다. 근데 선배. 저녁에 미자할매가 할 말이 있다고 모이랬는데. 무슨 말씀을 하시려는 걸까요?
현오	글쎄. 모르겠는데.

초롱과 현오의 뒷모습이 천천히 멀어진다. 바람이 멈추지 않는다.

S #24 (N / 이태원 현오의 건물: 4층 중식당)

중식당 홀. 다들 모여 미자할매를 바라보고 있는데.

미자할매	조금은 호전됐다 하네.
영자할매	(술 마시다 엉엉) ...말도 안 된다. ...말이 안 된다고.
미자할매	뭐가. 내가 호전된 게? 내 니 저번부터 거슬렸는데. 니는 내가 죽길 바라는 거냐. 아니믄.
춘자할매	에이 은니야. (카아악 퉤!) 자는 너무 좋아서 우는 거 같은데 언니야가 너무 갔다.
신자할매	아. 그렇다면 내도 이제 맘 놓고 담배를 함...

현오	(담배 빼앗으며) 안 돼. 담배 안 돼.
신자할매	와! (영자할매 가리키며) 쟈는 술 마시도 되고! 나는 와 안 되는데!
현오	영자할매 간은 너무 깨끗하대. 근데 할매한텐 의사가 뭐랬어.
신자할매	(기어 들어가는) ...담배 좀 그만 피우라고.
현오	그래. 맞아. (담배 압수)
춘자할매	(카아악 퉤!) 은니가 암에 걸리고 나서부턴 우리 현오가 잔소리가 많아졌다.
미자할매	현오야. 걱정마라. 내 이제 많이 괜찮아졌으니깐.
현오	암이 괜찮아지는 게 어딨어. 치료 꾸준히 받아야 돼.
영자할매	(술 마시면서 계속 우는) 어흐흐흥흥.
미자할매	야. 내... 지금처럼.
초롱	(허겁지겁 달려와선) 언니이!! 할매! 어떡해!
신영이모	(부엌에서 국자 든 채 빼꼼 고개를 내밀고) 왜에?

헉헉거리는 초롱이 뒤를 돌아보면 덥수룩한 행색의 도형이 서 있다.
신영이모가 들고 있던 국자를 던지고 도형에게 달려가 풀썩 안기면.

S #25 (N / 이태원 현오의 건물: 4층 중식당)

도형 덕분에 잔칫집 분위기가 제법 나는 중식당.

춘자할매	(카아악 퉤!) 도형이 니는 어데서 뭐하고 살았노.
도형	(신영이모 손잡은 채) 뭐. 여기저기 다녔지. 배도 타고. 산도 타고.
신자할매	(담배를 입에 물고선) 아. 나 니들 닭살 돋아 주겠는데. 손 좀 놓고 있어라. (바로 현오에게 담배 뺏기고)
도형	싫은데. 얼마 만에 잡은 건데 이걸 놔.
수정	(옆에서 밥 먹다가) 우웩.
도형	(지온에게) 얘는 진짜 귀여웠던 것 같은데 왜 저렇게 됐냐.
지온	(진심) 그건 나도 몰라. 도대체 어느 시점부터인지도 정말 모르겠다고.

진심 미스터리라고.

신영이모   (손 놓고 일어나선) 자기. 밥 더 먹을래? (부엌으로 가면)

영자할매   그... 이런 날엔 그거 꺼내야 된다. 현오가 저번에 출장 가 사온 술. 그
          비싼 술 있다이가.

현오   (영자할매 앞 술잔을 뺏고) 아니. 안 돼.

영자할매   (성난 강아지처럼 버럭) 와! 내 간 튼튼한데!

현오   (꼬리 내리는) 아. 그랬지. 그럼 한 잔만 마실래?

도형   근데 쟤는 왜 저렇게 빡빡해졌어?

신자할매   미자은니가 암에 걸리고 나서부터 애가 좀 맛탱이가 갔다. 마이 갔다.
          (담배를 물면 다시 현오에게 뺏기고)

수정   (밥 먹으면서 팩폭) 아니. 내 생각에 오빠는 아홉시 뉴스 앵커 떨어져서
          저 상태가 된 듯해.

지온   (물 마시면서 팩폭) 아냐. 내가 생각하기엔 은호가 사라지고부터 저 상태
          가 된 것 같아.

수정   (지온을 쳐다보고 눈으로 말하는. '닥쳐. 개새야.')

사이 현오는 아무 반응 없이 신영이모가 가져온 술을 병따개로 따고 있
으면.

미자할매   와. 안 따지나. 내가 해주까.

현오   아니. 내가 할 수 있어. 할매. (잘 안 따지는)

지온   형아. 줘봐. 내가 할게.

현오   아니. 내가 힘이 더 쎄. 내가 할게.

도형   나도 힘 쎈데. 내가 해줄까?

현오   아니. 나 잘 할 수 있어. 내가 할 거야. 건들지 말아줘. (하지만 계속 안되
          자 병따개를 툭 놔버리곤) 씨.

수정   (가만히 병을 가져와서 숟가락으로 퐁 따버린다)

현오   (그걸 보면 더 열 받는) 아. 씨.

초롱   선배. 제 생각엔 병따개가 문제였던 것 같아요.

지온   (그 옆에서 현오가 썼던 병따개로 술병을 따는)

현오	아오. 씨.
지온	(따다가) 뭐.
영자할매	근데 내 어데서 봤는데. 종이로 저 병뚜껑 따는 놈도 있다카대.
수정	아. 나 그거 할 수 있을 것 같은데? (주섬주섬 종이를 찾고)

다시 왁자지껄해지는 사이 현오는 병따개에 바람맞은 사람처럼 서 있고.
미자할매만 그런 현오를 쓱 쳐다보는데.

S #26 (N / 미디어N서울 방송국: 아나운서국 사무실 – 조부장 자리)

저녁의 아나운서국 사무실. 자리에 앉아있던 주연이 쓱 일어나 조부장
자리로 가선.

주연	저... 부장님.
조부장	(신문 읽다가) 어. 주연아.
주연	저 궁금한 게 있는데요.
조부장	응. 물어봐. 물어봐.
주연	아나운서가 비슷한 날짜에 출연하던 모든 프로그램에서 동시에 하차하는 건 어떤 걸까요?
조부장	(생각하는) 아. 그것... 은.
혜연	(어느새 스스슥 다가와. 몸을 반쯤 구부린 채. 빠르게 대답) 선배. 나 그거 알아. 그건 회사를 관둔 거야.
조부장	(혜연의 말보다 행동에 어이없어하며) 아이고. 혜연아.
혜연	(염탐하는 사람처럼 몸을 반쯤 구부린 채) 왜요. 맞잖아요. 내가 틀렸어요?
조부장	그래. 그건 맞는 것 같다. 혜연아. (주연을 보고) 근데 왜. 주연아?
주연	하지만 부장님. 회사를 관두면 그 사람의 직업이 프로필에 더 이상 표기되지 않는데.

조부장	아. 그런가?
혜연	아! 나 그것도 알아! 그건 안식년이야. 선배.
조부장	근데 혜연아. 우리 회산 안식년이 없잖니?
혜연	아니? PPS엔 있던데? 나 그거 너무너무 끌리던데? 근데 선배. 있지. 그건 휴직을 한 거야. 아주 긴 휴직을 한 거지. 근데 왜? 선배? 선배도 쉬고 싶어? 그럼 나한테도 말해줄래? 나도 쉬게?
주연	아니. 나는 안 쉬고 싶어. (조부장에게 목례) 감사합니다. 부장님.
혜연	선배? 왜 부장님한테 감사해해? 대답은 내가 다 해줬는데 나한테 감사해야지. 그런 의미에서 우리...
주연	(갑자기 조부장에게 다시 빠르게 가서는) 근데요. 부장님.
조부장	(신문을 읽으려다가) 어. 그래. 또 왜. 주연아.
주연	혹시 PPS의 정현오 아나운서라고 아세요?

조부장이 '응?' 하는 얼굴로 주연을 쳐다보면.

S #27 (N – 11시 넘어 / 미디어N서울 방송국: 야외주차장)

뚝 서서 노랗게 켜진 주차관리소를 보는 주연. 그곳엔 언제나 그렇듯 민영뿐이다.
한참 쳐다보던 주연이 차로 돌아가 시동을 켜고 천천히 주차장을 빠져나가면.

S #28 (N – 11시 넘어 / 주연의 빌라: 운동방)

운동기구만 있는 방에서 옷도 벗지 않은 채 샌드백을 치는 땀에 흠뻑 젖은 주연.
그러다 휴대폰을 집어 들어 검색창에 **[정현오]**를 검색하면.
휴대폰 화면 속 현오의 웃는 얼굴. 주연이 헉헉 숨을 몰아쉬며 쳐다보는데.

S #29   (D - 아침 / PPS 방송국: 1층 로비)

PPS 대표 프로그램이 담긴 패널 포스터 속 현오의 모습도 마냥 웃는 얼
굴이고.
그런 현오의 사진을 주연이 잠시 보다 커피숍 쪽으로 걸어간다.

S #30   (D - 아침 / PPS 방송국: 1층 로비 - 커피숍)

커피숍의 옅은 조명 아래 쉬지 않고 돌아가는 커피기계.
서로 웃으며 얘기하는 사람들. 쓰레기통에 휴지를 버리는 사람들.
그 사이 꼿꼿이 앉은 주연이 커피숍의 일상적인 풍경들을 가만히 보고
있으면.
"안녕하세요." 주변 사람들에게 인사하며 그 풍경 속으로 비집고 들어오
는 현오.
주연의 시선이 현오에게 천천히 옮겨지자.

현오	(주연에게 다가와. 친절하게) 안녕하세요? 저를 찾으셨다고요.
주연	(천천히 자리에서 일어나) 예. 선배님. 저는 미디어앤서울의 강주연입니다.
현오	(악수하자 손 내밀며) 저는 정현오입니다. 우리 예전에 한 번이 뵌 적이 있죠.
주연	(잠시 바라보다가 악수를 하며) 네.
현오	(자리에 툭 앉으며) 무슨 일 때문에 저를 찾아오셨나요?
주연	여쭤보고 싶은 게 있어서 찾아왔습니다.
현오	(미소로) 예. 말씀하세요.
주연	주은호 아나운서는 지금 어디에 있습니까?
현오	(단박에 사그라드는 미소. 괴상하게 차가워진다) 그건 먼저... 그쪽이 주

은호 아나운서와 어떤 관계이길래 그런 질문을 제게 하는지부터 알려주셔야 될 것 같은데.

주연   (안 져) 그럼 저도 물어봐도 되나요? 선배님은 주은호 아나운서와 어떤 관계인지.

현오   동료입니다.

주연   아. 정말.

현오   (약간의 짜증) 왜. '정말.' 이라고 묻는 건지.

주연   아. 제가 주은호 아나운서와 정현오 선배님이 너무 다정한 모습을 본 적이 있어서요.

현오   (순간 말문이 막히지만) 그러는 그쪽은 누구시길래 저한테 그런 걸 물어보시는 겁니까.

주연   저는 아까도 말씀드렸다시피 미디어앤서울의,

현오   아뇨. 주은호랑 무슨 사이였냐고 묻는 겁니다.

주연   저는 주은호 아나운서의 다른 인격인 주혜리씨와 사귀는 사이였습니다.

현오   (쉬이 이해가 되지 않아 복기) 네? ...주은호 아나운서의 다른... 인격... 그게 무슨 소리...

주연   말 그대로입니다.

현오   (혼란) 아니... 지금... 제가... 이해가 안 돼서... 은호한테 다른 인격이 있다고요?

주연   예. 해리성 정체성 장애라고 하더군요. 주은호씨는.

현오   (아예 머리가 굴러가지 않는. 멈춰버린다)

주연   저도 안 지는 얼마 안됐습니다.

현오   그쪽은 그걸 어떻게 알았는데요.

주연   주은호 아나운서가 직접 제게 말해줬습니다.

현오   직접... 말해줬다고? 그럼 그쪽은... 은호가... 아까 뭐랬죠? 사귀는 뭐?

주연   저는 주은호 아나운서의 다른 인격인 주혜리씨와 사귀는 사이라고요.

현오   (이제 조금씩 이해가 되기 시작) 그러니깐... 은호가 다중인격인데. 그 다른 인격이 주혜리고. ...근데 주혜리는 은호 동생이름 아닌가.

주연   예. 은호씨도 그렇게 설명했습니다. 자신의 다른 인격은 동생이라고.

현오   (너무 머리가 아픈) 아. 그래서... 그 동생이랑 만났던 사이라고요?

주연 　네. 저는 그 동생과 만나는 사이입니다.

현오 　그런데 그 동생은 지금... 은호라는 말이잖아요. 그러니깐 결국 은호랑 만났다는 거잖아요. 아닌가?

주연 　그렇긴 한데. 제가 만난 사람은 스물여덟의 주차장에서 일을 하는 주혜리씨였습니다. 선배님은 정말 이 사실을 조금도 모르셨습니까?

너무나도 혼란스러워지는 현오.

〈플래시 컷〉 - 2회 S #3

현오 　*뭐라는 거야. 적당히 좀 해. 주은호.*

혜리 　*(혼란) ...아냐. (현오에게 꽥) 난 주은호가 아니라고!*

〈플래시 컷〉 - 4회 S #11

현오 　*(은호의 옆쪽에서 출입증 건네받다가) 야. 주은호.*

은호 　*(옆쪽에서 들리는 현오의 목소리에 그대로 멈춰버리면)*

미디어N서울 교양국 남자 PD1 　*(안쪽에서 나오다가) 어이! 정현오!*

바로 지금이다. 은호가 주연을 치고 미친 듯 달려가버리는데.

주연 　저희는 서로 좋아했던 사이입니다.

현오 　(이제 다른 것이 더 충격이다) 좋아... 근데 아무리 다중인격이어도... 어차피 그게 은호인데... 은호가 다른 사람을 좋아하기까지 한다는 게.

주연 　그게 왜 이상하죠.

현오 　왜냐하면... 그게... 왜냐하면 은호는.

주연 　선배님을 좋아해서요?

현오 　(뚝 쳐다보면)

주연 　저는 좋아합니다.

현오 　아니. 그게. ...은호를 좋아한다는 말인가요. 주혜리를 좋아한다 겁니까.

주연	정확히 말씀드리면 은호씨 안에 있는 주혜리를 좋아합니다.
현오	그러니깐 그게 결국 은호잖아.
주연	저도 그랬으면 좋겠어요. 선배님.
현오	(무슨 소리를 하는 거야)
주연	제가 만난 사람이 차라리 은호씨였으면 좋겠다고요. 왜냐하면 아무리 기다려도 혜리씨는 나타나지 않으니깐. 그래서 은호씨는 뭘 하나 찾아보니 그 분이 사라지셨더라고요. 그래서 여기까지 찾아왔습니다. 선배님은 혹시 주은호 아나운서가 어디에 있는지 어디서 뭘 하는지 알고 있을까 싶어서요. 혹시 알고 계십니까? 저는 주은호씨를 너무 만나고 싶거든요. 은호씨가 혜리씨라면 정말 좋겠지만 그게 아니라면 저는 은호씨라도 만나서 하고 싶은 이야기가 너무 많거든요.
현오	은호는... 한 달 전에 휴직계를 쓰고 회사에 나오지 않고 있습니다. 저도 전혀 연락이 되지 않는 상황이고.
주연	(이미 예상했던 답변이다) 그렇군요.
현오	은호가... 그쪽이 좋다고 하던가요.
주연	다시 한번 말씀드리지만 선배님. 저는 은호씨에게 좋다는 소리를 들은 적은 없고. 은호씨 안에 있는 혜리씨와 좋은 감정을 주고받았던 사이입니다.
현오	그래서 지금은 헤어졌습니까.
주연	아뇨. 일방적으로 혜리씨가 사라진 상태죠.
현오	(자못 냉정) 그래서 돌아오면 뭐. 다시 만나실 건가요?
주연	네.
현오	(어이가 없어 주연을 쳐다보면)
주연	선배님은 그런 게 놀랍나요.
현오	아뇨. 사실 놀라운 건 너무 많아서 뭐 하나라 정하기도... (점점 더 혼란스러워지는) 근데... 그쪽이랑 은호가 만났다는 게 진짜... 저는 너무...
주연	해리성 정체성 장애는. 말 그대로 장애입니다. 질환이죠.
현오	('그래서' 쳐다보면)
주연	그 말인 즉. 주은호씨가 많이 아팠다는 겁니다. 이렇게 갑자기 사라져버릴 만큼. 정말로 많이 아팠다는 겁니다. 선배님은. ...그런 건 신경 쓰이지

않습니까? 주은호씨가 아픈 건 상관없고. 그저 그런 상태에서 절 만났다는 것만 중요합니까? 궁금해서 묻습니다. 선배님한텐 뭐가 중요한 겁니까?

현오가 한 방 맞은 얼굴로 주연을 쳐다보면.

S #31   (D / PPS 방송국: 아나운서국 사무실)

완전히 생각에 잠긴 현오가 천천히 복도를 걷는데.

〈플래시 컷〉 - 4회 S #21

현오   *(애 진짜 이상하네) 야, 너 어디 아프냐?*
은호   *(바로) 어! 아파!*

〈플래시 컷〉 - 5회 S #9

은호   *나... 사실 갔던 병원이 있는데.*
현오   *아씨. 진즉 말하지. 괜히 병원 찾느라 고생만 했네. 주소 불러.*

현오가 바로 돌아 엘리베이터 쪽으로 달려간다.

S #32   (D / 정신건강의학과의원: 계단)

급한 마음에 계단을 빠르게 오른 현오가 문을 열고 들어가면.

정신건강의학과 간호사   (다정) 처음이신가요? (처음 오면 주는 신규환자접수 동의서와 종합심리검사 테스트가 담긴 패드를 건네며) 그럼 이것부터 작성해주시면 되는데요.

현오가 숨을 몰아쉬며 패드를 받아들고.

S #33 (D / 정신건강의학과의원: 상담실)

여의사 (정현오라 적힌 차트를 들고 보며. 따뜻하고 섬세하게) 안녕하세요. 정현오씨.

현오 선생님. 저는 주은호의 동료인데요.

여의사 네. 어떤 일로 찾아오셨나요?

현오 아뇨. 사실 저는 은호의 남자친구였는데요. 은호가 해리성 정체성 장애를 앓고 있다고 들어서.

여의사 (부드러운) 지금 주은호씨에 대한 이야기를 듣고 싶어서 저를 찾아오신 건가요?

현오 은호는 혼자거든요. 그래서 보호자가 없어요. 그래서 제가.

여의사 (따뜻하게) 아뇨. 죄송하지만 저희는 환자 분의 정보를 일체 제공하지 않습니다. 또한 환자 분과의 상담 내용은 비밀 유지에 대한 의무가 있으며.

현오 은호가.

여의사 (자상한) 현오씨. 다시 말하지만 그 부분에 대해서는 제가 도와드릴 수가 없어요. 괜찮으시면 현오씨에 대한 이야기를 나누는 건 어떨까요?

현오 (꿀꺽) 저는.

여의사 (미소로) 네. 말씀하세요.

현오 저는... 마음이 아파요.

여의사 정현오씨 마음이 아프다는 거죠.

현오 네. 제 마음이요.

여의사 조금 더 자세히 말씀해주실 수 있을까요?

현오 그니깐... 저에겐... 4년 전에 헤어진 여자친구가 있었는데. 그 친구가... (말하면서도 받아들이기 어려운) 그 친구가 해리성 정체성 장애에 걸렸대요. 그 얘길... 그 친구가 가진 다른 인격으로 만났던 다른 남자에게서 들

	었고. (혼란) ...알아요. 저에겐 아무 자격도 없다는 걸. 근데요. 선생님. 저는 사실 헤어지고 싶지 않았거든요?
여의사	여자친구 분이랑 헤어지고 싶지 않았다는 말씀이신가요?
현오	네. 할 수만 있다면. 그냥 그렇게 영원히 만나고 싶었는데. 어쩔 수 없이 헤어졌어요. 그 후 걔가 해리성 정체성 장애에 걸렸고. 그래서 다른 사람인 척 살았고. 저는 그딴 걸 전혀 몰랐었고.
여의사	(자상) 그런 것들을 알게 되었을 때 현오씨의 마음은 어땠는데요?
현오	충격이었죠. 그런데 그것만큼 충격인 건... 걔가 다른 인격일 때 다른 남자를 만났다는 게... (어이가 없는) 아니. 저는 어떻게 이런 상황에서도 저만 생각하죠?
여의사	(따뜻하게) 스스로 이기적이라 느끼시는 건가요?
현오	전요. 걔가 왜 아픈지 알고 싶어요. 그게 혹시 나 때문인지. 내가 잘못해서 걔가 그런 병을 얻은 건지. 왜냐하면 이건 너무 내 잘못 같으니깐.
여의사	(공감) 그래요. 마음이 많이 불편했을 것 같네요. 하지만 해리성 정체성 장애는 과거의 트라우마나 스트레스 사건과 연관이 크다고 알려져 있지만 그 외에도 많은 요소들의 영향을 받아요. 그래서 그게 꼭 정현오씨의 잘못이라 단정할 순 없는데요.
현오	(안 들려) 제가 그 앨 괴롭고 힘들게 했을까요? 그래서 걔가 아픈 걸까요? 그니깐 이게 다 나 때문에...
여의사	현오씨가 은호씨를 도와주고 싶은 마음은 너무나도 이해가 돼요. 하지만 지금 이야기는 은호씨와도 연관이 된 부분이라 저도 은호씨와 먼저 상의를 해보고 은호씨도 현오씨에게 도움을 받겠다 동의를 하셔야 제가 도움을 드릴 수 있을 것 같은데.
현오	하지만 걘 저한테 그 어떤 것도 말하지 않아서.
여의사	현오씨는 어쩔 수 없이 헤어진 일이 은호씨에게 큰 상처가 되었을까 마음에 걸리나 봐요.
현오	네. 걸려요. 그게 그 애한테 너무 아팠던 일이 되었을까봐. 그 애가 낫지 못할까봐. 선생님. 해리성 정체성 장애는 어떻게 치료가 되는 거죠? 입원을 해야 하는 건가요? 약을 먹어야 되는 건가요?
여의사	필요하다면 그렇겠지만 가장 중요한 건 이야기를 나누며 상처를 서서히

아물게 만드는 거죠. 치료 과정에선. ...은호씨가 도움이 필요할 때 곁에
누군가가 있다는 것을 아는 것만으로도 은호씨에게 큰 위로가 될 거예
요. (미소 지으면)

현오가 따뜻하게 웃어주는 여의사를 뚝 바라보면.

S #34 (N / 은호의 빌라: 은호의 집 401호)

어린 혜리와 함께 찍은 사진 속 웃는 은호의 모습이 보이고.
식탁 위엔 작은 수첩이 있다. .
곧 딩동딩동. 벨 누르는 소리와 함께 탕탕탕탕! 문 두드리는 소리가 밖에
서 들리면.

현오 O.S   은호야! (탕탕탕탕) 주은호! 은호야! 안에 있어? (탕탕탕탕)

벨소리가 두어 번 더 울리더니 멀어지는 발걸음 소리와 함께
충전기에 꽂아둔 은호의 휴대폰이 울리는.

음성전화: [강주연]

창밖으로 차가운 저녁이 지난다.

S #35 (D – 아침 / PPS 방송국: 아나운서국 사무실)

약간 정신이 빠진 듯한 현오가 걸어와 제 자리에 풀썩 앉으니.

재용   (괴상한 춤을 추며 와선) 현오야. 나 궁금한 게 있어 널 찾아왔는데.
현오   (대답 없이 노트북 켜는)

재용	주은호 휴가 어디로 간 줄 알아? 어디 한 달 살이라도 간 거야? 나도 그런 걸 해보고 싶어서 말인데?
현오	(대충 대답) 저 몰라요.
재용	오. 그럼 주은호는 동생도 같이 간 거래? 내가 가는 주차장에 주은호 동생이 일을 하는데. 그 동생이 언젠가부터 안 보이더라고. 그래서 혹시 같이 간 거라면.
현오	(휙 돌아보곤) 뭐라고?
재용	아. 내가 주은호 동생이 일하는 주차장에 내 차를 대는데. (버럭) 야! 그 주차장에 내가 차를 대는 건! 거기 주차장이 이상하리만큼 평평해서거든?!

〈플래시 컷〉 – S #30

주연   제가 만난 사람은 스물여덟의 주차장에서 일을 하는 주혜리씨였습니다.

현오	(서늘) 주차장 이름.
재용	왜! 진짜 평평한지 가서 직접 확인하게? 야. 너 상당히 의심 많다?
현오	(무서워져서) 당장 알려주세요.
재용	(친절한 정보를 출력합니다) 미디어앤서울 부속 주차장인데. 야외에 있어. 아주 광활해. 주소는 서울시.
현오	(휴대폰 챙겨서 벌떡 일어나면)
재용	근데 있잖아. 현오야. 내가 예전에 분명히 들었는데 주은호 동생은 어디서 실종이 됐다고... (현오는 이미 갔다) 아아. 갔구나. 가버렸어.

S #36   (D – 5시 30분 / 미디어N서울 방송국: 주차관리소)

적막이 감도는 주차관리소. 고개를 푹 숙인 채 임용고시 책을 읽는 민영. 곧 "따랑." 소리와 함께 문이 열리자.

민영	(쳐다보지도 않고) 강주연씨. 오늘도 주혜리는 안 나왔습니다.

나가는 소리가 들리지 않아 민영이 '뭐지?' 고개를 들어보면 모르는 남자가 있다.

민영	(손님이구나) 정산하시게요? 그럼 주차권을.
현오	(조용히 휴대폰으로 은호의 사진 찾아 쓱 내밀며) ...혹시 그 주혜리라는 사람이 이렇게 생겼습니까?
민영	(휴대폰 속 사진을 보더니) 아. 이렇게 생기긴 했는데. 분위기는 좀 다른데. (현오를 쳐다보더니) 근데 누구... 시죠?
현오	주혜리씨를 찾는 사람입니다. 주혜리씨는 언제부터 여기서 일을 했었나요.
민영	형사인가요? 혜리한테 무슨 일이 생겼나요?
현오	아뇨. PPS의 정현오 아나운서라고 합니다. 포털에 제 이름 입력하면 제 얼굴이 나올 건데.
민영	(빠르게 검색해보더니 약간 경계심을 풀고) 근데... PPS 아나운서가... 여기 무슨... 일로.
현오	개인적으로 주혜리씨와 친분이 있는데. 혜리씨가 갑자기 여길 나오지 않게 됐단 얘길 들어서요. ...주혜리씨는 언제부터 일을 했었나요.
민영	3년? 4년? 그 쯤 됐는데.
현오	(자신과 헤어진 시기 즈음인 걸 알고. '허.' 한숨을 토하면)
민영	왜요? 혜리한테 무슨 일이 생겼나요?
현오	아뇨. 안 생겼을 겁니다. 그럼 주혜리씨가 강주연 아나운서와 만났던 것도 맞나요?
민영	네. 혜리 혼자 좋아하다가 사귄 건 한 두 달 쯤 됐는데.
현오	행복해보였나요?
민영	(뜬금없는 질문1에) 예?
현오	강주연 아나운서랑 있을 때 주혜리가 행복해보였냐고요.
민영	혜리는. ...언제나 행복해보였어요. 특별히 강주연 아나운서를 만났다고

행복한 게 아니라 그냥 여기선 늘 행복해보였었는데.

현오   ('뭐?' 보다가) 아. 예. 알겠습니다. (돌아서 가려다 멈춰서더니 돌아보곤)
저기. 혹시 혜리씨랑 많이 친했나요?

민영   뭐. 그냥 여기서 같이 일하니깐... 맨날 얘기는 했었는데. 그... 쓰잘데기
없는 얘기 있잖아요. 강주연이 왜 좋냐. 니넨 어떻게 될 거냐. 그런...

현오   왜 좋대요?

민영   (뜬금없는 질문2에) 네?

현오   주혜리는 강주연이 왜 좋았대요?

민영이 현오를 뚝 처다보면.

S #37   (N - 6시 30분 넘어 / 미디어N서울 방송국: 야외주차장)

탕. 차에 탄 현오가 안전벨트를 한다.

민영 E /   불친절해서요.

덤덤한 얼굴로 휴대폰을 들고 연락처를 쭉 스크롤해보는 현오.
연락처엔 은호의 안부를 물을 그 누구도 없는데.

민영 E /   그런데 자기 여자한테는 친절해서요.

곧 차량의 내비게이션을 보는 현오.

현오 E /   혹시 주혜리씨가 갈 만한 곳을 아십니까.

민영 E /   글쎄요. 걘 집이랑 여기 말고는 아무 데도 안 가는 것 같던데.

뭐를 찍으려 해도 은호가 갈 만한 곳을 모르겠다. 그저 막막해지는 마음
뿐이다.

S #38   (N / 이태원 현오의 건물: 계단)

터벅터벅 계단을 오르는 현오는 생각이 많고.
문을 열고 들어가면 할매들과 도형, 신영이모가 저녁을 먹고 있는.

신자할매   현오 왔나. 와서 어서 밥 묵으라.
현오   네. (천천히 식탁 쪽으로 가면)
미자할매   야. 봐라. 이것들이 유방암에 미역이 좋다고. (저녁 반찬들을 젓가락을
짚으며) 미역무침. 미역국. 미역줄거리 볶음. 야. 내가 요즘 미역만 먹어서
이러다 다시 태어나면 미역냉국이 되겠다.
영자할매   그럼 난 미역냉국에 들어가는 오이로 태어나서 은니 옆에서 살아야지.
(술 한 잔 마시고)
미자할매   미쳤네. 저거.
신영이모   (밥 먹는 현오를 슬쩍 보곤) 우리 현오. 별 일 없지?
춘자할매   (캬아악 퉤) 쟤한테 별일은 우리 아이가.
미자할매   (쓱 현오를 쳐다보면)
신영이모   (미자할매에게) 아. 언니. 뭐해. 이거 다 먹어. 이거 미역 다. 빨리.

현오는 그저 밥을 먹고 할매들은 미역 얘기를 하고.
그 사이 미자할매가 현오를 잠시 바라보면.

S #39   (N / 이태원 현오의 건물: 계단)

할매들과의 추억이 담긴 액자들이 쌓인 계단을 오르는 현오.
방문을 열고 들어와 침대에 풀썩 앉는데.

잠시 방을 천천히 두르는 현오. 그러다 순간 막힌 숨을 토하듯 울음이

나오는.
자신도 제가 왜 우는지 몰라 어쩔 줄 몰라 하면서도 꺽꺽 우는 현오.

마침 천천히 문이 열리며 미자할매가 들어오고.
현오는 미자할매가 온 줄도 모르고 오열하는데.

그런 현오 곁으로 다가온 미자할매가 아픈 배를 쓸어주듯 현오의 등을
두드려준다.
아이처럼 우는 현오와 말없이 툭툭 달래주는 미자할매 뒤로 새까만 밤
이 지난다.

S #40   (D – 12시 30분 넘어 / PPS 방송국: 정오뉴스 생방송 스
        튜디오)

뉴스가 끝난 뒤 스튜디오. 지온이 "고생하셨습니다." 인사를 하고 풀썩
일어서면.
옆에서 마이크를 빼던 진화가 급하게 일어나 지온을 따라나서는데.

진화 E /   오빠!

S #41   (D – 12시 30분 넘어 / PPS 방송국: 정오뉴스 생방송 스
        튜디오 복도)

진화   (지온의 팔을 확 잡아채며) 아. 오빠!
지온   (무감하게 보더니) 야. 오빠라는 말은... 아. 맞다. 정색을 하랬지. (일부러
       정색을 하) 그렇게 부르지 마라. 나 짜증나니깐? (다시 가려고 하면)
진화   (여유) 아니? 지금부터 내가 하는 얘긴 조금도 짜증나지 않을 텐데?
지온   (금세 밝은 얼굴로) 뭔데?

진화	에이. 맨 입으로 말 못하지.
지온	아하. 거래를 하자고? 야. 근데 나도 힌트 없이 거래는 못해.
진화	(씨익 웃으며) 주은호.
지온	(표정 싹 바꾸더니) 그 다음.
진화	아니. 그 전에 내 거래항목부터 들어봐줘.
지온	그게 뭔데. 빨리 말해.
진화	오빠도 알다시피 나랑 소국장이랑 소문이 너무 났잖아?
지온	(관심 없어) 근데.
진화	(개의치 않아) 근데 그거 때문에 소국장 인사에 문제가 생기더라고.
지온	본론을 빨리 말해.
진화	그래서 오빠가 나랑 만나는 척 좀 해줄 순 없어?
지온	와. (존나 말도 안 되는 걸 부탁하네?)
진화	오빠가 내 남친인 척 해주면 소국장과의 염문도 자연스럽게 사라질 것 같아서.
지온	아니. 근데 그게 너무 그지 같은 부탁이라 영 땡기지가 않아서.
진화	(여전히 여유) 아아. 내가 가진 패가 주은호인데도?
지온	그러니깐 그 이름 하나로 내가 어떻게 그런 부탁을 들어주냐고.
진화	나 있지. 오빠. ...주은호를 봤어.
지온	(눈이 멈춘다)
진화	왜? 이제 좀 땡기세요? (씨익 웃으면)

S #42 (D / 강원 동해시: 기이동 – 땡깡슈퍼 앞)
; 과거 * 보름 전

강원도 산기슭 구멍가게 앞. 뜨거운 햇빛 아래 촬영 준비를 하는 진화와 방송스탭들.

진화	(잔뜩 찡그린 채. 원고로 머리 위 햇빛 가리며) 아씨! 언제 시작해요?

방송스탭들은 진화의 짜증이 익숙한 듯 말없이 준비만 하고.
진화가 잔뜩 인상을 쓰며 몸을 돌리자 마침 1톤 트럭이 끼이익 멈춰 서는.
그 앞에 여자가 쓰러져 있어서인데.

진화   (놀라선) 아! 뭐야!
트럭운전사 (차에서 내려 달려가 여자의 몸을 두드리며) 여보세요! 여보세요! 괜찮
           으세요?

방송 스탭들과 진화도 우르르 달려가 보면.

트럭운전사 누구 전화 없어요? 어서 119에 신고를... (순간 쓰러졌던 여자가 스르르
           일어나자) 저기요! 괜찮으세요? 움직일 수 있어요? 괜찮으세요?

일어난 여자가 머리카락을 귀 뒤에 꽂더니 '여긴 어디지?' 천천히 두르다
여자를 보던 진화와 눈이 마주치는.

진화   (처음엔 긴가민가) 어? (여자의 얼굴을 보려고 하며) 주... 은.

순간 벌떡 일어나 파다닥 도망처버리는 여자.

트럭운전사 어? 그냥 가시면 안 되는데! 119 불렀는데! 저기요! 이봐요! (여자를 마
           구 쫓아가면)

'뭐지? 내가 지금 뭘 본 거지?' 하듯 여자의 뒤꽁무니를 뚝 쳐다보는 진
화.

지은 E /   ...진짜야?

S #43   (D - 12시 30분 넘어 / PPS 방송국: 정오뉴스 생방송 스

튜디오 복도)

진화	(어깨 으쓱) 뭐. 대단하게 확실한 건 아니어도.
지온	(아니면 넌 죽는다) 야.
진화	(너무 무서운 걸) 아니. 그 정도면 확실했다고 생각해.
지온	어디서 봤어.
진화	그건 톡으로 보내줄게. 근데.

지온이 진화의 얘길 듣지도 않고 사무실로 빠르게 걸어가버리고.

+ 진화가 "아닐 수도 있는데." 혼잣말하며 손톱을 깨물고.

S #44 (D / PPS 방송국: 아나운서국 사무실)

사무실로 돌아온 지온이 빠르게 제 자리로 가 짐을 챙겨 팀장실로 간다.

+ 은호의 자리에선 전화가 계속 오고.

S #45 (D / PPS 방송국: 아나운서국 사무실)

계속 전화가 오는 은호의 자리. 마침 현오 쪽으로 걸어오던 김팀장이.

김팀장	야. 현오야. 전화 좀 받아라.
현오	(무시하고 표정 없이 노트북 속 뉴스 기사만 보면)
김팀장	야. 전화... (뚝 끊겨지니) 아. 근데 지온이는 어디 갔냐?
택민	지온이 아까 퇴근하던데요? 팀장님이 반차 내준 거 아니었어요?
김팀장	(내 정신 봐라) 아. 맞다. 그랬었지. (또 은호의 자리에서 전화가 오자. 현오에게) 현오야. 전화 좀 받으라고.
현오	(무시하고 뉴스 기사만 보면)
김팀장	아. 현오... (자기가 받으려는 찰나 휴대폰으로 전화가 온다) 아. 예. 김신

중입니다. (팀장실 쪽으로 가면서) 아. 예. 안녕하세요.

재용　(갑자기 개선장군처럼 나타나) 파하하하하! 여러분. 안녕들 하십니까! 제가 왔습니다! PPS의 숨은 보석, 전! 재! 용! (사무실로 가는 김팀장 보고 호들갑) 형님형님! 어디가? 어디 가는 거야?

김팀장　(전화를 하면서 미친개에 쫓기듯 호다닥 뛰어가면)

재용　(어느새 현오의 자리에 똬리를 틀고 쭈그리고 앉아) 현오야. 있잖아. 내가 여기 왜 왔냐면 나 있지. 너를 위로하고 싶더라?

현오　(대답 없이 인터넷만 보면)

재용　저번에 보니깐 네가 기분이 너무 안 좋아 보이더라고. 그래서 생각해봤는데 혹시... 아홉시 뉴스에서 떨어져서 그런 거니? 하지만 그건 어쩔 수 없었잖아. 그리고 아홉시 뉴스에서 떨어진 너보다 아홉시 뉴스를 진행하는 내가 더 힘들거든? 왜냐하면 아홉시 뉴스의 왕관은 정말 무거우니깐? 너도 그건 알지?

현오　(인터넷만 보며) 아뇨. 안 써봐서 모릅니다.

재용　아니. 너도 언젠가는 알 수 있어. 그게 언제냐면... 내가 정년 마치고 퇴임하면. 그때 네가 아홉시 뉴스를 하면 되거든? 그때 넌 알 수 있다고. 그 왕관의 무게를. 현오야. 야너두. 할 수 있단 말이야. 그러니 너무 우울해하지 말아줄래?

현오　예. 그러죠.

재용　근데 현오야. 은호가.

현오　(획 쳐다보면)

재용　아니다. 은호 얘기를 하려던 게 아니었고. 아. 나 무슨 얘기하려고 했지?

은호 E/　현오야.

현오　(은호의 목소리에 획 쳐다보면. 당연히 없다)

재용　(아무 상관없이 따발따발) 아. 맞다. 야너두 할 수 있단 얘기를 난 너무 하고 싶어. 왜냐하면 이 지구에서 내가 제일 뉴스를 잘 하는데. 난 그 다음은 너라고 생각하거든. 진심이야. 넌 나보단 아니지만 잘생겼고? 넌 나보단 아니지만 딕션도 좋고? 넌 나보단 아니지만 취재도 잘하고?

은호 E/　(웃음기) 현오야.

현오가 은호의 음성이 자꾸 들려 듣기 싫다는 듯 귀를 북북 긁는데.
따르르릉 은호의 자리에서 전화벨은 계속 울리고.

민우   (자리에서 벌떡 일어나) 야! 정현오! 팀장님이 전화 좀 받으라는데?
현오   (여전히 무시하고 기사만 보면)
재용   아. 맞다. 취재 얘기가 나와서 말인데. 너 예전에 우리 보도국 파견 나왔
       을 때 그때 잡았던 특종 있잖아. 그건 어떻게 잡은 거야? 나한테도 비
       법을 조금 알려줄 수 있어? 나한테만 알려주면 돼. 다른 사람 알려주는
       거? 재용이는 싫거든?
현오   저도 잘 모르겠어요. 그냥 그때 어쩌다보니.
은호 E/ 현오야. (꺄르르)
재용   (현오의 팔을 잡고 조르는) 아이. 한번만 알려줘라. 한번마안. 한번마안.
은호 E/ 현오야.

       쾅! 마우스를 던져버리는 현오. 순식간에 사무실에 정적이 흐르고.
       재용도 더는 말을 잇지 못하는데.
       침묵이 끼얹어진 사무실엔 따르르릉. 따르르릉. 전화벨만 울린다.

재용   (쫄아) 저기... (이거라도 받아야지. 손 뻗어) 전화가... (받으려는데)
현오   (멍하고 화난 듯 앞만 보다가 팩 가로채 전화를 받는) 여보세요.

S #46 (D / 강원 동해시: 기이동 – 파출소)

기이동 경찰1˙   (강원도 사투리) 아. 예. 안녕하셨뜨레요? (데스크톱으로 인적사항
              보며) 거기 주은호씨라고 계시까요?

───────
● 경찰1 (60세. 남) 정년이 2년밖에 남지 않은 노경. 기이동에서만 일을 해서 동네
사정에 밝다.

S #47   (D / PPS 방송국: 아나운서국 사무실)

전화기를 든 채 가만히 앞을 보는 현오. 사무실 사람들이 모두 현오를
보고 있다.
창밖에선 오후의 햇살이 멋도 모르고 따사롭게 비춰 들어온다.

S #48   (D − 5시 30분 / 미디어N 서울 방송국: 야외주차장)

오후의 야외주차장엔 여전히 차들이 빼곡하고.
뱅뱅 돌다가 차를 주차시킨 주연이 차에서 내리자마자 주차관리소로 걸
어가면.

S #49   (D − 5시 30분 / 미디어N 서울 방송국: 주차관리소)

민영   (따랑 문 열리는 소리에) 오늘도 혜리는 나오지 않았는데요. (혹시 몰라
         고개를 들고 보고는) 강주연씨.
주연   근데요. 김민영씨.
민영   (뚝 쳐다보면)
주연   저는 이제 실종신고를 하고 싶어요.
민영   ('나도 하고 싶은데. 주소도 전번도 몰라.' 하듯 쳐다보면)
주연   혜리씨는 언제까지 안 나올까요? 언젠가 나오기는 할까요? 그때는 언제
         일까요?

         민영이 주연을 가만히 바라보는 오후.
         대답을 기대하지 않던 주연은 곧 문을 닫고 나가고.
         다시 고개를 숙이고 임용고시 책을 읽는 민영의 얼굴은 왠지 쓸쓸한데.

S #50　(D - 6시 다 돼 / 미디어N 서울 방송국: 아나운서국 사무실)

뚜벅뚜벅 자리로 와 데스크톱을 켜고 포털 창을 여는 주연.
뉴스를 읽다가 생각난 듯 [주은호]를 쳐보고. 언제나 봐왔던 결과가 나오고.
한참을 보다 포털 창을 닫으려는데 문득 생각난 이름이 있다. 주혜리.

바로 [주혜리]를 검색창에 쳐보자 올림픽에서 메달을 딴 동명이인의 기사가 나오다
[기이동 숲에서 실종된 여대생 주혜리(실종당시 23세)양 여전히 행방묘연] 라는 기사가 뜨는.

기사를 클릭해보면 팔뚝의 흉터가 선명한 어린 혜리의 사진이 비춰지고.
[주 양은 1990년생의 마른 체형으로 오른쪽 팔뚝에는 10cm가량의 흉터가 있다] 적힌 특이사항이 눈에 띈다.

뚝 떨어지는 얼굴로 기사를 읽는 주연의 뒤로 오후가 저물고.

S #51　(D - 6시 다 돼 / 강원 동해시: 기이동 - 파출소 앞)

해가 기울어진 강원도의 오후. 파출소 앞에는 아이들이 웃으며 뛰어다니고.

기이동 경찰1 O.S　(강원도 사투리) 아이고마. 그래도 싸게 오셨네요.

한쪽엔 수협에서 증정한 나무벤치. 그 앞 테이블엔 깎다 말은 갈변된 사과.
파출소 책상 위엔 아무렇게나 쌓여 있는 파일과 장부.
낡은 주전자와 보리차가 든 컵. 벽에 걸려 있는 기이동 농민회 달력.

기이동 경찰1 O.S   거... 움막 가턴 산장에서 저거 혼저 살고 있었더래요.

기이동 경찰2 O.S   생활반응이 없어서 사망이라고 생각하실 수도 있었겠지만.

파출소 안을 천천히 두르던 현오가 가만히 고개를 돌려 기이동 경찰들을 바라보면.

기이동 경찰1   뭐, 그른 샌골에 살고 있었음 생활반응이 없을 것도 댕연하죠.

기이동 경찰2°   (데스크톱에 인계사실 입력 시키고. 근무일지 내밀더니) 여기 싸인하시고 데려가시면 됩니다.

현오   (멍하니 근무일지를 바라보면)

기이동 경찰2   ...여기 싸인 하시고 데려가시면 된다고요.

현오   (그제야 정신 차린 듯 기이동 경찰2를 쳐다보며) 누굴... 요?

기이동 경찰1   거. 누구긴 누구요. (현오의 옆쪽을 쳐다보니)

고개를 푹 숙이고 현오의 옆에 앉은 누군가가 부스스 고개를 드는데.

기이동 경찰2   ...10년 전에 실종된 주혜리씨 말입니다.

현오가 천천히 옆을 바라보면
머리카락이 얼굴을 덮은 진짜 주혜리가 머리칼을 천천히 넘기며 현오를 쳐다보고.
쏟아지는 그녀의 옷소매 너머론 선명한 팔의 흉터.

현오가 뚝 멈춘 채 진짜 주혜리를 쳐다보면.
바깥엔 싱그러운 아이들 웃음소리가 들려온다.

- 제9회 끝 -

● **경찰2 (38세. 남)** 이제 막 경찰이 된지 3년 정도밖에 안됨. 기이동으로 발령을 받았음. 서울말 씀.

세 사람

내 사랑

S #1   (D – 3시 넘어 / 영동 고속도로: 하행선 – 고속버스 안)

[서울 ↔ 동해] 푯말이 적힌 고속버스 안. 그 안엔 지온이 있고.

S #2   (N / PPS 방송국: 근처 호프)
         ; 과거 * 지온 27세, 현오, 은호 32세 – 2019년 4월

김팀장   (자리에서 일어나) 자. 이번에 들어온 우리... 몇 기냐.
지온   (손 번쩍 들고. 웃으며) 저 34기입니다!
김팀장   그래. 34기 환영하고.

아나운서들 모두가 박수를 치는 와중 지온의 눈에 띄는 현오의 옆에 앉
은 여자.
지온이 웃음을 머금은 채 그 여자를 가만히 쳐다보면.

김팀장   자. 그럼 인사 한번 해볼까? 지금 앉아 있는 놈들 중에 기수 제일 높은
            애들 누구야. (옆의 현오를 보더니) 28기지. 일어나.

은호   ('아니? 28기하면 나지!' 벌떡 일어나) 안녕하세요! 저는 주은호입니다!

잘 부탁드립니다!

은호의 이름에 미세한 실망이 지난 지온은 + '저 사람이 주은호구나.' 싶은데.
현오와 다정해 보이는 은호에게서 눈을 떼지 못하는데.

S #3   (D - 3시 넘어 / 영동 고속도로: 하행선 - 고속버스 안)

지온이 바라보는 차창 밖으로 풍경이 하염없이 지나고.

S #4   (N / PPS 방송국: 근처 호프)
        ; 과거 * 지온 27세, 현오, 은호 32세 - 2019년 4월

민우   (소주 열며. 지온에게) 야아. 너 술 굉장히 잘 마시게 생겼다.
지온   (웃으며) 아! 그죠! 저 술을 굉장히 잘 마시는 편입니다!
택민   (민우에게 받은 소주를 500ml잔에 따라주며) 마시시오. 마시시오.
지온   (시원하게 웃은 채) 감사합니다! 선배님! 잘 먹겠습니다! 선배님! (잔을
        들려고 하면)
은호   (지온의 잔 뺏어 자기 잔에 반쯤 붓고) 야씨. 요즘 누가 이렇게 술을 줘.
        애 잡겠다.
택민   (나 억울해) 야. 지가 잘 마신다잖아. 얘 운동도 했대. 그럼 더 잘 마시겠
        지! 야. 맞지!
지온   옙! 선배님! 저 진짜 잘 마십니다! 저 뭐든지 합니다!
은호   (쓱 지온을 쳐다보고) 아. 그래? (혼잣말처럼. 갸우뚱) ...내 눈엔 안 그래
        보이는데.

        술잔을 들던 지온이 은호를 뚝 바라보고.

S #5   (D - 3시 넘어 / 영동 고속도로: 하행선 - 고속버스 안)

버스 안 풍경은 평화롭다. 코를 골며 잠든 아저씨와 다정한 연인.
얼굴이 새까맣게 그을린 군인과 장난감을 사 달라 우는 아이와 달래는
엄마.
너무나도 따뜻해 보이는 풍경에 지온이 외면하듯 고개를 돌리면.

S #6   (D / PPS 방송국: 아나운서국 복도)
        ; 과거 * 지온 28세, 은호 33세 - 2020년 4월

경진   (짜증) 야씨. 문지온. 넌 이것도 못하면 어떡하냐?
지온   (머쓱함 감추려 더 웃으면서) 아! 그니깐요! 저 왜 이렇게 못하죠?
경진   (인신공격) 야. 너 체대 나와서 이러는 거야?
지온   (자존심 하나 안 상하는 얼굴로) 아! 맞다! 저 체대 나왔죠! 아! 저 그래
        서 그런가 봐요!
경진   (앤 안 혼나) 하씨. 이건 뭐. 밸도 없고... 에이씨. (가버리면)

        곧 서서히 굳은 지온의 얼굴. 푹 한숨을 쉬며 고개를 숙이자.

은호   (어느새 옆으로 다가와서. 스파이처럼) 야. 너 그거 알아?
지온   (자신만의 모습을 들켜 획 처다보면)
은호   쟨 상경대 나왔어.
지온   예?
은호   심지어 응용통계학과를 나왔거든? 그러니깐 권경진이 숫자 같은 거 틀
        리잖아? 그럼 이렇게 말해. 아. 선배는 상경대 나왔으면서 왜 그것도 모
        르세요? ...하고.
지온   (환하게 웃으며) 아. 선배님! 저 기분 하나도 안 나빠요! 진짠데요?
은호   어. 너 기분은 안 나빠 보여. 근데 괴로워는 보이길래. (아무렇지도 않게
        웃더니) 커피 마실래? (먼저 걸어가면)

은호의 뒷모습을 바라보는 지온은 자신의 심해어를 들킨 얼굴이다.

S #7   (D - 3시 넘어 / 영동 고속도로: 하행선 - 고속버스 안)

남자아이   (이름은 정지현. 앙앙 울며) 아! 싫어어!! 사줘어!! 사달라고오!! 엄마아
아아아아!!

남자아이 엄마   (침착) 지현이 지금 우는 거 아니에요. 버스에선 조용히 하는 거예
요. 엄마가 내리면 생각해볼 거예요. 지금은 아니에요. 뚝.

생각해본다는 말에 눈물과 콧물을 크게 들이키는 남자아이.
지온이 그런 두 사람을 바라보고.

S #8   (D / PPS 방송국: 근처 산책로)
; 과거 * 지온 28세, 현오 33세 - 2020년 6월

커피를 들고 오후를 산책하는 지온과 현오.

지온   (애교) 형아아.

현오   (커피를 지온에게 건네며. 피식) 난 니가 나한테 형아라고 부르면 그게
그렇게 귀엽더라?

지온   주은호 선배 있잖아. 형아 애인.

현오   (커피 마시며 픽) 어. 은호가 왜.

지온   이번엔 얼마나 사귀고 헤어질 거야?

현오   글쎄? (웃고) 이번엔 평생 사귀고 영원히 안 헤어질 건데?

지온   (한 번도 듣지 못했던 대답에) 엉?

현오   ...결혼하잔 소리만 안 하면.

S #9   (D / PPS 방송국: 아나운서국 계단)
        ; 과거 * 지온 28세, 은호 33세 - 2020년 8월

계단에서 얼굴을 파묻고 울던 은호가 고개를 들자 그 앞에 뚝 서 있는
지온.

은호   (아무렇지도 않게) 어? 너 나 여기에 있는 거 너 어떻게 알았어? (눈물
        쓱 닦으면)
지온   (진지) ...형이랑 헤어졌대매.
은호   (히죽) 어? 헤어진 지 이틀밖에 안 됐는데 그건 또 어떻게 알았어?
지온   주은호.
은호   뭐야. 왜 갑자기 이름을 부르지. 나 네 선배 아니었나?
지온   (씨익 웃곤) 괜찮아?

S #10   (D - 3시 넘어 / 영동 고속도로: 하행선 - 고속버스 안)

덜컹거리는 버스 안. 창밖을 보던 지온의 눈가가 새빨개진다.

S #11   (N - 7시 다 돼 / 강원 동해시: 기이동 - 파출소 앞)

어둑어둑해진 저녁 즈음. 택시에서 내린 지온이 앞을 보면 기이동 파출
소가 있고.

지온   (안으로 들어가서) ...안녕하세요.
기이동 경찰1   (강원도 사투리) 무신 일이드래요?
지온   아... 저 말씀 좀 여쭙고 싶은데요. 이 근처에서 사고가 났다 들었는데...
         그 땡깡슈퍼 앞에서요. 거기서 어떤 여자 분이 쓰러졌었고.

기이동 경찰1   아아! 그 아가씨!

지온   예. 근데 그 분이 거기서 도망쳤다던데. 그렇다면... (그 분이 어디로 갔는지 혹시 알 수 있을까요?)

기이동 경찰2   (안쪽에서 서류를 들고 나오며) 그런데 다시 나타났습니다.

지온   그 여자 분이요? 언제... 요?

기이동 경찰1   거... 을매 즌에 여게 비가 기가 맥히게 왔심더.

지온이 고개를 돌리면 파출소 앞으로 비가 기가 맥히게 쏟아지기 시작한다.

S #12   (N / 강원 동해시: 기이동 – 땡깡슈퍼 앞)

땡깡슈퍼 앞. 천둥번개 소리와 함께 폭우가 내리는 밤.
평상 위 과일을 들고 안으로 들어가던 슈퍼주인이 갑자기 뚝 멈추는.
버스정류장 앞. 여자가 쓰러져 있어서다.

슈퍼주인   (들고 있던 걸 내팽겨 치고 달려가선. 여자의 몸을 흔들며. 강원도 사투리) 이보시우! 왜서 이런다요?

저 멀리 앰뷸런스 소리가 들리고.

S #13   (N – 7시 넘어 / 강원 동해시: 기이동 – 파출소)

기이동 경찰1   뱅원에 데꼬갔더니. 뭐랬드라?

기이동 경찰2   (데스크톱 보고 일하면서) 영양실조요.

기이동 경찰1   집으로 가래니까. ...숲으로 가더래요.

지온   숲이요?

기이동 경찰2   예. 숲이요.

S #14   (D − 아침 / 강원 동해시: 기이동 숲)

풀썩풀썩 수풀을 헤치고 익숙하게 숲으로 들어가는 혜리.

기이동 경찰1   (혜리를 따라가면서) …여게는.

혜리는 거침없이 숲을 지르고.

기이동 경찰1   …사램이 사는 데가 아인디. (그래도 뒤따라가면)

마침내 나오는 숲속의 버려진 산장에 멈춰 선 혜리가 가만히 돌아보면.

S #15   (N − 7시 넘어 / 강원 동해시: 기이동 − 파출소)

기이동 경찰1   그라도 즈이 이름은 알고 있더래요.
기이동 경찰2   (데스크톱으로 주혜리 이름을 치더니) 이름으로 조회해보니깐 10년 전 그 숲에서 실종된 걸로 나왔고요.
기이동 경찰1   그래니깐. 뉘가 알았겠슴까? 읋어진 데서 쭉 그렇게 살고 있었을 줄야.
기이동 경찰2   (갸우뚱) 그런데 왜 가족들한텐 연락도 안하고 살았던 걸까요. 보니 깐 가족들도 한참 찾았던데.
지온   (생각과는 달라 당황) 그래서. 아니. 뭐. 그리고요?
기이동 경찰2   뭐. 저희도 궁금한 게 많아서 이것저것 물어보긴 했는데요.

S #16   (D − 아침 / 강원 동해시: 기이동 − 파출소)

기이동 경찰2   (데스크톱 앞에서. 그 앞에 앉은 혜리에게) 주혜리? 이름 말고 다른 건 기억나는 게 없나요?

기이동 경찰1   (지문 스캐너 결과 보고는) 야. 지문이 없다. 달부 안 찍혀. 닳았나?

기이동 경찰2   정말로 기억나는 게 하나도 없습니까?

부스스 고개를 든 혜리가 전혀 기억나는 게 없다는 듯 천천히 고개를 가로젓는다.

S #17 (N – 7시 넘어 / 강원 동해시: 기이동 – 파출소)

기이동 경찰1   그래다 이름 하내이 더 말했는데?

기이동 경찰2   맞아요. 주은호.

지온   (바로 반응) 누구요?

기이동 경찰2   주은호요. 조회해보니깐 친언니더라고요?

지온   (나 너무 헷갈려) 그러니깐... 지금 여기에서 발견된 그 여자 분이 주은호... 라는 거죠?

기이동 경찰2   아뇨. 그 여자 분 언니 이름이 주은호고. 저희가 찾아낸 분은. 주혜리고.

지온   ('그게 지금 무슨 소리야' 하듯 쳐다보며) ...그러니깐 주은호가 아닌 주혜리가 발견됐다는 겁니까.

기이동 경찰1   야. 10년 즌에 읽어졌던 그 주혜리가 그기 숲에 계속 살고 있었그든요. 가족한테 연락도 없이. 내삐려진 산장 같은 데서. 구거를 우리가 찾어낸 기고요.

지온   그럼 지금 그 여잔 어딨는데요. 그 언니가 데려갔습니까?

기이동 경찰1   아녜요. 어니는 연락이 안 돼가. 거... 뉘귀냐. ...아나운선데?

기이동 경찰2   정현오. (기이동 경찰1에게) 아. 선배. 유명하잖아요.

순식간에 지온의 얼굴이 팍 굳어지면.

S #18   (N / 강원 동해시: 종합버스터미널)

시골의 작은 고속터미널. 버스가 흙먼지를 일으키며 출발하는.
그 앞 낡은 의자에 나란히 앉은 혜리와 현오가 있는데. + 고개를 푹 숙인
혜리는 흉터가 선명한 제 팔만 만지고 있으면.

혜리와 어느 정도 간격을 두고 앉은 현오가 혜리를 천천히 바라보니.

S #19   (D / 은호의 빌라: 근처 마을버스정류장)
         : 과거 * 은호, 현오 24세 - 2011년 8월

은호   (수줍) 저기... 니가 웬일이야?

         은호의 동네 초입 버스 정류장. 원피스를 입은 은호가 어쩐지 몸을 배배
         꼬면서.

은호   아. 웬일이냐고.
현오   (옆에서 은호를 위아래로 훑더니. 시니컬) ...뭐냐? 꽈배기냐?
은호   (괜히 픽픽) 아니이. (배배) 갑자기 네가 왜 나를 따로 만나자고 한 건지...
         (픽) 혹시... 나한테 뭐... 관심... (픕. 픽. 흡) 있뉘?
현오   (차가워지는) 뭐?
은호   (배배) 아니. 자꾸 네가 나한테... (픽) 연락하고? (픽) 만나자고 하고? 아.
         내가 사람들한테 막 물어보니까 그게... (픕. 픽. 쿵) 니가 나한테 관심이
         있는 거라길래. (으흐흐흐흐)
현오   그거야.
은호   (손 휘이휘이) 아! 됐어! 대답 안 해도 돼! (원래의 텐션으로 복귀) 아. 니
         가 나한테 관심이 있을 리가 없지. 니가 뭐가 아쉽다고. 그치. 아. 진짜 웃
         기다.

현오	(진지해지는) ...뭐가 웃긴데.
은호	아니. 생각해보니깐 웃기다고. 네가 그럴 리가 없는데 말야. (그렇게 생각하니 당당해지는 마음) 야. 근데 나 배고프거든? 우리 뭐 먹을래? 삼겹살? 곱창? 갈비탕? 선지해장국? 아! 너 혹시 가릿국이라고 알아?
현오	(진심) 나 너한테 관심 많아.
은호	그게... (띠용) 뭐라고?
현오	(어이가 없네) 당연한 거 아냐? 내가 너한테 관심이 없는데 왜 연락을 하고 만나자고 해? 아니. 그걸 몰랐던 게 오히려 더 이상한 것 같은데. 나 가릿국 알아. 그거 맛있어. 가자. (먼저 가버리면)

'엥?' 남겨진 은호의 눈이 수박만 해지고.

S #20   (N / 강원 동해시: 종합버스터미널)

고개를 푹 숙인 채 흉터가 선명한 제 팔뚝만 만지는 혜리를 보던 현오가 서울행 버스가 오는지 고개를 쭉 빼고 확인하면.

S #21   (D / 서울 용산구: 한남동 버스정류장 - 남산 방향)
        ; 과거 * 은호, 현오 24세 - 2011년 9월

현오	(왠지 냉랭) 야. 주은호.
은호	(버스정류장에서 고개 빼고 버스를 기다리다 현오를 돌아보곤. 당황) 어어?
현오	(왠지 화난 얼굴) 나 이제 너 안 좋아한다.
은호	(버스 기다리다 날벼락) 에에?
현오	내가 너한테 관심이 있다고 말을 한 지가 언젠데. 가타부타 대답이 있어야지. (혼잣말처럼) ...한 달이나 지났는데. (힐난하듯 은호를 쳐다보곤) 아무 반응이 없잖아. 너.

은호	(선생님. 대체 이게 무슨 상황이져?) 저기... 혹시... 너 지금 내 얘기 하고 있는 거니?
현오	(차가운) 그럼 네 얘기하지. 누구 얘기 하나?
은호	(너무 당황해 버벅) 아니... 그건... 아니. 그건. 니가 나한테.
현오	(이태원행 버스 도착) 나 간다. (정색하고 돌아보더니) 따라오지 마.
은호	(현오가 버스에 올라타자) 저기요?

버스에 탄 현오는 은호에게 눈길조차 주지 않고. 버스는 바로 출발해버리는데.

은호	(꽥!) 야아!! (멀어져가는 버스에. 증기기관차처럼 서서히 열 받아) 와! 씨! 뭐지? 뭐? 가타부타? 아니. 관심만 있댔지. 사귀자는 제안을 했어. 안 했어. 만나자는 얘기를 꺼냈어. 안 꺼냈어. (짜증) 아무것도 안 해놓고! 뭔 말을 해야 알겠다고 대답을 할 거 아냐! (현오 말투 따라하는) 나 너 한테 관심 있어. (짜증) 아! 그래서 뭐 어쩌라고! 아니. 그럼 내가 지한테 갑자기 가서. "저기요. 저한테 관심이 참 많으신 우리 정현오씨. 저 역시 그쪽한테 관심이 지대한데 그럼 우리 한번 만나볼까요?"...라고 해? 와 씨! 뭐 저런 수동적인 새끼가 다 있어?! (짜증폭발) 아악!

버스정류장에 서 있던 사람들이 빽빽 소리치는 은호를 흘끔 쳐다보면.

S #22 (N / 강원 동해시: 종합버스터미널)

마침내 도착한 서울행 버스에 자리에서 일어나 버스 쪽으로 가는 현오. 가다가 돌아보면 혜리도 일어나 현오를 따라간다. + 푯말은 **[동해 ↔ 서울]** / 티켓에는 '서울경부'

현오가 버스에 타 앉으면 따라오던 혜리도 아무 데나 앉아 창가에 얼굴을 묻고.

현오 E /   저기요! 잠깐만요!

S #23   (D / 서울 용산구: 한남동 버스정류장 – 남산 방향)
        ; 과거 * 은호, 현오 25세 – 2012년 3월

끼이익. 버스가 멈추자 현오가 달려와 타는. 버스 안의 은호는 그저 외면
하는데.

현오   (아무렇지도 않게 은호 옆에 털썩 앉아) 야. 너 어디 가냐.
은호   (단단히 삐진 듯 창밖만 보면)
현오   (웃더니) 나도 같이 가면 안 돼?
은호   (창밖만 보며) 누구세요?
현오   (씨익) 나? 정현오.
은호   (완전 어이없어) 하. 얘 뭐래니.
현오   (능숙하게 웃으며) 왜에.
은호   (나는 너무 짜증나) 너는 아주 진짜 멋대로구나? 어느 날은 나한테 관심
       이 많다더니. 또 어느 날은 관심이 싹 없어졌다고. 싫다고. 말 걸지 말라
       고. 저기요. 그래서 제가 그쪽이랑 정말로 말을 안 한 지가 무려 6개월이
       넘었거든요? 그런데 지금 갑자기 나타나서. 뭐? 어디 가냐? 나도 같이 가
       면 안 돼? 야. 너는 내가 우습니?
현오   (앞 본 채. 픽 웃곤) 은호야.
은호   (차창만 바라본 채. 퉁명스레) 제 이름 부르지 말아주실래요? 친하지도
       않은 주제에?
현오   (나 다 알아) 너 내가 너무 신경 쓰였지.
은호   (고개 완전 꺾어 창밖만 보는데. 괜히 울컥) 재수 없어. 말 걸지 말아줄
       래?
현오   (자연스레 은호 뒤로 자기 팔 넘기곤) 우리 이대로 남산타워나 갈까?
은호   (창밖만 본 채. 울컥하는 마음 꿀꺽 넘기곤) 나. ...케이블카 좋아해.

현오	(은호의 머리칼 살살 만지며) 그래. 그럼 우리 그거 타자.
은호	(꾹 참은 채 창밖만 보며) 이제부턴 그러지마.
현오	(씨익 웃으며) 뭐얼?
은호	나랑 말 안하고 그러는 거. (현오를 쳐다보고) 6개월이나 나 쌩 까고 그러는 거.
현오	아아. (빙글) ...글쎄?
은호	뭐라고?
현오	사람 일은 모르는 건데? (피식 웃으니)

S #24 (N / 강원 동해시: 종합버스터미널 – 고속버스 안)

창문에 얼굴을 딱 붙이고 앉아 바깥만 보는 혜리.
뒷좌석에 앉은 현오가 그런 혜리를 가만히 보면.

은호 E /	정현오. 나 어떡하지?

S #25 (D / 은호의 빌라: 은호의 집 401호)
 ; 과거 * 현오, 은호 28세 – 2015년 여름

은호	(벌러덩 누운 채로 발로 현오의 뺨을 치면서) 나 니가 너무 좋아.

현오가 바닥에 앉아 빨래를 개면서 피식 웃고.

S #26 (N / 강원 동해시: 종합버스터미널 – 고속버스 안)

현오가 창 쪽으로 고개를 돌리니 창밖으로 시골 풍경이 우수수 쏟아진다.

은호 E /   머리끝부터 발끝까지 전부 다.

시골 풍경을 묵묵히 헤치고 나아가는 버스 안
현오의 귓가엔 은호의 웃음소리가 들리는 것만 같다.

S #27   (N / 은호의 빌라 앞)

새까만 밤이 저문 은호의 빌라 앞으로 현오와 혜리가 걸어오고.
천천히 빌라의 계단을 오르는 현오의 뒤로 고개를 숙인 혜리가 따라가
면. + 계단 오를 때도 혜리가 오나 안 오나 수시로 확인하고 / 혜리는 계단을 두 칸
씩 올라간다.

4층으로 오르던 현오가 뭔가 허전한 기분에 돌아보니 혜리가 없다.
놀란 현오가 빠르게 내려가 보니 [301]로 가는 혜리의 뒷모습이 보이고.

망설임도 없이 [0916*] 비밀번호를 누르고 [301] 문을 열고 들어가는
혜리에
현오가 잠시 멈췄다 혜리를 따라 들어가면.

S #28   (N / 은호의 빌라: 혜리의 집 301호)

새까만 혜리의 집. 현오가 현관에 서서 스위치를 올리면 불은 켜지지
않고.
두꺼비집을 열고 스위치를 올리니 그제야 밝아진다. 집은 아주 깨끗한데.
혜리가 신발을 벗고 안으로 들어가니 현오도 따라 들어와 창가의 커튼
을 치고.

현오   (창밖의 여전히 깜빡거리는 가로등을 보다 혜리를 돌아보곤) ...괜찮아?

배는. ...안 고파?

아무 대답 없이 그저 고개를 숙인 채 소파에 앉아 있는 혜리.
현오가 그런 혜리를 보다 천천히 다가가 그 앞에 쭈그리고 앉더니.

현오   (다정해) 병원에 갈까? 아픈 덴 없어?
혜리   (대답 없이 고개만 푹 숙인)
현오   (잠긴 목소리로) ...은호야.

잔뜩 엉클어져 얼굴을 덮은 혜리의 머리칼을 현오가 넘겨주려 손을 뻗자
의도적으로 몸을 뒤로 팍 무르는 혜리. 그 모습에 뚝 멈춘 현오가 벌떡
일어나선.

현오   (냉정해져) 옷 갈아입을래.

여전히 혜리는 대답이 없고. 현오는 옷장 문을 열고 옷들을 확인하는.
별 게 없자 제 휴대폰을 들고 빠르게 나가면서.

현오   (약간은 삐진 것 같은 냉정함) ...갈아입을 옷 좀 가져올게. 어디 가지 말
고 있어. (문을 열고 나가면)

쾅! 닫히는 현관문에 그제야 그때껏 고개를 숙이고 있던 혜리가
천천히 고개를 들어 현오가 간 쪽을 바라보면.

S #29   (N / 은호의 빌라: 은호의 집 401호 앞)

[401] 앞에 선 현오가 비밀번호를 누르려는 찰나.

은호 E /   내 비밀번호. (씨익) 다 네 생일이다?

현오   ([[0916*]를 누르자 바로 열리는 문에) ...좀 바꾸지. (들어가면)

S #30   (N / 은호의 빌라: 은호의 집 401호)

새까만 은호의 집. 두꺼비집 스위치를 올리자 은호의 집 역시 환해진다.
바로 은호의 옷장으로 가 대충 옷을 챙기는 현오.
곧 나가려는데 식탁 위 보란 듯 놓인 수첩에 멈추는. 수첩을 들어 읽어
보면.

[4/5 ㅣ 차갑다. 차가운 건 강주연. 왜 차갑지? 그래도 좋아!]
[4/18 ㅣ 오예! 오늘 주연씨와 함께 퇴근!]
[4/29 ㅣ 주차관리소 천장을 두들기는 빗소리가 좋다. 행복하다.]
[5/10 ㅣ 내가 정현오의 발목을 잡는다. 매번.]
[5/11 ㅣ 강주연을 만났다. 그 사람에게 나는 죄인이다.]
[5/14 ㅣ 정현오가 결혼을 한다고. 결혼... 결혼... 그걸 누구랑?]
[5/15 ㅣ 어쩌면 모든 곳에서 하차해야 할 수도. 난 실패했다.]
[다시 한 번 주혜리로 살아보기로. 혜리가 어떻게 행복해졌는지 알아내기
위하여.]

일기의 내용에 고장 난 듯 서 있던 현오가 천천히 고개를 돌려 액자를
바라보니
사진 속 어린 혜리의 팔에 지금 현오가 데려온 여자와 같은 흉터가 있다.

현오의 시선이 그 흉터에 뚝 멈추고.

S #31   (N / 은호의 빌라: 혜리의 집 301호)

소파에 앉아 있던 혜리가 천천히 제 머리칼을 넘기면
흘러내리는 소매 너머엔 갓 아문 팔의 흉터가 보이고
넘긴 머리칼 너머엔 선명한 은호의 얼굴이 보이는.

곧 현관문 비밀번호 누르는 소리에 휙 고개를 돌리니.

현오	(옷가지를 든 채 그런 혜리를 잠시 보다) ...궁금해서 그러는데 내가 뭐라고 부르는 게 나은 거지? ...아무튼 은호는 아니잖아.
혜리	(다른 쪽만 보고 있으면)
현오	혜리씨라 부르면 되는 건가.
혜리	(그제야 머리칼 쏟아진 채 현오를 쳐다보면)
현오	알겠어. (옷가지를 혜리에게 주고) 일단 갈아입어... 요. 혜리씨. 갈아입고 나오면 밥 해줄게.

혜리가 옷가지를 들고 천천히 일어서면.

S #32   (N / 미디어N서울 방송국: 근처 포장마차)

사람들 북적이는 포장마차에 앉아 탱탱 구리구리 탱탱우동을 먹는 주연.
고개를 박고 열심히 먹다가 소주를 쫄쫄쫄 따라 마시는데.
단박에 입에 쏟아 넣곤 다시 따라 마시려는 찰나 잔을 뺏어가는 손에
뚝 멈춰보자.

혜연	(주연의 잔 뺏어 마시곤) 선배. 그거 알아? 난 술도 잘 마시잖아. 그래서 내가 선배 술도 마셔줄 거잖아. (빙긋)
주연	(잠시 쳐다보다 고개를 박고 다시 우동을 먹는)
혜연	선배. 그것도 알아? 사실 내가 지금까진 모른 척 했지만 이미 알고 있던 얘기가 하나 있다는 거. (미소로) 그건 바로 선배가 혜리씨랑 헤어진 것 같다는 거야. 맞지?

주연	(우동을 먹다가 말없이 술을 따르면)
혜연	내가 있지. 그걸 모를 수가 없어. 왜냐하면 난 선배 얼굴만 쳐다보고 사니깐. 정확한 시기는... 글쎄? 한 달 전쯤? 그때부터 선배 얼굴이 상당히 시쭈구리해졌는데 말야. 뭐랄까. 시든 나물처럼 어푸적어푸적. 뭐. 그런 느낌? 그런데 마침 혜리씨가 보이지 않더라고. 어디에도 없더라고? 그래서 나 생각했지. 지금까지 선배가 했던 그 모든 이야기를 모두 고려해보니 아아. 선배는 지금 혜리씨한테 헤어짐을 당했구나. 그리고 그건 양다리였구나. 그챦아. 갑자기 마음이 하나네. 두 개네. 어? 선배는 혜리씨의 양다리에 헤어짐을 통보받은 거야. 내 말 맞지?
주연	(말없이 쫄쫄쫄 술을 마시는)
혜연	근데 선배. 양다리에 당했을 땐 자기 자신을 자책하면 안 돼. 일단 무조건 이렇게 생각해야 돼. 이건 내 잘못이 아냐. 그리고 상대의 잘못도 아냐. 왜냐하면 내가 말했듯이 마음은 두 개도 될 수 있고? 세 개도 될 수 있으니깐. 선배. 그냥 그렇게 생각하는 게 편하다? 니가 잘못했네. 내가 잘못했네. 따지는 것보다 마음이 두 개고.
주연	혜연아.
혜연	응? 선배?
주연	마음은. (무겁게) 딱 하나야.
혜연	(뚝 쳐다보면)
주연	정말이야. 마음은 진짜 딱 하나야. 적어도 나는 그렇게 생각해. 혜연아.

포장마차엔 사람들이 많고 혜연과 주연은 서로를 바라본다.

S #33 (N / 은호의 빌라: 혜리의 집 301호)

느린 밤이 지나는 혜리의 집. 식탁 앞엔 혜리가 앉아 현오가 만든 죽을 먹고.

| 현오 | (맞은 편에 앉아 혜리를 가만히 보다) 근데 혹시. ...나 몰라요? |

죽을 먹던 혜리가 부스스 고개를 들어 현오를 쳐다보면.

〈플래시 컷〉 - 2회 S #3

혜리　　*(억울할 지경) 아니. 나는 정말 주은호가… (두 손으로 앞머리를 꽉 붙잡고 고개를 마구 도리도리) …아니라서.*
현오　　*(비아냥) 아. 그러세요. 그럼 그쪽은 누구신데요.*

현오　　우리… 본 적 있는데.
혜리　　(다시 고개를 숙이고 대답 없이 죽만 먹으면)
현오　　그래요. 뭐. 기억이 안 날 수 있죠.
혜리　　(가만히 죽만 먹는)
현오　　근데 원래 기억이 안 나는 게 맞나? 그럼 어디서부터 어디까지 기억이 안 나는 거예요? 나에 대한 기억은 전혀 없는 거예요? 그게. 아. 언니가 있다는 건 알고 있는 거죠? 그 언니랑 내가 만났던 사이라는 건 혹시 알아요? 아. 나를 모르니깐 그것도 모르나? 그럼 그쪽이 아는 게 뭐죠? 그쪽 이름이랑. 또. ('강주연이랑.' 하려다 답답한 듯 한숨을 훅 쉬더니. 부스스 일어나) 저 잠깐 올라갔다 올게요.

토하듯 한숨을 쉬며 집을 나서는 현오를 천천히 바라보는 은호.
문이 닫혀 집 안엔 적막이 감도는데. 그제야 혜리가 천천히 입술을 떼말을 한다.

혜리　　…정현오.

혜리의 집 안 풍경이 정물처럼 멈추고.

S #34　(N / 주연의 빌라 가는 길 - 택시 안)

밤 풍경이 빠르게 지나는 택시 안.
취한 주연이 좌석에 기대 창밖을 보다 휴대폰을 꺼내 **[혜리]**에게 전화를 걸면.
신호음이 가지만 언제나처럼 전화를 받지 않아 끊으려는 찰나.

현오 (F)   여보세요.

주연의 얼굴이 쿵 무너진다.

S #35   (N / 은호의 빌라: 은호의 집 401호)

현오   (대답이 없자 수신자 확인하는. [강주연] 이름에 한숨 쉬곤) 강주연씨.
주연 (F)   (당황) 아. 이건... 혜리씨... 아니. 주은호 아나운서. 아니. 그 혜리...
현오   정현오입니다.
주연 (F)   선배님이 이 전화를 왜 받으시는 거죠.
현오   은호가. ...돌아왔으니깐요.

S #36   (N / 주연의 빌라 가는 길 – 택시 안)

주연   (술이 다 깬다. 벌떡 몸을 일으켜) 그럼 지금 어딘데요?
현오 (F)   (대답이 없으면)
주연   혜리씬 괜찮아요? 어디에 있다가 왔대요? 지금 뭐해요? 저랑 통화할 수 있나요?
현오 (F)   (대답 없는)
주연   (간절) ...선배님. (버럭) 아! 선배님!

S #37 (N / 은호의 빌라: 은호의 집 401호)

현오   무사하고 건강합니다. 그럼.

끊고서 은호의 휴대폰 통화 목록을 주루룩 훑으니 **[강주연]** 이름이 수
두룩하다.
잠시 보던 현오가 휴대폰을 쾅 충전기에 꽂아두고 집을 나서면.

S #38 (N / 은호의 빌라: 혜리의 집 301호)

현오가 은호의 집으로 들어오면 어느새 소파에서 새근새근 잠든 혜리가
보이고.
잠시 보던 현오가 천천히 뒤를 돌아 나가는데.

S #39 (N / 은호의 빌라 앞)

은호의 빌라 앞. 급하게 멈춘 택시에서 내린 주연이 빌라로 뛰어 들어가
려는 찰나
누군가 잡는 팔에 '뭐야!' 하듯 쳐다보니 현오다.

현오   ...지금 자고 있어요.
주연   그럼. ('깨우면 안 돼요?' 찰나)
지온   (피식) 아아. 자고 있구나. 근데 누가 자고 있는 거야? ...주은호야. 주혜리
야?

주연과 현오가 돌아보면 지온이 씨익 웃으며 서 있고. 세 사람이 서로를
쳐다보면.

S #40 (N / 은호의 빌라: 1층 커피숍)

주연과 현오, 지온 그렇게 셋이 앉은 커피숍의 공기는 제법 묘한데.

주연	궁금해요. 혜리씨가 지금은. ...혜리씨인지. 주은호 아나운서인지.
현오	(대답 안 하면)
지온	(픽) 모르네. 형. 모르는 거지?
주연	저기. 근데. (타깃을 바꾸겠습니다. 또랑또랑 지온을 쳐다보곤) 그쪽은 누구신지.
지온	(기싸움 시작) 문지온인데. 그쪽은요?
주연	저는 강주연입니다. 미디어앤서울 소속 아나운서죠.
지온	아. 나 거기 떨어졌었는데. 몇 기세요? 저는 PPS. 34기.
주연	34기면... 몇 년도 입사인데요?
지온	19년 3월?
주연	아. 그럼 동기네요. 저도 19년 입사라. 그런데 전 서른다섯이에요.
지온	아아. 전 서른둘인데. 뭐. 동안이시네. 그치만 동기니깐 말은 놔도 되죠?
주연	(단칼) 아뇨. 안 됩니다.
현오	('이것들은 대체 뭐하는 거야.' 쳐다보면)
지온	(무시. 현오 보고) 근데 형. 이게 다 어떻게 된 건지 물어봐도 될까?
현오	(피곤하고 한숨이 나는) ...아까 다 설명했잖아.
지온	아. 거기까진 나도 알겠어. 주은호가 해리성 인격성 장애고. 그래서 주혜리라는 이름으로 미디어앤서울 주차장에서 일을 했고.
주연	(놓치지 않을 거예요) 거기서 저를 만났죠. 저와 만나는 사이였어요.
지온	얼마나 만나셨는데요?
주연	한 달?
지온	(기분 좋은 한숨) 한 달은 말이에요. 안 만나느니 못한 기간 같은데.
주연	안 만나느니 못한 기간이 어디에 있나요.
지온	하얀 도화지에 딱 한 방울 물감이 떨어져 있는 것보단 아예 백지가 낫다는 얘깁니다.

주연	(회피. 현오에게) 그래서 혜리씨는 괜찮나요?
현오	아까도 말씀드렸다시피 건강하고 무사...
주연	아뇨. 어떤 인격이냔 얘기예요. 만약 혜리씨 인격이라면 제 생각엔 혜리씨의 보호자는 제가 되어야 된다는 생각이 들었거든요.
지온	아. 아니지. 한 달 만난 사람을 어떻게 믿어. 전요. 은라랑 사귄 적은 없지만 만 5년을 알았거든요? 그럼 제가 보호자가 돼야 될 것 같은데요?
주연	(따박따박 말대꾸) 한 달을 만났더라도 서로 사랑을 나눴던 제가 보호자로서의 자격이 충분한 것 같은데요?
지온	저기요. 보호자는 사심이 없어야죠. 정말로 보호만 해줄 수 있어야죠. 그런 면에선 제가...
주연	(바로) 아뇨. 전 사심이 있어야 보호자가 될 수 있다 생각하는데요?
지온	아씨. 그럼 간병인은 뭔데. 뭐. 간병인 뽑을 땐 사랑으로 뽑나?
주연	네. 저는 저희 어머니 간병인을 사랑으로 뽑았습니다.
지온	아니. 여기서 엄마 얘긴 반칙이지. 뭐. 우리 엄마 얘기도 해봐? 우리 엄만요. (집을 나갔어!)
현오	(혼잣말처럼) ...이런 얘기가 필요했던가.
지온, 주연	(모두 강아지처럼 현오를 쳐다보면)
현오	보호자 같은 걸 왜 정해. 주은호는 충분히 어른인데.
주연	(지가 더 아픈 얼굴로. 고양이 눈) 하지만 아프다고 했잖아요.
지온	(어느새 주연 편) 맞아. 아프다고 했어.
현오	그래. 그렇다면 8년 만났고. 서로 사랑했고. 지금은 사심이 전혀 없는 내가 보호자인 게 맞지. 안 그래? (드륵 일어나더니. 지온에게) 이제 가. (주연에게) 가세요. 서른일곱인 제가 보호할 테니.

현오가 팩 나가버리자 남겨진 주연과 지온이 서로를 쳐다보고.

S #41 (D – 아침 / 이태원 현오의 건물: 4층 중식당 – 룸)

아침 새 짹짹거리는 소리 밀려오는 중식당 룸. 할매들이 아침 식사를 하는데.

미자할매 (식사하다가) ...근데 현오는 어디 갔노.

신영이모 (밥 차려주다 아무렇지도 않게) 아. 집에 안 들어왔던데?

밥을 먹던 할매들이 뚝 신영이모를 쳐다보면. + 아침 식사 반찬은 유방암에
좋다는 우엉이나 미역. 브로콜리. 양배추. 토마토.

신영이모 (다들 눈빛 뭐야) 뭐야. ...왜.

춘자할매 (어쩐지 음흉) 초롱이도 안 들어왔나? (카아악 퉤!)

신영이모 아니? 걘 방금 회사 갔는데?

신자할매 (담배를 못 펴 손을 달달 떨며) 은니야. 초롱이가 그러는데 현오랑 초롱
          인 끝났단다.

영자할매 (술을 콸콸 따라 마시며) ...시작도 안하고 끝나는 경우도 있구만.

미자할매 그럼 전화 함 해 봐라.

신영이모 안 그래도 오늘 언니 병원 가야 해서 전화했더니 씹더라?

영자할매 (술 마시다 주르륵) 뭐라꼬?! 현오가... 미자은니 일을 씹었다고? 이게 말
          이 되나?

춘자할매 (음모) ...이제와 튄 건 아이겠제. (카아악 퉤!)

신자할매 (손 달달 떨면서) 그라믄 내는 이제 자유다. 담배 빡빡 필 수 있다. 금마
          만 없으면 낸 자유인기라.

미자할매 한 번만 더 전화 해봐라. 신영아.

신영이모 (웃으며) 알았어. 해볼게. (휴대폰을 들면)

S #42 (D – 아침 / PPS 방송국: 이슈인 회의실)

회의실 한쪽. 전화를 끊은 미연이 뭔가 믿겨지지 않는 듯한 얼굴로 돌아
보더니.

미연	(넋이 나감) ...좀 미친 것 같아. 정현오.
유연	(순수) 왜요? 피디님?
미연	방금 나한테 전화해서 당분간 회의 못 가니간. 그렇게 알래.
유연	(맑아) 그게 그렇게 이상한 거예요? 피디님?
수정	(노트북으로 일 하면서) ...이상하지. 차장님은 이상한 거야.
미연	와. 나. 이런 일 처음 당해봐서. 아. 뭐지? 이 선배 뭐지? 작가님. 이 사람 왜 이러는 거죠?
수정	(일만 하며. 덤덤) 그걸 왜 저한테 물어보시는 건지.
미연	아씨. 가족 같은 사이래매. 그럼 뭐. 사정을 알 거 아냐. 이 사람이 갑자기 왜 이러는지.
수정	(일만 하며) 사생활 관리는 가족끼리 더 빡빡한 거 모르세요?
미연	(금세 수긍) 아. 그런가? 아. 그럼 이 선배는 뭔 일이 있길래 갑자기 회의를. 아니. 이런 적이 있었어야지 내가 뭘 추측을 하든가 말든가... (문득) 뭐야. 이래놓고 내일도 나오라고 해서 날 더 빡세게 굴리는 거 아냐? 아. 나 그럼 좀 곤란한데?! 나 오늘은 어찌저찌 넘어가도 일요일까지 일하는 건 극혐인데?! 아. 이 선배는 진짜 지금 대체 뭐하는 거야!

S #43 (D / 은호의 빌라: 혜리의 집 301호)

현관에 뚝 서서 혜리를 기다리는 현오. 고개를 숙인 혜리가 천천히 걸어오자.

| 현오 | 나갈까요. |

혜리는 대답 없이 신발을 신고. 잠시 보던 현오가 문을 열고 먼저 나서면.

S #44 (D / 은호의 빌라: 계단)

현오가 묵묵히 걷다가 흘끗 혜리를 쳐다보는.
혜리는 그저 고개를 숙인 채 걸어가는데.

그러다 뭔가에 툭 멈춘 혜리의 눈에 현오가 시선을 따라가면
저 앞 밤새 혜리를 기다린 듯한 모습의 주연이 서 있다.

현오   (그런 주연에 옅게 한숨을 쉬곤) 잠깐 있어봐요. 얘기 좀 하고 올게요.
        (주연에게 걸어가) ...제가 연락 드릴 거라고.
주연   (저 뒤의 혜리를 보고 바로 다가가려) 혜리씨.
현오   (못 가게 막곤) 아뇨. 저랑 먼저 얘기해요.
주연   (혜리에게서 눈을 떼지 못한 채 현오에게) 혜리씨에요. 은호씨에요?
현오   지금 병원에 갈 거라서. 그건 병원에 다녀온 뒤에. 말씀드릴게요.
주연   (혜리만 보며) 근데 난 사실 상관없어.
현오   ('뭐?' 쳐다보면)
주연   나는 진짜 상관없어요. 혜리씨가 그 누구일지라도. (저 멀리의 혜리에게)
        전 상관없어요. 혜리씨. 왜냐하면 난 그냥 혜리씨가 있어주기만 하면 되
        거든.
현오   (말리는 투) 저기요. 강주연씨.
주연   내 옆이 아니어도. 살아서 건강하기만 한다면 난 그걸로 충분해요. 날
        사랑하지 않아도 되고. 다시 숲으로 들어간대도 나는 괜찮아. 원하면 내
        가 거기 같이 가줄 수도 있어요. 나 진짜 다 버리고 같이 가줄 수 있어
        요. 그딴 건 조금도 무섭지 않아요. 혜리씨.
현오   (이제 달래는) 강주연씨. 지금 혜리씨가 이런 얘기를 할 상태가 아니라...
주연   (오직 혜리만 보며) 왜냐하면 전요. 혜리씨. 처음부터 혜리씨가 그 누구
        라서 좋아했던 게 아니거든. 그저... 이런 내게 와준 사람이라... 내가 혜리
        씨를 좋아했던 거고... 그래서.

순간 주연을 향해 빠르게 걸어온 혜리가 와락 주연을 안고.

주연   (그제야 안도. 혜리를 꽉 끌어안으며. 울 것처럼) ...보고 싶었어요. 혜리씨.

서로를 꺼안은 두 사람의 모습에 너무나도 당황한 현오.
아침 풍경 속 현오의 모든 것이 멈추면.

S #45 (D / PPS 방송국: 이슈인 회의실)

미연 그니깐... 그게 내가 지난번에 말했던 아이템인데. 이슈인에선 좀 무겁다고 왜. 묵혀놨던 거 있잖아? 그걸 선배가 돌아온 기념으로 딱 터트리는 거지. 괜찮은 아이디어지. 선배. (현오를 쳐다보면)

현오 (상석에 앉아. 완전히 넋이 나간)

미연 저기요. 선배님?

현오 (말없이 앞만 보면)

미연 와. 아침에 전화해서 당분간 못 올 거라고 해놓고. 갑자기 나타나선 회의하자. 했으면. 회의에 집중을 해야지. 저기. 혹시 뇌를 집에 놓고 왔니? 아. 나 말하면 말할수록 공허한 기분이 너무 드는데. 저기요. 선배? 선배에?

S #46 (D / 은호의 빌라 앞)

아주 혼란스러운 얼굴의 현오.

주연 (혜리를 꽉 껴안고. 울 것처럼) 혜리씨. 난...

혜리 (껴안은 걸 푸르곤. 주연을 따스하게 보곤) 잠깐만요.

주연 (엄마 잃은 아이처럼) 혜리...

혜리 (툭툭 현오에게 가선 제법 멀쩡한 얼굴로) 정현오. + 혜리지만 은호.

현오 (뭐? 뭐라고?)

혜리 나 강주연씨랑 얘기를 좀 할게. (바로 주연에게 가버리자)

현오가 혼란스러워 뭐라 대답도 못 하는 사이 주연과 혜리가 빌라로 들어가고.

현오는 '지금까지... 혜리가 아닌 은호였어?' 라는 생각에 꼼짝도 못하면.

미연 E /   저기. 선배?

S #47   (D / PPS 방송국: 이슈인 회의실)

미연   나 지금 벽에다 말하고 있는 거야? 그럼 이거 방음벽이야? 소리를 다 먹는 거야?

유연   (조심스레) 차장님... 피디님께서 말씀... 하시는데.

현오   (혼이 나가 그저 앞만 보고 있으면)

수정   (버럭) 아! 오빠!

현오   (확 깨어나) 왜. 뭐.

미연   와. 도대체 어떻게 가족 같은 사이면 진짜 오빠라고 부를 수가 있는 거죠? (수정에게) 아. 진짜 가족은 아닌 거죠? 둘이 성이 다르잖아. 뭐야. 사촌이야? 친가? 아닌가? 외가?

수정   (듣지 않아. 현오에게만) 정신 좀 차리세요. 왜 그러세요?

현오   (제 정신을 찾으려 노오력) 뭐라고 했는데. 나 뭐부터 하면 되는데.

미연   제 말에 대답부터요. 선배님?

현오   그래? 그럼 네 질문이 뭐였는데.

미연   (질문도 모른다고) 와씨. 미쳤나봐.

현오   아니. 내가. (뭔가 변명을 하려는 찰나)

수정   (기계처럼 줄줄) 지난 번 이미용 관련 아이템. 이슈인에선 너무 무겁다하셔서. 이번에 시사텐 돌아가는 기념으로 그걸 터트리면 어떠시냐고. 피디님께서 말씀하셨는데요. 차장님.

현오   아. 이미용. 그거. (한숨을 너무 깊게 쉬고) 그건... (다시 생각에 잠기면)

S #48 (D / 은호의 빌라: 혜리의 집 301호)

주연 (소파에 앉아 안타깝게 은호를 보곤) 어떻게 지냈어요? 아픈 덴 없어요?
      몸은 괜찮아요?
은호 (덤덤하게) 그냥. ...지냈어요.
주연 (팔뚝의 상처를 뚝 보더니) 이건요? 이건... 안 아팠어요?
은호 네. 안 아팠어요.
주연 그럼 지금은. (간절) ...혜리씨인가요. 은호씨인가요?
은호 저는. (주연을 가만히 보면)

S #49 (D / PPS 방송국: 아나운서국 사무실)

자리에 앉아 노트북의 바탕화면만 멍하니 보는 현오.

김팀장 (지나다 현오를 보고) 야. 정현오. 너 뭐야. 휴가 쓴대매.
현오   (넋 나간 채로) 뭐... 반차로 하죠.
김팀장 아주 다들 지 멋대로구만. 야. 무슨 휴가를 써놓고. 갑자기 나타나서 반
        차를 쓴다... (그러다 얼굴을 보곤) 근데 너는 상태가 왜 이러냐. 뭐 잘못
        먹고 앉아 있어... (택민이가 창가의 선인장에 물 주는 걸 보더니) 야! 택민
        아! 그거 아니다! 아직 두 달 안 됐어! (그쪽으로 가면)
지온   (건너편에 앉아 있다가 한심한 현오의 모습에 벌떡 일어나선) 형. 나랑
        얘기 좀 해.

멍한 얼굴로 바탕화면만 보던 현오가 그제야 지온을 쳐다본다.
아무것도 듣고 싶지 않다.

S #50 (D / PPS 방송국 뒤편: 벤치)

현오	(벤치에 힘없이 앉아. 영혼 출가) 말해.
지온	...나도 기이동에 갔었는데.
현오	(영혼 귀가) 뭐라고?
지온	심진화가 촬영 갔다가 거기서 주은호를 봤다는 얘기를 들어서.
현오	(몸을 바로 하고) 근데.
지온	뭐가 근데야. 갔더니 형이 이미 은호를 데리고 갔었잖아.
현오	그래서.
지온	아. 그래서 나는 숲으로 갔지.
현오	무슨 숲?
지온	주은호가 살았다던 그 숲. (씨익 웃으면)

S #51 (N / 강원 동해시: 기이동 숲)

숲으로 풀썩풀썩 들어가는 지온. 밤의 숲은 평화롭고 아름답다.
거침없이 풀들을 헤치고 걷다가 앞을 보니 숲속의 산장이 그림처럼 놓여 있고.
지온이 빠르게 다가가 망가진 문을 열고 들어가면.

S #52 (D / PPS 방송국 뒤편: 벤치)

지온	형. 형은 주은호가 왜 그 숲으로 들어갔는지. 그 이유를 알아?
현오	(다시 흥미가 없어짐) 몰라.
지온	...자길 버리고 싶어서. 제 팔뚝에 상처까지 내면서. 자기 자신을 버리고 싶어서.
현오	(고개를 들어 지온을 쳐다보면)
지온	나라면 여기가 싫었을 것 같거든. 특히 주은호라는 자기 이름이 너무 싫었을 것 같거든. 그래서 주혜리처럼 팔뚝에 상처를 만들고 그곳에서 지냈던 것 같아. 은호는.

현오   (생각이 많아지는 얼굴이 되면)

지온   주혜리는 그렇잖아. 강주연이라는 사람에게 사랑을 듬뿍 받는 거 외에는 걱정할 일이 없는 사람이잖아. 아무리 노력해도 무엇도 안 되는 여기보다. 언제나 형 때문에 아파야 되는 여기보다. 그게 훨씬 낫잖아. 은호는 완전히 혜리가 되고 싶었던 것 같아. 그래서 다 버리고 도망쳤던 것 같아. 형. 근데... 그런데 말야... 형. 내가 그 산장에서 뭘 찾았는 줄 알아?

S #53   (N / 강원 동해시: 기이동 숲)

아무렇게나 놓인 옷가지들과 굴러다니는 코펠과 버너. 한쪽엔 깨진 거울. 거친 담요와 바닥에 떨어진 피가 제법 맺힌 굵은 나뭇가지. + 아주 뾰족한 끝에 피가 맺힌.
그 틈 뚝 선 채로 산장 벽면을 바라보는 지온.

S #54   (N / PPS 방송국: 1층 로비 – 커피숍)
        ; 과거 * 지온 27세, 은호 32세 - 2019년 6월

지온   선배. 그건 뭐예요?

은호의 펼친 지갑 안 투명비닐 부분에 있는 종이를 본 지온이 은호에게 물으니.

은호   (커피를 주문하고 지갑을 닫으려다) 아. 이거. 그... 현오가 사달라고 그려 줬던 건데.

지온   와. 그걸 이렇게 가지고 다니는 거예요?

은호   (머쓱) 아니. 뭐. 혹시 비슷한 거 보면 사려고. 야야. 커피 나왔다. (재빨리 커피를 가지러 가면)

S #55   (D / PPS 방송국 뒤편: 벤치)

현오의 손엔 언젠간 제가 은호에게 그려줬던 그림이 담긴 종이가 있고.

지온   걔가 있잖아. 다 버리고 싶었으면서 그건 들고 들어갔더라?
현오   (종이에서 눈을 떼지 못하면)
지온   난. 형이 (한숨) 너무 부러우면서도. (진심) 싫어. 난 지금껏 형한텐 아무
       자격이 없단 생각을 했었는데. 그래서 나한테도 언젠가 기회가 있을 거
       라고. 기다리고 기다리면 언젠간. 그런데 주은호는... 다 버려도 형은 못
       버리는구나. 전부를 버려도 형만큼은. ...못 버리는구나. 형에게 그 어떤
       자격이 없더라도 주은호가. 은호가 그런 형뿐인 거구나. 형은. (현오를 쳐
       다보고 웃으며) 좋겠다. 진짜. 그렇게 사랑받을 수 있어서.

뚝 지온을 처다보는 현오의 손에 들린 종이가 바람에 팔락거리면.

S #56   (N / 서울 마포구: 고깃집)
        ; 과거 * 은호, 현오 24세 - 2011년 5월
        ; 8회 S #25 이어

고깃집 일수 종이에 정성스레 목걸이 그림을 그리는 현오.
은호는 뭣도 모르고 정신없이 고기를 먹고 있는데.

현오   (다 그려 은호에게 주더니) 자.
은호   (먹다가 뭔지 모르고 받아들고 그림 보더니) 아이씨.
현오   (아이 같다) 꼭 사와.
은호   (진지) 저기 혹시 너 미친놈이니?
현오   (더 진지) 아니. 나 미친놈 아냐. 니가 사준대서 그려줬을 뿐이야. 약속한
       건 지켜야 되는 거 아냐?

은호	그래. (종이를 지갑에 대충 넣으면서) 알았다. 알았어. 사온다. 사와버린다. 내가.
현오	그리고 이제부터 집에 갈 때 나랑 꼭 같이 가.
은호	(어이가 없어 나오는 자연스러운 미소) 저기요. 굳이? 내가 알기론 너네 집이랑 우리집은 반대인 걸로. 그것도 정 반대방향인 걸로 아는데?
현오	응. 근데 버스가 순환버스거든.
은호	그게 무슨.
현오	(미친 사람) 순환. 뜻 몰라? 뱅뱅 돈다고. 그래서 한 시간 반이면 집에 갈 수 있다고.
은호	와. 지하철 타면 20분이면 집에 가는데. 뱅뱅 도는 순환버스를 타고 한 시간 반을. (비아냥) 야. 너무 끌린다.
현오	(진심으로 동의했다 생각하고) 그치? 완전 끌리지. 그럼 고기 더 먹을래?

은호가 이를 악물고 "살치살 2인분." 말하면 현오가 그걸 또 시켜주고.

S #57   (D / PPS 방송국 뒤편: 벤치)

방송국 뒤편. 바람이 불고 종이를 든 현오는 홀로 남겨졌다.

S #58   (D / 은호의 빌라: 혜리의 집 301호)
      : S #48

은호	전 은호에요. 강주연씨.
주연	(쿵 떨어져 바라보면)
은호	하지만. ...혜리가 너무 되고 싶었었죠.

S #59   (D – 아침 / 은호의 빌라: 혜리의 집 301호)

; 과거 * 한 달 전
: 8회 S #49 이후

[한 달 전]

옷장을 열고 안쪽에서 커다란 가방을 꺼내는 은호.
가방 안엔 어린 혜리가 남긴 옷들과 소지품들이 있고.
그 중 옷과 일기장을 꺼내 배낭에 차곡차곡 담고 부스스 몸을 일으키면.

S #60 (D - 오후 / 은호의 빌라: 은호의 집 401호)
; 과거 * 한 달 전
; 8회 S #58 이전

달칵 문을 열면 깨끗하게 치워져 있는 은호의 집.
배낭을 멘 은호가 안으로 들어가 주변을 휘 두른다.
창문도 잘 닫혀 있고. 수도꼭지도 잘 잠가져 있고.

곧 은호가 현관의 두꺼비집을 내리고 집을 나서면.
식탁 위엔 펼쳐진 혜리의 작은 수첩만 파르르 넘겨지고.

S #61 (D - 오후 / 은호의 빌라: 근처 - 마을버스 안)
; 과거 * 한 달 전

미소를 띠운 채 버스 차창 밖을 보는 은호.
바깥엔 부모 손을 잡은 채 웃으며 걸어가는 어린 여자아이 둘이 있고.
그들을 보던 은호가 아무 상처도 없는 제 팔뚝을 살살 어루만지면.

S #62   (D – 늦은 오후 / 강원 동해시: 기이동 – 땡깡슈퍼 앞)
; 과거 * 한 달 전

버스가 떠나 모래바람이 날리는 땡깡슈퍼 앞.
배낭을 멘 은호가 땡깡슈퍼를 뒤에 두고 기이동 숲 쪽으로 천천히 걸어
간다.
가다가 흘끔 돌아보는 은호. 잠시 보는 듯하더니 곧 숲 안쪽으로 사라져
버리면.

이제는 아무도 없는 땡깡슈퍼 앞엔 바람에 나무만 흐느끼는데.

S #63   (N / 강원 동해시: 기이동 숲)
; 과거 * 한 달 전

어느새 해가 저물어 깜깜해진 숲. 은호가 두리번거리며 천천히 숲을
걷는.
후두둑 새가 달음질치고 알 수 없는 짐승의 울음소리도 들리는 밤이다.

어흐흥. 사나운 짐승소리에 언제라도 도망갈 태세로 은호가 몸을 한껏
움츠리니
다다다다! 무언가 빠르게 달려오는 소리에 이제 힘껏 뛰어가는 은호.

미친 듯 달려가니 짐승이 쫓아오는 소리가 점점 멀어진다.
그래도 안심하지 않고 계속 달리는 은호. 결국 어딘가에 쿵! 머리를 박으면.
이마를 문지르며 앞을 보니 버려진 산장이 눈앞에 있다.

S #64   (D – 아침 / 강원 동해시: 기이동 숲 – 산장)
; 과거 * 한 달 전

산장 안쪽. 아무렇게나 잠든 은호가 짹짹짹짹! 너무 크게 들리는 새소리에
눈을 뜨고 안경을 찾으려 손을 뻗으면 없다.
은호가 피곤한 듯 일어나 멍하니 앞을 보니 작은 새들이 바닥을 쪼아먹고 있는.

싱그러운 아침 햇빛이 쏟아지는 산장과 그 안의 통통거리며 걸어 다니는 작은 새들.
그 풍경에 저도 모르게 편안한 기분이 든 은호가 부스스 일어나 문을 열어보면
동화처럼 아름다운 아침의 숲이 은호를 맞아준다.

은호 E / 난. ...언제나 혜리에게 묻고 싶은 게 있었어요.

S #65   (D - 아침 / 강원 동해시: 기이동 숲)
        ; 과거 * 한 달 전

아주 기분 좋은 얼굴로 풀썩풀썩 숲을 걸어가는 은호.
가다가 샘물을 발견하고 손을 모아 물을 마시면.

은호 E / 주혜리. 넌 행복해?

물을 마시다 고개를 한껏 꺾어 하늘을 보니
하늘은 무엇도 걱정하지 말라는 듯 맑고 청아하다.

은호 E / 만약 네가 행복하다면 나는 이제 너로 살아보려 해.

저도 모르게 하늘을 바라보며 환하게 미소를 짓는 은호.

S #66   (D - 아침 / 강원 동해시: 기이동 숲 - 산장)
        : 과거 * 한 달 전

        번쩍 눈을 뜬 은호가 안경도 찾지 않는 채 스프링처럼 벌떡 일어나고.
        주변을 휙휙 두르는 은호는 왠지 혜리가 된 느낌이다.

은호 E /   내가 노력한다면 그렇게 될 수 있지 않을까?

        바로 산장 문을 팍! 열어보는 은호.
        쏟아지는 햇빛과 아름다운 광경에 저도 모르게 "와아." 탄성을 뱉더니
        기지개를 쭈욱 펴고 씩씩하게 걸어가면서 소리친다.

은호   나는! 주혜리다!

은호 E /   지금까지 내가 그래왔던 것처럼.

S #67   (D - 아침 / 강원 동해시: 기이동 숲 - 산장)
        : 과거 * 한 달 전

        어느새 며칠을 숲에서 산 은호가 일어나자마자 안경을 찾는.
        그런 제 모습에 인상을 찌푸리며 한쪽의 깨진 거울을 보니
        그곳엔 여전히 제가 가장 싫어하는 자신의 모습이 있다.

        끼이익!! 급브레이크 밟는 소리 E /

S #68   (D / 강원 동해시: 기이동 - 땡깡수퍼 앞)

; 과거 * 보름 전
: 9회 S #42

트럭운전사 (차에서 내려 달려가 은호의 몸을 두드리며) 여보세요! 여보세요! 괜찮
으세요?

일어난 은호가 머리카락을 귀 뒤에 꽂더니 '여긴 어디지?' 천천히 두르다
은호를 보던 진화와 눈이 마주치는.

진화 (처음엔 긴가민가) 어? (은호의 얼굴을 보려고 하며) 주... 은.

순간 벌떡 일어나 파다닥 도망처버리는 은호.

트럭운전사 어? 그냥 가시면 안 되는데! 119 불렀는데! 저기요! 이봐요! (은호를 마
구 쫓아가면)

미친 듯 숲 안쪽으로 달려가는 여자는 은호가 선명하고.

S #69 (N / 강원 동해시: 기이동 숲)

우르르 쾅쾅! 요란한 천둥번개 소리와 함께
괴물처럼 어두워진 비에 젖은 밤의 숲이 보이고.
산장 구석. 비에 쫄딱 젖은 은호가 발발 떨면서 무릎을 모으고 앉아 있
으면.

S #70 (N / 은호의 빌라: 은호의 집 401호)
: 과거 * 은호, 현오 33세 - 2020년 2월

쾅! 문이 닫히고 비에 쫄딱 젖은 은호가 들어오자.

현오 (식탁 의자에 앉아 신문 보다가) 뭐야. 너 우산 없었어?
은호 어. 버스에 두고 내렸어. (오들오들 떨며 가방 놓고 외투 벗는)
현오 (짜증나지만 참고. 혼잣말처럼) ...그러니깐 내 차로 같이 오자니깐.
은호 (덜덜 떨며) 안 돼. 일이 남아 있었단 말이야.
현오 (걱정 되지만 아무렇지도 않은 척) 빨리 옷이나 갈아입어.
은호 어어. 그럴게. (덜덜 떨며 화장실로 가고)

그제야 현오가 걱정스러운 얼굴로 은호를 쳐다보면.

S #71 (N / 강원 동해시: 기이동 숲 – 산장)

울부짖는 짐승 소리에 무서워진 은호가 무릎을 꼭 껴안고 옆을 바라본다.
벽에는 현오가 그려준 그림이 붙어있고.
그것이 마치 안정제라도 되듯 은호가 고개를 무릎에 푹 묻은 채 바라보면.

S #72 (N / 은호의 빌라: 은호의 집 401호)
       ; 과거 * 은호, 현오 33세 – 2020년 2월

현오 (휴대폰이랑 지갑 챙겨 나가며) 야. 나 간다.
은호 (이불을 목 끝까지 끌어올리고선) 어. 넌 우산 꼭 가져가.
현오 (신발 신으려다 다시 은호 앞으로 가서 쭈그리고 앉아) 야.
은호 (이를 으드드 떨며) 응?
현오 (뽀뽀해주는)
은호 (그 와중에 웃더니) 우와. 너무 좋다. 나 또 해줘라.
현오 (픽) 우리 은호는 거절을 몰라요. 거절을.
은호 (아픈데도 웃음이 나) 아. 또 해줘. 또.

현오	(지갑이랑 휴대폰 든 채 은호 옆에 눕더니) 그럼. ...조금만 있다 가볼까.
은호	(현오 쪽으로 몸을 돌리곤) 응. 조금만. 아주 조금만. 오늘은. (혼잣말처럼) 특별하거든.
현오	오늘은 왜 특별한데?
은호	그러니깐 오늘은. (현오 너머 달력을 흘끗 보면. 동그라미가 쳐져 있고. **[우리 혜리]** 표시돼 있다) 오늘은 정말 혼자 있기 싫었어. (달달 떨며 미소를 지으면) + 혜리가 실종된 날.

S #73 (N / 강원 동해시: 기이동 숲 – 산장)

쾅! 쾅! 쾅! 짐승이 대가리로 산장 문을 육중하게 박고.
은호가 겁먹은 얼굴로 산장 문을 쳐다보는데.

천둥번개 소리와 함께 산장 문을 계속 박아대는 짐승.
은호가 불안에 떨며 옆의 거울을 보면 그 곳엔 초라한 제 모습이 담겨
있다.
은호가 무너진 얼굴로 손을 더듬어 굵은 나뭇가지를 줍더니
제 팔뚝을 쿡 눌러 상처를 박박 내기 시작하면.

은호 E /	그런데 주혜리. 나는 정말 궁금해.

피가 나는데도 계속 흉터를 만들어내는 은호.
짐승 소리는 점점 잦아들고 은호의 상처가 점점 커지던 와중.

은호 E /	너는 가진 게 아무것도 없잖아.

콰앙! 부서질 듯 흔들리는 문에 뚝뚝 피 흐르는 팔뚝으로 벌떡 일어난
은호가 반대편 창가를 바라본다.

S #74   (N / 강원 동해시: 기이동 숲)
         : S #12 이전

비 오는 숲을 미친 듯 달려 나가는 은호.

은호 E /   그런데 왜.

이제는 숲에 완전 적응 돼 어느 쪽이 숲의 입구인지 정확히 알고 있다.

은호 E /   도대체 왜.

뒤에서 짐승이 쫓아오건 말건 무조건 달려가는 은호인데.

드디어 숲의 바깥으로 나온 은호가 헉헉거리며 걸어가다가
버스정류장 앞. 다리에 힘이 풀려 풀썩 쓰러져버린다.

슈퍼주인   (들고 있던 걸 내팽개 치고 달려가선. 여자의 몸을 흔들며. 강원도 사투
          리) 이보시우! 왜서 이런다요?

은호 E /   행복한 거지?

S #75   (D / 은호의 빌라: 혜리의 집 301호)
         : S #58

주연   (안타깝게 보며) 그래서. 혜리씨가 되어보기로 한 거예요?
은호   네. 그 애가 왜 행복했었는지 알고 싶어서. (옅은 미소)
주연   그럼 은호씬.
은호   (미소로) 저는 행복한 적이 없었어요.

S #76 (N / 은호의 빌라: 은호의 집 401호)
; 과거 * 은호, 현오 33세 - 2020년 2월

침대에서 꼭 껴안은 채 키스하는 은호와 현오.

은호 E / 단 한 순간도.

S #77 (D - 오후 / 은호의 빌라: 혜리의 집 301호)

은호 (자괴감) 그런데도. ...결국 혜리가 되지 못한 채. 여기로 돌아왔죠.
주연 (울기 4초 전) 혜리씨가 아닌데. 왜 나한테.
은호 (고갤 들어 주연을 쳐다보고) 나 강주연씨를. (진심) 안아주고 싶었거
든요.
주연 (주루룩 눈물을 흘리면)
은호 너무나도 안아주고 싶었거든요.
주연 (뚝뚝) 혜리... 씨.
은호 저는요. 아무래도 혜리가. ...될 수 없을 것 같아요. 강주연씨.
주연 (울면서) 나는 진짜 상관없는데. 나는 진짜 혜리씨가 그 누구든.
은호 어쩌면 우리는 오늘이 끝이겠죠.
주연 (엉엉) 아니. 그건. 아니.
은호 (덤덤하게) 인사하고 싶었죠. 누구보다 사랑이 필요했던 나를. ...좋아해
줘서. 아껴줘서 고맙다고. 아까 강주연씨가 내게 했던 말은 오히려 내가
주연씨에게 하고 싶었던 말이에요. 맞아요. 나도 처음부터 그 누구라서
당신을 좋아했던 게 아니고. 그저 내게 와줘서. 이런 내게 와줘서 감사했
어요. 주연씨.

주연이 더는 참지 못하고 고개를 숙이면 은호는 그런 주연을 가만히 바

라보고.
그렇게 아주 느린 오후가 지난다.

S #78   (D - 오후 / PPS 방송국: 아나운서국 사무실)

번잡한 오후의 아나운서국 사무실. 자리에 앉은 현오가 노트북을 보고
있으면.

은호 E /   ...떠나지 않았으면 좋겠다.
현오 E /   누가. 내가?
은호 E /   응. 네가 늘 내 옆에 있어줬음 좋겠어.

택민   (툭툭 오더니) 야. 정현오. 선인장 물 말야. 두 달에 한 번이야. 한 달에
          한 번이야?
현오   (노트북만 본 채. 멍하니) 한 달에 한 번.
택민   아. 그치? 근데 왜 팀장님은 자꾸 두 달에 한 번 주라고 해?
현오   그냥 무시하고 한 달에 한 번 주면 돼.
택민   아아. 무시하면 되는 거구나. 몰랐어. (제 자리로 가면)

은호 E /   그래줄 수 있어? 현오야?

S #79   (N / 은호의 빌라: 은호의 집 401호)
         ; 과거 * 은호. 현오 33세 - 2020년 2월
         : S #76 이전

침대에 마주 누워 서로를 바라보고 있는 은호와 현오.

현오 E /   응. 그럼.

은호 E /	나 언제까지 사랑해줄 건데?
현오 E /	나 너랑 평생 사귈 거라니깐?
은호 E /	아니 이. 사귀는 거 말고. 사랑해주는 거. 그건 언제까지 해줄 건데?

현오	(은호를 향해 보더니) ...영원히.

은호가 뚝 현오를 바라보고.

은호 E /	난. ...단 한 순간도 행복한 적이 없었다고 생각했었거든?
현오 E /	그런데?
은호 E /	아니. 오늘은 너무 행복했어.
현오 E /	아. 내가 옆에 있어서?

현오를 보던 은호가 픽 웃자.

현오	뭐야. 왜 웃냐?
은호	아니. 네가 너무.

은호에게 다가가 키스하는 현오. 그렇게 꼭 껴안은 채 두 사람이 키스를 하면.

현오 E /	...좋으니깐.

S #80 (D - 오후 / PPS 방송국: 아나운서국 사무실)

택민	야. 그럼 그 옆에 있는 화분은 말야.

벌떡 일어난 현오가 택민을 치고 아나운서국 사무실을 나가버리고.

S #81 (D - 오후 / PPS 방송국 앞)

회사에서 달려 나와 택시를 잡는 현오.

S #82 (D - 오후 / 은호의 빌라 가는 길: 도로 - 택시 안)

차들이 꽉 막힌 도로. 택시는 도무지 움직이질 않고.
답답해진 현오가 "기사님. 저 여기서 내릴게요." 결제하고 내리면.

거리엔 사람들이 많고 그 사이를 빠르게 걷는 현오.
그러다 미친 듯 달려가며 전화를 하는데.

S #83 (N / 은호의 빌라: 은호의 집 401호)

쾅. 문을 닫고 집으로 들어온 은호가 액자를 손으로 쓱 쓸고 소파로 가
풀썩 앉는.

현오가 열어둔 창가로 바람이 설렁설렁 들어온다.
은호가 피곤한 듯 소파에 누워 가만히 눈을 감으면.

S #84 (D - 오후 / 은호의 빌라: 혜리의 집 301호)
        : S #77

주연   (울면서) ...그럼 혜리씬. 정현오 선배님한테 돌아갈 건가요?
은호   (우는 주연을 보고. 피식) ...아기 같네. 진짜.
주연   (우는 아이입니다만 왜요) 그러... 니깐... 정현오 선배님한테...

은호	그 사람은 절 좋아하지 않아요.
주연	맞아요. 좋아하지 않더라고요.
은호	(뚝 보면)
주연	(울면서) 사랑하더라고요.
은호	그건. (픽 웃더니) 잘 모르겠어요. 하지만 그 사람이 다시 돌아온다면.

S #85 (N / 은호의 빌라: 은호의 집 401호)

소파에서 잠들었던 은호가 불현 듯 눈을 뜬다.
좋은 꿈을 꾸었는지 나쁜 꿈을 꾸었는지 모를 얼굴로 천장을 보고 있는데.
충전기에 꽂아둔 은호의 휴대폰으로 전화가 오는.
부스스 일어난 은호가 휴대폰을 집어들면. + 음성전화: [정현오]

| 은호 E / | 말해야지. 말해줘야지. |

휴대폰 너머 뭔갈 듣더니 휴대폰을 던지고 빠르게 밖으로 나가는 은호.
쾅! 문 닫히는 소리만 남으면.

S #86 (N / 은호의 빌라: 계단)

빠르게 계단을 내려간 은호가 다급한 듯 주변을 두르니
저 멀리 헉헉거리며 달려온 현오가 땀에 흠뻑 젖어 숨을 고르고 있다.
빠르게 현오를 향해 걸어가는 은호. 현오 역시 은호를 향해 걸어오는데.

| 은호 E / | ...고마워. 내 사랑. |

성큼 가까워진 두 사람이 서로를 잠시 보다 누가 먼저랄 것도 없이 키스

를 한다.
멈추고 서로를 보다 은호가 현오의 귓가에 다가가 뭔가를 말하는.

은호 E /   이런 내게 와줘서 정말 고마워.

은호를 바라보던 현오가 다가가 다시 키스를 하고.
오랜 시간 기다린 사람처럼 서로에게 키스하는 두 사람 너머로 저무는 해.

- 제10회 끝 -

내게 오는 길

사실 전부 다 그리웠어

S #1   (N / 은호의 빌라 앞)
        : 10회 S #86

은호를 바라보던 현오가 다가가 다시 키스를 하고.
오랜 시간 기다린 사람처럼 서로에게 키스하는 두 사람 너머로 해가 저
물면.

[네 냄새]
[이게 얼마나 그리웠는지 너는 몰라.]

S #2   (D / 은호의 빌라: 은호의 집 401호)
        : 과거 * 9년 전 여름

열어둔 창으로 바람이 살살 들어오는 햇살 좋은 날.
현오가 창가 곁 건조대에 빨래한 옷들을 널며.

현오   (픽) 나한테 무슨 냄새가 나는데.
은호   (바닥에 앉아 빨래를 꼼꼼히 개면서) ...네가 쓰는 섬유유연제 냄새 6분
           의 1. 네가 쓰는 샴푸냄새 6분의 1.

현오	(팡팡 널며) 그리고?
은호	네가 어제 갔던 장소의 냄새 6분의 1. 또 네가 쓰는 핸드크림 냄새 6분의 1.
현오	야. 나 핸드크림 안 쓰거든?
은호	(아랑곳 않고) 아. 또 네가 방금 마셨던 음료수의 냄새 6분의 1이랑 너네 집에서 쓰는 향초의 냄새 6분의 1.
현오	향초도 안 쓰고요.
은호	그런 냄새가 나. 너에게서.
현오	(조금 웃으며 빨래를 널면)
은호	난 있지. 그 냄새가 너무너무 좋아. 현오야.

돌아보면 현오를 향해 맑게 웃는 은호.

[사실 전부 다 그리웠어.]

S #3   (N / 은호의 빌라 앞)

은호가 현오의 얼굴을 그리운 듯 천천히 감싸 안으면.

[네 얼굴과 네 목소리]

현오도 은호의 머리칼을 살살 넘겨주고.

S #4   (D / 은호의 빌라: 은호의 집 401호)
　　　　 ; 과거 *9년 전 여름

현오	(널어도 널어도 끝이 없는 빨래에) 야. 근데 넌 빨래를 며칠 동안 안 한 거냐?

은호 (눈 동그랗게 뜨고) 나 이틀밖에 안 밀렸는데?

현오 너는 진짜 희한한 게... (팡팡 널며) 드럽게 드러우면서 옷은 또 맨날 갈아입어요.

은호 아니. 그럼 옷을 맨날 갈아입지... ('이틀에 한 번 갈아입어?' 하려는데)

마침 바람이 햇살을 타고 들어와 빨래를 너는 현오의 머리칼을 건드리고.

[네 손가락과 머리카락]

현오 (은호의 시선 느끼고) 뭐. 왜.

은호 (민망해 괜히 딴 데 보고 아무 말 대잔치) 아냐. 아니. 아무튼. 그니깐. 어. 근데 옷을 맨날 안 갈아입는 사람도 있어?

현오 어. 많은데. 이틀에 한 번? 나흘에 한 번?

은호가 다시 현오를 흘끗 보면 빨래를 너는 현오의 손가락과 맨발.

[네 손톱이랑 발톱이랑]

은호 (제가 보는 걸 들킬까 급하게 시선 돌리며) 아. 구래?

현오 야. 넌 이제부터 그냥 두세 번씩 입고 옷을 빨아. 어차피 암만 빨아도 티도 안 나니깐.

은호가 다시 현오를 문득 쳐다보면.

[그러니깐 너의 전부가]

픽 웃으며 팡! 팡! 빨래를 터는 현오.

[지금껏 어떻게 참고 살았는지 모를 정도로]

또 다시 바람이 불어와 현오의 머리칼이 부드럽게 날리고.

[그리웠어. 현오야.]

S #5   (N / 은호의 빌라: 은호의 집 401호)

은호가 쌕쌕 숨을 쉬며 앞을 보니 침대에 누워 자신을 꼭 껴안은 현오가 보인다.
닿을 듯한 현오의 얼굴과 머리칼, 목덜미까지. 은호가 꿈인 듯 현오를 보고 있자.

현오   (다정) 왜에.
은호   ...보고 싶었어.
현오   매일매일 봤는데도?
은호   응. 매일매일 봤는데도.

[보고 싶었어.]

현오   (좀 더 안더니) 그랬구나.
은호   (현오의 품으로 더욱 더 헤집고 들어가면)
현오   (이제야 털어놓는 진심) 나도 그랬어.

[정말정말 보고 싶었어.]

은호   (여전히 믿기지 않는다는 듯 현오를 보다가) 잘 자.
현오   응. (더 끌어안고선) 너도.

침대에 누워 꼬옥 껴안은 두 사람. 은호가 천천히 눈을 감으면.

S #6   (N / 서울: 대형병원 - 장례식장 복도)
        : 과거 *은호 11세 - 1998년 12월 27일
        : 3회 S #40

상복을 입고 삐삐머리를 한 열한 살 은호가 입을 벌린 채 TV를 보고
있는.
현오가 천천히 걸어와 어린 은호의 앞에 쭈그리고 앉더니 다정한 얼굴로.

현오   안녕? 주은호.
어린 은호   (껌뻑껌뻑 현오를 쳐다보면)
현오   네 얘기가 듣고 싶어 찾아왔는데.
어린 은호   무슨 얘기?
현오   그냥. 너의 전부. ...내게 다 말해줄 수 있을까?
어린 은호   (현오를 가만히 바라보다가) ...동생이 있었고. 나 때문에 사라졌어.
현오   (따뜻) 그래서?
어린 은호   죄책감에 내가 많이 아팠어.
현오   ...그랬구나.
어린 은호   응.
현오   그럼 주차장에선 왜 일을 한 건데.
어린 은호   그건. ...혜리의 꿈. 언제나 행복했던 그 애가 부러웠었는데. 그래서 한번
          살아보고 싶었어. 그 아이의 인생을 알고 싶었어. 그 애가 왜. ...행복했었
          는지.
현오   그래서. 알아냈어?
어린 은호   (대답하지 못하고 그저 눈물을 흘리니)
현오   (말없이 어린 은호의 눈물을 닦아주곤) 행복해지는 법을. ...알아냈어?
어린 은호   (고개를 가만히 끄덕이면)
현오   그럼 말해줄래? ...행복해진다는 건.

어린 은호가 현오를 향해 눈물 고인 얼굴로 미소를 짓는다.

은호 E /   혜리야. 나 네가 왜 행복했었는지 알아냈어.

현오가 여전히 다정하게 어린 은호를 바라보고 있자.

어린 은호   그러... 니깐 행복해... 진다는 건.

은호 E /   행복해진다는 건 말야.

S #7   (N / 은호의 빌라: 은호의 집 401호)

불현듯 잠에서 깬 은호가 헉헉거리며 앞을 보니.

현오   (자다가 눈을 뜨더니) 왜. 꿈 꿨어?
은호   (말없이 현오를 바라보면)
현오   (은호의 식은땀 닦아주곤) 이리와.

은호가 현오에게 조금 더 다가가자 은호를 따뜻하게 안아주는 현오.

은호 E /   별 게 아니었어.

현오에게 안겨 잠이 든 현오를 올려다보는 은호. 한참을 보다 천천히 눈을 감으면.

은호 E /   사랑하는 사람과 함께하는 거였어.

잠든 은호의 귓가에 어린 혜리와 은호할머니의 웃음소리가 들리는 것만 같다.

S #8   (D – 5시 30분 넘어 / 미디어N서울 방송국: 야외주차장)

오후의 야외주차장은 여전히 차들로 빽빽하고.
그 사이의 주연의 차가 들어와 댈 곳이 없어 빙빙 돌고.
멀리 노란 컨테이너는 덩그러니 놓여있고.

S #9   (D – 5시 30분 넘어 / 미디어N서울 방송국: 1층 로비)

바글거리는 사람들 사이로 무표정한 얼굴의 주연이 걸어오면.
엘리베이터 문이 열리고 사람들이 많이 타는.
바로 주연이 몸을 돌려 비상구 쪽으로 걸어가고.

S #10   (N / 미디어N서울 방송국: 아나운서국 사무실)

아나운서국 사무실. 주연이 와 자리에 앉아 데스크톱을 켜고 묵묵히 일을 하는데.

혜연 E /   오빠. 강주연 이상한 거 혹시 알아?

S #11   (N / 미디어N서울 방송국: 아나운서국 탕비실)

탕비실 벽에 붙어 사무실의 주연을 훔쳐보고 있는 혜연.

오재   (그 뒤로 쓱 와) 아. 알지. 너무너무 이상하지.
혜연   (괴상한 자세로 주연을 훔쳐보다 오재를 돌아보고) 아. 정말 알아?
오재   아니. 어제 식당에서 밥 먹다가 울었거든.

혜연   뭐? 왜에?

S #12   (N / 미디어N서울 방송국: 구내식당)

오이고추를 아삭 베어 문 주연이 주르르 눈물을 흘리는.
그 앞에서 밥을 먹던 오재의 입은 하마만해지고.

오재 E /   ...오이고추가 매워서.

S #13   (N / 미디어N서울 방송국: 아나운서국 탕비실)

혜연   난 있지. 오늘 비상구 계단에서 마주쳤는데 울었거든?
오재   (진심으로 공감) 계단? 계단은 왜 슬펐던 건데?

S #14   (N / 미디어N서울 방송국: 계단)

헉헉 숨이 차오른 주연이 주르르 눈물을 흘린다.
그 옆의 혜연의 입은 펠리컨만해지고.

혜연 E /   숨이 차기 싫은데 숨이 차서.

S #15   (N / 미디어N서울 방송국: 아나운서국 탕비실)

오재   (진심으로 걱정) 정말 이상하다.
혜연   (고개를 끄덕거리며) 응. 이상해.
오재   뭐가 그렇게 슬픈 거지?

수현	(두 사람 사이에 끼어들어) 야. 그게 뭐가 슬픈 거야. 그냥 미친...
오재, 혜연	(동시에 돌아보곤) 아! 아니거든?!
조부장	(마침 그 앞을 지나며) 하이고. 얘들아. 제발 일 좀 해라. 회사가 뚱가뚱가 노는 데가 아니에요.
혜연	(그새 주연을 보더니) 헉. 또 운다. 또 울어.

오재와 혜연, 수현이 주연을 같이 보면
자리에 앉아 주르르 흐르는 눈물을 표정 없는 얼굴로 닦아내는 주연.

오재	(걱정) 이번엔 뭐가 그렇게 슬픈 걸까.
혜연	오빠. 요즘 인터넷 기사들이 많이 슬퍼.
오재	맞아. 워낙 세상이 흉흉하니깐.
수현	와씨. 난 왜 선배님이랑 네가 더 흉흉해 보이지? (두 사람을 흉흉하게 쳐다보면)

S #16 (N – 11시 넘어 / 미디어N서울 방송국: 야외 주차장)

이제는 차 한 대 없는 야외 주차장의 노란 컨테이너의 불빛이 뚝 꺼지고.

S #17 (D – 5시 30분 / 미디어N서울 방송국: 야외주차장)

차들로 꽉꽉 차 있는 오후의 야외주차장. 그곳의 주차관리소로 누군가 걸어오면.

S #18 (D – 5시 30분 넘어 / 미디어N서울 방송국: 주차관리소)

고요히 앉아 임용고시 책을 읽는 민영. "따랑." 소리와 함께 문이 열리자.

민영   (쳐다보지도 않고) 강주연씨. 오늘도 주혜리는 오지 않았는데요. (뭔가 기분이 이상해 고개를 들어 보면)

은호가 민영을 향해 환하게 웃는다. 민영이 은호를 뚝 쳐다보고.

S #19   (N / 미디어N서울 방송국: 주차관리소)

민영   (주차안내서를 빠르게 접다가. 띠용) 나 있지. 오늘에서야 확신이 생겼어.

은호   (꼼꼼히 주차안내서를 접으며) 무슨 확신?

민영   (은호를 돌아보고) 넌 확실히 미쳤어.

은호   너 아니라니깐? 언니라니깐? 나 서른일곱이야. (새끼야)

민영   해리성 인격성 뭐?

은호   그래. 나 아팠어. 미친 게 아니고.

민영   그니깐 너는 다중인격이었고.

은호   맞아. 나 아팠다고.

민영   기억을 잃은 게 아니라 다른 자아.

은호   그래. 이 언니가 고생을 많이 했다.

민영   이 모든 것 중 내가 이해가 되는 부분은 딱 하나야.

은호   뭔데.

민영   니가 서른일곱이라는 거. 그래. 도무지 스물여덟로는 보이지 않았거든. 내가 그런 인사이트가 있는 편인데 말야? 내가 아무리 아무리 너를 보아도.

은호   민영아. 내가 있잖아. 어디가서 동안 소리 좀 듣는 편이다?

민영   서른하나 정도 오케이.

은호   아니. 스물다섯도 들어봤단다. 민영아. 그래서 말인데.

민영   왜. 뭐.

은호   언니라고 불러줄래? (다시 꼼꼼히 주차안내서를 접으면)

민영   (빠르게 주차안내서를 접으며) 싫어. 너도 처음에 내가 너보다 나이 많댔는데 나한테 반말한다 했잖아.

은호   (오호) 그랬지.

민영   그건 기억이 나세요?

은호   뭐. 적당히 나긴 나는데.

민영   (빠르게 접으며. 애써 아무렇지도 않게) 그럼 이제부터 여긴 안 나오는 거야?

은호   (꼼꼼히 접으며. 애써 아무렇지도 않게) 응. 이제 못 나와.

민영   (말없이 접는데 속도가 조금씩 느려지는)

은호   근데 너 혹시 이직에 관심 있니?

민영   아니. 임용고시에만 관심 있는데.

은호   저기. PPS에도 주차정산소가 있거덩?

민영   아하. 거기 나도 알아봤었는데 얼마 전에 다 기계화 됐어.

은호   오. 첨단사회네. 빠르디 빠른 발전 속도를 따라갈 수가 없어.

민영   (점점 더 느려지는 접는 속도)

은호   근데 너 내가 없어서 조금 심심했지.

민영   (울 것 같은 마음 꿀꺽 삼키며) 조금 아니고. 많이.

은호   나 강주연보다 네가 더 생각났어.

민영   거짓말.

은호   강주연이 생각났으면 너한테 먼저 안 왔지.

민영   거짓말.

은호   너와 있던 시간이 참 행복했어.

민영   거짓말.

은호   난 사실 친구가 없거든?

민영   유명 방송국의 아나운서한테 왜 친구가 없겠냐? 나보다 훨씬 멋진 친구들이 수두룩하겠지.

은호   친구는 멋진 걸로 뽑는 게 아니잖아?

민영   (뚝 멈추고 은호를 쳐다보면)

은호   (천천히 꼼꼼히 접으며) 친구는 그냥 뽑는 거잖아. 조건 없이. 마음이 통하는 사람한테 스며드는 거잖아?

민영   야. 너 이제 좀 서른일곱같다.

은호	(돌아보고 꼰대 눈빛) 그럼 이제부터 언니라고 불러줄래?
민영	오우. 생각보다 고리타분한 걸?
은호	어떻게 알았어? 후배들이 나보고 고리고리 고리타분이라 하는데.
민영	(꼼꼼히 접으며) 내가 아는 고리고리 고리타분 중에 제일 좋아.
은호	임용고시는 언제 봐?
민영	(주차안내서 접으며) 그건 왜 묻는데?
은호	(씨익 웃으며) 응원하려고.
민영	(쳐다보면)
은호	왜? 나 응원 같은 거 되게 잘 해.

민영이 '치. (그럼 뭐해. 떠날 거면서)' 하는 사이 "따랑." 문이 열리더니.

| 주연 | (쿵) ...혜리씨. |

뚝 떨어진 얼굴로 은호를 바라보는 주연. 은호가 주연을 향해 가만히 미소를 짓고.

S #20 　(N / 미디어N서울 방송국: 야외주차장 자판기 앞)

주연	(음료수를 들고 어쩔 줄 몰라하며) 다시 출근하는 거예요?
은호	아뇨. 민영이에게 인사를 하고 싶어 찾아왔어요.
주연	(미세한 실망) 아... 그렇군요.
은호	아무래도 저는 이제부터 전 혜리가 아닌. 은호로 살아야 하니까.
주연	(단호한 마음에 실망하는 기색 감추며) 아... 그죠. 그래요. 맞아요.
은호	강주연씨.
주연	(고개를 들어 확 보고) 예?
은호	좋은 이별이라고 아나요?
주연	이별이 뭐가 좋은 가요.
은호	상담하면서 들었어요. 우리 모두는 좋은 이별을 해야 한대요.

주연	그러니깐. 이별이 뭐가 좋냐고요. 그런 건 없어요. 혜리씨.
은호	아뇨. 있어요. 이별을 할 때 그 사람과 충분한 시간을 갖고. 충분히 슬퍼하고. 그렇게 진심으로 서로를 응원해주고. 그렇게 이별을 회피하지 않고 당당히 마주한 뒤 헤어지는 게 좋은 이별이거든요.
주연	그런 얘길 왜 하는 거죠.
은호	강주연씨. 우리 좋은 이별을 해볼래요? 전 강주연씨와 그런 이별을 하고 싶어요. 왜냐하면 혜리는 강주연씨를 정말 좋아했을 테니깐. 어때요? 우리? (활짝 웃으니)

음료수를 든 주연이 은호를 뚝 처다보고.

S #21　(D – 아침 / PPS 방송국: 아나운서국 팀장실 앞)

쾅쾅쾅쾅! 쾅쾅쾅쾅! 미친 사람처럼 팀장실 문을 두드리는 재용.

재용	형님형님! (쾅쾅쾅쾅!) 아! 문 좀 열어보라니깐? 아니. 내가 진짜 신기한 걸 봐서 그래. 형님! 내가 있잖아! 아침에 진짜진짜 완전완전 몹시몹시 신기한 걸 봤는데! 형님도 엄청 궁금하지 않아? 응? (쾅쾅쾅쾅) + 사이 재용의 휴대폰은 계속 진동소리가 들리고.

S #22　(D – 아침 / PPS 방송국: 아나운서국 팀장실)

시끄럽게 문 두드리는 소리 들리는 와중. 김팀장이 땅이 꺼져라 한숨을 쉬더니만.

김팀장	...계속 해봐.
은호	팀장님. 저 오늘부터 정식으로 다시 출근을 하겠습니다. (만세) 예이!
김팀장	회사가 무슨. (머리 아파) 니 집 안방이냐? 들어왔다 나왔다 아주 자유

로와?

은호   (급격한 태도 변화) 아. 처음부터 밀린 휴가 다 쓴 거였잖아.

김팀장   그랬지. 그러셨지. 근데 그때 네가 나한테 뭐라고 했어. 국내에서 가장 비장한 얼굴로 와서는 팀장님. 저 지금까지 안 썼던 휴가를 전부 쓰겠습니다. 제가 그거 다 쓸 때까지 돌아오지 않으면 사직처리 하십쇼. 야. 니가 일주일만 더 늦게 왔었어도 내가 널 영원히 안 볼 수가 있었어!

은호   그러나 제가 돌아왔습니다! (만세) 예이!

재용 O.S   (쾅쾅쾅쾅) 형님형님! 내가 보았던 아주 신기한 광경이 궁금하지 않아? 형님형님?!

은호   (문으로 걸어가 확 열고) 네가 대체 뭘 봤길래. 뭘 본건데.

재용   (귀신이라도 본 듯 놀라) 으허허헉.

은호   혹시 네가 본 게 나였니? 너 내가 돌아와서 놀라버렸니? 그럼 이제 된 거니?

재용   아니. 널 본 건 놀라운 일이 아니었고. 내가 놀라웠던 건 너랑 정현오가 손을 잡고 가더라고! 그래서 내가!

은호   (더 이상 너의 말을 접수치 않겠어. 바로 쾅! 문을 닫고 잠근 뒤) 선배. 나 이제 어디 들어갈 수 있어? 나 이제 조근석근 그딴 거 안 따져. 시켜만 주면 무엇이든 할 예정이거든? 선배 나 뭘할까? 뭐하면 돼?

김팀장   나가면 돼.

은호   (불굴) 나 뉴스 할 수 있는데. 새벽이라도 좋은데. 새벽 네시에 나오라면 새벽 두시부터 나올 수 있는데. 어디 티오 없니? 누구 빠진 사람 없니?

김팀장   나가라고.

은호   나갈 건데.

김팀장   (슥!) 안 나가?

은호   (버튼이 눌린 걸 알아차림) 옙! 팀장님! 지금 당장 나가겠습니다. 충성! (두두두두 뒤로 빠르게 빠지면)

김팀장   야!

은호   (그 모습 그대로 뚝 멈춰) 말씀하십쇼! 팀장님!

김팀장   (약간 곤란) 그... 현오는 다음 주에나 시사텐에 들어가거든?

은호	(그 모습 그대로. 오잉?) 그게 왜?
김팀장	(두 사람 사이를 모르니) 아니. 뭐. 걔가 아직도 네 옆자리에 있을 거란 얘기지. 시사텐 들어가면 그쪽으로 자리 옮길 거니깐 그때까지만 네가 좀 불편해도.
은호	(몸을 일으키고. 굉장히 정상처럼) 아. 선배. 날 뭘로 보는 거야? 나 굉장히 쿨한 여자야.
김팀장	아아. 그렇게 쿨해서서 전 남친 결혼 소식에 무려 한 달을. (대답 대신 문이 쾅! 닫히자) 에이씨. 저것들은 항상 인사 없이 문을 쾅쾅 닫고 나가. 어디서 바람도 안 부는데. 에이씨.

S #23 (D / PPS 방송국: 아나운서국 사무실)

왠지 데면데면해 보이는 현오의 은호의 나란히 앉은 뒷모습.
그러나 두 사람은 복화술로 대화를 나누고 있는데.

현오	(노트북만 보며) ...좋은 이별?
은호	(노트북을 켜며) 응. 좋은 이별.
현오	(개쑈소리하고 앉아있네) 그래서 강주연을 만나고 오겠다고.
은호	(노트북이 안 켜진다. 쾅쾅 치며) 응. 좋은 이별을 해야 하니깐.
현오	그건 그냥 데이트 아냐?
은호	(쾅쾅 치는) 아닌데? 왜. 안 돼? (진심) 나가지 말까?
현오	(쏘쿨) 아니. 나가.
은호	아. 진짜아?
현오	그러엄. 야. 너 알지. 나 되게 팬찮은 남자친군 거.
은호	아니? 넌 사귀기 전엔 팬찮은데 사귀고 나면 거대한 똥이 되는...
재용	(두 사람 사이에 푹 끼어서) 니네 지금 무슨 얘길 하는 거야? + 재용의 휴대폰 진동소리는 계속 들리고.
현오	(조금도 당황하지 않고) 똥 얘기하는데. 왜요.
은호	(노트북 버튼 헤집어 눌리며) 아씨. 한 달을 안 켰더니. (쾅쾅) 야. 너

혹시 컴퓨터 수리 내선 번호 아냐?

현오   (대답 않고 노트북만 보면)

은호   아씨. 컴퓨터 수리 내선 번호 알고 있냐고. (쾅!)

현오   (노트북만 보며. 싸늘) 5574.

은호   (바로 내선 연결하는데) 아닌데? 없는 번호라는데?

현오   (퉁명스레) 아. 그럼 나도 몰라.

은호   에이씨. (쾅! 전화를 끊자)

재용   (사이에서 미어캣) 나 지금 헷갈려서 그러는데. 너네는 지금 사이가 좋은 거야? 나쁜 거야?

은호   (휙 돌아보더니) 보면 모르니?

사이 현오는 벌떡 일어나 재용을 스치고 나가버린다.
은호는 노트북을 거의 부실 듯 두드리고 있는데.
마침 사무실로 들어오던 지온이 은호의 뒷모습을 뚝 쳐다보면.

S #24   (D / PPS 방송국 뒤편: 벤치)

여전히 바람이 멈추지 않고 불어오는 방송국 뒤편 벤치.
은호가 벤치에 앉아 앞에 서있는 지온을 올려다보자.

지온   ...5573인데.

은호   (아빠다리하고 앉아선) 아. 역시 넌 알고 있을 줄 알았어.

지온   뭐야. 너 완전히 돌아온 거야?

은호   반만 돌아오는 것도 있었나?

지온   몸은. 괜찮냐?

은호   괜찮지. 걱정하지 마. 문지온.

지온   형은.

은호   (씨익 웃더니) 왜.

지온   (되레 가볍게) 형이랑은. 너 어떻게 됐는데.

은호	(더 씨익) 잘 됐지.
지온	(그럴 줄 알았다는 듯 픽 웃고) 결국 그렇게 될 거. (아무도 모르게 한숨을 쉬면)
은호	(부스스 일어나선) 그래서 말인데. 지온아.
지온	뭐.
은호	(걸어가며) 누우나. 서언배.
지온	(따라가며) 알았어. 은호… 누우나. 웩. 은호… 서언배. 웩.
은호	(씨발) 너는 왜 그러는 거야?
지온	간만에 하니깐 역겨워서 그래. 근데 계속 하면 안 역겨울 것 같아. 노오력해볼게. 누우나. 웩. 서언배. 웩.

"너 혹시 하극상이니?" "아. 하극상은 너… 아니. 서언배지. 우웩."
방송국으로 돌아가는 지온과 은호가 천천히 멀어지면.

S #25 (N / PPS 방송국: 아나운서국 사무실)

자리로 돌아온 은호가 전화기를 들고 컴퓨터수리 내선번호 [5573]을 누르자.

은호	아. 안녕하세요? 저 여기 아나운서국인데요. 제 컴퓨터가 고장이 나서. 아. 제가 휴가를 가는 바람에 한 달 동안 컴퓨터를 안 켰더니. (뭔가 듣더니) 아아. (쓰윽 제 자리를 보면 어느새 제대로 켜져 있는 노트북에) 아. 네. 수리돼있네요. 아. 네. 감사합니다. (전화를 끊고 앉으면)
현오	(뒤에서 걸어와 자리에 푹 앉으며) 왜. 마법처럼 노트북이 고쳐져 있었어?
은호	(픽 웃고) 똥 취소할게. 금이었어. 내 남친은.
현오	(생색) 이 오빠가 거기까지 들고 가서 다 고쳐놓은 거야.
은호	오빠. 몇 시에 퇴근하세요?
현오	전 지금 퇴근하고 싶지만 아무래도 일이 많아서.

은호	(쓱 처다보자)
현오	(쎄하다) 뭐.
은호	도망가자.
현오	안 돼. 나 회의 있어.
은호	(안 들려) 나는 없어. 그러니깐 도망가자.
현오	(진지하게 잔소리) 야. 회사에서 돈을 받고 일을 하면 그 돈값을 해야지. 안 그래도 요즘 대충 일하는 사람들 때문에 회사 경영이 어려워지고. 회사 경영이 어려워지면... (국가에 전반적인 경제침체기가 찾아올 수 있는데. 그럴 경우 국가 경영조차 어려워져 화폐가치가 떨어지고 화폐가치가 떨어지면 내가 지금까지 모아놓은 현금이 휴지 조각이 되고 그럼 난 씨. 집을 언제 사냐?)

은호가 아무 관심 없이 그저 씨익 웃으면.

S #26 (N / PPS 방송국 뒤편)

회사 담 밑. 가방을 끌어안은 채 쭈그리고 앉아있는 은호.
누군가를 기다리는 듯 흘끗흘끗 담 위를 처다보면.

은호의 머리 위로 현오의 가방이 툭 떨어지고.
곧 현오가 담을 넘어 은호의 곁으로 폴싹 내려온다.
은호가 참을 수 없다는 듯 현오를 보고 품 웃으면.

현오	아씨. 이게 뭐냐. 진짜.
은호	그럼 어떡해. 정문으로 나오면 딱 걸리는데.
현오	아. 무슨 고딩도 아니고.
은호	어머. 넌 고등학교 때 이런 짓 했니? 난 공부를 너무 열심히 해서 이런 건 꿈도 안 꿨는데?
현오	그런 애가 이제와 서른일곱 먹은 남친한테 이딴 걸 시키냐?

은호	(씬나) 웅! 짜릿하잖아!
현오	(갑자기 눈 커지며) 근데 너 여기 뭐 입고 넘었냐?
은호	(쓱 제 차림 훑고) 내 옷 입고 넘었지? 뭘 입고 넘어?
현오	너는... 그... 치마를 입었는데?
은호	그런데?
현오	야. 누가 보면 어쩌려고 그걸 입고 여길 넘어.
은호	아. 아무도 안 봤어. 뭐래. (씩씩하게 걸어가니)
현오	(곁에서 빠르게 걸으며) 야. 걷는 거 아니거든? 뛰어야 되거든?
은호	(속도 맞춰 빠르게 걸어가며) 왜? 왜 뛰어야 되는데?
현오	땡땡이 기분 내려고. (우다다다 뛰어가면)

은호가 활짝 웃으며 현오를 따라 달려간다. 두 사람의 모습이 싱그럽다.

S #27   (N – 11시 넘어 / 은호의 빌라: 은호의 집 401호)

쿵. 문이 닫히면 집으로 들어온 은호가 조잘조잘 현오에게 떠드는.

은호	근데 너 그거 어떻게 찾아냈어? 나 살면서 처음 봤어. 새우살 들어간 버섯이 들어간 파스타라니. 너무너무 맛있었잖아.

뒤따라 들어온 현오가 피식 웃으며 소파에 풀썩 앉으면.

은호	(콧노래를 부르며 옷장을 열고 옷을 고르는) 근데 나 뭐 입지? 뭘 입는 게 나을까?
현오	(옷장 앞 은호를 '뭐?' 하듯 쳐다보곤) 옷을 갈아입고 나가겠다고?
은호	당연하지. 그래도 강주연씨 만나는 건데. 뭔가 빨아놓은 옷을 입는 게 낫지 않아? (옷을 마구 뒤지면)
현오	(삐짐. 말없이 시사텐 대본을 읽기만)
은호	(쌩마이웨이) 오. 원피스 같은 게 낫겠지? 좀 어려보이기도 하고? 강주연

나보다 어리잖아. 많이 어리잖아. 깜짝 놀랐잖아.

현오　(대답 없음. 대본만 읽으면)

은호　(대답이 없자 돌아보곤) 야. 너 왜 대답을 안 해?

현오　(대본 읽으면서) 주은호. ...난 진짜 괜찮거든?

은호　뭐가. 강주연씨 만나러 가는 거?

현오　응. 난 진짜 (고개만 들고선. 하나도 안) 괜찮아.

은호　알아. 니가 괜찮다고 했잖아. 내가 강주연씨 만나겠다고 한 그 직후부터
　　　지금까지 괜찮다고 백번 말했잖아.

현오　근데 지금 이 시간은 좀 아니지 않나... 싶어서. (몸을 좀 더 일으키더니)
　　　밤 열한시에. (하늘거리는 원피스를 고른 은호를 향해) 게다가 그 원피스
　　　는 좀.

은호　아. 밤 열한시에 보는 건 강주연씨가 밤 열한시에 끝나니깐. 또. (원피스
　　　흔들며) 이건 어려보이고 싶어 입겠다는 건데.

현오　(한숨을 푹 쉬며 제대로 일어나 차키와 지갑을 챙긴다)

은호　뭐하냐.

현오　아무래도 너무 늦어서 데려다줘야 할 것 같아. (강조) 내가.

은호　아니? 강주연씨가 데리러 온댔는데?

현오　데리러. 씨. (왜 데리러 온다는 건데)

은호　(전화가 오면 바로 받아) 아. 강주연씨! 예. 지금 내려갈게요. + [강주연]

은호가 현오에게 "나 갔다 올게!" 말하고 우다다 집을 나서면.
현오가 은호가 나간 자리를 노려보는데.

S #28　(N – 11시 넘어 / 은호의 빌라: 근처 골목 – 주연의 차 안)

혜리를 만나기 전 언젠가처럼 차가운 얼굴로 은호를 기다리는 주연.
곧 얼굴에 서서히 미소가 번지면.
달칵 조수석 문이 열리고 환하게 웃으며 차에 타는 은호.

은호	(벨트 하면서) 많이 기다렸어요?
주연	(미소로) 아뇨. 조금도 기다리지 않았어요.
은호	우리 어디 갈까요? 이 시간에 문 연 데가 있을까요?
주연	네. 제가 다 알아봤어요. (휴대폰 메모장 목록 스크롤) 일곱 개 있어요.
은호	(푹 웃더니) 진짜. 강주연씨는 다정한 사람이다.
주연	혜리씨도 저한테 항상 다정했죠.
은호	그렇게 말해줘서 정말 고맙습니다.

주연이 은호를 조금 웃으며 바라보면.

S #29 (N – 11시 넘어 / 서울 마포구: 스시집)

은은하게 조명이 빛나는 조용하고 정갈한 스시집.
그 아래 은호가 스시의 회를 살며시 치우며 밥만 먹으면.

주연	스시. 맛이 없어요?
은호	(궤변의 시작) 아아. 저는 그. 뭐랄까. 그 이 초밥이 너무 맛있어서. 이 초밥을 헤치는 이 회의 맛을 배제하고 싶었달까. 왜냐하면 이 초밥의 맛을 진정으로 즐기려면. 회가 없어야 돼요. 혹시 그거 아세요? 스시의 뜻이 물기가 조금 적게 지은 밥에 식초, 설탕, 소금 등을 넣고 (손으로 한 줌 쥐는 시늉) 이렇게 한 줌 쥐어서 그 위에 김이나 유부 등을 올린 걸 말하는 거거든요? 그러니깐 곧 스시라는 건 회가 아니라 밥을 말하는 거죠. 밥. 강주연씨. 저는요. 이 밥이 너무너무 맛이 있거든요?

S #30 (N – 12시 넘어 / 서울 마포구: 삼겹살집)

새벽임에도 술 마시는 사람들로 붐비는 삼겹살집.
그 아래 은호가 신이 나 삼겹살을 먹으면.

주연	(그래도 사랑스럽게 바라보며) 그냥 처음부터 삼겹살이 먹고 싶었다고 말했다면 얼마나 좋았을까요?
은호	(허겁지겁 먹으며) 아. 강주연씨가 뽑아온 목록에 삼겹살집이 없었잖아요. 그리고 우리 마지막 데이튼데. 삼겹살집은 좀 그렇잖아요. (그런 것 치곤 너무 와구와구)
주연	(마지막이란 말에 뚝 멈추곤) 우린... 오늘이 마지막이군요.
은호	(삼겹살을 먹다가 뚝 멈춰 보면)
주연	전... 정현오 선배님이 정말 부러워요. 그 분은 얼마나 좋으실까요?
은호	(담백) 전 근데 지금은 강주연씨만 생각할 건데요?
주연	혜리씨는 절. ...강주연이 아닌 주연씨라 불렀어요.
은호	오케이. 그럼 전 지금은 주연씨만 생각할 건데요? (예쁘게 웃으면)

주연도 어쩔 수 없다는 듯 은호를 향해 미소를 짓는다.
그런 두 사람의 모습이 붐비는 사람들 틈으로 멀어진다.

S #31 (N – 2시 넘어 / 미디어N서울 방송국: 야외주차장)

새벽빛 도는 야외주차장을 천천히 걷는 주연과 은호.

주연	(걷다가 쓱 보고) 제가 데려다줘야 하는데. ...미안해요.
은호	아니에요. 회사 들어가 봐야 된다면서요.
주연	내일 새벽에 필요하대서. 그럼 지금뿐이라. (죄송합니다)
은호	에이. 우리 같은 일 하잖아요. 내가 그걸 이해 못 할 것 같아?
주연	(이 사람은 혜리가 아닌 은호라는 감정에) 그렇... 죠.
은호	(미소로) 서운한가요?
주연	저는 강주연씨를 참 좋아했습니다. 좋아하는 동안 많이 행복했습니다.
은호	(뚝 쳐다보면)
주연	여기서. 혜리씨가 제게 그렇게 말했는데요.

은호	(차분) 제가 그랬었나요.
주연	처음으로 좋아하게 된 사람입니다. 정말 많이 좋아했습니다. 좋아하는 동안 많이 행복했습니다. 혜리씨. (억지지만 진심으로 웃으며) 정말 고마워요.
은호	(잠시 보다가) 근데 저... 궁금한 게 하나 있어요. 주연씨.
주연	어떤 거.
은호	그런 얼굴을 가지고 있으면서 왜 혜리가 첫사랑인 거죠?
주연	마음을. ...주는 법을 몰랐어요. 그런데 그 마음을 혜리씨가 주었고요. 그게 저에겐 처음이라 잊혀지지 않았고.
은호	아아. 그런 이유라면. (납득이 되려고 해요)
주연	저는 종교가 없는데요. 혜리씨.
은호	네. 주연씨.
주연	그런데 이제 환생을 믿어보려고요.
은호	(뚝 보면)
주연	다음엔. 정말 다음엔. 제가 먼저 만날 거예요.
은호	(아이 같다는 생각에 픽 웃고) 누구를 먼저 만날 건데.
주연	누구라도 상관없죠. 그냥 그쪽이면 나는 다 되니깐.
은호	내가. ...당신이 사랑했던 사람이 아니라 정말 미안합니다.
주연	(은호를 가만히 바라보면)
은호	내가. (꿀꺽 넘기곤) ...당신이 사랑했던 사람이 될 수가 없어 그것도 정말 미안합니다. 주연씨.
주연	(가만히 고개를 숙이면)
은호	주연씨. 전요. 스스로 불행하다 생각했었거든요?
주연	(고개를 들어 쳐다보면)
은호	그런데 아니야. 나 이렇게 사랑 받았었잖아. 저는 어쩌면 단 한 번도 불행한 적이 없었던 것 같죠.
주연	맞아요. 혜리씬 불행한 적 없어요. 왜냐하면 행복은 서로 주고 받는 거니깐. 나는 혜리씨 만날 때 정말 행복했어요. 그래서. (주루룩 눈물을 흘리며) 혜리씨도 행복했을 거라고.
은호	(픽 웃더니) 주연씬. 참 잘 우네요.

주연   (쓱 닦으며) 아뇨. 저 잘 안 우는데요?

은호   잘 울어도 돼. 너무 예쁜 걸?

주연   아뇨. 저는 진짜 울지 않는 편인데.

은호   (덤덤하게) 그동안 고마웠습니다. 주연씨.

주연   (인사하면 영원히 헤어지니 대답 않고 그저 고개만 숙이고 있으면)

은호   (미소로) 주연씨. 나랑 인사 안 할 건가요?

주연   (가득 가라앉아) 아뇨. 할 거예요.

은호   그럼 나랑 악수해주면 안 되나요?

주연이 천천히 고개를 들어 은호와 악수한다. 한참의 시간이 지나는데.

현오   (낚아채 제가 잡아 흔들며) 그래요. 정말 고생 많았어요. 그럼 이제 그쪽
          을 기다리고 있는 회사로 돌아가실까요?

주연   ('뭐야. 이건.' 하듯 쳐다보면)

현오   (은호에게) 야. 너 그거 알아? 새벽 두 시가 넘었다?

은호   아는데. 그래서 네가 데리러 온 건데. 내가 열한시가 넘어 나갔잖아. 그리
          고 지금이면. 세 시간도 안 만난 건데.

현오   알지. 아는데. (괜히 하늘을 보더니) 근데 너무 새벽이라서. (주연에게)
          그죠? 강주연씨. 지금 너무 새벽이죠? 그죠? 지금은 데이트를 할 때가
          아니에요. 회사로 돌아가 일을 할 때지. (어서 가. 휘이)

주연   딱히 새벽 두시가 일을 할 시간은 아니라고 생각하는데.

은호   야. 너 다 이해한대매. 너 지금 뭔가 이해를 못하는 느낌인데?

현오   아냐. 이해해. 좋은 이별. 완전 이해했지. 그러니깐 강주연씨. 이제 그만
          일터로.

은호   아니? 주연씬 나랑 인사하고 갈 건데? 주연씨. 우리 인사해요. (악수를
          하자고 손을 내밀자)

주연   (잠시 바라보다가 천천히 손을 내밀며 악수를 한다)

은호   (예쁘게 웃으며) 행복해주세요. 주연씨.

주연   네. 그러죠. (은호를 가만히 바라보는 사이)

현오   (두 사람의 손을 퐁 가르고) 오케이. 그럼 이제 그만 헤어질까?

은호	야씨. 너 안 쿨한데? 전혀 안 쿨한데?
현오	(은호의 어깨를 붙잡고선 자기 차로 가며) 야. 나는 진짜 쿨해. 야. 내 얼굴이 얼마나 쿨하게 생겼냐. 내가 안 쿨하면 그건 말이 안 되는 거야. 은호야. 다만 시간이 너무...

티격태격하는 현오와 은호를 뚝 바라보는 주연.
은호가 참 행복해 보인다. 그래서 이제 정말 끝인 것만 같다.
주연이 힘없는 어깨로 뒤돌아 방송국 쪽으로 천천히 걸어가고.

S #32   (D / 이태원 현오의 건물: 4층 중식당)

모두 곱게 한복을 차려입고 서있는 네 할매들. 신영이모와 지온, 수정도 함께 있고.
사진을 찍기 위한 세팅이 돼있고 출장 포토그래퍼와 스탭도 와있으면.

신자할매	(담배를 못 피워 손을 달달 떨며) 근데 언냐는 나아지고 있담시로 와 영정사진을 찍을라카노.
미자할매	(수정이가 주는 방울토마토 먹으며) 뭐. 준비를 해놓겠다는 거지. 걱정마라. 니들도 다 한 방씩 박을 거다.
영자할매	(냅다 주루룩 눈물 흘리며) 와. 나도 죽나?
미자할매	나 죽으면 니도 죽을 거라매.
영자할매	내 아직 현오가 출장 가서 사다준 술 한 병 남아있다. 내 그거는 먹고 죽을끼다.
지온	근데 할매. 내가 출장 가서 사온 술도 있지 않아?
영자할매	맞다. 내 것도 먹고 죽을끼다.
수정	(어이없어) 아주 대에단한 결심들 하시네. 진짜.
춘자할매	(카아악 퉤!) 근데 현오는 왜 안 오는데. 시간 훨씬 지나지 않았나.
신영이모	(딱 붙는 원피스 입고 와선) 그러니깐? 얘가 왜 안 오지?
지온	내가 전화해봐? (휴대폰을 들고 현오에게 전화를 걸면)

미자할매   (아직도 우는 영자할매에게) 아. 니는 고만 좀 처울고!

S #33 (D / PPS 방송국: 아나운서국 계단)

현오   (은호가 만들어온 은호의 프로필 파일을 약간 한심하게 보더니) 이걸...
       돌리겠다고.

은호   응. 보도국. 시사국. 예능국. 라디오국. 또 빠진 데가 있나. 아. 교양국까지
       좌아아악. 어때.

현오   (저기요. 너는 이미 이 회사 소속 아나운서잖아요) 왜. 대체 왜지.

은호   아. 신중 선배가 아무것도 안 잡아주니깐! 그럼 내가 어떡하겠어. 목마
       른 자가 우물을 파야지! 야. 난 있지. 우물을 팔 거야. 몹시 매우 깊게 팔
       거야.

현오   그래. 파. 많이 파세요. 근데 너 이거 돌리다가 신중 선배한테 걸리면.

은호   반성하겠지. 선배도. 아아. 내가 우리 은호에게 너무 신경을 안 써줬구
       나...

현오   그 보단 아아. 우리 은호는 잠시라도 가만히 놔두면 똥을 싸는구나... 정
       도가 아닐까?

은호   뭐야. 내가 창피해?

현오   (혼잣말처럼) 아니. 귀엽지.

은호   (입에 귀가 걸려. 현오를 너무 세게 치면서) 아씨. 미쳤나봐.

현오   (하나도 안 아파) 뭐가 미쳐. 사실인데. (전화가 오자) 어. 왜. (뭔가 듣더
       니) 아씨. 맞다. (벌떡 일어나) 지금 갈게. (전화를 끊고 가려고 하자)
       + [문지온]에게 전화.

은호   (냅다 현오의 다리를 붙잡더니) 뭐야. 너 어디 가는데. 우리 오늘 마장동
       에 고기 떼러 가기로 했는데. 근데 넌 어디 가는데. 우리 삼겹살 좋은 거
       들어왔다고 사러 가기로 했는데. 근데 너는 지금 어딜 가는 건데에.

현오   아. 그랬는데 나. (제 다리를 붙잡은 은호를 잠시 보곤) ...야.

은호   (다리 놓지 않은 채) 뭐. 왜.

현오   (조금 생각했지만) 너 나랑 같이 어디 좀 갈래?

은호   (진심) 뭐야. 삼겹살보다 더 맛있는 거야?
현오   (갸우뚱) 아. 맛있진 않고... 독특하긴 할 건데...

S #34 (D / 이태원 현오의 건물: 4층 중식당)

포토그래퍼 (카메라 뒤에서) 자. 찍습니다.

정면을 향해 미소를 짓는 네 할매들.
그 앞엔 신영이모와 지온, 수정. 현오. 그리고 은호가 미소를 지은 채 앉아 있는데.

포토그래퍼 지금 아주 좋은데요. 몇 번 더 찍을게요.
춘자할매 (복화술로 수정에게) 내 지금 마이 혼란스러버서 그러는데. 저 현오 옆에 앉은 야시같은 년은 누고.
수정   (몇 번을 묻는 거야) 아. 말했잖아. 주은호라고.
영자할매 (아무 상관없이 손거울 보더니) 은니야. 나 어떻노. 눈가가 좀 촉촉하이 곱지 않나?
춘자할매 (아무 상관없이 복화술로) 그니까 주은호가 누냐고.
지온   (몇 번을 묻는 거냐고) 아. 말했잖아. 형아 여자친구라고.
춘자할매 (귀를 박박 문대며) 아니. 내가 좀 빡빡해서 그러는데. 현오 부인도 아이고 여자친구가 와 우리랑 단체사진을 찍는 건데. (한복 소매에 감춰둔 종이컵 꺼내 카아악 퉤!)
영자할매 은니야. 자꾸 빡빡하게 와 그라노. 내는 좋기만 한데. (허리춤에 찬 술병 조금 마시고 아무렇지도 않게 웃으면)
신자할매 (담배를 못 펴 손을 발발 떨면서)아. 다 알바 없고. 빨리 끝나뿌고 담배나 피웠으면 좋겠다. 내는.

사이 미자할매는 은호를 알 듯 모를 듯 바라보고.

포토그래퍼 자. 이제 마지막입니다. 앞에 보시고요. (신자할매에게) 거기. 할머님. 손이 너무 떨리는데. 네네. 그렇죠. 그렇게 잡아주시고. 네. 찍습니다.

찰칵 사진이 찍히고. 모두가 앞을 보는 와중 현오와 은호만 서로를 바라본다.

S #35   (N / 이태원 현오의 건물: 4층 중식당)

사진을 찍은 뒤 모두 함께하는 식사 자리. 다들 담배를 물고 있거나 술을 마시거나 가래를 뱉으며 맛있게 밥을 먹는 은호를 흘끔흘끔 훔쳐보고 있다가.

춘자할매 (용기는 내가 낸다. 카아악 퉤!) 그니깐. 이름이 뭐라꼬?

은호 (또박또박) 아! 네! 저는 주은호입니다!

영자할매 (술을 마시고 기분이 좋아. 헤벌레) 난 영자. 양영자.

춘자할매 (영자할매를 팔꿈치로 치곤) ...니 부모도 읎다면서.

은호 (쾌활) 네! 없습니다! ...현오처럼.

신자할매 (담배를 물고. 순수한 궁금증) 그럼 집은? 집은 있나? (바로 현오에게 바로 담배 뺏기고)

은호 (발랄) 아뇨! 없죠! ...현오처럼.

신영이모 (밥을 먹다가 쿡 터지는 웃음을 참으면)

영자할매 (현오가 출장 가서 사온 술로 폭탄주를 만들며) 그럼 살림은? 살림은 잘 하나.

은호 아. 그거 저 진짜 못해요. 그래서 예전부터 현오가 저희 집 와서 맨날 밥하고 빨래하고 설거지하고 청소하고.

현오 (하지마. 닥쳐의 헛기침) 크흐흐흐흠!

신영이모 (은호가 너무 웃겨서 이제 끅끅 웃으면)

지온 (밥 먹다가. 진심) 근데 이거 무슨 면접 보는 자리야?

수정 그니깐. 꽤 빡세네. 이 정도면 내가 반대할 필요도 없겠어.

은호	그니깐 할머님들. 요즘 누가 그런 걸 물어보나요? 요즘엔 학교에서도 그런 거 안 물어보는데.
신자할매	(손을 발발 떨면서) 아. 맞나? 고새 시대가 변했나?
은호	아. 그쵸. 그리고 할머님. 전요. 현오가 자기 할머니가 넷이나 된대서 만나러 온 거거든요? 제가 사실 어릴 때 할머니랑 살았어서.
영자할매	(술 마시더니) 괜찮네. 아가 참 괜안네.
은호	그쵸. 저 진짜 괜찮아요. 저 괜찮은 애랍니다?
지온	(진심) 저 사람은 원래 저렇게 뻔뻔했던가.
수정	아. 내가 말했잖아. 좀 다르다고. 좀 다르게 뻔뻔하다고.
은호	그리고 할머님들. 제가 딱 보니깐... (영자할매 눈으로 가리키며) 술 마시고. (신자할매 눈으로 보고) 담배 피우고. (춘자할매 눈으로 보고) 가래. 와씨. 저기요. 다들 건강은 안녕들 하신가요? 이게 지금 이런 식이시면요.
현오	(벌떡 일어나더니) 그만. 이제 그만. 오늘은 여기까지 하겠습니다.
미자할매	(현오를 올려다보곤. 억울) 야. 낸 아직 아무것도 못 물어봤다.
현오	알아. 근데 오늘은 여기까지요. 저 이제 얘 데리고 올라가도 되죠?
신자할매	(손을 발발 떨지만. 심장은 쿵) ...데꼬 올라가서 뭐 할라꼬.
신영이모	(이제 너무 웃겨서 깔깔 웃기 시작하면)
은호	아. 근데 저 분은 아까부터 왜 저렇게 웃고 계시는 거죠?
현오	(이 대화를 빨리 끝내고 싶다) 좋아해서. 너를 너무너무 좋아해서. 됐지. 자. 올라가. (앉아 있던 은호의 팔을 끌어 올리면)

S #36 (N / 이태원 현오의 건물: 5층 현오의 거실)

현오의 거실. 괴상한 오브제들이 진열된 책꽂이가 쭉 비춰진다.

은호	(그 옆을 지나가다) 엄마야. 깜짝이야. 이것들은 다 뭐야? 정현오?
현오	할매들이. (픽) 이 동네 상점 망할 때마다 가서 그런 걸 꼭 사왔었어.
은호	그런 걸 꼭 사와서 왜 네 방에 전시해둔 건데?
현오	고양이가 좋아하는 사람에게 쥐 가져다놓듯.

은호	(픕) 좋아서 가져다놓은 거라고?
현오	(픽) 응.
은호	(조금 웃더니) 난 있지. 현오야. 네가 피아노 치는 엄마랑. 바이올린 켜는 누나랑 대기업 다니는 아빠랑 살 줄 알았거든?
현오	그니깐... 다들 그렇게 생각하더라? (묵직하게) ...아닌데.
은호	(현오의 앞으로 가서. 쭈그리고 앉더니) 그래서. 너는 나한테 이 얘기를 언제해줄 생각이었는데? (미소를 지으면)
현오	(은호를 향해 웃고는) ...지금.

S #37 (D - 아침 / PPS 방송국: 아나운서국 팀장실)

김팀장	(한숨 맥스) 하. 나는 말이다. 재용아.

자리에 앉아 꺼질 듯 한숨을 쉬는 김팀장 앞엔 아무도 없다.
하지만 김팀장의 책상 밑엔 진동이 계속 울리는 휴대폰을 두 손으로 붙잡고
공포에 질린 듯한 얼굴의 재용이 찌그러져 있는데.

김팀장	...니가 하는 말의 반만이라도 이해가 되거나? 공감이 되거나? 또는. 납득. 또는 설득. 또는.
재용	(울리는 휴대폰을 꼭 붙잡은 채) 아니이... 형니임... 계속 전화가 온다고. 계속. 그 도너츠집 사장님한테 계속 전화가 온단 말야...
김팀장	그니깐. 네가 5년 전에 오보로 날린 그 도너츠집 사장님을 말하는 거지.
재용	그래. 형님. 내가 오보로 그 도너츠집을 망하게 만들었지. 내가 정보를 잘못 취합해서 그 집 도너츠에서 발암물질이 나온단 개소리를 하는 바람에. 그 집이 망했다고. 망했다고. 그래서 내가 어떻게 됐어. 감봉에 좌천에.
김팀장	야! 넌 고작 그것만 당했지! 그 사람은 자기가 일군 전부를 잃었었잖아!
재용	맞아. 형님. 그래서 내가 거기 가서 사장님께 무릎이 없어지도록 빌고! 아. 물론 그런다고 달라질 건 없었지. 또 내가 가진 적금 털어서 사장님

께 드리고! 아. 물론 돈이 전부는 아니었지. 정정보도를 내고! 아. 물론 사람들은 정정보도에 관심도 안 가졌지. 근데 그 때! 그 사장님이 나한테 뭐라고 하셨는 줄 알아?

김팀장 알아. 나랑 같은 마음일 것 같거든. 꺼져. 맞지.

재용 아니? 형님. 사장님은 나를 용서해주셨어. 사람이 실수도 할 수 있다면서. 말도 안 되게 날 용서해주셨다고. 근데! 형님! (다시 울리는 진동소리) 자꾸 전화가 온다고. 나 어떡하지?

김팀장 (진심) 나가.

재용 (전화가 끊기자) 오. 알았어. 나갈게. (부스스 일어나 문을 열고 나가면서) 근데 형님. 전화가 또 오면... (다시 들어오려고 하자)

김팀장이 모든 힘을 다해 재용을 밀어내고 문을 꽉 잠가버린다.

재용 O.S (바로 달칵달칵 문고리 돌리는 소리와 함께 쾅쾅쾅쾅) 형님형님!! (쾅쾅쾅쾅) 문 좀 열어줘!! (쾅쾅쾅쾅) 전화가 또 온단 말이야!

김팀장은 아무것도 안 들리는 듯 여유롭게 사무실로 울리는 전화를 받고.

김팀장 예. 김신중입니다. (싸늘해지는 목소리) 국장님이 무슨 일이십니까.

S #38 (D / PPS 방송국: 아나운서국 팀장실)

은호 ('내가 잘못 들었겠지?' 귀 후비적후비적) 뭐라고? 팀장님아?

김팀장 (결재서류에 싸인하며. 아무렇지도 않게) ...너 뉴스 들어왔다고.

은호 아. 말도 안 돼. 불과 어제까지만 해도 선배가 나한테 줄 거 없다고. 그래서 내가 프로필을 만들어 각 국마다 돌리려고 했는데.

김팀장 (뭐? 프로필? 와씨. 내가 들었지만 일단 무시해보겠다) ...2주 대타고.

은호 아. 대타라도 말이 안 되지. 소친국이 나를 얼마나 싫어하는데.

김팀장 ...일곱 신데.

은호	와씨. 이거 점점 이상해지네? 그래. 뭐. 누구랑 하는 건데?
김팀장	단독.
은호	('뭐어?' 입이 하마만해지면)
김팀장	(아무런 반응이 없자 쳐다보고) 왜. 싫어?

S #39 (D / PPS 방송국: 아나운서국 사무실)

"끼오오오옥!!!!" 소리가 팀장실 문 너머로 들리자 사람들 모두가 팀장실을
쳐다본다.
자리에 앉은 현오만 픽 웃으면.

S #40 (D / PPS 방송국: 아나운서국 팀장실)

은호	(몹시 흥분) 어떻게? 어떻게 이게? 어떻게 이게 어떻게 이게이게?
김팀장	(저는 T에요) 대타야. 2주만 하는 거고. 그래서 그렇게까지 흥분할 일은 아닌데.
은호	(가라앉지 않아) 아니! 심진화도 있잖아! 근데 어떻게 그게 나냐고! 내가 되냐고!
김팀장	아. 일단 진화가 너무 못해. 그래서 소친국이 무지하게 욕을 먹었어. 그래서 내 생각엔 일곱시에 너를 한번 써보고. 주변 반응을 살핀 뒤.
은호	(이미 혼자 근본 없는 춤을 추고 있다)
김팀장	(이 대화는 종료되고 말았습니다) 나가.
은호	(춤추는 상태로 뒤로 걸어 나가면)
김팀장	그냥 나가. 그냥 제발. 좀. 나가줘.

은호가 계속 춤을 추면서 그대로 뒤로 나가 문이 쾅! 닫히면.

김팀장 E /	...심진화가 못하는 걸.

S #41　(D – 아침 / PPS 방송국: 보도국 보도국장실)

김팀장　(싸늘) 왜 저를 탓하십니까. 국장님이 꽂아놓고.

소국장　(쩝) 알아. ...알고 있다고.

김팀장　알면 됐습니다. (부스스 일어나 나가려는데)

소국장　주은호. 돌아왔대매?

김팀장　(가다가 보곤) 그래서요?

소국장　일곱시 뉴스 최진미가 병가 낸 건 알지?

김팀장　그런데요?

소국장　2준데. ...주은호한테 부탁해도 될까?

김팀장　(싸늘) 우리 은호한테 웬일로요?

소국장　아. 뭐. 대타고. 걔 뉴스도 했었잖아. 뉴스는. 원래 했던 애가 하는 게 좋지. (쩝) 뭐. 워낙 주변에 인물도 없고.

김팀장　인물이 왜 없습니까? 아홉시 뉴스에서 물 먹고 사무실 화분에 물이나 주고 있는 뉴스에 최적화된 상품. 정현오가 있는데.

소국장　아. 최진미가 여자잖아. 그럼 여자가 받아야지.

김팀장　(그렇긴 해서 쳐다보면)

소국장　(불안) 근데 주은호가 할까? 해줄까?

김팀장　글쎄요. 묻기도 전에 대답해줄 것 같은데요. ...무조건 하겠다고.

소국장　(화색) 아. 그래? 그럼 김팀장이 물어봐줘.

김팀장　저 그런데요. 국장님.

소국장　(은호가 한다니 여유로워진) 어. 뭐. 말해말해.

김팀장　(진지) 저희가 정말 열심히 해볼 건데요. 국장님.

소국장　아. 뭐. 열심히 하겠지. 그건 뭐. 믿어. 근데 뭐. 왜.

김팀장　(뒤로 한 발 물러나 90도로 인사를 하며) 정말 열심히 해보겠습니다. 국장님.

소국장　(당황) 아. 알겠다고. 갑자기 왜 이래?

김팀장　저희가 진짜 열심히 해볼 테니깐. (천천히 몸을 일으키더니) 대신 저희

	애들 가지고 다시는 장난치지 말아주십쇼. 국장님.
소국장	(발끈) 뭐?
김팀장	골프 칠 때 캐디로 불러 부려먹고. 집안행사 땐 인부로 불러 시켜먹고. 심지어 특종도 셔틀 시키고. 그 뿐입니까? 은호한테는 늙었다. 능력 없다 핍박하고. 틀리지도 않은 걸 틀렸다 우기시고. 실수 한 번으로 내쫓아버리고. 제가요. 힘이 없고 못 나서 지금까진 그냥 가만히 있었는데요.
소국장	뭐야. 이제 힘이라도 생겼어?
김팀장	아뇨. 용기가 생겼죠. 할 말은 하고 싶은 용기. 국장님. 저희 애들 꿈 가지고 더 이상 장난치지 말아주십쇼. 다 큰 어른이 어디 할 게 없어서 애들 꿈을 가지고 장난을 치십니까.
소국장	(할 말이 없어 뚝 쳐다보면)
김팀장	그럼. (차렷 자세로 90도 인사) 잘 부탁드리겠습니다. 국장님.

소국장이 김팀장을 뚝 쳐다보고.

S #42 (N / PPS 방송국: 아나운서국 계단)

현오	(계단에 앉아) 그래서.
은호	(속닥속닥) 일곱시라고. 나 일곱시 뉴스하게 됐다고. 대박이라고
현오	(픽 웃더니) 오.
은호	(그 반응 마음에 안 들어) 오?
현오	(좀 더) 오오오.
은호	그래. 맞아. 현오야. 감탄은 한 번만 하는 게 아니야. 몇 번해야 한다고?
현오	(말 잘 듣는 강아지) 세 번. 오오오. 맞지.
은호	그럼 이제 우리 거기 갈 거지?
현오	(나 몰라) 거기? 거기가 어딘데?
은호	거기. 루프탑. 내가 일곱시 뉴스 하게 되면 우리 거기 같이 가기로 했잖아. 내가 가고 싶다고 했잖아. 기억 안나?
현오	아씨. 기억나고. 근데 난 거기 안 가.

은호	(흥분한 치와와) 아! 한 번만 가줘라! 드라마에도 나온 데란 말야! 나 너무너무 가고 싶었단 말야! 거기 석양이! 어? 무슨 김치전 뒤집어놓듯! 어? 죽여 준다고! (흥분한 돼지목소리로 우다다 짜증) 야! 석양이 얼마나 예뻤으면 드라마에도 나왔겠니?! 어?!
현오	(천천히 설득) 은호야. ...드라마에도 나왔으면.
은호	(흥분 가라앉음) 어. 말해.
현오	사람이 얼마나 많겠니. 은호야. 나 못 가. 나 스타야.
은호	야. 너 뉴스 못하게 되면서 그거 약간 약빨 떨어진 것 같던데. 그냥 같이 가주면 안 될까?
현오	(정신승리) 아냐. 나 아직 건재해. 무슨 소릴하는 거야.
은호	아니. 내가 진짜 너무 가고 싶어서 그래. 현오야. 거기 가는 게 내 소원이라니깐? 거기 진짜 석양이...
재용	(여전히 울리는 휴대폰을 손에 꼭 쥔 채. 어느새 두 사람 뒤에서 나타나) 그럼 나랑 같이 갈까? 은호야?
은호	(안 놀람. 한숨 푹 쉬더니) 아. 싫어. 씨. (발)
재용	(좀비 됨. 현오를 쳐다보더니) 그럼 현오야. 네가 나랑 같이 갈까?
현오	(덤덤) 아. 너무 싫죠. 오늘도. (일어나 계단을 올라가면)
재용	(은호를 쳐다보곤) 그럼 은호야. 그냥 네가 나랑 같이.
은호	야. 너는 전화 좀 받아. 아. 진짜 시끄러워 죽겠어. (계단을 내려가고)
재용	(울리는 휴대폰을 든 채. 제법 미친 얼굴로) 아니. 이건 못 받는 전화인데? 영원히 못 받는 전화인데? (헛웃음) 아하. 아하하하하하.

재용이 일어나 올라가야 할지 내려가야 할지 갈피도 못 잡고 왔다 갔다 하면.

S #43 (N – 7시 30분 / 미디어N서울 방송국: 퀴즈 사천왕 생방송 스튜디오)

경쾌하게 웃는 방청객들의 소리.

주연	(부드럽게) 유희정 참가자. 선택해 주시죠. 나무와 꽃입니다.
유희정	(단호한) 저는 꽃 선택하겠습니다.
주연	굉장히 빨리 고르셨네요?
유희정	아아. 저는 결정할 때 뭘 망설이는 편이 아니라서요.
주연	후회하지 않으시겠습니까?
유희정	네. 저는 어떤 선택을 하든 후회하지 않기 위해 최선을 다하거든요.
주연	그렇다면, 이번에도 후회하지 않으시길 바라겠습니다. 유희정 참가자가 꽃을 선택했습니다. (빙긋 미소를 지으면)

S #44 (N - 8시 넘어 / 미디어N 서울 방송국: 퀴즈 사천왕 생방송 스튜디오 앞)

육중한 녹화 스튜디오 문이 열리면 표정 없는 주연이 나와 걷는다.
그러다 앞을 보면 주연의 앞에 미소 지은 혜연이 기다리고 있고.

혜연	(예쁜 미소로 주연에게 다가와) 선배. 나랑 잠깐 얘기할 수 있어?
주연	(진심) 글쎄. 나 오늘은 좀 피곤한데.
혜연	아. 그럼에도 불구하고 내가 한번만 부탁을 해도 될까? 선배? (더 예쁜 미소로 웃으면)

S #45 (N - 8시 넘어 / 미디어N 서울 방송국: 야외 일각)

저녁의 벤치엔 혜연과 주연이 나란히 앉아 있고.

주연	하고 싶은 말이 뭔데.
혜연	선배 소원이 무슨 일이 일어나는 거였잖아?
주연	(저도 모르게 실망) 아아. 그게 할 말이야?

혜연	(개의치 않아) 아아. 그게 뭐였지? 종이컵? 그런 거 였는데?
주연	응. 회사 천장에 종이컵이 다 매달려 있다던지?
혜연	아. 맞다. 그리고 지구종말.
주연	응. 세상이 폭삭 망해버린다던지?
혜연	그리고? 그리고 만약에 내가 없어져버린다면 어떨 것 같아. 선배는?
주연	네가 없어져버리면?
혜연	응.
주연	어떨 것 같냐고?
혜연	(미소로) 응.
주연	글쎄.
혜연	(원하지 않는 대답) 글쎄?
주연	응. 그건 상상해본 적이 없어서.
혜연	아. 그럼 지금 좀 상상해 볼래? 선배가 어느 날. 회사에 나왔더니 내가 풍 없어져 버린 거야. 맨날 선배한테 와서 종알종알 선배. 뭐해? 선배. 어디가? 선배. 나랑 뭐 먹을래? 했던 내가 어느 날 갑자기 뾱 없어져버린 거지. 그럼 선배는 기분이 어떨 것 같아? 응?
주연	(뚝 혜연을 쳐다보다가) 나 방금 상상해봤는데.
혜연	(기대감 가득 차올라) 응! 선배!
주연	뭐. 비슷할 것 같아.
혜연	(팍 식는다) 뭐가. 내가 회사에 없는 게?
주연	응. 네가 회사에 있는 거랑 없는 건 좀 비슷할 것 같아. 왜냐하면 지구가 멸망해버리는 게 아니니깐.
혜연	(처음으로 드러나는 주연에 대한 미세한 실망) 그러니깐... 선배는. ...내가 여기 있어도 없어도 별 지장이 없다?
주연	(진심) 응. 뭐가 딱히 되게 다를 것 같진 않은데?
혜연	(너무 속상한데 감추려) 아아.
주연	(순수) 왜?
혜연	(아무렇지도 않게 웃으며 일어나) 아냐. 선배! 나 먼저 갈게! 오늘 시간 내줘서 고마웠어! 안녕! (또각또각 걸어가면)

남겨진 주연은 그저 앞을 처다보면.

S #46   (N - 11시 넘어 / 미디어N서울 방송국: 아나운서국 사무실)

모두가 퇴근해 고요한 아나운서국 사무실의 불은 환하게 켜져 있고.
그 아래 혜연이 홀로 앉아 노트북으로 뭔가를 작성하는. + 사직서

곧 프린터에서 문서가 나오면 혜연이 문서를 챙겨 사무실 불을 끄고 나
간다.
어둠 속 멀어지는 혜연의 발걸음 소리만 들리는 밤.

S #47   (N - 6시 40분 즈음 / PPS 방송국: 7시뉴스 생방송 스튜
        디오)

또각또각 하이힐 소리 울려 퍼지는 복도.
꼿꼿한 등덜미가 생방송 뉴스센터 스튜디오의 문을 열고 들어가면
앞모습은 환하고 밝게 웃는 은호인데.

은호   (꾸벅꾸벅 인사하며) 안녕하세요? 안녕하세요?
김팀장   (자기 팔짱 끼고 은호 기다리다가) 야. 너 오늘 아주 신났다?
은호   당연하지. 선배. 나 오늘만 기다렸잖아.
7시뉴스 PD   안녕하세요. 저 유성하 PD라고 합니다.
은호   (웃으며) 예. 안녕하세요, 주은호입니다. 잘 부탁드리겠습니다.
7시뉴스 PD   일단 자리에 가서 좀 앉아 보시겠어요?

앵커 자리로 가 앉은 은호.
은호가 앉자마자 승화가 달려와 은호에게 마이크를 채워주고.
메이크업 팀이 들어와 헤어와 메이크업 마지막으로 수정해주고.

그 사이 은호는 아주 당당한 얼굴로 원고를 읽는데.
그런 은호를 김팀장이 가만히 바라보면.

김팀장 E /   야. 주은호.
은호 E /   왜. 선배?
김팀장 E /   너 꼭 성공해라.
은호 E /   아. 성공할 거야. 무조건 할 거야. 자신 있다고.
김팀장 E /   그래. 그럼 됐다.
은호 E /   선배. 근데 왜 그런 얘길 해?
김팀장 E /   네가 성공하면 내가 좋으니깐. 됐냐?

은호가 원고를 읽다 고개를 들어 김팀장을 향해 환하게 웃어 보이면.

소국장   (어느새 김팀장 옆으로 다가와. 쩝) 뭐. 제법 그림은 나오네.
김팀장   오셨습니까. 국장님. (새침하게 앞을 보면)

"의자 높이 좀 조절해주시고요." "조명은? 괜찮아요?"
"CM 준비됐죠!" "마지막으로 CG 체크해주세요." 여러 목소리가 오가는
사이
인이어로 "1분 전입니다!" 소리 들리면 꼿꼿하게 정면을 바라보는 은호
는 오랜만에 프로페셔널하고 당당한 모습이다.

S #48   (N – 7시 정각 / PPS 방송국: 아나운서국 사무실)

아나운서국 사무실 대형TV 가득 은호의 얼굴이 단독으로 보이고.

은호 (M)   시청자 여러분. 안녕하십니까. 월요일 저녁 일곱시 뉴스입니다. 해외에서
            필로폰을 몰래 들여와 유통하려던 마약 조직 일당이 경찰에 붙잡혔습

니다. 서울경찰청 마약범죄수사대는 마약류관리법 위반 혐의로 유통·판매책과 투약자 등 총 스물다섯 명을 검거했고, 이중 열두 명을 구속했습니다.

그 앞. 팔짱을 낀 채 은호의 모습을 보는 현오가 부드럽게 미소를 지으면.

S #49 (N – 7시 31분 / PPS 방송국: 7시뉴스 생방송 스튜디오)

클로징 음악과 함께 은호는 원고를 정리한다.

소국장	(데스크의 은호를 쓱 보곤. 냉정하게) 주은호. 다음 개편 일곱시 뉴스 오디션 준비나 하라 그래.
김팀장	(들뜨는 마음이 감춰지지 않는) 정말입니까. 국장님?
소국장	(민망해 "큼!" 헛기침을 하고 나가버리면)
김팀장	(호다닥 은호에게 달려가선) 야. 주은호. 너 좋은 소식부터 들을래. 나쁜 소식부터 들을래.
은호	아무거나 먼저 들을래. 나 지금 모든 게 좋은 소식이니깐? 뭔데뭔데.
김팀장	회식 하재. 소국장이.
은호	(존나 싫어) 아씨. 안 가. 나 약속 있거든? 무슨 회식을 이렇게 마음대로 잡아? 안 가! 다음!
김팀장	너 오디션 준비하래. 다음 개편 일곱시.

'뭐어?' 은호가 눈알이 밤만 해져 믿을 수 없다는 듯 김팀장을 쳐다보는데.

S #50 (N / PPS 방송국: 아나운서국 사무실)

현오가 앉은 자리로 은호가 신나게 달려오더니 현오의 어깨를 마구 치면서.

은호	(호들갑호들갑) 정현오. 바로 지금이야! 바로 지금이라고!
현오	뭐가 지금인데.
은호	소국장이 나 일곱시 오디션 준비하라 했대!
현오	그게 왜 지금인데.
은호	그러므로 지금 당장 우린 루프탑으로 가야 한다!
현오	(또 루프탑) 하씨.
은호	(인상 잔뜩 쓰고) 와씨. 안 가?
재용	(은호의 책상 밑에서 얼굴만 빼꼼 내밀고) 아. 혹시 정말 너네만 갈 거니? 나도 같이 가면 안 되겠니?
은호	(이번엔 놀람) 학씨. 왜 너는 내 책상 밑에서. (기어 나오는 거야)
재용	아아. (휴대폰 진동소리 쉬지 않고 들리는 쓰레기통을 가리키며) 내가 폰을 버렸거든? 근데도 계속 전화가 오길래. (억지로 웃으며) 아하. 아하하하하. (웃음을 뚝 거두곤) 근데 얘들아. 정말 무섭지 않니? 어떻게 전화가 계속계속 울릴 수 있지? (눈 모아 쓰레기통을 보며) 내가 저걸 버렸는데... 정말 버렸는데 말야... 내가 정말...

순간 쓰레기통으로 쑥 손이 들어오더니 현오가 재용의 전화를 대신 받아버린다.

현오	(귀찮아. 빨리 해결할래) 예. 말씀하시죠.
재용	(쭈그리고 앉은 채 눈이 수박만해져. '끄어어억! 저 전화를 받다니!')
현오	네. 무슨 일이시죠? 아니요. 듣고 있습니다. (뭔가 듣더니) 아. 지금요. ...알겠습니다. (전화를 끊자)
재용	(벌떡 일어나선) 뭐야!! (전화를 왜 받아!)
현오	그 도넛집 아들이라면서. 지금 지하주차장에서 잠깐 만나자는데요? 지하 2층 23E구역 앞. (아무렇지도 않게) 한번 나가보세요.
재용	(점점 줄어드는 기세) 아니? 난 못해. 못 나가는데? 현오야?
은호	야. 그래도 나가야지. 그리고 정현오. 우리도 나가야지. 얼른 가자. 거기 웨이팅 너무너무 길거든. 지금 빨리 가야 자리 잡을 수 있거든. 그 전에

거길 가주긴 할 거지? 웅?

재용 (다시 앉아 현오의 다리를 콱 붙잡더니) 정현오. 나 좀 살려줄 수 있겠니?

현오 아씨. 요즘 내 다리를 붙잡는 사람이 너무 많은 것 같은데?

재용 나 좀 도와주라. 현오야. 나 진짜 못 나갈 것 같아. 있잖아. 그 사람이 날 가만두지 않을 것만 같거든. 근데 현오야. 넌 스타잖아. 그럼 현오야. 네 얼굴을 보고 그 사람이 용서해주지 않을까?

현오 글쎄요. 과연 용서해줄까요? 저는 스타지만 PPS 간판은 아니라서.

재용 아니아니. 네가 간판해. 네가. 난 있지. 우리 회사 건물 꼭대기에 붙은 그 로고 대신 네가 거기에 붙어 있어야 된다고 생각해. 왜냐하면 PPS의 간판은 바로 너니깐. 그래서 말인데 네가 나 대신 나가주면 안 될까? PPS 간판 아나운서 현오야? 네가 나가면 혹시 모르잖아. 그 사람이 용서해줄지.

은호 뭐래. 야. 얘 내가 먼저 맡았어. 아. 너도 번호표 뽑고 기다려.

재용 (상관없어) 현오야. 나 진짜 너무너무 무서워서 그러는데?

은호 아. 번호표 뽑으라고오!

현오 (두 사람 사이에서 크게 한숨을 푹 쉬더니) 하. 그럼 나가서 얘기만 들어주고 오면 되는 거예요?

재용 (벌떡 일어나선) 웅! 맞아! 대박!

은호 (열 받네) 야. 정현오. 너 지금 나 대신 전재용을 선택한 거야?

현오 (은호를 보고) 아니. 나는 너를 선택해. 루프탑 갈 테니까 먼저 가서 거기에 웨이팅을 걸고 있어. 거기에 번호표를 뽑고 있어. 알았어?

은호 오예! (가방을 챙겨 누구보다 빠르게 사무실을 나가버리면)

재용 (어느새 현오의 팔에 안겨선. 뿌잉뿌잉) 현오야. 너무 고맙다아. 나 진짜 너를 사랑할 것 같거든?

현오 아. 저는 보이러브엔 관심이 없어서. 그래서 말인데. (팔에 매달린 재용을 끌고 사무실을 나가며) 저한테서 좀 떨어져주셨으면 좋겠는데.

"싫은데? 나 네가 너무너무 좋은데?" 재용이 현오의 팔에 매달린 채 질 질 끌려가면.

S #51   (N / 서울 중구: 남산 루프탑 레스토랑 앞)

택시에서 팡! 내린 은호가 신나게 몸을 흔들며 계단을 오른다.
빠르게 올라가 레스토랑의 문을 활짝 열면 서울의 야경이 그림처럼 펼
쳐져 있고.

서버   (다가와) 예약은 하셨습니까?
은호   (그림 같은 야경 바라보다가) 아. 아뇨. 못했는데.
서버   저희가 지금 만석이라. 한참 기다리셔야 될 것 같은데. 괜찮으신가요?
은호   (그런 거 상관없다) 아. 예. 기다릴 수 있죠. (옆에 마련된 벤치에 앉아 휴
         대폰으로 현오에게 전화를 거는데)

S #52   (N / PPS 방송국: 지하주차장 엘리베이터 앞)

지하주차장 엘리베이터에서 내린 현오가 지하 2층 [23E]구역으로 걸어
가고.
곧 은호에게 전화가 와서 전화를 받으면.

현오   어. 몇 명? (뭔가 듣더니 한숨) 스물... 야. 내가 진짜 거기 사람 많을 줄 알
         았다. ([23E]구역으로 가 주변을 두르면서) 아냐. 갈게. 갈 건데. 야. 근데.

         순간 바로 부우우우웅! 트럭이 돌진해오고 현오가 순식간에 사라져버
         린다.
         주차장 흰색 기둥 위로 새빨간 피가 튀겨 질질 흐르는데.

S #53   (N / 서울 중구: 남산 루프탑 레스토랑)

은호   (목소리가 안 들리자) 여보세요? 여보세요? (갸우뚱)

S #54 (N / PPS 방송국: 지하주차장)

       곧 탕! 트럭에서 술 취한 도넛집 아들이 내려 비틀비틀 걸어오더니.

도넛집 아들 아씨. 내가 너... 죽여버리려고 여길 왔는데. (픽픽 웃으면)

       도넛집 아들이 걷는 지하주차장 바닥 위로 피가 번지고.
       한쪽엔 은호와 통화하던 현오의 휴대폰이 떨어져있고.

도넛집 아들 (휘적휘적 걷다가 뭔갈 보곤. 픽픽) 뭐야... 진짜 죽어버렸네? (낄낄낄낄
       소름끼치게 웃으면)

S #55 (N / 서울 중구: 남산 루프탑 레스토랑)

은호   (웃으며) 현오야. 왜 말을 안 해? 여보세요?

       은호의 곁 루프탑에서 펼쳐지는 야경은 아름답기 그지없다.

       - 제11회 끝 -

이토록 열심히 당신을

우리가 왜 사랑을 한다고 생각해?

S #1   (N / 이태원 현오의 건물: 5층 현오의 거실)
        : 11회 S #36

은호 E /   *(11회 S #36) 난 있지, 현오야.*

은호   네가 피아노 치는 엄마랑. 바이올린 켜는 누나랑 대기업 다니는 아빠랑
        살 줄 알았거든?
현오   그니깐... 다들 그렇게 생각하더라? (묵직하게) ...아닌데.
은호   (현오의 앞으로 가서. 쭈그리고 앉더니) 그래서. 너는 나한테 이 얘기를
        언제해 줄 생각이었는데? (미소를 지으면)
현오   (은호를 향해 웃고는) ...지금.

        은호가 가만히 미소를 지으며 현오를 바라보자.

S #2   6회 S #16 (D / 이태원 현오의 건물: 계단)
        ; 과거 * 현오 15세 - 2002년

        액자들 켜켜이 쌓인 가파른 계단이 비춰지고.

열린 문을 통해 들어가면 입구부터 짐들이 꽉꽉 차 있는 창고 느낌이 나는 공간.

그곳에서 더 들어가면 가장 안쪽의 쪽방.
먼지가 그득하고 딱 한 사람이 누울 정도의 공간만 치워진 그 곳에
외로운 눈을 가진 열다섯 살 어린 현오가 누군가를 바라보면.

눈앞엔 현오를 은호가 미소를 띄운 채 서 있는.
은호가 툴툴 다가가 어린 현오의 옆에 풀썩 앉더니.

은호	이제 얘기해봐. 현오야. 나 네 얘기가 정말 궁금해.
어린 현오	(혼잣말처럼 덤덤) 아버지는 도박에 빠져있었고.
은호	응.
어린 현오	(차분) 엄마는 견디지 못하고 집을 나갔어.
은호	그리고?
어린 현오	옆집엔 우리 아버지와 꼭 같은 지온이와 수정이의 아버지가 살았었고.
은호	너 혹시 리끼리끼 사이언스라고 아니?
어린 현오	그게 뭐야?
은호	(미소로) ...끼리끼리는 과학이란 얘기지.
어린 현오	(품 웃더니) ...나는.
은호	(웃음 머금은 채) 응. 넌?
어린 현오	우리를 방치한 어른들 사이에서 모두를 살려야 했어.
은호	(진심으로 위로) 많이 무거웠겠네. 우리 현오.
어린 현오	무겁지만. 그래도 행복했어.
은호	넌 참 괜찮은 아이야.
어린 현오	...나를 사랑하는 사람들이 있어서.
은호	맞아. 그게 행복이라더라?
어린 현오	그래서 나는 그 사람들을 행복하게 만들어주고 싶었어. 나를. ...희생해서라도.
은호	그래서 결혼하고 싶지 않았던 거야?

어린 현오   웅. 너 역시 내가 행복하게 만들어주고 싶은 사람이었으니깐. 내 불행의 대가는 내가 짊어지고 싶었거든.

은호   있잖아. 불행의 대가라는 건 말야. 생각보다 보석 같은 거다?

어린 현오가 '어떻게 그게 보석이야?' 하듯 은호를 쳐다보면.

S #3   (N / PPS 방송국: 지하주차장)
　　　　: 11회 S #52, 11회 S #54, 11회 S #55

트럭 안. [23E]구역으로 걸어오는 현오를 쳐다보는 술에 취한 도넛집 아들
현오가 전화를 하며 그 앞에 서자 부우우우웅! 엑셀레이터를 밟아버린다.
순간 미친 듯 달려온 재용이 현오를 밀고 트럭에 대신 치이고.

주차장 흰색 기둥 위로 새빨간 재용의 피가 튀겨 질질 흐르는데.
넘어진 현오의 얼굴에도 피가 흐른다.

곧 탕! 트럭에서 술 취한 도넛집 아들이 내려 비틀비틀 걸어오더니.

도넛집 아들: 아씨. 내가 너... 죽여버리려고 여길 왔는데. (픽픽 웃으며 휘적휘적 걷다가 뭔갈 보곤. 픽픽) 뭐야... 진짜 죽어버렸네? (낄낄낄낄 소름 끼치게 웃으면)

머리에서 피를 흘리며 쓰러진 재용과 한쪽에 떨어진 현오의 휴대폰.
지금 무슨 일이 일어났는지 이해가 안 되는 표정이던 현오가
빠르게 휴대폰을 집으러 기어가면.

도넛집 아들 (현오 휴대폰을 발로 꽉 차버리며) 어딜 전화해! 죽게 놔둬! 나 이 새끼

죽여버릴 거거든? 이게 우리 아버지 가게를 말아 먹었다고!! 알아?

현오는 미친 듯 제 휴대폰을 향해 기어간다.
도넛집 아들이 달려들면 그를 던져버리고 휴대폰을 집어드는 현오.

은호 (F)   현오야. 왜 말을 안 해? 여보세요?

현오   (바로 전화를 끊어버리고 119에 전화) 여기 사고가 났어요. 빨리 와주
        세요. (피 흘리는 재용을 보며) ...머리에서 피가 너무 많이 흐르고. (너무
        많이 흐르자 무서워지는) 피가 흐르는데. 빨리...

도넛집 아들 (휘적휘적 좀비처럼 기어와) 야!! 전화하지 말라고! 내가 저 새끼!! 죽인
        다고 했잖아!! (현오의 휴대폰을 뺏으려 하자)

현오   야아!! (도넛집 아들의 얼굴을 던져버리면)

죽은 듯 꼼짝도 안하는 재용의 머리 곁 새빨간 피가 점점 번져만 간다.

S #4   (N / 서울 중구: 남산 루프탑 레스토랑)
        : 11회 S #55

은호   현오야? (머금었던 미소가 점점 사라지는) 정현오? 현오...

은호의 곁 루프탑에서 펼쳐지는 야경은 아름답기 그지없다.

S #5   (N / 서울: 대형병원 - 응급의학과)

탕! 문이 닫히는 동시에 빨갛게 켜지는 수술방 불.
그 앞. 얼굴과 셔츠가 모두 피범벅이 된 현오가 뚝 서 있으면.

은호 E /   ...불행은 보석이야. 현오야.

S #6   (D / 이태원 현오의 건물: 5층 현오의 방)
        : 과거 * 현오 15세 - 2002년

        은호를 뚝 쳐다보는 어린 현오.

은호   그걸 견디고 나면 엄청난 걸 가질 수 있는데.
어린 현오   엄청난 거?
은호   이를테면 오랫동안 너를 무겁게 했던 그 짐이 사라진다던가.
어린 현오   (아니. 불행이 그런 역할을 할 리가 없는데)
은호   또는 너를 더... 나아지게 한다던가. (어린 현오가 여전히 의심의 눈으로
          쳐다보자. 조금 웃으며) 왜. 내 말을 못 믿겠어? (환하게 미소 지으면)

S #7   (N / 서울: 대형병원 - 응급의학과 수술방 앞)

        수술방 앞. 현오의 얼굴엔 땀인지 피인지 눈물인지 모를 것들이 마구 흐
        르고.
        뚝 서 있는 현오는 완전히 넋이 나가 있는데.

김팀장   (저 멀리서부터 달려와) 정현오! 현오야! (현오를 돌려세우곤) 너 괜찮
          아? 다친 덴.
현오   (그저 텅 빈 눈으로 김팀장을 바라보면)
김팀장   야. 너도 응급실 좀 가자. 가서 검사 좀 받자. (손목을 붙잡고 가려하면)
현오   (절대 가지 않고. 뚝 선 채. 허탈한 얼굴) ...선배.
김팀장   (안타까운 마음에 제 와이셔츠로 얼굴의 땀과 피를 닦아주며) 야. 너.
          ('하.' 한숨을 쉬더니. 진심으로 바라는 마음으로) ...재용인 괜찮을 거야.
          괜찮아. 정말 괜찮을 거라고. 진짜야.
현오   (초점 없는 눈으로) ...전화를 그렇게 받기 싫어했는데. ...내가 받았어.

김팀장	너 지금 자책하는 거야? 아. 재용이를 친 그 미친 새끼 잘못이지. 무슨 소리를.
현오	...쫓아오는 줄도 모르고 대신 나가겠다고 나간 건데. (아예 초점이 없어지는) ...나 어떡하죠. 선배.
김팀장	일단 기다려봐야지. (일단 얘를 진정시켜야 함) 괜찮아질 거야. 나아질 거야.
현오	(나아지지 않으면. 괜찮아지지 않으면)
김팀장	진짜 네 탓이 아니고. (안타까워) 아이고. (전화가 오자) 어. 은호야. 어. 그래. (뭔가 듣더니) 아냐. 여긴 내가 있어. (현오를 잠시 보곤) 현오야. ...은혼데. 네가 전화 안 받아서 여기저기 연락해보다가. ...지금 이거까지 알게 된 것 같은데. (제 휴대폰 건네며) 받아볼래? + [주은호통] 저장된 이름.

그저 멍하니 선 현오는 무엇도 못할 것만 같은 얼굴이다.

S #8   (N / PPS 방송국: 보도국 복도)

한밤중의 보도국 복도.
엘리베이터에서 내린 소국장이 보도국장실로 빠르게 걸어가고.
뒤이어 PPS 여자기자2와 PPS 남자기자2가 소국장을 쫓아가면.

소국장	(냉정) 그래서. 지금. 전재용은 뉴스에 못 나온다는 거야?
PPS 여자기자2	네. 그렇습니다. 국장님.
소국장	얼마만큼 다쳤는데. 어떻게 다쳤는데.
PPS 남자기자2	피를 좀 많이 흘리긴 했지만 머리는 다행히 외상뿐이고.
소국장	(빠르게 판단) 그럼 금방 낫겠네. 뭐 대충 붙이고 와서 방송하라 그래.
PPS 여자기자2	아뇨. 갈비뼈가 부러지면서 내장을 손상시키는 바람에 지금 중환자실로 옮겼다고 합니다.
소국장	(보도국장실 앞에 뚝 멈춰) 중환자실? 그럼 언제 돌아온다는 건데.

PPS 남자기자2   그건... (나도 몰라...)

소국장   (점점 열 받는) 오늘은 어떻게 수습했지만 내일 뉴스는 어떡할 건데. ...다들 알지. 지금 일곱 시도 대타인 거. 그런데 아홉시도 대타? 시청자들이 우리 방송을 보면서 무슨 생각을 하겠냐? 이 놈의 방송사는 뭔 놈의 앵커가 맨날 바뀐다냐. 뉴스는 신뢰야! 신뢰! 그런데 그 신뢰의 축이 되는 앵커가 계속 바뀌면 도대체 시청자들이 무슨 생각을 하겠냐고! 어?!

PPS 남자기자2   (나도 알아... 근데 방법이 없잖아)

소국장   (보도국장실 문 열고 들어가 앉더니) ...김부영한테 전화해 준비시켜. 걔가 아홉시 주말이지.

PPS 여자기자2   김부영은 주중에 휴가 쓰고 해외 나가서 지금 비행기 타도. 내일모레 아침에나 도착할 것 같은데.

소국장   (존나 이해가 안 되네?) 도대체 어딜 가면 비행기를 1박 2일을 타는 거지?

PPS 남자기자2   두바이 환승해서 브라질 리우데자네이루로 가면...

PPS 여자기자2   그럼 국장님. 전임앵커 오부장님한테 연락해볼까요?

소국장   (답답아) 그 분은 호주로 이민을 가셨습니다. 이민이요. 이민.

PPS 여자기자2   아니면 지금 새벽이나 나이트하는 애들 중에서.

소국장   (내 식구여도 그건 안 돼) 아뇨. 지금 하고 있는 애들을 더 이상 돌려쓸 수는 없습니다. (잠시 생각하다) ...정현오는.

PPS 남자기자2   (현오는 기자들 사이 급발진 버튼) 국장님. 현오는 아니죠. 정현오는 아나운서잖아요. 그러지 말고 이왕 이렇게 된 거 그냥 저희 중에 한 놈 골라다 연습시키는 게 낫지 않을까요?

소국장   (너무 열 받는다) 연습? 이게 지금 하루 이틀 연습시킨다고 되는 거야? 저기요. 그랬으면 너도 아홉시 앵커고. 나도 아홉시 앵커였어. (버럭) 야! 뉴스를 어떻게 아무한테나 시켜!

PPS 여자기자2   (차분) 그럼 조현동은 어떠신가요.

소국장   (쳐다본다. '그 새끼로 되겠니?' 하는 얼굴)

PPS 남자기자2   (한숨) 그럼 손주현은...

소국장   (차라리 낫다) 일단 손주현 세워봐. 그리고 정현오 데려와.

PPS 남자기자2   (그것만큼은) 국장님.

소국장	야! 너는 이 상황에서 뉴스보다 아나운서국, 보도국 기싸움이 더 중요해? 됐고 지금 당장 정현오 데려와! 내가 설득해 볼 테니. 당장!

S #9   (N / PPS 방송국: 보도국 보도국장실)

쾅! 문 닫히는 소리 선행되고 소국장 앞엔 초췌한 얼굴의 현오가 서있다.

소국장	(냉정) 내 얘기 들었지.
현오	(가만히 소국장을 보는데. 텅 빈 얼굴) 뭐. 국장님이 직접 하시는 것도 하나의 방법이겠죠.
소국장	(단호) 아니. 난 못해. 난 너처럼 준비가 안 됐거든.
현오	(더 단호) 하지만 저도 못합니다. 전 안 합니다. 죄송합니다. 국장님. (꾸벅 인사를 하고 나가면)
소국장	(뉴스를 위해 자존심 포기) 제발. …도와줘라. 현오야.
현오	(가다가 뚝 멈춰 돌아보면)
소국장	일전의 일은. …내가 정말 미안했다. (꿀꺽) 내가 너… 이용해 먹을만큼 이용해먹고. 그래. 전재용으로 갈아탄 거. 정말 미안하다. 사과할게. 그러니깐 좀 도와줘라. 우리가 진짜 급해서 그래.
현오	(마치 생각하는 듯 소국장을 바라보면)
소국장	(원하는 게 이거야?) 재용이 돌아와도 네가 계속 해. 아홉시 뉴스 쭉 네가 하라고. 됐지.
현오	(내가 원하는 건 그거 아님) 아뇨. 그렇다면 더더욱 못하겠는데요. 국장님.
소국장	왜. 너 아홉시하고 싶어 했잖아. 그러니깐.
현오	국장님. 이런 상황에서 그걸 그렇게 받는 건 정말 아니지 않나요? 전재용이요. 제 앞에서… 절 구하다가… 다쳤어요. 머리에서 피가… (아직도 무섭다) 그… 피가 정말…
소국장	(이제는 무서운) 정현오. 여기 방송국이야.
현오	(뚝 쳐다보면)

소국장	우리가 언제부터 누구 하나 죽고 다친다고 슬퍼한 적 있었어? 무조건 그 자리 메꾸려고. 다들 그것부터 생각하잖아! 왜? 방송은 24시간 내내 무조건 돌아가야 하니깐! 시청자들은! 전재용이 다치든 말든 아무 상관 없이 뉴스를 보니깐! 그 어떤 시청자가 앵커가 다친 걸 고려하고 뉴스가 펑크 나는 걸 참아줘? 야. 나도 너만 할 땐 누가 다치면 슬퍼하고 걱정했어. 그런데 이젠 아냐. 난 지금 여길 책임져야 해. 거기에 네가 필요한 거고. 알아들어?
현오	네. 알아듣습니다. 국장님께선 당연히 그런 것들이 중요하시겠죠.
소국장	그러니깐.
현오	하지만 전 아닙니다. 누구한테 들은 얘기도 아니고. 전... 거기 있었어요. 전재용은 저 때문에 다친 거라고요. 그런데 그런 제가 어떻게 아홉시 뉴스 자리에 앉아서 뉴스를 진행합니까? 국장님만큼 냉정하지 못해서 죄송합니다. 그런데 저한텐 이게 맞습니다. 그럼. (목례하고 돌아 나가면)

S #10 (N / PPS 방송국: 보도국 복도)

보도국장실을 나온 현오가 혼란스러운 얼굴로 빠르게 걸어간다.
그러다 누군가 현오의 손목을 잡아 돌아보면 걱정이 가득한 얼굴의 은호가 서있고.

S #11 (N / PPS 방송국: 아나운서국 계단)

은호	(계단에 마주선 채. 현오의 얼굴을 두 손으로 감싸곤) 정현오. 너 괜찮아?
현오	(그 상태로 고개만 도리도리)
은호	(안쓰러워하며) 많이 놀랐지.
현오	(그 상태로 고개만 끄덕끄덕)
은호	오늘 우리 집에 가서 잘까? 가서 내가 너.

현오	(고개 저으며) 아니.
은호	(뭐라도 해주고 싶어서) 그럼 내가 어떻게.
현오	나 조금만. ...조금만 혼자 있고 싶어. 은호야.
은호	(잠시 보다가 천천히 두 손을 내려놓고. 웃으며) ...그래. 정현오.
현오	('화난 건 아닐까?' 싶은 얼굴로 은호를 쳐다보면)
은호	(조금도 화나지 않았다) 네가 혼자 있고 싶다면 그렇게 해. 나 이해해. 왜냐하면... 그게 더 나은 방법이니깐 그렇게 하겠다는 거잖아. 그치. (웃으면)
현오	(아이처럼 고개를 세차게 끄덕이는)
은호	(머리칼 살살 정리해주며) 대신 내가 필요할 땐 언제든 부르기다?
현오	(끄덕끄덕) 응.
은호	음. 그리고 혼자 빠져나오기 힘들 땐 말야.
현오	(간절히 쳐다보면)
은호	그땐 내가 먼저 알아차리고 너한테 달려갈게. 그래도 되지.
현오	(끄덕끄덕) 응. 그래줘.
은호	그럼 됐어. 이제 가. (밝게 웃어 보이면)

현오가 은호를 잠시 보다 천천히 돌아 비상구 계단의 문을 열고 나간다.
남겨진 은호가 잠시 보다가 좀 더 웃으며 돌아서 내려가고.

S #12   (N / 서울: 대형병원 – 중환자실 복도)

새벽이라 누구도 없는 고요한 병원 중환자실의 복도.
그곳을 힘없는 어깨로 뚜벅뚜벅 걸어간 현오가
곧 중환자실 앞에 다다라 그 앞 벤치에 머리를 모로 기대어 멍하니 앉는.

병원은 고요하고 복도는 새까맣고 현오가 혼자인 밤이 느리게 지난다.

S #13   (D – 5시 30분 넘어 / 미디어N서울 방송국: 라디오국 –
         생방송 뉴스센터)

주연   (라디오 뉴스) 오보에 앙심을 품고 현직 기자를 트럭으로 들이받은 남성
         이 현장에서 붙잡혔습니다. 사고를 낸 남성은 지난 2019년 보도된 이른
         바 '1군 발암물질 도넛 사건' 피해자의 아들 이모씨입니다. 경찰은 도박
         에 빠져있던 이씨가 오보 이후 가게가 폐업에 이르자 자금 조달이 어려
         워져 범행을 저지른 것으로 보인다고 밝혔습니다. 사고를 당한 기자는 P
         방송사 뉴스앵커로, 현재 중환자실에서 치료를 받고 있습니다. (차가운
         얼굴로 뉴스 원고를 넘기면)

S #14   (N – 6시 넘어 / 미디어N서울 방송국: 아나운서국 사무실)

         아나운서국 사무실로 뚜벅뚜벅 걸어오는 주연.
         자리에 앉아 데스크톱을 켜고 인터넷 창을 보는데.
         뭔가 사무실이 비현실적으로 조용한 기분이 들어 천천히 고개를 돌리면.

         저쪽에 앉은 수현이 "왜." 입모양으로 주연을 쳐다보고.
         주연은 "아뇨." 하듯 다시 데스크톱을 보고.
         그래도 뭔가 이상해 옆을 보면 음악을 듣던 오재가 고개를 까닥이며 옆
         을 지나고.
         다시 데스크톱을 보던 주연이 뭔가 생각난 듯 부스스 일어서는.
         그리고 천천히 사무실을 두르는데.
         조부장은 신문을 읽고. 사람들은 이야기를 나누거나 각자의 일을 하고.
         그리고 혜연이 없다. 주연이 눈이 혜연의 깨끗한 빈자리에 뚝 멈추면.

S #15   (N / PPS 방송국: 아나운서국 사무실)

제 앞을 바라보는 예쁘게 미소 지은 혜연.

사무실의 지온, 택민, 경진, 민우, 우영이 그런 혜연을 '뭐지?' 쳐다보는데.

김팀장	(마음은 무겁지만. 소개해주는) ...백혜연. 미디어앤서울에서 왔고.
택민	(순수한 궁금증) 그럼 뭐예요? 트레이드 같은 거예요?
김팀장	(한숨) 야. 우리가 그런 게 어딨냐?
혜연	(손 번쩍 들더니. 쾌활) 저! 회사를 환승했습니다! 앞으로 잘 부탁드립니다!
민우	...보통 회사 같은 건... 이직이라고 하지 않냐?
지온	좀 당황스러운 생명체가 왔네?

마침 은호가 뚜벅뚜벅 들어오다 쓱 혜연을 보는데.

혜연도 예쁘게 미소를 지으며 은호를 보다 '시방 이건 뭐여!!' 화들짝 놀라면.

S #16   (N / PPS 방송국: 아나운서국 계단)

은호	(계단에 앉아. 고개를 뒤로 넘긴 채. 몹시 귀찮은 투) 하... 설명하자면. ...기나긴 이야기가 될 텐데 말야.
혜연	(은호의 모습을 위아래로 쳐다보며) 아... 아니... 분명히... 혜... 혜리씨... 인데. 이게... (무슨 일인 거져?)
은호	(당장 낮잠 고픈 아저씨 모드) ...내가 있잖아. 너무 많이 설명을 하고 다녀서 말야... 너한테까지 하잖아?
혜연	너? 너라고? 나보고 너라고? 너어?
은호	(고개만 들어 혜연을 쳐다보고) 어. 너. 야. 너 나보다 엄청 어려. 알랑가 모르겠지만?
혜연	오씨. (입을 쩌억 벌리고) 와. 이게 대체 무슨 일이지? 와. 이거 진짜. 양다리보다 더 짜릿짜릿한 게 세상에 존재하다니. 오와. 역시 국면전환엔 이직만한 게 없다니깐? 오씨. 와씨. 호우씨.

은호	(슈퍼 평상에 누운 아저씨 모드) 아무튼 말야… 내가 있잖아 말야… (고개만 들어 혜연을 보곤) 너보다 선배고? 것도 하아아안참? 그리고 말이야… 내가 주차장에서 일했던 건 완전 비밀이고? 것도 와아아안전 비밀? 오케이?
혜연	(손으로 오케이 모양) 오께이.
은호	(그 상태에서 악수하자 손 내밀며) 그럼 우리 한번 잘해봅시다. (몸을 일으켜 꼿꼿하게 한 뒤. 아나운서톤) 새로운 내일이 되는 즐거움 PPS로 오신 것들 대단히 환영합니다.
혜연	(허리 세워 꼿꼿하게. 역시 아나운서톤으로 악수를 하면서) 미디어로 만드는 미래 미디어앤서울에서 환한 백혜연이라고 합니다. 잘 부탁드립니다. 선배님. (바로 다시 혜연 모드) 아. 그럼 선배님. 선배님은 강주연 선배랑 헤어진 건가요? 아. 선배님이 헤어진 게 아닌가? 그럼 혜리씨가 강주연 선배랑 헤어진 건가요?
은호	아. 저희는 아주 좋은 이별을 했습죠? (씨익 웃으면)

S #17 (N / 미디어N서울 방송국: 아나운서국 사무실)

오재	아니. 어떻게 이렇게 이별을 할 수가 있어.

뭔가 이해가 되지 않는 얼굴로 걸어가는 주연 옆으로 오재와 수현이 조잘거린다.

오재	(기막혀) 아니. 어떻게 한 마디도 없이 회사를 옮길 수가 있냐고.
수현	(휴대폰으로 전화를 걸며) 야. 내 전화는 아예 안 받아.
오재	나한텐 톡으로 (혜연 말투) 오빠. 나 회사 옮김? 새로운 내일이 되는 즐거움 PPS로? 그동안 땡큐쏘머치? 아! 이게 끝이었어!
수현	아. 선배님한텐 그거라도 전했잖아. 난 완전 읽씹이었다니깐?
오재	주연아. 너한테는 뭐 연락 온 거 없었어? 있었지? 그치?
주연	(그저 멍하니 걷다가) 에?

수현	아. 혜연이한테 말야. 너한테는 뭐라고 하디?
주연	아. (생각하다가) 저는요.
오재	응. 뭐래?
주연	(아예 딴소리) 저는 기분이 좀 이상해요.
수현	아. 뭔 소리야. 백혜연한테 연락 온 거 없냐고 물었는데. 무슨 네 기분을 설명하고 앉아있어.
오재	(틈새 걱정) 혹시... 슬픈 건 아니지?
주연	아뇨. 슬프진 않는데 기분은 이상해요.
수현	아. 나도 기분은 이상하다니깐? 무슨 이직을 이 따위로 말야.
주연	아뇨. 전 혜연이 때문이 아니고.
오재	(순수) 응? 혜연이 때문에 기분이 안 좋은 게 아니었어?
주연	아. 전... 혜연이가 있어도 없어도 별 상관은 없어서. (주절주절 길어지는데 지나친 부정은 완벽한 긍정) 정말 상관이 없거든요. 왜냐하면 그게 지구가 종말하는 것도 아니고. 뭐. 그냥 이직을 한 거잖아요? 연락만 하면 언제든 만날 수 있는 거잖아요? 뭐. 그러니깐 지금 전화를 해서. (혜연에게 전화를 걸자 3초 만에 "지금 고객님께서 전화를 받을 수 없습니다. 다음에 다시 걸어주세요." 라는 안내음에) 아. 지금 방송을 하나보네?
오재	(오잉?) 오늘 이직했는데. 오늘 방송을 한다고?
주연	아. 근데 3초 만에 음성사서함을 넘어가...
수현	(주연의 어깨에 손을 툭 얹더니. 도사) 주연아. 3초 만에 음성사서함으로 넘어가는 걸... 이 바닥에선... 차단이라고 불러.

'차단'이란 말에 제법 아무렇지도 않은 얼굴로 뚝 서 있는 주연의 동공엔 다른 의미로 아무것도 담겨 있지 않다.

S #18   (N / 서울: 대형병원 – 휴게실)

휴게실 의자에 여전히 엉망인 얼굴로 삐딱하게 얹혀 있는 현오.
저 멀리서 김팀장이 뚜벅뚜벅 다가오더니.

김팀장	(옆에 풀썩 앉아선) 현오야. ...밥 좀 먹고 와라.
현오	(영혼 없을무) ...괜찮아요.
김팀장	(두리번) 근데 재용이 가족은 왜 안 오냐?
현오	(넋이라도 있고 없고) 아무도 없으니깐.
김팀장	아무도?
현오	예. 부모님은 다 돌아가셨고. 외아들이었고. 와이프랑은 이혼했고. 자녀는 없었고.
김팀장	(한숨) 아이고. 왜 자꾸 술을 마시자 했는데 알겠네. ...심심했구먼.
현오	(그저 멍하니 앉아만 있으면)
김팀장	네 잘못이 아니야.
현오	(도무지 그런 생각이 들지 않는다. 고개만 도리도리)
김팀장	(진심) 그냥. ...현오야. (전화가 오자 너무 귀찮게 받는) 예. 국장님. (뭔가 듣고 쓱 현오를 보더니) ...그건 현오도 안 한다 했다면서요. (듣고) 뭐. 일단... 일단 보내는 보겠는데. (한숨 푹)

S #19 (D / PPS 방송국: 시사국 시사텐 사무실 – 중형 회의실 앞)

PPS 남자기자2, 3을 포함한 현오의 PPS 선배 기자 두세 명이 현오를 둘러싼 채
회의실에 앉거나 서 있다. + 회의실 창문 블라인드가 올라가 있는.
그 가운데 앉은 현오는 뭔가 아니라는 듯 단호하게 고개를 젓고.

유연	(창밖에서 쓱 보더니) 언니. 지금 저기 뭐하는 거예요?
수정	(복사기에서 원고 뽑으면서. 덤덤) 보면 모르니.
유연	아... 그... 차장님 뉴스 하라고 설득하는 거. 그거 맞아요?
수정	(제법 무심한 듯) 뭐. 그러겠지?

창 너머 회의실에 있는 사람들 모두 현오에게 화를 내는 듯하다.
현오는 그저 묵묵히 앉아있기만.

유연	(유심히 보다가) ...근데 언니. 왜 제 눈엔... 꼭 괴롭히는 것처럼 보일까요?
수정	(그제야 쓱 보곤) 뭐. 괴롭히는 게 맞으니깐? (뽑은 원고 들고 가버리면)

마침 PPS 선배기자들이 회의실 문을 쾅! 닫고 나오면서.

PPS 선배기자1	아씨! 저건 준다고 해도 난리야!
PPS 선배기자2	씨. 누가 보면 지 때문에 죽기라도 한 줄 알겠네.

원고를 들고 가던 수정이 천천히 멈춰서 회의실의 현오를 바라본다.

S #20 (D / PPS 방송국: 시사국 시사텐 사무실 - 중형 회의실)

죽은 듯 고요히 앉아 있는 현오. 곧 노크소리가 들려 가만히 쳐다보면.

수정	(들어와 현오의 앞에 조심스럽게 앉더니) ...오빠.
현오	(바라보면)
수정	(차분하게) 전재용. 점점 나아지고 있대.
현오	(안다는 듯 쳐다보면)
수정	깨어나기도 했었대. 일어나서 눈도 굴렸대. 진짜야.
현오	...그래.
수정	(진심) 오빠 탓이. ...아닌데.
현오	아니. 전부 내 탓 같기만 한데?
수정	아냐. 정말 아냐. 그리고 오빠. 여기 방송국이잖아. 사람이 죽건 말건 무조건 돌아가는 곳. 냉정하긴 해도 지금 할 사람이 오빠뿐이니깐. 오빠가 그냥 너무 잘하는 사람이니깐. 그래서.
현오	알아. 지금 뉴스 할 사람이 나뿐인 것도. 그래서 내가 해야만 하는 것도.

그래. 여기가 그런 방송국이라는 것도 전부 아는데. 수정아.

수정 (쳐다보면)

현오 근데 못하겠어. (한숨과) 나 정말 못하겠어. 왜 이런 마음이 드는 지도 모르겠어. 분명히 머릿속으론 전부 이해가 되는데. 납득이 되는데. 왜. 왜 못하겠지?

처음 보는 현오의 무너진 모습에
수정이 어떤 말도 하지 못한 채 안타깝게 바라보기만 하면.

S #21 (D / PPS 방송국: 아나운서국 사무실)

지온 (은호의 책상에 걸터앉아선) 지금 형아 문 닫고 들어가서 숨었다던데. 한번 가봐. 아무도 설득 못하고 있다던데. 그리고 당장 오늘부터 데스크 가 빈다던데. 서언배가.

은호 (자리에 앉아. 노트북으로 아무거나 치면서. 제법 아무렇지도 않은 척) 야. 혼자 있고 싶은 사람한테 내가 가면 뭘 하니.

지온 뭘 하긴.

은호 그리고 말야. 난 있지. 그런 시간을 굉장히 존중해주는 여친이랄까.

지온 존중이고 나발이고. 지금 형아한테 서언배가 필요하다고. 문을 걸어 잠 궜대. 아무도 못 들어간대. 그럼 거길 누가 들어가겠냐?

은호 (아무렇게나 노트북을 두드리며) 문까지 잠그고 들어간 애를 왜 굳이?

지온 아씨. 내가 지금 보기엔 형아한텐 명분이 없는 거거든?

은호 (아무렇지도 않은 척) 명분이라굽쇼?

지온 그래. 그곳을 박차고 나올 명분. 그래서 나오고 싶어도 못 나오고 거기에 스스로 갇힌 거라면?

은호 (솔깃) 뭐?

지온 그럼 어떡해. 형아한테 특별한 사람이 형아를 꺼내줘야지. 내 생각엔 그 게 너. 아니 서언배고?

은호 아니. 그래도. (순간 쿵. 은호의 책상 위에 놓이는 원고 뭉치에 '뭐지?' 옆

을 쳐다보면)

진화	(자기 팔짱을 끼고 선 채. 도도) 이거 복사 좀 해달래요. 지금 당장?
은호	(쌈꾼대력 발동. 무서워짐) 누가?
진화	(뻔뻔) 선배님들?
혜연	(뒤를 쓱 지나면서) 오. 아닌데? 나 그쪽한테 하라는 걸 들었는데?
진화	(들켰다) 아. 난 지금... 어? 뉴스도 준비해야 되고? (은호에게) 선배는 놀잖아요. 뭐 하는 거 없잖아요? (논리 생성) 원래 이런 건 노는 사람들이 하는 거 아닌가요?
은호	(참으며) 저기. 나 일곱시 대타해.
진화	그건 대타고요. 전 고정이고요. 그럼 누가 일이 더 많겠어요?
혜연	(쓱 다시 뒤를 지나며) 대타가 일이 더 많지 않나? 나도 대타할 때 일 너무 많던데? 그치 않나요? 선배?
진화	저기요. 누구세요?
혜연	(예쁜 미소로) 아. 전 미디어로 만드는 미래 미디어앤서울에서 새로운 내일이 되는 즐거움 PPS로 굴러 들어온 백혜연이라고 합니다. (두 손을 반짝반짝) 반갑습니다.
진화	(도도하게) 아. 저는.
혜연	(명랑) 아! 저 그쪽 이름 알아요! 심진화! 맞죠?
진화	(약간 풀어진다) 저를... 아세요?
혜연	알죠! 우리 회사. 아니 우리 엑스 회사에서도 그쪽 엄청 유명했어요!
진화	(기분이 몹시 좋아진다) 하. 제가요? (입이 찢어져라 웃으며) 왜에?
혜연	(확 표정 바꾸더니) 못해서. 너무너무 못해서.
진화	야. 니가 뭔데 나한테 못한다고!
혜연	(대형TV속 진화와 지온의 정오뉴스를 쓱 보곤) 저봐! 완전 못해! 발음이... 미쳤어! 저렇게 못하는 것도 재능이다!
진화	(씨발) 너는. 뭔데.... 너도 혹시 품위가 없니? 아씨. 요즘 아나운서들 품위 관리를 어떻게...
혜연	있잖아. 그거 없어도 내가 너보다 더 발음은 좋을 것 같아. 아나운서는 발음이지.
은호	(옆에서 쓱) 맞아. 그러니 너도 사과해줄래? 니 발음으로 짓밟은 나의 꿈

과 재의 꿈과...

혜연   (휴대폰으로 전화가 오자) 아씨. 앤 왜 자꾸 전화질이야? (전화를 받으며 나가는) 아! 왜!

은호   (원고 뭉치를 진화에게 아무렇게나 안기며) 여기 계신 모두의 꿈에게 사과해줄래? (툴툴 나가면)

지온   (뒤에서 따라가며) 사과해줄래?

진화   (엄마. 저 너무 화나요) 허!

S #22   (D / PPS 방송국: 아나운서국 복도)

혜연   (복도 한쪽에 서서. 너무 귀찮아) 아. 왜. 왜 전화를 한 건데.

수현 (F)   야. 전화를 왜 그렇게 안 받나?

혜연   본론.

수현 (F)   야. 오늘 만날래? (픽) 김연지랑도 헤어졌는데.

혜연   (희소식인 듯. 미소로) 아. 정말?

S #23   (D / 미디어N 서울 방송국: 아나운서국 복도)

수현   (픽. 네가 그럼 그렇지) 응. 만나자. 내가 재밌게 해줄게.

혜연 (F)   근데 최수현. 난 사실 널 만났을 때도 그리 재밌진 않았어.

수현   (짜증) 뭐라고?

S #24   (D / PPS 방송국: 아나운서국 복도)

혜연   그잖아. 내가 너랑 그토록 가벼운 만남을 가졌었는데. 그게 어떻게 재미가 있지? 그건 수현아. 재미가 아냐. 쾌락이지. 그래서 내가 결심한 게 하나 있는데. 난 이제 너랑 안 자려고.

수현 (F)   왜지? 지금껏 나랑 잘 놀다가?

혜연   (머리칼 배배 꼬며) 뭐. 좋아하는 사람이랑 노는 게 아니면 의미가 없다는 걸 깨달았으니깐? 마음은 정말 하나라는 걸 깨달았으니깐? 너도 정신 좀 차려. 최수현.

수현 (F)   아. 근데 네가 언제부터 날 최수현이라고 불렀었지? 나 네 선배 아니었냐? 이게 왜 이렇게 생경하게 느껴지지?

혜연   원래 최수현이라고 불렀었고. 그리고 심지어 이제 너랑 나는 다른 회사잖아? 곧 남남이란 얘기지. 그럼 있지. 꺼져. (뚝 끊어버리자)

S #25   (N / 미디어N서울 방송국: 아나운서국 복도)

'뭐?' 하듯 끊겨진 휴대폰을 보는 수현.
마침 "선배님. 안녕하세요?" 후배 여자 아나운서가 인사하자
"어. 안녕. 근데 넌 어디 가냐?" 자연스럽게 따라가고.

S #26   (N – 8시 넘어 / PPS 방송국: 시사국 시사텐 사무실 – 중형 회의실 앞)

9시 뉴스가 한 시간도 안 남은 시각.
현오가 있는 회의실 앞엔 기자, 아나운서, 온갖 임직원들이 웅성웅성 서 있다.
그러다 모두들 뭔갈 보고 뚝 멈추면.

소국장   (그 시선조차 짜증나는) 뭐야. 다들 구경났어?

괜히 헛기침을 하며 사람들이 다른 곳을 보면
소국장이 당당하게 회의실 문고리를 돌리는데.

소국장	(당당하게 잠겨있다) 뭐야. (달칵달칵) 이거 왜 이래.
김팀장	(회의실 앞으로 가져온 바퀴 달린 의자에 앉아. 몹시 포기 상태) 아. 잠 갔더라고요. 하도 들락날락거리니깐. ...지도 피곤했는지.
소국장	(성의 없게 노크하며) 야. 정현오. 나 소친국인데. (노크) 야. 정현오. 나 소친국...
김팀장	(어딘가에 다리를 올려놓고. 마치 암스테르담의 오후처럼) ...안 들더라고 요. 나도 여기서 얼마나 무수하게 내 이름을 말했는지 몰라. 현오야. 정 현오. 나 김신중인데. 현오야? 정현오? 나 신중이야. 현오야? 정현오? 나 김신중인데?
소국장	(차오르는 짜증에 한숨을 푹 쉬면)
유연	(맑게) 우와. 아직도 다들 여기서 이러고들 계시네요?
소국장	(내가 잘못 들었나? 씨발?) 뭐?
유연	(소국장이 보도국장인지 모름) 아니. 다들 여기 바글바글 모여계신 덕분 에 저희팀 회의도 못했거든요. 아. 저희도 오늘 차장님이랑 상의할 게 너 무 많았는데...
미연	(어느새 나타나 유연이 잡아끌고 가며. 억지웃음) 하하! 하하! 우리 막내 가... 하하! 일이 많아서 약간 미쳤네? 하하! 낮술 마셨니?
유연	(입은 삐뚤어져도 모르는 사람에게 말은 제대로 하는 스타일) 아뇨. 피 디님. 저 술 안마셨는데요? 술은 피디님이 마셔서 문제를 늘 일으키고.
미연	(억지웃음. 질질 끌고 가며) 하하. 가자. 우리 막내 어서 가자.
유연	아니. 피디님. 저 진짜 차장님께 아무것도 못 물어봐서 이런 식이면 내일 도 회사에 나와야 되는데.
소국장	(내가 왜 이런 취급을 받아야 되나) 하아. 진짜.

순간 웅성거리던 소리가 다시 한 번 뚝 멈춘다. 소국장이 돌아보자.

| 은호 | (아주 씩씩하게 들어와선) 안녕하세요. 국장님. 안녕하세요. 팀장님. 어 머! 교양국 팀장님도 오셨네요? (진심 몰라) 왜 왔지? 아. 전 뉴스가 한 시간도 안 남았는데 정현오가 뉴스를 못하겠다고 삐긴단 제보를 받고 여기까지 온 건데요. 아니다. (소국장을 똑바로 보고) 와준 거죠? 이 몸 |

이? (달칵달칵 문고리를 돌려보는데 역시 잠겨있다)

소국장 (일단 무시) 야. 네가 뭘 할 수 있다고.

은호 저는 문을 딸 수 있죠? (주머니에서 열쇠를 꺼내 잠긴 문을 연다. 그리고 미소) 이렇게?

소국장 (헐. 저렇게 쉬운 방법이었다니)

김팀장 (부스스 일어나선. '아. 우린 바보였었나?')

은호 (현오가 안에서 또 못 잠그게 문고리 돌려놓은 채 꽉 잡고선) 근데 국장님. 그리고 팀장님? 제가 정현오 설득하면 다들 저한테 뭘 해주실 거예요?

김팀장 야. 너는 이 상황에서도 너한테 떨어질 걸 챙겨먹고 앉아있냐?

은호 아. 그럼 당연하지. 다 먹고 살라고 하는 건데. 팀장님. 저 이슈인 다시 하고 싶고요? 국장님. 국장님은 지금 제 은공을 절대 잊으시면 안 됩니다. 아셨죠?

'허!' 어이없어하는 소국장과 김팀장 바로 앞에서 쾅! 닫히는 문.
은호를 따라온 지온도 뒤에서 피식 웃고.
그 옆의 수정도 어이없다는 듯 쳐다보고 있으면.

미연 (번쩍 나타나) 뭐야. 들어갔어? 주은호가 들어갔어?

수정 (덤덤) 네. 들어갔어요.

미연 (호기심 많은 촉새) 그럼 이제 뭐야. 쟤들은 다시 사귀는 거야?

수정 (으쓱) 뭐. 그러니깐요?

지온 (뒤돌아가며) 아. 이제 나는 뉴스나 보러 가볼까?

S #27 (N - 8시 넘어 / PPS 방송국: 시사국 시사텐 사무실 - 중형 회의실)

콩. 문이 닫히고 은호가 앞을 보면 어느새 문 앞까지 다가와 있는 현오.

은호 (주절주절 변명) 야. 내가 너의 혼자 있는 시간을 방해한 건 아니고. 내가 말했지. 네가 나올 때가 됐는데도 안 나오면 난 쳐들어갈 거라고. (문을 잠그더니) 그래서 온 거니깐. 혹시라도 (현오를 쳐다보면 고개를 떨구고 선 현오는 너무나도 안쓰럽다) 정현오.

현오   (그저 그렇게 서 있기만 하면)

은호   (현오를 푹 안아주곤) 너 무섭구나.

현오   (이때다 싶은 사람처럼 은호를 꽉 안고) ...무서웠어.

은호   (품에 안긴 아이 달래듯) ...많이 무서웠구나.

현오   (고개 끄덕이며) 나 때문에 죽는 줄 알았거든.

은호   (토닥토닥) 아냐. 너 때문이 아냐. 정현오.

현오   ...불행이.

은호   응.

현오   불행이 보석이 된다고 했잖아.

은호   응.

현오   그런데 이게 어떻게 보석이 되지?

은호   네가 이제... 아홉시 뉴스를 할 거니깐.

현오   아니. 나 못 할 것 같아. 정말 못하겠어. 나 때문에 다친 사람을 두고 그 사람 자리에 앉아서 뉴스를 한다는 게.

은호   네가 잘하면. ...전재용이 돌아와 잘 이어받을 수가 있잖아. 현오야.

현오   (그저 꽉 안고 있으면)

은호   네가 지켜내는 거야.

현오   (부스스 안은 걸 풀고 은호를 쳐다보곤) 지켜낸다고?

은호   응. 전재용이 너를 지켰듯이.

현오   (가만히 바라보면)

은호   이제 네가 전재용을 지킬 차례야. 정현오.

현오   (다시 은호를 천천히 안고 말없이 고개를 묻으면)

은호   전재용이 너를 구했듯이. ...네가 이제 전재용을 구해줘.

현오   (좀 더 은호를 안자)

은호   그래줄 수 있어?

현오가 대답 없이 은호를 더욱 더 끌어안는다.

S #28 (N - 8시 넘어 / PPS 방송국: 시사국 시사텐 사무실 - 중형 회의실 앞)

김팀장　(쾅! 문을 닫고 나온 은호에 달려들어) 야. 어떻게 됐어. 뭐래.

소국장　(제일 급한 사람) 한대? 한대? 한대? 어? 한대?

어쩐지 은호는 대답을 못 하고 꾸역꾸역 뭔가 삼키는 얼굴인데.

김팀장　(뭔가 이상해) 은호야?

소국장　(오직 보도국 걱정) 야. 한다는 거야. 만다는 거야. 어?

결국 은호가 참았던 눈물을 쏟아낸다. 다들 놀라 은호를 쳐다보면.

+ 현오가 걱정되었지만 마음을 숨기고 괜찮은 척 하다가 긴장이 풀리면서 우는.

김팀장　야... 왜 우냐... (어깨를 토닥이면서) 야. 은호야. 응?

소국장　(오직 뉴스 생각) 정현오가 안한다고 한 거야? 그래서 우는 거야?

은호　(엉엉 울며 고개 도리도리) 아니... 한다고...

소국장　(뒤쪽 기자들에게) 야! 그럼 일단 내려가라 그래! 헤드라인 따야해. 지금 당장! 빨리! (기자들이 회의실 문을 열고 들어가면)

김팀장　은호야. 근데 너는 왜 우는데. 응?

은호　나도... (엉엉) 무서워서. 무서웠거든. (엉엉 울면서 걸어가면)

김팀장　(은호걱정) 은호야.

소국장　(뉴스걱정. 김팀장에게) 의상은 있어? 없으면 우리 쪽에서 가져오고.

김팀장　(긁적) 아. 의상이. (휴대폰으로 누군가에게 전화를 걸어) 야. 우리 의상 말야. 어. 아홉시 뉴스 의상.

"오늘 중계차 연결 있었지?" "CG는 다 확인 됐지?" "이따 인터뷰 연결은?"

"몇 분 남았어요?" 메이크업, 헤어팀과 뉴스 스탭들이 달려와 회의실로 들어가면
은호는 사무실을 나와 엉엉 울며 엘리베이터를 기다리는데.

수정   (쓱 다가와선) 저기요.
은호   (못난이 얼굴. 울면서 '뭐.' 처다보면)
수정   고맙습니다. (쓱 가버리면)

'뭐야.' 은호가 수정을 처다보는 사이 엘리베이터가 도착하고
은호가 눈물을 쓱쓱 닦으며 엘리베이터에 타면.

닫히는 문 너머 옷을 갈아입은 현오가 사람들과 섞여 나오는 게 설핏 보인다.
은호가 엉엉 울면서 그런 현오를 처다보는 찰나 엘리베이터 문이 쾅! 닫히고.

S #29   (N – 9시 정각 / PPS 방송국: 9시뉴스 생방송 스튜디오)

웅장한 뉴스 오프닝과 함께 9시 뉴스가 시작된다.

현오   (어느새 깔끔) 시청자 여러분 안녕하십니까.
PPS 여자기자1   7월 2일 화요일 PPS 아홉시 뉴스입니다.
현오   조정혁 특별검사팀이 김진호 청강도지사에 대한 두 차례 소환조사를 마치고 구속영장 청구 여부를 고민하고 있습니다. 또 김 지사에게 핵심 정보를 제공했던 박민수 경제개발국장도 조만간 소환할 계획입니다. 김유진 기자의 보도입니다.

S #30   (N – 9시 조금 넘어 / PPS 방송국: 9시뉴스 부조정실)

부조정실에서 현오의 모니터를 보는 소국장.

소국장   ...에이씨. 저렇게 잘할 거면서.

모니터 속 현오가 냉정하게 기자의 리포트를 쳐다보고.

S #31   (N - 9시 넘어 / PPS 방송국: 9시뉴스 생방송 스튜디오)

현오   대민그룹 노조와해 공작을 수사하고 있는 검찰이 오늘 노무 관리를 총
괄해 온 최 모 부사장을 소환했습니다. 최 부사장은 노조 활동가들을
다른 지역으로 전보시키거나 허위 정보를 유포하는 등의 방법으로 노
조 활동을 방해한 정황이 드러났습니다. 윤지혜 기자의 단독보도입니다.

S #32   (N - 10시 / PPS 방송국: 9시뉴스 부조정실)

클로징 음악과 함께 부조정실의 스탭들이 "수고하셨습니다!"하고 인사
를 하면.

9시뉴스 PD (인이어 통하는 마이크로) 수고하셨습니다. 선배님.
현오 (M) (대답 없이 원고만 챙기자)
9시뉴스 PD 진심으로 감사드립니다.
현오 (M) (부드러운 미소로 화면을 쳐다보고) 별 말씀을요.

S #33   (N - 10시 / PPS 방송국: 9시뉴스 생방송 스튜디오)

스튜디오의 현오는 이제 마이크를 빼고. 김팀장이 현오에게 쓱 다가가

서는.

김팀장	야. 아까 은호 울었다.
현오	(그제야 긴장을 내려놓고. 데스크에서 내려오다 김팀장을 쳐다보면)
김팀장	지도 무서웠대.
현오	(더 묻고 싶지만 삼키곤) 전재용은요?
김팀장	(기분이 좋아 픽픽 웃으며) 재용인 깨어났지. 말도 많이 하고. 걘 걱정하지 마라.
현오	(안도의 한숨을 속으로 뱉으면)
김팀장	야. 지금 다들 회식한다고 모이라는데. 넌 은호한테 가보는 게 낫겠지?
현오	(말없이 걸어가자)
김팀장	(사실 난 이게 궁금해) 근데 니들은 다시 만나기로 한 거냐?
현오	뭐... 그쵸. 선배.
김팀장	와. 역대급이네. 만났다 헤어졌다 지랄했다 다시 만나다니.
현오	(조금 웃으면)
김팀장	근데 너 오늘 잘하더라.
현오	저야 뭐. (조금씩 찾는 원래 텐션) 원래 잘하지 않았나요.
김팀장	(스튜디오의 문 열고 나가면서) 그래. 원래 잘하던 놈아. 회식엔 갈 거냐. 말거냐.
현오	은호한테 가보겠습니다.
김팀장	그래. 그래라. (스튜디오 밖에서 기다리던 택민, 민우, 경진에게로 가서) 야. 우리끼리 껍데기나 먹으러 가자. 쟨 안온대.
택민	(현오에게) 야! 니가 주인공인데 니가 안 오면 어떡해.
김팀장	쟤한테 주인공은 따로 있어서 그래. 아. 빨리 가. 가자가자.
경진	저. 근데 팀장님. 저 껍데기 못 먹는데.
김팀장	이건 뭐. 제일 잘 먹게 생겨가지고.

현오가 그들을 바라보며 천천히 걷고 있자.

지온	(현오의 옆으로 쓱 다가와) 형아.

현오	오랜만에 나왔네. 형아 소리.
지온	(진심으로) 형아 고생했어.
현오	(쳐다보면)
지온	그런 상태에서 뉴스 하는 거 무서웠을 거 아냐.
현오	오래 살고 볼 일이다. 너한테 그런 소리를 다 듣고.
지온	버려진 나랑 수정이를 지켜냈던 게. ...무서웠듯이.
현오	뭐야. 나 뉴스하는 동안 혼자 어디서 술 마시고 왔냐?
지온	(픽) 아니? 생각해보니깐 형아도 그때 겨우 열다섯인가 그랬잖아.
현오	(조금 웃고) 그랬었나.
지온	근데 있잖아. 형아. 이제부턴 혼자 짊어지지 않아도 돼.
수정	(자기 팔짱 낀 채 쓱 와선) 맞아. 우리도 있으니깐?
현오	('뭐야.' 쳐다보면)
수정	(덤덤하게) 오빠. 그거 알지? 주은호 운 거?
지온	(저도 모르게) 뭐?
수정	(지온에게) 야. 넌 걔 걱정하지 마! (현오에게) 오빠. 주은호한테 가볼 거지?
현오	뭐야. 응원하는 거야? 언젠 싫대매.
수정	(으쓱) 뭐. 나쁘진 않은 것 같아.
지온	야. 근데 너는 네 친오빠한테 오빠라고 부를 생각은 없는 거냐?
수정	아. 넌 꺼져.
지온	(깐죽) 아. 예. 안 그래도 저는 꺼질 거거든요? (김팀장 무리 쪽으로 달려가며) 팀장님! 저도 같이 가요!
현오	문수정.
수정	나. 뭐.
현오	(아쉬워) ...너 정말 귀여웠는데.
수정	(진심으로. 무뚝뚝하게) 뭐래. 나 아직도 귀여워.
현오	(단호하게 고개를 저으며 먼저 걸어간다) 아니. 그건 아니더라.

수정이 '씨.' 하듯 현오를 째려보다 "아니! 나 진짜 아직 귀엽다고!" 쫓아가면.

S #34　(N / 은호의 빌라 앞)

현오가 차에서 급하게 내려 은호의 집 앞으로 달려간다.
빠르게 계단을 오르려는 순간 계단에 쪼그리고 앉은 은호를 발견하는.

현오　(안도. 은호에게 일어나라 손을 내밀며) 넌 왜 울었어. 주은호.
은호　(일어나 현오에게 붙으며) 나도 무서웠거든.
현오　(한 팔로 은호를 안고 계단을 오르며) 네가 뭐가 무서웠는데.
은호　(현오에게 쏙 안긴 채 계단을 오르며) 네가 아플까봐. 내가 생각했던 것
　　　보다 더 많이 아플까봐.

계단을 오르던 현오가 그런 은호를 사랑스럽게 보다가 볼에 뽀뽀하면.

은호　또 해줘.
현오　뽀뽀귀신이 붙었나. 맨날 해달래. (먼저 가버리자)
은호　(우다다 따라가며) 아씨! 또 해줘!

S #35　(N / 은호의 빌라: 은호의 집 401호)

밤이 내려앉은 은호의 집 소파엔 눈을 감고 앉은 현오와
현오의 무릎에 머리를 기대고 누운 은호가 있는데.

은호　(누운 채 현오의 턱을 손가락으로 살살 만지며) ...많이 피곤해?
현오　(눈 감은 채) 조금.
은호　근데 진짜 멋지더라. 우리 현오.
현오　(좋아서 눈 감은 상태로 픽 웃으면)

그런 현오를 꿈처럼 보던 은호가 천천히 눈을 감는다.

그러다 짤랑 금속 부딪히는 소리에 천천히 눈을 뜨자

은호의 눈앞에서 달랑거리는 실금 목걸이에 '뭐지?; 꿈뻑꿈뻑 쳐다보자.

현오	(픽 웃으며) 어떡해. 해줄까?
은호	이거 너네 엄마 꺼잖아.
현오	아아. 나도 똑같은 걸 찾아 샀었거든.
은호	(벌떡 일어나선) 뭐어?
현오	사실 네가 사오기 전에 나도 똑같은 걸 찾았었고. 그래서 샀었다고.
은호	(시발. 나는 그때 무슨 뻘짓을 한 건가) 뭐라고오?
현오	근데 네가 일본에서 사왔다 길래.
은호	그럼 너도 일본에서 산 거야?
현오	아니? 난 남대문.
은호	와씨!! (이거 존나 열 받네?) 난 진짜!! 난 진짜!! (존나) 비싼 거였어!!
현오	(이런 은호가 정말 웃기다) 그게 중요하냐?
은호	아니? 저는 돈에 연연해하는 타입은 아니지만... (급발진) 그럼 이건 어디에 뒀었는데!
현오	뭐. 그냥 처박아놨지.
은호	왜? 니네 엄마도 남대문에서 산 거였잖아. 그럼 이게 니네 엄마 꺼랑 더 똑같은 거 아냐?
현오	아니지. 은호야. 네가 사다준 게 더 똑같지. 은호야. ...무조건.
은호	(뚝 바라보면)
현오	해줄게. 이건 네가 하고 다녀. (은호의 목에 실금 목걸이를 걸어주면)
은호	(금세 기분 좋아지는 강아지) 나 있잖아. 현오야.
현오	어. 왜.
은호	남자친구랑... 나랑... 남자친구 엄마랑 커플로 하는 목걸이는 처음이야.
현오	(으쓱) 나도 처음이야.
은호	너무 신박해.
현오	그치. 나도 그렇게 생각해. 주은호.

은호가 이제는 제 목에서 달랑거리는 실금 목걸이를 만지며 웃는.
현오도 그런 은호를 사랑스럽게 바라보고. 창밖의 밤이 은은하게 그들
을 비추면.

S #36   (N / 주연의 빌라: 현관)

새까만 주연의 집으로 쾅! 문 닫는 소리와 함께 무심한 얼굴의 주연이
들어오고.
책상 위에 시계를 풀어두고. 사원증을 올려두고. 가방을 내려둔 뒤
늘 그랬듯 소파에 앉아 TV를 켜면 육사생도들이 나오는 국가행사가 방
영된다.

주연이 옷도 갈아입지 않은 채 그렇게 음소거인 채 TV를 보고 있으면.

혜리 E /   주연씨. 저 이 물도 마셔도 돼요?

휙 고개를 돌리는 주연. 테이블 위에 주연이 마셨다 둔 물컵을 혜리가 들
고는.

혜리   (꼴깍꼴깍 마신 뒤) 주연씨. 그거 알아요? (씨익 웃곤) 살아 있다는 건
좋은 일이에요.
주연   (그저 멈춰 그리운 듯 바라만 보는데)
혜리   너무너무 좋은 거예요. (고개를 돌려 세연이 가득한 액자를 보곤) 그러
니 감사해주세요. (주연을 쳐다보고) 주연씨가 살아 있음에. 부디.

혜리가 예쁘게 미소 짓는다. 그리고 주연이 깜빡. 눈을 감았다 뜨면 사라
져버린다.
주연의 눈에선 주연도 모르는 눈물이 줄줄 흐르는데.

혜리	울지 마요. 주연씨. (미소를 지으면)

어느새 주연의 바로 앞에 꿇어앉아 주연의 눈물을 닦아주는 혜리에 주연의 울음은 점점 더 커지고. 그렇게 고개를 숙이고 소리죽여 엉엉 우는 주연.

어느새 혜리는 없고 그렇게 우는 주연만 남겨진 오늘의 밤.

S #37 (D – 아침 / 서울: 대형병원 – 정형외과 2인실)

따스한 아침 햇살이 병실로 은은하게 비춰 들어오면.

재용	(침대에 앉아 오렌지 주스 빨대로 쪽쪽 마시며) 나. 초큼 행복한 것 같아. (맑은 얼굴로 비닐봉지 가리키면서) 거기 초코도 좀 줄래? 초코초코?
은호	(한숨 푸욱 쉬면서 옆에 앉은 김팀장을 툭 치자)
김팀장	(피곤한 듯 앉아 있다가 부스스 봉지에서 초코우유 꺼내주며) 여기.
재용	(잉잉) 빨대도. 빨대도. 빨대도 달란 말이야.
김팀장	(한숨 푸욱 쉬면서 빨대도 꺼내주면)
재용	근데 바나나 우유 없어? (초코우유 마시며) 이 초코는 바나나랑 같이 마셔야 제 맛이거든?
은호	('아우씨. 짜증나.' 머리를 마구 문지르는데)
재용	바나나. 바나나. 나 바나나 우유 없으면 좀 불행해질라 그러는데?
은호	(벌떡 일어나선) 알았어! 내가 갔다 올게! 그럼 되지!

순간 드르륵 문이 열리고 현오가 들어오더니
비닐봉지에 담긴 바나나우유를 침대 위에 툭 놓으면서.

현오	아, 사왔으니깐 괴롭히지 좀 마요.
재용	(좋아) 바나나? 아. 바나나? (빨대 꽂아 초코우유와 동시에 빨아 먹으며)

	마셨셔. 바나나 마셨셔. (쪽쪽) 근데 현오야. 네가 뉴스를 그렇게 잘했대 매?
현오	(대충 앉으며) 아. 잘했죠. 뭐. 거기가 못하는 애가 앉는 자리는 아니잖아?
재용	(시무룩) 그럼 이제 네가 그 자리에 앉는 거겠지? 소국장은 뭐랄까. 환승이 재능이니깐?
현오	아뇨? 소국장은 먹튀가 재능인데. 내가 죽어도 안한다 했으니깐 걱정마. 됐죠.
재용	역시 정현오. 넌 멋진 놈이야. 거절해줘서 고마워. 원래 여기서 내가 더 멋있으려면 아냐. 현오야. 네가 그 자리에 더 어울려. 라고 말하겠지만 난 내가 멋있는 건 관심없어. 난 내가 간판인 게 제일 좋아. 그러므로 그 자리는 내가 지키겠어.
김팀장	(한숨 푹) 근데 재용아.
재용	응. 형님. 왜? 왜? 형님은 아나운서국 팀장이니깐 현오가 그 자리에 있어야 된다고 생각하는 거야? 그 얘길 하고 싶은 거야?
김팀장	아니. 나 이제 집에 가도 되냐는 얘길 하고 싶었어.
재용	아니? 안 되는데? 형님은 내 옆에 있어줘야지.
김팀장	(우루사가 필요할 지경) 아니. 내가 어제부터 지금까지 쭉 니 옆에 있어가지고 그래. 재용아.
재용	그래? 그럼 주은호가 있어줘.
은호	아니요. 저는 일곱시 뉴스가 있어서요. 안됩니다.
재용	아. 그래? 그럼 정현오가 있어줘.
현오	아. 저는 그쪽이 돌아올 때까지 아홉시 뉴스를 지켜야 돼서.
재용	아. 그래? 근데 오늘 주말 아냐?
은호	에이씨.
재용	그래... 알았어... 오늘이 주말이지만 다들 내 옆에 있어주긴 싫은 거구나... 그래... 그럼 모두 집으로 가. 나는 이제부터 여기 혼자 있을게. 나는... 아나운서국의 보물 정현오를 구하려다 이렇게 입원을 했고. 또 난 이렇게... 2인실인데도 마치 내가 여기 있는 걸 아는 듯 그 누구도 이곳에 들어오지 않아 말동무가 없고. 그래서 나는 외롭고 슬프고 고통스럽고.

은호　　（안 되겠다. 벌떡 일어나）가위바위보 하자. 우리.

현오, 김팀장（기다렸다는 듯 벌떡 일어나）가위바위보!

김팀장　（졌다）씨. (발)

재용이 끝도 없이 "오! 형님. 졌네? 그럼 우리 이따 뭐할까? 근데 형님. 내일도 와줄 거지? 오! 형님." 말을 하는 사이 모든 걸 포기하고 먼 산을 보는 김팀장인데.

S #38　(D / 정신건강의학과의원: 상담실)

여의사　（부드러운 미소로）그래서 그 후론 단 한 번도 다른 인격이 나타나지 않았나요?

은호　　（고개를 끄덕이며）네. 혜리는 더 이상 나타나지 않았어요.

여의사　（다정하게）그렇다면 은호씨가 가지고 있던 감정적인 문제. 즉 해리성 정체성 장애를 촉발했던 그 감정적인 문제가 해소되었단 뜻이에요. 하지만 은호씨. 살면서 다시 그 감정적인 문제를 마주하게 된다면요. 은호씨는 혜리씰 다시 만날 가능성이 있어요. 그렇지만 그건 전혀 이상한 일이 아니에요. 왜냐하면 그때도 지금처럼 이렇게 치료를 하면 되니깐요.

은호　　그런데 선생님. 저는 다시 혜리를 만난다면. ...반가울 것 같아요.

여의사　（따뜻하게）그런가요?

은호　　하지만 제 미래를 위해서 다신 만나지 않는 게 좋은 거겠죠.

여의사　네. 우리가 계속 노력하면 돼요. 은호씨.

은호　　그런데 전요. 선생님. 혜리와. (조금 생각하다가) 인사를 해보고 싶어요.

여의사　인사요?

은호　　네. 선생님이 좋은 이별에 대해 얘기해줬었잖아요. 그렇다면 저는 혜리와도 좋은 이별을 해보고 싶어요.

여의사　괜찮은 생각인데요?

은호　　（반색）아. 그런가요?

여의사　네. 은호씨가 가지고 있던 불안감과 고민. 또 죄책감. 그리고 전하지 못한 고마움. 이런 것들을 해소하는 차원에서 혜리에게 인사를 해보는 것도 좋은 방법이라고 생각해요.

은호 아. 그럼 저 혜리에게 인사를 할게요. 혜리를 알았던 사람들과 만나서.

여의사 (혜리에게 인사) 혜리씨. 제가 개원을 하고 처음 환자가 혜리씨였어요.

은호 (뚝 쳐다보자)

여의사 서툴렀을 수도 있는데 혜리씨가 나아져서 저 역시 행복했습니다. 감사했습니다. 안녕히 가세요. 혜리씨. (미소로 쳐다보면)

은호도 여의사를 향해 가득히 웃는다.

S #39 (D - 5시 / 주연의 빌라: 거실)

늘 켜져 있던 TV는 이제 꺼져 있고.
주연의 집 벽면을 가득 채웠던 세연의 사진도 이제 없다.
그곳엔 주연의 독사진이 걸려있다.

그렇게 쾅! 주연이 문을 닫고 나가는 소리가 들리고.

S #40 (D - 5시 30분 / 미디어N서울 방송국: 야외주차장)

빽빽한 오후의 야외주차장.
주연의 차가 들어와 주차되고 주연이 차에서 내려 뚜벅뚜벅 걸어가면.

S #41 (N / 미디어N서울 방송국: 아나운서국 사무실 - 조부장 자리)

조부장 (신문을 읽다가 토끼 눈으로) 뭐라고? 주연아?

주연	(또랑또랑) 저 여덟시 뉴스 오디션 준비하고 싶다고요. 부장님.
조부장	(난데없이) 왜지?
주연	뭐... 준비해보라고 몇 번 오퍼가 들어왔었으니깐?
조부장	아니. 그때마다 네가 싫다고 했잖아. 아냐?
주연	그런데 지금은 하고 싶어져서.
조부장	(신문을 내던지고 벌떡 일어나더니. 손을 내밀곤) 고맙다. 주연아.
주연	(악수하며. 간만의 조부장의 진취적인 모습에) 그렇게 좋으세요. 부장님?
조부장	(연진아. 나 지금 되게 신나) 좋지! 완전 좋지! 안 그래도 혜연이가 나가서 좀 우울했었는데. 야. 이게 얼마만의 좋은 소식이냐? 어?
주연	(웃으려다 혜연이 얘기에 조금 굳어지는)
조부장	(다시 풀썩 앉아 신문을 들고 읽으며) 아. 그 자식은 말이야. 냉정해. 너무 냉정해. 어떻게 그렇게 팩 사표를 던지고 나가버리냐. 어? 연락 한 번도 없이.
주연	(조부장도 연락이 안 된다니 이상하게 안도가 되어) 아. 부장님도 그럼 혜연이한테 차단 당하셨나요?
조부장	(그게 뭐야. 먹는 거야?) 차단? 아니? 나 어제도 통화했었는데?
주연	(배신감) 연락 한 번도... 없었다면서요.
조부장	(신문을 읽으면서) 아. 오늘을 말한 거야. 오늘.
주연	(씨발) 아. 예. 그럼. 전 이만. (제 자리로 뚜벅뚜벅 돌아가는데)
조부장	그래. 주연아. 오디션 잘 준비하고!

자리로 돌아온 주연이 승부욕에 찬 얼굴로 휴대폰을 들어 혜연에게 전화를 건다.
늘 그렇듯 3초 만에 음성사서함으로 넘어가자 이제 약간 이글거리는 눈으로
휴대폰 속 혜연의 이름을 보던 주연이 누군가에게 다시 전화를 걸면.
+ [주은호 아나운서]

자리에 앉아 콧노래를 부르며 노트북을 아무렇게나 두드리는 혜연.

혜연 (괘념치 않고 신나게 혼잣말) 와. 새로운 내일이 되는 즐거움 PPS는 요번에 나온 노트북을 주는구나? 미디어로 만드는 미래 미디어앤서울은 약간 구린 데스크톱이었는데. 역시 잘 옮겼어. 과거의 나 아주 칭찬해. 몹시 칭찬해. 대단히! + 화면엔 쓸 게 없어 나를 칭찬해 따위를 마구 적는.

은호 (뒤에서 툭 와선) 저기요?

혜연 ('오잉?' 돌아보고) 넹? 혜(리였지만 지금은 아닌) 선배님?

은호 (휴대폰 건네며) 전화 좀.

전화? 나한테? 네 폰으로?' 혜연의 눈이 아주 동글해지면.

주연 (F) 백혜연.

주연 (상당한 여자 감수성) 너 혹시 나 차단했니?

혜연 (F) (지지 않는 밝음으로) 응! 선배! 왜에?

주연 (어이없어) ...왜라니.

혜연 선배. 차단 같은 건 할 수 있지. 그런 건 흔한 일이야. 바쁘디 바쁜 현대사회에서 손절과 차단은 꼭 필요한 기술이거든? 선배?

주연 (F) (억울) 그럼 왜 나만 차단했는데.

혜연 (진심이지만 가볍게) 잊으려고.

S #45 (N / 미디어N 서울 방송국: 아나운서국 복도)

왠지 뚝 멈춘 얼굴의 주연.

혜연 (F)   아. 그렇아. 선배는 내가 있어도 없어도 상관이 없다는데. 그게 지구 종
         말이 아니라 관심이 없다는데. 그럼 나는 이제 선배를 좀 잊어야 되는
         게 아닐까? 이제는 좀 포기를 해야 되는 게 아닐까? 생각했거든. 그래서
         선배는 차단했지. 왜. 차단의 맛이 생각보다 매콤해?
주연   응. 아주 매운데. 혜연아.
혜연 (F)   아. 그래도 견뎌. 선배. 견뎌야지. 뭐. 별 수 있겠니? 이제와 나랑 만나줄
         것도 아닌데?
주연   그건 그런데. 혜연아.
혜연 (F)   선배. 나는 있지.

S #46 (N / PPS 방송국: 아나운서국 복도)

혜연   (가벼운 투지만 진심) 선배가 행복했음 좋겠어. 뭐. 우리 가끔 밥 먹자.
      근데 나한테 남친 생기면 못 먹고. 왜냐하면 나도 이제 알았거든. 마음
      은 하나라는 걸? 아무튼 그렇게 알고 선배. 행복해줘. 나중에 만날 수 있
      음 꼭 만나자. 아. 근데 나한테 남친이 생기면 만나줄 순 없고.

S #47 (N / 미디어N 서울 방송국: 아나운서국 복도)

조잘조잘 떠드는 혜연의 목소리를 들으며 피식 웃는 주연의 모습이 점
점 멀어지면.

S #48   (D - 오후 / 이태원 현오의 건물: 4층 중식당)

사람들로 바글거리는 중식당은 잔칫집처럼 들떠있다.
테이블 하나엔 네 할매들과 신영이모, 도형, 초롱이 있고.
또 다른 테이블엔 은호와 현오. 지온과 수정, 주연과 혜연. 민영까지 앉아있는데.

민영   (주변을 쭉 훑더니. 사람이 너무 많으니) 와. 이게 뭔 난리냐. 나 이런 때 샷 너무 오랜만에 보는데.

혜연   (쓱 주연을 보고 웃으니)

주연   (혜연을 잠시 보고 은호를 쳐다보자)

은호   (뻔뻔) 여러분은 헤리를 아실 거예요.

수정   (작은 목소리로. 지온에게) ..난 모르거든?

은호   (뻔뻔) 저는 오늘 우리 헤리와 이별을 하는 자리를 만들었습니다.

수정   (작은 목소리로. 지온에게) ..그니깐 저게 뭔 개소리냐고.

은호   (뻔뻔) 그래서 우리 헤리를 알고 있던 분들을 모두 초대해 이렇게. (손을 들고) 안녕? 안녕? 인사를 하는 자리인데요.

민영   (손을 번쩍 들곤) 저기!

은호   네. 말씀하세요. 우리 민영씨.

민영   (궁금) 밥은 언제 나오나요?

은호   (무시해도 되는 말이었다) 그래서 우리 헤리를 알았던 여러분들이 제게 한마디씩 해준다면 너무 좋을 것 같은데 말이죠?

현오   (그 옆에서 고개를 저으며 한숨을 너무 크게 쉰다)

그리고 다른 테이블의 할매들과 신영이모, 도형, 초롱이 새초롬하게 은호를 보면서.

영자할매   (깡술 마시며. 이미 반쯤 취한) 은니들. 나 자가 그리 멀쩡해보이진 않는다. 지금 쟤... 뭐? 인격? 뭐? 그 애랑 지금 뭐? 인사? 뭐?

춘자할매	(카아악 퉤!) 내가 좀 막혀서 그라는대. 그래. 자가 아팠던 건 알겠는데.
신영이모	(성급한 판단) 언니. 지금 쟤 아팠다고 싫다는 건 아니지? 언니. 요즘 사람들 다 아파.
도형	(신영이모 손잡고 앉은 채. 혼자 러브러브) 나도 아파. 신영아. 너 때문에.
신영이모	(다정하게) 왜에?
도형	니가 너무 좋아서.
초롱	(물마시다 저도 모르게 나오는 진심) 미친.
춘자할매	아니. 자가 아팠던 건 알겠는데. 그래서 뭐? 어쩌라고? 이별하는 것도 내 다 알겠는데. 그걸 와 우리집에서 하노.
신자할매	(달달 떨리는 손을 붙잡으며) 우리 집이 넓다 안카나. 아씨. 신영아. 나 담배 하나만 피우면 안되나?
현오	(저쪽에서 듣고는. 버럭) 아! 안 돼!
신자할매	씨. 저건 또 뭐꼬. 소머즈가. 뭐고.
신영이모	그래. 그런 걸 굳이 여기서 하는 건 좀 이상해보이긴 한데.
미자할매	아니다. (픽 웃더니) …귀엽다. 내는 저거.
은호	(저쪽에서 얘기하다가. '저거'는 나의 발작버튼) 뭐? 저거어?

현오가 은호의 입을 팍 막아버리면. 미자할매가 은호를 보고 웃는데.
처음으로 보는 미자할매의 미소다.

S #49   (N / 이태원 현오의 건물: 4층 중식당)

다들 얘기하며 술도 마시고 노는 자리가 된 저녁의 중식당.
은호가 자리를 돌며 한 명 한 명에게 혜리에게 하는 말을 듣는데.

은호	(지온에게) 그래서. 그쪽은 혜리에게 무슨 말을 하고 싶나요.
지온	나? 나 말하는 거야? 난 진심 걔를 만난 적이 없어.
은호	(약간 취함) 아씨. 그냥 해. 자식아.
지온	잘 가라.

은호	다음. (수정에게 가) 넌.
수정	(몹시 시니컬) 저라고 만났겠어요?
은호	(애 무섭네) 오께이. (혜연에게 가) 그쪽은?
혜연	(은호의 두 손을 잡고) 혜리씨. 주연선배랑 헤어져줘서 고마워요.
주연	(옆에 있다가 혜연을 한심하게 쳐다보면)
혜연	뭐. 그렇다고 제가 주연선배랑 잘 될 건 아닌데요. 그래도 뭐랄까? 살짝 열어줬잖아? 나의 미래를?
주연	(허. 어이가 없어하면)
혜연	그리고 사실 이게 제일 고마운데. 윤종현 물리쳐줘서 정말 고마워요. 사실 나 싫은데 매번 참았거든.
은호	아. 나 그거 하나도 기억이 안 나는데? 저 뭐 잔다르크 같았나 봐요?
혜연	노. 저에겐 그 이상이었죠. 그래서 저도 이제 더 이상 참지 않으려고요. (더워서 땀을 쓱 닦으며) 참. 그리고 언제 시간 있으면 저랑 피구 한판해요. 저 피구 진짜 잘하거든요?
주연	(그런 혜연을 보더니 옆 선풍기를 손으로 툭 건드려 혜연을 향해 돌려주면)
은호	아니? 내가 더 잘할 건데? 나 피구 진짜 잘하거든?
혜연	(두 손을 붙잡은 채. 진심) 아뇨. 제가 더 잘 할 거예요. 선배님.
은호	(애 좀 이상해. 옆으로 이동) 다음. (배시시) 아. 강주연씨.
현오	(어느새 뒤에 와. 머리 퍽 치더니) 야. 웃지마라. 왜 애만 그렇게 웃어줘?
은호	(웃지 않으려 입술을 꼬매며) 강주연씬요?
주연	(진심) 저 행복할 거예요. 혜리씨.
은호	(배시시) 네. 행복해주세요. 주연씨.
주연	그리고. 혜리씨가 있어서 저... 정말 좋은 시간들을 가졌어요. 온통 다 처음 해보는 것들 투성이었어요. 제 모든 처음이 되어주셔서. (울컥하는 걸 참고) ...감사합니다. 그리고 살아있다는 게... 얼마나 좋은 일인지도 알게 되어서. 그걸 나도. 엄마도 알 수 있도록 만들어주어서. 고마워요. 혜리씨. 나중에. 혹시 나중에... (밥 한 번 먹을 수 있는 마음이 된다면 우리 그땐 그렇게 편한 마음으로)
현오	(친절하게 웃으며) 아뇨. 나중은 없어요. 주연씨. 은호야. 다음으로 가야지.

네가 제일 좋아했던. 어쩌면 주연씨보다 더 좋아했던 민영씨가 있잖아?

은호   (이동) 오케이. 김민영. 너도 말해.

민영   (밥 먹으며) 야. 이거 너무 맛있다.

은호   아니. 밥한테 말고. 나한테 말하라고.

민영   시킨 거야? 한 거야?

은호   시킨 건데. 저기. 혜리한테 말 좀... 그러니깐 마지막 인사 같은 것 좀... 해 주겠니?

민영   다음엔 만두도 시켜줘. 혜리야.

은호   (발끈) 너 나한테 왜 그래?

민영   군만두 말고 물만두로.

은호   야. 너 밥 안먹고 왔니? 오늘 첫 끼니?

민영   근데 있잖아. 난 주혜리랑 인사하기 싫어. 난 주혜리랑 이별한 적이 없거든. 이별할 필요도 없고. 친구끼리 이별하는 건 손절인데. 난 주혜리랑 손절한 적이 없어서. 그래서 난 인사 못해. 혜리야.

은호   (취해도 진심은 느껴지는. 잠시 보다가) 야.

민영   (와구와구 먹으며) 왜. 물만두 지금이라도 시켜줄 거야?

은호   아니. 너 멋지다?

민영   그걸 이제 알았니?

은호   (악수를 하자 손을 내밀며) 난 주은호라고 해. 우리 친구할래?

민영   저번엔 언니라고 부르라며.

은호   넌 제외다. 근데 너 내 번호 혹시 아니?

민영   (휴대폰 툭 던져주곤) 몰라. 알려줘.

은호가 푸시식 웃으며 민영의 휴대폰에 제 번호를 입력하는데.

현오   (그런 은호를 너무나도 사랑스럽게 보다가) 결혼할래. 주은호?

은호   (민영의 휴대폰에 자기 번호 입력하느라 아무말) 결혼이라니. 현오야. 난 그런 거... (나 이제 들었어) 뭐라고?

현오   결혼하자. 우리. 나 너랑 결혼해야 될 것 같아. 주은호.

초롱   (저 멀리서 보다가 포크를 구부린다)

은호   (벌떡 일어나더니) 웅! 할래! 완전 할래!

수정   (토할 것 같아. 오빠) 아. 나 닭살 돋아서 여기 못 있겠어.

지온   나라고 몹시 행복한 건 아니거든?

은호는 현오에게 안겨 웃고.
주연과 혜연은 옆에 앉아 서로에게 선풍기를 툭툭 돌리고.
"와씨." "뭐라노." 할매들은 웅성거리고. 그 틈 미자할매는 가만히 미소를
짓는.
중식당에 오랜만에 다정함이 흐른다.

S #50   (D / 강원 동해시: 기이동 숲 - 초입)

햇살을 뒤에 두고 숲으로 타박타박 걸어 들어가는 은호.
현오가 그 뒤를 따라가는데.

은호 E /   현오야.

현오 E /   웅?

현오   (은호가 성큼성큼 걷다 넘어질 듯 휘청거리자) 야. 조심 좀 해라.

은호가 씨익 웃으며 돌아보고 다시 씩씩하게 걸어가면.

은호 E /   우리가 왜 사랑을 한다고 생각해?

S #51   (D / 이태원 현오의 건물: 4층 중식당)

테이블 위엔 인화된 네 할매들의 영정사진이 주루룩 있고.

춘자할매   (카아악 퉤!) 이래 주루룩 놓고 보니까는 억시로 무서운데.

신자할매	(담배 못 피워서 손 떨며) 내 지옥에 가가꼰 꼭 담배를... 한그득 피울끼다.
영자할매	(어느새 취해) 근데 언니야들. 그 아나? 나는 은니들이 지옥 가면 따라 갈끼다.
춘자할매	니는 와 천국에 갈 끼라 생각하노.
영자할매	내가 제일 예쁘장하다이가. 아이가.
신자할매	(진심으로 진심) 미친년.
현오 E /	우리의 인생에 마지막을 함께하려고.

S #52 (N / 이태원 현오의 건물: 4층 중식당 – 룸)

밤의 중식당 룸. 미자할매가 홀로 앉아 돋보기를 걸치고 돈을 세고 있으면.

신영이모	(잠시 보다가 미자할매 앞으로 와 풀썩 앉더니) 언니.
미자할매	(돋보기 너머로 신영이모를 쳐다보곤) 와.
신영이모	현오가 데려온 그 여자애. ...좋아?
미자할매	좋다. (피식) 억수로 좋다.
신영이모	왜 좋은데?
미자할매	우리 현오가. ...좋타카니깐.
신영이모	언니.
미자할매	(다시 돈을 세면서) 왜.
신영이모	나도 언니가 좋다니 더 좋다.
미자할매	내가 참 잘 살았어. 외롭지 않쿠로 잘 살았다. 내가. (미소를 지으면)
현오 E /	그 순간 외롭지 않으려고.

S #53 (N – 9시 넘어 / 부산 사상구: 돼지국밥집)

쟁반에 그릇을 가득 담고 바쁘게 걷는 여자의 뒷모습.

식당종업원1 혜정씨! (여자에게 다가가 실금 목걸이 건네며) 이거 혜정씨꺼 아냐?

혜정 (쟁반을 한쪽에 놓고 실금 목걸이를 받아들더니) 아...

식당종업원1 아. 저기 떨어져 있었어. 하마터면 잃어버릴 뻔 했네.

"감사합니다." 말하고 실금 목걸이를 하는 혜정.
마침 TV에서 9시 뉴스가 시작되고 익숙한 목소리가 들려 쳐다보면.

현오 (M) 법원이 검찰로부터 요청받은 재판거래 의혹 관련 자료를 일주일 만에 제출했습니다.

혜정이 멀거니 TV를 바라보는 사이.

식당종업원1 혜정씨!! 3번 테이블도 치워야 해!!

혜정 (TV를 보다가 정신 차리고) 아! 예예!!!

쟁반을 들고 씩씩하게 주방 안쪽으로 들어가는 혜정.
빠르게 나와 TV속 현오를 흘끔흘끔 보며 열심히 행주질을 한다.
혜정의 입가엔 옅은 미소가 감춰지지 않고.

현오 E / 그때까지 평생 내 편인 사람 하나 곁에 두려고.

S #54 (D / PPS 방송국: 아나운서국 대형 회의실)

김팀장 뭐라고? 그. (네 이름이 아마도) 백혜연?

혜연 (뻔뻔) 팀장님. 요즘은 걸러브의 시대라고요.

김팀장 와. 보이러브 끝나니깐 걸러브 왔냐?

혜연 저는 그런 프로그램보다 좀 더 뭐랄까. 통통 튀고. 막 전어도 잡고? 응? 쏘가리도 잡고? 그런 걸 하고 싶다고요. 저 그러려고 여기 왔다고요. 새로운 내일이 되는 즐거움 PPS로 말이죠?

김팀장	근데 거기는 이미 여성 진행자가.
혜연	그래서 제가 말했잖아요. 팀장님. 걸러브의 시대라고.
김팀장	(정중히) 나가줄래?
혜연	(생각보다 쿨함) 네. 팀장님. 나가드리죠. (바로 돌아가면)
김팀장	잠깐. 저기 잠깐.
혜연	(바로 돌아보고) 네. 팀장님.
김팀장	난 있잖아. 지금까지 우리 은호가 똥이라고 생각했거든?
혜연	갑자기 여기서 주은호 선배님 얘기가 왜 나오는데요.
김팀장	근데 아냐. 갠 그저 똥색 카레였어. 진짜 똥은 말야. 너야. 너는 카레색 똥이야. 이건 정말이다?
혜연	(주섬주섬 작은 수첩을 꺼내더니 볼펜으로 적는다. 난 이제 더는 참지 않아) 오. 인신공격 1회.
김팀장	저기. 너도 날 공격했거든?
혜연	제가 무슨 공격을 했는데요.
김팀장	(포효) 걸러브 공격!!

혜연이 수첩을 주머니에 쑤셔넣고 '오우씨.' 잽싸게 회의실을 나가면.

현오 E / 그래서 우린 매일 치열하게 싸우고 화내고 미워하면서도. ...견디는 거야.

씩씩거리며 숨을 몰아쉬는 김팀장이 남겨지고. 결국 "으악!!" 울분을 토하면.

S #55 (N / 미디어N서울 방송국: 아나운서국 사무실)

사무실 한쪽에 앉아 뉴스 원고를 소리내 읽어보며 오디션을 준비하는 주연.
그러다 휴대폰으로 [백혜연]을 찾아 전화해보는.
신호음이 제대로 가고 "여보..." 혜연이 받자마자 끊어버린 뒤

씨익 웃으며 다시 뉴스를 소리내 읽는 주연인데.

현오 E /   언젠간 이게 사랑이 되겠지. 생각하면서.

S #56   (D / 강원 동해시: 기이동 숲)

바람에 솔솔 나무들이 나부끼는 숲의 한가운데.

현오   그런데 그러다보면 정말 사랑이 된다?
은호   진짜?
현오   응. 진짜.

은호가 현오를 향해 활짝 웃으면.

S #57   (D / PPS 방송국: 1층 로비 – 휴게실)

휴게실에서 원고를 보는 수정에게 지온이 다가와 테이블을 발로 툭 차곤.

지온   야. 다음 주에 나 엄마 만나러 가는데. ...너도 같이 갈래?
수정   (원고만 체크하며) 우리 버리고 집 나간 아줌마를 굳이 왜.
지온   그래. 그럼 나 혼자 갈게. (팩 돌아가면)
수정   (원고 보면서) 나도 같이 가. 오빠.
지온   (뒤 돌아보자)
수정   나도 사실 보고 싶어.

지온이 수정을 향해 씨익 웃으면.

S #58   (D / 강원 동해시: 기이동 숲)

바람이 일렁이는 숲의 한가운데. 은호가 숲을 한참이나 쳐다보다가.

은호   ...현오야.
현오   왜.
은호   (천천히 돌아보더니) 우리 여기서 뽀뽀나 할까?
현오   (진심) 싫은데.
은호   (꽈배기) 아. 너는 진짜... 이런 데선... 원래 뽀뽀 같은 걸... 하는 거야. (입
          술 부 내밀면)
현오   (진심 정색) 아. 싫다고.
은호   아. 그냥 하는 거라니깐? (부 입술 내밀자)

픽 웃던 현오도 결국 천천히 은호에게 다가간다.
은호가 미소를 지은 채 제게 다가오는 현오를 가만히 바라보고 있자.

현오   (다가가다. 진심) 야. 너 눈 감는 건 어떠냐?
은호   싫은데? 난 니가 다가올 때 그 얼굴이 너무너무 좋단 말이야.
현오   (못 말려. 웃으며 다가가자)

끝까지 쳐다보다가 현오의 입술이 닿자 그제야 눈을 감는 은호.

현오 E /   결국 같은 걸 좋아하고 함께 행복해지기 위해서.

키스하는 두 사람 곁으로 아주 부드러운 바람이 일렁거리면.

현오 E /   사랑하는 거야. 이토록 열심히 우리가.

S #59   (D / 강원 동해시: 기이동 숲 - 낭떠러지 밑)

그 바람이 천천히 흘러 근처 낭떠러지로 옮겨가면.
낭떠러지 바닥 한쪽. 무수한 꽃들이 피어있는. 바람에 꽃잎들이 우수수 흩날리고.

어린 혜리 E / 알아? 나 언니가 제일 좋아. 언니는?

아직 어두워지지 않았는데도 어디선가 반짝이는 것들이 날아온다.
반짝거리는 것들은 낭떠러지 근처에서 뱅뱅 맴도는데.

어린 혜리 E / 언니도 대답해줘.

낭떠러지엔 수북히 피어있는 꽃들. 그 아래 어린 혜리가 누워 있는진 모르지만
숲으로 불어 들어오는 바람에 많은 것들이 일어났다가 눕는다.

은호 E / 응. 물론. 나도 그래. 주혜리.

꽃들 무수한 낭떠러지에서부터 바람이 멀어지며 숲의 전경이 드넓게 펼쳐지고.

은호 E / 나도 네가. 그리고 내가 (작은 목소리로) 가장 ...좋아.

큰 바람이 일어 숲 전체가 크게 일어났다가 눕고 그렇게 숲이 바람에 춤춘다.

- 제12회 끝 -

함께 하는 일이 즐거운 건, 나의 손톱만한 능력이 다른 능력과 합쳐져
어느새 손바닥만 해지고, 몸만 해지며, 그러다 지구만큼 커지는 경험을
하는 거라고.

저의 손톱은 여러분 덕분에 지구가 되었습니다.

각자의 자리에서 애써주신 노력과 재능으로
제게 온 세상을 선물해주셔서 감사드립니다.

한가람

스페셜 페이지

주은호 (朱闇晧)

	1988년 8월 6일 생 - 용띠 - 2024년 3월 기준 / 37세
주민번호	880806-205321
전화번호	010-0648-7730
이메일	joonh886@waver.com
주소	서울특별시 강안구 세정동 연능로 535길 삼곡빌라 401호
학교	세함고등학교 / 솔망중학교 / 솔망초등학교
아빠	주은석 朱闇席
엄마	이혜경 李惠耿

1992년	은호 5세. 혜리 3세 / 목욕
1994년	은호 7세, 혜리 5세 / 피아노 침
1996년 8월	은호 9세. 혜리 7세 / 혜리가 나무에서 떨어짐
1997년 9월	은호 10세. 혜리 8세 / 부모님과 가족사진 찍음
1998년 12월 27일	은호 11세, 혜리 9세 / 부모님 교통사고
1999년	은호 12세, 혜리 10세 / 혜리는 친구가 없지만 행복함
2003년	은호 16세. 혜리 14세 / 혜리는 꼴찌를 하지만 행복함
2006년 4월	은호 19세, 혜리 17세 / 혜리가 은호에게 주차장에서 일하겠다고 말함
2007년 3월 3일	20세 / 대학 입학 - 신문방송학과
2009년 4월	22세 / 아나운서 되겠다니 항상 무시 당함
2011년 1월	24세 / 아나운서 아카데미
2월	대학 졸업
	방송국 합격
	아나운서 합격 후 혜리에게 "이제 우리 독립할 거야."라고 말함

3월	은호의 독립 (혜리는 대학 졸업 후 생각해보겠다고 해 일단 보류)
3월 3일	PPS 아나운서 입사
3월	연수원 입소 - 뉴스할래. 예능할래
4월	열심히 하는 은호. 혼나는 은호
5월 26일	사내 체육대회
8월	현오와 은호가 썸 타기 시작
2012년 3월	25세 / 정현오와 교제 시작
6월	은호가 현오를 처음으로 제 집에 데려감
2013년 12월	26세 / 무조건 데리고 나올 생각으로 혜리의 집 계약
2014년 1월	27세 / 졸업여행 가라고 혜리를 떠밀음
2월 1일	혜리가 대학 졸업여행 중 실종
2015년까지	28세 / 우울
2017년	30세 / 현오가 양보해서 정오뉴스 오디션을 보게 됨
2018년	31세 / 너는 꼭 뉴스를 하라고 현오에게 말함
12월	회식자리에서 잠든 현오에게 동생의 존재를 말함
2019년 6월	32세 / 지온이 은호가 가지고 다니는 그림이 뭐냐고 물어봄
12월	목걸이 구해옴
12월	목걸이를 현오의 차에 걸려고 함. 못 걸음
2020년 1월	33세 / 7시 뉴스를 하게 되면 루프탑 레스토랑에 가자고 현오에게 말함
2월	집에 비맞고 들어옴
3월	정오뉴스 시작
8월	현오와 헤어짐

9월	할머니 돌아가심 / 할머니 82세
11월	새벽 라디오 시작
2021년 3월	34세 / 혜리의 집에 가서 진짜 혜리의 일기장을 읽음
4월	혜리의 주차관리소로 출근 시작 (혜리 실종 당시 나이인 25살로 속이고)
2023년 9월	36세 / 주연에게 반함
10월	블랙아웃 증상 인지
2024년 1월	37세 / 정신건강의학과 방문

주혜리(朱惠悧)

1990년 4월 18일 생 - 28세 / 2024 기준 35세	
주민번호	900418-205671
실종사건번호	2014느단128실종선고
이메일	jjuri@wmail.net
할머니 주소	서울특별시 청북구 청세로28번길 10
대학	한송대학교 사회과학대학 2014학번 / 201421334
전화번호	010-7865-7730

1995년 9월	6세 / 부모님과 행복한 시간
1998년 12월 27일	9세 / 부모님 교통사고
2002년	13세 / 나무에서 떨어져 팔뚝에 상처 생김
2009년 2월 14일	20세 / 고등학교 졸업
2009년 ~ 2010년	재수
2010년 3월 3일	21세 / 대학 입학
2014년 1월	25세 / 졸업여행 가기 싫은데 신청서 씀
2월 8일	대학 졸업 여행중 실종 - 졸업여행은 7, 8, 9일 2박3일

정현오

1988년 9월 16일 생 – 용띠 – 2024년 1월 기준 / 37

1998년 봄	11세 / 실금목걸이 주고선 엄마 집 나감
2001년 늦봄 ~ 여름	14세 / 수정이랑 지온이랑 아버지 빚 갚으러 다님
2002년 봄~ 초겨울	15세 / 집이 불에 타고 아버지 돌아가심
2002년	미자할매를 따라 이태원으로 감 - 초롱이 처음 현오를 봄
2003년 봄	16세 / 미자할매네 망함 - 임차인 설득
2004년 봄	17세 / 고등학교 입학
2007년 여름	20세 / 고등학교 졸업
2011년 3월 3일	24세 / PPS 아나운서 입사 - 아나운서 14년차
3월	연수원 시작. 뉴스할래. 예능할래. 대답하는 은호에게 관심 가짐
4월	열심히 하는 은호. 혼나도 씩씩한 은호에게 반함
5월 26일	사내 체육대회
6월	2030이 뽑은 호감도 1위의 남자 아나운서
2011년 6월 ~ 8월	은호에게 호감을 표시하기 시작
9월	주은호한테 차였다고 인지

2012년 3월	25세 / 은호와 교제 시작
2014년 9월	27세 / 새벽뉴스 하기 시작
2015년	28세 / 은호에게 뉴스를 하고 싶은 이유를 말함
2016년	29세 / 자기는 엄마를 위해 뉴스를 한다는 얘기를 함
2017년 여름	30세 / 혜자할매 치매 판정 - 신영이모가 초롱과 미자네 건물에 들어오게 됨
	은호에게 정오뉴스를 몰래 양보
2018년	31세 / 초롱이 보도국에 입사
2019년 9월	32세 / 보도국 파견 근무
10월	혜자할매 치매로 별세
12월	은호가 출장갔다가 목걸이 사줌
2020년 1월	33세 / 은호가 7시 뉴스를 하게 되면 루프탑 레스토랑에 가자고 함
8월	은호와 헤어짐
9월	아나운서국으로 복귀 - 시사텐 진행 (이때부터 단독방 씀)

강주연

1990년 3월 13일 생 – 말띠 / 2024년 1월 기준 35세 / 미디어서울 19년입사 공채 아나운서			
주민번호	1900313-1717327		
사원번호	1905172		
전화번호	010-0172-5541		
이메일	kjy0313@wmail.net		
주민번호 임관일	2013.02.25(월) 육사 67기		
전역희망일	2018.02.28	군번	13-10051

1992년	주연 3세 / 엄마 기분 좋고 건강함
1994년	주연 5세, 세연 7세 / 군인(장교) 아빠의 국가행사 참여
2003년	주연 14세, 세연 16세 / 같은 중학교
	국가 헬기사고로 아버지 돌아가심
2009년 2월 13일	20세 / 고등학교 졸업
2009년 3월 3일	육사 입학
2013년 2월 13일	주연 24세, 세연 26세 / 육사 졸업 - 교통사고 나서 세연 식물인간 됨
2018년 2월	29세 / 세연의 죽음
2018년 2월	군대 대위 제대
2018년 3월 ~ **2019년 1월까지**	아나운서 아카데미
2019년 2월	30세 / 미디어서울 아나운서 입사 - 6년차 아나운서
2021년 3월	32세 / 지방으로 파견 근무
2023년 9월	34세 / 서울에서 근무하기 시작 - 혜리와 처음 만남

은호의 시간표

혜리의 시간표

기상 새벽 4시

집에서 나옴 4시 30분

출근 5시

6~7시
생방송 새벽 라디오

헤어 메이크업 스타일링 시작 7시 30분

11시 30분
끝나면 돌아와 혜리네서 일기 쓰고 취침

이슈인 스튜디오 9시

11시 퇴근

이슈인 9시 10분

새벽 5시~ 오후 2시
PPS 아나운서국

이슈인 종료 10시 5분

오후 5시~11시
미디어N 서울 방송국

점심 식사 11시

5시 30분쯤
주연이 오면 주차관리소로 돌아가고

11시 45분
정오뉴스 준비

5시 10~20분
강주연 주차자리 맡기

정오뉴스 시작 11시 55분

정오뉴스 끝 12시 30분

퇴근 2시

4시 30분
자전거로 미디어N 서울 주차장 출근

2시 30분
집에 와 씻고 빨간색 잠옷으로 갈아입고
혜리네로 가서 잠.

오후 4시
기상
(혜리는 자기가 16시간 잔다고 생각. 밤
12시부터 다음날 오후 4시)

S #1   (D - 아침 / 경기도 외곽: 실외 종합 사격장)

탕! 탕! 총을 다 쏜 주연이 장비를 내려놓고 은호에게 다가와선.

주연   한번 해봐요. 혜리씨.

은호   (싫다. 세차게 도리도리)

주연   (웃으면서) 해봐요. 한번. (다가와 은호의 손가락에 총을 쥐어주면)

왠지 어색해하며 총을 받아드는 은호. 곧 주연이 뒤에서 은호를 받쳐 안
고선.

주연   저기 저 날아오르는 걸 쏘면 돼요. 날아오르기 전부터 쏘겠다. 생각하고
          쏘면 되는데요.

은호   (무슨 소리야) 에에?

주연   (앞을 보고. 몹시 무섭게) 지금.

은호   (눈 질끈 감으며 방아쇠를 힘차게 당기면)

주연   오. 맞았다.

은호   (신난다. 좋아서) 진짜요?

주연   (정색) 아니요. 전혀요.

은호   (째려보면서) 아씨. 뭐야.

싱그럽게 웃는 주연.

은호 E /   난요. 사실 혜리가 당신을 왜 좋아했는지.

S #2   (D / 경기도 외곽: 패러글라이딩 장)

천천히 하늘을 나는 주연과 은호의 패러 글라이드.
은호는 여전히 '아악!!' 소리를 지르고 있는데.

은호 E /   ...그 이유를 알 수 없었어요.

뒤에서 은호를 떠받친 주연이 주변을 쓱- 보더니 눈을 꼭 감은 은호에게.

주연   눈 좀 떠봐요. 혜리씨.
은호   (위급한 상황이 되자 너무 은호 같아짐) 아니. 싫은데싫은데. 나 너무 무
서운데. 나 완전 안 뜰 건데. 꼭 감고 있을 건데.
주연   떠봐요. 나 한번만 믿고서. 네?

스리슬쩍 한쪽 눈을 떠보는 은호. 희미하게 보이는 건 빼곡한 숲의 머
리다.
안전한 느낌에 천천히 눈을 다 떠보니 발아래의 풍경은 할 말을 잃게 만
드는 풍경.

주연   어때요?
은호   (풍경에 입을 쩍 벌리고선) 나무가 꼭 ...브로콜리 같네요.
주연   (픽 웃더니) 봐요. 내가 한번 믿어 보랬죠.

어디선가 불어오는 따뜻한 바람에 은호가 천천히 주연의 옆얼굴을 보면.

은호 E / 그런데 당신과 온 하루를 함께 보내고 나니.

S #3   (D / 시내의 실내 암벽 등반장)

암벽을 몇 걸음 오르다 또 확 놓쳐버린 은호가 주르르 미끄러지면
팍! 옆에서 은호를 든든하게 잡아주는 주연.

주연   (진심 걱정) 안 다쳤어요?

은호가 그런 주연을 잠시 쳐다보고.

은호 E / 알겠어.

S #4   (D / 이태원: 뮤직 라이브러리)

까치발을 들고 음반 가득한 책장 앞에 선 은호가 손가락으로 저 위를
가리키며.

은호   어? 저거! (옆 가리키며) 저것도! 저것도! 저것도!!

이것저것 LP를 빼달라는 은호에게 팔을 쭉 뻗어서 계속 꺼내주는 주연.

은호가 주연이 꺼내준 LP판을 제 품에 가득 들고 좋아하자
주연도 은호를 향해 옅게 미소를 짓는.

S #5   (N / 와룡동: 창경궁 대온실 앞)

아함. 하품을 하며 온실에서 빠져 나온 은호가 피곤한 듯 투벅투벅 걷는데.

주연   혜리씨. (빠르게 따라 나와 개나리 가지를 내밀며) 이거.
은호   (놀라) 뭐야. 이걸 어떻게 구했어요?
주연   (웃으며) 좋아한다고 해서.
은호   대박. (받아서 만져보니 조화다) 아. 가짜잖아. 저기여? 이보세여?

주연이 마치 어린 아이처럼 맑게 웃는데.
그 웃음에 저도 모르게 같이 미소가 지어지는 은호.

은호 E /   ...당신은 참 따뜻해.

S #6   (N / 성수동: 공방거리)

한산한 공방거리를 나란히 걷는 주연과 은호.
주연이 은호를 잠시 쳐다본다. 은호도 주연을 쳐다보고.

은호 E /   참 따뜻한 사람이야.

미소를 머금은 주연이 은호의 손을 조심스레 잡는다.
은호가 주연이 잡은 자신의 손을 타고 올라가 주연의 옆모습을 가만히 바라보니
그 어깨가 참 무겁고 슬퍼 보인다.

S #1   (N / 은호의 빌라: 은호의 집 501호)

은호 E /   현오야. 말해줘.

은호가 현오의 무릎에 탁 누워 다리를 동동거리면서 물으면.
현오는 애써 외면하며 신문을 읽는데.

은호   (발 동동) 너는 내가 왜 좋아?

현오   (벌써 몹시 피곤해진 얼굴로) 하.

은호   대답해야지. 현오야. (벌떡 일어나) 대답하라고. 자꾸 사람들이 니가 날
        불쌍해서 만나주는 거라잖아. (멱살 잡고 흔들면서) 그러니깐 대답해!
        대답하라고!

현오   ('하아' 더 크게 한숨만 쉬면)

은호   (눈이 돌아간다. 멱살 안 놓고) 야! 대답 안 해? 어?!

현오   ...못생겨서 좋아했어.

은호   (멱살 잡고 눈 돌아서) 뭐?

현오   몇 번을 말해. 나는 니가 못생겨서.

은호   (나 더 이상은 못 참아. 벌떡 일어나) 너 나랑 오늘 한판 붙자. 그냥. (붕
        붕 팔을 휘두르니)

현오가 은호를 피곤해하면서도 피식 웃는데.

미연 E / ...근데 선배.

S #2   (D / PPS 방송국: 시사국 〈시사 텐〉 사무실 – 현오의 방)

미연   (돌아보고. 진심) 선배는 대체 그런 애랑 왜 사귀었던 거야?
현오   (가만히 쳐다보면)
미연   (궁금해서) 진짜. ...주은호가 불쌍해서 사귀었던 거야?
현오   (뚝 보다가) 아니.
미연   그럼.

S #3   (N / PPS 방송국: 수원연수원 – 강당)
; 과거 * 2011년 3월 – 은호, 현오 24세

김팀장   이름.

연수원에서 부서끼리 통성명하는 자리.
김팀장이 28기 신입사원들을 모아놓고 이름을 묻고 있다.

은호   (홀로 서서. 또랑또랑) 주은호입니다.
김팀장   (은호의 어깨 툭 치면서) 야. 주은호. 반갑다. 근데 나... 더 이상 니가 알던 복학생 선배 아니다? 10년째 학교 다니던 그 선배 아니야? 어?
은호   예. 알고 있습니다.
김팀장   (악수 하자는 듯 손 내밀며) 그래. 우리 한번 잘해보자.

은호가 손을 내밀며 활짝 웃는다. 무리 속 현오가 그런 은호를 흘끔 쳐다보는데.

은호의 웃는 모습이 정말 예뻐 보인다.

현오 E /   (태연하게) 그냥 처음부터 좋던데.

S #4   (D / PPS 방송국: 시사국 〈시사 텐〉 사무실 - 현오의 방)

미연   (듣고도 믿기지가 않네) 뭐라고?
현오   (표정 없이) 그냥. 처음부터 다 좋았다고.
미연   (어이가 없다는 듯) 헐. 소름.
현오   (차갑게) 뭐. 그땐. ....그랬지.
미연   (호들갑) 어머어머. 웬일이니?
현오   (미연을 보고 픽 웃으며) 그래서 꼬셨어.

S #5   (D / 모처의 초등학교: 운동장)
        ; 과거 * 2011년 5월 - 은호, 현오 24세

"와!!" 여전한 함성소리 속 멍하니 축구경기를 보던 은호가 늘어지게 하품을 한다.
그런 은호를 저쪽에서 보던 현오가 페트물 하나 잡아채듯 들고 태연한 척 다가와.

현오   야. 주은호.
은호   (하품하다가 '엉?' 쳐다보니)
현오   (옆에 와 서서는) 너 세곡동 산대매?
은호   어. 그런데? (옆에 있는 페트물 하나 집어 뚜껑을 연다)
현오   (아무렇지도 않은 척 물 마시면서) 아아. 그럼 너 나랑 집에 같이 가면 되겠다.
은호   (뚜껑이 잘 안 열린다. 애쓰며) 너도 세곡동 살아?

현오	아니? 난 이태원.
은호	(뚜껑 따다가 이해가 안 돼 바라보며) 근데 왜 같이 가? 완전 반대 방향이잖아.
현오	(물 마시며) 어. 순환버스가 있거든.
은호	뭔 소리야.
현오	순환버스가 있다고. 그거 타고 가면 된다고. (은호의 페트물 뺏어가더니 쉽게 열어 다시 건네주면서) 야. 너 그럼 기다려라. 이따 같이 가게. (가버린다)

은호가 '지금 방금 뭐라고?' 하는 얼굴로 가버리는 현오를 쳐다보는데.

_____ 신혜선 배우가 한 인터뷰에서 '인물들이 이해가 안 가기도 하면서 가기도 하다가, 답답하기도 하면서 불쌍하기도 하고, 정말 매력적인데 뭐라고 말로 표현을 하기가 어렵다.'라고 했는데요. 이 말은 곧 인물들이 입체적이라는 이야기 같아요. 입체적인 인물을 구현하기 위해 집필하며 특별히 신경 쓴 부분이 있을까요?

특별히 신경 썼다기보다는 사람에 대해 가지고 있는 저의 기본적인 생각입니다. 저는 평면적인 사람은 없다 생각해요. 그 누구도. 모두 다 입체적이죠. 이럴 수도 있고 저럴 수도 있는 게 사람이라고. 캐릭터를 만들 때 '이 사람은 일을 잘하고 당당해.' 이 한 문장으로 그 캐릭터를 완성시키진 않잖아요. '그래. 일을 잘 해. 그렇다면 왜 일을 잘 하게 된 거지? 왜 당당한 성격을 가지게 된 거지? 그런 사람이 가질 수 있는 단점은 뭐가 있지? 그런 단점과 장점을 가진 사람의 가정환경은 어땠을까? 어떤 것들이 이 사람에게 트라우마가 됐고 좋은 기억으로 남아 현재에 영향을 줬을까?' 대본에 전부 설명할 순 없어도 그 사람의 모든 역사를 생각하고 쓴 뒤 작품에 들어가기 전에 모두와 이야기를 나눕니다. 그리고 의견을 수렴해 다시 한 번 캐릭터를 정비하죠. '사람이 온다는 건 실은 어마어마한 일이다. 한 사람의 일생이 오기 때문이다.' 라는 글귀가 있잖아요. 드라마의 캐릭터 또한 그렇게 생각하고 씁니다.

_____ <나의 해리에게>를 쓰며 가장 어려웠던 점은 무엇인가요? 그럼에도 불구하고 작품을 끝까지 쓰게 해주었던 동력이 있다면 그건 무엇일까요?

작품을 시작하면 일단 완결까지 한 번에 쭉 쓰는 편입니다. 동력은 시작했다는 그 자체에 있어요. 조금 어려웠던 건 16부작으로 구성돼있던 이 작품을 12부작으로 바꿔야 했을 때였습니다. 이미 16부작으로 다 만들어져 있는 상태에서 12부작으로 바꾸는 일이 쉽진 않으니깐요. 그렇게 바꾸면서 인물과 사건이 일정 부분 생략 됐고 그런 부분에 있어 아쉬움이 남는 것도 사실입니다. 하지만 12부작으로 바꾸고 나니 좋은 점도 있더군요. 템포가 빨라져 속도감이 생기고 자못 지루할 수 있는 부분도 생기가 돌게 되었으니깐요.

_____ **주인공 네 명 모두 직업이 아나운서라 방송국이 배경으로 자주 등장하는데요. 직업, 배경에 방송국을 중심에 둔 특별한 이유가 있으실까요?**

이 드라마는 인물 간의 서사가 꽤 복잡합니다. 그걸 이해하는 것만으로도 어려운데 직업이 너무 많이 다른 걸로 혼란을 빚고 싶지 않았습니다. 또 제가 라디오 작가로 오래 일을 했는데요. 라디오국과 가장 친밀한 곳이 아나운서국이에요. 실제로 아나운서 분들과 함께 일도 많이 했었고요. 잘 아는 걸 쓰고 싶었습니다.

_____ **드라마로 제작하는 과정에서 편집된 장면이 많다고 들었어요. 삭제되어서 특히 아쉬웠던 씬이 있다면 무엇인가요?**

모든 드라마가 다 그렇죠. 다 찍어놔도 정해진 시간에 맞춰야 하니 삭제되는 장면이 많습니다. 대본에 있는 모든 씬을 다 촬영했었고 저는 그 씬들이 전부 좋았습니다. 단 한 장면도 빠짐없이 배우와 스탭분들이 예술을 해주셨거든요. 전 사실 전부 다 아쉬워요. 다 좋았었거든요.

_____ **영상으로 봤을 때 더 만족스럽거나 놀라웠던 장면이 있으실까요?**

5부에 나오는 이별씬입니다. 사실 조각조각 쪼개져 있는 씬이었는데요. 그걸 하나로 이으면 감정이 튀는 부분이 무조건 생겨요. 하지만 찍기는 한 번에 이어서 찍었죠. 그리고 어느 날. 감독님께서 그 이별씬을 보내주셨는데. 제가 놀랐던 건 연출은 물론이거와 배우들의 연기. 이진욱 배우가 처음엔 화난 은호를 풀어줄 생각이었다가 중간에 '아, 헤어져야지.' 결심을 하고 연기를 하는 부분이 있었습니다. 동시에 신혜선 배우는 그런 현오를 보며 '어쩌면 지금 결혼을 하자 말해주지 않을까?' 기대를 하는 얼굴이 있었고요. 이 부분이 대본에는 표현이 제대로 안 돼 있었는데요. 이걸 배우 분들이 현오와 은호가 정말 할 법한 생각들로 맞춰서 연기를 하셨더라고요. 공동작업의 큰 이점이죠.

_____ 이 드라마는 '행복에 관한 이야기'라고 부제와 기획의도 등에서 여러 번 언급해 주셨는데요. 그렇다면 작가님이 생각하는 '행복'의 정의란 무엇인가요. 그 정의가 은호, 혜리, 현오, 주연 등 각각의 주인공들에게 어떻게 적용되었는지도 궁금합니다.

제가 정의하는 행복이 의미가 있을까요? 물론 제가 생각하는 저의 행복은 잘 알고 있죠. 그러나 다른 사람들의 행복은 저도 모릅니다. 지구에 있는 인구 수만큼 행복의 종류가 존재한다 생각하거든요. 모두에게 다른 방식으로 다가오는 게 행복이라 여깁니다. 다만 은호와 혜리에게는 행복이 사랑하는 사람과 함께 하는 것이었고 현오에게는 자신의 꿈을 포기해서라도 사랑하는 사람의 꿈을 이뤄주는 것이었으며 주연에겐 스스로에 대한 인정이었고 혜연에겐 좋아하는 사람과 맛있는 걸 먹는 거였습니다. 너의 행복과 나의 행복은 다르니까. 그래서 다른 이가 행복해 보인다고 부러워할 필요가 전혀 없다는 얘길 하고 싶었을 뿐이죠. 행복은 평등해요. 모두가 그걸 누릴 자격이 너무 충분하죠.

_____ 은호와 8년간의 만남 후 헤어지던 날 현오는 어떤 하루를 보냈을까요? 드라마 상에서는 덤덤하게 웃으며 헤어지는 장면만 비추어져서 그 뒷이야기가 궁금합니다.

현오는 그렇게 이별을 하고 집으로 돌아와 울지도 못했을 것 같습니다. 그저 침대에 앉아 한참 생각하다 휴대폰 속 [우리 은호]라 저장된 이름을 [주은호 아나운서]라 바꾸고 사진을 전부 삭제해버린 뒤 누워 이 하루가 빨리 끝났으면 좋겠단 생각에 애써 잠을 청했을 것 같네요. 우리 현오는 감정을 표현하기보다 감추고 외면하는 법을 선택하니깐요. 어린 시절부터 현오는 제 감정을 표현해 얻을 수 있는 것보다 잃는 것들이 더 많았잖아요. 도박을 하는 아버지가 한심해 한숨이라도 쉬면 맞아야 했고 엄마가 보고 싶어 울어도 달라지는 건 하나 없었으며 제 사정도 버거운데 옆집 아이들은 더 안쓰럽기만 했었죠. 그래서 현오는 아마 그 날의 슬픔도 외면했을 겁니다. 그래서 현오의 속이 그렇게 곪아있을 지도요.

───── **주연이는 과연 혜리와 좋은 이별을 할 수 있었을까요? 혜리가 완전히 떠난 뒤 주연이는 어떤 일상을 살아가게 될까요?**

주연이와 혜리가 좋은 이별을 했다, 안 했다는 제가 결정할 문제가 아닌 것 같습니다. 그건 온전히 주연이의 몫. 다만 주연이가 좋은 이별을 할 수 있도록 상황만 만들어 주었어요. 주연이는 미래를 궁금해하는 사람이 아니었는데 제 미래를 고민할 수 있도록. 과거에 자신을 옭아매던 죄책감은 엄마에게 아프지말라는 얘기를 함으로써 덜어낼 수 있도록. "잠깐만요!" 소리에도 엘리베이터의 닫힘 버튼을 누르던 주연이었는데 그런 주연이 땀 흘리는 혜연을 위해 손수건 정도는 내어줄 수 있도록. 또 형의 죽음에 울지도 못했던 주연이었는데 혜리와의 이별을 하고 나서는 시도 때도 없이 눈물을 흘릴 수 있도록. 그게 다 주연이의 성장이라고 생각하면서.

───── **"결혼 그딴 거 안 한다 은호야." 이 말을 하며 이별을 고한 현오와, "은호야 나랑 결혼하자,"는 현오. 12년간 너무 하고 싶었지만 차마 입이 떨어지지 않았던, 그러나 이젠 웃으며 가볍게 건넬 수 있는 현오. 한 사람이지만 두 마음을 품었던, 현오의 꾸미지 않은 마음이 궁금합니다.**

현오가 결혼을 결심한 건 생각보다 단순한 이유에서입니다. 은호가 아팠던 걸 알아서가 아니고 현오가 현오의 꿈을 포기했기 때문이죠. 그러니까 엄마를 위해 아홉시뉴스 데스크에 앉겠다는 꿈을 완전히 포기해버린 겁니다. 그래서 할 매들에게 은호를 소개할 수 있었고 은호에게도 결혼하자는 말을 할 수 있게 된 겁니다. 한 때 현오는 제 꿈도 이루고 싶었고 은호의 꿈도 지켜주고 싶었습니다. 그런데 그렇게 해서 은호가 아팠잖아요. 그래서 현오는 그럴 바엔 제 꿈을 포기하기로 한 거죠. 말씀드렸다시피 현오에게 행복은 사랑하는 사람이 행복해지는 거니까요.

_____ 주연의 구체적인 마음 변화가 궁금합니다. 다른 사람들에게는 곁을 주지 않는 주연이 헤리에게는 어떻게 그리도 빨리 마음을 열 수 있었던 걸까요? 헤리의 솔직한 말과 행동에 서서히 빠져든 건지, 특정 순간이 계기가 된 건지 궁금합니다.

싸움의 기술 중 '정직'이 최고의 기술이란 말이 있더라고요. "너는 왜 이렇게 했니?" 물으면 구차한 변명보다는 "죄송합니다. 제가 못나서 그렇습니다." 이러면 여기에 무슨 말을 하겠냐고. 헤리의 가장 큰 무기는 솔직함과 순수함. 그런 모습이 주연에게 쑥 들어온 거죠. 만난 지 하루도 안 됐는데 "나는 외동딸이다. 근데 이제 그쪽이 생겼죠." 이런 말을 하는 사람을, 그렇게 바보같이 웃을 수 있는 사람을 어떻게 좋아하지 않을 수 있겠어요. 늘 세상이 가짜같기만 했던 주연에게 저런 모습을 가진 사람은 정말 반칙이었다고. 참고로 그 대사를 하면서 그렇게 순수하게 웃는 모습은 현장에서 만든 거였어요. 신혜선 배우와 감독님의 작품입니다.

_____ 은호, 은호의 또 다른 자아 헤리, 헤리인 척하는 은호. 세 가지 캐릭터를 분별해 집필하기도 어려웠겠지만 배우가 연기하기에도 까다로웠을 것 같은데요. 준비 과정에서 배우 혹은 감독과 어떤 이야기를 주고받았는지요?

저도 많이 고민했던 부분입니다. '외적인 스타일로 인격을 구분 지어야겠지? 그럼 목소리는 어떡하지? 정말 두 명으로 표현될 수 있을까? 뭘 어떻게 고쳐야 배우가 편하게 연기할 수 있지?' 그러다 감독님이 신혜선 배우만이 이 역할을 할 수 있다 하셨고 그 순간부터 사실 저 고민들이 마음속에서 싹 사라져버렸습니다. '아. 너무 잘 할 것 같은데?' 확신이 들었거든요. 그리고 신혜선 배우를 만나러 갔더니 이미 모든 걸 생각해 왔더라고요. 스탭들과 배우들에게 배울 게 정말 많은 작품이었습니다.

_____ 혜리가 실종된 기이동 숲 배경을 현오와 은호의 마지막 장면으로 설정하신 특별한 이유가 있으실까요?

은호에게 그 숲은 은호의 죄책감 그 자체였습니다. 처음 은호는 혜리를 찾으러 무수히 그 숲에 들어가 봤었지만 언젠가부터는 숲에 들어가기가 무서워졌을 거예요. 혜리가 이제 살아있지 않고 죽었을 수도 있단 생각을 했을 테니깐요. 그러다 워크샵 때 트라우마를 제대로 마주해보기 위해 다시 들어가보죠. 하지만 동생의 원망 섞인 목소리에 은호는 도망칠 수밖에 없었습니다. 그리고 은호가 제 자신을 포기하고 혜리로 살기로 결심한 뒤 다시 그 숲으로 들어가는데요. 결국 불안함과 공포에 은호는 그 숲에서 다시 도망쳐 나옵니다. 그래도 이전보단 더 나은 걸음이었다 생각해요. 그리고 모든 것이 다 해결된 지금, 은호는 제 행복이라 여기는 현오와 함께 숲으로 갑니다. 혜리를 만나기 위해서. 현오에게 혜리에 관한 이야기를 더 해보기 위해서. 그리고 혜리와 함께 지금 은호가 찾은 행복을 누리기 위해서. 숲은 은호에게 더 이상 죄책감이 아닌 치유가 됐으니깐요.